JULIA GREGSON

Die englische Hebamme

Buch

England, 1947: Eigentlich wollte die junge Kit Smallwood Hebamme werden, doch nachdem in ihrer Ausbildung ein Kind bei der Geburt verstarb, gab sie ihren Traum auf und verbrachte die Jahre des Zweiten Weltkriegs als Krankenschwester. Nun zieht sie mit ihrer Mutter auf die Farm ihrer Freundin Daisy, um ihr beim Aufbau der Geburtenklinik Moonstone in Indien zu helfen. So kann Kit wenigstens aus der Ferne ihre eigentliche Leidenschaft ausleben. Kit freut sich auf die Arbeit mit Daisy, umso mehr als der junge, gut aussehende indische Arzt Anto Thekkeden auftaucht, der den Frauen bei der Übersetzung der medizinischen Fachbücher helfen soll. Bald stellt Kit fest, dass ihr die Schreibtischarbeit nicht reicht – sie möchte Frauen bei der Geburt zur Seite stehen. Als Anto und Kit sich näherkommen, muss Kit eine Entscheidung treffen, die mit ihrem bisherigen Leben und allen Konventionen bricht …

Die Autorin

Julia Gregson arbeitete als Model, bevor sie sich dem Journalismus zuwandte. Nach Auslandseinsätzen in Vietnam und Indien begann sie in New York für den *Rolling Stone* zu schreiben, und hat Muhammad Ali, Buzz Aldrin, Ronnie Biggs und die Größen Hollywoods interviewt. Inzwischen ist sie verheiratet, hat eine Tochter, vier Stiefkinder und lebt in Wales mit drei Ponys und zwei Hunden.

Besuchen Sie uns auch auf
www.blanvalet.de,
www.facebook.com/blanvalet und
www.twitter.com/BlanvaletVerlag.

Julia Gregson

Die englische Hebamme

Roman

Aus dem Englischen von Elfriede Peschel

blanvalet

Die Originalausgabe erschien 2016 unter dem Titel
»Monsoon Summer« bei Orion, London.

Dieses Buch ist auch als E-Book erhältlich.

Verlagsgruppe Random House FSC® N001967

1. Auflage

in der Verlagsgruppe Random House GmbH,
Neumarkter Straße 28, 81673 München
Redaktion: Angela Küpper
JB · Herstellung: sam
Satz: Buch-Werkstatt GmbH, Bad Aibling
Druck und Bindung: GGP Media GmbH, Pößneck
Printed in Germany
ISBN: 978-3-7341-0480-0

www.blanvalet.de

Für Sarah, Charlotte, Hugo, Natasha und Poppy

Teil I

WICKAM FARM, OXFORDSHIRE

Kapitel 1

In meiner von Einsamkeit geprägten Kindheit gab meine Mutter ihr Bestes, um mir die Welt schöner und sanfter erscheinen zu lassen. So erklärte sie mir einmal während eines fürchterlichen Unwetters, ich brauchte keine Angst zu haben, denn das sei nur Gott, der im Himmel die Möbel verschiebe – ein Gedanke, der mich die ganze Nacht hellwach hielt.

Ein andermal, in Norwich, wo sie sich um einen älteren Witwer kümmerte, entdeckte ich auf unserem Heimweg vom Kino zwei Menschen, die, wie mir heute klar ist, in einer Gasse lebhaften Sex miteinander hatten. Sie spielen Eisenbahn, meinte Mutter. Ich erwiderte darauf, es sehe gar nicht aus wie unser Eisenbahnspiel, das wir manchmal spielten, indem wir unsere Fußsohlen gegeneinanderdrückten und sie tretend hin und her bewegten. Da lachte sie, oder vielleicht gab sie mir auch eine Ohrfeige. Bei ihr konnte man sich nie sicher sein.

Aber als wir an diesem feuchten Novemberabend in den Norden von Oxfordshire fuhren, hatte sie keine fröhlichen Worte auf Lager. Wir waren unterwegs zur Wickam Farm, wo Daisy Barker wohnte, meine Patentante und Freundin meiner Mutter und, wenn alles schiefging, auch ihre Arbeitgeberin. Daisy hatte uns »aus Gründen, über die wir sprechen werden, wenn ihr hier seid«, zu sich eingeladen, womit ich bestens klarkam, nicht nur, weil das ausgebombte, verbarrikadierte, rationierte London so deprimierend war, sondern weil ich die Farm liebte. Für mich war sie ein Zufluchtsort, für meine Mutter aber war sie aus Gründen, die ich nicht verstand, ein Ort der Schande.

Es regnete in Strömen, so heftig, dass die Scheibenwischer unseres Taxis gar nicht nachkamen; links und rechts ragten Hecken auf, so hoch wie kleine Häuser, und grenzten die Welt auf die feuchte Straße vor uns und einen grauen Himmel über uns ein. Und sie schluckten alle Geräusche, bis auf das Rauschen des Regens und das Krächzen eines nassen Fasans.

Eine Herde Jersey-Rinder, von der Nässe dampfend, blockierte unseren Weg bei den römischen Ruinen an der Straßenkreuzung. Unser Taxifahrer war ein freundlicher alter Herr, der die schweren Koffer meiner Mutter mit Begeisterung in den Wagen gestemmt und dabei ausgesehen hatte, als würde er alles für sie tun (sie hatte diese Wirkung auf Männer). Jetzt plapperte er vor sich hin und versuchte im Rückspiegel Blickkontakt mit ihr aufzunehmen. Neulich, meinte er, habe er alle möglichen Leute zu Miss Barker gebracht: Missionare, Schullehrer, Krankenschwestern, sogar ein paar Farbige. »Unterhält sie dort nicht eine Art indische Wohlfahrtseinrichtung?«, erkundigte er sich.

Ich spürte, wie meine Mutter neben mir erstarrte. »Keine Ahnung«, erwiderte sie im leicht pikierten Akzent der Home Counties. »Ich habe sie eine Ewigkeit nicht gesehen.«

Dabei grub sie ihre Nägel in meine Hand und verdrehte hinter seinem Rücken die Augen. Seit dem Krieg war die »Impertinenz des gewöhnlichen Mannes« eines ihrer

Lieblingsthemen, selbst wenn es um Gespräche ging, die sie begonnen hatte. Aber das zeichnete meine Mutter nun mal aus: Sie sandte ständig die unterschiedlichsten Botschaften aus.

Wir hatten den Eisenzaun erreicht, der die Grenze der Wickam Farm markierte, und als wir um die nächste Kurve bogen und ich die lange Einfahrt, die gekappten Eschen und die dunklen Wälder im Hintergrund sah, schlug mein Herz schneller. Wir waren da: Wickam Farm, der einzig mir bekannte Ort, der für mich so etwas wie ein Zuhause war. Hier lebte Daisy.

Daisy mit ihren großen Zähnen und dem wiehernden Lachen war für mich so etwas wie eine Mutterfigur geworden, obwohl sie selbst keine eigenen Kinder hatte. Sie war es, die mich in meinem Bestreben, Krankenschwester zu werden, ermutigt hatte: »Das ist etwas Solides und Nützliches, auf das du zurückgreifen kannst, wenn der Krieg vorbei ist.« Und Daisy war es, die, als ich am St.-Thomas-Krankenhaus angenommen wurde, mit mir zu Garrould's ging, um Kleider und Schürzen, das marineblaue Kostüm und den kleinen Hut zu kaufen.

Daisy, die auf liebenswerte Weise wie ein zu groß gewordenes Schulmädchen aussah, hatte vor dem Krieg in Bombay ein Waisenhaus unterhalten. Sie hatte Bücher geschrieben und politische Pamphlete verfasst und war dann während des Krieges nach Hause gekommen, um sich um die Farm zu kümmern, die vom MI6 requiriert worden war. Während dieser Zeit diente die Farm Künstlern, Bohemiens und Gelehrten als Bleibe, in der es hoch herging wie in einem Studentenschlafsaal. Wann immer es mir möglich war, verbrachte ich meine freien Tage hier und lauschte, wenn Daisy mit den klugen

Männern rund um den Küchentisch debattierte und ihnen an Intelligenz und Unerschrockenheit in nichts nachstand. Ich konnte es gar nicht erwarten, sie wiederzusehen.

Als wir uns dem Haus näherten, ging das Licht auf der Veranda an. Daisy kam in einem Tweedmantel und mit Galoschen herausgeschossen und rief dem Fahrer »Vorsicht! Vorsicht!« zu, um ihn vor einem neuen, riesigen Schlagloch in der Einfahrt zu warnen. Sie schloss meine Mutter in die Arme – »Glory, wie schön, dich zu sehen« –, und ich freute mich. Ich wünschte mir, dass andere Leute meine Mutter liebten, auch wenn ich selbst das nicht konnte. Dann vergrub ich mein Gesicht zur Begrüßung in dem alten Tweedmantel.

Daisy berichtete uns, die Einfahrt sei inzwischen so gefährlich, dass es sicherer war, die letzten hundert Meter zu Fuß zu gehen. »Bereitet es Ihnen große Umstände, ihre Koffer ins Haus zu tragen?«, fragte sie den Fahrer, der nichts dagegen hatte. »Oh, wären Sie so freundlich?«, sagte sie noch, und er trottete glücklich hinterher. Es gehörte zu den vielen Gaben Daisys, jedem das Gefühl zu geben, dass ihm bei welcher Aktion auch immer eine wichtige Rolle zukam.

Das Farmhaus war ein beeindruckendes dreistöckiges spätviktorianisches Gebäude mit Giebeldach. An diesem Tag hüllte der Regen es in einen gespenstischen Dunstschleier. Seine abblätternden Fenster trugen ein struppiges Kleid aus wildem Wein, durch den vier schwache Laternen drangen.

Ein Pferd kam ans Tor galoppiert, um Daisy zu begrüßen.

»Bert wurde nach dem Krieg aus dem Wehrdienst entlassen.« Sie streichelte ihn zwischen den Ohren. »Sein Besitzer ist gefallen, und so haben wir ihn fast umsonst bekommen – nicht wahr, Bert? –, auf der größten Pferdeauktion der Welt, dem Elephant-and-Castle-Markt. Die Hälfte dieser armen Wesen wird jetzt als Fleisch vermarktet.« Sie reichte mir ein Stück Brot, damit ich es Bert geben konnte. Ich spürte seine samtig weichen Lippen auf meiner Hand und sah seine im Zwielicht leuchtenden dunklen Augen. Ich atmete tief durch.

»Ich bin so froh, wieder hier zu sein, Daisy«, sagte ich emotionaler, als ich das meiner Mutter wegen beabsichtigt hatte, die fröstelnd und angespannt neben mir stand.

»Wir sind im Moment ein wilder Haufen auf dieser Farm«, berichtete Daisy, als wir über den knirschenden Kies liefen. »Wie es aussieht, unterhalte ich hier eine Art Pension von Indienheimkehrern – ich sag doch: aufpassen.« Sie hielt den Strahl ihrer Taschenlampe auf das nächste große Loch. »Ci Ci Mallinson ist mit ihrer Tochter Flora zurück aus Bombay, sie hat das obere Schlafzimmer gemietet, und natürlich Tudor, mein Halbbruder.«

Meine bei mir untergehakte Mutter verstärkte ihren Griff. Sie hatte mir im Zug ganz beiläufig von Tudor erzählt. Er sei vierzig, was in meinen Augen schon alt war, und unverheiratet, und ihm gehöre die Hälfte der gut acht Hektar großen Farm. Tudor, dem ich nie begegnet war, der aber vielleicht, nur vielleicht, möglicherweise … nun, den Rest könne ich mir ja denken, denn, wie meine Mutter als unverbesserliche Kupplerin nicht müde wurde zu betonen, Männer waren nach dem Krieg eine Rarität, und ich näherte mich dem fatalen Abgrund von dreißig, ein Alter, in dem »die Blütezeit einer Frau zur Neige geht. Aber nicht bei dir, Liebling – und wage es nicht, vor mir mit den Augen zu rollen! Ich meine es doch nur gut mit dir.«

»Tudor hat die meiste Zeit im Internat verbracht, während ich in Indien war«, fuhr Daisy fort, »und so lernen wir uns erst jetzt richtig kennen. Wir haben euch zu Ehren mit dem Abendessen gewartet.«

»Tut mir leid, wenn wir euch haben warten lassen«, sagte meine Mutter, bereits wieder in der Defensive.

»Glory.« Daisy legte ihr beruhigend die Hand auf den Arm. »Ich freue mich doch so, dass ihr hier seid.«

Der düstere Flur sah noch genauso aus, wie ich ihn in Erinnerung hatte. Unter unseren Füßen knarrte das Löwenfell. Von den Wänden starrten uns kalt die Köpfe von Füchsen, Rehen und einem Tiger an. (Daisys Vater, der Staatsdiener in Mysore gewesen war, war ein eifriger Jäger gewesen.) Es roch angenehm vertraut nach Hunden, Speck, Suppe und feuchten Regenmänteln.

»Als Erstes müssen wir den kleinsten Raum aufsuchen«, erklärte meine Mutter Daisy und zerrte mich mit ins untere Badezimmer. »Wir sind gleich wieder da.« Sie verschloss die Tür, zog mir den Hut vom Kopf, holte einen Lippenstift heraus – er hatte keine richtige Verschlusskappe – und versuchte, ein wenig davon auf meine Wangen zu tupfen.

»Was soll das, Mummy? Das kann ich schon selbst, wenn es sein muss.« Ich riss mich los von ihr, wusch mir die Hände und versuchte, mich wieder unter Kontrolle zu bekommen.

»Vertrau mir, Liebes«, sagte sie. »Es muss sein. Du bist so blass, wir müssen zusehen, dass du ein Stärkungsmittel bekommst.«

»Kein Stärkungsmittel!«, erwiderte ich theatralisch, wohl wissend, dass wir uns jetzt nicht streiten durften. Ihr umwerfendes schwarzes Haar knisterte wie ein Waldbrand, als sie es bürstete, und sie schnaufte heftig. Um sie zu beruhigen, trug ich ein wenig Lippenstift auf.

»So.« Sie strich ihr Kleid glatt und sah mich mit ihren großen braunen Augen an. »Alles erledigt. Warum musst du immer alles so aufbauschen.«

Als wir das Esszimmer betraten, verstummte das Gespräch. Drei Augenpaare schwenkten herum und sahen uns auf wenig freundliche Weise an.

»So … dann werde ich euch mal vorstellen.« Daisys Lächeln blieb unverändert liebenswert. »Bevor wir loslegen.«

»Schließ zuerst die Tür«, sagte eine ungeduldige Männerstimme. »Es zieht hier wie Hechtsuppe.«

»Mein lieber Tudor«, Daisy schloss die Tür mit ihrem Absatz, »das ist Kit! Die wunderbare Krankenschwester, von der ich dir erzählt habe.« Sie drehte am Knopf der Öllampe, damit wir ihn sehen konnten. Ein dünner Mann mit hoher Stirn und rötlichem Haar, das bereits zurückwich. Er trug Jagdkleidung, Knickerbocker und eine grüne Weste. Seine Haut hatte diesen typisch englischen rosa Ton und sah aus, als würde sie sich bei feuchter Witterung schälen. Tudor hatte überhaupt keine Ähnlichkeit mit Daisy, aber schließlich war er auch nur ihr Halbbruder.

»Tudor«, verkündete sie, »interessiert sich brennend für Archäologie und kennt sämtliche römischen Sehenswürdigkeiten hier in der Gegend.« Als er lahm seinen Arm in meine Richtung hob, gab meine Mutter mir einen kleinen Schubs in den Rücken. Strahle!, lautete die Botschaft.

»Die Suppe bitte«, sagte er zu der Gestalt zu seiner Rechten. »Bevor sie kalt wird. Und die Butter, wenn Sie fertig sind.«

»Und das ist Ci Ci, die gerade die Butter weiterreicht«, fuhr

Daisy fort. »Oder Mrs. Cecilia Mallinson, wenn ihr das lieber ist. Seit Kurzem zurück aus Bombay.«

Eine alte Dame, vermutlich Ende sechzig, gekleidet in einen grellen Kimono, winkte vage in meine Richtung. Zu ihren Füßen saß ein King-Charles-Spaniel. »Ich bin noch nicht ganz fertig damit, Tudor, aber wenn Sie möchten …«

»Kit und Glory«, sprach Daisy weiter, »haben freundlicherweise eingewilligt, mich bei meinem guten Werk zu unterstützen.« Die Augen meiner Mutter huschten in meine Richtung. Daisy, die uns im Lauf der Jahre immer wieder mal aus der Patsche geholfen hatte, war schon immer gut darin gewesen, unsere Anwesenheit zu erklären, ohne unseren Stolz zu verletzen. »Aber Kit hat am St.-Thomas-Krankenhaus gearbeitet«, dabei lächelte sie mich an, »und erst mal eine Pause verdient.«

»Oh, meinen Respekt. Das muss grässlich gewesen sein«, warf Ci Ci ein. »Dann ist die Mutter wohl die Anglo-Inderin?«, schob sie nach. Sicherlich hatte Daisy sie alle vor unserem Kommen informiert, um Stolperfallen im Gespräch zu vermeiden. »Ich finde, sie sieht furchtbar weiß aus.«

Ich spürte, wie meine Mutter zusammenzuckte. Von allen Möglichkeiten, jemanden vorzustellen, war ihr diese am unangenehmsten. »Und das ist Ci Cis Tochter Flora«, ging Daisy glatt über die unpassende Bemerkung hinweg.

Eine plumpe Frau Anfang dreißig bewegte sich wie eine Krabbe auf ihren Platz zu und setzte sich.

»Verzeihung, dass ich mich verspätet habe«, sagte sie.

»Es gibt wieder Erbsen und Schinken«, sagte ihre Mutter. »Hast du dir die Hände gewaschen?« Sie nahm ein Stück Schinkenschwarte von ihrem Teller und schob sie dem Hund ins Maul.

»Flora war während des Krieges als Landmädchen in Wiltshire«, erklärte Daisy. »Fürchterlich harte Arbeit.«

»Hallo, ihr beiden.« Flora, die ein freundliches, nettes, hoffnungsfrohes Gesicht hatte (»unbedarft«, sagte meine Mutter später), streckte ihre Hand über den Tisch aus, sodass jeder ihre schmutzigen Knöchel sehen konnte. Meine Mutter mit ihrer panischen Angst vor Keimen ergriff sie vorsichtig.

»Arbeiten Sie nach wie vor als Krankenschwester?«, wollte Flora wissen, als sie mir die Suppe in der hübschen Royal-Worcester-Terrine mit dem verbeulten silbernen Schöpflöffel mit der Weinlaubverzierung reichte.

»Ja und nein«, sagte ich. »Ich lerne wieder und hoffe …« Ich bekam mit, wie meine Mutter den Kopf schüttelte. Ich hatte ihr im Zug versprechen müssen, den Hebammenkurs nicht allzu früh zu erwähnen. »… nach London zurückzukehren. Und Sie?«

»Nun … ich weiß es noch nicht.« Sie zerpflückte ihr Brötchen. »Nachdem Mummy nun zurück ist, werde ich wahrscheinlich eine Weile bei ihr bleiben, was auch schön ist. Wissen Sie, vor dem Krieg, während Mummy in Indien war, habe ich die Schule besucht, und es gibt viel aufzuholen.« Ihr Lächeln erinnerte an einen Mungo, der vor einer Schlange saß.

»Ihre Schuhe gefallen mir.« Die alte Dame legte ihren Suppenlöffel ab und sah meine Mutter an, die in königlicher Haltung mit leicht schräg gestellten Beinen wie ein Model dasaß und ihre hervorragenden, beinahe affektierten Tischmanieren zur Schau stellte, die sie auch an mich versucht hatte weiterzugeben.

»Danke.« Meine Mutter schielte auf ihre Schlangenlederpumps. »Die sehen lustig aus, nicht wahr? Ich kann mich nicht mehr erinnern, woher ich sie habe.« Ich hatte diese Schuhe zuletzt am hohen Rist der Ehefrau eines Rechtsanwalts gesehen, bei dem sie in Norwich in Stellung gewesen war.

Als alle mit Essen fertig waren, stellte Daisy das schmutzige Geschirr auf ein Tablett. Meine Mutter und ich erhoben uns automatisch, um ihr zu helfen.

»Bleibt sitzen«, befahl sie. »Hausordnung: keine Arbeit am ersten Abend.«

»Seit dem Krieg ist es unmöglich, Bedienstete zu bekommen«, klagte Ci Ci. »Alle halten sich für zu gut dafür.«

Flora sah ihre Mutter verunsichert an und war schon auf dem Sprung. »Soll ich …«

»Setz dich, Flora«, herrschte die alte Frau sie an, und in ihrer Stimme klang der eindeutige Unterton mit, dass man hier schließlich zahlender Gast sei. »Mein Ehemann Godfrey«, erzählte sie Tudor, nachdem sie sich noch ein Glas Pflaumenwein eingeschenkt hatte, »arbeitete zwanzig Jahre lang in der Juteindustrie und liebte seinen Job. Flora ist ihm leider nur zweimal begegnet. Aber man hört nie auf, Mutter zu sein, wissen Sie.« Sie sagte es ironisch, als fürchte sie, es könnte zu sentimental klingen.

Ich sah, wie Flora die Röte in die Wangen stieg, und dachte: Armes Geschöpf. Kein Vater, kein Ehemann, kein Zuhause, kein Job, nachdem der Krieg nun zu Ende war, nur eine Zukunft mit Zimmern in Pensionen und billigen Hotels zusammen mit diesem seltsamen alten Vogel. Aber schließlich spürten wir alle die Nachwehen und die Anspannung und auch den Hunger, nachdem die Rationierung nun sogar schlimmer war als während des Krieges.

Nach einem weiteren Glas Wein versuchte Ci Ci ihren Hund in den Lichtschein zu heben, und da sah ich, wie merkwürdig ihre Lippen geschminkt waren. Sie hatte sie mit dem Lippenstift über ihre Mundwinkel hinaus angemalt, was im Zwielicht aussah wie eine Wunde.

»Und wo werden all diese Leute schlafen?«, fragte sie den Hund und küsste ihn.

»Im alten Kindermädchenzimmer ganz oben im Haus.« Daisy war mit Kaffee zurückgekommen. »Von dort hat man einen wunderbaren Blick über die Felder und Wälder.« Sie lächelte und zeigte dabei alle ihre Zähne auf einmal.

»Gott segne dich, Daisy.« Meine Mutter klang genauso majestätisch wie die Alte. »Dort oben ist es auch erfreulich ruhig.«

»Ich hoffe, es macht dir nichts aus, unter dem Dach zu schlafen«, sagte Daisy am nächsten Morgen zu mir, als wir über den Hof liefen. »Ich wusste, du würdest getrennten Schlafzimmern den Vorzug geben. Seit dem Krieg muss ich alle anderen Räume vermieten, und du hast ja die Einfahrt gesehen!« Sie sagte all das ohne Scham, doch mit aristokratischer Würde. Wenn es ums Geld ging, kannte Daisy keine Heimlichtuerei.

»Wie hast du denn Ci Ci kennengelernt?«, erkundigte ich mich und machte einen Bogen um eine riesige Pfütze.

»In Bombay auf einer Party. Sie hatte damals ein prachtvolles Haus, Bedienstete und einen Ehemann. Er starb an einem Herzanfall, während er sich die Schuhe anzog, und dann ging nach der Unabhängigkeit natürlich alles in Windeseile den Bach herunter. Sie kann sich kaum ein Ei kochen, die Arme.«

Vier Gänse watschelten über den Hof. In der Ferne erstreckten sich kilometerweit die Felder im blassen Sonnenlicht. Es ging das Gerücht, dass im Tal unter uns sieben römische Wagenlenker verbrannt wären. Und angeblich spukte ein kopfloser, nach Holzkohle riechender Mann durchs Haus.

»Ich bin glücklich im Dachboden«, erwiderte ich, und dem war auch so. Ich glaubte nicht an Gespenster, und mir gefiel die Schlichtheit des Raums mit seinen weißen Wänden, den Dachschrägen, dem Waschstand und dem kleinen weichen Bett, das einmal Daisys Eltern gehört hatte. Aber am besten gefiel mir die Aussicht auf die weite, offene Landschaft und den silbern glitzernden Fluss, der sie durchschnitt. Nach den vier Jahren, die ich in London in Schwesternschlafsälen verbracht hatte, empfand ich die Stille hier (es war so ruhig, dass man nachts sogar einen Apfel fallen hörte) als segensreichen Luxus. Mein letzter Schlafsaal – mit einem stotternden Gasofen und viel zu kleinen Wäscheständern, auf denen ständig fremde Unterwäsche tropfte – war so klein gewesen, dass man Platzangst bekam. Man konnte nicht mal in Ruhe weinen, so eng standen die Betten.

Und ich weinte, manchmal unkontrollierbar, und ich brauchte Raum, um nachzudenken. Es war nicht so, dass ich, wie ich mir selbst oft verärgert sagte, in einer spannenden Krise steckte. Es war der Krieg, es war das Leben, und keiner konnte etwas dafür, dass mein Jahrgang am St. Thomas direkt aus dem Klassenzimmer in den Bombenhagel katapultiert worden war. Während meines ersten Jahres auf Station, als über London in siebenundfünfzig aufeinanderfolgenden Nächten Schrecken und Wahnsinn des Luftkrieges tobten, war das Krankenhaus, das direkt gegenüber den Houses of Parliament lag, ein leicht zu treffendes Ziel. In einer Nacht sah es so aus, als stünde die ganze Themse – die Hausboote, Lagerhäuser, Parkbänke, Bäume – in Flammen.

Und jetzt war der Krieg vorbei, und ein Abgrund gähnender Leere tat sich vor uns auf. Mir war bewusst, dass ich nicht die einzige Krankenschwester war, in der immer noch eine übergroße Müdigkeit steckte, in meinem Kopf, in meinen Lebensgeistern, in den Muskeln meiner Beine, als wäre ich in wenigen Jahren von zwanzig auf siebzig gealtert; und ich war auch nicht die Einzige, die nachts von der Erinnerung an das nervenaufreibende Geräusch der Notfallsirenen aufschreckte oder immer wieder mit aller Willenskraft gegen die unzähligen grausamen Momentaufnahmen ankämpfen musste, die sich in meinem Gehirn eingenistet hatten: der faulige Fleischgeruch von Verbrennungen, der junge Feuerwehrmann, dem ein Schrapnell die Speiseröhre zerfetzt hatte und aus dem gurgelnd das Blut spritzte, bevor er starb, und natürlich *das Mädchen* … Aber ich machte auch noch eine andere Erfahrung. Ich hatte im zweiten Anlauf versucht, meine Hebammenausbildung zum Abschluss zu bringen, und dabei versagt, und das fühlte sich schlimm an.

Jeder sagt dir, ob du nun Krankenschwester oder Arzt bist, dass Fehler passieren können, dass wir nur Menschen sind, aber das Mädchen war es, das mich an meine Grenzen brachte, und ich kann nicht darüber schreiben, kann nicht mal daran denken. Ich kann nur sagen, dass es mir schwerfällt, mir zu verzeihen, und dass ich es vielleicht auch nie können werde.

Daisy sah mich strahlend an, als sie die Tür zum Stall aufschloss.

»Ich konnte es kaum erwarten, dir das hier zu zeigen«, sagte sie. Der Geruch von Staub und Heu hüllte uns sofort ein, und ich erinnerte mich, hier bei schlechtem Wetter die Lämmer gefüttert zu haben – das kräftige Saugen ihrer Zungen, ihre nach hinten rollenden Augen, sobald die Milch in ihre Mäuler strömte. »Das ist bisher unsere größte Errungenschaft.«

Es war eiskalt im Stall, fast noch kälter als draußen. Sie schaltete eine nackte, von Spinnweben geschmückte Glühbirne an, und das Erste, was mir ins Auge fiel, war eine riesige Tafel mit den Worten MOTHER MOONSTONE MÜTTERHEIM FORT COCHIN, mit Kreide geschrieben in Daisys schräger Schrift, darunter eine Zahlenreihe. Neben der Tafel standen zwei verschrammte Pulte, auf denen sich Akten stapelten und drei Kisten mit der Aufschrift SANITÄTSARTIKEL und NICHT FÜR DEN VERSAND GEEIGNET. An eine der Wände war ein riesiges Schaubild geheftet, das ich aus R. W. Johnstones Lehrbuch über die Vorgänge im Inneren einer Schwangeren zum Zeitpunkt der Geburt kannte.

»Mir ist es lieber, wenn das Büro vom Haus getrennt ist, weißt du«, meinte Daisy, als sie meinen zweifelnden Blick bemerkte. Dieses Büro war wie eine kleine Bühne inmitten von Heuballen und Stapeln alter Gatter errichtet. »Es ist wichtig, das Haus auch mal vergessen zu können, jedenfalls für kurze Zeit.«

Daisy, das wusste ich aus Erfahrung, war oft schon um fünf Uhr morgens auf den Beinen, um die Tiere zu füttern oder einen Eintopf zu kochen, weil sie diese Zeit für sich haben wollte. Sie kniete nieder, um den Ofen in der Ecke anzuschüren, und scheuchte eine dösende Hofkatze von ihrem Schreibtisch.

»Das ist dein Platz.« Sie zeigte auf einen Stuhl dem ihren gegenüber und reichte mir eine Decke zum Einwickeln. »Aber

Kit«, sie sah mich eindringlich und zugleich freundlich an, »bevor dir von meinen Informationen schwindlig wird, sag mir bitte ehrlich, wie geht es dir?«

Es gab Zeiten, da hatte eine solche Aufforderung zu einigen der besten und offensten Gespräche meines Lebens geführt. Aber nicht jetzt.

»Schon viel besser«, sagte ich. »Es tut gut, hier zu sein.« Die vage Vorstellung, ich könnte mich Daisy anvertrauen, empfand ich bereits als Maßlosigkeit. Dass sie sich dieses Haus mit fremden Leuten teilen musste, die vertrieben worden waren, war kein Zuckerschlecken, und ich fand, dass sie müde aussah und abgenommen hatte seit meinem letzten Besuch vor gut einem Jahr.

»Ich frage mich, ob es nicht ein Fehler war«, kam sie mir entgegen, »dass du dich so kurz nach Kriegsende sofort wieder auf den Hebammenkurs gestürzt hast. Was meint Glory dazu?«

»Sie ist nicht begeistert«, sagte ich. In Wahrheit hatte meine Mutter, nachdem ich es ihr erzählt hatte, eine Woche nicht mit mir gesprochen. Sie war schon beim ersten Mal entsetzt gewesen, gingen doch ihre Pläne für mich in eine andere Richtung. Sie sah mich schon im Gesundheitsbereich oder als Sekretärin, vielleicht als Sprechstundenhilfe eines Arztes, an einem Ort, wo man hübsche Kleider trug, Männer kennenlernte und diskret mit ihnen flirtete.

»Hm, das hatte ich mir schon gedacht.« Daisy sog die Lippen zwischen ihre Zähne.

»Aber mir hat die Ausbildung Freude gemacht.« Ich zögerte, war wütend, dass meine Lippen bebten. »Ich habe meine Prüfungen gut bestanden und wollte sie zu Ende bringen. Das ist es nicht. Ich denke, ich war erschöpft«, ergänzte ich lahm.

»Und dieser schreckliche Winter … du weißt schon … ganz normale Dinge.« Ich presste die Augen zusammen, wie um die Erinnerung auszusperren, die mich überallhin begleitete: das Mädchen. Ihr schreiender Mund.

»Nun, wir müssen heute nichts tun, wenn dir nicht danach ist. Und du darfst dich von mir nicht mit Fragen bombardieren lassen.« Dabei sah sie mich so freundlich an, dass ich tief Luft holen musste.

»Ganz ehrlich, Daisy«, sagte ich und stand auf, »wenn ich nicht bald wieder arbeite, zerbröselt mein Gehirn, also sag mir, was zu tun ist.«

Sie lachte, als hätte ich einen Scherz gemacht, und zog die Schreibtischschublade auf. »Dann lass uns mal loslegen.«

Im Laufe der nächsten Stunde skizzierte Daisy mir ernst und entschlossen, was sie vorhatte und was mir als gefährlicher Plan erschien.

»Erinnerst du dich noch daran, dass ich dir von dem Waisenhaus erzählt habe, das ich Ende der Zwanzigerjahre in Bombay geleitet habe?«, begann sie.

»Natürlich!« Ich hatte immer voller Begeisterung ihren Geschichten aus der Tamarind Street gelauscht.

»Nun, es war eine wunderbare Zeit. Ich habe es mit einer Gruppe intelligenter Frauen aufgebaut, die ich in Oxford kennengelernt hatte, und wir beschäftigten indische Freiwillige dort. Wir kamen blendend zurecht, und ich war sehr glücklich, und obwohl unsere Arbeit nur ein Tropfen auf den heißen Stein war, bewirkten wir immerhin etwas, auch wenn es nicht genug war.« Daisy, die nicht zur Selbstbeweihräucherung neigte, sah traurig aus, als sie dies sagte.

»Im August, nach der Unabhängigkeit, dachten wir, man würde uns rauswerfen oder schlimmer – aber es kam anders.« Ihre Augen funkelten. »Etwas sehr Aufregendes passierte. Ich wurde von meiner sehr guten Freundin Neeta Chacko aus Südindien gebeten weiterzumachen, indem ich ihr half, eine Mutter-Kind-Klinik in einem kleinen Krankenhaus in Fort Cochin aufzubauen. Geplant sind die Zusammenarbeit mit ihrem indischen Personal und die Entwicklung eines Lehrgangs, der einen Austausch unseres westlichen Wissens mit dem der Dorfhebammen, der *vayattattis,* ermöglicht. Deshalb sind wir auf der Suche nach englischen Hebammen, die nach Indien gehen. Es müssen nur die Richtigen sein.«

»Die Richtigen?«, hake ich vorsichtig nach. »Soll heißen?«

»Nun, nicht die verbohrten Besserwisser. Wir können von den einheimischen Frauen eine Menge lernen.«

»Aber wer sollte dorthin wollen?«, fragte ich. In den letzten paar Monaten waren die Zeitungen voll von schrecklichen Berichten über das Chaos, das auf die Unabhängigkeit folgte: die dreißigtausend erschlagenen Muslime, das Abschlachten unschuldiger Passagiere in brennenden Zügen, Nachbarn, die ihre Nachbarn töteten, und so weiter. »Hassen die Inder uns nicht jetzt?«

»Nun, weißt du, das ist Blödsinn«, antwortete Daisy. »Einige tun dies zu Recht, aber es gibt andere, mit denen wir seit Jahren gearbeitet haben, sie waren unsere Freunde und können außerdem jede Hilfe gebrauchen, die sie kriegen können.«

»Wollen sie sich nicht vom Gängelband der Briten lösen?« Das hatte mir nämlich meine Mutter erzählt, und dabei hatte ein bitterer Ton in ihrer Stimme mitgeschwungen.

»Nicht ganz.« Daisy stellte einen Wasserkessel auf den

Herd. »Meine Güte, ist das kalt hier drin, nach der Wettervorhersage könnte es morgen sogar schneien. Zum Teil ist es unser Fehler, dass Indien noch immer eine erschreckend hohe Kindersterblichkeit hat. Sie zu bekämpfen stand natürlich nicht besonders hoch auf der Prioritätenliste unserer Regierung, aber vernünftigerweise möchte die jetzige Regierung, dass ausländische Hebammen aus Amerika und Großbritannien diese Lücke schließen.«

Offenbar war mir meine Skepsis anzusehen. Als sie mir eine Tasse Tee reichte, sagte sie: »Offen gestanden ist die Situation fatal. Die Aufstände und das Morden haben die örtlichen Krankenhäuser in eine äußerst angespannte Lage gebracht. Neeta hat uns angefleht, zurückzukommen und Ausstattung, Bücher, Geld mitzubringen, alles, was uns möglich ist.«

Sie stand auf und warf ein Stück verrottetes Gatter ins Feuer.

»Fährst du denn hin?« Mein Mund wurde dabei trocken.

»Ich kann nicht.« Sie sah untröstlich aus. »Ich muss die Farm führen, sonst bricht hier alles zusammen, und außerdem ist es wichtig, dass das Moonstone seine eigene indische Verwaltung hat. Es werden Hebammen gebraucht. Nimm dir einen Pfannkuchen.« Daisys Pfannkuchen waren lecker: saftig und mit Biss und goldenem Sirup darin, damit sie süß schmeckten.

»Ich bin noch keine richtige Hebamme.« Ich nahm mir einen Pfannkuchen. »Mir fehlen im ersten Teil meiner Ausbildung noch zwei begleitete Entbindungen, um mich für den zweiten Teil anmelden zu können.« Die Regel sah vor, dass Hebammenschülerinnen, die ausgebildete Krankenschwestern waren, sich um zwanzig stationär untergebrachte

Gebärende und zehn Patientinnen kümmerten, die zu Hause entbunden wurden, sodass man im Laufe eines Jahres auf dreißig Geburten kam. Ich hatte an achtundzwanzig Geburten teilgenommen und dann aufgrund der Geschehnisse abgebrochen.

»Dann fehlen dir also nur noch zwei Geburten.« Daisy steckte die Decke um meine Knie fest. »Ich habe überlegt, ob du jemals mit deiner Mutter in Indien warst?«, hakte sie unverfänglich nach, während ich kaute.

»Daisy«, sagte ich warnend. Ich ahnte, wohin das führte, und hatte bereits beschlossen, Nein zu sagen. »Ich war nie dort, und wenn doch, war ich zu klein, um mich daran erinnern zu können.«

Die Geschichten meiner Mutter über Indien waren verworren und wechselten ständig, sodass ich mich, um ihre eigenen Worte zu gebrauchen, immer »wie auf rohen Eiern« fühlte, wenn das Thema angeschnitten wurde, weil ich nicht wollte, dass sie zufällig ausplauderte, was sie so sorgfältig zu verbergen versuchte.

»Ich denke, Mummy ging dort zur Schule.«

»Das stimmt.«

»Hat sie nicht auch für irgendeinen Regierungsbeamten oder so gearbeitet? In einem guten Job?«

»Schon möglich.« Nun war es an Daisy, auf der Hut zu sein. »Da fragst du sie lieber selbst.«

Ein Windstoß riss die Stalltür auf. Drei Enten watschelten durch den Schlamm, der Wind drückte ihre Federn platt. Daisy lief eilig zur Tür, schloss sie und legte dann Feuerholz nach.

»Also zurück zum Moonstone.« Nun wickelte sie sich selbst auch in eine Decke. »Woran Neeta und ich arbeiten, ist ein einfaches Lehrprogramm, das die örtlichen Hebammen nicht verwirrt, von denen einige Analphabeten sind – und nun kommt's! Ich denke, ich habe die sprichwörtliche Nadel im Heuhaufen gefunden, indem ich einen jungen Arzt in Oxford aufgespürt habe, der Malayalam spricht, die Sprache der Einheimischen von Cochin. Er wird mir bei den Übersetzungen helfen. Da wir es da drüben im Moment mit einem ziemlichen Minenfeld zu tun haben, dürfen wir auf keinen Fall den Anschein erwecken, dass die Engländer die einheimischen Frauen herumkommandieren wollen. Wir möchten ihre Besten und Klügsten unterrichten, aber wie du weißt, kann das ziemlich vertrackt sein. Einige Hindufrauen der hohen Kasten müssen sich komplizierten Reinigungsritualen unterwerfen, sofern sie die Körperflüssigkeiten anderer auch nur berühren möchten.«

»Scheint ja äußerst schwierig zu sein.«

»Genau das sagt Tudor auch.« Sie lächelte traurig. »Ihm ist es völlig schleierhaft, warum ich meine Zeit darauf verwende, deshalb ist es wohl am besten, wir sprechen das bei den Mahlzeiten nicht an. Es kann ein sehr explosives Thema sein.«

»Ich denke, meine Mutter würde sich dem anschließen, aber mich verwundert es nicht«, sagte ich. Daisy war der beste Mensch, den ich je kennengelernt hatte, doch sie hörte das nicht gern.

Sie sah auf ihre Uhr. »Ich werde mich jetzt beeilen – in einer halben Stunde gibt es Mittagessen. Was wir am dringendsten benötigen, ist Geld, um die Einrichtung aufzubauen, zu unterhalten und um zu zeigen, was wir erreichen können. Wenn wir das schaffen, bin ich mir sicher, dass die neue Regierung uns irgendwann unterstützen wird. Ich schicke Bittbriefe an alle raus, die mir einfallen. Kannst du mir dabei helfen?«

»Aber ja, natürlich!« Ich fühlte mich, wie ich beschämt zugeben musste, erleichtert, dass sie nicht mehr von mir wollte. »Ich kann einhundertzwanzig Wörter in der Minute tippen«, prahlte ich. Meine Mutter hatte darauf bestanden, dass ich die Balmoral-Schreibmaschinenschule in der Oxford Street besuchte. »Wann fangen wir an?«

»Heute.« Sie holte einen Stapel Akten von ihrem Schreibtisch. »Lass uns als Erstes eine Liste der Vorräte erstellen. Nichts Schweres für den Anfang.«

Kapitel 2

Als der Schnee kam, fiel er in dicken Flocken, sodass die Umrisse der fernen Hügel weich wurden und verschwammen und die schmalen Straßen unbefahrbar waren. Die Wickam Farm wurde zu einer Insel inmitten von Weiß. Jeden Morgen nach dem Frühstück stapften Daisy und ich mit drei Paar Socken, allen Pullovern, derer wir habhaft werden konnten, Pulswärmern und langen Unterhosen bekleidet über den Hof und in den Stall. Wir lasen Lehrbücher, schrieben an Hebammen in der Ausbildung, gingen methodisch das Telefonbuch nach möglichen Spendern durch und verfassten Bittbriefe. Wir packten Pakete, die der Postbote auf den Weg nach Indien bringen würde, sobald die Straßen wieder frei wären.

Dank Mr. Wills, einem benachbarten Bauern, der eindeutig in Daisy verliebt war und rotgesichtig und schnaufend Tag für Tag auf einem seiner Pferde zu uns geritten kam, erreichten uns einige Brief. Wir verwahrten die Antworten auf unsere Bittbriefe in zwei alten Keksdosen auf Daisys Schreibtisch, eine mit der Aufschrift Ja, die andere mit Nein. Nach drei Wochen konnte man die Ja-Briefe noch an allen zehn Fingern abzählen, aber dennoch zeigte Daisy sie mir voller Freude. Ein Zehn-Shilling-Schein und ein »Gut gemacht, Daisy«

von einer Tante. Ein hart verdienter Fünfer von einer ehemaligen Krankenschwester, die in Indien gearbeitet hatte und sich jetzt wegen Magenproblemen in Brighton zur Ruhe gesetzt hatte. Das Versprechen von zwanzig Paketen Tupfern und ein paar Packungen Aspirin von einem örtlichen Apotheker. Solche Dinge.

Die Briefe in der Nein-Dose explodierten fast vor Wut auf unsere Dummheit, einem undankbaren Indien auch weiterhin helfen zu wollen.

»Hier ein besonders schönes Exemplar«, sagte ich zu Daisy.

Liebe Miss Barker, schrieb Colonel Dewsbury (im Ruhestand) aus Guildform, *(und ich nehme an, dass Sie eine Miss sind). Ihr an mich adressiertes Schreiben vom 20.11.47 hat mich offen gestanden geradezu schockiert, da Sie tatsächlich noch immer in Betracht ziehen, Indien das Recht zuzugestehen, uns auszubeuten. Ich weiß nicht, ob Sie die Zeitungen lesen, aber nachdem sie sich an den Eisenbahnen erfreuten, die wir für sie gebaut haben, den Schulen, die wir für sie eingerichtet haben, und an Tausenden anderer Vorteile, die wir für sie erkämpft und für die unsere Männer mit dem Leben bezahlt haben, HABEN SIE UNS EINFACH RAUSGEWORFEN.* Dies hatte er so vehement unterstrichen, dass das Blatt Schreibpapier perforiert war. *Zwei Generationen meiner eigenen Familie haben für dieses Land ihr Leben gelassen (der Vater bei den Inniskillings, und den Urgroßvater erwischte es bei den Aufständen im Norden, wo sie uns zwei Tage lang ohne Wasser und Nahrung eingekesselt haben). Es tut mir leid. Von jetzt an NEIN, Nächstenliebe beginnt zu Hause.*

Seine zornige Unterschrift hatte ein weiteres Loch ins Papier gerissen.

»Ich denke, wir können mit ziemlicher Sicherheit davon ausgehen, dass der Colonel uns nicht in seinem Testament bedenken wird.« Ich schloss ihn in der Nein-Dose ein. »Ich höre dich brüllen, Colonel«, dabei legte ich mein Ohr auf den Deckel, »aber raus kannst du nicht.«

»Oh Kit«, sagte Daisy nach einigem schulmädchenhaften Gekicher, »geh nicht so bald wieder fort.«

Das wollte ich auch nicht. Ich liebte die Arbeit mit Daisy, und in unserem Kokon aus Schnee und vertieft in dieses aufregende Projekt, fürchtete ich insgeheim, die Straßen könnten schon allzu bald wieder freigeräumt sein, sodass ich keine Ausrede mehr hätte, nicht in das St.-Andrew-Krankenhaus zurückzukehren, das Schwesternheim, an dem ich mich nach meiner allgemeinen Ausbildung zur Krankenschwester zur Hebamme hatte ausbilden lassen. Vor dem Unterricht war mir nicht bang, den liebte ich, und auch nicht vor den Prüfungen, aber ich fürchtete mich davor, wieder in die Klaustrophobie eines überfüllten Schlafsaals zurückkehren zu müssen. Die spezielle Aufgabe, der ich mich erneut stellen musste, war die eigenständige Entbindung eines weiteren Kindes, und das bereitete mir Übelkeit und Schwindel, kein gutes Gefühl für eine Hebammenschülerin.

»Meinetwegen kannst du für immer hierbleiben.« Daisy tätschelte meinen Arm. »Deine Mutter ist beschäftigt. Tudor hat dich gern um sich.«

»Kein stinkender Fisch also?« Ich versuchte den hoffnungsvollen Blicken auszuweichen, mit denen Daisy und meine Mutter jede Erwähnung von Tudors Namen begleiteten. Es war misslich, aber ich hatte tatsächlich eine Abneigung gegen ihn: seine gelangweilte Art, seine Zimperlichkeit bei Tisch, als wäre das Essen eine Art Beleidigung, obwohl meine Mutter sich so bemühte, die Art und Weise, wie er Daisy behandelte, als wäre sie ein Dienstmädchen.

Daisy versuchte, mein Herz mit Entschuldigungen für sein rüpelhaftes Verhalten zu erweichen: Tudor sei es nach der Armee und davor dem Internat und Oxford nicht gewohnt, so viele Frauen um sich zu haben; es falle Tudor schwer, sich bei Tisch zu unterhalten (wobei mein innerer Zensor aufgab und sagte: Oh, der arme klitzekleine Tudor), zumal er so beeindruckend intelligent sei und keinen Small Talk dulde.

»Du könntest nie ein stinkender Fisch sein«, erwiderte sie entschieden. »Du bist Familie, kein Gast.«

»Es war gut für uns«, sagte ich. »Mummy und ich haben auf dem Weg hierher kaum miteinander gesprochen, und da wir nun jeden Tag zusammen sind, bedeutet das …«, ich schwankte, als ich das sagte, denn ich kam mir dabei bereits illoyal vor, »dass wir wenigstens unter einem Dach sind und ich mir um sie keine Sorgen zu machen brauche.«

»Das ist doch gut.« Daisys Blick war fest und freundlich. »Sie liebt dich, weißt du.«

»Ich wünschte nur, sie könnte eine Aufgabe finden, die ihr wirklich liegt.«

»Ideal ist es nicht.« Das konnte selbst Daisy nicht leugnen. »Aber indem sie hier den Haushalt führt, hat sie mir den Hals gerettet, und sie ist eine wunderbare Köchin.« Bei diesen Worten verspürte ich den alten Glanz des Stolzes, und er war gerechtfertigt. Daisys feste Köchin Maud war wegen einer ständig wiederkehrenden Bronchitis daheim, und als wegen des Schnees unsere Lebensmittelvorräte knapp zu werden drohten, hatte Ma kleine Wunder mit unheilvoll aussehenden

Einweckgläsern aus dem Keller vollbracht und aus dem eingelegten Gemüse cremige Suppen mit einer Prise dies und das zubereitet. Und sie zauberte aus wenig verheißungsvollen Lammstücken und schrumpeligen Karotten oder einem ausgemusterten Legehuhn köstliche Eintöpfe.

Schade war nur, dass sie sich unentwegt über Daisys hoffnungslos unzulängliche Küchenutensilien beklagte, den altmodischen Herd, die Heizung, die Trostlosigkeit des grauen Himmels, obwohl ich daran gewöhnt war: Meine Mutter hatte jede Menge Erfahrung darin, die Hand zu beißen, die sie fütterte. Aber wenigstens sprachen sie und ich wieder miteinander.

Als ich ihr ein bisschen was von unserem Wohltätigkeitsprojekt erzählen wollte, hatte sie die Stirn gerunzelt und unter dem Vorwand, dafür zu zart besaitet zu sein, gemeint: »Nicht jetzt, meine Liebe«, aber dann hörte ich sie, wie sie im Nebenzimmer mit meiner Klugheit prahlte, die ich auf der Schule unter Beweis gestellt hatte, und ihre Freude betonte, dass ich an die Schreibmaschine zurückgekehrt war – eine triumphale Rechtfertigung ihrer ursprünglichen Pläne für mich.

Wenn ich abends nicht zu müde war, nahm ich die verbeulte Remington mit hinauf auf mein Zimmer und ließ meine Finger über die Tasten fliegen, um Josie, meiner besten Freundin im St.-Thomas-Krankenhaus zu schreiben. Sie war eine grundehrliche Bauerntochter, und wir hatten zusammen viel gelacht und uns Geheimnisse anvertraut und waren, wenn wir es uns leisten konnten, während des Krieges abends ausgegangen. Josie war auch bei mir gewesen in jener Nacht, als es passiert war, und redete mir immer wieder gut zu, dass es nicht mein Fehler gewesen sei.

Manchmal schrieb ich auch in mein Tagebuch, und wenn ich damit fertig war, ging ich über den Treppenflur ins Zimmer meiner Mutter, um ihr einen Gutenachtkuss zu geben. Wenn sie an ihrem Frisiertisch saß, bürstete ich ihr wundervolles schwarzes Haar, was sie jedes Mal mit einem erwartungsvollen Stöhnen begrüßte und mich traurig machte.

Meine Mutter war wunderschön, habe ich das schon gesagt? Das indische Blut, das zu verbergen sie sich so viel Mühe gab, hatte sie mit einer wunderbar zarten, leicht karamellfarbenen Haut und glänzenden Haaren gesegnet. Und trotz unserer klammen Finanzen war sie unglaublich gut gekleidet – aus der Ferne der Inbegriff einer Engländerin, nur dass sie sehr viel besser aussah. Meine glamouröse Prinzessin im grünen Satinkleid und Diamantenhalsband (Strass). Sie war meine Köchin, meine Geschichtenerzählerin und auch meine exotische Reisegefährtin: lustig und abergläubisch mit Ausbrüchen von Frohsinn, die mich an eine Katze erinnerten, die sich an einem Vorhang hochzieht. Aber sie hatte auch die überraschenden, fauchenden Wutausbrüche einer Katze.

An manchen Abend richtete sie, wenn ich zu ihr ging, ihre schildpattfarbenen Augen auf mich und bat mit der Stimme eines kleinen Mädchens: »Lies mir doch etwas vor.« Sie hatte immer eine kleine Sammlung von Liebesromanen dabei, und ihr damaliges Lieblingsbuch war Georgette Heyers Roman »Die spanische Braut«. Und so kuschelten wir unter der Daunendecke wie in alten Zeiten, und ich übernahm sämtliche Rollen der Handlung – Juana, Lord Wellington, Harry Smith –, und sie war wieder glücklich.

Manchmal versuchte sie mich zu überreden, eins ihrer hübschen Kleider anzuziehen (einige waren Geschenke ihrer reichen Arbeitgeber, andere – wie soll ich es ausdrücken – hatte sie sich selbst geschenkt), und meinte, damit könnte ich unten ein wenig die Stimmung auflockern, womit sie vermutlich Tudor meinte. Sie bat mich auch, mir meine Nägel polieren zu dürfen. Eine Dame werde immer aufgrund ihrer Hände beurteilt.

Als ich das Josie einmal erzählte, zeigte sie auf ihre ungebändigte rote Freizeitmähne und sagte: »Und was ist damit? Oder hiermit?«, wobei sie sich ganz aufrecht hielt, damit man ihren Busen bewundern konnte. Aber Josie machte Nachtschicht in London und war für derlei Scherze gerade nicht erreichbar, und weil ich wusste, dass ich bald wieder aufbrechen würde, ließ ich es über mich ergehen (was sehr anstrengend war), dass meine Mutter sich mit besorgter Miene meiner Nagelhaut annahm und die tote Haut mit einem speziellen kleinen, spitzen Dolch zurückschob, den sie ihrem Koffer aus Chagrinleder entnahm.

Die größeren Dinge, die zwischen uns waren, schob sie wie unerfreuliche Nagelschnipsel unter den Teppich.

Eines Nachts kam sie zu mir ins Zimmer, wo ich um drei Uhr mit weit aufgerissenen Augen im Bett saß. Ich hatte wieder an das Mädchen denken müssen – ihre roten Haare, ihre Schreie –, wich aber den Fragen meiner Mutter aus und sagte etwas von Nachtschichten im Krankenhaus, und wie schwer es mir falle, wieder normal zu schlafen. Weil sie meinen Kummer spürte, unterbrach sie mich mit einem seltsam gekünstelten Lachen, das mich so schlimm traf wie ein Schlag, und sagte: »Oh Kitty, nun sei doch nicht so morbid. Der Krieg ist jetzt vorbei.«

An dem Tag, als sich eine Veränderung für mich anbahnte,

taute es draußen. Maud, die Köchin, tauchte mit geröteten Wangen und heftig schnaubend und mit einem bellenden Husten am Vormittag auf und meinte, es sei draußen zwar noch immer eiskalt, aber auf den Straßen schmelze der Schnee, was Daisy und mich freute. Denn wir hatten Pakete mit Utensilien für die Wöchnerinnen, Büchern und Wandschaubildern gepackt, die nun endlich auf den Weg nach Indien gebracht werden konnten.

Als ich zum Mittagessen ins Haus kam, hoben Tudor und Flora sich wie gerahmte Silhouetten vor dem hellen Fenster ab, Tudor hinter den Seiten von »The Listener«, mit denen er gewichtig raschelte. Flora warf hin und wieder einen nervösen Blick auf ihn. Die arme Flora. Von ihrer Mutter von der Küche ausgesperrt (»Wir bezahlen, Liebes. Es gibt dafür Leute.«), hatte man ihr zu verstehen gegeben, dass sie auf der Wickam Farm nur eine einzige Aufgabe hatte. Ich hatte sie zuvor im Flur getroffen, die Lippen geschminkt und unsäglich herausgeputzt, und mitbekommen, wie Ci Ci, die so diskret wie ein Megafon war, gesagt hatte: »Nun mach in Gottes Namen doch nicht so ein Theater darum. Geh da rein und sprich mit ihm.«

Beim Mittagessen warf Ci Ci Flora auffordernde Blicke zu, denn diese hatte abgesehen von ein paar schüchternen Bemerkungen zum Tauwetter und wie gut es doch tat, wieder etwas Grün zu sehen, und wie hübsch sich die Regentropfen auf der Fensterscheibe ausmachten, nicht gerade für ein anregendes Tischgespräch gesorgt. Meine Mutter war schlecht gelaunt: Der Herd spielte wieder verrückt – das musste am minderwertigen Koks liegen –, und die Steckrüben-Karotten-Suppe blieb hinter ihrem üblichen Standard zurück. Ci Ci hatte ihren Teller nach ein paar Löffeln beiseitegeschoben.

Daisy kam verspätet, doch ihr rosiges Gesicht und der federnde Schritt brachten Schwung in den Raum. Der schmelzende Schnee habe einen der Ställe geflutet, erzählte sie, und William, das Kutschpferd, sei völlig durchnässt gewesen. Sie habe ihn trocknen müssen. »Bestimmt mit unseren Handtüchern«, jammerte Ci Ci.

Das Telefon läutete.

»Gehst du bitte dran?« Tudors Glupschaugen tauchten hinter der akademischen Zeitschrift auf, die er zu lesen vorgab. »Das ist bestimmt für dich.«

»Ramsden 587«, hörte man Daisy im Flur flöten. »Ach wie schön. Du liebe Güte, ja! Natürlich, natürlich, ganz hervorragend!« Und dann, nach einer Pause: »Reizend, reizend. Nein, nein, nein, ganz und gar nicht. Das passt ganz ausgezeichnet.«

»Klingt, als hätten wir im Toto gewonnen«, meinte Tudor zu mir, »aber vermutlich ist es nur ein weiterer Gast.« Dabei verzog er das Gesicht zu einer vorgeblich freudigen Fratze.

»Lassen Sie mich nur rasch einen Stift holen. Sie können es mir buchstabieren. Nein, nein, nein. Ich trage es sofort ein.«

Meine Mutter seufzte, erhob sich und ging schwerfällig in die Küche, um die Shepherd's Pie zu holen. Tudor warf seine Zeitschrift beiseite und verließ den Raum. Er stapfte nach oben, eine entfernte Tür schlug zu.

»Ich werfe ihm nicht vor, dass er sauer ist.« Ci Ci durchbrach das darauffolgende Schweigen. »Kein bisschen. Sie kann einfach nicht Nein sagen.« Sie nahm einen Schluck Crème de Menthe, den sie während der Mahlzeiten wegen ihrer Verdauungsprobleme trank, und lauschte dann weiter.

»Und Sie sind aus Travancore?« Daisys begeisterte Stimme drang vom Flur herein. »Ja, ja, ich weiß, natürlich, eine wunderbare Gegend. Wie viele Nächte können Sie bleiben?«

Ci Ci lauschte aufmerksam, auf ihrem Lippenstiftmund glänzte ein öliger grüner Fleck. »Herr im Himmel«, entfuhr es ihr. »Jetzt lädt sie sogar schon Inder ein.« Heftig atmend streichelte sie ihren Hund.

»Deine Tante Ruth ist in Eastbourne«, sagte sie zu Flora. »Wir können immer noch dorthin.«

Ein Ausdruck reinster Panik huschte über Floras Gesicht. »Tudor hat versprochen, dass es bald ruhiger werden wird im Haus, Mummy. Können wir das nicht abwarten?« Sie richtete ihre flehenden Augen auf mich. »Und Kit kehrt doch nach London zurück, oder nicht?«

Ich nickte, auch wenn ich noch nicht wusste, wann das sein würde.

»Ich habe ganz ausgezeichnete Neuigkeiten!« Daisy kam mit einem Teller Erbsen und gestampften Kohlrüben zurück. »Meine Freundin Neeta Chacko hat einen Arzt für uns gefunden. Er hat am Barts College Medizin studiert und nach seinem Abschluss am Exeter College gearbeitet und macht einen äußerst charmanten Eindruck. Er spricht gut Englisch und Malayalam und freut sich darauf, ein paar Wochen bei uns zu verbringen, um an seiner Doktorarbeit zu schreiben und uns bei den Übersetzungen zu helfen. Ist das nicht wunderbar?« Sie strahlte übers ganze Gesicht.

»Hurra.« Ci Ci lallte ein wenig. »Noch mehr kalte Bäder.«

»Mummy«, murmelte Flora tadelnd.

»Thekkeden.« Daisy löffelte Shepherd's Pie auf Ci Cis Teller. »Das ist sein Nachname. Neeta sagt, er komme aus einer

Nasrani-Familie, sehr gebildet, womöglich Kommunisten. Das sind eine Menge Leute in Südindien.«

Ci Ci schürzte die Lippen. »Inder. Kommunisten. Das wird ja immer besser.«

»Mummy!«

»Tudor wird sich über männliche Gesellschaft im Haus freuen«, meinte Daisy, »und für uns ist er wichtig.« Ihr Gesicht verriet, dass sie bereits vorausplante. »Hab ich recht, Kit?«

»Genau, Daisy.« Ich erwiderte ihr Lächeln und hoffte, dass meine Mutter damit zurechtkommen würde.

»Nächste Woche wird er hier sein«, sagte sie. »Wenn der Schnee weggetaut ist.«

Kapitel 3

Daisy befand, wir sollten den jungen Arzt mit einem Currygericht willkommen heißen. Sie wollte am Morgen nach Oxford fahren und hoffte, dort ein Mango-Chutney aufzutreiben. Ich bot an, meiner Mutter in der Küche zur Hand zu gehen, weil Maud tags zuvor auf Anraten ihres Arztes gekündigt hatte.

Während meines Heranwachsens hatte ich meine Mutter die übliche Pampe zubereiten sehen – Hackbällchen, gekochter Kohl, Nierenfettkuchen –, aber einem Curry haftete immer etwas Geheimnisvolles und Besonderes an, weil es das nur gab, wenn wir unter uns waren. Dann holte sie eine verbeulte grüne Dose hervor, entkorkte die darin enthaltenen winzigen Fläschchen und maß mit fast an Hexerei grenzender Präzision fünf oder sechs Gewürze ab. Ich hatte strikte Anweisung, meine Finger von der Dose zu lassen, die sie in einer der Seitentaschen ihres Koffers verwahrte, und durfte über diese Gewürze mit keinem sprechen. Wenn das Curry gekocht war, aß sie es in einer Art Trance mit halb geschlossenen Augen in aller Stille.

Aber an diesem Morgen funktionierte der alte Zauber nicht. Ihr Rücken wirkte starr, als sie sich die Schürze umband, und zwischen ihren Augenbrauen grub sich eine messerscharfe Falte ein.

»Das übernehme ich, Ma«, schlug ich vor, als ich den Berg Zwiebeln und Karotten auf dem Abtropfbrett liegen sah. Ich nahm eine Zwiebel und fing an, sie zu hacken, aber sie riss mir das Messer aus der Hand.

»Nicht so – *so* wird das gemacht.« Sie bearbeitete die Zwiebel so schnell, dass ihre Bewegungen vor meinen Augen verwischten. »So.« Sie schöpfte die winzigen Stücke mit ihren Händen auf und warf sie in eine große Pfanne. Während sie brutzelten, wurde die Luft blau, und einen kurzen Augenblick war sie wieder da: meine Hexe, meine Zauberin.

Auch Daisy hatte sich aus Indien ihre Dose mit Gewürzen mitgebracht, sie war aus Holz geschnitzt, mit kleinen Schubladen, jede mit einem anderen Gewürz gefüllt. Meine Mutter öffnete sie und roch daran.

»Muffig«, bemerkte sie mit einem Seufzer.

»Sag mir, was das ist.« Ich hoffte noch immer auf ein bisschen Spaß mit ihr.

»Das ist Chilipulver, sehr scharf. Fenchelsamen, getrockneter Koriander … Das gebe ich lieber nicht dazu, sonst beschwert Ci Ci sich wieder über ihre Verdauung. Ich werde Daisys Gewürze für das Hähnchencurry und meine für das Gemüse verwenden. So …« Einen Moment lang war sie in Gedanken woanders, und ihre Stimme trällerte, als sie sich über die Zwiebeln beugte, die an den Rändern bereits golden wurden. »Erst gebe ich die Gewürze hinein, erhitze sie … jetzt die Linsen … Raus hier! Fort mit dir!«

Ihr plötzlicher Ausbruch ließ mich zusammenzucken. Es war Sid, Daisys alter schwarzer Labrador, der uns umkreiste und sich an seinem üblichen Platz vor dem Herd niederlassen wollte. »Keine Hunde in der Küche!«

»Reg dich nicht auf, Mummy.« Ich hatte ein Herz für Tiere. »Er ist nicht das Ungeheuer von Loch Ness.«

»Hunde sind voller Bakterien und Flöhe«, erinnerte sie mich, nachdem ich ihn auf den kalten Flur gesperrt hatte.

»Nun komm, komm näher.« Sie gab einen Teelöffel Chili zu den Linsen. »Die kommen als Erstes«, flüsterte sie. »Dann das andere Gemüse.«

Und bald schon simmerte alles hübsch vor sich hin, und die Küche war erfüllt von pikanten, fremdartigen Düften. Das Fett zischte, die Fenster waren vom Dampf beschlagen, und wir tauchten darin ein und verstanden uns wieder. Ich war es gewohnt, meine Mutter so besorgt zu beobachten wie ein Bauer, der den Himmel auf Anzeichen eines drohenden Unwetters absucht, aber jetzt verfolgte ich, wie ihr Körper, fast gegen ihren Willen, nachgab und sich entspannte.

»Rühr es im Uhrzeigersinn um«, forderte sie mich auf und streichelte dabei meine Hand. »Gegen den Uhrzeigersinn bringt Unglück.«

Für meine Mutter gab es eine Menge solcher merkwürdiger Vorstellungen – »Wasche deine Haare niemals an einem Donnerstag, rasiere dir die Achselhöhlen niemals an einem Montag …« –, aber wenn sie gut gelaunt war, konnte ich sie auch damit aufziehen.

»Hm.« Ich schloss die Augen, froh, die Berührung ihrer Hand zu spüren. »Ich liebe diesen Duft.«

»Mag Tudor denn Curry?«, fragte sie aus heiterem Himmel.

Ich zuckte vor ihrem verschlagenen Blick zurück. »Woher soll ich das wissen?«

»Das zu wissen solltest du dir zu deiner Aufgabe machen.« Sie ließ meine Hand los. »Männer schätzen solche Dinge. Und du solltest dir zum Abendessen ein anderes Kleid anziehen und aufhören, diese scheußlichen Pulswärmer zu tragen. Damit siehst du aus wie eine Farmarbeiterin. Hast du ihm eigentlich schon von deiner Arbeit erzählt?« Ich hatte das Gefühl, als hätten diese Vorwürfe sich gefährlich in ihr angestaut und brächen nun hervor wie Dampf aus einem Geysir.

»Meine Arbeit?« Ich ließ den Löffel fallen und setzte mich. »Warum sollte ich mit ihm darüber sprechen?«

»Nun, Daisy hat es getan, weil er es mir gegenüber erwähnt hat, und er ist übrigens der Meinung, dass ihre guten Werke Wahnsinn sind, solange die Farm derart abgewirtschaftet ist. Aber dennoch.« Sie hatte ausgesprochen, was sich in ihr angesammelt hatte; jetzt fuhr sie in ihrer schmeichelnden Stimme fort: »Lass uns nicht darüber streiten.« Sie hob ein dürres Hühnchen aus der Schüssel. »Lass es abkühlen, löse das Fleisch aus und schneide es klein.«

Aber mein Blut kochte. »Warum schämst du dich deswegen?« Damit meinte ich meine Hebammenausbildung. »Warum ist dir das so zuwider?«

»Weil …« Ihre Hand lag auf dem dampfenden Kadaver, aus dem Wasser tropfte. »Die meisten Männer verabscheuen so etwas. Es ist ihnen zu quatschig.«

Wäre die Stimmung besser gewesen, hätte ich vielleicht gelacht. So einschüchternd meine Mutter auch sein konnte, ihre merkwürdigen Formulierungen mochte ich: »Sie wurde ganz kurvig«, pflegte sie über eine Freundin zu sagen, die feminin und verführerisch sein wollte, oder »Ich bin ganz gabelig«, wenn sie sauer war. Aber heute hätte ich ihr eine Kopfnuss verpassen können.

»Ich bin doch einfach nur glücklich«, fuhr sie sentimental fort, während sie rührte und schniefte, »zu sehen, dass meine reizende Tochter wieder gesünder aussieht. Das ist alles. Ich habe mir fürchterliche Sorgen um dich gemacht. Weiß Gott, was passiert wäre, wenn die Oberin mich nicht angerufen hätte.«

Ich zerkleinerte das Hühnchen und versuchte zu lächeln. Meine nächtlichen Schweißausbrüche, die Schlaflosigkeit, die Weinkrämpfe, dies alles hatte ich versucht, als Nachwirkungen der Grippe abzutun, die unseren Schlafsaal erfasst hatte, aber Oberin Smythe, meine gestrenge Vorgesetzte am St. Andrew's hatte meine Unfähigkeit, vom Bett aufzustehen, als »einen ganz gewöhnlichen Fall von nervöser Erschöpfung aufgrund von Überarbeitung und infolge des Krieges« beschrieben. Schichten von vierzehn Stunden und schlaflose Nächte hätten einigen ihrer Mädchen derart zugesetzt, hatte sie erklärt.

Ein Regenschauer prasselte gegen die Scheiben. Die dunklen Augen meiner Mutter füllten sich mit Tränen. »Bitte, Liebling«, sagte sie, »lass uns nicht mehr darüber sprechen. Das macht uns beide nur unglücklich. Wässere den Reis, und dann setzen wir uns mit einer Tasse Tee hin und überlegen, was wir als Nächstes tun werden. Wir können hier nicht auf Dauer bleiben, und ganz ehrlich: Ist es wirklich ein Verbrechen, dass ich mir wünsche, dich in guten Händen und glücklich zu wissen?«, klagte sie und machte damit erneut ihrem Ärger Luft.

Wir tranken den Tee, und als sie wieder normal atmete,

holte sie eine Ausgabe der »Pferd und Hund« aus ihrem Strickbeutel und studierte die Zeitschrift so obsessiv, wie ich das aus meiner Kindheit in Erinnerung hatte. Der lackierte Fingernagel glitt über die Ergebnisse von Springturnieren und Anzeigen für Landhäuser, für die, wie sie genüsslich bemerkte, im Moment keiner mehr das Geld hätte, um sie zu heizen, und verweilte dann bei der Rubrik auf der Rückseite, wo sie nach neuen Anstellungen suchte.

»›Grundbesitzer in Hampshire sucht Haushälterin für die Hauswirtschaft, diverse Erledigungen, das Ausführen von Hunden etc.‹«, las sie laut vor.

»Nicht gut«, sagte ich. »Hunde.« Sie war nicht nur fest davon überzeugt, dass Hunde schmutzig waren und Krankheiten übertrugen, sie hatte außerdem Angst vor ihnen, selbst vor denen, die sie kannte.

»›Älterer Witwer, Derbyshire, sucht verzweifelt nach einem Faktotum, das sich um seinen Haushalt kümmert, die Bücher für seine kleine Landwirtschaft führt und Gäste bewirtet. Keine Haustiere, eigene kleine Wohnung. Nur ernst gemeinte Angebote.‹«

Sie markierte die Anzeige mit ihrem Bleistift. Die Geschichten über ihre Vergangenheit waren verschwommen und widersprüchlich, aber einmal hatte sie mir erzählt, sie sei die Assistentin eines hohen Tiers am indischen Hof gewesen, irgendeines Nabobs. Und, oh! Die Bälle, das Polospiel, der Spaß.

Arme Mummy. Meine schlechte Laune löste sich in Luft auf, als ich sie über ihre Zeitschrift gebeugt sah, die Miene gleichermaßen hoffnungsvoll und zynisch. Sie markierte gerade eine weitere Anzeige, als sich Ci Cis Gesicht mit theatralischer Miene durch die Tür schob.

»Oh welch Segen, so ein Curry.« Sie schloss die Augen. »Das weckt Erinnerungen.«

»Sorgen Sie dafür, dass der Hund draußen bleibt«, erwiderte meine Mutter kurz angebunden. »Neugierige Ziege«, ergänzte sie, als sich die Tür wieder geschlossen hatte.

Mich verließ der Mut. Nichts schien mehr etwas zu nützen: nicht das Kochen eines Currygerichts, nicht das Zusammensein. In diesem tristen Moment fühlte es sich an, als wären wir in einem Duett gefangen, das einmal süß geklungen hatte, nun aber nur noch aus schrägen Tönen bestand. Die Dose mit den Gewürzen verschwand wieder in ihrer Handtasche, ich wischte die Küchentheke ab. Als ich aufblickte, machte sie merkwürdige Mundbewegungen.

»Sag nichts«, fauchte sie mich an.

»Sind es die Zwiebeln?«

»Ja, es sind die Zwiebeln.« Sie wischte sich die Augen an ihrer Schürze ab.

»Du hasst das, nicht wahr?«, fragte ich schließlich.

»Sei einfach still.« Sie hielt ihren Kopf gebeugt. »Und hab bloß kein Mitleid mit mir.«

Weiße Flecken formten sich auf ihren Wangen als sicherstes Anzeichen ihres Gefühlsaufruhrs, und ich konnte mich plötzlich selbst nicht ausstehen.

»Würdest du das etwa wollen?« Sie spritzte sich Wasser in die Augen. »Das hier tun?«

»Ich sehe dir gern beim Kochen zu«, sagte ich, aber nur, um sie zu beruhigen, weil mir in diesem Moment mit absoluter Gewissheit klar wurde, dass ich so nicht enden wollte: wütend und unzufrieden, abhängig von der Freundlichkeit Fremder.

»Ach du liebes Lieschen, dieser verfluchte Herd ist schon wieder lauwarm.« Sie sank auf die Knie. »Es wird eine Ewigkeit dauern, den Reis zu kochen, wenn er wieder richtig brennt – und zieh diese grauenhaften Pulswärmer aus.«

»Herrgott noch mal, Mummy. Es ist kalt hier drin.«

»Dann halte dich nicht in der Küche auf.«

»Ich dachte, es würde Spaß machen, hier mit dir zu kochen.« Ich war aufgebrachter, als der Anlass es rechtfertigte, aber ich konnte nicht anders.

»Nun, es ist kein Spaß«, sagte sie mit wildem Blick. »Und zu deiner Information, ich hasse es, Currys zu kochen.« Sie stand wieder vor der Spüle und wusch sich die Hände wie Lady Macbeth. »Ich hasse diesen Geruch, die ganze Schnippelei, und jetzt, wo der Schwarze kommt, muss ich es vermutlich ständig kochen.«

Der hässliche Satz hallte den ganzen Nachmittag in mir nach und vermischte sich mit dem Duft der Gewürze, der so aufreizend durch das ganze Haus zog. Beim Tee, der wie üblich im recht heruntergekommenen Wohnzimmer eingenommen wurde, machte Ci Ci, die auf dem durchgesessenen Sofa neben dem Kamin hockte, abfällige Bemerkungen über die Qualifikationen des Arztes.

»Manche erfinden die auch, wissen Sie.«

Den Mund voll mit Marmeladensandwich, erklärte sie Tudor und Flora, dass sie persönlich lieber sterben würde, als ihren Fuß in ein indisches Krankenhaus zu setzen. Ihre bohrenden Augen, die an einen zerzausten Papageien erinnerten, der gezwungen war, sich seine Stange mit anderen zu teilen, starrten uns über den Rand ihrer Teetasse hinweg finster an.

»Kann mir denn jemand sagen, welche Toilette er benutzen wird?«, fragte sie in die Runde, als hätten wir Dutzende von Toiletten im Haus anstatt der zwei – eine auf ihrem Stockwerk, eine auf unserem. »Einige wissen nämlich gar nicht, wie man die benutzt, wissen Sie. Sie hocken sich über die Schüssel wie beim Zelten.«

Flora schloss die Augen. »Mummy.«

»Du hast dort nicht gelebt, Flora. Ich schon. Zweiundzwanzig Jahre.«

»Zweiundzwanzig Jahre was?« Daisy tauchte auf und machte nicht den Eindruck, als hätte sie diesen unerfreulichen Austausch mitbekommen. »Ist noch Tee in der Kanne?«

»In Indien. Einige unserer Diener waren ganz wunderbar«, improvisierte Ci Ci rasch. Daisy hatte uns beim Frühstück klar zu verstehen gegeben, dass Anto Thekkeden ein kluger junger Mann aus einer vornehmen Familie war. Er sei ein großer Gewinn für unser wohltätiges Werk, und sie wüsste es zu schätzen, wenn wir ihn alle hier sehr willkommen hießen. »Pandit führte unser Haus wie ein Uhrwerk«, ergänzte Ci Ci und grinste Flora dabei verstohlen an.

»Erzähl ihnen doch vom Daimler, Mummy«, reagierte Flora umgehend, die sich, wenn der Anlass es erforderte, immer als gute Stichwortgeberin erwies.

»Oh ja, unser hübsches, hübsches Auto.« Ci Ci wandte sich an Tudor, der sie verständnislos ansah. »Pandit verehrte dieses Gefährt. Konnte gar nicht aufhören, es zu polieren und frische Minzbonbons ins Handschuhfach zu legen. Ich …«

Ein Klopfen an der Tür unterbrach sie. Mauds Ehemann Dave stand außer Atem und gewichtig vor uns.

»Ich möchte Sie ja nicht stören, Miss Barker, aber ein junger farbiger Herr ist in den Graben gefallen. Er kam auf einem Motorrad, geriet ins Schleudern und stürzte hinein.«

»Haben Sie ihn etwa dort liegen lassen?« Daisy sprang auf.

»Nun, Miss. Ich wusste nicht, ob Sie ihn hier oben im Haus haben wollen.«

»Um Himmel willen, natürlich wollen wir ihn im Haus haben«, schalt Daisy ihn. »Holen Sie eine Taschenlampe, ich komme mit Ihnen.« Sie wandte sich an meine Mutter. »Glory«, sagte sie, »geh bitte rasch nach oben und sieh nach, ob das Badezimmer präsentabel ist. Er wird völlig durchweicht sein und wird vor dem Abendessen sicherlich ein Bad nehmen wollen. Also wirklich.«

Mich schickte sie in den Stall, damit ich dort die Einladungen zu einem Gespräch fertig machte, das sie in der folgenden Woche zum Thema »Kindersterblichkeit in Indien« halten wollte. Ich leckte gerade die Umschläge, als ich das kehlige Röhren eines Motorrads hörte, das die Einfahrt heraufkam, dann ein Rutschen, als gebremst wurde, und kurz darauf das Öffnen und Schließen der Eingangstür.

Es war schon dunkel, als ich mit meiner Arbeit im Stall fertig war. Ich holte für Bert, das aus dem Kriegsdienst entlassene Pferd, ein Netz voller Heu und ging dann zurück zum Haus. Als ich mein Zimmer betrat, hatte meine Mutter mir bereits ein blaues Kleid aufs Bett gelegt, dazu Perlenohrringe. Ich kämpfte gerade mit den Ohrclipsen, als das Licht ausging. Bei Schneeschmelze im Tal, hatte Daisy uns gewarnt, kam das jedes Jahr vor. Während ich mich Stufe um Stufe nach unten tastete, hörte ich das Plätschern des indischen Arztes, der sein Bad nahm. Daisy kniete im Flur und holte Öllampen aus dem Schrank.

Wir entzündeten etwa zehn Stück und verteilten sie auf strategische Punkte im ganzen Haus. Der goldene Lichtschein verlieh den im Flur hängenden Porträts der Vorfahren in ihren Fräcken eine erschreckende Intimität. Ich wich vor den Glasaugen der ausgestopften Füchse und des in der Nähe von Pondicherry erbeuteten Adlers zurück. Meine Mutter hatte Angst in der Dunkelheit, also ging ich in die Küche, um ihr zu helfen. Sie stand reglos neben einer ganzen Reihe kleiner Gerichte, die sie als Beigaben für das Curry zubereitet hatte.

»O Mater«, sagte ich, »dieser Duft ist ein wahrer Nasenschmaus.«

Immer wenn es einen Stromausfall gab, gingen wir im Scherz dazu über, so zu sprechen, als wären wir feine Leute aus einem Georgette-Heyer-Roman. Aber heute Abend wollte sie nicht mitspielen.

»Es ist alles schiefgegangen«, sagte sie, und dabei leuchteten ihre weißen Augäpfel in der Düsternis. »Keine Kokosraspeln, keine Mango, keine frischen Tomaten. Ich habe diese Rationierung so satt.«

Sie knallte eine Schale vertrocknete Rosinen auf den Tisch, dazu das grüne Apfel-Chutney, das Daisy in einem Schrank unter der Spüle gefunden hatte, nachdem sie aus Oxford mit leeren Händen zurückgekehrt war.

»Ist er da?«, fragte sie. »Hast du ihn gesehen?«

»Er nimmt ein Bad.«

»In Ci Cis Badezimmer?«

»Ja.«

»O mein Gott.« Sie schloss die Augen. »Das wird fürchterlich werden.«

Wir hatten den Tisch mit weißen Leinenservietten, den guten Tellern und dem gedeckt, was von den Waterford-Kristallgläsern übrig geblieben war. Hatte ich schon erwähnt, dass Daisy sich in Indien einen Tisch aus Zedernholz gekauft und diesen nach Hause hatte verschiffen lassen? Schrecklich unpraktisch, aber an diesem Abend sah er wunderschön aus mit seiner auf Hochglanz polierten kastanienbraunen Tischplatte. Ich denke, es war Daisy, die mir einmal gesagt hatte, man dürfe seine Extravaganzen niemals bereuen. Dies war eine der ihren, und wenn ich sie sah, ging mir jedes Mal das Herz auf.

Als wir mit den Tabletts hereinkamen, waren Ci Ci, Flora, Daisy und Tudor nur verschwommene Gestalten im Kerzenschein. Bei meinem ersten Blick auf ihn sah ich nichts weiter als eine undeutliche Silhouette vor dem dunklen Türeingang, und als er sich näherte, war er ein schmaler Mann in einem Jackett, das ihm zu groß war und worin er aussah wie ein Junge, der die Kleider seines Vaters trug. Sein Gesicht lag im Dunkeln.

Daisy sprang auf und ging auf ihn zu.

»Alle mal herhören«, sie wandte sich an uns, die wir am Tisch saßen, »es ist mir ein Vergnügen, euch einander vorzustellen.« Sie zeigte auf jeden von uns und sagte unsere Namen. »Und das«, verkündete sie rollend wie ein Trommelschlag, »ist Dr. Anto Thekkeden aus Südindien.«

»Und vor Kurzem noch in einem Graben nahe Whitney«, sagte er. Seine Stimme war kultiviert; er sprach im abgehackten Stil der Home Counties, jedoch mit einem zarten, buttrigen Unterton und einem geschnurrten »r«, das fremdartig klang. Das überraschte mich, denn ich hatte den indischen

Singsang erwartet, den Tudor nachgeäfft hatte, bevor der Besucher eintraf.

Wir lachten höflich.

»Diese Ecke ist aber auch gemein«, sagte Daisy. »Welche Art von Motorrad fahren Sie denn?«

»Es ist eine Norton, Doppelzylinder. Sehr alt, und die Reifen sind abgefahren.«

»Aber im Hinblick auf den Spritverbrauch wohl äußerst ökonomisch, vermute ich.« Flora war entschlossen, freundlich zu sein, oder sie wollte Ci Ci ablenken, die bereits etwas von Hotels gemurmelt hatte.

Anto saß zwischen Tudor und Flora, ich ihm gegenüber. Wegen des trüben Kerzenlichts konnte ich ihn anfangs nicht klar erkennen, bis das Licht plötzlich aufflackerte. Oh mein Gott, wie gut er aussah: hohe, ausgeprägte Wangenknochen, ein breiter und zart wirkender Mund, dazu eine blasse zimtfarbene Haut, die ihm eher das Aussehen eines spanischen Granden als eines Inders verlieh. Aber besonders beeindruckten mich seine Augen: Weit auseinanderliegend, mandelförmig und grün spiegelten sie in diesem Moment höfliches, leicht fragendes, aber auch wachsames Interesse an allem, was sich um ihn herum abspielte.

Daisy hatte mich im Vorfeld gebeten, den Gesprächsball in Bewegung zu halten.

»Ich bin Kit«, sagte ich, weil ich in meiner Aufregung vergaß, dass wir einander schon vorgestellt worden waren.

»Ich bin Anto«, sagte er gleichermaßen. Er streckte seine Hand über den Tisch, und ich schüttelte sie.

»Und Mrs. Mallinson kennen Sie«, sagte ich, um zu zeigen, dass ich nicht völlig zurückgeblieben war.

»Freut mich, Ihre Bekanntschaft zu machen«, sagte Ci Ci mit schleppender Stimme, ganz die Aristokratin. Sie hatte jede Menge Augen-Make-up aufgetragen; ihre Seidenjacke hatte am Ärmelaufschlag ein kleines Brandloch von einer Zigarette.

»Es freut mich, Sie alle kennenzulernen«, sagte er mit weicher Stimme.

Ja, ein spanischer Grande, sagte ich mir, ohne auch nur die leiseste Ahnung zu haben, wie ein Grande aussah – mein Anschauungsmaterial beschränkte sich auf die Beschreibungen in »Die spanische Braut«. Und er sah unverschämt gut aus, gingen meine Überlegungen weiter: Wie ungerecht und unnötig waren doch diese Wangenknochen bei einem Mann, und was die Augen betraf … Josie und ich hatten eine Theorie über gut aussehende Männer, die sich auf die ein, zwei Ärzte gründete, die wir als Frauenbeglücker im Krankenhaus kennengelernt hatten: Sie waren seicht, unzuverlässig, eitel und für gewöhnlich nicht sehr helle. Fast, als heimsten sie die Zinsen für etwas ein, wofür sie sich überhaupt nicht hatten anstrengen müssen.

»Das hat Glory Ihnen zu Ehren zubereitet.« Daisy stellte eine dampfende Platte mit Hühnchen- und Gemüsecurry vor ihn. »Mit dem Mango-Chutney hatten wir kein Glück, aber das hier schmeckt auch ziemlich gut.«

»Danke.« Er schloss die Augen und atmete tief ein. »Ich habe seit Jahren kein Curry mehr gegessen.« Einen Augenblick lang sah er so bekümmert aus, dass ich mich fragte, ob wir nicht etwas falsch gemacht hatten und er strenger Vegetarier war, wie einige Inder, von denen ich gelesen hatte.

Meine Mutter kam zurück, herausfordernd gekleidet in ein eng anliegendes grünes Satinkleid mit Jadeohrringen.

Freundin der Familie, signalisierte sie damit, keine Bediens- tete. Sie löffelte sich mit der ihr eigenen Pedanterie Reis und Linsen auf den Teller und warf dann einen Blick in die Run- de, wo plötzlich eine peinliche Pause entstanden war.

»Nun, Dr. Thekkeden«, ergriff Ci Ci endlich das Wort und hielt dabei ihren Kopf auf recht ironische Weise schief. »Was bringt Sie an unsere Gestade?«

Er legte sein Messer und seine Gabel ab und sah sie an. »Ich bin schon seit einer Ewigkeit hier«, erwiderte er mit seiner weichen Stimme. »Ich bin hier zur Schule gegangen.«

»Ah! Deshalb sprechen Sie so gutes Englisch.« Ci Ci war nun wieder ganz Gastgeberin wie zu Hause in Bombay. »Gibt es noch etwas von diesem sehr speziellen Chutney?«

»An welcher Schule?«, meldete sich Tudor zu Wort.

»Downside.« Seine Antwort kam abgehackt. »Meine Eltern sind katholisch.«

»Oh.« Tudor klang überrascht. »Ist das ungewöhnlich?«

»Die Schule oder die Religion?«

»Nun, beides.« Tudor klang gereizt.

»Es ist höchst ungewöhnlich«, bestätigte der junge Arzt. »Aber mein Vater liebt alles, was Englisch ist.« Das sagte er ein wenig trocken und mokant, ganz der Internatsschüler. »Wenn es in Südindien nicht so heiß wäre, würde er Knickerbocker tragen.«

»Und welchem Beruf geht er nach?«, erkundigte sich Ci Ci.

»Er ist Anwalt. Er wurde am Lincoln's Inn zum Anwalt zu- gelassen.«

»Liege ich richtig, dass auch Gandhi in England als Anwalt praktiziert hat?«, wollte Tudor wissen. »Bevor er sich der Spin- nerei und den guten Werken zuwandte?«

Hört doch endlich auf, den armen Mann mit Fragen zu bombardieren, dachte ich.

»Gandhi hat seine Zulassung zum Anwalt am Gray's Inn bekommen«, sprang Daisy ihm bei. »Aber er hat hier nie praktiziert. Ich bin ihm einmal in Bombay begegnet, wisst ihr, wo wir das Kinderheim unterhielten. Er ist ein großartiger Mensch.«

»Ein großartiger Mensch«, bestätigte Anto leise. »Ich habe in den Zeitungen über ihn gelesen.« Mir fiel auf, dass die Aufschläge seiner Ärmel ausgefranst waren.

»Möchten Sie noch etwas Reis?«, fragte ich ihn.

»Gern.« Dabei sah er mich an. »Danke.«

Ich ging zum Sideboard, wo das Essen auf einer kleinen Stahlplatte mit drei Kerzen darunter warm gehalten wurde.

»Setz dich.« Meine Mutter sprach zum ersten Mal. »Ich mache das.«

»Das Essen ist sehr gut«, sagte er zu ihr. »Danke schön.«

Ich sah ihr an, dass sie überlegte, ob sie ihm von ihrer Arbeit in Indien jetzt oder später erzählen sollte. Der Gouverneur, die Picknicks, das Polospiel.

Aber Flora kam ihr zuvor. »Dann haben Sie also während des Krieges hier festgesessen?«

»Gewissermaßen«, erwiderte er.

»Festgesessen!« In Ci Cis Stimme schwang Entrüstung mit. Sie hatte das Recht, England zu hassen, aber einem Inder stand das nicht zu.

»Meinem Vater war es sehr wichtig, dass ich meine medizinische Ausbildung am Barts machte, aber dann kam der Krieg. Ich war seit Jahren nicht mehr zu Hause.«

»Dann sind Sie praktisch einer von uns«, bemerkte Daisy.

Er antwortete nicht darauf, lächelte nur.

»Macht es Ihnen etwas aus?«, erkundigte sich Flora. Sie sah ihn mit großen Augen an, wie ein Kind.

Er legte seine Gabel ab und hörte auf zu essen.

»Das ist eine schwerwiegende Frage«, sagte er. »Mit dem Krieg hat keiner von uns gerechnet.«

»Werden Sie bald wieder nach Haus gehen?«, erkundigte sich Daisy.

»Das habe ich vor.« Er sah sie ganz offen an und lächelte dabei fast. »Ich bin in Sorge, dass sie mich womöglich gar nicht mehr wiedererkennen werden. Und darf ich diese Frage zurückgeben?« Er wandte sich an den ganzen Tisch.

»Oh, wir.« Ci Ci schürzte die Lippen, sodass ihre kleinen, spitzen Zähne zum Vorschein kamen. »Wir sind das Treibgut des Empires.« Sie lachte, um zu zeigen, was für ein charmanter und selbstironischer Scherz dies war. »Wir leben hier zur Untermiete und atmen erst mal durch.«

Nach einem Schluck von Daisys überraschend starkem Holunderblütenwein ließ sie sich ausführlich über den Daimler und Godfreys Fabrik aus. Dass Indien Godfrey viele Jahre seines Lebens gekostet und Gandhi alles verdorben habe, indem er sein Volk aufrüttelte.

»Es tut mir leid«, sie warf einen herausfordernden Blick in die Runde, »aber ich persönlich hielt ihn für einen grässlichen kleinen Mann, wie er in seiner Windel dasaß und vor sich hin spann.«

Daisy schüttelte warnend den Kopf, sagte aber nichts.

»Nur noch ein kleines Schlückchen, mein Lieber.« Als Ci Ci Tudor ihr Glas hinhielt, stand ich auf.

»Darf ich Ihnen vielleicht Ihr Zimmer zeigen?«, sagte ich zu dem Arzt. »Es ist im ersten Stock.«

Meine Mutter warf mir einen giftigen Blick zu.

»Was für eine hervorragende Idee.« Daisy wirkte erleichtert. »Vor dem Abendessen war nur Zeit für ein Bad.«

»Danke«, sagte er. »Das ist mir recht.« Und an Daisy und meine Mutter gewandt: »Ein köstliches Mahl. Ich kann Ihnen gar nicht genug danken. Ich freue mich, Sie alle morgen wiederzusehen.«

Wir verließen den Raum, und während die Tür für einen eisigen Luftzug sorgte, sagte Ci Ci Mallinson und war dabei nicht zu überhören: »Nun, gute Tischmanieren hat er ja, das ist schon mal was.«

Kapitel 4

Die junge Frau mit Namen Kit erhob sich mit einer Forschheit, die ihn erschreckte. Offenbar nahm sie an, er müsse gerettet werden. Musste er nicht. Er legte Gespräche dieser Art in seinem Gehirn allesamt unter »Indien« ab: Man brauchte nur einen Knopf zu drücken, und schon tischten einem die ehemaligen Kolonisten alles von den Eisenbahnen bis zur Undankbarkeit auf, oder sie ergingen sich in Schwärmereien über die Sonnenuntergänge! Die Spiritualität! Die Gerüche! Nicht zu vergessen den Staub und die Feuer. Gab man dann noch die Gewürze hinzu, hatte man sein Parfum de Partition.

Im Flur hob sie seine Aktenmappe auf – »die kann ich nehmen« – und überließ ihm die schwerere Tasche. Fast errötete er, als er an die Packung Pariser dachte, die er zwischen seine paar Hemden, seine Zigaretten und das Messbuch gesteckt hatte, dem seine Mutter die Notiz beigefügt hatte: »Vergiss nicht zu beten.« Die Kondome waren Standard bei heißblütigen Medizinstudenten, für ihn hingegen eine Einladung zu einem sehr komplizierten Tanz.

Auf dem Weg nach oben im Schein der Lampe gab er sich Mühe, nicht auf ihre schmalen Knöchel zu blicken, die geraden Nähte ihrer Strümpfe, das seidige Schwingen ihrer dunklen Haare. Nun, da es bald nach Hause ging, waren Frauen für ihn tabu. Und um diesen Gedanken in sich zu festigen, war er in der vergangenen Woche nach Downside zurückgekehrt und hatte sich in großer Verwirrung an Father Damian, seinen Lehrer in Morallehre, gewandt: einen lieben, dicken alten Mann, der über sehr viel Humor verfügte und dazu beigetragen hatte, dass sein Leben während der vier Jahre, die er dort verbracht hatte, recht angenehm verlaufen war.

Bei einem Glas Port in seinem von Büchern gesäumten Arbeitszimmer hatte er mit der kleineren Sünde zuerst begonnen: Er war dem Kino verfallen, und das kostete Zeit, die ihm für seine Doktorarbeit fehlte.

Father Damian hatte einen Schluck Port genommen und verständig die Brauen gerunzelt. »Wie viele Stunden genau widmest du diesem Zeitvertreib?«

»Manchmal einen ganzen Nachmittag.«

»Und wie viel von der Woche widmest du deinen Studien?«

Anto überlegte. »Es hängt davon ab, ob ich Vorlesungen oder Seminare habe.«

»Rechne beides mit dazu.«

»Neunzig, hundert Stunden, manchmal mehr, ich muss meinen Doktorhut haben, bevor ich nach Hause zurückkehre.«

»Ich denke, Gott wird dir das bisschen Freizeit gönnen.« Father Damian lächelte gütig. »Und zu hartes Arbeiten ist ebenfalls eine Sünde, weißt du. Aber ich hoffe«, fügte er mit verschlagener Miene hinzu, »du hast die intellektuelle Stringenz, dir Eisenstein anzusehen und nicht jede Menge alten Quark. Ich mache mir Sorgen um deine kulturelle Orientierung – erinnerst du dich noch an den Opernabend?«

Der war unvergesslich für Anto: diese schauderhafte Aufführung von Madame Butterfly während seines ersten Schultrimesters. Das fremdartige Gekreische war eine einzige Qual für seine Trommelfelle gewesen. Er hatte sich die Ohren zugehalten und hätte am liebsten wie ein Hund gejault.

Aber Filme waren etwas anderes. Eine Droge, eine Möglichkeit, zu vergessen und sich in den Gesichtern auf der Leinwand wiederzufinden. Er saß im Dunkeln und achtete begierig auf die Details: Die Manieren der gut aussehenden Männer dort oben, die Art, wie sie rauchten, Frauen begrüßten oder Räume verließen, und diese aufmerksame Beobachtung hatte dafür gesorgt, dass er zu einem cleveren Nachahmer wurde, der andere zum Lachen bringen konnte.

Gegen Ende dieses erfreulichen Treffens hatte Father Damian die Frage in den Raum gestellt, ob ihn noch etwas anderes beunruhige, und vorgeschlagen, er könne seine Zeit hier nutzen und beichten. Eine halbe Stunde später hatte er dann im Beichtstuhl der Schulkapelle gekniet, die Gerüche von Weihrauch und altem Samt eingeatmet und seiner Verwirrung und seinem Schmerz freien Lauf gelassen.

Während der vergangenen Jahre hatte er mit zwei Frauen geschlafen, aus Lust, nicht aus Liebe. Eine davon, eine Schwesternschülerin am Barts, ein nettes Mädchen mit hellen Haaren und einer ätherischen Ausstrahlung, hatte sich in ihn verliebt und war zutiefst verletzt, weil er ihre Gefühle nicht erwidern konnte. Die andere, eine weltgewandte Helferin der Royal Air Force mit einem Freund in Frankreich, hatte danach gemeint: »Ich wollte schon immer mal mit einem ausländischen Mann schlafen«, was ihm das Gefühl gab, ein exotisches Haustier zu sein, das man kurz ins Wohnzimmer gelassen hatte.

Mit den Lippen dicht am Gitter erzählte er eine verkürzte Version dieser Ereignisse und spürte in dem darauffolgenden Schweigen den vertrauten kalten Hauch vom Boden der Kapelle aufsteigen.

Der Geistliche hinter dem Vorhang hüstelte. Er meinte, Gott verstehe zwar, dass der Krieg in vielen Männern die Lust auf eine Art und Weise geweckt habe, die ihnen selbst unbegreiflich sei, aber nun müsse Anto angesichts der besonderen Umstände in seinem Leben sich größte Mühe geben, sich zu zügeln.

Irre er sich, oder gebe es in Südindien nicht eine Braut, die auf ihn warte? Keine Braut, hatte Anto erwidert, ein junges Mädchen, die Tochter eines Freundes der Familie. Er sei ihr nie begegnet, und wenn doch, könne er sich nicht mehr an sie erinnern – er sei schließlich mit vierzehn nach England gekommen. Nun, Gott werde ihm vergeben, hatte der Priester bekräftigt, aber nur, wenn er feierlich Änderung gelobe. Der Krieg habe die Menschen verbogen, hatte er ergänzt, nun sei es an der Zeit, zu den alten Gewissheiten zurückzukehren.

»Die alten Gewissheiten«, hatte Anto sich später gesagt, als er wieder in seiner Behausung in Oxford war und den kalten Nudelauflauf mit Käse aß, den seine Zimmerwirtin ihm auf ein Tablett gestellt hatte. Welch ein Luxus wäre es, diese zu kennen. Denn im Lauf der Jahre war die Idee von einem Gott, ob liebevoll oder anders, ihm mehr oder weniger abhandengekommen, wie ein kleines Boot, das sich losgemacht hatte und auf einem dunklen Meer entschwunden war.

»Das ist es.« Sie öffnete eine geschnitzte Tür am Ende des Flurs und hob ihre Kerze hoch. »Ihr Zimmer.«

Als die Beleuchtung plötzlich pulsierend und flackernd wieder anging, erschraken beide.

»Gott sei Dank«, sagte sie. Sie hatte ein hübsches Lächeln. »Wir haben hier große Probleme mit der Elektrik. Wenn Sie möchten, gebe ich Ihnen eine Taschenlampe?«

Er bedankte sich. Seine eigene war kaputtgegangen, als er von seiner Norton gefallen war.

Er sah sich um. Sein neues Zimmer gefiel ihm. Mit seinem schiefen Fußboden und dem aufgeplatzten Plafond war es zwar schäbig, aber weitaus heimeliger als seine Bude an der Woodstock Road. Die tapezierten Wände in dem alten blauen Chinamuster mit Ranken und Vögeln verliehen ihm eine verblichene Pracht, zu der auch die paar Wasserflecken beitrugen. Das Messingbett mit seiner sehr komfortabel aussehenden blauen Daunendecke stand mit Blick zum Fenster, hinter dem sich die dunklen Schatten des Tals abzeichneten.

»Ist alles in Ordnung?« Sie beobachtete ihn.

»Es ist reizend.«

»Die Nachttischlampe.« Sie beugte sich vor und schaltete sie an, und der Raum wurde zu einer gemütlichen Höhle. »Waschstand«, sie zeigte auf einen großen Krug. »Waschschüssel, Handtuch. Sie sind bestimmt müde.«

»Nein«, widersprach er, »das bin ich nicht.« Er zögerte. »Offen gestanden habe ich den Nachmittag im Odeon in Oxford verbracht.« Er erzählte ihr nicht von seinem frühmorgendlichen Versuch, die Bibel der Kinderheilkunde zu studieren. In Downside hatte er die Kunst der Tarnung früh gelernt, und dazu gehörte auch, dass man zu einer Prüfung mit der Behauptung antrat, überhaupt keine Ahnung zu haben, was man dann noch mit einem Achselzucken unterstrich.

»Was haben Sie sich angesehen?«

Er reichte ihr seine Eintrittskarte. Als sie diese unter der Lampe studierte, sah er den Kastanienschimmer in ihren Haaren.

»Celia Johnson. Begegnung.«

»Mist! Das habe ich verpasst! Wir waren eingeschneit.« Sie gab ihm die Eintrittskarte zurück. »Egal, ich habe den Film schon zweimal gesehen.«

»›Ich werde niemals, niemals jemandem von uns erzählen‹«, zitierte er mit dem Trevor Howard eigenen Ausdruck von gebrochener Vornehmheit.

»›Denn mir kommt es nur darauf an, dass du in Sicherheit bist‹«, erwiderte sie.

Ihr Lachen war samtig und tief. Sie zeigte dabei ihre weißen Zähne. »Eine Menge dummes Zeug«, sagte sie.

»Völliger Quatsch«, stimmte er ihr zu, obwohl er verzaubert vor der Leinwand gesessen hatte. »Aber ich habe damit ein paar angenehme Stunden verbracht und wollte auch nicht zu zeitig hier eintreffen.«

»Der letzte Film, den ich gesehen habe«, berichtete sie, »war richtig langweilig: ›Die Dampfbahnen von Mid-Wales‹. Etwas Öderes kann man sich gar nicht vorstellen. Gehen Sie denn oft ins Kino?«

Sie stand neben dem Bett und sah ihn ganz offen an, und ein Teil von ihm war schockiert. Wie konnte ihre Mutter ihr erlauben, unbegleitet das Zimmer eines Mannes zu betreten? Wo waren die anderen?

»Wenn meine Arbeit es erlaubt«, sagte er, um ihr keine Hoffnung zu machen. »Wissen Sie, ich bin …«

»Kit!« Eine scharfe Stimme unterbrach ihn. »Komm sofort

hier runter, Kit.« Die Stimme ihrer Mutter überschlug sich fast. »Wo, um Himmels willen, bist du?«

»Ich bin achtundzwanzig Jahre alt«, sagte sie mit einem verschwörerischen Grinsen. »Aber meine Mutter hält mich für zwei.«

»Sie müssen sofort gehen.« Sein Gesicht sah streng aus im Lichtschein, der Ausdruck war ernst. »Ihre Mutter ruft Sie.«

Kapitel 5

»Hör auf damit, Ma!«, wehrte ich mich, als sie mich mehr oder weniger in einem Handgemenge nach unten zog. »Was machst du da?«

»Dich nach draußen bringen, damit ich mit dir reden kann«, erwiderte sie verbissen.

»Einverstanden«, sagte ich. Wenn sie verärgert war, neigte sie zum Brüllen, und ich hatte nicht die Absicht, den anderen Gästen eine Showeinlage zu liefern. Sie lief mit mir über den Hof in den Stall. Ich zündete die Lampe an.

»Wie konntest du?«, brüllte sie los, als sich die Tür hinter uns schloss, und ihr Gesicht sah im Gewitterlicht hexenhaft böse aus.

»Wie konnte ich was, Glory?« Ich sprach sie bei ihrem Vornamen an, um sie daran zu erinnern, dass ich eine Erwachsene war.

»Diesen Mann hinauf in sein Zimmer zu bringen und so lange bei ihm zu bleiben. Unten warteten alle darauf, dass du wieder runterkommst.«

Mit »alle« meinte sie natürlich Tudor.

»Du warst beschäftigt, Daisy war beschäftigt, ich wollte helfen.«

»Helfen? Indem du mit einem Mann allein bleibst?«

Ich hätte gelacht, wäre ich selbst nicht ebenso wütend gewesen.

»Glory«, sagte ich zu ihr mit aller Geduld, die ich aufbringen konnte, »ich war während des Krieges Krankenschwester.« Ich hätte ihr berichten können, dass ich verwundeten Männern die Lippen abgewischt, ihre Nachttöpfe geleert, sie gefüttert, ihnen die Schlafanzüge gewechselt und ja, auch ihre intimsten Körperteile gesehen hatte – was meine Mutter ihre Winkel und Ecken genannt hätte –, aber selbst mitten im Gefecht musste ich sie beschützen.

»Und jetzt sieh dir an, wohin deine Krankenpflege dich gebracht hat.« In ihren Augen funkelte Verachtung. »Wieder hierher zurück.« Sie ließ den Blick über das von Spinnweben überzogene Zaumzeug und die schimmelnden Heuballen schweifen und schauderte theatralisch, als ihre Augen an einem sechzig Zentimeter hohen Schaubild hängen blieben: »Die Anatomie des Genitaltrakts«.

»Hast du eine Erklärung für dein Verhalten?«, hakte sie nach, als sie sich erholt hatte.

»Diese widerliche alte Schachtel hat ihn attackiert«, sagte ich. »Du weißt, wie gemein sie sein kann.«

»Oh, dann bist du jetzt also unter die Weltretter gegangen, wie Daisy«, höhnte meine Mutter. »Sieh dir an, was es ihr gebracht hat.«

Es war mir zuwider, wenn meine Mutter Daisy verspottete: Dahinter steckte ein tiefes Misstrauen gegenüber intellektuellen Frauen – »Blaustrümpfen« –, das seine Ursache in ihrer eigenen Unsicherheit hatte.

»Merk dir Folgendes, Kit.« Sie hielt einen Finger hoch.

»Erstens: Du bist hier keine Dienstmagd – deine Arbeit findet im Büro statt. Du bist eine freiwillige Helferin, du bist Daisys Freundin.«

»Kannst du denn gar nichts Gutes darin sehen?«, forderte ich sie heraus.

Sie sah kurz zu Boden. »Oh verdammt!« Unser Gang über den Hof hatte einen Rand aus Schlamm und Schneewasser auf ihren Wildlederschuhen hinterlassen. Sie bearbeitete sie vehement mit einem weggeworfenen Blatt Schreibpapier aus dem Papierkorb.

»Zweitens« – mit einer gezierten Bewegung warf sie das schmutzige Papier zurück in den Eimer – »gehe niemals ohne Begleitung in das Schlafzimmer eines indischen Mannes. Du kennst sie nicht. Ich schon. Sie sind Jäger, und in ihren Augen sind alle europäischen Frauen Schlampen … Sieh mich nicht so entsetzt an. Ich sage nur, was wahr ist.«

Ich rieb mir meinen Arm an der Stelle, wo sie mich so fest gekniffen hatte, und wich vor ihr zurück. Einmal hatte sie mir in ihrer Wut eine Lampe an den Kopf geworfen, und denselben wilden Blick sah ich jetzt in ihren Augen. Später hatte sie die Wunde ausgewaschen und mir eine Puppe als Versöhnungsgeschenk gegeben und gemeint, sie liebe ihr kleines Mädchen mehr als alles auf der Welt, aber es sei manchmal so schwer, ganz allein zu sein. Und ich hatte sie umarmt und vor Erleichterung, dass wir wieder Freundinnen waren, die Puppe behalten, in ihren Glasaugen aber immer die Einsamkeit gesehen.

»Ich bin jetzt eine erwachsene Frau«, erwiderte ich.

»Das ist genau der Punkt. Ich möchte, dass du jemand Nettes findest, ihn heiratest, Babys bekommst, ein richtiges Zuhause.«

In mir brach etwas zusammen, als sie das sagte, und die Puppe mit den Glasaugen lag wieder in meinen Armen.

»Die Sache ist die«, erwiderte ich. »Schon ziemlich bald möchte ich … muss ich zurück nach London und meinen Hebammenkurs zu Ende bringen.« Dieses Wort musste ich immer mal wieder einstreuen, wie um sie damit zu impfen. »Es wird nicht lange dauern, ich …«

»Oh das.« Sie presste die Augenlider zusammen. »Bitte sprich in Gottes Namen jetzt nicht darüber.«

Ein Windstoß rüttelte an der Stalltür, und die Flamme in der Öllampe begann unruhig zu flackern. Meine Mutter mit ihrer Angst vor Gespenstern klammerte sich in schierem Entsetzen an mich.

»Ist ja gut.« Ich schloss sie in die Arme. »Da ist nichts.« Und dann – oh, wie schnell die Stimmung bei ihr umschlagen konnte – drückte sie mich tatsächlich an sich, und ich roch ihr Parfüm (Shalimar) und einen Hauch Kardamom, der ihr noch vom Kochen anhaftete.

»Es tut mir leid«, sagte sie mit erstickter Stimme. »Hier sind so viele Menschen, die machen mich noch verrückt. Und ich kann diese alte Schachtel auch nicht ausstehen. Ihr fällt zu keinem ein nettes Wort ein.«

Dann stieß sie ein kurzes krächzendes Lachen aus, das ich nicht erwidern konnte, und sah sich mit großen Augen im Stall um.

»Es hat aufgehört zu regnen. Lass uns zurückgehen. Hier gefällt es mir nicht.«

»Ich möchte nur noch abschließen«, sagte ich. Ihre Nägel gruben sich in meinen Arm.

»Ich weiß, dass du Daisy eine große Hilfe bist«, fuhr sie

fort. Sie schielte wieder auf das Schaubild. »Es ist schon ein seltsamer Beruf, den du dir da ausgesucht hast. Ich verstehe nicht, wie du ihn ausüben kannst.« Schaudernd drückte sie mich fester an sich.

»Ich weiß«, sagte ich und kam mir verlogen dabei vor. Denn ich hatte selbst auch Angst davor.

Kapitel 6

Er wurde zeitig wach, stellte sich ans Fenster und blickte hinaus auf die nebligen grauen Felder und ein paar geisterhafte Kühe, einen fernen Kirchturm am Horizont. Dabei malte er sich den Ausblick mit einem strahlend blauen Himmel über dem stillen grünen Altwasser des Periyar vor. Bald würde er dort sein, und er musste sich seelisch darauf einstellen, durfte sich nicht verlieren.

Es war kalt im Zimmer. Mit einem Mantel über seinem Pyjama setzte er sich an den Schreibtisch vor dem Fenster und arbeitete an seiner Doktorarbeit über die Schlafkrankheit – Versorgung und Behandlung von Encephalitis lethargica –, mit der er sich nun seit zwei Jahren eingehend befasste. Besondere Aufmerksamkeit widmete er dabei einem heftigen Ausbruch der Krankheit zwischen 1896 und 1906 in Uganda und dem Kongo, der fast einer Viertelmillion Menschen das Leben gekostet hatte und bei deren Bekämpfung die Hilfe durch das Ausland nur lückenhaft und schlecht koordiniert erfolgt war, was zu einem unerquicklichen Gezänk unter den reicheren Nationen geführt hatte.

Es war ein ernüchterndes Thema, wenn man Tag für Tag damit zu tun hatte, und er wollte es unbedingt beenden.

Insgeheim hoffte er, die Arbeit für Miss Barker würde nicht allzu viel Zeit in Anspruch nehmen, obwohl er damit natürlich für seine Miete und sein Essen bezahlte.

In seine Studien vertieft, arbeitete er weiter, ließ das Frühstück ausfallen, bis ihn ein Klopfen an der Tür daran erinnerte, dass sie für zehn Uhr dreißig verabredet waren.

»Ich muss mich vorab entschuldigen«, meinte sie, als sie federnden Schrittes neben ihm zum Stall lief, »dass ich Sie vorübergehend zum einzigen männlichen Wesen in einem, wie Shakespeare es nennen würde, monströsen Weiberregiment gemacht habe. Wir hatten es nicht so geplant. Natürlich ist uns der männliche Standpunkt absolut willkommen, und indische Ärzte, die Malayalam sprechen, sind hier nicht dicht gesät. Außerdem sind wir im Moment bis über die Ohren mit dem Sammeln von Spenden und Halten von Reden und so weiter beschäftigt, und … nun hier ist es.«

Sie sperrte die große Tür auf. Gemeinsam spähten sie in den höhlenartigen Raum.

»Moonstone Hauptquartier. Wir haben für Sie einen Schreibtisch vor dem Ofen freigeräumt, fühlen Sie sich wie zu Hause. In der Ecke liegen Decken für den Fall, dass es richtig kalt wird«, ergänzte sie. Er mochte sie bereits jetzt, ihre großen, freundlichen Zähne, ihre Zielstrebigkeit.

»Miss Barker«, er nahm Platz, behielt aber seinen Mantel an, »ich hoffe, ich bin nicht unter falschen Voraussetzungen hier – aufgrund meiner Umstände dürfte mein Malayalam etwas eingerostet sein.«

Sie unterbrach die Durchsicht von Papieren und sah ihn mitfühlend an. »So ein Elend aber auch, derart vom Krieg überrascht zu werden.«

»Ich gehörte dabei zu den Glücklicheren.« Jahrelang hatte er gegen die ihm zugedachte Rolle des armen indischen Jungen gekämpft, vor allem auf der Schule, wo die Risse in der Rüstung schonungslos aufgezeigt wurden. »Aber jetzt ist es mein Hauptziel, meine Doktorarbeit abzuschließen, bevor ich nach Hause zurückkehre.«

»Darf ich fragen, wovon diese handelt?«

»Afrikanische Trypanosomiasis. Schlafkrankheit«, ergänzte er. »Haben Sie von der Epidemie gehört?«

»Habe ich, und es war erschreckend. Ein äußerst lohnenswertes Thema.« Sie sah ihn mit offener Bewunderung an. »Ich erinnere mich verschwommen daran, dass einige ausländische Mächte versucht haben, ihre Hilfe zu bündeln, was dann zu den üblichen Komplikationen führte.«

»Ich würde sie Ihnen gern zeigen.« Er wurde vom Eifer gepackt, man traf nur selten jemanden, der von dieser Krankheit überhaupt wusste.

»Und wenn Sie diese abgeschlossen haben, sind Sie zweifacher Doktor. Welch eine Leistung. Erzählen Sie mir, sind Sie ein eifriger Lerner oder von Natur aus so klug?«

»Gibt es darauf eine gute Antwort?«, fragte er zweifelnd.

»Eine, die nicht danach klingt, als wären Sie ein faszinierender Angeber?« Sie lächelten einander an. »Vermutlich trifft beides auf Sie zu, aber machen wir weiter. Hier ist der Plan. Wenn Sie am Nachmittag eine oder zwei Stunden für die Übersetzung erübrigen, können Sie sich am Vormittag Ihrer eigenen Arbeit widmen. Kommt Ihnen das zupass?«

»Ausgezeichnet«, antwortete er. »Meine Überfahrt ist für nächsten November gebucht, und es wird mir guttun, wieder meine eigene Sprache zu sprechen.«

Das war es, was er am meisten fürchtete: dass er seine Muttersprache vergaß. Vor ein paar Monaten war er nach einem lebhaften Albtraum, in dem er geblendet und aufgeregt am Kai von Fort Cochin gestanden hatte, schweißgebadet aufgewacht. Seine Mutter kam auf ihn zugerannt – makellos weiße Kleider, hellbraune Haut, die dicken Goldkreolen in ihren Ohren glänzten –, aber als er mit ihr zu sprechen versuchte, stellte er fest, dass sein Mund mit groben Kreuzstichen zugenäht war.

Im Stall standen nun drei ramponierte Schreibtische im Halbkreis um den Kamin. An der Wand lehnte das Plakat einer Frau in schauerlicher Nacktheit. Sie hatte nichts gemein mit den nackten Frauen, über die man kicherte, wenn im Internat die Lichter ausgingen, und auch nichts mit den anatomischen Zeichnungen, die er am Barts College gesehen hatte, sondern hier wurde das Innere der Frau gezeigt mit dem ganzen Röhrenwerk, den Venen, den Arterien, den geheimen Höhlungen, die auf schockierende Weise exponiert waren.

»Das ist noch nicht fertig. Finden Sie es denn zu reißerisch? Ganz ehrlich.«

»Von welchem Standpunkt aus? Ich bin Arzt, vergessen Sie das nicht.«

»Nun …« Er spürte ihren inneren Kampf, ihn nicht bevormunden zu wollen. »Ja, natürlich, ich meine nicht Sie persönlich, aber das ist Teil unseres Dilemmas. Einige der indischen Hebammen, die wir unterrichten werden, dürften sehr erfahren und auch in praktischer Hinsicht sehr geschickt sein, aber sie werden absolut keine Vorstellung davon haben, wie eine Frau von innen aussieht.«

»Miss Barker«, antwortete er nach einer verzweifelten

Pause, »ich bin hier ratlos. Ich habe Indien verlassen, als ich noch sehr jung war.« Bewahre mich vor dem Übel, vor Versuchung, vor Peinlichkeit, ging es ihm wie eine alberne Conga-Line durch den Kopf.

»Und was ist mit Ihrem Studium? Haben Sie auf irgendeine Weise Anleitungen zu einer Geburt bekommen?«

»Bemerkenswert wenig«, gab er zu. Die Wahrheit war, dass der Krieg ihr praktisches Training unterbrochen und verkürzt hatte – irgendwann war das Krankenhaus zu einem Notfalllazarett geworden. Später waren sie dann nach Cambridge umgezogen, wo sie, begleitet von rauem Gelächter, in einer Woche die Fortpflanzung und die Geburt abgehakt hatten.

»Bevor ich beginne«, sagte sie, »wären Sie bitte so freundlich, mich Daisy zu nennen? Bei Miss Barker fühle ich mich wie eine alte Jungfer. Und noch etwas … Kit, die an diesem Schreibtisch arbeitet«, sie zeigte dabei auf den neben seinem, »hat eine entzückende, aber ziemlich zart besaitete Mutter. Sie kann sich nicht damit abfinden, dass ihre Tochter dieser Art von Arbeit nachgeht, weshalb wir versuchen, im Haus nicht darüber zu sprechen. Finden Sie das albern?«

»Ganz und gar nicht.« Es erstaunte ihn, dass sie überhaupt daran dachte, in gemischter Gesellschaft über ein solches Thema zu sprechen. »Ich werde kein Wort darüber verlieren.«

»Also«, tastete sie sich vor, »ich gehe davon aus, dass Sie über das Hebammenwesen in Indien nichts wissen.«

»Absolut nichts«, bestätigte er prompt. »Ich weiß nur, dass die Hebammen in einigen Landesteilen *dais* genannt werden.«

»Korrekt.«

»Und dass sich die Männer, wenn in unserem Haus ein Baby geboren wurde, dem Ganzen fernhielten.«

»Es ist eine Schande, dass die Männer außen vor gelassen werden.« Ihr Blick aus diesen klugen Augen suchte den seinen. »Und so traurig es ist, Indien hat eine beklagenswert hohe Kindersterblichkeitsrate – eine der höchsten der ganzen Welt. Die Briten hätten viel mehr dagegen unternehmen müssen, solange sie dort waren. Das haben sie nicht, und das wird auf ewig ein Schandfleck in unserer Bilanz bleiben.«

Sie informierte ihn mit wenigen Worten über das Krankenhaus in Cochin und ihr Ziel, dort das Beste aus Ost und West in der Praxis umzusetzen.

»Viele unserer Hebammen aus den Dörfern haben mehr Kenntnisse in ihren kleinen Fingern, als unsere westlich ausgebildeten Hebammen sich in ihrem ganzen Leben aneignen können. Sie stammen von Generationen von Hebammen ab, die Tausende von Babys zur Welt gebracht haben. Entfremden wir sie, geht uns ein riesiges Meer wertvollen Wissens verloren. Aber einige dieser Frauen«, dabei verzog sie sorgenvoll das Gesicht, »sind regelrechte Schocker: Sie durchtrennen Nabelschnüre mit rostigen Messern, springen auf die Bäuche, um Geburten zu beschleunigen, zerren Plazentas heraus. Wir müssen ihnen beibringen, dass all die kleinen Dinge wie grundlegende Hygiene und medizinische Ausrüstung wirklich wichtig sind. Unser Ziel ist es, in einer erweiterten Familie unser Wissen zu vereinen, sodass wir alle etwas lernen können. Was halten Sie davon?« Sie sah ihn hoffnungsvoll an.

»Klingt beeindruckend«, meinte er höflich, wobei in seinem Kopf sämtliche Alarmglocken schrillten. Er hatte in den Zeitungen von der Woge der Wut gelesen, die das Land überrollte, nachdem die Briten es verlassen hatten.

»Bis heute«, Daisys Brillengläser blitzten, als sie ihm ein

Kontobuch zeigte, »ist es uns gelungen, eine Summe von zweihundert Pfund für Unterrichtsmaterial und Arzneimittel aufzubringen, das wir in drei Monaten nach Indien bringen möchten, um damit das Heim zu unterstützen. Kit war mir eine wunderbare Hilfe mit ihren Bittbriefen, und mit Ihrer Hilfe bekommen wir auch das Unterrichtsmaterial richtig hin. Gibt es sonst noch etwas, das Sie gern wissen möchten?«

»Ich denke nicht.«

Die Stalltür rappelte, als die junge Frau eintrat. Sie trug einen Regenmantel und Gummistiefel und ein wenig schmeichelhaftes Kopftuch. Ihre Wangen glänzten vom Regen. »Mein Gott, wie ist das scheußlich da draußen.« Sie kämpfte beim Schließen der Tür gegen den Wind an. »Tut mir leid, dass ich mich verspätet habe.«

Als sie ihr Kopftuch abnahm, fiel ihr Haar in einer dunklen Wolke über ihre Schultern. Sie setzte sich auf einen Hocker vor dem Kamin und vollführte einen unbeabsichtigt erotischen Striptease, indem sie den einen Gummistiefel mit der Ferse des anderen abstreifte und dabei ihre schlanken Unterschenkel zeigte.

»Habe ich das Verkaufsgespräch verpasst, Daisy?«

»Nichts, was du nicht schon gehört hättest. Wie geht es den Kopfschmerzen deiner Mutter? Hat sie doch noch Frühstück gemacht?«

»Nicht gut. Ich sollte wohl zeitig gehen. Nun, Dr. Thekkeden«, sie wandte sich mit einem professionellen Lächeln an ihn, »wie war Ihre Nacht im Vogelzimmer? Ich hoffe doch, gut.«

»Wir werden ihn Anto nennen«, sagte Daisy.

»Anto«, sagte sie.

»Und Kit«, erwiderte er scheu.

»Ist Anto ein üblicher Name in Indien?« Sie knöpfte ihren Regenmantel auf und hängte ihn an eine Mistgabel neben dem Kamin zum Trocknen, dann strich sie ihren Rock glatt.

»Nicht für einen katholischen Jungen«, erwiderte er. »Die meisten von uns haben christliche Namen. Meine Familie ruft mich Anto«, ergänzte er und betonte dabei die erste Silbe.

»Anto.« Ihre vollen Lippen umschlossen den Klang.

Er holte tief Luft und sagte, um sie auf Distanz zu halten: »Klingt das mehr nach Indien?«

Sie warf ihm einen offenen und keinesfalls verlegenen Blick zu.

»Ich weiß nicht, aber ich werde Sie so nennen.«

»Wie Sie möchten.« Und mit einem knappen Lächeln öffnete er die Unterlagen, die er mitgebracht hatte.

»Nun, Anto, dann möchte ich Sie nicht unterbrechen«, sagte sie. Sollte sie die Kränkung bemerkt haben, ließ sie es sich nicht anmerken. »Ich habe noch Unmengen an Briefen zu schreiben.«

Bis zum Mittagessen arbeiteten sie schweigend. Es war ein beruhigendes Schweigen, das ihm Zeit gab, sich in den Büchern zurechtzufinden. Er fand es auch angenehm, wieder in der Gesellschaft von Frauen zu sein, nachdem er monatelang allein in Bibliotheken oder in seiner Bude verbracht hatte und oft zwischen feucht riechenden Laken im Bett geblieben war, um sich warm zu halten. Dies musste der Grund für das ungewöhnliche, leicht elektrisierende Feuer sein, das er verspürte.

Als der Gong zum Mittagessen über den Hof herüberdrang, erhob sich Kit. »Ich habe die meisten Briefe in der Ja-Dose beantwortet, Daisy«, sagte sie. »Im anderen Stapel liegt der

Brief einer sehr wütenden Krankenschwester. Darum kümmere ich mich nach dem Mittagessen, wenn das in Ordnung ist.« Ihr blauer Fair-Isle-Pullover schob sich nach oben, als sie sich streckte – eine schmale Taille, ein kurzer Blick auf ein Leibchen. »Ich bin am Verhungern«, sagte sie und wandte sich an Anto: »Was ist mit Ihnen?«

Kapitel 7

Anfang März bekam ich einen Brief des St.-Andrew-Krankenhauses mit der Mitteilung, mein Kurs sei ins neue akademische Jahr verschoben worden. Das Dach des Schwesternheims sei als unsicher eingestuft worden, aber da ein so großer Teil Londons noch immer in Ruinen liege, sei es unmöglich, die zur Reparatur nötigen Handwerker zu finden, bevor das neue Trimester anfange.

Als ich es meiner Mutter erzählte, sagte sie: »Dann sind wir also wieder zusammen wie in alten Zeiten.« Sie tupfte sich die Augen und sah mich liebevoll an, und aus langer Gewohnheit lächelte ich zurück und erwiderte ihre kurze Umarmung. Aber meine Gefühle waren seit unserem Streit sehr zwiespältig, und ich verschloss mich immer mehr vor ihr.

Denn die Wahrheit war, dass ich zwar den Frieden und die Ruhe auf der Wickam Farm genoss, aber ohne die Arbeit für Moonstone und die Herausforderung, Daisy zur Hand zu gehen, würde ich inzwischen die Wände hochgehen. Außerdem gab es noch etwas, das mich weitaus mehr beunruhigte, und das war der indische Arzt.

In den ersten Wochen hatte er auf die allerhöflichste Weise seine Präferenz zum Ausdruck gebracht, an den Vormittagen im Vogelzimmer seiner Arbeit nachzukommen. Auch das Frühstück ließ er ausfallen. Ich war mir nie sicher, ob das mit der frostigen Behandlung zu tun hatte, die meine Mutter ihm zuteilwerden ließ, oder ob er auf diese Weise Tudor und Ci Ci aus dem Weg gehen wollte, aber es war definitiv hilfreich im Hinblick auf die Besorgnis meiner Mutter, dass dieses potenziell wilde Tier unter demselben Dach wie ihre Tochter wohnte.

Daisy versuchte ihm auszureden, in seinem Zimmer zu arbeiten, indem sie ihm beschämt mitteilte, dass man es sich nur leisten könne, zwei Öfen zu befeuern: den Kamin im Esszimmer und den alten zuverlässigen Herd im Stall. Aber er blieb hartnäckig, bis dann in einer besonders bitterkalten Woche im Februar die verrottete Holzumrandung seines Fensters mitsamt einem großen Aststück vom wilden Wein herunterfiel und er mit zusätzlichen Decken zwar noch weiterhin in seinem Zimmer schlafen konnte, an Arbeiten aber nicht mehr zu denken war.

Während der ersten paar Tage saßen wir in einiger Entfernung voneinander vor den alten Pulten, die man aus dem alten Kinderzimmer geholt hatte. Ich fertigte Skizzen an, machte mir Notizen nach Comyns Berkeleys »Pictorial Midwifery« und brachte weitere Briefe auf den Weg. Sein glänzender Kopf war über Stapel wissenschaftlicher Lehrbücher gebeugt.

Wann immer ich einen verstohlenen Blick auf ihn warf, erstaunten mich sein Fleiß und seine Konzentration, denn ich hatte mir jahrelang von meiner Mutter anhören müssen, dass die Inder faul und dumm seien und sich aus genau diesem Grund von den Briten hätten beherrschen lassen. Ci Ci tutete oft genug ins selbe Horn und erinnerte sich an Bedienstete, die die Suppe durch ihren Turban passierten oder einen guten Tritt in den »Sie wissen schon« brauchten, um überhaupt zu spuren.

Manchmal empfand ich auch eine Spur von Neid. Männer hatten in dieser Hinsicht Glück, sagte ich mir und musste dabei an meine Mutter denken, die mich immer von meinen Schulbüchern weggezogen hatte mit der Behauptung, wenn ich zu viel lernte, würde mein Aussehen Schaden nehmen. Männer, so warnte sie mich stets, fühlten sich von Blaustrümpfen abgeschreckt, wohingegen Fleiß bei einem Mann Beifall bekam, mit Essen und Tee belohnt und nicht durch zahllose eilige Aufgaben unterbrochen würde.

Aber egal, hier war ich diejenige, die anfing, Tee für ihn zu kochen, anfangs, weil er mir leidtat, sein Frühstück zu verpassen, und später, weil ich eine verrückte Freude dabei empfand, den Kessel für ihn aufzusetzen, Wasser in die Teekanne zu gießen, seinen Löffel voll Zucker aus dem Marmeladenglas dazuzugeben und ihm den Becher zu bringen.

Wenn ich diesen dann vor ihn hinstellte, blickte er auf und lächelte mich an – ein ganz reizendes Lächeln, das sein Gesicht zum Strahlen brachte –, bevor er sich wieder in seine Bücher vertiefte. Diese Art von Zusammenarbeit gab mir das Gefühl häuslicher Zufriedenheit, obwohl ich mir manchmal einer tiefgründigen Reserviertheit seinerseits bewusst war, die weniger auf Schüchternheit gründete, sondern vorsätzlich zu sein schien, und ich wusste nie, mit welcher Version seiner selbst ich es zu tun haben würde.

Eines Tages erzählte er mir, während ich zwei Löffel Tee abmaß, dass sein Onkel in den Hügeln oberhalb von Travancore Tee anbaute. Er habe verschwommene Erinnerungen an seinen ersten Besuch dort als Kind und wisse noch, wie erwachsen er sich gefühlt habe, als seine Tante ihm einen besonderen Becher gab und er zum ersten Mal Tee kostete. Als er das feierlich ernste Kindergesicht nachahmte, sah ich, welch süßer kleiner Junge er gewesen sein musste mit seinen lang bewimperten grünen Augen. Aber als ich ihn das nächste Mal ansah, empfand ich ihn einschüchternd mit seinen hohen, hervortretenden Wangenknochen und diesem abwesenden Blick eines spanischen Granden.

Schatten und Sonnenschein fiel mir am folgenden Tag dazu ein, als er sich den Teekannenwärmer auf den Kopf setzte und im gezierten Ton eines ältlichen Geistlichen sagte: »Danke, gute Frau, sechs Würfel werden ausreichen«, worauf ich zu viel lachte und mir schwindelig wurde.

Er war ein guter Imitator. Was vermutlich einer der Gründe dafür war, warum er sich nie beklagte, in Downside drangsaliert oder beschimpft worden zu sein, wo er, wie er erzählte, abgesehen von ein paar Schwachköpfen gute Freunde hatte. Daisy erzählte mir, er sei im ersten XI-Kricketteam gewesen, was sicherlich auch hilfreich war.

Unser Gelächter fühlte sich schrecklich indiskret an, als würden wir die Formalität durchstoßen, und ich zitterte anschließend und war erleichtert, als Daisy zurückkam.

Ich hatte angefangen zu lauschen, wenn er mit Daisy arbeitete, denn ich hörte es gern, wenn er in seiner Muttersprache redete. Seine Stimme klang dann weich und fremd und wühlte mich auf. Ich spürte, dass sie ihm auch Schmerz bereitete: Wenn er über einfache Worte stolperte, zuckte er zusammen wie ein Mann, der sich zu einem vertrauten Spaziergang aufmacht und feststellen muss, dass Glasscherben auf seinem Weg liegen.

Auch Daisy fand, dass es eigenartig sein musste, nach so vielen Jahren wieder die eigene Sprache zu sprechen und sich noch dazu über Geburt, Geschlechtsverkehr, Eisprung und Menstruation zu unterhalten.

Sie sagte, sie habe ihn Wörter wie Vagina und Brustwarzen übersetzen lassen. »Der arme Junge hat sein Zuhause schon in so frühen Jahren verlassen, dass er die Wörter dafür womöglich gar nicht kennt.« Diese Lücken könnten aber ganz leicht von Neeta gefüllt werden, wie sie meinte, die ihren Beitrag zu den Notizen leisten würde, wenn diese in Indien eintrafen.

So weit, so gut. Nachdem wir ein paar Wochen auf diese Weise gearbeitet hatten, empfanden wir uns als gutes Team im Stall. Abgetrennt vom Haus und mit etwas Neuem befasst, das uns vor der Eintönigkeit der Rationierung, den Februarstürmen, dem seltsamen Schweigen und den noch seltsameren Erinnerungen beschützte, die der Krieg hinterlassen hatte.

Daisy hatte begonnen, Vorträge zu halten, vor dem örtlichen Frauenverein und einigen Universitätsgesellschaften, und diese sorgten zusammen mit einem Flohmarktverkauf und unseren Bittbriefen dafür, dass ein wenig Geld floss. Die für Herbst dieses Jahres geplante Renovierung des Moonstone-Heims schien möglich zu sein.

Aber dann ging Tudor dazu über, zu den unmöglichsten Zeiten und auf eine Weise, die man nur als besitzergreifend bezeichnen konnte, bei uns im Stall vorbeizuschauen.

Er hockte sich breitbeinig auf die Kante meines Schreibtischs und monologisierte verlegen über seine Jazzsammlung, seine sozialistischen Prinzipien oder eine archäologische Abhandlung, die er zu veröffentlichen gedachte. Wenn er sich dabei an Anto wandte, dann mit Platzhirschgebaren, indem er über altehrwürdige Schulen und Kricketsiege und Universitätsleistungen schwadronierte oder Anto wortreich bemitleidete, dass er mit »den Mädchen« vorliebnehmen musste.

Je öfter das vorkam, umso mehr weckte der Anblick seines knochigen Hinterns in Tweed auf meiner Schreibtischkante in mir den Wunsch, loszuschreien oder eine Nadel hineinzustechen, aber ich bemühte mich, es mir nicht anmerken zu lassen, sowohl um Daisys als auch um meiner Mutter willen.

Ich war mir sicher, dass hinter diesen Besuchen meine Mutter steckte, deren Geist bereits eine Hochzeit in der St. Peter's Church vorhersah, die zur Farm gehörte, und das Essen für den Empfang, die fällige Maniküre, die Hüte, die Kanapees plante. Warum auch nicht?, würde sie argumentieren. In der klassenlosen Welt der Wickam Farm wäre alles möglich.

Ein weiteres Haar in der Suppe war Ci Ci, die, als sie Tudors Besuche im Stall bemerkte, ihre Krallen auszufahren begann. Arme Flora, arme Kit: widerstrebende Gladiatorinnen angesichts eines Preises, den keine haben wollte. Vielleicht wollte Flora ihn sogar; sie war von ihrer Mutter derart eingeschüchtert, dass es unmöglich war, dies herauszufinden.

Eines Abends brach der Sturm dann los, als Ci Ci mit einer Wärmflasche und einem Tablett im Bett lag, weil sie eine schlimme Erkältung hatte. Anto arbeitete im Stall, Daisy war in Cheltenham, wo sie einen Vortrag hielt, und meine Mutter räumte die Küche auf.

An diesem nasskalten Tag hatte Tudor seine sozialistischen Prinzipien abgelegt und war in seinen Knickerbockern losstolziert, um auf dem benachbarten Blenheim-Anwesen zur Jagd zu gehen. Zurückgekommen war er mit einer Girlande toter Vögel um seinen Hals, die er auf eine Schnur aufgezogen hatte. Als meine Mutter dann beim Abendessen das Rebhuhn im Speckmantel und mit einer Salbei-Zwiebel-Soße servierte, betrachtete er dieses mit dem selbstzufriedenen Stolz eines Mannes, der gerade ein Bison auf den Boden der Höhle geworfen hatte.

»Ich habe sie gleich hinter dem Shakenoak Wood erlegt«, berichtete er in seiner üblichen affektiert gedehnten Sprechweise. »Auch Lord Clyde war zugegen, aber sein Hund hatte einen schlechten Tag, und sie zogen sich beide zurück. Hier, trinken Sie was davon. Ich habe die Flasche im Keller entdeckt – es ist ein 1935er Pomeroy, was richtig Gutes.« Er sah mich an. »Gehört zu Ihrer Ausbildung.«

Er holte die Waterford-Gläser, schenkte sich und mir ein ganzes Glas und für Flora, die sich überschwänglich bedankte, einen Fingerhut voll ein.

Der Wein war eine Überraschung. Wenn wir etwas tranken, dann üblicherweise etwas von Daisys diversen hochprozentigen Aufgesetzten aus Karotte, Zwetschge oder Holunderblüte, die manchmal an der Oberfläche schon etwas Schimmel angesetzt hatten und in der Speisekammer gelegentlich wie eine Bombe hochgingen.

Ich hatte keine Ahnung, was das Besondere an einem Pomeroy von 1935 war, aber er schmeckte gut, und ich genoss die wohlige Wärme, die sich dank ihm in meinen Knochen ausbreitete.

»Wenn man einen edlen Wein trinkt«, unterwies Tudor mich, »sollten Sie Ihr Glas so halten.« Er legte eine Hand geziert um den Stiel. »Niemals am Kelch. Lassen Sie den Wein einen Moment lang im Mund«, dabei sah er mich mit feuchten Augen an, »und lassen Sie ihn sich auf der Zunge zergehen.« Seine schmalen Lippen rotierten. »Dann runterschlucken.« Sein Adamsapfel hüpfte auf und ab.

»Finden Sie es nicht schön, neue Dinge kennenzulernen?«, sagte eine verzauberte Flora, als Daisy in einem nassen Regenmantel eintraf.

»Was feiern wir denn?«

»Vögel«, lautete Tudors knappe Antwort. »Rebhuhn. Hab ich heute erlegt.«

»Menschenskind, hab ich einen Hunger.« Sie knöpfte ihren Regenmantel auf. »Das duftet ja köstlich.« Sie hob den Deckel des silbernen Präsentiertellers auf dem Sideboard. Es war noch ein klein wenig vom Rebhuhn übrig, dazu ein paar Löffel Soße, etwas Speck und drei schrumpelige Karotten.

»Hat Anto schon gegessen?« Sie hatte begonnen, ihren Teller zu füllen, hielt nun aber inne. »Er ist noch im Stall. Ich sah die Lampe brennen.«

»Ich dachte, er wollte dich begleiten«, sagte ich.

»Nein, er war zu beschäftigt. Der arme Junge muss völlig ausgehungert sein. Ich bringe ihm was zu essen.«

»Ich übernehme das, Daisy«, sagte ich. »Du bleibst hier und isst.«

Daisy verließ den Raum, um ihren Mantel aufzuhängen, und ich legte ein paar Fleischbrocken und Kartoffeln und den Rest des Gemüses auf einen Teller. Ich sah, dass noch ein wenig Pomeroy in der Flasche war, und griff nach ihr.

»Darf ich Anto den Wein bringen?«, fragte ich.

»Die Mühe können Sie sich sparen«, sagte Tudor. »Das verträgt sich nicht mit Tintis Religion.«

Er war dazu übergegangen, ihn hinter seinem Rücken Tinti zu nennen. Als ich Flora pflichtschuldig kichern hörte, packte mich die Wut.

»Hören Sie auf damit, ihn so zu nennen«, sagte ich.

»Es ist doch nur ein Scherz«, erklärte er geduldig. Ein wenig von dem Wein hatte auf seinem Kinn einen Fleck wie ein Geburtsmal hinterlassen. »Billy Bunter spricht immer von den tintenschwarzen Brüdern.«

»Das ist nicht lustig«, sagte ich. »Und er trinkt Wein, das wissen Sie.«

»Nun, dann soll er sich seinen eigenen mitbringen – oder was von dem hier nehmen.« Er zeigte auf eine Karaffe Zwetschgenwein auf dem Sideboard. »Mir ist das egal.«

Die Flasche zitterte in meiner Hand. Ich hätte den Wein gern über dieses blasierte, höhnische Gesicht tropfen sehen.

»Sie sind hübsch, wenn Sie wütend sind«, sagte er in dem Moment, als Daisy wieder hereinkam.

»Oh du Engel«, sagt sie mit Blick auf den Teller. »Es macht dir doch nichts aus?«

Draußen war es nebelig und sehr kalt, und der Mond verbarg sich hinter einer Wolkenschar. Die Schlüssel zum Stall hatte ich in meiner Tasche. Kürzlich hatte es einen kleinen Einbruch gegeben, nichts Ernstes: eine alte Schreibmaschine und acht Pfund in bar. Als ich die Tür aufschloss, sah ich Anto im gelben Schein der Lampe schlafend auf seinem Schreibtisch, mit dem Kopf auf seinen Händen wie ein Kind. Die

Haare hingen ihm ins Gesicht. Unter seiner rechten Hand lag ein Blatt Papier, auf das er mit seiner kleinen, ordentlichen Schrift geschrieben hatte: Sauerstoffaustausch. Auf einem Stapel Lehrbücher saß ein winziger Sandsteinelefant im Schneidersitz.

Das Feuer war erloschen, und es war so kalt, dass man den Atem sehen konnte. Im Stall daneben konnte ich William, das Hofpferd, Heu mampfen hören.

Ich schlich so leise, wie ich konnte, durch den Raum, zündete den Herd wieder an, und als er knisterte und glühte, stellte ich das Tablett am Rand seines Schreibtischs ab und überlegte, ob ich ihn wecken sollte oder nicht. Oh mein Gott, wie schön er war. Noch nie war mir dieser Gedanke beim Anblick eines Mannes gekommen. Die sich scharf abzeichnenden Wangenknochen, der weiche Mund.

Der Kragen seines Übermantels aus Tweed war hochgeschlagen. Ich legte ihn um und berührte dann sein Haar. Aus seinem Mund kam eine Hauchwolke wie Rauch.

»Danke«, sagte er leise.

Ich machte einen Satz rückwärts, schaffte es aber, den Teller festzuhalten, während das Tablett klappernd zu Boden fiel und das Messer und die Gabel und den Wein, der wie Blut auf den Herd spritzte, mitriss.

»Verdammt.« Ich war wütend und verlegen. »Das wollte ich nicht.«

Ich stellte den Teller zurück auf den Schreibtisch, und danach suchten wir beide auf Händen und Knien nach dem Besteck und wischten den Wein auf. Und dort umschloss er mein Gesicht mit seinen Händen und küsste mich.

»Ich weiß«, sagte er und küsste mich noch mal.

Wir knieten noch, als wir vor der Tür Stiefelgepolter und das Pferd in seinem Stall aufstampfen hörten, und starrten einander an wie zwei Menschen, die gleich hingerichtet werden.

»Lasst mich rein.« Eine lallende, wütende Stimme.

»Moment«, rief ich und rappelte mich auf.

Es war Tudor, rotgesichtig, angetrunken, besitzergreifend.

»Warum haben Sie abgeschlossen?«

»Es gab kürzlich einen Einbruch.«

»Ah, wie dumm von mir! Ich dachte, der Sinn eines Schlüssels liege darin, Einbrecher auszusperren.« Dabei lächelte er Anto unfreundlich an und zeigte seine gelben Zähne.

»Bumm, bumm, bumm, bumm!«, schrie er plötzlich und richtete seinen Regenschirm wie ein Gewehr gen Himmel. »Haben Ihnen meine Vögel geschmeckt?«

Er stand dicht neben Anto, nur einen Schritt weit entfernt.

»Ich habe sie noch nicht gekostet«, entgegnete Anto. Seine Stimme war sehr ruhig, aber ich konnte das Zucken eines Muskels an seinem Kinn sehen.

»Nun, ich kann Ihnen versichern, sie schmecken verdammt gut.« Tudor wandte sich an mich. »Es regnet, Kit. Ich nehme Sie mit unter meinen Regenschirm, und wir gehen zurück ins Haus. Ihre Mutter sagte mir, ich solle Sie holen.«

»Danke«, sagte ich mit so viel Würde, wie ich aufzubringen vermochte – ich hatte weiche Knie und war mir bewusst, dass meine Haare zerzaust waren.

Ich schaute auf den Teller auf dem Schreibtisch, wo das Rebhuhn und die Kartoffeln inzwischen kalt geworden waren. Dann wandte ich mich an Tudor und reichte ihm das Tablett. »Könnten Sie das für mich halten?«, fragte ich und begann es mit den von Anto im Lauf des Tages benutzten schmutzigen Tassen und dem Besteck zu beladen.

Volltreffer, sagte ich mir. Du wirst ihm dienen, du schrecklicher Mann – er ist doppelt so viel wert wie du.

Es war ein kleiner, süßer Sieg, doch ich fürchtete, dass er nicht von Dauer sein würde.

Kapitel 8

Eines Tages würde er Mühe haben, sich auch nur an den Namen des hübschen Mädchens auf der Wickam Farm oder an das Vogelzimmer oder den Stall zu erinnern. Er würde diesen Teil seines Lebens genauso ausblenden, wie er Indien auf dem Schiff ausgeblendet hatte, als er hergekommen war, oder es würde ihm wenigstens gelingen, es in einen hinteren Winkel seines Gedächtnisses zu verbannen.

Aber jetzt hörte er das Knarren der losen Bodendielen über ihm, Kits leise Schritte auf den Stufen, das Klirren ihrer Flaschen im Badezimmer, das Kleid, das sie auszog. Um sich dagegen zu verschließen, zog er die Schachtel unter seinem Bett hervor, breitete die Briefe und Fotos seiner Familie auf der Daunendecke aus und schaltete die Lampe an.

Seine Familie: Appan, sein Vater; Amma, seine Mutter; seine Schwester Mariamma; seine Großmutter Ponnamma. Die Frauen, die ihn mit köstlichen Mahlzeiten gefüttert und ihn nachts ins Bett gesteckt hatten, bis sie ihn plötzlich wegschickten. Er bemühte sich jedes Mal, deswegen nicht sentimental zu werden und sich an Father Damians Vorschlag zu halten, dass er möglicherweise genau diesem Umstand zu verdanken habe, wer er jetzt sei.

Und dann förderte er noch mehr Fotos zutage: die erweiterte Familie, Hunderte verschwommene Geister von Weihnachtsfesten, Taufen, Onam-Festen, Hochzeiten. Er studierte sie mit dem Ausdruck eines Mannes, der für eine Prüfung büffelt, die er gar nicht bestehen kann. Er griff nach einem verblassten Schnappschuss seines Vaters. Ein Gelehrter mit Brille, der ernst in einigem Abstand von einer Gruppe junger Engländer stand. Ein Foto, das, wie sein Vater ihm oft erzählt hatte, am wichtigsten Tag seines Lebens gemacht wurde: dem seiner Abschlussprüfung am Lincoln's Inn. Appan, der seinen dunklen Anzug aus der Savile Row trug und dünn und verängstigt wirkend auf ein paar beeindruckenden Stufen stand, während er ein Stück zusammengerollte Pappe in der Hand hielt.

Antos Gesicht verdüsterte sich, als er an seinen Vater dachte: die gut aussehende autoritäre Präsenz am Tischende. Der Zirkusdirektor der Familie, der die emotionale Temperatur eines Raums durch sein bloßes Eintreten zu verändern vermochte. Sein Auto, ein Bullnose Morris, einer der wenigen im Bezirk. Appan auf seinem Weg zu einem wichtigen Gerichtsverfahren in Pondicherry, die kastanienbraune Aktenmappe aufgebläht von den Geheimnissen Erwachsener; im Flur Antos Hand schüttelnd, als er zu einer Auslandskonferenz aufbrach: »Pass auf deine Mutter auf.«

Sein sehnsüchtiges Verlangen, sich die Liebe seines Vaters mit guten Leistungen, guten Kricket-Innings, gutem Betragen zu erkaufen, empfand er jetzt als Schwäche. Sobald er den hohen Ansprüchen Appans nicht genügte, sah er Abscheu im Gesicht seines Vaters. »Du befindest dich auf der siebten Stufe, mein Freund«, und dann holte er den Stock aus der obersten Schublade seines Schreibtischs.

Als Anto in England eintraf, sah er tagelang keine Sonne, nur einen grauen Himmel, graue Straßen, und er fragte sich, ob dies nun die achte Stufe sei: ein Ort, an dem man vor lauter Unglücklichsein sterben konnte. Sein Gefühl, verlassen zu sein, kam so unerwartet und war so allumfassend, dass es ihn beinahe um sein seelisches Gleichgewicht gebracht hätte. Glücklich und geliebt zu sein, erkannte er nun, war die schlechteste Voraussetzung für ein Leben, in dem keiner ihn kannte. Keine Menschenseele in England.

Seine Mutter schrieb ihm nach Downside. Über Alltägliches: dass Pathrose, der Diener, der schon seit Ewigkeiten für sie arbeitete, in der Küche Garnelen und Okra zubereitete; über das Kricketmatch der Familie auf dem Rasen, mit einem, wie sie schrieb, »Anto-großen Loch in der Feldmannschaft«. Die Briefe in ihrer makellosen Handschrift und dem zarten Duft von Jasminöl auf den Umschlägen hatten ihn während seines ersten Trimesters fast zerstört. Er riss sie jedes Mal aus dem Korb im Refektorium, wo Milch und Kekse serviert wurden, um sie in Erwartung des ganz besonderen Elends der Erinnerung mit auf sein Zimmer zu nehmen. Erst später waren ihre schrecklichen Kuverts ihm peinlich geworden.

Jetzt betrachtete er im Lampenlicht angestrengt ein Foto von ihr im Garten von Mangalath neben dem kleinen Sommerhaus, in dem sie sich um ihre Orchideen kümmerte. Sie trug Bluse und Rock – *chatta* und *mundu* – aus schlichter weißer Baumwolle, wie immer zu Hause. Ihre dunklen Augen starrten mit einem sowohl distanzierten wie auch bohrenden Blick in die Kamera. Anto saß ihr zu Füßen auf einem Dreirad und sah unschuldig und vertrauensvoll zu ihr auf. Sie war seine ganze Welt.

Jeden Moment würde sie ihr Kameragesicht aufgeben (sie hatte es immer gehasst, fotografiert zu werden), um ihn auf den Arm zu nehmen und zu murmeln: »Mein kleiner Goldschatz.« Ihr einziger Sohn nach jahrelangem Bemühen. Jetzt hörte er sie in der Küche den Bediensteten, die mit den Töpfen klapperten, Befehle zurufen. Gewürze stiegen ihm prickelnd in die Nase.

Er drehte das Foto um. Mangalath. Anto. Drei Jahre alt.

Mit einem Seufzer nahm er den letzten Brief seiner Mutter zur Hand. Geschrieben am 13.02.1948, abgestempelt in Fort Cochin.

Mein liebster Junge,
ich schicke Dir die Fotos, die ich mit meiner neuen Kamera gemacht habe. Tut mir leid, dass ich Deinem Vater mehrmals den Kopf abgeschnitten habe. Er war es, der mir diese Kamera zu Weihnachten geschenkt hat – kein Zeichen großer Dankbarkeit meinerseits. Am Weihnachtsabend hatten wir vierundfünfzig Familienmitglieder hier in Mangalath, haben Dich aber wie immer sehr vermisst. Ich weiß nicht, was ich in einem früheren Leben getan habe, um nun so viele Jahre ohne Dich erleiden zu müssen, aber ich hoffe, dass sich mir der Sinn bald erschließen wird.
Appan ist so stolz auf Dich, meint, das neue Indien brauche Menschen wie Dich, um zu beweisen, dass wir auch ohne die Briten strebsam sein und Erfolg haben können. Also bin auch ich stolz auf Dich und die Opfer, die Du erbracht hast. Ich hoffe, Du wirst eines Tages ein bedeutender Mann unserer Gemeinschaft sein.
Ich wünschte, ich könnte Dir die frischen Ananas schicken, die wir zum Frühstück gegessen haben, ich weiß, dass bei

Dir alles noch immer streng rationiert wird. Aber ich kann Dir nur meine Mutterliebe und Gebete schicken. Dein Vater, der bis zum Hals in einem neuen Fall steckt, wird Dir separat schreiben und Dir Geld für Deine Überfahrt schicken.
Mit all meiner Liebe,
Amma

PS: Heute kam Vidya mit ihrer Mutter; sie wollte ein Foto von Dir sehen und schickt ihres an Dich. Sie meint, Du sähest gut aus!

Mal abgesehen von ihrer Schlitzohrigkeit war es typisch für sie, das so aufzubauschen. Das Mädchen auf dem sorgfältig kolorierten Foto war schlank und schüchtern und trug offenbar einen neuen Sari. Es war die Tochter der besten Freundin seiner Mutter und hübsch, was seine Mutter in ihren drei letzten Briefen auch nicht unerwähnt ließ. Könne Anto sich nicht mehr daran erinnern, dass er ihr als kleiner Junge begegnet sei? Die Antwort: Nicht wirklich, und wenn ja, dann höchstens als ein schüchternes Paar großer Augen hinter den Röcken ihrer Mutter. An Anu, ihre Mutter, erinnerte er sich: Sie hatte ihm jedes Mal den Kopf getätschelt und hausgemachte Süßigkeiten mitgebracht, verlockend verpackt in Seidenpapier, und einmal auch einen neuen Kricketschläger.

Dieser Brief, den er mit Besorgnis schon mehrmals gelesen hatte, sorgte dafür, dass seine Kopfhaut spannte, als würde ein Teil seines Gehirns sich abschalten. Er wurde mit dem Netz gefangen und eingeholt, und dennoch hatte er sich während der langen, einsamen Jahre seines Exils nach zu Hause gesehnt und sich gefreut, im sicheren Hafen einer Ehe mit einem netten Mädchen zu landen und wieder im Schoß der Familie zu sein.

Jetzt drückte er sein Gesicht ins Kissen, als wolle er seine Verwirrung und Panik ersticken. Er fühlte sich nicht mehr als Inder, das war der springende Punkt. Während seiner Zeit in England hatte er sich an Freiheiten gewöhnt, mit denen seine Familie nicht einverstanden wäre. Allein ins Kino zu gehen, wenn ihm der Sinn danach stand. Gespräche mit Frauen zu führen, die keine diskrete Anstandsdame dabeihatten. Das sexuelle Abenteuer mit der Helferin der Royal Air Force, gewaltig und verwegen, bis die Scham einsetzte. Das Tragen westlicher Kleidung – er hatte nicht die Absicht, wieder einen *mundu* zu tragen, das käme ihm vor, als würde er sich verkleiden.

Aber sein dringlichstes Problem im Moment war Kit im Zimmer über seinem, was ihm fast unanständig nah erschien. Zu wissen, dass sie dort war, atmete, herumlief, war eine Qual für ihn, denn mehr als alles andere wünschte er sich, sie wieder zu küssen.

Ein Klappern von oben – sie zog ihre Vorhänge zu. Zuvor, während der Arbeit, hatte sie ihr Haar zu einem unordentlichen Knoten aufgesteckt, der von einem Bleistift befestigt wurde, aber jetzt malte er sich aus, wie es herabfiel.

Er versuchte, sich mit einem Scherz davon zu befreien: »Meine Güte, wie sind Sie schön, Miss Smith«, denn seiner Aufmerksamkeit war nichts an ihr entgangen: die geschwungene Linie ihres Kinns, der Wasserfall ihrer Haare, das Strahlen, wenn er sie zum Lachen brachte.

Jetzt bürstete sie ihre Haare. Putzte sich die Zähne.

»Um Himmels willen.« Starr und angstvoll blickte er nach oben. »Hör auf damit, du dummer Kerl. Leg dich schlafen.«

Kapitel 9

Da ihn das, was zwischen uns geschehen war, offensichtlich erschreckt hatte, kehrte Anto an den Vormittagen zum Arbeiten wieder ins Vogelzimmer zurück. Als wir uns im Esszimmer trafen, sah ich, wie erschöpft er war, und er wich jedem Blickwechsel mit mir aus. Ich arbeitete und redete weiter mit ihm, als mache es mir nichts aus, aber ich musste ständig an ihn denken: die Glätte seiner Wange, seine weichen Lippen auf meinen.

Diese Erinnerung hielt mich wach, und manchmal, wenn ich mich nachts aus dem Haus schlich, um zu sehen, ob auch er wach war, brannte hinter seinem Fenster noch Licht, und wenn ich dann meinen eigenen Atem hörte, fühlte ich mich wie eine Selbstmörderin, die versuchte, sich vom Sprung abzuhalten.

Ich wollte ihn. Mein Körper rannte meinem Geist voraus wie ein ungezogenes Kind und machte mir Angst, weil nichts davon sich richtig anfühlte. In nur wenigen Monaten sollte er nach Indien zurückkehren und dort ein Mädchen heiraten, das, wie Daisy erzählt hatte, seine Eltern ausgesucht hatten. Und dass meine Mutter entsetzt wäre, brauchte ich wohl nicht zu erwähnen.

Aber als ich Anfang April einen weiteren Brief vom St.-Andrew-Krankenhaus bekam, der mir mitteilte, dass der Bombenschaden am Gebäude noch nicht behoben sei und unser Kurs noch weiter ins nächste Jahr verschoben würde, war ich nicht enttäuscht.

War es seltsam, dass ich mich so schnell in ihn verliebt hatte? Nein, für mich war es das nicht. Nicht wirklich. Ich war nach dem Krieg einfach bereit für die Liebe, und er war ein unglaublich gut aussehender und beeindruckend kluger Mann. Er hatte mich bereits zum Lachen gebracht und weckte ein mütterliches Gefühl in mir, weil er mir sowohl mutig als auch verloren vorkam. Und da war noch etwas: Ich wollte wirklich geliebt werden, auf altmodische Weise von einem Mann, einem jungen Mann, der eine hässliche Erinnerung austreiben würde.

Es hatte eine Zeit gegeben – ich war noch keine achtzehn Jahre alt –, da war ich so grün hinter den Ohren gewesen, dass ich tatsächlich geglaubt hatte, man könne vom Kuss eines Mannes schwanger werden. Einer der Brotherren meiner Mutter, Mr. Frank Jolly, ein verwitweter Optiker aus Yorkshire, setzte dem ein Ende, indem er eines Tages im Auto seine Hand unter meine Schuluniform schob. Ich weiß, junge Mädchen sagen normalerweise, dass sie solche Avancen widerlich finden. Das war bei mir nicht der Fall.

Was ich anfangs im Zusammensein mit Mr. Jolly empfand, war Experimentierfreude. Er sah nicht schlecht aus und war noch ziemlich jung. Er ging dazu über, mich von der Schule abzuholen, und anfangs war seine Zudringlichkeit so harmlos, dass man sie als Zärtlichkeit bezeichnen konnte. Aber dann, eines Nachmittags, als meine Mutter im Kino war, schockierte er mich mit einem Ding, das wie ein gestrandeter Fisch aus seiner Hose sprang.

Wir saßen im Wohnzimmer, die Vorhänge waren zugezogen, und sein Gesicht war aufgewühlt und fleckig wie ein falsch zusammengesetztes Puzzle. Er sagte, ich hätte ihn dazu verführt, und während er mich auf einem Handtuch aufs Sofa legte, erklärte er mir, ich müsse das über mich ergehen lassen, denn ansonsten würde meine Mutter ihren Job verlieren, und es gäbe einen Skandal. Und ich glaubte ihm und ließ ihn gewähren, danach aber schrie und weinte ich im Bad und versuchte, ihn von mir abzuspülen.

Bei meinem späteren Versuch, mit meiner Mutter darüber zu reden, gab sie mir die Schuld. Vielleicht bildete ich es mir auch nur ein, aber es fühlte sich so an. Sie meinte, es wäre gar nicht schlecht, einen älteren Mann zu heiraten, der für einen sorgte, und dieser Mr. Jolly sei ja außerdem recht attraktiv, warum also nicht er? Ich entgegnete: »Und was ist mit der Schule, meinen Prüfungen? Meinem Leben?«

»Ach, das siehst du zu streng«, sagte sie. Danach sprach ich drei Tage lang nicht mit ihr. Ich fühlte mich leer und überflüssig: ein Pappbecher, der auf einem Fluss einer Zukunft zutaumelte, die meinen Händen völlig entglitten war.

Anto wartete bereits seit zehn Tagen, um zu erfahren, ob seine Doktorarbeit angenommen worden war, als ein Brief mit dem Monogramm des Exeter College auf dem Umschlag eintraf. Daisy, die früher mal Hockey für die Grafschaft gespielt hatte, riss dem Postboten den Umschlag aus der Hand, sprintete damit über den Hof und warf ihn auf seinen Schreibtisch.

Er wurde so blass, dass sie ihn fragte: »Möchten Sie, dass ich ihn für Sie aufmache?«

»Nein«, sagte er. Er starrte darauf, und seine Lippen bewegten sich lautlos.

»Wappnen Sie sich für das Schlimmste und rechnen Sie mit dem Besten«, riet Daisy ihm.

Er nahm den Umschlag, berührte den Sandsteinelefanten, warf mir einen merkwürdigen Blick zu und öffnete ihn. Gleich darauf sagte er: »Mist, Mist, Mist!« Er vergrub den Kopf in seinen Händen, und Daisy und ich sahen uns an. Das war herzzerreißend, entsetzlich – diese vielen, vielen Stunden, in denen er bis zum Morgengrauen gearbeitet hatte.

»Es tut mir unendlich leid, Anto«, sagte ich. »Sie haben so hart gearbeitet.«

Ich hätte ihm gern übers Haar gestrichen und tröstende Worte gefunden, die nicht allzu aufdringlich waren.

Er blickte mit seinem rechten Auge zu mir auf, grinste und sagte dann: »Dr. Dr. Anto Thekkeden, wenn ich bitten darf. Meine Arbeit hat ihnen gefallen.«

»Sie sind mir ja einer!« Daisy schlug ihm mit meiner Papprolle auf den Kopf, und ich umarmte ihn, ohne nachzudenken. Sollte Daisy den raschen Kuss bemerkt haben, den er mir gab, erwähnte sie ihn nicht.

»Und jetzt, Anto«, meinte sie, als alles sich wieder etwas beruhigt hatte, »müssen wir das auf jeden Fall feiern. Wenn wir im Keller graben, finden wir womöglich noch etwas Champagner. Wir könnten auch ein paar Leute aus dem Dorf dazu einladen, dann wird es lustiger.«

Anto saß noch immer an seinem Schreibtisch und starrte vor sich hin, offenbar in Schockstarre wegen der guten

Nachricht. Normalerweise hätte er sehr höflich geantwortet und es vermieden, Nein zu sagen, aber jetzt blickte er auf und sagte: »Am liebsten würde ich in Oxford ins Kino gehen.«

»Das klingt fantastisch«, sagte Daisy. »Anschließend können wir im Cardamom zu Abend essen. – Ich werde mich jetzt bei ihm einschleimen«, sagte sie zu mir. »Wenn er erst mal zu Hause ist, wird er ein großer Gewinn für das Moonstone sein.«

»Gut möglich.« Anto blieb zurückhaltend. Daisys Anweisungen für indische Hebammen bereiteten ihm Kopfzerbrechen. In der Woche davor hatten wir uns besorgt darüber unterhalten.

»Sie weiß natürlich, dass die Inder im Moment auf die Briten nicht gerade gut zu sprechen sind«, hatte ich entgegnet.

»Das ist ja gut und schön. Mir ist klar, dass sie eine freundliche Frau ist und nur ehrenwerte Absichten verfolgt, aber ich bin in Sorge, dass sie in eine Schlangengrube fällt. Seit sie dort war, hat sich alles verändert«, erwiderte er leise.

Das Ritz auf der George Street war früher einmal eine Kirche gewesen, jetzt aber ein verrauchtes, aufregendes Verlies mit einem abblätternden Gipsengel auf dem Dach und einem Filmorganisten, verborgen hinter einem roten Samtvorhang.

An diesem Abend folgten wir der Taschenlampe der Platzanweiserin zu einer der mittleren Reihen, wo ich eingerahmt von Tudor und Anto Platz nahm. Flora, die ein Kleid aus steifem violettem Satin trug, der wie ein Feuer knisterte, saß auf Tudors anderer Seite.

In dem Film »Mutterherz« ging es um ein Mädchen, das sich in einen gut aussehenden Piloten verliebte, ein Baby von ihm bekam und dann den Rest ihres Lebens um ihn trauerte. Anto neben mir zu wissen erregte mich auf beinahe unerträgliche Weise, als sprühte dieses schäbige kleine Kino vor Leben und habe einen Reiz, den ich in meiner Magengrube spüren konnte.

Nach der Hälfte des Films ließ ich die Schachtel mit den Black-Magic-Pralinen fallen, die Daisy uns mitgegeben hatte. Anto und ich sanken beide zu Boden, um sie aufzuheben, und als ich ihn ansah und das in seinen Augen reflektierte Licht erblickte, fiel es mir schwer, nicht sein Gesicht in die Hände zu nehmen und ihn anzuflehen, ich hätte allerdings nicht sagen können, worum. Ich war so erregt, doch zugleich so unglücklich, weil er, als Tudor ihn gefragt hatte: »Wann kehren Sie nach Hause zurück?«, nur mit einem Wort geantwortet hatte: »Bald.«

»Sie werden die doch hoffentlich nicht mehr essen«, meinte Tudor angewidert, als Anto sich eine der Pralinen in den Mund schob. Als wir wieder Platz nahmen, atemlos und zum Lachen aufgelegt, hielt Anto meine Hand, und ich verspürte eine bisher nie gekannte Freude.

Nachdem der Film zu seinem tränenreichen Ende gekommen war, tupften Flora und ich uns die Augen mit den Taschentüchern ab, und ich stellte fest, dass ich schwitzte – meine Handflächen, meine Achselhöhlen, meine Stirn –, als hätte ich ein schreckliches Martyrium hinter mir.

Im Rückblick kann ich von Glück sagen, dass die Wickam Farm ein ächzendes und stöhnendes Eigenleben wie ein alter Mensch führte. Die lauwarmen Heizkörper klackten wie arthritische Knochen, der Boiler im Untergeschoss brüllte manchmal gequält auf. Wir hatten auch Glück, dass Ci Ci sich oft in den Schlaf trank und meine Mutter die Angewohnheit hatte, aus jedem ihrer Schlafzimmer eine Festung zu machen, indem sie die Tür verriegelte und manchmal von innen noch mit Mobiliar verstärkte.

Denn im späteren Verlauf des Abends, als der Mond hoch am Himmel stand und die Sterne hell vor meinem Fenster glitzerten, kam er zu mir. Ich habe noch immer keine Worte dafür, wie unausweichlich mir das schien. Er sah auf mich herab, zog sein Hemd aus, sodass ich sehen konnte, was für ein vollkommenes Exemplar er dank jahrelangen Krickettrainings im Internat war. Das Mondlicht fiel in Streifen auf seine abfallenden Schultern und muskulösen Beine, und ich kann aufrichtig behaupten, dass ich auch nicht einen Funken von Scham angesichts dessen empfand, was gleich darauf geschah. Als ich im Dunkeln meine Arme nach ihm ausstreckte, war mir, als ertöne Gesang in meinen Adern. Ich hatte keine Wahl.

Ich war mir absolut darüber im Klaren, welchen Fehler ich beging, wie katastrophal das Timing war, aber mein Körper sprang auf seinen an, und nachdem wir angefangen hatten, uns zu berühren, konnten wir nicht mehr aufhören. Ich war froh, keine Jungfrau mehr zu sein, weil ich weder Angst noch Schmerz verspüren wollte, die alles verdarben.

Anschließend lag ich in seinen Armen und kam mir gleichermaßen durchtrieben und siegreich vor. Es fühlte sich so richtig an, und er roch so gut: süß und zimten. Seine Haut war weich. Ich streichelte sein Haar. Hell lag der Mond auf dem indischen Quilt. Erst als er über mich griff, um den Vorhang zuzuziehen, sah ich, dass er weinte.

»Was ist denn, Anto?« Das Prickeln meiner Kopfhaut signalisierte Alarm. Ich wollte, dass er dieselbe Euphorie verspürte wie ich.

Er antwortete nicht, wandte sich nur ab und vergrub sein Gesicht im Kissen.

Ich wollte noch etwas sagen, als ich jenseits des Flurs hörte, wie die Tür meiner Mutter aufging, das Knarren ihrer Füße auf den Dielenbrettern. Das Rauschen der Toilettenspülung ein paar Sekunden später und von unten Ci Cis schnarrender Husten.

Ich lag starr da, bis ich das Klicken der sich schließenden Tür hörte, und stieß dann die Luft aus, die ich angehalten hatte. Wir lachten beide lautlos, ein ängstliches Lachen.

»Sei nicht traurig, Anto«, flüsterte ich, als mein Herzschlag sich wieder normalisiert hatte. »Es war ein perfekter Tag«, und damit meinte ich seinen Triumph, das Kino und jetzt dies.

»Ich weiß«, seufzte er. »Ich glaube nicht, dass ich jemals wieder so glücklich sein werde.«

»Sag das nicht.« Ich hatte lauter gesprochen als beabsichtigt, und er hielt mir seine Hand vor den Mund.

»Sei vorsichtig«, flüsterte er und zeigte zur Tür.

Nach einer Weile richtete er sich auf seinem Ellbogen auf und musterte mich. Er strich mir die Haare aus den Schläfen und küsste meine Stirn.

»Ich hätte das niemals zulassen dürfen«, sagte er. »Es war falsch.«

»Nein«, sagte ich. Ich war wie ein Kind, dem man seine Lieblingssüßigkeit vorenthielt oder nicht erlaubte, ein gefährliches Tier zu streicheln. »Sag das nicht.«

Er setzte sich auf und kehrte mir den Rücken zu.

»Hör auf«, sagte er, als ich meine Hand nach ihm ausstreckte. »Bitte.«

Ich hörte ihn kaum, denn ich fühlte mich so fantastisch und so erregend lebendig. Ich ließ meine Hand auf seinem Rücken liegen und ignorierte sein Seufzen. Meine Gedanken jagten voraus. Ich könnte mir in Indien einen Job suchen. Ich könnte auch allein dorthin, wenn ich wollte.

Oh Gott, wie dumm ich war.

Kapitel 10

Wir hörten nicht auf damit. In den folgenden Monaten waren wir tagsüber Arbeiter, die ihren Pflichten nachkamen, und nachts Heiden. Nachdem die Lichter gelöscht waren, schlich er sich in mein Zimmer, und im Dunkeln liebten wir uns mit einer Süße und Hingabe, die ich nie für möglich gehalten hätte. Oder wir unterhielten uns stundenlang im Flüsterton über das Leben, das jeder von uns bisher geführt hatte, und über unsere Familien, sprachen über fast alles, nur nicht über die Zukunft. Sämtliche Gefühle waren überhöht, entweder überschwängliche Freude oder verzweifelte Traurigkeit.

Uns lief die Zeit davon – er kehrte nach Hause zurück. Sein Abreisedatum war für den 16. November festgelegt. Seine Mutter war enttäuscht, weil er auf diese Weise das Onam-Fest verpasste. Er hatte mir ihren Brief gezeigt, als wollte er es damit für uns beide greifbarer machen. Als ich ihn fragte, was das für ein Fest sei, sagte er: »Etwas, worauf man sich freut, wie die Bonfire Night Anfang November oder Weihnachten. Es werden Spiele gemacht, es wird getafelt.« Und wieder fiel mir auf, dass seine Stimme einen wärmeren, buttrigen Klang bekam, wenn er von Indien sprach, und das Wort *fire* fast wie ein Schnurren klang. Es ängstigte mich.

»Ich dachte, deine Familie sei katholisch«, sagte ich, weil ich sie als eine normale Familie sehen wollte.

»Sie sind Katholiken, aber sie sind auch Inder«, erwiderte er. »Sie sind Nasranis, die vom heiligen Apostel Thomas im ersten Jahrhundert bekehrt wurden.« Als ich ihn fragte, womit Nasranis sich ihren Lebensunterhalt verdienten, berichtete er, dass die meisten Männer jetzt Anwälte oder Banker oder Ärzte seien, davor hatten sie Kokosnussplantagen gehabt oder mit Reis oder Tee gehandelt.

Diese in seiner Internatsstimme gegebenen Informationsschnipsel erregten mich. Mein Inder mit den grünen Augen. Mein spanischer Grande. Mein exotischer Liebhaber. Oh Gott!

»Wie muss ich mir Travancore denn vorstellen?«, fragte ich ihn eines Abends. Ich sprach diesen fremdartigen Namen gern aus und fühlte mich nach unserem Liebesspiel benebelt und wunschlos glücklich.

»Soweit ich mich daran erinnern kann? Halt still, Frau. Ich gebe dir eine Geografiestunde«, sagte er in seinem pseudoindischen Tonfall, mit dem er seine Mitschüler belustigt hatte.

»In meinem Land gibt es drei gewaltige Flüsse.« Er zog seine Hand über meine Brust und ließ sie auf meinen Rippen ruhen. »Dazwischen liegen üppige Reisfelder und Palmwälder.« Seine Finger wanderten langsam von unter meinem Kinn zu meinem Bauch und ließen mich erschaudern.

»Das erfindest du doch nur.«

»Tue ich nicht. Halt still. Während des Unterrichts wird nicht gesprochen. Die dunklen Schatten hier sind die südlichen Ghats.«

»Was ist denn ein Ghat bei euch?«

»Pst. Das erzähle ich dir später. Lach nicht, du wirst darüber geprüft.«

»Die westlichen Ghats.« Er umkreiste meine rechte Brust.

»Du bist das schmalzigste Geschöpf auf Erden.«

»Und hier«, fuhr er mit einer Stimme fort, wie man sie von den Pathé News kannte, »liegt die Quelle.« Er strich mit seiner Hand über meinen Bauch nach unten, und ich zog ihn an seinen Haaren und unterdrückte ein Lachen, doch dann flog die Tür auf, und meine Mutter stürmte herein, so wütend, dass sie das Haarnetz vergessen hatte, das sie noch trug.

Sie stand im Türrahmen, atmete schwer, und ihre Augen schossen wie Suchscheinwerfer über unsere nackten Körper, das zerwühlte Bett, die Kerze, die wir in einer Untertasse angezündet hatten, damit wir in ihrem Flackerlicht einander sehen konnten.

Ich vergrub mein Gesicht im Kissen, mein Herz klopfte wie ein Generator, dann sah ich sie an.

»Darf ich fragen«, sagte sie nach einer eisigen Pause und mit ihrer leisesten, schrecklichsten Stimme, »was Sie im Bett meiner Tochter tun?« Plötzlich erinnerte sie sich an ihr Haarnetz und warf mir einen Blick reinsten Zorns zu, während sie es sich vom Kopf riss.

Anto setzte sich auf und deckte sich zu. »Mrs. Smallwood«, seine Stimme, kleinlaut und leise, schien aus weiter Ferne zu kommen, »es tut mir schrecklich leid, und Sie sollten es nicht auf diese Weise erfahren, aber ich liebe Ihre Tochter. Ich habe jetzt eine berufliche Perspektive und möchte mit Ihrer Erlaubnis um ihre Hand anhalten.«

Wenn er unter den Laken seine Hacken hätte zusammenschlagen können, hätte er es getan. Die Luft um uns herum regte sich nicht mehr, wir waren Wachsfiguren in einem Tableau. Ich schloss die Augen, wusste nicht, ob ich entsetzt oder entzückt sein sollte. Auf diese Weise einen Heiratsantrag zu bekommen war merkwürdig, aber in den dahintickenden Momenten, die darauf folgten, entdeckte ich zu meiner Überraschung, dass ich innerlich lächelte.

Das Schweigen dehnte sich.

»Sie dummer Mistkerl«, sagte sie schließlich. Es war das erste Mal, dass ich sie in der Öffentlichkeit fluchen hörte. »Ich könnte Sie dafür einsperren lassen.«

»Wage es nicht, so mit ihm zu sprechen«, sagte ich. »Er hat nichts Schlimmes getan, und ich liebe ihn auch.«

»Liebe?« Sie griff sich frustriert ans Haar. »Das ist wohl ein Scherz.«

»Für dich vielleicht.« Ich war bereit zum Kampf. »Was weißt du denn schon darüber? Ich kenne ja noch nicht mal meinen Vater.« Mein Mund war vor Wut so steif, dass ich kaum sprechen konnte.

»Das ist auch gut so«, sagte sie. »Denn wenn er davon erführe, würde er seine Schrotflinte zur Hand nehmen.«

»Oh, dann ist er also von den Toten auferstanden?«, erwiderte ich sarkastisch. »Das Letzte, was ich von ihm gehört habe, war, dass er in Hyderabad einem Fieber erlag.«

»Ich weiß nicht, wovon du sprichst«, sagte sie, und das machte mich noch wütender.

»Wo ist er also? Wo ist er?« Meine Stimme wurde lauter. Nicht etwa als bewusste Anstrengung, um sie aus der Bahn zu werfen, sondern weil mein Gehirn, wenn ich völlig orientierungslos war, wie ein blind fliegender Vogel agierte.

Irgendwie war es Anto während alledem gelungen, sich anzuziehen. Er trat aus dem Dunkel heraus, trug sein Hemd und seine Hose.

»Kit«, sagte er mit strenger Stimme. »Hör auf. Das ist kein Gespräch für jetzt, und deine Mutter macht sich zu Recht Sorgen um dich. Wir haben alle einen Schrecken bekommen. Wir sollten uns schlafen legen, es sei denn …«, dabei wandte er sich an Glory, »Sie möchten, dass ich jetzt sofort zu Miss Barker gehe und ihr alles erkläre.«

Das war, wie mir später klar wurde, ein brillanter Schachzug, indem er die Autorität und die Demütigung auf einen Schlag zurückgab. Und es funktionierte auf eine Weise, wie Entschuldigungen das bei meiner Mutter nie vermochten.

Sie zog ihren Satinmorgenmantel fest um ihren Körper.

»Ich fühle mich ziemlich elend. Ich werde zu Bett gehen und darüber nachdenken. Und dich, Fräulein«, sagte sie zu mir, »sehe ich am Morgen.«

»Sag es«, forderte ich ihn auf, bevor er ging. »Ich mache dir keinen Vorwurf. Sag es rasch, wenn du es nicht wirklich ernst gemeint hast.« Womit ich die Ehe meinte, dass er für den Rest seines Lebens mit mir zusammen sein wollte.

»Es ist mir ernst damit«, sagte er ganz leise. »Ich liebe dich.« Aber er wirkte erschöpft und bleich, als gäbe es andere Dinge zu sagen, die er im Moment nicht sagen konnte.

Während der darauffolgenden schlaflosen Nacht durchlebte ich, wie mir schien, das ganze Spektrum menschlicher Gefühle: Verwirrung und eine Art verrückter Begeisterung über Antos unerwarteten Heiratsantrag, Verlegenheit, weil meine Mutter uns auf frischer Tat ertappt hatte, Wut, weil sie meinen

Vater völlig unerwartet exhumiert und dann so getan hatte, als wäre es nicht von Belang.

Aus diesem Wirrwarr konnte ich nur einen klaren Gedanken herauspicken: dass ich Daisy von alldem in Kenntnis setzen musste, bevor es meine Mutter tat. Daisy liebte Anto, sie würde es verstehen.

Am nächsten Morgen war Daisy im Büro. Sie trug einen Overall und Handschuhe, weil sie unter Frostbeulen litt, und wickelte Nierenschalen in braunes Papier. Ich glückliche Närrin warf ihr die Neuigkeit vor die Füße, wie eine Katze, die eine tote Maus ins Haus brachte. Sie richtete sich auf, und ihr Augenausdruck wechselte von stiller Freude, mich zu sehen, zu Verwirrung, dann zu Entsetzen.

»Oh Kit, oh mein Gott«, sagte sie, nachdem ich zu Ende erzählt hatte. Sie schlug die Hand vor den Mund und starrte mich an. »Keine Sorge«, sagte sie schließlich. »Du kannst da immer noch raus. Hast du ihn heute Morgen gesehen?«

»Es war ihm ernst«, wiederholte ich. »Ich weiß es.«

Ich empfand noch immer eine Art siegreicher Expansion und ließ mich plappernd darüber aus, wie sehr wir einander liebten und dass ich in Indien im Heim arbeiten könnte, also genau das, was Daisy sich immer gewünscht hatte.

»Das kannst du vergessen.« Sie schüttelte den Kopf, bevor ich meinen Satz zu Ende gesprochen hatte. Sie war aschfahl im Gesicht. »Das ist unmöglich. Seine Familie wird das niemals zulassen.«

»Aber sie sind doch keine indischen Inder, Daisy«, versuchte ich ihr zu erklären. »Sie sind gebildet. Sie sind anglophil. Sein Vater hat in England gelebt. Wurde hier zum Anwalt ausgebildet.«

Sie setzte sich und legte den Kopf in ihre Hände. »Das weiß ich alles«, stöhnte sie. »Ach, mein liebes Mädchen, du betrittst einen Bärenzwinger.«

»Ich dachte, du freust dich.« Das klang selbst in meinen Ohren kindisch.

»Es stimmt, ich hatte gehofft, du würdest in Erwägung ziehen, da drüben zu arbeiten, natürlich nur vorübergehend – du weißt schon, ein oder zwei Monate als Teil eines Teams mit einem kleinen Gehalt. Aber nicht als Ehefrau, nicht als indische Ehefrau. Und natürlich wird auch Tudor sehr enttäuscht sein. Er ist so ein Lieber.« Sie setzte ihre Brille auf und sah mich tieftraurig an. Tudor war definitiv Daisys Schwachstelle.

Nicht in einer Million von Jahren, hallte es in meinem Kopf, aber ich liebte sie zu sehr, um es auszusprechen.

»Und es wird deine Mutter umbringen«, ergänzte sie. Es war für Daisy ungewöhnlich, jemanden emotional zu erpressen, und das verdeutlichte mir, wie verzweifelt sie war.

»Sie wird es verkraften.«

»Nein, das wird sie nicht.« Daisy schüttelte den Kopf und wirkte trauriger denn je.

»Das weißt du nicht.«

»Doch, ich weiß es.« Ihr Blick war dabei so durchdringend, dass er mich an andere Dinge erinnerte, die ich nicht verstehen konnte: die Halbwahrheiten meiner Mutter, das gelegentliche durchtriebene Nachbohren durch Ci Ci und Tudor.

Und ich war das alles plötzlich leid: diese unausgesprochenen Dinge, die mich verfolgten wie der Gestank aus einem Abfluss.

»Wovon sprichst du, Daisy?«, forderte ich sie heraus. »Wenn

du etwas über meine Mutter weißt, was ich nicht weiß, warum sagst du es mir nicht einfach?«

»Da musst du sie schon selbst fragen.« Sie fing an, sehr beschäftigt mit ihren Papieren zu rascheln und ihre Stifte in das alte Stiltonglas zu stellen, das auf ihrem Schreibtisch stand. »Ich habe damit nichts zu tun.«

»Dann ist da also etwas?«

»Ich weiß es nicht … ich weiß nicht.«

Niemals hatte ich einen derart lauernden Blick gesehen, so sehr hatte ich sie in die Enge getrieben.

Ich rannte in die Küche, wo meine Mutter mit ihren üblichen ökonomischen Handgriffen Spinat hackte. Zwei tote Fasane lagen mit umgeschlagenen Hälsen auf dem Tisch, die kleinen Augen leer. Ich beobachtete sie kurz von der Türe aus: die hübsche Taille, die schlanken Fesseln, das prächtige schwarze Haar, das sie an diesem Morgen mit einem Markasitkamm gebändigt hatte. Das Einzige, was störte, war die Schürze: eine Schauspielerin im falschen Stück.

»Ich muss dich sprechen, Mutter.«

»Nun, ich möchte nicht mit dir sprechen.«

Sie hätte genauso gut »du aufsässige Schlampe« hinzufügen können, so voller Abscheu war ihr Blick. Sie hackte weiter.

»Mutter«, verkündete ich großspurig, »das mit gestern tut mir schrecklich leid, aber wir lieben uns, und wir werden bald weggehen. Das ist mein Ernst, das weißt du.« Glaubte sie mir diese hochtrabenden Worte, die konkreten Reisepläne? Ich vermute nicht, aber ich fand, dass es wichtig war, Stellung zu beziehen. Sie unterbrach ihre Arbeit und legte das Messer beiseite.

»Schweig, Kit«, sagte sie. »Ich weigere mich, mit dir darüber zu reden, solange alle diese neugierigen Schnüffler hier zuhören.«

Sie hob fast ab vor Wut, als sie ihre Schürze ablegte und ihren Mantel und ein Kopftuch umlegte. Gemeinsam traten wir hinaus in den frischen Herbstmorgen, um unseren Streit auszutragen.

»Oh, und du bleibst verdammt noch mal hier«, sagte sie, als der alte Labrador sich hinter uns durch die Tür zu quetschen versuchte. Er jaulte, als sie die Tür zuschlug und dabei seine Vorderpfote erwischte.

Wir nahmen den Weg, der durch die Ulmenallee in den nahen Wald führte. Herbstblätter in leuchtenden Farben lagen in durchweichten Haufen unter unseren Füßen, und als zwei falbe Rehe in großen Sprüngen unseren Pfad kreuzten und zwischen den Bäumen verschwanden, kommentierten das weder sie noch ich.

Am Ende des Wegs öffnete ich das Wildgatter, und wir traten in den Wald. Ich war ihr nahe genug, um ihren Atem zu hören, der heiser und schwerfällig war.

»Ich werde ihn heiraten«, sagte ich. »Du solltest versuchen, es dir nicht allzu sehr zu Herzen zu nehmen.«

»Nun, ich nehme es mir zu Herzen«, sagte sie. Ihre Augen waren sehr schwarz, ihre Haut sehr bleich. »Denn wenn du ihn heiratest, bist du für mich gestorben.« Genau das waren ihre Worte.

»Ist das dein Ernst? Ist es so schlimm, den Mann zu heiraten, den man liebt?«, fragte ich.

»Ach, Liebe«, sagte sie, als wäre es ein Hundehaufen, in den sie getreten war. »Es wird eine einzige Katastrophe werden. Du hast ja keine Ahnung.«

Meine Mutter weigerte sich immer, Galoschen oder Gummistiefel zu tragen, mit der Begründung, sie hätte darin »Elefantenfüße«, und jetzt, da sie blindlings vor mir herlief, trat sie in eine Pfütze und bespritzte sich ihre guten Schuhe und die Strümpfe mit Matsch.

»Fass mich nicht an.« Sie zuckte zurück, als ich versuchte, sie ins Trockene zu ziehen. »Was du getan hast, beschämt mich zutiefst.« Eine Träne lief ihr übers Gesicht.

»Mummy«, sagte ich, als sie diese mit einem Zipfel ihres Kopftuchs wegwischte. In mir war eine Kälte und Entschlossenheit, mich von ihr abzugrenzen, wie ich sie noch nie verspürt hatte. »Da ist noch etwas, was ich dich fragen muss, denn ich werde den Verdacht nicht los, dass die Leute etwas über mich wissen, das ich selbst nicht weiß.«

»Die Leute werden immer das sagen, was sie sagen wollen.« Ihr Teint hatte eine kakigrüne Färbung angenommen, wie das nur der Fall war, wenn sie wirklich aufgebracht war. »Sie sind verachtenswert.«

»Aber was ist das, was sie nicht aussprechen?« Jetzt war ich den Tränen nahe.

Sie schüttelte vehement den Kopf. »Worüber?«

»Über dich. Meinen Vater. Warum machst du immer so ein großes Geheimnis darum?«

»Warum tust du das? Ständig hackst du auf mir herum!« Sie unterstrich ihre Worte mit entsprechenden Gesten, als würde ich sie ausweiden.

»Weil ich weggehe und es wissen muss.«

»Es wird dir nicht gefallen.«

»Wieso nicht?«

»Weil es nicht schön ist.«

Als wir tiefer in den Wald drangen, setzte Nieselregen ein. Ich starrte auf das Seidentuch, das meine Mutter erneut unter ihrem Kinn festgebunden hatte. Es war ein grässliches, aber edles Stück, gemustert mit braunen und goldenen Hufeisen und sehr markant. Ich war mir fast sicher, dass es früher Laura McCrum gehört hatte, der Frau eines Geschäftsmanns aus der Nähe von Bromley, für die sie gearbeitet hatte. Solche Gegenstände tauchten jedes Mal auf beunruhigende Weise in ihrer Garderobe auf, nachdem wir weggegangen waren, vielleicht eine kleine Rachegeste, aber ich schämte mich dennoch ihretwegen.

»Ich erzähle dir jetzt mal was über Indien«, kündigte sie an. »Was die Klassenzugehörigkeit betrifft, ist es das komplizierteste Land dieser Erde. Jeder Europäer, der einen Fuß in dieses Land setzt und glaubt, es verstehen zu können, ist ein völliger Dummkopf.«

»Das weiß ich«, sagte ich. »Ich habe mich mit Daisy darüber unterhalten.«

Sie tat dies schnaubend als Unsinn ab, und als ich mich zur Wehr setzte und einwarf, dass ich schließlich selbst auch zu einem Viertel indisch sei, blaffte sie: »Warum reitest du immer darauf herum? Deine Haut ist so hell, dass du überall als Engländerin durchgehen würdest.« Ihr Gesicht unter ihrem Kopftuch war verzerrt, die Zähne entblößt, und dann kam der nächste bestürzende Gedanke. »Hast du Tudor gegenüber etwas darüber verlauten lassen? Denn wenn du …«

»Ich kann mich nicht erinnern«, fiel ich ihr wütend ins Wort, »aber es wäre auch vollkommen egal. Er hat mit dem, worüber wir sprechen, nichts zu tun.«

Sie stöhnte, als wäre ich hoffnungslos dumm.

»Erzähl mir von meinem Vater.« Das kam mir lauter als beabsichtigt über die Lippen und scheuchte einen Fasan auf, der gluckend und klagend durch das Gewirr des Unterholzes stob.

Sie lief seufzend auf und ab. Durch die feuchten Herbstblätter blickte ich hinauf in einen sich verdunkelnden Himmel mit riesigen Wolken, die sich im Westen zusammenbrauten.

»Kit.« Sie schloss die Augen wie jemand, der sich in eine Zelle einschließt, und als sie wieder herauskam, waren ihre Augen tiefschwarz. »Ich werde dir diese Geschichte nur ein einziges Mal erzählen, denn ich fühle mich dabei immer wie der größte Schwachkopf auf Erden, und wenn du grob zu mir bist, werde ich schweigen.«

Ich wartete angespannt. Der Regen war stärker geworden, und ich rechnete jeden Moment damit, dass sie losrannte, um ins Haus zurückzukehren.

»Oh Gott, wie ich dieses Klima hasse.« Sie nestelte erneut an ihrem Kopftuch herum.

»Wenn Tudor heiratet«, sagte sie, »wird ihm dieser Wald gehören, dazu fast vierzig Hektar bestes Oxfordshire-Land. Das erzählte Daisy mir heute Morgen. Sie ist genauso aufgebracht wie ich.«

»Tatsächlich.« Ich konnte mir meinen Sarkasmus nicht verkneifen. »Nun, es tut immer gut, Gesinnungsgenossen an seiner Seite zu wissen. Aber nur, um das ganz klarzustellen, ich würde Tudor nicht mal heiraten, wenn er der letzte Mann auf Erden wäre. Ich mag ihn noch nicht einmal.«

»Daisy kennt die indischen Männer genauso gut wie ich«, fuhr sie fort, als hätte ich nichts gesagt. Dann holte sie tief Luft. »Erstens, ich wurde nicht in Wrexham geboren.«

Das schockierte mich nicht gerade. Ich hatte diese Wrexham-Version ihrer Geschichte längst vergessen oder verdrängt.

»Ich kam in Pondicherry zur Welt, an der Südostküste Indiens.« Ihre Stimme bekam einen geziert schleppenden Ton, den ich als ihre Telefonstimme wiedererkannte. »Mein Vater – dein Großvater – war Engländer, ein hochrangiger Ingenieur bei der dortigen Eisenbahn. Ich habe keine Fotos von ihm, also frag nicht danach.« Wut blitzte auf. »Meine Mutter war eine Inderin.«

Das wusste ich bereits, aber ich wollte sie nicht unterbrechen.

»Mutter starb bei der Geburt des Kindes, das meine Schwester geworden wäre. Ich kann mich nicht erinnern, meinem Vater jemals begegnet zu sein. Ich wurde in ein Waisenhaus nach Orissa geschickt, einen englischen Konvent. Wer das veranlasste, weiß ich nicht, ich kam einfach dorthin. Ist das die Art von Information, die du hören möchtest?« Sie begleitete ihre Frage mit dem Ausdruck stummer Wut, als wäre ich eine impertinente Journalistin und nicht ihr Kind.

»Es tut mir leid, Mummy.«

»Es war ein Heim für Mischlingskinder.«

Mischling. Das hatte ich sie bisher mit Sicherheit noch nicht sagen hören, und die Worte fielen zwischen uns auf hässliche Weise, wie ein toter Vogel oder Kacke. Zum ersten Mal hätte ich ihr gern Einhalt geboten, teils, weil ich es nicht ertrug, dass dieser Begriff ihr anhaftete, aber auch weil es den Träumen widersprach, die ich mit ihr in Verbindung brachte. Wenn ich an meine Mutter in Indien dachte, stellte ich mir Cocktailpartys und Tigerjagden und rosa- und pfirsichfarbene Himmel vor, jetzt aber erinnerte ich mich an ein

Mädchen, an das ich schon jahrelang nicht mehr gedacht hatte: Dymphna Parry, ein erbärmliches kleines Ding, das mitten im Trimester auf meiner Schule in Derbyshire aufgetaucht war, adoptiert vom Pfarrer und seiner Frau aus irgendeinem afrikanischen Land. Dymphna wurde nicht gerade gemobbt, aber sie gehörte zu denen, die man links liegen ließ: Man wählte sie nicht in die Schlagballmannschaft und hielt ihr im Bus keinen Platz frei.

Ich sah ihr Gesicht wieder vor mir, graugrün vor Kälte, in schreckliche Tweedklamotten gesteckt, das wollige Haar zu Zöpfen geflochten, sodass sie wie ein ungeschorenes Schaf aussah, und mir wurde übel.

»Warum hast du mir das nie erzählt?«, wollte ich wissen. Die Augen meiner Mutter sahen mich wild und verstört an, als hätte ich das Seil gekappt, das ihr Sicherheit gab.

»Es ging nur mich etwas an.«

Ja genau, schrie es in mir.

Der Ton meiner Mutter war kalt, sie hatte mir nicht verziehen. »Die Nonnen ermunterten die englische Seite in uns, genau so, wie ich das bei dir versucht habe.« Sie warf mir einen bitteren Blick zu. »Wir lernten Grammatik und Shakespeare und Manieren. Wir aßen Shepherd's Pie und Würstchen in Yorkshirepudding. Und sie taten gut daran. Die indischen Städte um uns herum waren Drecksnester.« Sie schauderte. »Die Menschen waren arm und voller Krankheiten. Es gab eine Windpockenepidemie.«

»Wie hast du meinen Vater kennengelernt?«

»Ich war klug und ehrgeizig. Meine Grammatik und Interpunktion waren gut, und so bekam ich einen Job bei der britischen Regierung. Ich war die persönliche Assistentin eines Residenten, eines Vertreters der britischen Regierung am Fürstenhof, ein entzückender Mann.« Hier bekam ihre Stimme einen stolzen Unterton. »Seinen Namen habe ich vergessen. Er war kultiviert, freundlich und gut zu mir. Meine blasse Haut und mein englischer Name sorgten dafür, dass meine Abstammung nie Thema war. Ich ging auf Partys als das Ersatzmädchen, als schmückendes Beiwerk. Ich war hübsch.«

»Und mein Vater?«

»Wir lernten uns auf einer Elefantenjagd kennen. Sieh mich an, Kit, ich bin völlig durchweicht, und mir ist kalt. Soll ich mir etwa eine Lungenentzündung holen, nur um das zu erzählen?«

»Noch fünf Minuten bitte.«

»Also gut, eine Elefantenjagd. Eine schreckliche Sache. Man baute für dieses wunderschöne Geschöpf einen Käfig, und dann räucherte man es aus und erstach es.« Sie sah mich an, als hätte ich selbst dem Elefanten einen Stab durchs Herz gebohrt. »Das sind deine Inder. Zwei Schritte von einem Wilden entfernt. Dein Vater war Offizier in der Armee, in einem guten Regiment.« Wieder der prahlerische Ton. »Er war Adjutant von General Thompkinson, und ich hielt ihn für den Größten. Aber warum sollte ich von ihm erzählen. Er benahm sich abstoßend.«

»Bitte, Ma, ich finde es schrecklich, dass andere Leute Bescheid wissen und ich nicht.«

»Nur Daisy weiß Bescheid«, sagte meine Mutter. »Und Daisy wird nichts verraten, also kannst du dir die Mühe sparen, sie zu fragen.«

»Hast du ihn geliebt?«

»Das ist unwichtig. Mir ist eiskalt. Ich gehe nicht weiter.« Sie war wie ein Pferd, das aufgeregt an seinem Platz tänzelte.

Wir hatten im Wald eine Bank erreicht, deren moosige Sitzfläche vom Regen glänzte. Von dort aus hatte man einen freien Blick auf die dahinterliegenden Hügel, den Steinhaufen, der einst ein römisches Fort gewesen war, ein Bauernhaus, das friedlich in einem Feld lag, einen Bauern auf seinem Traktor, dem ein Schäferhund folgte.

Als meine Mutter auf der Bank fast zusammenbrach, hätte ich gern meinen Arm um sie gelegt, damit sie sich besser fühlte. Sie war so aufgewühlt, und ich war immer schon von dem Gefühl besessen gewesen, dass sie etwas Fragiles an sich hatte, das zu zerbrechen ich, ihr einziges Kind, die Macht hatte. Dass sie als Waise aufgewachsen war, erklärte so vieles: die abwehrende Überheblichkeit, ihr Verlangen nach hübschen Kleidern und die äußeren Zeichen der Ehrbarkeit, ihre Bewunderung des Englischseins, sogar ihr leichter Fall von Kleptomanie.

Ich hatte vorgehabt, mehr über meinen Vater aus ihr herausquetschen, sie insbesondere zu fragen, ob er tatsächlich tot oder nur für sie gestorben war. Aber stattdessen sagte ich: »Dir ist kalt, Mummy«, weil sie zitterte. Ich wünschte, sie könnte ein Bad nehmen, wenn wir zurückkamen, wusste aber, dass dies unmöglich war – wir hatten wieder Probleme mit dem alten Boiler, und Daisy wollte keinen Handwerker kommen lassen aus Angst vor einer großen Rechnung.

Während wir gemeinsam zum Haus zurückwankten, ärgerte ich mich plötzlich über unsere weibliche Machtlosigkeit. Ich wollte Aktion, Veränderung, die Kompetenz und das

Geld, um etwas zu errichten, ein neues Leben, auch wenn es riskant war.

»Sieh dir meine Schuhe an«, sagte meine Mutter und hakte mich endlich unter. »Vollkommen ruiniert, nur weil wir das alles aufgewühlt haben.«

Als wir am Rand der Wiese neben der Einfahrt standen, fuhr Daisy im Morris an uns vorbei. Ich erkannte die undeutlichen Umrisse von Anto – Hut, dunkler Mantel – auf dem Beifahrersitz neben ihr. Wir sahen einander an, aber keiner von uns winkte.

»Wohin werden sie wohl fahren, was meinst du?« Ich sah dem glänzenden Spritzschutz hinterher, als der Wagen um die Ecke bog.

»Hoffentlich zum Bahnhof«, sagte meine Mutter. Sie verstärkte den Druck um meinen Arm. »Eine Weile wird es wehtun, aber nicht lange. Das habe ich selbst auch durchgemacht.«

»Wahrscheinlich fahren sie nur zum Postamt«, warf ich ein, »und sind zum Mittagessen zurück.«

Sie wandte sich mir zu. »Du glaubst mir nicht, oder? Du bist für mich gestorben, wenn du das tust. Denn es ist genau das, was ich niemals wollte.«

Ich zwang mich dazu, ihr in die Augen zu sehen.

»Du weißt nicht das Geringste über ihn«, sagte ich, war mir dabei selbst fremd und fand mich heldenhaft und ganz nah dran an Olivia de Havilland in »Sein letztes Kommando«. »Er ist klug, er ist freundlich …«, hätte ich hinzufügen können, »und außerdem liebe ich ihn«, aber sie unterbrach mich, indem sie mit ihrer Hand zustieß.

»Gemischtes Blut ist wie Öl und Wasser«, sagte sie mit

bleicher Miene. »Alles Schlechte, was mir im Leben widerfahren ist, kommt daher. Es ist ein Makel.«

»Mutter«, sagte ich, »wie viele Leute, die für dich gestorben sind, kannst du dir in deinem Leben erlauben?«

»So viele, wie nötig sind, um zurechtzukommen«, lautete ihre Antwort.

Kapitel 11

»Ich weiß Bescheid über meinen Vater«, log ich Daisy gegenüber am Nachmittag. Wir sortierten Kleider für einen Trödelmarkt. »Meine Mutter hat mir heute Morgen ziemlich viel erzählt.« Daisys Kopf schoss hoch wie bei einem aufgeschreckten Pferd. Sie saß in einem Meer angeschimmelter Reitkleider, Tennisschläger, Tropenhelme und mehrerer verrottender Leinwände – ihr Vater war vor dem Krieg ein erfolgreicher Maler gewesen, und wir scherzten oft darüber, dass wir vielleicht auf dem Dachboden einen unentdeckten Matisse fänden, der unser aller Glück wenden würde.

»Menschenskind«, sagte sie, legte dabei die Strickjacke beiseite, die sie zusammenfaltete, und sah mich an. »Was du hier alles erlebst.«

»Sie ist wütend wegen Anto. Rasend vor Wut. Sie hat sich von mir losgesagt.« Ich bemühte mich um einen munteren Ton und kämpfte gegen meine Tränen an. Ruhig und freundlich ruhte ihr Blick auf mir – noch immer der sichere Hafen.

»Oh meine arme, liebe Kit«, sagte sie. »Ich habe doch versucht, dich zu warnen.«

»Nun, du hattest recht, und ich denke, diesmal ist es ihr ernst, aber ich werde ihn heiraten, weißt du.« Das Olivia-de-

Havilland-Gefühl – heroisch, würdevoll, still entschlossen – verwischte wie die Theaterschminke eines Schauspielers im Scheinwerferlicht, auch wenn ich zu stolz und zu durcheinander war, das zuzugeben. Irgendwie warf ich meinen Vater und Anto durcheinander, und sei es auch nur als Fluchtpunkte.

»Kanntest du denn meinen Vater?« Diese Frage hatte ich ihr noch nie gestellt.

»Flüchtig.« Ein Kinderpullover mit Fair-Isle-Muster löste sich in ihrer Hand auf, sie brachte ihn zum Mülleimer.

»Ist er … war er ein guter Mann?«

»Ich kannte ihn kaum.« Ich las die Angst in Daisys Augen, sie könnte mir Schmerz zufügen. »Ich denke, er versuchte, es wiedergutzumachen.«

»Was denn? Wie denn?«

»Ich würde es dir ja erzählen, Kit, wenn ich könnte, aber es steht mir nicht zu.«

»Ich würde ihm gern einen Brief schreiben. Hast du seine Adresse?«

»Tut mir leid.« Sie legte eine Hand auf meinen Arm. »Aber warum jetzt, nach so vielen Jahren?«

»Weil sie mir heute Morgen erklärt hat, ich sei für sie gestorben, und das nicht nur einmal …« Ich hatte Mühe zu atmen. »Und weil ich Anto heiraten werde.«

Daisy seufzte kopfschüttelnd. »Bist du dir sicher, dass du das wirklich möchtest? Du lädst dir ganz schön viel auf damit.«

»Ja … wenn Anto es nach wie vor möchte.«

»Das tut er. Ich habe heute Morgen mit ihm gesprochen.« Dabei warf sie mir einen gequälten Blick zu. »Verzeih mir, wenn ich hier meine Befugnisse überschreite, Kit, ich kann ja verstehen, dass die körperliche Anziehungskraft sehr ...« Sie errötete plötzlich, setzte aber eine tapfere Miene auf, und ich war beschämt und hätte sie am liebsten aufgehalten. »Es ist ja auch eine wunderbare Sache, als wäre man mit dem ganzen Universum verbunden. Aber es muss mehr dahinter sein als das. Bist du dir also ganz sicher?« Ihre Augen schimmerten feucht hinter ihren Brillengläsern.

»Ja, Daisy«, sagte ich starr vor Verlegenheit bei der Vorstellung, ihre praktischen breiten Hände berührten einen Mann. »Du kennst seine anderen Seiten«, ergänzte ich mit beruhigender Stimme – wir schienen kurzzeitig die Rollen getauscht zu haben. »Wie klug er ist, wie hart er arbeitet.«

»Nun ja, das schon«, sagte sie und fühlte sich sichtlich unbehaglich.

Und da traf es mich wie ein Sonnenstrahl: Verdammt noch mal, ihr könnt mich alle, ich liebe ihn, ich brauche das nicht zu rechtfertigen.

Daisy seufzte wieder. »Also, wenn seine Eltern liberal eingestellt sind«, sagte sie nach langem, nachdenklichem Schweigen, »und du dort für das Heim arbeiten kannst, gäbe es sicherlich Schlimmeres ...« Der Satz blieb im Raum schweben. »Und wer weiß? Das neue Indien ist für uns alle Terra incognita, und lustig ist es hier schließlich auch nicht oder?« Ich spürte, dass sie schwankend wurde, und nutzte den Moment.

»Oh Daisy, ich danke dir. Du bist die erste Person, die sich wenigstens ein bisschen zu freuen scheint. Machte er einen glücklichen Eindruck, als er es dir erzählt hat?«

Sie zögerte. »Nein, Kit. Nicht wirklich. Er schwieg fast auf dem ganzen Weg nach Oxford. Ich glaube, er macht sich große Sorgen. Er wollte eigentlich mit seinem Motorrad fahren, aber die Straßen waren zu rutschig. Er sagte, zurückkommen werde er mit einem Taxi.« Und da fragte ich mich, ob er womöglich schon im Zug saß und das Weite suchte, solange er noch konnte, und etwas in mir hätte ihm das noch nicht mal zum Vorwurf gemacht.

»Ich liebe ihn«, wiederholte ich hartnäckig und sagte dann: »Wolltest du das denn nie – einen Ehemann? Kinder?«

»Nur einmal«, sagte sie. Sie drückte das Kleiderbündel an sich, das sie in der Hand hielt. »Er starb jung … ein feiner Mensch.« Sie blickte durch mich hindurch auf einen schemenhaften Geist hinter mir. »Er war fünfundzwanzig. Wenn ich mal ein paar Gläser Whisky getrunken habe, werde ich dir von ihm erzählen.«

»Ach Daisy.« Ich nahm ihr die Kleider ab und sagte dummerweise, weil mir sonst nichts einfiel: »Ich trinke doch keinen Whisky.«

»Und das wirst du auch nie mehr.« Rasch kam wieder ihre frotzelnde Seite zum Vorschein. »Nicht, wenn du eine indische Ehefrau bist.«

Anto versuchte noch ein vernünftiges Gespräch mit mir zu führen, bevor wir heirateten, in dem er mich davor warnte, wie anders unser Leben in Travancore aussehen würde und dass es mir nichts ausmachen dürfe, wenn seine Mutter eine Weile brauchte, um mit mir warm zu werden, und dass Daisy sich mit ihrem Moonstone-Heim auf ein gefährliches Unternehmen einlasse, aber zu diesem Zeitpunkt lagen wir uns in den Armen, er strich mir übers Haar, meine Hand lag auf seinem flachen Bauch, und irgendwie schien die träumerische

Benommenheit nach dem Liebesspiel in den Sorgenzentren unserer beider Gehirne einen Kurzschluss auszulösen.

Und so heirateten wir, allerdings eher wie zwei Autos, die noch schnell über die Ampel fuhren, bevor sie von Grün auf Rot umschaltete, als im Geiste von … nun, wovon? Besonnenheit vielleicht oder nach einer langen, wohlbedachten Verlobungszeit, in der wir sorgfältig abwogen, was jeder in die Waagschale zu werfen hatte, wie man das auch tun würde, wenn man ein Auto oder ein Haus kauft: Wert gegen Geld, dauerhafte Qualitäten, gute Handwerksarbeit, Vereinbarkeit mit dem Job und so weiter. Wir jedoch schienen wie mithilfe unserer eigenen, nicht zu bremsenden Energieversorgung zu laufen, die wir weder erklären noch leugnen konnten. Er brachte mich zum Lachen – habe ich das schon erwähnt? –, und außerdem respektierte ich ihn: sein verbissenes Arbeiten, seine sanfte Art, mit der er Ci Cis und Tudors verbale Spitzen zurechtbog.

Aber da dies gewissermaßen eine Beichte ist, gebe ich auch zu, dass ein Teil von mir sich bei der Aussicht auf Sonnenschein und blauen Himmel und neue Erfahrungen wie eine Blume öffnete, weil ich der Rationierung und den Bombenkratern und einer Rückkehr nach London in die Schlafsäle mit den Krankenschwestern entkam. Ich sehnte mich nach aufregenden Erlebnissen.

Ich schrieb Josie und fragte sie, ob sie es einrichten könne, meine Trauzeugin zu sein.

Liebes tiefes Wasser, schrieb sie mir zurück. *Ich werde dich so vermissen. Lass es mich wissen, sobald du ein Datum hast, dann überrede ich die Oberin und nehme mir den Tag frei.*

Aber die Oberin ließ sich nicht überreden, und so war

Daisy am Ende unser einziger Gast. Die Hochzeit fand an einem kalten Donnerstagnachmittag in einem Oxforder Standesamt statt. Wir mussten ein Pfund und ein Sixpencestück bezahlen und zwei weitere Shilling dafür, dass wir eine Vase mit gelben Dahlien benutzen durften, die von der vorherigen Hochzeitsgesellschaft zurückgelassen worden war.

Und ich trank an meinem Hochzeitstag Wein: Holunderblüte 1947, wie Daisy scherzhaft anmerkte, als sie zwei Flaschen davon aus dem Keller mitbrachte, um Würstchen im Schlafrock und einen Obstkuchen damit hinunterzuspülen. Meine Mutter war mit der Entschuldigung, Brustschmerzen zu haben, die sich womöglich zu einer Lungenentzündung entwickelten, im Bett geblieben. Ci Ci, die lautstark ihr Mitgefühl für meine Mutter bekundet hatte, weigerte sich, mit uns zu feiern, und verbat dies auch Flora, was allerdings eine Erleichterung war. Tudor, der Daisy vorgeschlagen hatte, uns beide zu bitten, das Haus zu verlassen, nachdem er davon erfahren hatte, war an diesem Tag auf der Jagd. Mein letzter Eindruck von ihm ist der, wie er, umgeben von den toten Tieren seines Vaters in seinen Knickerbockern in der Diele stand und mit seiner spitz zulaufenden Kappe wie ein viktorianischer Strichjunge aussah. Er war so wütend, dass er kaum sprechen konnte.

»Viel Glück«, sagte er steif, nahm sein Gewehr und klapperte mit den Patronen in seinem Gürtel. »Das können Sie weiß Gott gebrauchen.«

»Danke, Tudor.« Ich tat so, als wäre es von ihm nett gemeint gewesen. »Ich kann es wirklich kaum erwarten.«

Trotz der Gewehre und des Jagdbrimboriums machte er einen seltsam zimperlichen und unbeholfenen Eindruck, als er zum wartenden Wagen hinausging. Und dabei kam mir der Gedanke, dass womöglich all die Frauen im Haus, die ihn verkuppeln wollten, auf dem Holzweg waren.

Nach der Hochzeit brachen Anto und ich in einer schweigsamen, fast scheuen Autofahrt zu einer Pension auf, The Culford, wo man auch Wellensittiche züchtete. Sie lag am Rande eines aufgeweichten, umgepflügten Feldes in der Nähe von Burford und war wirklich nichts Besonderes. Aber wir sparten jetzt jeden Penny.

Ich war sofort in Sorge, dass unserer Pensionswirtin, einer stämmigen Bauersfrau, Antos indische Abstammung auffallen und sie ein Theater machen würde, aber in seinem einzigen guten Anzug und mit dem grauen Hut wirkte er sehr distinguiert und war aufgrund der Anspannung des Tages sogar noch blasser als sonst. In einem Zimmer im Obergeschoss mit einem wirbelig gemusterten Teppich und einem durchgelegenen Bett standen wir nebeneinander vor dem Schrankspiegel. Er nahm meine Hand und drehte an meinem Ehering.

»Ich liebe dich, Kit«, sagte er würdevoll. »Ich werde immer für dich da sein.«

»Ja«, sagte ich, musste aber verrückterweise ständig an meine Mutter denken, die nun allein im Bett lag und sich mit ziemlicher Sicherheit die Seele aus dem Leib heulte. »Danke.« Etwas Besseres fiel mir nicht ein. Es war kalt im Zimmer. Es roch nach Mottenkugeln, und der Regen prasselte gegen die Fensterscheiben.

»Deine Fahrkarte kam gestern«, sagte er. »Meine Mutter hat sie mir zusammen mit einem Brief geschickt.«

»Oh. Gut.« Ich fand es bemerkenswert, eine Fahrkarte von jemandem geschickt zu bekommen, den ich gar nicht kannte, und hoffte törichterweise, er werde noch etwas ergänzen: dass sie sich freue und es kaum erwarten könne, mich kennenzulernen.

»Hast du ihr mitgeteilt, dass ich es ihr zurückzahlen werde, wenn ich wieder arbeite?« Die Treuhänder des Heims hatten mir einen Arbeitslohn von sechzehn Pfund im Monat zugebilligt, wenn ich in Indien anfing, aber ich hatte nicht genügend auf meinem Bankkonto, um die Überfahrt auf der *Kampala* zu bezahlen.

»Noch nicht.« Sein Gesicht im Spiegel war verhalten, seine Stimme klang, als wäre er nicht bei der Sache. »Jetzt ist nicht der richtige Zeitpunkt dafür. – Sechzehnter November«, ergänzte er, als wäre das Datum der Abreise nicht in meinem Kopf eingebrannt.

»Ja. Ich liebe dich, Anto.«

»Ich liebe dich auch.«

»Das hast Angst«, sagte ich, als sein Gesicht aus meinem Blickfeld verschwand. Während der letzten Stunden war er immer stiller geworden. »Ich werfe dir das nicht vor. Es ging alles so schnell.« Als ich dies sagte, empfand ich eine große Leere, als befänden wir uns in einem Theaterstück und spielten miserabel. Er sagte nichts darauf, hielt mich nur fest, und unsere beiden Schatten trafen und umschlossen sich in der Spiegeltür.

»Wir haben den Rubikon überschritten«, sagte er mit seiner Pathé-News-Stimme.

»Und was genau ist der Rubikon, du Schlaumeier?«, fragte ich ihn später, um einen leichten Ton bemüht. Wir waren zeitig zu Bett gegangen und lagen uns in den Armen.

»Ein Fluss in Italien«, sagte er. »Ein Ort, an dem es kein

Zurück mehr gibt. Als Julius Cäsar ihn überquerte, sagte er zu seinen Truppen: ›Alea jacta est.‹ – Die Würfel sind gefallen. Er wusste, wenn er nicht siegreich war, würde er hingerichtet werden.«

»Eine aufmunternde Geschichte«, murmelte ich im Halbschlaf. »Warum bist du immer so eine Intelligenzbestie?«

»Ich bin nicht klug«, erwiderte er traurig, wie ich mich erinnere. »Überhaupt nicht.«

Wir schliefen ein und wurden vom Tschilpen Hunderter bunter Wellensittiche geweckt, die in ihren Käfigen sangen.

Teil II

COCHIN, SÜDINDIEN

Kapitel 12

Neuer Ehemann, neues Land, neues Klima, neue Schwiegermutter und – Hurra! – hundertsieben neue Verwandte, die alle eine neue Sprache sprachen. Als ich die Augen in Zimmer 4 des Malabar Hotels in Fort Cochin aufschlug, machte ich sie schnell wieder zu. Ich lag in einem prachtvoll geschnitzten Palisanderbett und blinzelte gegen das grelle Licht an. Der Ventilator über mir fächelte die Luft, die nach Meer und alten Abflüssen roch, und mein Blut war in Bewegung, als wäre es noch immer dem Seegang ausgeliefert. Ich sehnte mich zurück an diesen verträumten Ort im Nirgendwo des Schiffs, wo es nur Anto und mich gab.

Ich konnte Anto nebenan in dem riesigen antiquierten Badezimmer herumspritzen hören. Die konzentrierte Energie, mit der er jedes seiner honigfarbenen Körperteile wusch, war eine Quelle stiller Faszination für mich. Ohren, Zähne, Achselhöhlen, Zehen, nichts wurde ausgelassen, dann das wütende Schrubben der Nägel, das alarmierende Gurgeln, mit dem er seinen Rachen spülte.

Während unserer ersten Tage auf dem Schiff hatte ich ihm durch die Badezimmertür zugerufen: »Du bist schlimmer als ein Mädchen.« Daraufhin hatte er die Tür geöffnet und mir einen derart einschüchternden Blick zugeworfen, dass ich mir vornahm, darüber keine Scherze mehr zu machen.

Ich warf einen Blick auf meine Uhr. Neun Uhr, und schon badete ich in Schweiß. Eine schmale Eidechse huschte an der Wand hoch. Aus dem Badezimmer: Spritzen, Gurgeln, Räuspern, das Klatschen eines Handtuchs. Während der Nacht hatten wir zweimal Sex gehabt, aber jetzt erwachte mein Geist und ließ zu, dass die Angst wie eine Droge durch meine Adern schoss.

Auf dem Schiff war das Leben in uns zurückgekehrt. Befreit von zu Hause, vom Krieg, von der Rationierung, von den Menschen, hatten wir aus unserer Kabine eine geheime Höhle gemacht, wo wir in einigen Nächten ein Ausmaß an Wildheit und Freiheit miteinander erlebt hatten, das uns den Atem raubte und zum Lachen brachte und sprachlos und auch ein wenig ängstlich zurückließ. Und da ich in einem geheimen Winkel wusste, dass wir nie wieder so frei sein würden, hatte ich alles in mir gespeichert: die auf dem Oberdeck in den Liegestühlen verbrachten Stunden, wo wir zwischen Meer und Himmel vor uns hin träumten; die flammenden Sonnenuntergänge; die neuen Städte; unsere Kabine auf dem F-Deck, an dem das nach Salz duftende Meer vorbeirauschte. Ausgedehnte Gespräche im Flüsterton; der neue Geschmack von Mangos, Bananen, Melonen; Spaziergänge im Mondlicht unter einem Himmel, der so nah war und vor Sternen sprühte; Cocktails in der Sunshine Bar.

Wir lebten wie die Könige und schlossen keine neuen Freundschaften auf dem Schiff. Wir waren uns selbst genug, und wenn ich mir jetzt Anto mit Dutzenden neugieriger Fremder vorstellte, wurde mir so bang, dass es mir die Kehle zuschnürte.

Es ist ein Abenteuer, versuchte ich mir einzureden, aber in mir tobte es. Da wir nun wieder in eine Art Realität zurückgekehrt waren, machte ich mir Sorgen um meine Mutter. Nachdem sie seit unserer Hochzeit in ein Dauerschmollen verfallen war, hatte sie mit gebrochener Stimme versprochen, nach Tilbury mitzukommen, um uns zu verabschieden. Am Tag unserer Abreise trug sie ihr Reisekostüm aus Tweed und einen hübschen Seidenschal. Ihr blass geschminkter Teint und der scharlachrote Lippenstift verliehen ihr ein aufsehenerregendes, fast orientalisches Aussehen – wie eine Kabukischauspielerin in einem Theaterstück. Beim Frühstück spielte sie mit ihrem Essen und verkündete dann später in der eisigen Diele: »Ich komme doch nicht zum Bahnhof. Ich habe hier zu viel zu tun.«

Sie warf mir einen anklagenden Blick zu – »Danke, dass du mein Leben zerstört hast«, hätte sie noch hinzufügen können –, riss sich dann aber zusammen, gab mir einen Kuss auf die Wange und sagte theatralisch: »Dann also das Beste aus Britannien, meine Liebe«, womöglich um Ci Ci, der alten Schachtel, eins auszuwischen, die durch den Türspalt linste, boshafte Schadenfreude im Blick angesichts der Schrecken, die vor uns beiden lagen.

»Vergiss nicht, mich zu informieren, wie es läuft«, fuhr meine Mutter in derselben Stimmung fort, als hätte ich nichts weiter vor, als zum Zahnarzt zu fahren. »Sei so lieb.«

Oh Gott, ich war so wütend. »Das werde ich. Danke Mummy«, sagte ich.

Ich kannte meine Mutter gut genug, um zu verstehen, dass sie, wenn sie Angst hatte, englischer als die Engländer wurde, aber das war mehr, als ich ertragen konnte. Anto ignorierte sie völlig, schüttelte ihm nicht einmal die Hand, und in dem Moment, in dem ich sie am meisten gebraucht hätte, hasste ich sie dafür, dass sie sich so in Szene setzte.

Ci Ci veranstaltete einen gleichermaßen bühnenreifen Abschied. »Mein liebes Kind!«, rief sie mit mehr Wärme, als sie mir je gezeigt hatte. Ihre klauenartigen Hände, die sie auf meine Schultern legte, stanken nach Nikotin, und ihr großer Ring schnitt in meine Wange. Zum allerersten Mal gab sie mir einen Kuss. »Machen Sie ihnen die Hölle heiß«, ergänzte sie, womöglich eine Reminiszenz an einen Cowboyfilm, den sie mal gesehen hatte.

Daisy stand abseits und beobachtete uns müde und traurig. Sie kannte die Grenzen ihrer eigenen allumfassenden Gastfreundlichkeit. Und Daisy war es auch, die uns zum Bahnhof brachte. Auf dem Rücksitz des Austin türmte sich unser Gepäck, und der Kofferraum war randvoll mit gespendetem Sanitätsmaterial. Zwei große Teekisten voll waren bereits vorausgeschickt worden.

Links und rechts der Straße waren die Felder gefroren, und über uns hing ein farbloser Himmel. Daisy brach das Schweigen. »Sie wird dich vermissen, Kit, das weiß ich.«

»Was meinst du, ob sie mir schreibt?« Ich war zu erschüttert, um viel sagen zu können.

»Das weiß ich nicht, aber ich werde dich auf dem Laufenden halten, das verspreche ich dir.«

Nur für einen kurzen Moment hätte ich mir gewünscht, Anto wäre nicht im Wagen. Ich war so dumm gewesen, mir in den Kopf zu setzen, dass meine Mutter vor unserem Aufbruch vielleicht doch noch einknickte und mich umarmte oder mir eine Art Segen mitgab, vielleicht sogar ein paar Informationen über meinen Vater, denn auch wenn diese Reise nicht mit dem Sterben vergleichbar war, so war es doch ein Wendepunkt, an dem man gern reinen Tisch gemacht hätte. Aber er war hier, schaute versonnen aus dem Fenster und hing seinen Gedanken nach.

Während unseres kurzen Liebeswerbens war ich mir dessen bewusst, dass er, obwohl wir uns für Seelenverwandte hielten und uns über alles Mögliche unterhielten – Bücher, die wir mochten, Filme, den Krieg, das Leben, das wir führen wollten –, sich bei mir kaum nach meinem familiären Hintergrund erkundigt hatte. Als ich das Thema anschnitt, weil ich dachte, er würde sicherlich etwas erfahren wollen, erzählte ich ihm, dass mein Vater 1920 an seinen Kriegsverletzungen oder vielleicht auch an einer Lungenentzündung gestorben sei, ich mir aber nicht absolut sicher sei, weil meine Mutter nicht gerne darüber sprach. Es sei jedenfalls in dem Jahr passiert, in dem ich geboren wurde, und der Schock für sie sei groß gewesen. Er hatte nicht nachgehakt – der Tod von Angehörigen war seit dem Krieg ein Gemeinplatz –, und ich hatte seine Zurückhaltung als Takt akzeptiert und war ihm dankbar dafür gewesen.

Später, als ich einen weiteren Versuch unternehmen und mit mehr Offenheit darüber sprechen wollte, hielt mich immer etwas davon ab: Scham, Schuldgefühle, die Befürchtung, mein Geständnis könnte mich in Antos Augen abwerten und ihm das Gefühl geben, man habe ihn über den Tisch gezogen.

Die Fahrt zum Bahnhof kam mir endlos vor. Ich wischte das Kondenswasser von der Scheibe des Wagens. Anto schwieg noch immer, starrte auf die im Frost erstarrten Felder und auf die Ponys auf den Weiden, die beim Fressen Dampfwolken schnaubten. Ich sagte mir: Du bist jetzt eine verheiratete Frau, du musst aufhören, dir Gedanken wegen deiner Eltern zu machen. Denn war dieses Karussell erst einmal in Gang gesetzt, drehte es sich endlos, und es war gut möglich, dass ich die Wahrheit niemals erfahren würde. Ich zog einen Handschuh aus und legte die Hand auf dem Ledersitz ab in der Hoffnung, Anto würde sie ergreifen und festhalten, aber er war kein geborener Händchenhalter.

Als wir zum Frühstücken in den riesigen Speisesaal des Malabar Hotels kamen, stürzten sich gleich drei Kellner auf uns, um uns Schalen voll Obst und Tee oder Kaffee anzubieten. Wir waren recht verlegen – keiner von uns war bisher in einem Hotel gewesen –, und zwischen dem Klappern unseres Bestecks hörte ich uns steife Konversation machen über das Mobiliar (massig, hässlich), das Obst (kleine köstliche Bananen) und die Hitze, die selbst am frühen Morgen das Thermometer bereits auf dreiunddreißig Grad hochjagte.

Ich war hungrig, wollte aber nicht zu viel essen. Wir verfügten beide zusammen gerade noch über hundertdreiundzwanzig Pfund. Er hatte die Scheine heute Morgen auf unserer Matratze gezählt, und mir war klar, dass er sich, wäre ich nicht dabei gewesen, längst an den Busen seiner überschwänglichen Familie hätte drücken lassen und sich die Ausgaben für das Hotel hätte sparen können.

Er bestellte Eier und Speck für mich und für sich selbst etwas, das Appam hieß, eine Art dünner Pfannkuchen. Er schrieb mir das Wort auf eine Serviette, als wäre ich ein kleines Kind.

»Freust du dich denn, das wieder zu essen?« Ich sah zu, wie er mit geübten Händen mundgerechte Stücke abriss und diese dann in, wie er mir erklärte, Kokosnuss-Chutney eintauchte.

»Ja«, sagte er. Während des peinlichen Schweigens, das darauf folgte, sah ich mich im Speisesaal um. Vier indische Ehepaare saßen halb versteckt hinter Palmen oder Holzbalken. Sie waren absolut still, außer dem Kratzen ihrer Löffel und den Schlucklauten, wenn sie ihren Chai tranken, war nichts zu hören, und in mir wuchs die düstere Vorstellung: Hoffentlich wird er jetzt nicht auch aufhören, mit mir zu reden.

Nach dem Frühstück schlug er vor, einen Spaziergang zum Hafen zu machen und nachzufragen, ob die Teekisten ausgeladen worden seien. Danach würden wir uns eine Bank suchen, ein Konto eröffnen und unsere Pfund in Rupien tauschen. Das weckte meine Lebensgeister wieder, als brauchte dieser angstbeladene Zwischentag eine Aufgabe, die ihm Gestalt verlieh.

»Ich zeige dir auch die Altstadt.« Als er mein begeistertes Lächeln sah, zeigte auch er wieder das Lächeln, in das ich mich gleich am Anfang verliebt hatte, dieses Lächeln, das seine Augen, ein Meer aus Grün und Schildpatt, zum Leuchten brachte und für Grübchen sorgte, die ihn aussehen ließen, als wäre er wieder zehn. »Und dann essen wir zu Mittag und kehren zurück ins Bett …«

Dabei wackelte er anzüglich mit den Augenbrauen à la Groucho Marx, und ich lachte und hätte ihn gern geküsst, hielt mich aber gerade noch rechtzeitig zurück: Während der Überfahrt hatte er mich gewarnt, es gehöre sich in Indien nicht, dass ein Mann und eine Frau sich in der Öffentlichkeit an der Hand hielten. Nicht einmal verheiratete Paare.

Als wir eine Stunde später zu unserem Spaziergang an den Hafen von Fort Cochin aufbrachen, brannte die Sonne grell auf uns herab. Ein alter Bettler lag halb nackt unter einem Baum, die Augen von Fliegen bedeckt, und der Geruch fauligen Fischs stieg in Schüben aus den zugemüllten Abwasserrinnen.

Mit dem Ausdruck eines eifrigen Jungen beschleunigte Anto seine Schritte und eilte auf das glitzernde Meer zu, auf dem weitere Schiffe einfuhren. Als wir das Ufer erreichten, hörte ich ihn stöhnen, und er strich sich mit der Hand übers Gesicht.

»Ach wie schön«, murmelte er benommen. Ich wusste nicht, was ich sagen sollte. Die Palmen, das aquamarinblaue Wasser, der wolkenlose blaue Himmel, für mich sah das nach Bühnenkulisse aus.

»Es hat sich kein bisschen verändert«, sagte er leise und traurig.

»Ich denke immer, dass Orte sich verändern, wenn ich nicht dort bin.« Ich hörte mich nervös babbeln, als wir am Meeresufer entlangliefen, obwohl ich ihn doch so gern umarmt und gesagt hätte: »Wie wunderbar – du bist zu Hause« oder so. Ich fühlte mich unbehaglich und kam mir überflüssig vor – auf Reisen unerwünscht –, denn noch gab es nichts hier, was mich angesprochen hätte.

»Mein Vater hatte seine Anwaltskanzlei hier drüben«, sagte er, als wir das Ende eines Gehwegs, dessen Asphalt aufgeplatzt war, erreicht hatten. »Gleich hinter dem englischen Klub.« Er zeigte auf ein elegantes Gebäude, das vom Ufer ein Stück zurückversetzt lag und von Rasenflächen umgeben war. Ich warf einen Blick über die Hecke auf ein gepflegtes Gebäude mit Kübelpflanzen und schönen Sträuchern davor. Jetzt flatterte die grün-orange-weiße Flagge des neuen Indiens vor der Veranda.

»Sieh dir das an.« Anto schien erstaunt zu sein. »Für uns Kinder war dies der Gipfel des Luxus. Meine Schwester und ich blieben im Wagen sitzen, wenn mein Vater sich da drin mit seinem alten Kumpel Hugo Bateman, seinem Barrister-Helden, im Schachspiel maß und für gewöhnlich auch gewann. Darauf waren wir stolz.«

»Ein hübscher Ort zum Spielen«, war alles, was mir dazu einfiel.

»Nicht wirklich.« Anto schielte auf eins der Plakate, das auf der Veranda aufgestellt war. »Ohne Mr. Batemans Erlaubnis hätte mein Vater den Klub gar nicht betreten dürfen. Das hat man uns immer klargemacht.« Er grinste mich schief an.

»Was steht da? Auf den Schildern?«

»Hm … mal sehen … mein Malayalam ist ein wenig eingerostet«, sagte er, wieder ganz in der Rolle des Mimen. »Also, es tut mir leid, Madam, aber da steht: ›Raus aus Indien‹ und ›Indien gehört wieder uns‹, aber Sie, meine schöne Lady Sahib, dürfen das bitte nicht persönlich nehmen. Sie sind meine Frau«, ergänzte er zärtlich. »Du bist willkommen. Gefällt es dir bis jetzt?«

»Ja«, sagte ich mit einem unsicheren Lächeln. »Natürlich.« Wir kamen an einer Gruppe sehr alter Frauen vorbei; sie hockten vor einem Haufen Fische, die auf einem Rupfensack vor ihnen ausgebreitet lagen, auf ihren Hacken und starrten mich an.

»Dies«, erklärte er mir, »sind die berühmten chinesischen Fischernetze.« Er zeigte auf zwei dürre alte Männer, die eine

Art geschmeidigen einstudierten Tanz aufführten, indem sie die großen Steine an Flaschenzügen nach oben zogen, worauf ein Netz voller glänzender Fische in die Luft sprang.

»Unser Physiklehrer vom Ignatius College brachte uns einmal zum Zuschauen hierher. Er meinte, diese Netze seien ›ein kleines Wunder der Konstruktion‹. Eine brillante Verwendung von Energie und Gegengewichten. Wenn der Stein nach unten geht, kommt das Netz hoch. Keine Steine, kein Fisch.«

Ich lächelte ihn an. Mir gefiel es, dass er wusste, wie Dinge funktionierten, und ich bewunderte seine gute Erinnerung an Fakten und Handfestes. Ich empfand dies als männlich, eine Art von Gegengewicht.

Während wir eine Abflussrinne umrundeten, aus der öliger Dung sickerte, erzählte er mir, dass Indien mit seiner modernen Kanalisation einst führend in der Welt gewesen war und dass man es heute in der Welt um seine Abflüsse, Rinnen, Sickergruben und klugen Vorrichtungen, um den Müll aus der Stadt zu transportieren, geradezu beneidete.

Er erwärmte sich für sein Thema, sah mich dann aber an und bemerkte meinen Gesichtsausdruck. »Hübsches Thema fürs Bettgeflüster, oder?«, sagte er, und wir prusteten beide los vor Lachen. Und wenn auch nur für einen kurzen Moment war ich erleichtert, meinen alten, klugen, lustigen Anto wiederzuhaben.

Auf unserem Weg zurück zum Hotel kamen wir an einer großen indischen Familie vorbei, es waren acht oder zehn Leute, die gemächlich Richtung Ufer unterwegs waren. Die Männer trugen westliche Anzüge, ihre Frauen grellbunte Saris in leuchtenden Apricot-, Pink- und Limettentönen, an den Armen klimpernde Armreifen.

»Die wenigsten Frauen hier tragen einen Sari«, erklärte Anto mir und deutete auf eine andere Frau in einem schlichten weißen langen Rock mit Bluse. »So kleidet man sich hier: *chatta* und *mundu* – ziemlich langweilig im Vergleich dazu.

Die Kinderschar, die ihnen folgte, begann rückwärtszulaufen und starrte mich an: die weiße Frau im weißen Kleid mit dem weißen Hut. Als eins von ihnen – ein keck aussehender Junge – etwas sagte, was die Männer zum Lachen brachte, kam mir eine merkwürdige Gedichtzeile in den Sinn (es war eines der Lieblingsgedichte meiner Mutter).

Oh warum läufst du in Handschuhen durchs Feld
Und dir entgeht dabei so viel?
Oh dicke weiße Frau, die keiner liebt.

Ich behielt es für mich, weil ich wusste, dass Anto mich sofort meiner schlanken Gestalt, seiner Liebe zu mir und so weiter versichern würde, und auch weil er mir ein wenig voraus war und sich freute, sich an eine Abkürzung durch eine Lücke im Zaun zu erinnern, durch die wir auf einen Pfad gelangten, der uns am englischen Klub vorbeiführte.

Beim Näherkommen konnte ich erkennen, dass ein Teil der Veranda beschädigt war und mehrere Fenster verrammelt waren. Eine dürre Katze kam mit etwas im Maul unter dem Gebäude hervorgeschossen. Als ich Anto fragte, ob es auch hier Unruhen gegeben habe, starrte er auf das Gebäude und sagte: »Nicht zu vergleichen mit den schlimmen Aufständen und Massakern oben im Norden. Aber meine Familie hat sich mit den Informationen zurückgehalten, also weiß ich es noch nicht genau.« Er hob die leere Hülse eines Feuerwerkskörpers auf, die offenbar von den Siegesfeiern zurückgeblieben war. »Mit Sicherheit weiß ich nur das, was ich in der Londoner Times gelesen habe.«

Wir bahnten uns unseren Weg durch eine geschäftige Straße: Rikschas und umherlaufende Ziegen, Straßenhändler, die Eimer und bunte Süßigkeiten verkauften, schaurige Gottheiten aus Pappmaché, ein ganzer Schafskopf, umschwirrt von Fliegen. Es war aufregend, und ich wollte alles erforschen, aber Anto hatte es sich in den Kopf gesetzt, mir die Franziskanerkirche zu zeigen, in der, wie er erzählte, Vasco da Gama beigesetzt worden war, bevor man seine Leiche zurück nach Portugal brachte. Ich folgte ihm pflichtschuldig in das große Gebäude mit seinen geschwungenen Seitenwänden, die an Schiffssegel erinnerten.

Er tauchte seine Hand in das Weihwasser neben der Tür und schlug das Kreuzzeichen – was mich überraschte, denn er hatte mir gesagt, er sei kein praktizierender Katholik.

Ich hatte das Gefühl, dass er allein sein wollte, und beobachtete aus der Distanz diesen gut aussehenden Fremden – meinen Ehemann –, der im weichen Kerzenschein mit geschlossenen Augen und einem von Schweiß glänzenden Gesicht dasaß, umgeben von Buntglasfenstern und Steinskulpturen, und mich beschlich ein verstörender Gedanke: Hoffentlich bereut er es nicht schon.

Kapitel 13

»Hast du vielleicht eine Aspirin in deiner Handtasche?«, fragte er mich am folgenden Tag. Wir rasten in einem verbeulten Taxi nach Mangalath, dem Zuhause seiner Familie, das eine Autostunde von Fort Cochin entfernt lag.

»Tut mir leid, nein«, sagte ich. »Kopfweh?« Er sah ganz blass aus und war so distanziert.

»Nicht wirklich.«

Ich hatte ihn mitten in der Nacht stöhnen hören, als wären seine Nerven in Aufruhr.

»Ist alles in Ordnung mit dir, Schatz?«, hatte ich gefragt, als er wieder zurück ins Bett gekommen war, und gehofft, er würde sich mir anvertrauen.

»Mir geht es gut«, hatte er nur gesagt und mir dann nach einer langen, erwartungsvollen Pause den Rücken zugedreht. »Danke«, hatte er noch ergänzt, bevor er eingeschlafen war.

Anto hatte damit gerechnet, dass uns ein Fahrer mit dem Familienauto abholen käme, aber im Hotel war eine Notiz hinterlegt worden, dass wir ein Taxi nehmen sollten. Das hatte ihn zweifellos verwirrt und verletzt. Ich fragte mich, ob dies eine indirekte Abfuhr war, behielt den Gedanken aber für mich.

Im Taxi war es so heiß, dass mein Kleid am Sitz klebte, und mir wurde übel, weil unser Fahrer unter ständigem Schnauben mit nur einer Hand am Steuer absolut hektisch über von Schlaglöchern übersäte Straßen durch die kleinen Dörfer fuhr. Aber als wir dann die Stadt hinter uns ließen, waren wir ganz plötzlich in einer so umwerfend schönen Landschaft, wie ich noch keine gesehen hatte: ein Traum aus Wasser und Erde und Himmel mit leuchtend grünen Feldern und farbenprächtigen Bäumen, die auf einer Reihe von Seen und Wasserwegen zu schwimmen schienen, Lagunen und Altwasser, die durch zerbrechlich wirkende Brücken miteinander verbunden waren. Anto starrte steinern aus dem Fenster, er regte sich kaum.

Wir überquerten eine Brücke, als wir uns dem Dorf Aroor näherten, und da wandte er sich an mich, als erinnerte er sich daran, dass es mich auch noch gab.

»Bist du nervös?«, fragte er und nahm damit immerhin auf den gestrigen Tag Bezug. »Du wirst gleich unter einem Berg von Verwandten förmlich begraben werden, und ich fürchte, sie werden alle sehr, sehr neugierig auf dich sein.«

»Nervös bin ich nicht«, log ich. »Aufgeregt schon«, und ergänzte dann: »Hat sich alles sehr verändert?«

»Ich habe mich verändert«, sagte er leise. Er blickte einem kleinen Boot hinterher, das im funkelnden Wasser auf den Horizont zusegelte.

»Es sieht aus wie eine riesige Panoramapostkarte«, sagte ich und kam mir in meiner erschreckenden Einfallslosigkeit wie eine herzliche Tante vor. »Es ist schön, das mit dir zu erleben.«

Wir hielten an einem Teeladen an, der Zigaretten und Süßigkeiten verkaufte und wo Anto dafür sorgte, dass wir mit unserem Gepäck in eine Pferdekutsche umstiegen. Das Pferd stand in der grellen Sonne, die Augen von Fliegen überzogen. Sein barfüßiger Besitzer köpfte eine Kokosnuss mit einer Machete und bot Anto ein Glas Milch davon an, die er mit verklärter Miene trank. An mich gewandt, meinte er, ich solle besser noch keine trinken, bevor mein Magen sich nicht angepasst habe. Ich sagte nichts dazu. Mir war zu heiß, und ich brachte vor Angst kein Wort mehr hervor, denn nun war es nicht mehr weit.

Nach etwa zehn Minuten – wir fuhren auf einer von Palmen gesäumten Staubstraße – nahm Anto unvermittelt meine Hand. »Wir sind gleich da«, sagte er, als wir eine Weggabelung erreichten. »Siebenhundert, achthundert Meter vielleicht.« Zahlen schienen jetzt ganz wichtig für ihn zu sein.

Und plötzlich stand es vor uns: ein kleines steinernes Torhaus vor dem Hintergrund üppiger Bäume, darauf ein Holzschild mit der Aufschrift MANGALATH.

Anto atmete langsam aus. »Das ist es.« Er ließ meine Hand los. Das Pferd klapperte durch eine Allee prächtiger Bäume, so kühn und prahlerisch wie Cancan-Tänzerinnen, mit wachsartigen Blüten und seltsam geformten Blättern.

»Frangipani, Mango, Chembaka, Banane, Persimone, Guave«, sagte Anto wie in Trance. In einer Lücke zwischen den Bäumen sah man ein etwa zweitausend Quadratmeter großes, ordentlich bepflanztes Gemüsefeld und einen Hühnerhof, alles sehr gepflegt, und dann durch eine weitere Lücke saphirblaues Wasser, das unter einem mehr als blauen Himmel im Sonnenlicht strahlte.

Drei Frauen, die im Gemüsefeld jäteten, richteten sich auf, als wir vorbeifuhren, und starrten uns an.

»Erkennen sie dich wieder, Anto?«

»Das bezweifele ich. Ich war so jung, als ich wegging.«

»Wie konntest du das aushalten«, platzte es aus mir heraus. Und ich meinte damit Oxford, das Grau in Grau, das Exil. »Es ist so wunderwunderschön hier.«

»Das ist es«, erwiderte er, noch immer hölzern und vor sich hin starrend.

Am Ende der Einfahrt blickten zwei goldene Löwen von ihren Torpfosten finster herab, die Pfoten ruhten auf Schilden. Hinter dem Tor lag ein mit Kies bestreuter Hof, auf dessen niedrigen Mauern Geranien, Hibiskus und Orchideen in halben Kokosnussschalen blühten. Am Ende des Hofs führte eine Treppenflucht hinauf zu einem großen, eindrucksvollen Haus – weitaus größer und prachtvoller, als ich es mir vorgestellt hatte – mit einem hellroten pagodenförmigen Dach und tiefen Veranden, die Kühle versprachen. Das Haus war von üppigen tropischen Bäumen umgeben, und darüber strahlte der Himmel so hell, dass mir vom Hinsehen die Augen wehtaten.

Das Pferd hielt an. Ich konnte vor Nervosität kaum atmen. Eine Frau in einem fließenden weißen Gewand stand auf der Veranda und blickte zu uns herab. Sie hielt sich die Hand vor den Mund, als müsse sie sich davon abhalten, laut zu schreien.

»Amma«, murmelte Anto. »Amma.«

Sie schritt die Treppe hinab und rannte dann stolpernd los. Ich hörte ein unterdrücktes Schluchzen, als sie ihre Arme ausstreckte; dann folgte eine lange Wortkette, auf die Anto ihr in derselben fremden Sprache antwortete. Ich wünschte mir so sehr, er würde seine Mutter küssen, um ihrem Gefühlsausbruch die Waage zu halten. Aber er stand da, steif wie ein Pfosten, während sie ihn umarmte. Und um seinetwillen wäre ich gern unsichtbar gewesen.

Als er endlich den Arm um sie legte, sah ich sie erschaudern. Er tätschelte ihr unbeholfen den Rücken und sah dann mich mit einem Blick an, der so aufgewühlt war, dass er eher Entsetzen als Freude vermittelte.

»Amma.« Er ließ sie los. »Ich möchte dir meine Ehefrau Kit vorstellen. Ihr gefällt dieser Ort hier.«

Ich lächelte und streckte meine Hand aus. »Es ist schön, Sie endlich kennenzulernen«, sagte ich und ergänzte dann absurderweise: »Danke, dass Sie uns eingeladen haben.« Kaum hatte ich es ausgesprochen, dachte ich: O nein! Nicht uns. Das hier war sein Zuhause.

Mrs. Thekkeden war groß für eine indische Frau und schien sogar noch zu wachsen: Ich verfolgte, wie sie die Schultern straffte und ihren Nacken streckte. Mit einer raschen, unwirschen Bewegung wischte sie die Tränen fort. Jetzt konnte ich erkennen, dass sie die gleiche zimtfarbene Haut wie Anto hatte, die gleiche aristokratische Nase.

Sie streckte mir eine elegante Hand entgegen.

»Willkommen in Mangalath.« Ihr Lächeln war angespannt und aufgesetzt. »Sind Sie sehr müde?«

»O nein, nein.« Ich spürte das Bedürfnis, sie zu beruhigen. »Ganz und gar nicht.«

»Mein Ehemann kann heute nicht hier sein, um euch zu empfangen. Er ist mit einem großen Fall am Gericht befasst und in Trivandrum. Das macht euch doch nichts aus?« Ein kurzer, besorgter Blick auf Anto.

»Natürlich nicht«, erwiderte er. »Arbeit geht vor.«

»Für ihn ja«, erwiderte sie.

»Nun, Kit, dann werde ich Ihnen unser Haus zeigen.« Und an Anto gewandt: »Ich habe beschlossen, euch im

Gästezimmer unterzubringen. Die anderen kommen später. Wir möchten Kit doch nicht unter einem Berg von Verwandten begraben.«

Die gleichen Worte hatte Anto vorhin gebraucht. Sie lächelte mich wieder an, aber ihre Augen weideten sich an Anto, als wir ihr in einen eleganten Empfangssalon mit hohen Wänden und schweren geschnitzten Palisandermöbeln folgten. Generationen von Thekkedens blickten mit finsteren Mienen aus prächtig gerahmten Fotografien auf uns herab, ernst wirkende Menschen mit dunklen Augen und vollem Haar, in schicken Anzügen und Stehkragenhemden und gelegentlich auch in Landestracht. Wir liefen an ihnen vorbei, als ich Anto ein Geräusch machen hörte, als halte er die Luft an und atme dann schwer, gerade so, als müsse er schluchzen oder schreien.

»Was für ein schönes Haus«, sagte ich, um diesen Moment zu überspielen.

»Danke«, erwiderte Mrs. Thekkeden mit körperloser Stimme. Ihr Körper war Anto zugeneigt, und plötzlich umarmte sie ihn heftig und sprach auf Malayalam auf ihn ein, was ich nicht verstehen konnte.

»Erzähl Kit was über das Haus.« Anto löste sich von ihr. »Sie hat vermutlich gedacht, wir leben in einer Schlammhütte.«

»Anto! Nein!«, protestierte ich, obwohl ich überrascht war, wie prächtig alles war.

»Was möchte sie denn wissen?«, fragte Mrs. Thekkeden und ergänzte dann wie eine höfliche Reiseführerin: »Dieses Haus und das Landgut sind seit mehreren Generationen im Besitz unserer Familie. Wir haben unseren eigenen Getreidespeicher, wo wir Reis aufbewahren, einen Tennisplatz, einen

Kricketplatz, ein Klassenzimmer, in dem die Kinder unterrichtet wurden … ich werde ihr später mehr erzählen«, beendete sie ihre Schilderung ein wenig ungeduldig. »Ich wüsste nicht …«

Ein alter drahtiger Mann, der fast keine Zähne mehr hatte, kam mit unserem Gepäck durch die Tür herein. Als er Anto sah, legte er seine Hände aufeinander, verbeugte sich tief und brabbelte etwas.

»Er heißt Pathrose«, erklärte Mrs. Thekkeden mit Tränen in den Augen. »Er arbeitet für uns, seit Anto ein kleiner Junge war, und jetzt dankt er Gott, dass er ihn wiedergesehen hat, bevor er stirbt.«

Ein schlanker barfüßiger Junge folgte ihm und schwankte unter dem Gewicht meines Koffers. »Kuttan ist Pathroses Enkel. Er wird euch in euer Schlafzimmer bringen.«

»Danke«, sagte ich schüchtern. Die Erwähnung des Schlafzimmers machte mich verlegen, als wäre es meiner Schwiegermutter irgendwie gelungen, uns in unserer ganzen Nacktheit und Hemmungslosigkeit zu sehen.

»Darf ich fragen, wie ich Sie nennen soll?«, fügte ich noch hinzu. »Gibt es einen speziellen Namen?«

»Eigentlich müssen Sie mich auch Amma nennen – es bedeutet Mutter«, erwiderte Mrs. Thekkeden gelassen. Es hörte sich eher nach einem Befehl als nach einer Aufforderung zur Nähe an. »Das bin ich nun für Sie.«

Wir sahen einander an. »Ja. Gut. Danke«, erwiderte ich.

»Als wir klein waren, nannten wir dies die Hochzeitssuite.« Anto stand an der Tür zu unserem Schlafzimmer und klang noch immer, als stünde er ein wenig unter Schock. Es war ein großer weiß gestrichener Raum, sparsam möbliert, bis auf ein wunderschönes Bett mit Schnitzereien, die Früchte und Vögel zeigten und das mit einem weißen Laken und dünn aussehenden Kissen bezogen war. Ein altmodischer Ventilator aus Holz schepperte an der Decke, aber die Luft war feucht und schwer. Die hölzernen Klappläden waren geschlossen, und ich fühlte mich eingezwängt.

»Hier habe ich noch nie geschlafen«, ergänzte er.

»Das liegt wohl auf der Hand«, sagte ich und drückte seinen Arm, aber er war nicht zum Scherzen aufgelegt. »Wo war dein Zimmer?«

»Da drüben.« Er öffnete den Klappladen, sodass ich auf den Hof hinausschauen konnte. »Neben dem von Amma.« Er starrte darauf.

»Sie ist so glücklich, dich wiederzusehen.«

»Ja.«

»Macht es dir was aus wegen deines Vaters – dass er nicht hier ist, meine ich?«

»Nein«, sagte er und ergänzte dann: »So war es schon immer. Entweder war er am Gericht oder wegen irgendwelcher Fälle unterwegs. Es macht mir nichts aus.«

Das Sonnenlicht fiel in grellen Streifen durch die Lamellen des Klappladens. Wir saßen Seite an Seite auf dem Bett. »So«, verkündete Anto, »ich bin zu Hause. Der verlorene Sohn kehrt zurück.« Er legte seine Hand in meinen Nacken und drehte mein Gesicht zu sich herum. »Mit der verlorenen Ehefrau«, ergänzte er mit eindringlichem Blick. »Und Tausenden von Mitwirkenden, die bald eintreffen werden.« Seine Stimme war bereits viel indischer geworden – oder bildete ich mir das ein? Dieser buttrige Unterton.

»Ich freue mich darauf, sie kennenzulernen.« Völlig gelogen.

Ich war müde und erschlagen und fühlte mich auf kindische Weise den Tränen nahe. Ich sah die Familie als Prüfung an, bei der ich sicherlich versagen würde. Ich sagte: »Wenn sie kommen, Anto, dann geh du bitte erst allein hinunter. Das ist ihnen ganz sicher lieber so.«

»Macht es dir nichts aus?« Er wirkte viel gelöster.

»Kein bisschen. Ehrlich.«

»Ganz sicher nicht?« Und zum ersten Mal an diesem Tag umarmte er mich richtig.

»Auf keinen Fall. Aber lass mich nicht stundenlang allein, wie die Prinzessin im Turm.«

»Bestimmt nicht«, versprach er.

Ich hoffte auf einen Kuss. Aber stattdessen zeigte er mir das Badezimmer, damit ich mich waschen konnte, während er weg war. In einer Ecke dieses merkwürdigen Raums stand ein riesiger Kupferkessel mit kaltem Wasser. Darüber befand sich ein Regal, auf dem ein Bündel Zweige und, wie Anto mir erklärte, ayurvedische Öle für Haare und Haut lagen. Dünne Handtücher, die gar nicht nach Handtüchern, sondern wie Baumwollstreifen aussahen, hingen an Haken an der Wand.

»Geh vorsichtig mit dem Wasser um – im Sommer wird es oft knapp –, und trink es nicht. Ich bringe später abgekochtes Wasser hoch.« Die Toilette, erklärte er, befinde sich ein paar Schritt weit entfernt draußen neben dem Hühnerstall. Er könne sie mir gleich jetzt zeigen, wenn ich wollte. Später, sagte ich verlegen, denn der Gedanke, nach unten zu gehen, lähmte mich.

Er ging ins Badezimmer, um sich das Gesicht zu waschen, und als er mit feuchten Haaren herauskam, lag ich auf dem Bett und sah zu, wie er sich umzog. Er entledigte sich seines

Hemds, der staubigen Halbschuhe, der dunklen Londoner Hose und legte alles ordentlich zusammen. Als er den Haufen auf einen Stuhl legte, flatterten die leeren Kleidungsstücke wie Geister unter dem Ventilator. Nackt bis auf seine Unterwäsche ging er zum Palisanderschrank und holte ein weißes Hemd und ein weißes Stück Stoff mit einer Goldborte heraus.

»Hauskleidung.« Er sah mich verlegen an. »Das ist die Cochin-Version des Dhoti.« Er wickelte sich den weißen Baumwollstoff wie einen Sarong um die Taille. »Fühlt sich komisch an«, murmelte er. »Höchst sonderbar.«

Es war mir nicht möglich zu entscheiden, ob es ihm peinlich oder ob er gerührt war, wieder die Kleider zu tragen, mit denen er aufgewachsen war. Ich wusste nur, dass Anto, mit nackten Beinen und auch sonst kaum bekleidet, in einer Schrecksekunde zu einem indischen Ehemann geworden war.

In diesem Augenblick wusste ich nicht, was ich davon halten sollte. Ich strich mit meiner Hand über sein Rückgrat und schloss ihn in die Arme. Sein Rücken verstärkte meine Stimme. »Du riechst anders. Was ist das?«

»Kokosnussöl von unseren eigenen Bäumen. Es steht was davon im Badezimmer. Du kannst es auch benutzen, für deine Haut und deine Haare.«

»Hm.« Ich klammerte mich an ihn: mein Anker in einer sich verändernden Welt.

»Jetzt ist es genug, Frau«, sagte er und löste sich aus meinen Armen. »Unten warten sie auf mich. Ich komme hoch und hole dich vor dem Mittagessen.«

Ich hatte mit einer halben Stunde gerechnet, einer Stunde höchstens.

Als er gegangen war, zog ich mein Nachthemd an, und da

mir nichts Besseres einfiel, legte ich mich aufs Bett und schlief, wünschte mir gewissermaßen, für immer schlafen zu können, erstaunt über meine eigene Naivität, das nicht zu Ende gedacht zu haben.

Einige Stunden später, als ich Autohupen hörte, sprang ich auf und verfolgte durch einen Spalt in den Bambusjalousien die Ankunft meiner neuen Familie. Eine Gruppe Frauen stieg aus einem der Wagen. Sie trugen schillernde Kleider in allen Farben des Regenbogens: Kirschrot, Smaragdgrün, Ocker, Gold. Sie schwatzten wie Häher und bewegten sich auf der Stelle auf und ab, als kriegten sie sich vor Begeisterung gar nicht mehr ein. Sie lieben ihn, sagte ich mir mit einem kindischen Knoten im Herzen: meinen Anto. Ich bin nicht die Einzige.

Ich beobachtete ihn, wie er lockeren, athletischen Schrittes auf sie zuging und dann zwischen den beiden goldenen Löwen am Eingang stehen blieb. An den Anblick meines Ehemanns in einem *mundu* würde ich mich erst noch gewöhnen müssen, aber wenigstens hatte Anto gute Beine: lang und mit ausgeprägten Muskeln, nicht spindeldürr wie die von Gandhi, aber das würde ich für mich behalten. Hier funktionierten die alten Scherze bestimmt nicht.

Eine jüngere Frau in einem pfirsichfarbenen Sari löste sich aus der Menge und rannte auf ihn zu. Sie legte den Kopf auf seine Schulter und schluchzte, wischte sich mit dem Zipfel ihrer Stola über die Augen. Mariamma dachte ich. Die kluge ältere Schwester.

Neben ihr watschelte eine plumpe alte Dame – die Großmutter? – über den Hof: den Mund halb offen, der Schritt zielgerichtet, aber ein wenig wankend. Ponnamma, hatte Anto mir erzählt, war Ammas Mutter – die ein wenig plemplem war und mit ihrer Meinung nicht hinterm Berg hielt. Im selben Atemzug hatte er mich gewarnt, dass einige Mitglieder der Familie ihren Namen in Ponnae abkürzten, sie so zu nennen aber respektlos wäre, bevor ich sie besser kannte.

Dann sprangen drei Kinder über den Hof, gefolgt von einer jungen Frau in einem blasslila Sari, die sich zurückhielt und sich unsicher umsah. Ich habe keine Ahnung, wer du bist, sagte ich zu mir. Es gab so viele Familienmitglieder, dass ich sie mir nicht alle merken konnte.

Inzwischen stand die alte Dame vor Anto. Sie tätschelte seine Wange wie eine Blinde, die Brailleschrift las, und als ihr Gesicht sich verzerrte, reichte Amma ihr ein Taschentuch. Als ich diese zärtlichen Szenen beobachtete, verkrampfte sich mein Magen. In England hatte Anto seine Familie auf ein paar schillernde oder berührende Anekdoten reduziert – die erschreckende Direktheit seiner Großmama, Mariamma, die ihn in seiner Jugend herumkommandiert hatte. »Etwa, wenn ich mir beim Essen Zeit ließ«, meinte er und ahmte dann in hoher Falsettstimme Ammas Ermahnung nach, doch ein Taschentuch zu benutzen oder meinen Reis aufzuessen. Jetzt waren sie real und würden mich in Augenschein nehmen. Ich wurde hinter der halb geöffneten Jalousie ganz klein und lauschte mit Herzklopfen dem Auf und Ab ihrer Stimmen, die sich zu Ausrufen steigerten. Und in all diesen fröhlichen Trubel stimmte plötzlich ungeniert Antos Lachen ein. Ich hatte ihn schon oft lachen hören, bei albernen Filmen, über Scherze, aber dieses Lachen war rein und hatte dazu eine kindliche Note.

Die gurgelnden Geräusche ihrer Gespräche wurden lauter,

als sie sich der Veranda näherten. Aber dann verharrten sie unvermittelt wie ein Fischschwarm, drehten sich um und starrten alle zusammen hoch zu unserem Fenster. Ich ließ die Jalousie fallen und wurde knallrot.

Anto sprach mir unverständliche Worte und winkte mir aufmunternd zu. »Komm runter, komm runter«, rief er, und ich hätte ihn umbringen können. Komm doch und hol mich, sagte ich mir. Lass mich jetzt nicht allein.

Jahrelang hatte ich das mit meiner Mutter erlebt. Dass ich abseits stand und Familien bewunderte, zu denen ich niemals gehören würde. Ich hatte gehofft, eine Ehe würde bedeuten, nie wieder dieses Gefühl erleben zu müssen, aber das war offenbar absurd. Und dafür hasste ich mich.

Lass es gut sein, Kit, rief ich mich zur Räson. Du wolltest das so.

Im Badezimmer betrachtete ich mich im Spiegel. Schwester Smythe, die am meisten gefürchtete Oberin am St. Andrew's, fiel mir wieder ein. Bürste dein Haar, Mädchen. Streich das Kleid glatt. Lächele!

»Werd erwachsen«, sagte ich laut. Ich war bereit, mich begutachten zu lassen.

Als ich abwartend in der Tür zum Esszimmer stand und mir ein Lächeln abrang, drehten sich mir vierundzwanzig Paar Thekkeden-Augen zu. Derart geballt waren sie eine außergewöhnlich attraktive Familie: große dunkle Augen, zartbraune Haut, die Gesichter mit den hohen Wangenknochen eine schöne Mischung aus Ost und West, gut gekleidet, kultiviert. Sie musterten mich nun mit offener, aber nicht unfreundlicher Neugier.

Sie saßen alle um einen viereinhalb Meter langen Palisandertisch. Von diesem Tisch hatte Anto mir erzählt (im Bett, in Oxfordshire). Er meinte, er sei aus dem Holz vom Deck eines geborgenen prachtvollen Schiffs gefertigt, das der Familie gehört habe, als der Ururgroßvater einer der wichtigsten Gewürzhändler der Küste Malabars gewesen war und Koriander und grünen und roten Pfeffer nach Afrika, in den Norden Indiens und nach China verschifft hatte. Er war mit Kupferschalen und Wasserkrügen gedeckt. An jedem Platz lag ein grünes Bananenblatt.

Anto sprang auf. »Kit«, rief er. »Entschuldige, ich bin … Alle mal herhören, das ist Kit. Meine Ehefrau.«

Die Familie begrüßte mich höflich und mit strahlendem Lächeln. Als sich alles wieder beruhigt hatte, hob seine Mutter, die angespannt an der Küchentür gewartet hatte, ihre Hand, und zwei Bedienstete kamen mit Platten herein, die bis zum Rand mit Hühnchen und mit Ingwer gewürzten Garnelen, hübsch angerichtetem Gewürzreis und Linsen, Fisch und cremigem Kokosnusscurry gefüllt waren und jedes für sich ein verlockendes Aroma verströmten.

»Das sind alles Antos Lieblingsgerichte«, sagte sie.

Anto saß am Kopf des Tisches. Vor meinem Platz standen als Einzigem ein Porzellanteller mit Goldrand, ein Kristallglas sowie Messer, Gabel und Löffel.

»Du musst das Tischgebet sprechen, Anto«, forderte Amma ihn mit vor Rührung schwankender Stimme auf. »Heute bist du das Familienoberhaupt.«

Als die alte Frau laut einwarf: »Wo ist Mathu?«, legte Amma tadelnd ihren Finger auf den Mund. »Fang an, Anto«, betonte sie.

Er warf mir einen kurzen Seitenblick zu. »Nun ...« Er schloss die Augen und murmelte: »Für diese und alle seine Gaben möge der Herr uns wahrhaft dankbar sein lassen. Amen.«

»Und wir danken dir, Gott, dass du uns Anto zurückgebracht hast«, ergänzte Amma. »Und auch Kit«, fügte sie höflich hinzu. Sie sprach meinen Namen langgezogen aus. »Und jetzt«, dabei sah sie mich an, und ihr Lächeln zuckte nur ein klein wenig, »ist der Zeitpunkt gekommen, dich richtig mit deiner neuen Familie bekannt zu machen. Natürlich nicht mit der ganzen: Anto hat hundertzehn Cousinen und Cousins.« Das sagte sie mit sichtlichem Stolz. »Wir mussten einige bitten, heute zu Hause zu bleiben, was ein wenig peinlich war. Denn die Familie meines Ehemanns und meine eigene sind zusammen aufgewachsen.«

»Thresiamma ist arg eingeschnappt«, verkündete fröhlich die Großmutter, und alle lachten. »Amma ist in Ungnade gefallen.«

»Wir konnten nicht alle kommen lassen«, blaffte Amma und warf ihrer Mutter einen finsteren Blick zu.

»Es war nicht möglich«, tröstete Anto. »Wir können sie ein andermal besuchen, nicht wahr, Kit?«

Er bediente mich, indem er mir ein wenig auf den Teller legte. »Das musst du kosten, Kit, es heißt Meen Molee. Das beste Fischcurry, das du jemals essen wirst.« Er sog verzückt den Duft ein. »Es besteht nur aus Sahne und Kokosnuss, und das ist gebratenes Schweinefleisch ... und Gemüse, und nimm auch was von den Essiggurken und Reis und Buttermilch – die verschiedenen Namen bringe ich dir später bei. Das ist köstlich, Amma. Alle meine Lieblingsgerichte«, lobte er seine Mutter, die von ihren Gefühlen so überwältigt war, dass sie kein Wort über die Lippen brachte.

»Sie hat tagelang gekocht«, brüllte Ponnamma. »Es gibt doch nichts Besseres, als seine Kinder zu füttern.«

Ich musste auch lernen, für ihn zu kochen, überlegte ich. Wir hatten uns mal darüber lustig gemacht, dass ich kaum ein Ei kochen konnte, aber jetzt fand ich das gar nicht mehr komisch.

Nachdem die Essiggurken, der Reis und die Appams, die hauchdünnen Kokosnusspfannkuchen, die Runde gemacht hatten, fingen zu meiner Überraschung alle diese elegant gekleideten Menschen an, mit ihren Händen zu essen.

»Das musst du mir auch beibringen«, sagte ich leise zu Anto. Ich meinte damit später, aber er nahm mir die Gabel aus der Hand und legte ein dickes grünes Bananenblatt vor mich.

»So.« Er drückte meine rechte Hand so zusammen, dass sie ein Säckchen bildete. »Deine rechte Hand ist deine Esshand, also leg deinen Ellbogen auf den Tisch. Das gibt dir Halt. Jetzt drückst du den Reis mit den Fingern zusammen und schiebst ihn dir mithilfe deines Daumens in den Mund.

»Jetzt zerstöre ich achtundzwanzig Jahre Erziehung durch ihre Mutter«, scherzte er mit Mariamma.

»Dann ist sie also achtundzwanzig! Ganz schön alt!«, brüllte Ponnamma. »Ich war mit vierzehn verheiratet«, vertraute sie mir an und ergänzte dann: »Deine linke Hand ist zum Abwischen des Popos, also benutz sie nicht.«

Ich sah, dass Amma vor Wut rot wurde, und fragte mich, ob Ponnamma oder das Spektakel, das ihr Sohn veranstaltete, um seiner Frau beizubringen, wie man aß, die Ursache dafür war.

»Du formst deinen Reis so zu einem ordentlichen kleinen Häufchen.« Anto umschloss meine Hand mit seiner. »Auf diese Weise schmeckt er besser. Gib ein wenig von den Linsen dazu, ein Stück Hühnchen, und schon ist es fertig!« Er lächelte mich an. »Jetzt versuch es selbst mal.«

Ich schob meine Hand in die leuchtenden Soßen und den klebrigen Reis und wurde sofort daran erinnert, wie ich mit drei Jahren meine mit Essen verschmierten Hände meiner pingeligen Mutter hinhielt und im Brustton tiefsten Abscheus »Schmutzig« sagte.

»Ist das so richtig?« Der ganze Tisch sah fasziniert zu, wie ich mir einen Klecks Soße auf die Bluse tropfte und eine halbe Handvoll Reis auf meinem neuen Rock landete. Während dieses demütigenden Spektakels stand Anto plötzlich auf, um sich die Hände am Waschbecken in der Ecke des Raums zu waschen. Auf seinem Weg zurück an seinen Platz sah er mich an und sagte etwas auf Malayalam, woraufhin sich die ganze Familie vor Lachen schüttelte.

»Was hast du gesagt?«, fragte ich ihn.

»Nichts«, sagte er. »Wir lachen nicht über dich, glaub mir.«

Ich glaubte ihm – er war zu freundlich, als sich in einer Situation wie dieser über mich lustig zu machen. Außerdem freute es mich, ihn lachen und sich die Augen wischen zu sehen, bis die scharfen Kanten in seinem Gesicht sich glätteten.

»Du wirst bald den Dreh raushaben.« Mariamma, meine neue Schwägerin, hatte mit ihrem plumpen, süß duftenden Körper neben mir Platz genommen. Sie schnippte ein paar Reiskörner von meinem Schoß und sagte in fehlerlosem Englisch, dass sie sich sehr freue, jemanden aus England kennenzulernen, und eine große Bewunderin englischer Literatur sei. »Mein spezieller Lieblingsautor ist George Eliot, und Mr. George Orwell spricht uns seit der Unabhängigkeit ganz besonders an.«

Als sie dies sagte, hoben sich einige Köpfe und schauten in

meine Richtung. Bis jetzt hatte noch keiner das Wort Unabhängigkeit in den Mund genommen oder von den Briten oder den Massakern oben im Norden gesprochen, und obwohl ich mich darauf vorbereitet hatte, dass im Gespräch womöglich eine solche Klippe auftauchte, war ich dankbar für ihr Taktgefühl gewesen. Aber als Amma aus der Küche zurückkam, wagte ich den Sprung.

»Anto hat es sehr leidgetan, die Unabhängigkeit zu verpassen«, sagte ich. »Es muss ein sehr ergreifender und gewaltiger Moment gewesen sein.«

»Das war es«, sagte Amma mit einem bezwingenden Blick. »Lass uns später darüber reden. Hatte er denn Heimweh in England?«, erkundigte sie sich, und dabei verriet ihr Blick ihre Anspannung und ihren Schmerz.

»Er war tapfer«, sagte ich nach einer irritierenden Pause. »Er muss euch sehr vermisst haben, hat aber nie Selbstmitleid gezeigt – hat sich einfach in seine Arbeit vertieft.«

»Er hatte keine andere Wahl.« Amma sah mich an. »Oder?«

Sie verharrte eine Weile schweigend und schob dann nach: »Er hat vielen das Herz gebrochen, während er weg war.«

Diese Worte machten mir Angst. Hätte ich sie besser gekannt, hätte ich gefragt: »Meinen Sie hier oder in England?« Aber ich war mir nur allzu bewusst, dass dies die gefährlichen Leerstellen zwischen uns waren, weshalb ich dann auch den Mund hielt und sie in die Küche zurückkehrte.

Den Kaffee tranken wir auf der Veranda, wo wir zu etwa zwanzig Leuten um einen mit Perlmutt eingelegten Tisch saßen. Anto reichte mir ein paar Scheiben Ananas und nahm dann mehrere Blätter von einem Teller. »Das hier sind Betelblätter«, erklärte er mir, »gut für die Verdauung und zur Mundreinigung.« Er öffnete eine kleine Messingdose, die daneben stand. »Nimm ein bisschen Kalk und reib diesen auf die Blätter, bestreu dann die Ananas mit gehackten Betelblättern, und schieb dir das in den Mund und kau es – leckerer als ein Marsriegel«, versicherte er mir.

Ich kaute pflichtschuldig trotz des fürchterlichen Geschmacks. Danke, Anto, sagte ich mir: Jetzt bekomme ich zu allem Überdruss auch noch hellrote Zähne.

Als alle ihren Kaffee hatten, sagte die Großmama: »Also, ich möchte jetzt hören, wie ihr beiden Turteltäubchen euch kennengelernt habt.«

»Du bist aber neugierig.« Mariamma gab ihr einen tadelnden Klaps auf die Schulter, aber am ganzen Tisch kehrte Stille ein, und diejenigen, die schwatzten, wurden zum Schweigen gebracht. Ich sah Anto den Kopf heben wie ein nervöses Pferd, und ich sprang in Gedanken zu unserer ersten Liebesnacht zurück. Die Eile, mit der wir uns die Kleider vom Leib gerissen hatten, fühlte sich in diesem Ambiente äußerst anstößig an, und weil Anto nie wieder darauf zu sprechen kam, war ich manchmal in Sorge, er könnte mein Verhalten als beängstigend überstürzt empfunden haben. Ich verstand es ja selbst nicht. Mein Körper hatte entschieden, und die Moral war dabei in den Hintergrund gedrängt worden.

»Nun …« Anto schlug die Beine übereinander.

»Es wird wohl sehr romantisch gewesen sein, oder?«, gab die alte Frau ihm das Stichwort und sah ihn dabei schief an. »Eine Liebesheirat vielleicht. Nun sagen Sie schon, junge Dame, wie haben Sie diesen *themmadi* kennengelernt?« Alle am Tisch hielten jetzt die Luft an, aber keiner unterbrach sie.

»Das geht doch nicht, Oma.« Mariamma schlug ihr sanft auf die Hand, aber auch ihre Augen glänzten vor Neugier. »*Themmadi* bedeutet Schlingel«, kam sie mir zu Hilfe.

»Nun, warum sollte er sie sonst von so weit herbringen?«, protestierte die alte Dame ungestüm.

»Eigentlich war es überhaupt nicht romantisch«, sagte Anto. »Es war beängstigend.«

»Beängstigend?« Amma zog fragend die Augenbrauen hoch.

»Ja, beängstigend. Ich habe dir das bisher verschwiegen, aber wir waren in der Nacht gemeinsam im St.-Thomas-Krankenhaus, als dieses bombardiert wurde. Es wurde sogar mehrmals bombardiert, beim ersten Mal starben vierzehn Menschen.«

»Ach du lieber Gott.« Amma bekreuzigte sich und hielt sich die Hand vors Gesicht.

»Dieses Mal war es nicht ganz so schlimm«, fuhr Anto fort. »Das Dach stürzte ein, es wurde geschrien und hin und her gerannt, und da traf ich Kit. Wir waren beide voller Ruß, also konnte sie nicht ahnen, dass ich Inder war.«

Über diesen kleinen Scherz lachte keiner.

»Und warum warst du dort?«, fragte Amma mich. »Warst du krank?«

Ich holte tief Luft. Das meiste davon war wahr, wenn auch in einer seltsamen Version vorgebracht: Tatsache war, dass er, wie er mir erzählte, in jener Nacht ins St.-Thomas-Krankenhaus zum Dienst beordert wurde, aber ich hatte absolut keine Erinnerung daran, ihm dort begegnet zu sein, und wir hatten auch nie über diesen Zufall gesprochen, nicht einmal mit Daisy. Offenbar hatte mein Gehirn diese schreckliche Zeit ausgelöscht, und ich wollte darüber auch nicht sprechen, vor allem nicht im Hinblick darauf, was als Nächstes geschah. Aber als ich Anto jetzt ansah, zuckte er mit den Schultern und nickte, wie um zu sagen: »Erzähl du weiter.«

»Ich war Krankenschwester. Ich bin Krankenschwester.«

»Eine Krankenschwester.« Der alten Frau lief ein wenig roter Betelsaft aus dem Mund. Völlig unverhohlen grimassierte sie vor den anderen.

Daisy hatte mich im Voraus gewarnt, das Beste wäre es, ich würde medizinische Forschung als mein Betätigungsfeld angeben, bis ich die Familie besser kannte. Krankenschwestern, hatte sie mir erklärt, wurden in Indien als eine niedrige weibliche Daseinsform erachtet. Als ich dagegen vorbrachte, dass Antos Familie gebildete Katholiken aus dem fortschrittlicheren Süden seien, hatte sie schlicht geantwortet: »Vertrau mir, meine Liebe, keine Frau ihrer Familie wird jemals Krankenschwester gewesen sein.«

Aber nun war der Zeitpunkt gekommen, und ich wollte nicht lügen.

»Eine englische Krankenschwester«, warf Anto in das ungläubige Schweigen, das darauf folgte. »Kit hat eine dreijährige Ausbildung am St.-Thomas-Krankenhaus gemacht. Sie hat während des Krieges als Krankenschwester gearbeitet. Sie kann das mit einer Kriegsmedaille beweisen.« Die Hebammenausbildung ließ er unerwähnt, wie mir auffiel.

»Oh«, sagte Amma zweifelnd.

»Dann ist sie wohl eher so etwas wie eine Ärztin oder Missionarin?«, warf Mariamma hilfsbereit ein.

»Nicht wirklich«, erwiderte ich. »In England sind Ärzte Ärzte, aber wir kümmern uns um ihre Patienten.« Als ich sah, dass Anto mich mit seinem »Hör-jetzt-auf-Stirnrunzeln« ansah, gab ich es ihm zurück. Schließlich hatte er mich auf diese Landmine geführt, und ich fand das Ausmaß der Überraschung etwas lächerlich.

»In der Nacht, als wir uns begegneten, stand die Themse in Flammen«, übernahm nun Anto stur das Gespräch. »Das ganze Krankenhaus war in den Keller evakuiert worden.«

An diesen Teil konnte ich mich natürlich erinnern: die Flammen, die Sirenen, der metallische Geruch des Bluts auf den Stationen. Das schreiende Mädchen, das mich anbrüllte, ihr totes Baby in einem Luftschutzhelm.

»Warst du denn schlimm verletzt?«, erkundigte sich Mariamma, die Friedensstifterin. Sie legte eine warme Hand auf meinen Arm.

»Nur eine Beule am Kopf.« Mehr konnte ich nicht sagen, wie ich fand. Als ich mich an Anto wandte, sah er mich mit einem derart leeren Blick an, als hätten wir uns gerade erst kennengelernt.

»Dann … dann überlegst du also, hier zu arbeiten?« Ammas Gesicht ordnete sich zu einer Miene höflichen Fragens. »Als Krankenschwester, meine ich?«

Also hatte Anto ihnen nichts erzählt. Na toll. Der Schock des Verrats traf mich hart, aber dann keimte in mir der Verdacht, dass ich hier immer und immer wieder Lügen über mich würde erzählen müssen, und das machte mich plötzlich so wütend auf Anto, der sich in seine Tasse vertiefte.

Ich stand kurz davor, ihnen vom Moonstone zu erzählen, aber da fing ich Antos abwehrenden Blick und sein Kopfschütteln auf.

»Es ist gut, dass du eine Ausbildung hast«, sagte Mariamma in das noch unbehaglichere Schweigen, das darauf folgte. »Meine Studienjahre waren die schönsten meines Lebens.«

»Erstklassige Auszeichnungen in Englisch und Geschichte«, erläuterte Onkel Yacob. »Und sie spielte Klavier auf sehr hohem Niveau.«

»Der Schlaukopf unserer Familie«, warf Ponnamma ein.

»Vor den Kindern«, erinnerte Mariamma sie und biss in eine Praline. Und ich dachte mir, als ich diese plumpe, selbstzufrieden lächelnde Frau ansah: Ist das meine Zukunft?

Kapitel 14

»Du warst es doch, der das St. Thomas ins Spiel gebracht hat«, sprach Kit seinen nackten Rücken an. »Warum hätte ich diesbezüglich lügen sollen?«

Der große alte Ventilator surrte arthritisch über seinem Kopf. Sein Geräusch würde ihn stundenlang wach halten, und er sehnte sich nach Schlaf.

»Vergiss es.« Er streckte einen Arm nach hinten aus, drehte sich aber nicht um. »Es ist unser Leben, deine Arbeit. Ich verstehe das.« Lügner, dachte er. Er hätte schreien können vor Enttäuschung.

Sie hatte ja recht. Es war sein Fehler, die Bombardierung von St. Thomas anzusprechen in dem Glauben, die Vorstellung, er hätte dabei den Tod finden können, ließe sich gegen die Sünde aufwiegen, ein englisches Mädchen mit nach Hause zu bringen. Ein billiger Trick. Und er hätte sie warnen müssen, welchen Status Krankenschwestern in Indien hatten, und es nicht Daisy überlassen dürfen, die dies geschönt dargestellt hatte.

Aber nachdem die Katze nun aus dem Sack war, hätte sie ihn wenigstens unterstützen können, indem sie es weniger entschlossen vorbrachte. So handhabte man das hier nun mal nicht.

Er hatte auch die vage Hoffnung gehegt – die er nicht mal sich selbst eingestehen wollte, geschweige denn ihr –, dass sie in Indien ihre Meinung ändern würde, was ihre Aufgabe im Moonstone anging, oder die Arbeit als zu belastend empfände oder selbst ein Baby bekäme, was dafür sorgte, dass sie andere Prioritäten setzte.

Sie wälzte sich neben ihm ein wenig hin und her, drehte sich um und schlug auf ihr Kissen ein. Als er dann aber hörte, dass ihr Atem regelmäßig ging, deckte er sie sanft mit einem Laken zu, steckte das Moskitonetz um sie herum fest und setzte sich ans Fenster im Versuch, seine Gedanken zu ordnen.

Er war zu Hause. Dieser von ihm so gefürchtete und gleichzeitig so herbeigesehnte Tag hatte einen Ansturm der Gefühle mit sich gebracht: die Freude, Mariamma wiederzusehen, die Erleichterung, Amma zu umarmen, das Entzücken, die Kinder zu sehen, die er noch nicht kannte, das Essen zu essen, das ihm schmeckte, die feuchte, von Blütenduft getränkte Luft zu atmen – es war, als würde er nach langen einsamen Jahren in der Fremde in ein warmes Bad gleiten. Die Abwesenheit seines Vaters war die einzige Enttäuschung dieses Tages. Mariamma hatte gemeint, auch er habe es nicht erwarten können, Anto wiederzusehen, aber »du weißt ja« – dazu ein humorvolles Augenrollen –, »der Mann kann nicht von seiner Arbeit lassen. Sie ist seine Droge. Ich weiß nicht, wie Amma damit zurechtkommt.«

Oh Kit. Er blickte auf ihre schlafende Gestalt. Wie werden wir zurechtkommen? Das Risiko erschien ihm plötzlich gewaltig, als hätte er ein großes störrisches Tier mit nach Hause gebracht in der Erwartung, es fände sich hier zurecht. Hatte er sie in eine Falle gelockt?

Er dachte an den Tag, als er die Landkarte Südindiens mit seinem Finger auf ihren Bauch gezeichnet hatte. Wie er von Liebe erfüllt ein Kinderbild erschaffen hatte mit seinem Versprechen explodierender Sonnenuntergänge, exotischer Früchte und lächelnder Gesichter – alles ein starker Kontrast zu dem vom Krieg gezeichneten, erschöpften Britannien. Er hatte sie damals so sehr gebraucht: ihre Wärme, ihren Beistand, den Spaß, den er mit ihr hatte. Jetzt versuchte er sich zu erinnern, ob sie ein annähernd vernünftiges Gespräch darüber geführt hatten, wie hart das alles sein konnte.

Vor dem Fenster war es inzwischen dunkel, eine dichte, duftende Dunkelheit, gelegentlich vom Ruf einer jagenden Eule durchbohrt und vom Zirpen der Zikaden. Kit schlief, ihr Haar klebte in feuchten Strähnen an ihrer Wange. Sie ist tapfer, sagte er sich. Sie jetzt nicht zu lieben war unmöglich. In England hatte sie sich um ihn gekümmert, dasselbe würde er hier für sie tun. Er kroch zurück ins Bett und legte seinen Arm um sie.

Als er gerade eindösen wollte, drehte sie sich herum und berührte seine Schulter. »Sie sind entsetzt, nicht wahr, Anto?«

»Umm …« Er gab vor zu schlafen.

»Und weißt du, wir sind uns in jener Nacht im Krankenhaus gar nicht wirklich begegnet.«

»Nun, wir hätten uns aber begegnen können – es herrschte Chaos.«

»Ich war viel zu blasiert.«

»In welcher Hinsicht?«

»In jeder.« In ihrer Stimme schwang Verzweiflung mit. »Wie war noch mal der Name des anderen Mädchens – von dem sie dachten, du würdest es mal heiraten?«

»Vidya«, sagte er nach angespanntem Schweigen.

»Was ist aus ihr geworden?«

»Keine Ahnung. Ich war noch ein Junge, als ich wegging, und dann traf ich diese verrückte Frau in Oxfordshire.« Er strich mit seiner Hand über ihren Bauch. »Diese wunderbare verrückte Frau, die mir mein Herz geraubt hat.«

»Macht es ihnen was aus? Ich meine, sind sie schrecklich unglücklich deswegen?« Ein klagender Ton lag in ihrer Stimme. »Amma und die anderen?«

Er küsste ihre Schulter. »Ich liebe dich«, flüsterte er, »und das werden sie auch tun, wenn sie dich besser kennenlernen.«

Sie ließ seine Liebkosungen schweigend geschehen.

»Warst du traurig, dass dein Vater nicht da war?«

»Wir werden ihn bald sehen, und du wirst ihn mögen. Wir blicken alle zu ihm auf.«

»Amma erzählte mir von ihm – er scheint ein Musterbeispiel an Perfektion zu sein.«

»Er ist …« Mehrere Möglichkeiten gingen ihm durch den Kopf. »Er wird dich famos finden«, sagte er mit seiner Humphrey-Bogart-Stimme. »Jetzt versuch zu schlafen. Ich kann nicht mehr reden.« Er strich ihr feuchtes Nachthemd über ihren Schenkeln glatt.

»Ich versuche es ja, ich versuche es – und wag es ja nicht, Anto, es ist viel zu heiß.«

Kapitel 15

Ich sehnte mich danach zu arbeiten, aber ein unerschöpflicher Nachschub an Verwandten traf auf von Pferden gezogenen Phaetons und in Rikschas ein, um Anto zu Hause willkommen zu heißen und mich diskret zu inspizieren. Nachdem ich tagelang Leute angelächelt hatte, die ich nicht kannte, war mein Mund erstarrt, meine Reserven an Small Talk waren weitgehend aufgezehrt, und ich konnte nachempfinden, dass ein eingesperrtes Tier sich gleichermaßen beengt und überreizt fühlen musste.

»Anto«, sagte ich gegen Ende der zweiten Woche, »ich muss bald zu arbeiten anfangen.« Ich unterließ es hinzufügen: »Sonst drehe ich durch«, aber die Bedeutung war dennoch klar.

Im nachfolgenden Schweigen hörte ich das Geraschel der Familienfledermäuse, die den Dachboden über uns bewohnten, und Antos durchdringenden Seufzer.

»Hör zu, Kit.« Seine Stimme war ernst. »Ich werde morgen nach Fort Cochin fahren, um Dr. Kunju, einen alten Freund meines Vaters, zu treffen. Er ist ein einflussreicher Kopf im neuen Gesundheitswesen. Seit der Unabhängigkeit gibt es jede Menge neuer Stellen, also ist der Zeitpunkt perfekt. Hast du was dagegen?«

»Ob ich was dagegen habe?« Ich hörte, wie meine Stimme anschwoll. »Wieso sollte ich? Darauf hatten wir doch gehofft. Es ist spannend.«

»Je nachdem, was an offenen Stellen zur Verfügung steht«, ergänzte er, »könnte es sein, dass ich eine Weile reisen muss.«

»Das ist in Ordnung, ich …«

Er hob eine Hand, um mich am Weiterreden zu hindern. »Ich bin noch nicht fertig.« Er sorgte dafür, dass ich ihn ansah. »Pass auf … Während ich weg bin, möchte ich, dass du in Mangalath bleibst, wenigstens für ein paar weitere Wochen, und meiner Mutter Gelegenheit gibst, dich kennenzulernen.«

»Was?« Ich setzte mich kerzengerade im Bett auf. »Nein, Anto, das kann ich nicht. Wir sind bereits zwei Wochen hier. Ich habe Daisy versprochen, sobald wie möglich anzufangen.« Weil mir der Gedanke, Babys zu entbinden, jetzt so viel Angst machte, hatte ich Daisy vor meiner Abreise gesagt, sie könne mich nur für Verwaltungsaufgaben oder Recherchen im Heim einplanen. Dabei hatte ich befürchtet, dass sie mich über meine Gründe ausforschen würde, aber das tat sie nicht. Sie hatte mich nur angesehen und ruhig gemeint: »Lass dir Zeit, dann siehst du schon, wie du dich fühlst«, und wir hatten beide das Thema schnell wieder fallen gelassen.

»Ich habe mir das überlegt.« Anto klang besorgt. »Ich finde, ich sollte mir das Heim erst einmal ansehen.«

Ich sah ihn entgeistert an. »Warum?«

»Muss ich dir das erklären?«

»Oh, Verzeihung, ich vergaß. Ich weiße Krankenschwester, du indischer Mann, wohl was in der Art.« Hiermit verstieß ich gegen meine eigenen Regeln: Sei nett. Bleib gelassen. Lass dir Zeit.

»Das geht jetzt unter die Gürtellinie, Kit.« Er lächelte zaghaft, hoffte offenbar, dass ich scherzte. Er streichelte meine Schulter. »Wir sind Teil der Familie. Versuch es doch mal von ihrem Standpunkt aus zu sehen.«

»Ich habe einen Job, Anto, für den ich bezahlt werde. Es ist unmöglich, dem nicht nachzugehen.«

Als meine Stimme lauter wurde, legte er mir die Hand über den Mund, und schielte zur Wand, hinter der Dutzende schlafender Thekkedens lagen.

Ich zog seine Hand weg. »Sag mir die Wahrheit. Haben deine Eltern etwas dagegen, dass ich arbeite? Ich meine, werde ich diesbezüglich mehr oder weniger ständig lügen müssen?«

Ich sah, dass er tief Luft holte.

»Nein, nein, nein«, erwiderte er, aber wenig überzeugend. »Sie kennen über die Kirche ein paar Frauen aus der Mission, die hier den Armen helfen, und respektieren sie. Aber die Sache ist die, wir müssen es langsam angehen.« Er hielt meine Hand und streichelte sie. »Wenn ich ihnen erzähle, dass du zu einer britischen Organisation gehörst, die unsere Hebammen ausbildet, wird es schwierig. Die Briten gehören im Moment nicht gerade zu den beliebten Menschen auf der Welt … das weißt du, Kit.«

»Anto … bitte hör auf.« Jetzt streichelte er mir den Kopf, als wäre ich ein fieberndes Kind, und es fühlte sich an wie der schlimmste Verrat. Ich stand auf und zog meinen Morgenmantel an.

»Das ist nicht das, was wir uns vorgenommen haben.« Ich war entschlossen, nicht zu weinen. »Wir haben beide Daisy versprochen, dass ich sobald wie möglich das Heim aufsuche. Ich kann das nicht wochenlang hinauszögern.«

»Ich bitte dich ja nur, noch ein paar Wochen hierzubleiben. Mehr nicht.«

»Bitte, Anto … bring mich doch wenigstens für einen Tag zu diesem Heim.« Ich hörte einen Ton in meiner Stimme, den ich nicht mochte: den kläglichen Ton einer Ehefrau. Und es kostete mich viel Mühe, nicht hinzuzufügen: »… bevor ich den Schleier nehme.« »Lass wenigstens zu, dass ich mich bei Neeta vorstelle. Ich habe Daisy versprochen, die Kisten mit ihr zusammen auszupacken und auf der Inventarliste abzuhaken.«

»Und was soll ich Amma erzählen?«, erwiderte er schroff.

Das ist mir doch egal!, schrie mein rebellisches Herz.

»Keine Ahnung. Dass wir eine Besichtigungstour machen, bevor du zu arbeiten anfängst, uns ein paar Tage freinehmen. Wäre das denn so unangemessen?«

Er hielt den Kopf in den Händen. »Wenn wir eine Besichtigungstour unternehmen, wird sie wollen, dass wir unsere Familie in Travancore besuchen. Dessen bin ich mir sicher.« Er hatte mich in London ganz nebenbei scherzhaft gewarnt: Ferien bedeuteten Familienzusammenkünfte. Blieb man für weniger als eine Woche, nahmen sie daran Anstoß.

»Dann erzähl ihr doch ganz offen, dass ich in einem Heim arbeiten werde, das Hebammen ausbildet. Dass ich dafür bezahlt werde und von mir erwartet wird, mich dort blicken zu lassen.«

Er sah mich ungläubig an, als hätte ich keine Ahnung von den Komplikationen, die mit einer so simplen Erklärung verbunden waren. Dann kratzte er sich am Kopf und bedachte mich mit jenem kalten Blick, den ich bei jeder anderen Person als Hass interpretiert hätte, bevor er den Raum verließ und die Tür mit Nachdruck zuzog.

Ich verfiel in einen fieberhaften Schlaf, und als ich eine Stunde später wach wurde, befand ich mich weniger als einen Schritt weit von einem grässlichen Monster entfernt. Eine Fledermaus hatte sich im Moskitonetz verfangen, das über unserem Bett hing, und starrte wie ein boshafter alter Mann auf mich herab. Sie stieß einen schrillen Angstschrei aus – violettes Zahnfleisch, kleine gelbe Zähne –, und ich schrie zurück in ihr geöffnetes Maul. Dann löste ich schaudernd vor Ekel ihre Klauen von der zarten Gaze und schleuderte sie aufs Fensterbrett, von wo sie mich mit großen Augen voller Furcht ansah.

Kapitel 16

Amma hörte das Mädchen in seinem Zimmer schreien, beobachtete dann, wie er die Treppe hinaufstürmte, um nachzusehen, lauschte dem Schluchzen, das darauf folgte. Als er ihr etwas beschämt erklärte, es sei nur eine Fledermaus gewesen, rechnete sie damit, dass er mit ihr darüber lachte. Aber er sah sie streng an und sagte: »Amma, Kit braucht mal einen Tag Auszeit. Das hier ist für sie alles sehr fremd. Das musst du verstehen.«

Als hätte sie kein Herz. Dann braucht Kit also einen Tag Auszeit, wiederholte sie für sich sarkastisch, als sie den Familienwagen in einer Staubwolke verschwinden sah. Brauchen wir das nicht alle? Vielleicht sollte Kit sich in Cochin selbst ein Bild davon machen, wie teuer das Benzin seit der Unabhängigkeit war. Und von den zusätzlichen Kosten für den Fahrer. Sich darüber klar werden, was es für ein Privileg war, über ein Auto zu verfügen, in ganz Travancore gab es nur noch zehn oder elf, die privat genutzt wurden. Und dann der Gedanke an Vidya, die mehr als einen Tag brauchen würde, um sich davon zu erholen, dass alle Pläne über den Haufen geworfen waren.

Sie wusste, wie ungerecht sie war, konnte aber nicht anders. Bis jetzt hatte sich die Rückkehr des Goldjungen als niederschmetternde Enttäuschung erwiesen. Das Mädchen war nicht mehr als eine Handvoll; sämtliche Verwandten, sogar die Bediensteten redeten bereits hinter ihrem Rücken, und Anto selbst schien ständig auf dem Sprung zu sein, rannte bei jeder Gelegenheit die Treppe hinauf, um sich zu vergewissern, dass mit ihr alles in Ordnung war.

Auf dem Tisch, an dem Amma saß, lagen die Reste ihres Frühstücks verstreut. Und als sie die Krümel in ihre Hand fegte, breitete sich in ihr wie ein Sonnenstrahl ein Gefühl der Erleichterung bei dem Gedanken aus, dass sie das Haus wieder für sich allein hatte, und da hätte sie am liebsten geweint oder geschrien: Erleichtert, nicht mit Anto zusammen zu sein – hatte sie sich so etwas jemals vorstellen können, als er in England lebte, wo er ihr näher zu sein schien?

Und jetzt galt es die nächste große Hürde zu meistern – Mathus Rückkehr. Der heimkehrende Ehemann, überlegte sie, als sie die Krümel über das Verandageländer in den Garten warf. Heute Morgen hatte er ihr telegrafiert, um ihr mitzuteilen, dass sein Fall zu einem befriedigenden Abschluss gekommen sei und er am Donnerstag nach Hause kommen werde, um das glückliche Paar zu treffen. Seelenruhig, als sei nichts geschehen. Er wäre nicht erfreut darüber, dass der Wagen auf diese Weise zum Einsatz kam.

Während sie eine Tasse Chai trank, ohne ihn zu schmecken, führte sie im Geiste ein knappes Gespräch mit Mathu. Das ist alles dein Fehler – der Gedanke traf sie so hinterhältig und ungebeten wie ein gemeiner Schlag. Du hast das Beste in meinem Leben kaputt gemacht. Nach der Geburt von Mariamma hatte sie Probleme gehabt, wieder schwanger zu werden, und nach fünf Jahren des Wartens hatte man ihr erklärt, es sei zweifelhaft, ob sie noch mal ein Kind bekommen könne. Aber an dem Tag, als sie sich sicher war, dass ein neues Baby in ihr wuchs, war sie in den Gebetsraum gegangen und hatte sich vorsichtig auf die Knie fallen lassen und die Jungfrau Maria angefleht: »Lass es einen Jungen werden. Lass es einen Jungen werden!« Danach war sie mit einem Boot hinaus aufs Wasser gefahren. Sie hatte die Sonne auf ihren Schultern gespürt, die das Wasser abschöpfenden Eisvögel beobachtet, die Reiher, die grünen Felder, die Bananenpalmen und mit absoluter Sicherheit gewusst, dass dies der glücklichste Tag ihres Lebens war.

Ihr kleiner Goldschatz: dieses neugierige, einen zur Weißglut bringende Kind mit seinen mandelförmigen grünen Augen, die keiner unkommentiert ließ, sein kluges, wissbegieriges Gesicht, sein angestrengtes Zuhören, selbst als er noch ganz klein war, als wolle er die Bedeutung hinter den gesagten Worten erforschen. Mit zwei oder drei Jahren war er mit ihr über das Anwesen gestapft, wenn sie die Frauen beim Reisdreschen überwachte, und dann führte sie ihn eines Tages über den gewundenen Pfad zu den Altwassern. Nachdem sie ihm die Vögel und die Bäume gezeigt hatte, kniff er sein liebes, ernsthaftes Gesicht vor Konzentration zusammen und wiederholte die Namen: zuerst auf Englisch (Flammenbaum, Banane, Kokosnuss) und dann auf Malayalam. Oder sie sangen Lieder, saßen auf der Schaukel und schlossen die Augen, um mit dem Sonnenlicht und den süßen Düften zu verschmelzen.

Vor Anto war noch kein Kind aus ihrer Familie weggeschickt worden. Niemals, nie. Es war undenkbar, als würde man das kostbarste Geschenk des Lebens wegwerfen. Und es wäre auch nie so weit gekommen, hätte Mathu nicht Hugo Bateman kennengelernt, diesen englischen Barrister-Helden: so schmeichelhaft geistreich, so belesen. Bateman hatte zweimal pro Woche mit Mathu Schach im Klub gespielt und ihm Flausen in den Kopf gesetzt, dass ein Thekkeden auf sein altes Oxforder College gehen könne. Mit seinem lockeren Charme hatte er Mathu den Kopf verdreht (»Mein lieber Kumpel! Der einzige Mensch, nach dem ich mich sehne«). Beim Lunch in ihrem Haus hatte er sich nicht die Mühe gemacht, seine gönnerhafte Überraschung angesichts der Größe der Farm, ihrer Orchideen und des glitzernden Wasserlaufs dahinter zu verbergen. (»Mein Gott, das ist ja das Paradies auf Erden.«) Er hatte Mathu für einen Posten bei den fieberhaften Vorbereitungen von Indiens erstem Staatshaushalt vorgeschlagen (»der klügste Anwalt von Travancore«). Aber einen Monat nach der Unabhängigkeit hatte Bateman sein Haus geräumt – ein Mischmasch aus Tudor und Pagode, genannt The Larches – und war mit Pru, seiner herzlichen, Tennis spielenden Frau, in ein Cottage in Dorset zurückgekehrt. Er hatte den armen alten Mathu mit der Erkenntnis zurückgelassen, dass er die ganze Zeit aufs falsche Pferd gesetzt hatte.

Und da hatte der beschämte Mathu dann vorgeschlagen, dass sie den Namen des Hauses, in dem die Familie seit einhundertzwanzig Jahren lebte, von The Anchorage in Mangalath umbenannten, was Fröhlichkeit und gute Aussichten bedeutete. Er schlug dafür auch Parappurath vor, ein Malayalamwort mit der Bedeutung, dass etwas solide auf Fels gebaut sei – ein weiterer Scherz, jetzt, da sie sich in einem schwindelerregenden Strudel der Ereignisse befanden: neue Regierung, neue Flagge, neue Führer, neue Freunde und der größte

Wermutstropfen, ein neuer Sohn (den seine neue Frau um den Verstand gebracht hatte).

Sie rieb sich wütend die Stirn, als wäre diese eine Tafel, von der sich die undenkbaren Gedanken abwischen ließen. Diese Abneigung gegen ihren Gatten war ihr neu und verhasst.

Erst im vergangenen Monat hatten sie wieder einen hässlichen Streit gehabt, als sie Mathu gebeten hatte, nicht weg zu sein, wenn Anto nach Hause käme. Daraufhin hatte Mathu sie mit einem geduldigen Lächeln gefragt, ob sie eine Ahnung hätte, wie viel Geld es koste, dieses Anwesen zu unterhalten.

»Dann fahr doch nach Madras«, hatte sie ihm entgegengeschleudert, aber das Gegenteil gemeint. Anto würde es das Herz brechen, ihn nicht zu sehen. »Und wenn deine Mätresse dort ist, dann hoffe ich, dass du sie ebenfalls siehst.«

Damit bezog sie sich auf Jaya, die einmal seine Kanzleisekretärin gewesen war, eine gebildete Frau, die wohl kaum als Liebesobjekt infrage kam und wegen ihres langen Gesichts, der kurzen Beine, ihres Einzelgängertums und ihrer rücksichtslosen Art von ihr insgeheim Mungo genannt wurde. Ihren Liebesbrief an Mathu hatte Amma vor zwölf Jahren gefunden, als sie zum Waschen seine Taschen geleert hatte. Mathu hatte ihr gebeichtet, ihr Orchideen gekauft und ihr einen langen, liebevollen Brief voller Zuneigung und Reue geschickt zu haben, und da sie wusste, dass er im Grunde seines Herzens ein guter Mann war, hatte sie versucht, ihm zu vergeben, aber die Erinnerung war ein Dorn, der sich nach oben bohrte, insbesondere dann, wenn sie eine schwere Zeit durchmachten.

Als sie die Treppe zu Antos und Kits Zimmer hinaufstieg, wurde sie wieder zur Detektivin, mit dem gleichen alten Gefühl von Angst und Selbstekel. An der Tür des Hochzeitszimmers blieb sie stehen und sah hinein. Es war noch früh, und die Bediensteten hatten noch nicht sauber gemacht. Das Bett war zerwühlt, das pfirsichfarbene Seidennachthemd des Mädchens über einen Stuhl geworfen.

Im Badezimmer stöhnte sie leise, als sie mit ihrem Finger über seinen Rasierpinsel strich, ihn sich an die Wange hielt und sich qualvoll daran erinnerte, dass er ohne sie erwachsen geworden war. Jetzt berührten ihre Finger die Zahnbürste des Mädchens, noch feucht, ihre Pond's Coldcream, ihren Lippenstift.

Warum konntest du nicht warten?, fragte sie ihn. Ist das unsere Strafe nach all den Jahren?

Drei Kleider, eins blau, eins aus einem dünnen geblümten Stoff, hingen im Schrank, trostlose Gewänder, wie sie fand, aber nach dem Krieg in England war ein solches Urteil nicht fair. Das Mädchen hatte keine Mitgift, danach hatte sie Anto bereits gefragt.

Vidyas Familie war wohlhabend, und da sie keine Söhne hatte, würden sie und ihre Schwestern acht Hektar wunderbare Reisfelder und Weideflächen in der Nähe von Ernakulam erben. Vidya, die am christlichen Frauenkolleg in Madras studierte, war erfreulich traditionell: kein albern kurz geschnittenes Haar wie bei einigen der Mädchen hier im Ort, die sich damit modern vorkamen, sondern in einem dicken Zopf, der ihr bis auf die Hüften reichte. Ihre Saris kaufte sie in einem neuen Laden auf der Hauptstraße von Ernakulam, und sie trug den erlesenen Schmuck, den ihre Mutter seit ihrer Geburt für die Mädchen angesammelt hatte. Grob gesagt: Sie war eine gute Partie.

Ammas Hand hatte sich in Richtung Antos Tweedjacke bewegt, als ihr Blick auf eine blaue Mappe fiel, die ganz unten im Schrank hinter einer Reihe von Schuhen lag.

Englische Aufzeichnungen für indische Hebammen, stand auf dem Etikett und darunter gekritzelt: Neeta Chacko – Mother Moonstone Home, Fort Cochin.

Eine Seite flatterte zu Boden, sie hob sie auf, drehte sie hierhin und dorthin, und als sie erkannte, worum es sich dabei handelte, dröhnte ihr der Herzschlag in den Ohren, und sie schloss eilig die Tür.

Es war das widerlichste Ding, das sie je gesehen hatte: eine Nahskizze von den gespreizten Beinen einer Frau, ihre Yoni für alle zur Schau gestellt mit einem gewölbten Auswuchs in Form einer geteilten Birne. Darunter stand:

> *Fig. 76 – Ödem der Vulva. Kann vor der Geburt auftreten und dann ein Hinweis auf Schwangerschaftstoxikose, Brightsche Krankheit oder Gonorrhö sein. Es kann aber auch während der Wehen in jenen Fällen auftreten, wenn der Kopf des Kindes im Becken festsitzt, weil der Kopf zu groß oder das Becken verengt ist.*

Ihre Hände zitterten, als sie weitere Seiten mit weiteren nackten Frauen umblätterte, von denen eine mit gespreizten Beinen auf einer Bank saß und etwas demonstrierte, das sich die Walcher-Position nannte. Frauen, die ihre bloßen Hinterteile in die Luft streckten. Frauen, denen man ihre Babys mit Farbstift in den Leib gezeichnet hatte; Frauen ohne Kopf, die wie Insekten auf dem Rücken lagen, die Beine nach oben gestreckt, eine davon in einem schrecklich anzusehenden

Zustand mit der Bezeichnung variköse Venen der Vulva, die, wie die Beschreibung lautete, während der Geburt des Kindes reißen und zu tödlichen Blutungen führen konnten.

Ich bin nicht prüde, erklärte sie ihrer neuen Schwiegertochter wütend, als sie die Unterlagen zurück in den Schrank legte. Welche Frau wäre das auch, nachdem sie zwei Kinder bekommen hatte? Sie hatte den körperlichen Akt der Liebe mit ihrem Ehemann immer genossen; tat dies noch immer, trotz all ihrer Unstimmigkeiten im Laufe der Jahre. Aber diese abscheulichen Dinge hatten keinen Platz in einem Brautgemach, wo Träume und Hoffnungen, Freude, Reinheit zelebriert werden sollten. War Anto gezwungen worden, sich diese schrecklichen Bilder anzusehen?

Sie legte die Mappe dorthin zurück, wo sie sie gefunden hatte, auf den hölzernen Schrankboden hinter Antos Londoner Schnürschuhen. Und was jetzt? Anfangs hieß es, das Mädchen sei in der Medizinforschung tätig, dann erfuhr sie, dass sie Krankenschwester war, etwas, was für eine Thekkeden niemals infrage käme, und jetzt flog sie wie eine schwarze Fledermaus der noch unerträglichere Gedanke an, dass sie womöglich eine Hebamme war.

Sie schloss den Schrank mit zitternden Händen und befand, dass sie Mathu und auch sonst niemandem aus der Familie vom Inhalt dieser blauen Mappe auf keinen Fall erzählen durfte. Trotz all der angeblich liberalen Ansichten war Mathu ein altmodischer Mann: Es würde ihn abstoßen, und er würde seinen Abscheu heftig zum Ausdruck bringen, und dann würde Anto, der in dieses Geschöpf offenbar völlig vernarrt war, sie für immer verlassen – und ihr noch mehr Herzweh bereiten. Einen kurzen Moment überlegte sie, Anto damit zu konfrontieren, oder auch das Mädchen, aber die Fledermäuse kreisten weiter: Wenn sie das tat, müsste sie zugeben, geschnüffelt zu haben, oder die Entdeckung einem der Bediensteten in die Schuhe schieben, der dann entlassen würde. Ergo: Sie war in ihrer eigenen Falle gefangen.

Kapitel 17

Anto saß frisch rasiert und nach Limetten duftend neben mir, beschienen von einem Sonnenstrahl, und sah auf alberne Weise gut aus in seinem schicken Leinenanzug für das Vorstellungsgespräch.

Wir waren wieder Kollegen, jedenfalls fühlte es sich so an, Kollegen und Freunde, und vor uns lagen vielfältig verquickte Abenteuer. Mit gedämpfter Stimme, sodass der Fahrer uns nicht hörte, entschuldigte Anto sich für sein Verhalten in den letzten Tagen, das er als anmaßend beschrieb, und meinte, auch er müsse sich hier erst wieder zurechtfinden. Ich erwiderte darauf, dass es mir leidtäte, so eine Zimperliese und Heulsuse gewesen zu sein, und dass es nicht nur die Fledermaus im Moskitonetz war, die mir so zugesetzt habe, sondern der Umstand, dass alles so fremd für mich sei.

Wir lachten wieder wie ein junges Liebespaar, und als er dann noch ein Fledermausgesicht schnitt, alberten wir herum und lachten. Wir hielten uns auf dem Rücksitz immer wieder an den Händen.

»Der Ort ist ein Paradies.« Ich verfolgte eine Schar Papageien, die über die hellgrünen Felder dem fließenden Wasser entgegen und dann hinauf in den blauen Himmel flogen.

»Ich kann es kaum erwarten, dir alles zu zeigen«, sagte er. Dabei brachte er seine Wange nah an meine und verriet mir mit leiser Stimme, dass Amma sich nichts habe anmerken lassen, als er ihr von meinem geplanten Besuch des Heims erzählt hatte.

»Besuch? Geht sie etwa davon aus? Weiß sie denn, dass es ein Job ist?«

»Bei Amma ist es das Beste, sie tröpfchenweise vorzubereiten«, lautete seine wenig befriedigende Antwort. »Sie wird es erfahren, wenn die Zeit reif dafür ist. Sieh nur, sieh!« Er zeigte auf den verschwommen grünen Horizont. »Da hinten sind die Teeplantagen. Als ich acht Jahre alt war, nahm mein Vater mich dorthin mit, um mir ganz allein eine besondere Freude zu machen. Wir wohnten in einem Gästehaus in den Cardamom Hills. Da unten«, er zeigte Richtung Süden, »liegt Trivandrum, da kommt der Monsun an. Etwas Derartiges wirst du sonst kaum im Leben zu sehen bekommen: zuerst eine gewaltige Wolke, dann das Gebrüll. Wie ein wildes Tier jagt es über den Horizont. Und du fühlst dich ganz klein, und englischer Regen ist dagegen ein Tröpfeln aus dem Wasserhahn.«

Oh Gott, er war so süß, wenn er ganz Feuer und Flamme war: voll jungenhaften Eifers und mit dem Bedürfnis, mir etwas zu zeigen. Seine Begeisterung war ansteckend. Während wir durch die Landschaft mit ihren Meeresarmen und Höhlen und Buchten und Altwassern fuhren, lachten wir über die Abenteuer, die uns erwarteten.

Am Stadtrand gingen Vogelgesang und Plätschern in die verrückte Kakofonie der Straßen über. Eine alte Frau mit einem zum Skelett abgemagerten Baby kam an einer Ampelkreuzung auf uns zu und streckte eine faltige Hand durch das Fenster. Fliegen und getrockneter Rotz bedeckten das Gesicht des Babys. Anto spürte meinen Schauder, als der Wagen weiterfuhr.

»Das sind die Menschen, denen du im Moonstone begegnen wirst«, sagte er leise. »Wenn du zu dem Schluss kommst, dass du das nicht erträgst, ist das keine Blamage.«

Ich gab mir Mühe, Zuversicht zu verbreiten. »Ehrlich gesagt bin ich … Ich freue mich darauf. Ich meine … nun ja … ein wenig nervös bin ich deswegen schon, aber …« Mir war klar, dass ich meinen Fall nicht gut vertrat, und wandte mich an ihn. »Du bist sicherlich auch nervös.«

Er tat es mit einem Schnauben ab, ging aber nicht darauf ein.

»Für dich wäre es keine Schande aufzugeben. Für mich schon.« Er drückte meine Hand. »Und das sage ich nur, weil ich dich liebe.«

Es gab so viele verblüffende und widersprüchliche Antworten auf diese merkwürdige Liebeserklärung, dass ich schwieg. Schließlich war es nicht nur Daisy, die wollte, dass ich diese Aufgabe übernahm, es war verwickelter und tiefgründiger. Dass mich in jener Nacht im St.-Thomas-Krankenhaus der Mut verlassen und ich mich so ungeschickt angestellt hatte, verfolgte mich wie ein Albtraum. Wenn es mir schon an der motorischen Fertigkeit und der Fähigkeit mangelte, rasche Entscheidungen zu treffen, um als Hebamme zu arbeiten, wollte ich wenigstens meine Ausbildung anderweitig sinnvoll einsetzen.

Ich wusste auch, dass, sosehr ich den Frieden und die zeitlose Schönheit von Mangalath zu schätzen wusste – die ohne Eile eingenommenen Mahlzeiten, die leisen, weichen

Schritte, die explodierenden Sonnenuntergänge –, mein Motor (vorwärts, schnell, jetzt!) doch auf ein anderes Tempo geeicht war, und mir war jetzt schon klar, dass ich niemals eine indische Ehefrau sein konnte, wenn dies eine ewig lächelnde, gehorsame Präsenz bedeutete, wie ich sie bei Mariamma oder Amma sah.

»Ich kann mein Versprechen Daisy gegenüber nicht brechen«, war die leichteste Erklärung. Aber dann musste ich den Mund halten, oder mir würde übel werden, denn Chandy, unser Fahrer, bahnte sich rumpelnd seinen Weg durch das Gewühl auf den Straßen mit seinen Fußgängern, alten Lastwagen, Gharrys, Eseln und direkt neben uns einer von Hand gezogenen Rikscha mit einer Frau, die drei kleine Kinder in den Armen hielt. Der Saum ihres Saris drohte sich in den Reifen zu verfangen, Funken flogen, Babys zappelten, und ich konnte es gar nicht ertragen hinzusehen.

»Das kann nicht sein!«, lauteten meine ersten Worte, als wir zehn Minuten später im Moonstone eintrafen. Wir hatten an der Kante eines bröckeligen Gehwegs geparkt. Das Heim, das früher einmal das Kontor eines Gewürzhändlers beherbergte, wie Daisy mir berichtet hatte, war ein heruntergekommener Slum im Pagodenstil. Dem gefährlich abgesackten Dach fehlten Dachpfannen. Ein Gewirr elektrischer Leitungen, das aus dem Dach herausquoll wie ein Leistenbruch, zog sich über die Straße. Ein dürrer Hund ließ sich erschöpft im nackten Vorgarten nieder.

Anto warf noch mal einen Blick auf das Blatt Papier und stellte Chandy eine Frage auf Malayalam, worauf dieser achselzuckend auf das Haus zeigte.

»Das ist es«, informierte er mich knapp. »Das Moonstone.« Er berührte mich am Arm. »Hör zu, Kit. Ich kann nicht mit reinkommen, sonst verpasse ich meinen Termin, aber versprich mir, dass du dich hier nicht wegbewegst, bis ich dich abhole. Ich weiß noch nicht genau, wann das sein wird – ich komme, so schnell ich kann. Versprich es mir, du musst es mir versprechen.«

»Ist ja gut, Anto«, erwiderte ich. »Ich verstehe. Ich verspreche es. Viel Glück.« Und um ihm zu beweisen, wie gut ich mich fühlte, winkte ich ihm fröhlich zu, als er abfuhr.

In Wahrheit wollte ich ihn gar nicht dabeihaben, als ich aufs Haus zuging. Es fiel mir leichter, allein mit dem Schock fertigzuwerden. Im Garten liefen Ziegen umher und rupften das hoch aufgeschossene Unkraut aus, ein rostiges Fahrrad, ein kaputtes Schild – THE OONSTONE – baumelte von einer staubigen Palme. Um Daisy gerecht zu werden: Sie hatte den Ort als »bescheiden, aber betriebsfähig« beschrieben, ich jedoch hatte mir dummerweise ein rotes Backsteingebäude voller Licht (ein Bild, das ich von einem alten indischen Druck übernommen hatte, der auf dem Klo von Wickam hing) ausgemalt, und keine heruntergekommene Bruchbude.

Ich lief einen Weg entlang, als sich eine schmale Gestalt auf der Veranda erhob und mich herbeiwinkte.

»Ich bin Kit Smallwood«, stellte ich mich vor, als ich bei ihr ankam. Ich hatte mich dafür entschieden, meinen Mädchennamen zu gebrauchen, um der Familie Peinlichkeiten zu ersparen. »Ich bin Daisy Barkers Kollegin aus Oxford.«

»Wir haben Sie schon erwartet«, flüsterte sie scheu. Sie trug einen Arztkittel und hatte einen Besen in der Hand. »Ich bin am Empfang.«

Sie führte mich durch einen Perlenvorhang in ein düsteres Wartezimmer. Sein rissiger Fußboden war mit roter Farbe gestrichen, die Wände bedeckt mit einer Auswahl fleckiger Drucke, auf denen Bilder diverser blutrünstiger Götter und Göttinnen zu sehen waren. Auf einer Staffelei stand ein Pappschild, auf dem mit ungelenker Schrift auf Englisch zu lesen stand:

ALLES GUTE ZUR GEBURT!
GESUNDE MUTTER, GESUNDES BABY IN DER
MATHA-MARIA-MOONSTONE-BABYKLINIK, FORT COCHIN

An niedrigen Bänken entlang der Wand saßen etwa zehn Frauen in verschiedenen Stadien der Schwangerschaft in müder Resignation, umgeben von Kindern, Großmüttern, Müttern. Sämtliche Gespräche verstummten, als ich eintrat und mich dabei groß, verdächtig und sehr weiß fühlte.

»Ich bin gekommen, um Neeta Chacko zu sprechen«, sagte ich zu dem Mädchen. Sie starrte mich kurz an, schüttelte dann heftig den Kopf und zeigte auf eine Tür mit dem Schild: Dr. Annakutty.

»Neeta Chacko ist nicht hier«, sagte sie.

»Sind Sie sich da sicher? Ich denke, sie erwartet mich.«

»Nein.« Sanft, aber bestimmt. »Sie ist keinesfalls hier. Sie hat jetzt eine andere Arbeit.«

Durch die Tür hörte man ganz deutlich zwei Stimmen: die erste wie ein einschüchterndes Maschinengewehr, die andere leise und traurig und unterwürfig, dann wieder das Rat-tat-tat. Das Mädchen ging auf Zehenspitzen zur Tür, öffnete sie einen Spalt, lauschte dem Worthagel und schloss sie rasch wieder wie jemand, der ein gefährliches Tier in eine Kiste packt.

»Dr. Annakutty ist sehr, sehr beschäftigt heute«, erklärte sie mir. »Sagt, Sie müssen warten. Tut mir leid, Madam.« Sie verzog das Gesicht.

So viel also zu Daisys »Sie werden dich mit offenen Armen empfangen, meine Liebe«. Ich wartete über eine Stunde, beidseits von Schwangeren umgeben, die ich heimlich musterte. Wenn ich nach unten blickte, sah ich billige Ledersandalen, ein oder zwei auch von Stricken zusammengehalten; Zehen, die ein Silberring schmückte. Eine Frau packte für ihr Kind ein Picknick aus, das aus etwas Reis und Gemüse, eingewickelt in ein Blatt, bestand.

Aber am meisten stachen mir nach dem Krieg und dem vielen Grau in England ihre farbenprächtigen Kleider ins Auge, ihre prachtvoll gekämmten Haare. Um einen der (oftmals wütenden) Lieblingssätze meiner Mutter anzuwenden: Sie hatten sich Mühe gegeben.

Die Frau zu meiner Linken trug ein flammenfarbenes sarongartiges Gewand mit einer engen kurzen Bluse, die Augen waren sorgfältig mit Kajal umrundet, im Haar steckte eine Blüte. Arm zwar, aber ihr eigenes Kunstwerk. Das Mädchen neben ihr schien nicht älter als dreizehn Jahre zu sein, war aber hochschwanger und hatte riesige violette Ringe unter den Augen. Ihre Blässe legte eine Anämie nahe, aber sie trug ihre Haare so sorgfältig geflochten wie ein Show-Pony, und Mutter (warum dachte ich ständig an sie?) hätte sie für ihre kerzengerade aufrechte Haltung in den höchsten Tönen gelobt.

Es fiel mir schwer, sie nicht mit den schmuddeligen, erschöpften Frauen zu vergleichen, die ich in London sah. Die grauen Schürzen, die abgewetzten Schuhe, die fadenscheinige Unterwäsche.

Aber ich durfte das alles nicht romantisieren, ermahnte ich mich. Anto hatte mich davor gewarnt und Daisy ebenfalls. Es könnte sich auf mich fatal auswirken, wenn ich alles durch die rosarote Brille sähe.

Ich saß da und lauschte (leise Schritte, leise Stimmen, der quengelnde Schrei eines Neugeborenen irgendwo in einem fernen Zimmer) und bekam langsam Panik, als eine schmutzige Uhr an der Wand 10:30, 11:00, 11:30 Uhr anzeigte. Meine Stunden kostbarer Freizeit wurden verschlungen, und ich war noch immer nicht hineingebeten worden.

Als sie meinen ungeduldigen Seufzer hörte, drehte sich die Frau zu meiner Linken um und lächelte mich an, und wenn ein Lächeln einem den Arm tätscheln und den Nacken massieren und etwas Beruhigendes einflößen kann, dann lächelte sie dieses.

Ich war ein schwitzendes Häufchen Elend, als Dr. Annakutty endlich im weißen Arztkittel mit einem Stethoskop um den Hals auftauchte. Sie war eine breitschultrige, maskulin wirkende Frau mit einem kurzen Hals. »Ich kann Sie jetzt empfangen«, sagte sie barsch. Dabei sah sie mich mit gesenktem Kopf finster an – die erste indische Frau, die mich mit dem bösen Blick bedachte. »Folgen Sie mir.«

Ich folgte ihrem ausladenden Hinterteil über einen nach Curry riechenden Flur in ein schwach beleuchtetes Büro plus Lagerraum.

»Hallo«, begrüßte ich sie herzlich, als sie hinter uns die Türe schloss. »Ich bin Kit Smallwood«, sagte ich und dann, wie ein Schwachkopf: »Daisy lässt grüßen.« Ganz Dr. Livingstone.

»Ich kann Ihre Hand erst schütteln, wenn ich meine gewaschen habe«, sagte sie und gab mir das Gefühl, kontaminiert zu sein, obwohl es ihr vermutlich einfach nur um Hygiene ging. Das war nämlich inzwischen mein Problem: Ich versuchte jede Situation aufgrund von Regeln einzuschätzen, die ich nicht verstand.

Ihr Büro war winzig: kein Ventilator, kein Fenster, das nach draußen ging, der Fußboden von drei riesigen Packkisten belegt, die nämlichen, die Daisy und ich in Wickam so sorgfältig gepackt hatten, was eine Ewigkeit her zu sein schien.

Sie knipste eine nackte Glühbirne an, nahm hinter ihrem Schreibtisch Platz und sah mich heftig schnaufend an. Eine hochgewachsene Frau mit einer auffallenden pockennarbigen Nase, stark gerunzelter Stirn und großer Präsenz. Mit ihr wollte man es sich nicht verderben, aber offenbar hatte ich das bereits getan.

Anfangs sprach sie so schnell, dass ich das Gefühl hatte, von Hagelkörnern bombardiert zu werden, und bei mir blieb nur ein seltsamer Satz hängen: geschlossen, zu spät, nicht glücklich.

»Es tut mir leid«, sagte ich, überwältigt von dieser Lawine. »Ich kann nicht … könnten Sie … würden Sie vielleicht langsamer sprechen?« Und dann die ziemlich alberne Frage: »Ist etwas passiert?«

»Mir – tut – es – auch – leid.« Jetzt sperrte sie die Worte, als wäre ich eine völlige Idiotin. »Denn wir haben einen ganzen Katalog von Klagen. Erstens«, dabei hob sie einen kräftigen Finger, »wurde uns, als die Unabhängigkeit kam, von unseren Oxforder Damen das Versprechen gegeben, dass sie sich nicht so rasch zurückziehen würden wie die Briten aus Indien. Dann hörten wir erst mal nichts, monatelang, dann kommt das hier.« Sie deutete auf die Packkisten. »Und ich bekomme aus England die Anweisung, vor Ihrer Ankunft keine einzige Kiste zu öffnen.«

Sie bekam vor Wut Glupschaugen. »Also lässt man uns wie Hunde mit dem Futter oben auf einem Regal allein: Wir können die Vorräte sehen, kommen aber nicht dran. Und die neue Regierung weist uns an, unsere Verbindung zu Ihnen abzubrechen, was also tun? Diese Einrichtung hier schließen, die wir in jahrelanger Mühe aufgebaut haben? Den Frauen sagen, sie sollen auf gut Glück zu ihren Dorfhebammen zurückgehen? Jetzt sind Sie hier, also sagen Sie es mir.«

Daisy hatte mich gewarnt, ich müsse mich »auf ein paar brenzlige Momente« gefasst machen, aber etwas gesagt zu bekommen und es dann selbst zu erfahren, waren grundverschiedene Dinge, und in diesem stickigen Zimmer bekam ich eine erste Ahnung davon, dass diese Frau unsere Unterstützung als ein notwendiges und kompromittierendes Übel ansah und mich selbst als dessen herablassende Vertretung: eine weiße Maharani, die entschlossen war, die finanzielle Kontrolle im neuen Indien zu behalten.

»Warum ist Daisy Barker nicht mit Ihnen mitgekommen?«, erkundigte sie sich plötzlich. »Sie ist diejenige, mit der ich sprechen muss.«

Ich erklärte ihr, dass Daisy zu Hause dringende Geschäfte zu erledigen habe und deshalb unmöglich herkommen könne.

»Wer sind Sie?«

»Ich bin eine examinierte englische Krankenschwester, ausgebildet am St.-Thomas-Hospital in London.«

»Haben Sie Qualifikationen als Hebamme?« Sie schniefte und sah mich an.

»Nicht ganz. Ich habe den ersten Teil der Ausbildung

abgeschlossen und auch fast den zweiten Teil, aber mir fehlen noch ein paar Entbindungen.« Bei einer durchgefallen, ergänzte mein schuldbewusstes Herz. »Aber ich plane hierzubleiben und würde gerne mit Ihnen arbeiten, Dr. … Annakutty.« (Stimmte das überhaupt, nun, da ich sie kennengelernt hatte?)

Als ich über ihren Namen stolperte, blaffte sie: »Nennen Sie mich Dr. A. Ich habe keine Zeit für all das.«

Sie strich sich übers Kinn, wobei ein kratziges Geräusch entstand. Dann klopfte sie mit ihren Fingern auf den Schreibtisch.

»Am dringendsten benötigen wir Geld, um diese Einrichtung weiterführen zu können. Verstehen Sie das?«

»Ja, das verstehe ich.« (Ungehobeltes Miststück. Langsam nervte sie mich.)

»Wenn wir Ihnen einen Job geben, dann dafür, dass Sie Berichte schreiben und sich darum kümmern, dass Gelder fließen.« Dr. A.s Nase bebte. »In der Pflege kann ich Sie erst einsetzen, sobald ich Sie begutachtet habe. Wenn Sie jetzt helfen möchten«, ergänzte sie, »können Sie diese Kisten öffnen – wir haben fast nichts mehr.«

»Natürlich«, sagte ich freundlich. »Ich helfe gern, aber darf ich erst erfahren, ob Neeta Chacko hier ist? Meines Erachtens ging Miss Barker davon aus … sie sagte, sie …«

»Neeta ist gegangen«, fiel sie mir ins Wort, der Blick bohrend und kalt. »Sie hat einen anderen Job – ich weiß nicht, wo.«

Als ich erwiderte, dass meines Wissens niemand Miss Barker darüber informiert habe, reagierte sie darauf mit der zweideutigsten aller indischen Gesten: einem seitlichen Kopfwackeln, das Ja, aber auch Nein bedeuten konnte – womit Anto mich manchmal verwirrte.

»Also wer … Verzeihen Sie … es tut mir leid, aber haben Sie das hier von ihr übernommen?«

»Ich sagte Ihnen doch«, herrschte sie mich an, »ich heiße Dr. Annakutty. Ich bin die offizielle Leiterin dieses Heims, eingesetzt von der neuen Regierung.« Sie betete eine ganze Reihe von Qualifikationen herunter: ein Abschluss in Medizin an der Universität von Madras, Geburtshilfe, Hebammenkurs (Trivandrum Hospital), sechshundertundsechsundfünfzig Geburten – die ganze Palette. »Außerdem bin ich jetzt die leitende Dozentin für die Dorfkurse, die wir mit den *vayattattis* durchführen – den örtlichen Hebammen.«

Weiteres Muskelspiel von ihrer Seite des Schreibtischs – sie erklärte, sie könnte an diesem Punkt ihrer Karriere bereits eine volle Professur in Bombay innehaben, wären da nicht ihre politischen Ideale – dann öffnete sie die Tür und schrie auf Malayalam etwas hinaus auf den Flur.

»Ich rufe, damit man uns ein Messer bringt«, erklärte sie. »Da Sie jetzt hier sind«, sie begleitete das mit einem fragenden Blick, »können wir die Kisten ja öffnen.«

Ich murmelte, dass ich die Regeln des Komitees nicht gemacht habe, und schickte stumm ein »du großes, dickes, herrisches Weib« hinterher. In mir kochte es, und ich fühlte mich nicht wohl dabei.

Ein Junge kam und entfernte die Deckel der Kisten mit einem Messer und einem Hammer. Dr. Annakutty brachte ihren stämmigen Leib in Position. »Ich werde die Sachen auspacken«, bestimmt sie. »Sie notieren alles.« Sie reichte mir einen Bleistift und einen Block.

Wir arbeiteten eine Weile schweigend, nur das Papier raschelte, und draußen auf der Straße rief ein Mann *»Pani, pani, pani«*, während Dr. A. die Petrischalen, Gummiklistiere, Thermometer, Pinzetten, Tupfer, Binden und Nabelschnurklemmen auspackte, die wir in alte Ausgaben von »The Spectator« eingewickelt hatten.

Nach einer Stunde juckte mein ganzer Körper vom Schweiß, aber wir waren fertig: Die Packkisten waren leer, mein Inventar umfasste fünf Seiten, und Dr. A. und ich waren umgeben von Nachthemden, Babykleidung, medizinischem Material sowie drei Exemplaren von Comyns Berkeleys »Pictorial Midwifery«.

Sie hakte jede Seite meiner Inventarliste schwungvoll ab. Unter ihrem Arm zeichnete sich ein großer Schweißfleck ab.

»Reicht das denn für eine Weile?«, erkundigte ich mich.

Sie stieß einen tiefen Seufzer aus. »Nein. Nicht wirklich. Letzte Woche musste ich Frauen wegschicken.«

Ich bekundete murmelnd mein Mitgefühl.

»Oben im Norden gab es ein so großes Morden, dass man das medizinische Material und das Personal dorthin abzweigte, außerdem ist es schwer, Frauen aus guten Familien zu finden, die sich bei uns ausbilden lassen. Zwei mussten wir wieder nach Hause schicken. Ihre Familien verweigerten die Zustimmung. Eine hat versprochen wiederzukommen, von der anderen weiß ich nichts.« Auf Dr. A.s Stirn grub sich ein tiefes V zwischen ihre Brauen. »Ihr Ehemann wird es ihr nicht erlauben.«

»Ist es nicht gefährlich, viel zu wenig Personal zu haben?«

»Natürlich, und noch weiß ich nicht, ob ich Sie einsetzen kann. Ich muss erst Rücksprache bei meinen Vorgesetzten in der Regierung halten«, sagte sie. »Briten können nicht einfach hereinmarschieren und arbeiten.«

Sie packte einen Teil des Materials zurück in die Kisten. »Das nehme ich heute Abend mit nach Hause«, erklärte sie. »Hier in der Gegend gibt es Banditen, und dieses Gebäude ist nicht sicher. Erzählen Sie das Ihren wohltätigen Frauen. Wir brauchen bessere Schlösser an unseren Türen.«

»Hören Sie, ich lebe jetzt hier«, sagte ich. »Ich brauche eine Arbeit.« Ich hatte mir meine Worte gut überlegt.

»Warum?« Ich hörte das Schmatzen ihrer Schenkel, als sie sich hochhievte und wieder an den Schreibtisch setzte. »Sind Sie verheiratet?« Sie sah mich nachdenklich an.

Als ich ihr erzählte, dass ich mit einem Inder verheiratet sei, einem Nasrani, der mit seiner Familie in Mangalath lebte, war dies, als ginge die Sonne auf, ich schwöre es. »Die Thekkedens«, sagte sie, und ihr Gesicht hellte sich sichtlich auf. »Eine wohlbekannte Familie hier, obwohl ich sie nicht persönlich kenne.«

Das leichte Tauwetter zwischen uns ermutigte mich hinzuzufügen: »Er hat zusammen mit Daisy Barker in England an den Übersetzungen gearbeitet. Und beide glauben daran, dass dieses Heim gute Arbeit leisten wird.«

Sie sah mich fest an, wie um zu sagen: »Woher soll Miss Barker das denn wissen?«

»Gute Arbeit ist unser Ziel«, sagte sie nach einer nachdenklichen Pause. »Aber es gibt dabei zwei große Hindernisse zu überwinden. Nummer eins.« Wieder stach ein großer Finger in die Luft. »In den Köpfen einiger Leute ist eine Krankenschwester so etwas wie eine Prostituierte – entschuldigen Sie das Wort –, und einige Ärzte benutzen sie auch so. Das ist keine gute Information für Sie, aber wenn Sie zu uns kommen wollen, kennen Sie besser die Fakten.« Sie rückte ihren gewaltigen Busen zurecht.

»Nummer zwei. Wenn ein Mädchen hier Krankenschwester wird, hat es auf dem Heiratsmarkt einen sehr schlechten Stand ungeachtet all unserer Bemühungen. Selbst diejenigen, die verheiratet sind, haben Schwierigkeiten: Eine unserer besten Hebammen wurde letzte Woche aufs Übelste von ihrem Ehemann geschlagen. Und das, obwohl sie ihn unterstützt«, ergänzte sie finster.

»Aber ich dachte, die christliche Bevölkerung empfindet das anders.« Mir war daran gelegen, ihr zu beweisen, dass ich kein absoluter Neuling war. »Und dass Frauen aus Südindien gut ausgebildet sind und zum Arbeiten ermutigt werden.«

»Bis zu diesem Punkt.« Dr. A. malte eine kleine und wenig ermutigende Markierung auf ihren Schreibtisch. »Und nur bis hierher. Unser größtes Problem ist es, dass die Hindumädchen, wenn wir sie einstellen, nicht gern mit den Körperflüssigkeiten anderer in Berührung kommen, sie glauben, von ihnen beschmutzt zu werden, und aus diesem Grund stellen wir hier lieber Christinnen ein. Einige Väter übergeben uns ihre ältesten Töchter zur Ausbildung, aber glücklich sind die Familien damit nicht immer. – Wir versuchen eine Revolution in Gang zu setzen«, meinte sie müde und rieb sich die Augen, »ohne genügend Soldaten dafür zu haben.«

In diesem Moment war mir danach, ihr ihre Bissigkeit zu verzeihen, ihre Unfähigkeit, etwas anderes als die ungeschönten Fakten zu vermitteln. Wenn man ständig harte Überzeugungsarbeit leisten musste, blieben Charme, Scherze, lindernde Worte auf der Strecke.

»So«, nun lächelte sie zum ersten Mal, »dann sind Sie also eine Thekkeden. Für die Verwirrung von vorhin entschuldige ich mich. Jetzt kann ich Ihnen zeigen, was wir hier machen. Wenn sie am Freitag zurückkommen, nehmen wir von Alleppey aus ein Boot zu den Dörfern, wo wir einige der Hebammen ausbilden, dann können Sie sich aus erster Hand ein Bild machen«, sagte sie, als wäre das längst beschlossene Sache.

O Gott, dachte ich, begeistert und erschrocken zugleich. Ich hatte keine Ahnung, was Anto davon halten würde oder auch Amma, die auf kalte Weise höflich zu mir war. Offenbar dachte ein Teil von mir bereits wie eine indische Frau, nur dass ein anderer Teil sofort eifrig antwortete: »Danke, das hört sich gut an. Um wie viel Uhr soll ich kommen?«

Als wir nach Mangalath heimkehrten, ging die Dämmerung bereits in die Nacht über: Kühe grasten neben den in rosiges Licht getauchten Altwassern, abendliche Feuer wurden am Rande des Dorfes Pookchakkal entzündet. Als wir um die letzte Kurve der Straße bogen, erhob sich das Haus aus den Bäumen und hieß uns mit seinen auf der Veranda glimmenden Öllampen willkommen.

Und da sah ich einen grauhaarigen Mann reglos auf den Stufen stehen. Er hielt den Blick auf uns gerichtet, als wir vorfuhren. Wir stiegen aus dem Wagen.

»Appan«, sagte Anto und blieb wie angewurzelt stehen. Ich sah, wie sein Gesicht zuckte, als sein Vater auf uns zuging.

Je näher er kam, umso deutlicher wurde, dass Mathu Thekkeden auf unheimliche und beunruhigende Weise wie eine ältere, müdere Version von Anto aussah. Das gleiche üppige Haar, wenn auch ergraut, die gleiche lässige, leicht aristokratische Haltung; die gleichen betonten Wangenknochen und schön geformten grünen Augen, obwohl die seinen tief in den faltigen Höhlen lagen.

Er kam direkt auf Anto zu und schloss ihn in die Arme, und als ich sein Schluchzen und die gedämpften Worte auf Malayalam hörte, hielt ich mich zurück, um nicht zu stören. Es folgten ängstlich klingende Worte und ein Klagelaut von Anto, und dann wandte Mathu mir sein tränenfeuchtes Gesicht zu und sagte nach einer Pause mit einer freundlichen, aber nüchternen Stimme: »Verzeih mir, ich vergesse meine guten Manieren. Willkommen in Mangalath, du bist Kit?«

»Es ist schön, hier zu sein«, sagte ich. »Ich habe so viel von Ihnen gehört.«

Eigentlich wusste ich überraschend wenig, nur ein paar nackte Fakten – dass er zu einer Handvoll Richter in Südindien gehörte, ein kluger Mann war, ein Anglophiler mit einer leidigen Vorliebe für das Kartenspiel (er hatte für sein College in Cambridge während seiner vier dort verbrachten Jahre Bridge gespielt; hatte versucht, es Anto beizubringen, der damals zehn war: eine Katastrophe). Während der seltenen Gelegenheiten, in denen Anto über seinen Vater gesprochen hatte, hatte er immer einen leicht ironischen Ton angeschlagen und ihn als »Pater« bezeichnet, als wäre er eine Gamaschen tragende Figur aus einem Wodehouse-Roman – ein Mann, der mit Engländern der feinen Gesellschaft auf Tigerjagd ging und sich seine Krawatten aus der Bond Street kommen ließ.

Es war nicht leicht, diese Bruchstücke mit diesem gequält wirkenden Mann in Verbindung zu bringen, der hier stand und meinen Ehemann umarmte, als wäre er der letzte Mensch auf Erden.

Kapitel 18

Als Anto nach dem Abendessen ins Arbeitszimmer kam, glaubte er aus einem langen Traum zu erwachen. Alles war noch wie immer: der geschwungene Kapitänsstuhl seines Vaters, der prächtige Schreibtisch aus Zedernholz, die grüne Lampe, die ihre Schatten auf die schwankenden Bücherstapel warf, die seine Mutter nicht anfassen durfte, auf Französisch, Italienisch, Malayalam, Englisch, Hindi, allesamt Sprachen, die sein Vater fließend beherrschte – die kompletten Werke von Shakespeare und Dickens, die alten Texte zur Landwirtschaft, seit Jahren im Besitz der Familie.

Und Appan: ein wenig gebeugter, aber noch immer gut aussehend, wie üblich den Whisky in der Kristallkaraffe neben sich. Gleich würde er sich sein eines Glas für diesen Abend in ein besonderes Waterford-Kristallglas einschenken, das er von Mr. Bateman bekommen hatte, eine von drei Zigaretten rauchen, die er sich aus der Dose mit dem Aufdruck Player's No. 3 nahm – Anto hatte sie für ihn immer anzünden dürfen.

»Darf ich dir auch eine anbieten?« Appan schob ihm die Dose hin.

»Nein, danke.« Früher war er schon für weniger verprügelt worden.

Appan zündete sie sich auf die alte, methodische Weise an: Seine langen braunen Finger rückten den Aschenbecher aus Kristall zurecht, ein Klick mit dem silbernen Dunhill-Feuerzeug – ebenfalls ein Geschenk von Bateman –, dann das langsame Inhalieren, bei dem seine Wangenknochen hervortraten.

Auf den Bücherregalen hinter ihm türmten sich die Akten unzähliger Gerichtsfälle, an denen er beteiligt gewesen war. Als kleine Kinder hatten Anto und Mariamma sich hier gern versteckt, und dabei hatte Mariamma ihm in erregtem rauem Flüsterton die schillernden Details über einen Serienmörder aus Bangalore erzählt, der seine Opfer in kleine Stücke hackte und in den Ganges warf. Oder von der frisch verheirateten Braut, die von ihrem eigenen Haar stranguliert wurde. Vom Prozess Königreich versus Colonel Thorn, dem in Hampshire geborenen Oberst, der seine indische Geliebte vergiftet hatte.

Das Schulzimmer, dem sie den Spitznamen Folterkammer gegeben hatten, befand sich früher im anschließenden Zimmer. Er und Mariamma waren von einer Schottin namens Ann McGrath unterrichtet worden, die sie insgeheim Tut Tut genannt und gnadenlos nachgeäfft hatten. Dies war der Ort, wo Mariamma – gertenschlank und damals voller Sarkasmus – mühelos geglänzt hatte.

Während seiner seltenen Besuche zu Hause verschaffte Appan sich damals mit großem Ernst einen Überblick über ihre Fortschritte. Manchmal zog er auch das Grammofon auf und spielte ihnen eine seiner verkratzten Aufnahmen von Shakespeare-Stücken vor. In jenen Tagen war er ein vielköpfiger Gott – zwickte Wangen, ließ Drachen steigen, war aber unberechenbar: Überschritt man eine Linie, so kam er mit einem Gesicht wie ein Donnerwetter und einem Riemen in der Hand über einen.

Anto war vierzehn Jahre alt, als sein Vater ihn in sein Arbeitszimmer kommen ließ und ihn davon in Kenntnis setzte, dass er weggeschickt werden würde, um in England zur Schule zu gehen. Die Erinnerung daran, wie er geweint und ihn angefleht hatte, bleiben zu dürfen, war noch immer lebendig. Später hörte er seine Mutter in ihrem gemeinsamen Schlafzimmer schluchzen und schreien, sah ihre rot geränderten Augen beim Abendessen.

Er war die ganze Nacht wach geblieben, um sich den Sinn hinter dieser Katastrophe zu erschließen. Er liebte das Landgut mit seinen Tieren und dem Baumhaus und den warmen Schuppen und der Krickethütte, in der er und seine Freunde heimlich rauchten, die Lagune davor, in der sich die Sterne spiegelten, den Schrein, den Tempel, das Dorf, in dem alle ihn kannten. Das Muster seines Lebens war hier vorgezeichnet, aber das störte ihn nicht. Selbst die vage Andeutung, er werde vielleicht eines Tages Vidya heiraten, hatte ihn nicht erschreckt. In seinen Gedanken stand sie in fröhlicher Beziehung zu ihrer Mutter Anu, die einem den Kopf tätschelte, die ihm den Kricketschläger geschenkt hatte, den er in Ehren hielt, und ihn mit Süßigkeiten verwöhnte, die in buntes Seidenpapier gewickelt waren. Alles Dinge, die für das unfertige Geschöpf, das er damals gewesen war, wichtig waren.

»Bist du dir sicher, dass du keine haben möchtest?« Es war ungewöhnlich, seinen Vater eine Zigarette mit dem Stummel der vorangehenden anzünden zu sehen. Der zweite Whisky war ebenfalls neu.

»Nein, danke.« Im Schein der Lampe erkannte er, dass

Appan gealtert war: Wo seine Brille auf der Nase saß, hatte sich eine dauerhafte Delle eingegraben, seine leicht zusammengesackte Haltung sprach von Niederlage, vielleicht war er aber nur hundemüde – Amma meinte, er kenne keine Arbeitspausen.

»Ist es nicht komisch, wieder hier zu sein, Anto?«

»Ja.« Keiner lächelte.

»Es gibt so viel nachzuholen.«

»Ja.«

Sein Vater hantierte mit dem Notizbuch auf seinem Schreibtisch.

»Wie lief dein Vorstellungsgespräch bei dem alten Kunju?«, erkundigte er sich nach einer Pause. »Ich habe ihn eigentlich seit Jahren nicht mehr gesehen, aber ich denke, er ist ein ziemlich hohes Tier im Gesundheitswesen.«

»Er ist der leitende Amtsarzt: großer Schreibtisch, achtzig Untergebene, so hat er es mir jedenfalls geschildert. Er hofft, etwas für mich zu finden.«

»Nur Hoffnungen?«, hakte sein Vater scharf nach. »Hast du ihm nicht deine Qualifikationen gezeigt?«

»Natürlich.«

»War er beeindruckt?«

»Ich weiß nicht.« Es kam ihm zu früh vor, alles zu erklären, also griff er schließlich doch nach einer Zigarette und dachte dabei: Was soll's, jetzt bin ich schließlich ein Mann. Sein Vater reichte ihm das Feuerzeug mit zitternden Händen.

»Wir müssen uns im Moment alle ins Zeug legen. Das Landgut wirft seit dem Krieg nicht mehr so viel ab wie früher.«

»Dessen bin ich mir bewusst, Appan. Ich möchte unbedingt

arbeiten.« Anto blies den Rauch aus und fummelte ein Stück Tabak von seiner Zunge. Sein Vater betrachtete ihn sorgenvoll durch den Rauch. »Aber Dr. Kunju hat keinen Job für mich. Noch nicht.«

Professor Dr. Kunju, dachte er insgeheim, war ein aufgeblasener Scheißkerl mit seinem Walross-Schnurrbart und dem Büro, dessen Wände er mit seinen medizinischen Zertifikaten und Schulterklopffotos tapeziert hatte, die ihn beim Tee mit Gandhi zeigten. Er hatte regelrecht gerochen, dass er noch alte Rechnungen begleichen wollte.

»Wie lange ist es her, seit du ihn zuletzt gesehen hast?«

»Oh Gott.« Appan schob die Fingerspitzen unter seine Brille und rieb sich die Augen. »Lass mich mal überlegen. Nun, schon eine Weile. Wir haben Squash im englischen Klub gespielt. Ich nehme nicht an, dass er daran erinnert werden möchte.«

»Nein. Er ist jetzt Inder durch und durch.« Sie tauschten einen beredten Blick. »Und als ich ihm erzählte, wo ich gewesen bin, meinte er, die Präferenz habe jenen zu gelten, die hiergeblieben seien und für die gute Sache gekämpft hätten.«

»Verstehe.« Sein Vater rieb sich die Stirn. »Also nichts?«

»Im Moment nichts«, erwiderte Anto müde. »Hier stehen ein paar Angebote drin.« Er reichte seinem Vater eine Ausgabe von »The Hindu Times«.

Appan fixierte die beiden umrandeten Anzeigen: »›Assistenzarzt für TB-Sanatorium gesucht‹.«

»Sieh dir das darunter an.«

»›Dringend gesucht: vierzig Ärzte für den Dienst in Flüchtlingslagern in East Punjab. Bezahlung 300–400 Rupien pro Kalendermonat plus Unterbringung im Lager‹.«

»Dr. Kunju hat mich mit Fragen zur Unabhängigkeit bombardiert«, sprach Anto weiter. »Es war eine Art Test: Welche Politiker ich persönlich unterstützt hätte. Wie viele Menschen umgekommen seien. Meine Unwissenheit erschreckte ihn, und jetzt komme ich mir vor, als hätte ich geträumt, während all das passiert ist. Ich hatte keine Ahnung von den Ausmaßen des Ganzen.«

»Es war ein Blutbad«, keuchte sein Vater. »Liest du denn keine Zeitungen?« Seine Augen glänzten wie riesige gequetschte Pflaumen im Schein der Lampe.

»Die englischen Zeitungen gingen nicht so sehr ins Detail.«

Appan hielt sich den Kopf, als wäre dieser ein Ballon, der jeden Moment platzen könnte.

»Geh nicht schon wieder weg, nicht jetzt. Er hat sicherlich eine Arbeit hier vor Ort für dich.«

»Er hat nichts, Appan, nicht jetzt. Und weißt du, er kam in unserem Gespräch merkwürdigerweise noch auf etwas anderes zu sprechen. Vidya. Er kennt ihre Familie offenbar gut und erzählte mir, was für ein wunderbares Mädchen sie sei: schön, klug, freundlich.« Als der Medizinprofessor seine Lobrede gehalten hatte, hatte seine Stimme vor Bedauern getrieft.

Appan malte einen Glatzkopf auf seinen Block. Dann schnäuzte er sich kräftig und trank einen Schluck Whisky. »Nun, er ist der Cousin von Vidyas Tante. Hör zu, Anto, ich will dich in dieser Sache nicht belügen. Die Situation ist misslich, du kommst zurück und bist … weißt du … kein Junggeselle mehr.«

»Was hast du denn erwartet, Appan?« Anto bemühte sich, nicht laut zu werden. »Nachdem ich so lange weg war.«

»Das lag nie in unserer Absicht. Deiner Mutter brach es fast das Herz. Aber wir hofften schon …« Appan zitterte, weil seine Gefühle ihn übermannten.

»Ihr hofftet was?«

»Dass du so viel Selbstdisziplin haben würdest, um auf eine Ehefrau zu warten. Wäre das denn so schwer gewesen?«

»Kit ist meine Ehefrau.« Er wusste, dass er mehr sagen sollte, dass er ihre Intelligenz, ihre Freundlichkeit, die sie ihm in England entgegengebracht hatte, ihren Mut zu einem Neuanfang hier in Indien hervorheben sollte – aber die Worte kamen nicht.

Sein Vater hielt die Tränen zurück, hatte die Zähne entblößt wie ein totes Tier und die Augen fest zusammengepresst.

»Deine Mutter war so voller Begeisterung. Sie hatte deine Hochzeit bereits mit Anu und Vidya geplant, alle ihre Freunde eingeweiht, und dann … das war einfach zu viel.«

Anto saß da und versuchte zu atmen.

»Ist das wirklich so schlimm für dich?«

»Das wird es sein, wenn du keine Arbeit findest.« Sein Vater holte tief Luft. »Ich habe einen hohen Kredit aufgenommen, um deinen Auslandsaufenthalt zu finanzieren. Bateman versprach mir, mich bei den Studiengebühren zu unterstützen. Aber weißt du, nachdem er erst einmal zurückgegangen war, hatte er andere Prioritäten, und natürlich gibt es in unserer Familie sehr viele Frauen. Deshalb arbeite ich auch Tag und Nacht.«

»Ich werde Arbeit finden und alles tun, was mir möglich ist.«

»Ich danke dir, mein Sohn.« Anto hatte die Augen seines Vaters nie so leer, so devot gesehen. »Erzähl den anderen nichts davon.«

Vor der Tür klapperte ein Tablett. Amma mit ihrem Nachttrunk: Kamillentee für Appan, Vetiver für Anto, wie in alten Zeiten.

»Gute Nacht, Antokutty, gute Nacht, Mathukutty. Ich gehe jetzt zu Bett. Mein Sohn, vergiss nicht, deine Gebete zu sprechen.« Als ihr Rufen eine Krähe weckte, die draußen auf einem Baum saß und zu krächzen anfing, schlug sein Vater, der abergläubisch war, ein Kreuz.

»Und du auch, Ammakutty. Gute Nacht und Gottes Segen. Lass das Tablett vor der Tür, wir sind beschäftigt.«

Anto nahm seinen Mut zusammen. »Könntest du sie bitte für einen Moment hereinrufen, Vater? Es gibt da etwas, das ich euch beiden sagen muss. Ich habe es vor mir hergeschoben.«

Amma sah müde aus, als sie mit dem Tablett hereinkam, aber auch erfreut.

Und da erzählte er ihnen, dass Kit bald zu arbeiten anfangen würde.

»Wo?« Der Ton seines Vaters war plötzlich scharf.

»In einem Heim für schwangere Frauen in Fort Cochin.«

»Wie soll sie dorthin kommen?« Appans Gesicht war vor Überraschung erstarrt.

»Wir werden den Wagen nehmen müssen, bis wir eine eigene Wohnung in Fort Cochin gefunden haben.«

Die Stirnfalten seines Vaters gruben sich tiefer ein. Amma starrte auf den Tee in den Tassen, aus denen noch keiner getrunken hatte. »Wer wird für den Wagen zahlen?«, fragte er nach einer ausgedehnten Pause.

»Das übernimmt Kit«, improvisierte Anto. »Sie bekommt sechzehn Pfund im Monat.«

»Arbeitet sie als Krankenschwester?« Ein dunkler Unterton hatte sich in die Stimme des alten Mannes geschlichen.

»Nein … ich will sagen … ich denke, ihre Aufgaben werden hauptsächlich administrativer Natur sein. Das war die Arbeit, die sie auch in Oxfordshire gemacht hat. Sie führen hier eine wichtige Studie über Kindersterblichkeit durch, und auf welche Weise man dagegen vorgehen kann.« Ihm fiel auf, dass er sich um das Wort »Hebamme« oder auch »Hebammenausbildung« gedrückt hatte, und er war darauf nicht stolz. »Es tut mir leid, wisst ihr. Mir ist bewusst, dass ihr das nicht möchtet, aber sie muss es tun.«

»Was meinst du damit, sie muss es tun? Sie ist jetzt deine Ehefrau. Lässt du dir von ihr Vorschriften machen?«

»Dabei geht es nicht um Vorschriften. Auch ich möchte, dass sie es tut.« Das klang selbst in seinen Ohren wenig überzeugend.

Appan seufzte tief. Er warf einen kurzen Blick auf seine Frau, die zitterte und den Kopf schüttelte, aber er fragte sie nicht, was sie dachte.

»Was wird passieren, wenn ich Nein sage?« Sein Vater starrte in den kalt gewordenen Tee.

»Stell diese Frage bitte nicht«, erwiderte Anto verbissen. »Ich bin gerade erst nach Hause gekommen.« Er hörte, wie seine Mutter stöhnte.

»Sorg dafür, dass sie für das Benzin aufkommt«, sagte sein Vater abschließend. Sein Gesicht hatte die grüne Farbe der Lampe angenommen, und als er seine müden Augen hob und Anto ansah, lag darin so viel Enttäuschung und bange Ahnung, dass er genauso gut hätte sagen können: Diese Frau wird dein Leben zerstören.

Kapitel 19

An jenem Abend kam er in unser Zimmer, hob mein Nachthemd an und liebte mich, als wäre es unsere letzte Nacht auf Erden.

»Ich liebe dich, Kit, ich liebe dich.« Das sagte er immer und immer wieder. Mein Kopf war am Kopfteil des Betts eingeklemmt. »Vergiss das nicht.«

»Das werde ich auch nicht.« Sein Ton erschreckte mich. »Ich liebe dich auch.«

»Das ist schwer für dich«, sagte er. »Aber du bist tapfer. Vertraust du mir?«

»Natürlich vertraue ich dir. Jetzt gib mir ein Glas Wasser, und dann lass uns das Moskitonetz ordentlich feststecken.« Ich bemühte mich um einen normalen Ton, weil er sich auf eine Weise fremd anhörte, für die ich keine Erklärung fand. Als er nicht antwortete, löschte ich die Öllampe, versprühte den Insektenschutz und steckte das Netz um uns herum fest.

Dann sagte er mit gedämpfter Stimme, ohne sich mir zuzuwenden: »Ich werde jetzt schlafen.«

Er war rasch eingeschlafen, während ich wach dalag und die Hitze wie einen weichen, durchtränkten Umhang auf mir spürte. Er verwirrte mich immer mehr. Als er mitten in der

Nacht aufwachte, legte ich meine Hand auf seine Schulter. »Irgendwas stimmt doch nicht, Anto. Was ist es?«

Er drehte sich nicht um. »Nichts ist.« Sein Rücken war wie eine Trommel, durch die ich seine Worte spürte. »Ich wollte dir nur sagen, dass Appan gemeint hat, du kannst jederzeit anfangen zu arbeiten. Er findet es gut, wenn Frauen arbeiten.« Es klang, als hätte er es irgendwo abgelesen.

Meine Verwirrung wuchs. »Anto.« Ich zog an seiner Schulter. »War es so einfach? Was hast du gesagt?«

»Nichts. Es ist nur ... ich werde womöglich bald reisen müssen. Ich muss einen Job finden.«

»Natürlich, das hatten wir doch auch vorgehabt, und dann können wir ein eigenes Haus für uns finden.«

»Wir versuchen es.«

Ich hatte das unangenehme Gefühl, dass unser Leben hinter meinem Rücken geplant wurde.

»Anto«, versuchte ich es noch mal. »Irgendwas stimmt nicht. Ich weiß es. Ich kann es fühlen.« Aber er war schon wieder eingeschlafen, so rasch, als hätte ihm jemand Chloroform aufs Gesicht gedrückt. Ich kniete mich neben ihn und musterte ihn im silbernen Mondlicht, das durch die Lamellen fiel: die Kurve seiner Wangenknochen, seine Lippen, seine zarte weiche Haut. War es einfach nur ein Fall von Lust und Begehren, der mich hierhergebracht hatte? Vor ihm hatte ich den einzigartigen Rausch sexueller Anziehung mit ihrer unvorhersehbaren und unkontrollierbaren Energie nicht gekannt. Hätte ein anderer Mann mich gebeten, diese Reise zu unternehmen, wäre ich da vielleicht klarsichtiger, weniger idealistisch, weniger wahnhaft gewesen?

Während der nächsten Tage hatte ich das Gefühl, dass er mir entglitt. Er verließ zeitig das Haus auf der Suche nach jeder Arbeit, die er finden konnte, und dann fand ich eines Tages eine Notiz, er müsse überraschend aufbrechen: Im Norden habe sich ein Vorstellungsgespräch ergeben. Er sei sich nicht sicher, ob er diese Stelle bekommen werde, aber er müsse es versuchen. Es täte ihm leid, mir dies nicht persönlich mitteilen zu können, aber ich würde mich doch an unsere Vereinbarung halten und noch zwei Wochen in Mangalath bleiben?

Mariamma überreichte mir die Nachricht am Frühstückstisch mit der womöglich freundlich gemeinten Ausschmückung: »Und er sagte, wir sollen uns um dich kümmern und viel Spaß haben.«

»Wie weit in den Norden?« Ich versuchte, mir mein Entsetzen nicht anmerken zu lassen. Die Möglichkeit, er könnte oben im Norden arbeiten, hatten wir nie diskutiert. Außerdem sah es ihm so gar nicht ähnlich, ohne ein Wort, einen Kuss, eine Beteuerung wegzugehen.

Sie tätschelte meine Hand und meinte: »Es wird wohl Bombay sein, aber reg dich nicht auf, die Männer in unserer Familie sind immer unterwegs. Heute Morgen werde ich dir zeigen, wie man einen Sari bindet.« Sie hatte Antos unwiderstehliches Lächeln. »Eine Überraschung für Anto, wenn er zurückkommt.«

Wegen der drohend vor mir liegenden, gestaltlosen Tage war ich dankbar für jede Art von Plan.

Nach dem Frühstück saß Mariammas Tochter Theresa, ein sehr ernstes, dickliches Kind mit großen braunen Augen und einem leichten Oberlippenflaum, auf der Veranda und starrte mich wortlos an, bis Mariamma mit einem Arm voller Stolen und Saris herunterkam.

Die Stoffe dufteten köstlich. Mariamma erklärte mir, dass sie und Amma diese je nach Jahreszeit herausholten und mit verschiedenen Kräutern und Blüten wieder neu zusammenfalteten: Jasmin im Frühling, Rosenöl oder Zitronengras im Sommer, Mitti, eine nach Erde und Regen duftende Tonerde, und Lavendel während des Monsuns. Sie breitete sie für mich auf den Korbstühlen vor mir aus und erklärte, dass *chatta* und *mundu,* die schlichte weiße Bluse und der fließende weiße Rock, den sie und Amma täglich trugen, mehr oder weniger die Tracht einer Nasranifrau seien. Die ausgefallener verzierten und gefärbten Saris waren für gewöhnlich für Hochzeiten oder einen Kaffeeklatsch bestimmt, wenn alle Frauen sich trafen, um Spaß zu haben und zu tratschen – möge Gott mir Letzteres ersparen, dachte ich in Panik.

»Wie ich höre, fängst du bald ganz offiziell in einem Wohltätigkeitsprojekt an«, bemerkte sie beiläufig und vermittelte mir damit, an einem Familiengespräch teilgenommen zu haben, dem ich nicht beigewohnt hatte. »Dafür wäre das hier sehr passend und kühl.« Sie hielt eine Nasrani-Kombination hoch: den weißen drapierten Rock mit den Falten auf der Rückseite, die schlichte Baumwollbluse. Freundlich lächelnd faltete sie die Saris, strich sie glatt, breitete sie aus, steckte sie zurück in Seidenpapier, das, wie sie mir erklärte, säurefrei sei und die Stoffe vor Termiten und vor Schweiß schützte.

Ich mochte Mariamma: Sie war lustig, voller Zuneigung und stolz auf die schottischen Sprichwörter, die sie von ihrer Hauslehrerin übernommen hatte. Sollte sie Anto gegenüber einen Beschützerinstinkt haben, verbarg sie diesen gut.

Mit flinker und geübter Hand wickelte sie den Stoff um mich, und mir kam der Gedanke, dass es so sein müsse, wenn man eine Schwester hatte – man begeisterte sich für Kleider, verdrehte hinter dem Rücken der Jungs die Augen, tauschte Geheimnisse aus. Als wir uns zuvor über Anto unterhalten hatten, erzählte sie mir: »Als Junge hat er sich immer davongestohlen. Er war eine recht einsame Seele.«

»Tatsächlich?«, hatte ich geantwortet und dabei unsere viel zu kurze Werbungszeit auf der Wickam Farm vor Augen gehabt, wo wir uns nach mehr gemeinsamer Zeit gesehnt und versucht hatten, uns diese zu nehmen.

»Wir haben Spurensuchen veranstaltet.« Sie wickelte den Stoff fester. »Ich hinterließ eine Spur von Hinweisen in den Bäumen, den Blumentöpfen, auf dem Steg und einmal sogar hinter dem Ohr eines Esels. Anto und seine Freunde folgten ihnen, manchmal sogar kilometerweit im Kanu oder auf dem Fahrrad. Sie hatten unglaublichen Spaß dabei. Sie waren so frei und ungebunden.«

»Ich wette, dir hat es auch Freude gemacht!«

»Ich blieb immer zu Hause bei Amma«, erwiderte sie gleichmütig. »Meine Aufgabe war es, die Hinweise zu platzieren. Das habe ich genossen«, ergänzte sie ein wenig abwehrend. »Von früh an werden wir dazu erzogen, gute Ehefrauen zu sein.«

Ich war versucht, sie zu fragen, wie sich das mit ihren drei Jahren in berauschender Freiheit an der Universität vertrug. Aber sie hob konzentriert und ernst einen weiteren Sari aus dem Seidenpapier und legte mir dessen Ende über die Schulter.

»Hat er sich denn sehr verändert, seit er weg war?«

»Gewaltig«, sagte sie.

»In welcher Hinsicht?«

»Er ist viel ernster. Er macht zwar Scherze, aber er wirkt trauriger.«

Dies zu hören tat mir weh, und sie wechselte nach einem raschen Blick auf mich das Thema und hielt einen Sari aus hauchdünner Seidengaze mit einer Goldborte hoch, die wie Sonnenlicht auf Wasser glitzerte.

»Der war für meine Hochzeit«, sagte sie. »Ich war mit Goldschmuck bedeckt.« Bei dieser Erinnerung glänzten ihre Augen. »Es war so ein wunderbarer Tag: das Festessen, das Feuerwerk, die mit dem Boot anreisenden Hochzeitsgäste ... Der Steg und der Garten waren illuminiert von brennenden Fackeln. Es war so schön, dass man hätte weinen mögen. Ich wünschte, du wärst hier gewesen«, ergänzte sie höflich. »Was hast du denn zu deiner englischen Hochzeit getragen?« Diese Frage hatte ich befürchtet.

»Nichts Ausgefallenes.« Dabei dachte ich an das eisige Standesamt, die Würstchen und den Obstkuchen, Daisys eifriges Bemühen, die Abwesenheit meiner Mutter wettzumachen. »Ein Tweedkostüm, einen Hut.« Der freudige Ausdruck in Mariammas Augen ging in Enttäuschung, sogar Missbilligung über.

»Hat es Anto was ausgemacht?«

»Nein.« Aber das wusste ich nicht mehr. »An Kleidung ist in England noch immer schwer ranzukommen.«

Um die peinliche Pause zu überbrücken, ließ Mariamma mich, umhüllt von einer Wolke Rosenwasser, einen weiteren Sari anprobieren. Normalerweise hasste ich es, angekleidet zu werden – in Erinnerung an meine Mutter, die mir einen Klaps gab, auf ihr Taschentuch spuckte und »Brust raus, Bauch rein« sagte –, aber Mariamma sah mich liebevoll an, wenn sie an mir herumtastete und mich herumdrehte und hier und da eine Falte zurechtzupfte.

»Welche Art von Kleidern hast du als kleines Mädchen in England getragen?« Sie lächelte über meine Schulter hinweg Theresa an, die gebannt zusah. »Unsere schottische Hauslehrerin trug sogar bei dieser Hitze Tweed.«

»Alles, was meine Mutter für mich aussuchte – üblicherweise in Wolle«, antwortete ich. »Ja, selbst meine Badeanzüge. Mutter strickte sie, und sie waren vorn geknöpft. Wenn wir ans Meer fuhren und sie sich mit Wasser vollsogen, sah ich aus wie eine Larve auf Beinen.«

»Eine Larve!« Mariamma fing zu lachen an, und als sie mit ihren Armen um sich schlug und meine Worte für Theresa übersetzte, die kichernd herumtollte, lachten wir alle. Ich war hungrig und roch den Duft der Kräuter und Gewürze aus der Küche. Ich dachte, ich könnte hier glücklich sein.

»Ja«, fuhr ich nun vor allem Theresas wegen fort, »wollene Hüte, sehr kratzig, wollene Röcke, sogar wollene Unterhosen.«

»Auch wollenes Essen?« Nun sprach auch Theresa Englisch. Sie strahlte und zeigte dabei ihre spitzen kleinen Zähne.

»Natürlich auch wollenes Essen: Wollwürste, Wollkartoffeln.«

Ein Wortschwall von Theresa folgte.

»Sie möchte, dass du nächste Woche zum Frauenkränzchen mitkommst«, übersetzte Mariamma. »Sie sagt, du bist …« Sie hielt inne und sog ihre Lippen ein. Amma war gerade auf der Veranda erschienen, so rasch, dass sie uns womöglich schon eine Weile beobachtete.

»Aber natürlich müssen wir erst Amma fragen«, gelang Mariamma ein glatter Übergang. »Wir beginnen mit vielen Gebeten, die du vermutlich langweilig finden wirst, also vielleicht später mal.«

Amma sagte kein Wort, bedachte mich aber, die ich halb bedeckt von einem blassrosa Sari dastand, mit einem langen, abschätzenden Blick … eine andere Art von Larve, die erst noch eine Haut abwerfen oder gar entwickeln musste.

»Kannst du darin laufen?«, erkundigte sie sich schließlich, um ein Lächeln bemüht.

Ich versuchte es. Anfangs war es ein hilfloses Hoppeln, aber als ich mir dann in Erinnerung rief, wie Mariamma es machte, achtete ich auf kleinere Schritte und eine bewusste aufrechte Haltung. Theresa klatschte in ihre kleinen Pummelhände.

»Wie fühlt es sich an?« Ammas Miene war ausdruckslos.

»Ganz anders«, sagte ich, und es stimmte: Ich fühlte mich größer, weiblicher, und nachdem ich den Dreh mit dem Gang raushatte, fast würdevoll. Aber zugleich fühlte ich mich bandagiert, gewickelt, eingeschlossen wie bei einem Dreibeinlauf, doch ich hielt es für besser, das für mich zu behalten.

»Sie sieht hübsch aus.« Theresa schloss ein Auge und kniff ihr lustiges kleines Gesicht zusammen wie eine Pariser Schneiderin. Als ich sie ansah, stellte ich mir die Kinder vor, die ich mit Anto haben würde – nur, lieber Gott, noch nicht jetzt.

»Sehr hübsch«, sagte Amma wenig begeistert.

»Wir haben überlegt, dass sie das hier zur Arbeit tragen könnte.« Dabei hielt Mariamma die schlichte weiße Bekleidung hoch.

»Für die Arbeit, ja.« Amma begleitete ihre Worte mit einem

Lächeln und einem Stirnrunzeln. »Anto sagt, du beginnst schon bald. Freust du dich denn darauf?«

»Ja«, sagte ich bescheiden, aber deutlich, selbstsicher, ohne anstößig zu klingen.

»Gut«, erwiderte Amma trocken. »Dann hast du schließlich deinen Willen durchgesetzt. Du weißt ja, dass ich darüber nicht glücklich bin, oder?«

»Ich hatte es vermutet«, entgegnete ich. »Und es tut mir leid.«

Ihr Ausdruck wurde starr.

Als ich später in mein Zimmer zurückkehrte, hielt sie mich im Flur auf, kniff mich in den Arm und sah mich finster an, ein harter, entschlossener Blick.

»In dieser Familie darfst du niemals über deine Arbeit sprechen«, sagte sie. »Darauf bestehe ich. Verstehst du?« Ich sagte ihr, ich würde es verstehen, tat es aber nicht wirklich, noch nicht.

Kapitel 20

Aus Angst, ich könnte verschlafen, oder Amma würde es mir im letzten Moment verbieten, machte ich vor meinem ersten offiziellen Arbeitstag kaum ein Auge zu. Um vier Uhr morgens stand ich auf, las eine Weile und traf dann eine ganze Stunde zu früh in Alleppey ein, wo es um sieben Uhr dreißig morgens an der hölzernen Anlegestelle nur so wimmelte von Verkäufern, die Fisch oder Kokosnussmilch anboten, dazwischen ein verschlafenes Kind, das Kartoffelchips und Holzschlangen verkaufte.

Dr. A. traf ich vor dem Ticketschalter an, wo sie in einem Korbstuhl saß und sehr erhaben und abweisend wirkte, nicht viel freundlicher als bei unserer ersten Begegnung. Die besorgt wirkende Frau mit der Brille neben ihr stellte sie mir als Maya vor, »unsere vollständig ausgebildete Hebamme«.

Maya schenkte mir ein gepresstes Lächeln, und als sie mich ansah, entdeckte ich unter ihrer beeindruckenden Männerbrille einen verblassenden Bluterguss in Grün und Violett.

Unser Boot war ein Reisboot, dem man seine Jahre ansah und auf dem in verblichenen roten Buchstaben MOONSTONE stand. Es sah hübsch und romantisch aus mit seiner geschwungenen Form und dem Bambusdach, das Lichtmuster auf das Deck warf. Dr. A. erklärte mir in gelangweilter Monotonie, dass sein Deck durch Seile zusammengehalten werde, die man mit dem Harz von Cashews und mit Fischöl getränkt hatte, und dass dieses Boot eine absolute Notwendigkeit war. Es bot die einzige Möglichkeit, in einige Dörfer zu gelangen, doch es verschlang sehr viel Geld, da es komplett renoviert werden musste.

Während es mit Kisten voll medizinischem Material und Schildern aus Pappkarton für den Hebammenunterricht beladen wurde, setzte Dr. A. sich wieder in ihren Stuhl und zog sich in die Zitadelle ihrer Gedanken zurück (entweder das, oder sie war eingeschlafen). Maya hingegen, die das süße scheue Lächeln eines Kindes hatte, wurde immer lebhafter, während sie mich herumführte.

In einer winzigen verwahrlosten Kombüse am Ende des Boots zeigte sie auf einen Herd, wo man seinen Reis oder Chai kochen konnte. Dann deutete sie auf eine arglos vorbeischwimmende Ente und machte eine Geste, als wolle sie dieser den Hals umdrehen. »Für unser Abendessen.«

Als ich sie fragte, wie unser Plan für den Tag aussah, strahlte Maya mich durch ihre Gelehrtenbrille an und zog unter den Töpfen eine Landkarte hervor.

»Unser erster Hafen, den wir ansteuern«, sagte sie, »ist Champakulam, wo wir eine kleine Besprechung mit den örtlichen Hebammen abhalten, um sie für unser Ausbildungsprogramm zu gewinnen. Als Nächstes werden wir eine Wöchnerin besuchen, die ein großes, wirklich großes Baby geboren hat: fast elf Pfund schwer, das arme Ding. Es ist das größte Kind, das jemals im Dorf zur Welt kam.« Schwangerschaftsdiabetes, sagte ich mir, sprach es aber nicht aus. »Dann werden wir eine Mutter bei der Entbindung sehen.«

Ich gewöhnte mich langsam an den laschen Rhythmus, der das Leben in Indien bestimmte – den Chai, das Plaudern, das *hawa khana,* was, wie Anto mir erklärte, auf Hindi Luft kauen bedeutete – doch was hier auf dem Plan stand, schien mir für einen Tag ein gewaltiges Pensum zu sein, und ich hatte Amma versprochen, ja sogar geschworen, dass ich abends auf jeden Fall zu Hause sein würde. Ich versuchte, mir meine zunehmende Panik nicht anmerken zu lassen.

»Wie lange wird es dauern?«

Als sie antwortete: »Oh, zwei Tage bestimmt«, stellten sich mir die Haare auf, und ich musste, bevor das Boot ablegte, an Land springen, den Fahrer rufen (böse Blicke von Dr. A., die ich aufgeweckt hatte) und eine unterwürfige Nachricht an meine Schwiegermutter schreiben, dass ich mich möglicherweise verspätete, sie sich aber keine Sorgen zu machen brauche.

Als die Bootsglocke läutete, wurde ich von Mayas überraschend kräftigen Armen an Bord gezogen. Dr. A. beobachtete mich nachdenklich vom Bug des Boots aus: ein riesiger schwarzer Schatten, gerahmt von der Sonne. Aber schon bald vergaß ich sie und meine Sorgen, die ich mir wegen Anto und Amma und allem anderen machte, denn die Fahrt auf dem Fluss war wunderschön. Ich war hier, ich arbeitete. Diese Worte begleiteten mich den ganzen Vormittag wie ein Lied. Außerdem bahnte sich zwischen Maya und mir eine zarte Freundschaft an. Ihre ganze Haltung strahlte Liebenswürdigkeit und Freundlichkeit aus, und ihr Englisch war wie das vieler anderer Einheimischer ausgezeichnet.

Als das Boot die schmalen Wasserwege entlangtuckerte, ließ meine Anspannung nach. Ich betrat eine wunderbare neue, mir bisher verborgene Welt, eine Welt, die so ganz anders war als die der Thekkedens mit all ihren Regeln und Erwartungen und ihrem Unbehagen meinetwegen. Hinter der ersten Flussbiegung sah ich eine ganze Familie – Eltern, Kindern, Hunde, Büffel – sich im Wasser waschen, dann eine Reihe bunt gekleideter Frauen, die im Gänsemarsch mit Wassertöpfen auf ihren Köpfen durch ein Reisfeld liefen. Wir kamen an bunt angemalten Hütten und winzigen, ordentlich bestellten Gärten vorbei, einer alten Frau, die Gemüse putzte, einem Hindutempel, der so nah war, dass der Weihrauch mir in der Nase kitzelte, und dessen Priester uns vom Ufer aus zuwinkte. Um uns herum spiegelten sich Reisfelder und Palmen im Wasser, die sanften Hügel dahinter sahen aus wie Wolken und die Wolken wie Hügel. Entenfamilien schienen das sanfte Plätschern unseres Boots gar nicht wahrzunehmen. Der Flügel eines Eisvogels blitzte auf, ein Fisch sprang aus dem Wasser. Ich glaubte nicht, dass ich zuvor jemals so verzaubert und glücklich gewesen war.

Ein großes Kanu mit einer Ladung kichernder Schulmädchen fuhr vorbei. Mit ihren von weißen Bändern zusammengebundenen Zöpfen, den langen blauen Röcken und weißen Blusen waren sie elegant genug, um auf die teure Roedean School gehen zu können.

»Ich kenne sie alle.« Maya winkte zurück. »Zwei von ihnen habe ich entbunden. Eine brauchte zwei Tage und hat mich fast umgebracht.«

Auf der anderen Seite des Flusses hielt ein Elendshäufchen von einem Mädchen – nicht älter als sechs oder sieben – beim

Wäschewaschen inne, als sie uns vorbeikommen sah. Als sie uns mit ihrem dürren Ärmchen zuwinkte, trat ihr knochiges Schlüsselbein hervor. Maya berichtete mir, dass die armen Leute aufgrund des Krieges und wegen der schlechten Reisernte im letzten Jahr jetzt noch ärmer denn je waren. Dieses Mädchen war eine Waise, aber ich sollte mir seinetwegen keine Sorgen machen. »In Indien gehören die Kinder zu allen – Großmüttern, Tanten, Freundinnen.«

Warum also war meine Mutter durch dieses Netz gefallen, fragte ich mich, und in einem Waisenhaus gelandet? Inzwischen war der Schmerz, der mich jedes Mal durchbohrte, wenn ich mir die Frage stellte, ob sie mich wohl vermisste, so vertraut wie eine alte Wunde. Auf der Überfahrt hatte ich ihr vom Schiff aus zwei Briefe geschrieben, halb in der Hoffnung, von ihr zu hören, dass sie mich noch immer liebte, dass sie mir verziehen hatte. Danach schickte ich ihr von Mangalath aus einen weiteren Brief und zwei Postkarten, aber das Schweigen auf ihrer Seite war ohrenbetäubend, und langsam glaubte ich wirklich, dass ich für sie gestorben war.

Um mich von meinen düsteren Gedanken loszureißen, erkundigte ich mich bei Maya nach ihrer Ausbildung und fragte sie, ob ich mir dazu Notizen machen dürfe. Sie erzählte mir, dass sie sich, nachdem sie viele Jahre lang Kinder ohne formale Ausbildung entbunden hatte, von Dr. A. dazu habe überreden lassen, eine dreijährige Krankenschwesternausbildung in Madras zu machen, gefolgt von einem Jahr Hebammenausbildung.

»Meine Familie gab ihre Einwilligung dazu, weil mein Ehemann an einem Herzproblem leidet, aber jetzt hasst er das, was ich tue«, wie ihr Veilchen es nur allzu deutlich bewies. »Die meisten Krankenschwestern hier«, fügte sie achselzuckend hinzu, »gehören zum Staub des Lebens: Witwen, Waisen oder verlassene Frauen. Bis vor Kurzem gab es überhaupt noch keine formale Ausbildung für Hebammen. Wir haben für großen Aufruhr gesorgt«, ergänzte sie mit einem breiten Lächeln. »Aber jetzt wird es von der Regierung gefördert.«

Ich bewunderte ihre ruhige, fröhliche Art, aber in mir kochte es. Jede verdammte Religion auf der Welt gab vor, sich um Mütter, Kinder, die Kranken und die Lahmen zu kümmern – doch es war ihnen nicht wirklich ernst damit.

Während wir uns unterhielten, erhob sich Dr. A. wie ein großer Wal am Bug des Schiffs. Sie zeigte auf eine Ansammlung von Lehmhütten am Flussufer, den Turm einer weißen Kirche.

»Champakulam«, sagte sie, rückte ihren Sari zurecht und hob ihre große Arzttasche auf. »Dort treffen wir uns mit zwei einheimischen Hebammen.«

Nur zwei! Daisy hatte mich glauben gemacht, es sei ein ganzes Klassenzimmer voll, aber ich folgte Dr. A. kleinlaut vom Boot über eine Staubstraße (schmutzige Abflüsse, jede Menge stinkender Unrat, eine alte Frau mit milchigen Augen, die Fisch verkaufte) zu einem kleinen weiß getünchten Ordenshaus am Rande des Dorfes, wo wir von einer französischen Nonne begrüßt wurden.

Die Nonne führte uns in einen fensterlosen Raum im hinteren Teil der Kirche. Zwei Frauen warteten auf uns. Die erste, Amba Kannan, war eine kleine, drahtige und missmutige Frau, etwa fünfunddreißig Jahre alt, die Arme behängt mit billigen goldenen Armreifen. Die andere Hebamme bedeckte ihr Gesicht, als sie uns sah, und sagte stammelnd, ihr Name sei Latika.

Amba begrüßte Dr. A. höflich mit Namaste, feuerte dann aber einen Wortschwall ab. Dr. A. hörte schweigend zu, wackelte einfühlsam mit dem Kopf und wandte sich schließlich an mich. »Ihr größtes Problem ist Folgendes: Einige Leute hier im Dorf haben aufgehört, die einheimischen Hebammen für ihre Arbeit zu bezahlen, weil sie gehört haben, dass Sie das jetzt übernehmen. Sie sagt …«, sie wartete die nächsten Vorwürfe ab und ergänzte dann: »Sie sagt, dass man sie wie Verbrecher behandelt.«

»Bitte teilen Sie den Dorfbewohnern mit, dass wir nur die Ausbildung zahlen«, sagte ich.

»Das habe ich ihnen bereits erklärt, aber sie sind wütend und trauen den Briten nicht mehr.« Dr. A. schnaubte. »Jetzt möchte sie etwas Geld als Ausgleich für ihre Verluste.«

»Darf ich fragen, wie viel sie für eine Entbindung berechnet?«, fragte ich.

»Das ist sehr wenig: Zwölf bis sechzehn Rupien sind üblich.« In englischem Geld wären das ein bis zwei Pfund. Ich notierte mir den Betrag in mein neues Notizbuch, als wüsste ich, was ich tat.

»Wie viele Entbindungen nimmt Amba jeden Monat vor?«

Wieder ein Wortschwall.

»Fünf im letzten Monat. Insgesamt dreitausend.«

»Dreitausend. Gütiger Gott!«

»Ja, dreitausend«, kam die entschiedene Antwort. »Vielleicht auch mehr.« Ambas Augen zielten auf mich, ihre Lippen stolz aufgeworfen.

Als Dr. A. sich an die Hebammen wandte, übersetzte Maya.

»Dr. Annakutty ist stolz, euch mitteilen zu können, dass Travancore seit der Unabhängigkeit der beste Ort der Welt sein wird, um ein Baby zu bekommen, und dass wir nur gekommen sind, um euch einfache Dinge zu zeigen.« Dr. A.s Kopf wackelte so heftig, dass er gleich abzuheben drohte.

»Bessere Hygienemethoden.« Maya rieb sich die Hände wie Lady Macbeth. »Zum Beispiel: Nicht von einem Baby zum nächsten gehen, ohne die Hände zu waschen oder die …« Sie beendete den Satz nicht.

Dr. A. schüttelte abwehrend den Kopf und sah mich an. »Sie sprechen über die Nachgeburt«, murmelte sie schließlich. »Ich werde das später erklären.«

»So.« Nach einem weiteren hoheitsvollen Schnauben klatschte Dr. A. laut in die Hände. »Jetzt fangen wir an.«

Die beiden Hebammen saßen im Schneidersitz auf dem Boden, als Dr. A. ein Plastikmodell des Beckens und eine schmutzige Holzpuppe aus ihrer Tasche holte und die verschiedenen Kindslagen zeigte. Es war eine mörderische Hitze, aber es tat gut, meinen Geist wieder funktionieren zu spüren.

Nach einem halbstündigen Vortrag packte Maya wie ein Weihnachtsmann der Geburtshilfe braune Päckchen mit sterilisierten Wöchnerinnenbinden, Babyfläschchen, Gummihandschuhen und Flaschen mit Gleitmittel aus. Während diese Gaben aus der wunderbaren Welt der modernen Medizin auf dem Steinboden ausgebreitet wurden, erinnerte ich mich daran, Daisy darüber zu informieren, dass Dr. A. den Rest der Vorräte mit nach Hause genommen hatte.

Maya demonstrierte nun, wie viel Gleitmittel sie auf einem Gummihandschuh benutzte, als die Tür aufflog und die alte französische Nonne hereinkam. Sie sagte, dass womöglich gleich ein Baby geboren würde.

Dr. A. wandte sich an mich.

»Sie gehen mit Maya. Sie kennt das Mädchen und weiß, was zu tun ist.«

Als wir in sengender Hitze die staubige Straße entlangliefen, brach mir der Angstschweiß aus. Die Erinnerung an das rothaarige Mädchen war ständig präsent und wartete in meinem Kopf hinter einem triefenden schwarzen Vorhang. Ich wusste wirklich nicht, ob ich dem gewachsen wäre.

»Miz Kit«, sagte Maya. »Keine Eile.« Sie steuerte mich an einem alten Mann vorbei, der mit seiner Nähmaschine auf dem Gehweg saß, und erzählte mir, dass das Mädchen, zu dem wir unterwegs waren, sechzehn Jahre alt sei. Prasanna war ihr Name, und sie bekam das zweite Kind. Fünf Wochen vor der Geburt war sie ins Haus ihrer Schwiegermutter gezogen.

»Ihre Verwandten verkaufen Fisch, wie diese Leute.« Sie zeigte auf ein altes Paar, das auf der anderen Straßenseite saß. Zwischen ihnen lagen auf einer Bambusmatte glänzende Fische und Chilibunde ausgebreitet.

»Wenn wir dort ankommen«, dabei griff Maya in ihre Segeltuchtasche und reichte mir ein Stethoskop, »hängen Sie sich das um den Hals, und ich werde Sie als englische Ärztin vorstellen. Sie werden denken, dass Sie ihnen Glück bringen.« Als ich den Kopf schüttelte, steckte sie das Stethoskop zurück in ihre Tasche und tätschelte mich aufmunternd. »Dann für später«, sagte sie. »Sie stehen einfach dabei und schauen zu.«

Wir trafen das Mädchen im Inneren einer Hütte mit Lehmboden an, wo es auf einem Haufen Sand und ein paar schmutzigen Lappen lag. Der Sand, so erklärte Maja mir, sei gut, um das Blut aufzusaugen. Zwei Frauen kochten über einem rauchigen Holzfeuerherd – die eine schnitt Zwiebeln, die andere rührte Reisgrütze in einem Topf. Man hatte nicht das Gefühl von Panik.

Prasanna schlief halb, als wir eintrafen, Schweißtropfen glänzten auf ihrer Stirn. Als sie die Augen öffnete und Maya sah, lächelte sie. Die Wehen, so erklärte sie, seien *vegan* und *adupichu.* »Heftig und in rascher Folge«, übersetzte Maya.

»Sagten Sie nicht, die Dorfhebamme werde die Entbindung vornehmen?«, fragte ich.

»Kann sein.« Maya zuckte die Achseln. »Wir müssen abwarten.«

Die Schwiegermutter kam lautlos in den Raum, sie war barfuß und hielt einen Topf mit wenig appetitlichen Linsen in der Hand. Ihre Haare waren angegraut, sie sah müde aus. Als ich mein Notizbuch herausholte, bemerkte ich, dass meine Hände zitterten.

Als ich sie bat, mir Prasannas Alter zu bestätigten, sah sie mich ausdruckslos an und kratzte sich am Kopf.

»Sie ist sich nicht sicher«, sagte Maya und ergänzte, dass dies gar nichts Ungewöhnliches sei. Ich fuhr fort mit meiner Liste: Wie viele Babys hatte Prasanna geboren? Eins. Dauer der Geburt: zehn Stunden.

Als sich nach einer halben Stunde der Bauch des Mädchens verspannte und dehnte, zog Maya das dünne Laken zurück und zeigte mir einen Platz in der Ecke, wo ich mich hinstellen sollte.

»Das hier nennen wir ›denken mit unseren Fingern‹.« Sie strich damit über die pulsierende Kugel von Prasannas Bauch, klopfte hier und da, lauschte angestrengt und tastete die Seiten forschend ab. »Das Baby liegt gut«, sagte sie. »Kein Grund zur Sorge.« Ein Hahn krähte durchs offene Fenster, ein Fahrrad fuhr scheppernd vorbei.

Wir mussten beide lächeln, als sich ein kleiner Fuß unter der Haut abzeichnete, als wolle das Baby sagen: »Hört, hört!«

Maya zog ihre Gummihandschuhe an, verteilte das Gleitmittel auf ihren Fingern und begann mit der inneren Untersuchung. Die stille Ökonomie ihrer Bewegung und ihre Ruhe erinnerten mich an den alten Jack, der auf die Wickam Farm kam, um Pferde gefügig zu machen, und der es schaffte, einem Pferd das erste Zaumzeug anzulegen, bevor dieses wusste, wie ihm geschah.

»Es kommt gleich«, murmelte sie und tätschelte Prasannas Arm. »Jetzt lernen Sie ein paar neue Worte«, erklärte sie mir. »Schreiben Sie diese auf. *Vellum kondu vaa,* bringt etwas Wasser. *Choodu vellum,* heißes Wasser. *Tulle* bedeutet pressen. *Mukkeh* ebenfalls.«

Sie sagte, ich solle die Hütte für ein paar Minuten verlassen, damit sie mehr Platz für eine Massage hätte. Als ich hinausging, merkte ich, dass ich die Luft angehalten hatte. Natürlich wusste ich, dass ich mit großer Wahrscheinlichkeit wieder bei einer Geburt dabei sein würde, und war darauf auch vorbereitet, aber diese Hütte, wo der Mief zum Schneiden war, dazu noch die Gerüche von Schweiß, Rauch, menschlichen Körpern und altem Essen, brachte mich zum Schwitzen, und mir war auch ein wenig übel.

Als Maya sich wieder zu mir gesellte, aß sie einen Dosa und lächelte. Der Muttermund des Mädchens war gut geweitet. Sie hatte sie vorsichtig mit Kokosnussöl massiert. Prasanna war glücklich.

Als eine Stunde später die Schädeldecke des Babys zu sehen war, schämte ich mich dafür, dass ich kurz vor einer Ohnmacht stand. Als hätte mein Geist die achtundzwanzig Geburten, an denen ich teilgenommen hatte, ausgeblendet und aus mir wieder eine Novizin mit weichen Knien gemacht. Aber als die Hütte zu wanken aufhörte, sah ich aus der Distanz, dass Maya alles im Griff hatte. Ein lauter Schrei, und plötzlich war der ganze Kopf mit dunklen feuchten Haaren zu sehen, und Prasanna presste keuchend und schnaufend und schreiend noch einmal mit aller Kraft und drückte einen neuen Menschen in den Raum. Die Schwiegermutter schrie: »*Ente daivame aan kunju!* Oh mein Gott! Es ist ein Junge!« Und Maya hielt ihn hoch, sodass das vor Glück weinende Mädchen ihn sehen konnte.

Für das Durchtrennen der Nabelschnur und die Entfernung der Nachgeburt wurde ich aus dem Raum gescheucht. Als ich zurückkam, war das Baby gewaschen, und Maya küsste es. Sie untersuchte es sorgfältig von seinen zappelnden Zehen bis zu seinem Haarschopf und sagte dann etwas, was alle Frauen zum Lachen brachte.

»Warum lacht ihr?« Mir war noch immer übel.

»Ich sagte, schöne Haare, gute dicke Beine und ein hübsches Päckchen zwischen seinen Schenkeln.« Maya wackelte entzückt über ihren eigenen Scherz mit dem Kopf.

Als ich auf zittrigen Beinen die Hütte verließ, war ich den Tränen nahe und unglaublich aufgewühlt. Der heutige Tag hatte mir gezeigt, dass ich mich, wenn ich mein Schwächegefühl überwand, in der Klinik wenigstens mit einem hilfreichen Paar Hände nützlich machen konnte. Das war schon mal ein Anfang. Ob ich noch immer Hebamme werden würde, war fraglich – schon der Gedanke daran reichte, um mir Herzklopfen zu bereiten, und um zu vermeiden, dass ich wieder in das bekannte tiefe Loch fiel, fragte ich Maya, ob Prasanna enttäuscht gewesen wäre, wenn sie ein Mädchen geboren hätte. Sie sah mich durchdringend an.

»Natürlich«, erwiderte sie. »Mädchen kosten zu viel: Ihre Mitgift ruiniert die Familien.« Nach der Geburt ihrer zweiten Tochter habe ihre Schwiegermutter sich wochenlang geweigert, mit ihr zu sprechen, aber dann sei Gott sei Dank ein Sohn gekommen.

»Er heißt Shiva«, erzählte sie mir stolz. »Er ist erst achtzehn, aber schon Herr im Haus.«

Als wir unser nächstes Ziel erreichten, um uns das Schwergewicht anzusehen, standen die stolzen Großeltern vor der Tür: Das Elf-Pfund-Baby war zu einer Berühmtheit im Ort geworden. Wir trafen es friedlich schlafend in einer Stoffwiege an, die an einem Stab von der Decke hing – ein großer, dicker lächelnder Buddha von einem Baby, kaffeebraun und mit tiefen Falten um die Handgelenke und den Hals. Er glänzte vom Kokosnussöl und war mit einer verblassten Ringelblumengirlande geschmückt. Aber wie es aussah, hatte er auch eine entzündete Nabelschnur.

»Ist das im Krankenhaus passiert?«, fragte ich Devika, seine Mutter, als sie ihn stolz hochhob. Maya hatte mich angefleht, für diese Untersuchung den Arztkittel anzuziehen, und da es sich um keine Geburt handelte und ich darin nichts Verwerfliches erkennen konnte, war ich ihrem Wunsch nachgekommen.

»Nein.« Maya erklärte mir, dass Devika, die mit fünfzehn

ihr erstes Baby bekommen hatte, Krankenhäuser nicht mochte. Sie sei einmal in einem gewesen, und man habe sie dort grob behandelt, indem man auf ihren Bauch gesprungen sei, um die Geburt zu beschleunigen.

»Also wurde sie von ihrer Hebamme entbunden«, fuhr Maya fort. »Ihr vertraut sie. Es kam viel Blut, und es wurde viel geschrien«, übersetzte sie, als die Stimme der Frau dramatisch anschwoll, »aber jetzt geht es Devika gut.«

Sie inspizierte die rote nässende Nabelschnur des Babys eingehender. »So was passiert, wenn ein rostiges Messer verwendet wird«, murmelte sie mir zu, ohne sich etwas anmerken zu lassen. »Was das angeht, ist sie stur. Hängen Sie sich das Stethoskop um und machen Sie ein besorgtes Gesicht.«

Ich untersuchte die Nabelschnur und wunderte mich, warum das Baby sich dabei nicht die Seele aus dem Leib schrie. Selbst als Maya die Wunde reinigte, strampelte es nur mit seinen schinkengroßen Beinen und sah mich mit großen braunen Augen an. Kein Quengeln.

Als ich der Mutter eine kleine Flasche Kaliumpermanganat gab, bedankte sie sich bei mir so überschwänglich, dass ich mich schämte.

»Was haben Sie über mich erzählt?«, fragte ich auf unserem Weg zurück zum Kloster.

»Dass Sie eine gute englische Ärztin sind.«

»Oh mein Gott, das dürfen Sie nicht sagen. Ich komme mir wie eine Betrügerin vor.«

»Es wird ihr helfen und ihrem Baby auch«, erwiderte Maya schlicht. »Die Kraft des Geistes ist sehr stark.«

Ich widersprach nicht. Wir waren schon spät dran fürs Mittagessen und beide hungrig.

»Das Kind war ein Elefantenbaby. Die arme Frau!« Ich musste lachen, während wir gemeinsam auf dem Treidelpfad entlangliefen.

Zum Mittagessen gab es Fischcurry, und danach zeigte Maya mir mein Schlafzimmer – einen kleinen weiß getünchten Raum über der Kirche mit einem Eisenbett und einem Kreuz an der Wand. Es roch schwach nach Weihrauch. Als ich am Abend unter das Moskitonetz kroch, drehte sich mir der Kopf von den vielen Eindrücken. Der Gesang der Vögel und das Plätschern des Wassers vom Fluss lullten mich in den Schlaf. Ich war viel zu müde, um mir Gedanken darüber zu machen, dass Amma nicht damit einverstanden wäre, wüsste sie, wo ich übernachtete. Und was Anto betraf – ich war schon ein niederträchtiges Eheweib: Den ganzen Tag über hatte ich kaum an ihn gedacht.

Kapitel 21

Bevor sie ihr Frühstück zu sich nahm, ging Amma in den Gebetsraum, entschlossen, ein wenig Ruhe vor den wütenden Gedanken zu finden, die sie nachts wach gehalten hatten. Antos neue Frau lebte jetzt seit fast zwei Monaten bei ihnen, und Amma hatte begonnen, sie zu hassen. Sie gab ihr die Schuld an Antos ungewohnter Reserviertheit, wo er doch früher im Umgang mit ihr so offen und fröhlich gewesen war; sie gab ihr auch die Schuld an seiner häufigen Abwesenheit wegen seiner Arbeitssuche. Sie war sich sicher, dass er sich, wäre er nicht mit dieser englischen Ehefrau als Hemmschuh zurückgekommen, inzwischen vor Jobangeboten gar nicht mehr hätte retten können.

Als sie am Altar aus Zedernholz niederkniete und die Duftmischung aus Bienenwachspolitur und Weihrauch einatmete, zwang sie ihren Geist in einen Zustand matter Fühllosigkeit. Dies war schließlich ihre liebste Tageszeit, wie sie sich selbst ermahnte: keine Verwandten, mit denen sie reden oder die sie besänftigen musste, nichts, was einen störte, nur das leise Zwitschern der Vögel und aus der Küche die vertrauten Geräusche, wenn Pathrose Wasser durch Musselin in die irdenen Töpfe goss oder die ins heiße Fett geworfenen Gewürze zischten.

Gleich darauf hörte sie, wie Satya den Kuhdung von den Stufen fegte. Später würden drei weitere Frauen kommen, um die Steine aus dem Reis zu picken, der auf der linken Seite des Hofs im Getreidespeicher lagerte. Sie würden eine gebeugte Haltung wie Balletttänzerinnen einnehmen und murmelnd ihrer Arbeit nachgehen, vielleicht hörte sie sie auch kichern. Sobald sie aber das tiefe Summen der Klage vernahm, würde sie hinausgehen und nach dem Rechten sehen. Das war ihre Aufgabe: Der Haushalt hatte wie eine gut geölte Maschine zu funktionieren. Mathu in seiner Unvernunft tat so, als könne jeder Narr dies erledigen – sollte er es doch mal versuchen.

»Himmlischer Vater, mache mich zum Instrument deiner Werke. Sorge dafür, dass ich nicht stolz oder hart oder unfreundlich bin. Hilf mir Gott, bitte ...«

In letzter Zeit gingen ihre formalen Gebete häufig in ein verzweifeltes Flehen über, denn wenn Anto zu Hause war, sprach er so gut wie gar nicht mehr mit ihr, und das zehrte an ihr. Sie schämte sich ihrer Schwäche und wischte sich über die Augen, erhob sich steif und ging dann in die Küche, wo Pathrose in einem Kegel aus Sonnenlicht stand und Reis, Dhal und Fenchelsamen für die Dosas abmaß, die es zum Frühstück gab.

Für das heutige Abendessen plante sie Rindfleisch Ularthiyathu, eine Gemüsepfanne, einen Spinat-Thoran und das scharfe Fischcurry, welches das Mädchen am Tag seiner Ankunft so überschwänglich gepriesen hatte, bevor es seinen Hustenanfall bekommen hatte. Anto hatte es geschmeckt, er hatte sich vor Wonne die Finger geleckt. Wenigstens das konnte sie für ihn tun.

»Würz es nicht so stark für das englische Mädchen«, wies sie Pathrose an. Sie tauschten einen boshaften Blick, der Verbitterung spiegelte, doch sie schwächte ihren dann ab und zeigte wohleinstudierte Ruhe. Pathrose kannte sie zu gut und wusste, dass sie manchmal ein sonniges Gemüt vorgaukelte, um die Stimmung im Haus in einem ruhigen Fahrwasser zu halten, genauso wie sie wusste, dass er und Satya hinter ihrem Rücken die Augen verdrehten, sich über ihre spitze Zunge beklagten und ihre Sprüche nachäfften: *Aana karyam parayumbol aano chena karyam* – musst du jetzt von der Süßkartoffel sprechen, wo ich mit dem Elefanten beschäftigt bin. Sie teilten ihre Scham, wenn sie beim Betreten des Schlafzimmers des jungen Herrn die aufdringlich herumliegenden Strümpfe oder den Seidenslip auf dem Rattanstuhl liegen sahen. Sie waren einfache Leute, für sie war das englische Mädchen eine exotische Hure.

Nach dem Frühstück schlüpfte sie in ihre Sandalen und ging hinaus in den Garten.

Jeder, der sie gelassen zum Sommerhaus hätte schlendern sehen, hätte sie für eine glückliche Frau in voller Kontrolle ihrer kleinen Welt gehalten, aber heute war ihr danach, etwas kaputt zu schlagen oder zu werfen. Sie war es leid, das Chamäleon der Familie zu sein, sich frohgemut Mathus Stimmungen anzupassen und dabei so zu tun, als würden Antos häufiges und unvermitteltes Verschwinden oder die Ankunft von neuen Ehefrauen, ermüdenden Verwandten und schlecht getimte Krankheiten sie nicht verletzen, wo sie doch genauso wie das Wetter selbst auch ihre Stimmungsschwankungen hatte.

Auf beiden Seiten war der Weg von Orchideen in Kokosnussschalen gesäumt. Mathu brachte ihr diese wunderschönen nutzlosen Pflanzen mit – die Singapur-, Frauenschuh- und Vanda-Orchideen –, und zwar aus ganz Indien: Es waren seine Entschuldigungen für sein häufiges Wegsein, seine Friedenspfeifen. Jedes Jahr wählte sie mit pedantischer Präzision die richtige Stelle zum Einpflanzen und die richtige Menge an mit Wasser verdünntem Kuhdung für ihre Blüte aus.

Früher einmal waren ihr diese Pflanzen als erbärmlicher Ersatz für ihn vorgekommen, aber im Lauf der Jahre hatte sie in deren nutzloser Schönheit etwas Erotisches und Befreiendes entdeckt: Sie taten nichts weiter, als zu blühen, zu glänzen und Insekten anzuziehen, sie gaben nichts zurück.

Vom Sommerhaus aus konnte sie die Lagune sehen, rosa angehaucht im Licht der Morgendämmerung, und sie hörte den Ruf des Postboten, der mit Paketen und Briefen aus Ottappuram kam. Jeden Morgen beobachtete sie das englische Mädchen, wie es zum Briefkasten am Ende der Einfahrt ging und mit leeren Händen zurückkam. Aber Gott vergebe ihr, sie empfand kein Jota Mitleid mit Kit. Sie war eine Pest, ein Ärgernis, und die Liste ihrer Vergehen wuchs. Jeden Tag wurde sie mit dem Austin zu diesem Frauenhaus in Cochin gefahren. Eine unverzeihliche Freiheit, die sie sich da rausnahm. Es stimmte, die Vereinbarung war im Prinzip von Mathu und Anto getroffen worden, aber Amma hatte erwartet, dass sie nur gelegentlich dort hinging, so wie sie selbst ab und an die Armenschule im nächsten Dorf als Repräsentantin des Thekkeden-Clans besuchte.

Als das Mädchen angeboten hatte, aus ihren eigenen Mitteln für das Benzin aufzukommen, wie es vereinbart war, hatte Amma, die darin geübt war, Gastfreundschaft zu zeigen, auch wenn sie diese nicht empfand, aus Macht der Gewohnheit gelächelt und den Vorschlag weggewischt, als wäre er eine Mücke. Aber schließlich war sie diejenige, die einmal im Monat in einem ihr verhassten Ritual ins Arbeitszimmer ihres Ehemanns ging, um dort nickend und lächelnd in dem ihr von Mathu vorgelegten Hauptbuch über jede einzelne Rupie Rechenschaft abzulegen, die während seiner Abwesenheit ausgegeben wurde.

Andere Vergehen: Das Mädchen steuerte während der Mahlzeiten seine Meinung bei, wenn die Männer sich über weltpolitische Belange unterhielten. Sie aß jetzt mit den Händen, aber schlecht und ohne die Fingerspitzen wie elegante Zinken einzusetzen, wie sie das taten. Stattdessen hielt sie das Essen als klebrige Masse in der Hand. Warum korrigierte Anto sie nicht?

Sie trug Lippenstift, nicht viel und auch nicht immer, aber doch manchmal, auch Puder, und vor ein paar Tagen hatte sie Theresa unerlaubterweise gezeigt, wie man ihn auftrug. Zugegeben, sie übten an einer Puppe, aber Theresa, die zwar noch zu jung war, um es richtig zu verstehen, könnte nun auf falsche Ideen kommen. Als Amma selbst in die Pubertät gekommen war, hatte sie von ihrer Mutter eine ganze Liste von Anweisungen bekommen. Sie wollte, dass diese tadellos weitergegeben wurden.

Kit hatte auf die frostige Atmosphäre reagiert, indem sie sich an Amma gewandt und diese zu ihrer Schönheitspflege befragt hatte. Als Amma protestiert hatte, sie habe keine, hatte Theresa eingeworfen: »Doch, das hast du, Ammamma.« Und war dann dazu übergegangen, Kit zu beschreiben, wie Ammas Dienstmädchen jeden Tag die Rinde eines Seifennussbaums so lange bearbeitete, bis sie weich war, damit Amma sich damit schrubben und die tote Haut entfernen konnte, bevor sie sich einölte. Persönliche Dinge. Und Amma hatte dabeigestanden, genickt und gelächelt wie eine gute indische Frau, aber in ihr hatte ein Wirbelsturm getobt.

Das schlimmste Vergehen hatte sie jedoch vergangene Woche begangen, da hatte sie nämlich Mariamma und Kit auf der Veranda mit leisen Stimmen und verstohlen in ihre Richtung schielend sprechen sehen. Später hatte sie Mariamma beiseitegenommen und so lange in den Arm gekniffen, bis ihre Tochter murmelnd zugegeben hatte, dass Kit Fragen zur Menstruation, zur Geburt und Einstellungen zur Ehe gestellt hatte. Peinliche Fragen.

»Was für eine Dreistigkeit«, hatte Amma gesagt, fest auf Mariammas Zustimmung bauend, aber Mariamma hatte erklärt, dass Kit nicht neugierig sei, sondern einen Bericht schreibe und außerdem über die einheimischen Gepflogenheiten Bescheid wissen müsse, wenn sie und Anto selbst Kinder bekämen.

Kinder … das war die andere Wunde. Mischlinge würden es werden, wohingegen die, die er mit Vidya bekommen hätte …

Stopp! Sie zog das Unkraut um ihre Nachtfalterorchidee herum mit so viel Gewalt aus, dass sie sich die Slipper mit Erde bespritzte. Sie musste mit aller Macht versuchen, diesen schrecklichen Gedanken ein Ende zu bereiten, doch zuerst sollte Gott ihr sagen, was sie in ihrem früheren Leben getan hatte, um das hier verdient zu haben.

Es ist dein Fehler, wollte sie dem Mädchen sagen. Du hättest dich zügeln sollen, du hättest ihn niemals heiraten dürfen. Ihr letzter Gedanke kam ihr vor wie eine ultimative

Blasphemie. Es wäre für sie alle besser gewesen, wenn Anto in England geblieben wäre.

Als Pathrose sie fand, hob er ihr durchweichtes Taschentuch von der Bank auf, ohne sie auf ihre roten Augen anzusprechen. Sie schickte ihn los, um im Briefkasten nachzusehen. Zerknirscht kehrte er zurück. »Tut mir leid, Madam, keine Briefe gekommen.«

Kapitel 22

Es war nicht zu übersehen, dass Chandy, der Fahrer, es leid war, mich an jedem Wochentag vor dem Moonstone abzusetzen, denn viel lieber hätte er sich die Zeit damit vertrieben, den Wagen zu polieren und auf Appans Rückkehr zu warten. Als wir das erste Dorf – Karappuram – erreichten, schlängelte er sich mit der Hand auf der Hupe hindurch, scherte aus, um einem Obststand oder einem Huhn oder einem Mann auszuweichen, der gerade rasiert wurde. Er seufzte viel und bedachte mich gelegentlich im Rückspiegel mit einem finsteren Blick. Aber das machte mir nichts aus, denn mit dem weiten Himmel über uns, umgeben von grünen Feldern und dem perlmuttfarbenen Wasser, hatte ich das Gefühl, wieder atmen zu können. Trotz all meiner Schrecken war dies ein erster Schritt. Ich ging arbeiten. Ich arbeitete wieder.

Zuvor war mir gar nicht klar gewesen, wie heilsam Arbeit in schwierigen Zeiten war. Sie befreite mich davon, mir Ammas wegen Gedanken machen zu müssen, vor allem bei den Mahlzeiten, wenn sie so still war. Ich hatte dadurch auch weniger Zeit, mir Sorgen um Anto zu machen, der noch immer auf Arbeitssuche ging und genauso oft unterwegs wie zu Hause war.

Vermutlich tragen wir alle etwas in uns, das wir selbst als fremdes Land empfinden, dachte ich. Aber mir ging jener erste Tag in Mangalath nicht aus dem Kopf, als er mich mit jenem neuen fremden Blick, gleichermaßen verlegen und trotzig, angesehen hatte, während er seinen Anzug auf den Boden warf und sich das Stück Stoff um die Hüften band, als wolle er sagen: Das bin ich jetzt, ob es dir passt oder nicht.

Und gleich darauf musste ich an meine Mutter denken und daran, wie sehr ich sie verletzt hatte. Ich hatte versucht, mich an die Gespräche zu erinnern, die wir vor meiner Abreise geführt hatten, aber es wollte mir nicht ganz gelingen, und so blieben nur ihre Tränen und ihr Schweigen und meine hartnäckige Entschlossenheit wegzugehen und vielleicht meine Grausamkeit ihr gegenüber.

Mein einziges anderes Ventil während dieser Zeit waren die Briefe, die ich meiner alten Freundin Josie nach Hause schrieb – die jetzt ihren Jugendfreund Archie, einen Zeitungsjournalisten, geheiratet hatte und ihr erstes Kind erwartete. Sie berichtete mir, wie aufgeregt sie sei, zugleich aber hoffte sie, eines Tages wieder als Krankenschwester am St. Thomas zu arbeiten: *Ich würde verrückt werden, wenn ich mir vorstelle, nie wieder zu arbeiten, aber ohne Dich und den Spaß, den wir zusammen hatten, wird es nicht dasselbe sein.*

Und natürlich stand ich auch in regelmäßigem Briefkontakt mit Daisy, die mir nach meinen ersten drei Monaten in Indien schrieb, um mich a) um einen Auszug aus dem Kontobuch und b) um einen Bericht über die Fortschritte – »ungeschminkt« – zu bitten.

Ich bemühte mich um einen lockeren Ton, warnte sie aber, dass das Moonstone auf Messers Schneide stand. Wir brauchten Geld, um das lecke Dach zu flicken und die verrottende Veranda (Termiten) zu reparieren, die teilweise so durchgefault war, dass man das Holz zwischen den Fingern zerkrümeln konnte. Und es fehlte uns an Personal.

Die offiziellen Briefe, die ich für das Moonstone schrieb, waren mithilfe von Rikschas, verbeulten Bussen, barfüßigen Jungs und Fahrrädern an alle verschickt worden, die Dr. A. und mir einfielen: indische Geschäftsleute, Maharadschas, Lehrkrankenhäuser, Wohlfahrtseinrichtungen.

Unsere einzige bedeutsame Antwort bis jetzt war von einem Mr. Namboothiri eingegangen, einem polternden und sehr emotionalen Farbenhersteller, der das Material für die sagenhaften bunten Lastwagen bereitstellte, die man hier auf den Straßen sah. Nachdem wir sein Dienstmädchen nach einer späten Fehlgeburt im Heim behandelt hatten, kam er tags darauf zu uns mit einer, wie Dr. A. es formulierte, »kleinen Geldspende« (wie viel es war, wollte sie nicht sagen) und der Vorlage für ein neues Schild, das in leuchtendem Gelb, Rot und Violett verkündete: *Das Matha-Maria-Moonstone-Heim, erstklassige Behandlung für schwangere Frauen.* Er brachte uns auch einen Bottich mit Hibiskus und Geranien, um ihn neben die Verandastufen zu stellen.

Abgesehen von Geldsorgen und Bettelbriefen begann ich in dem sicheren Wissen, dass meine Aufgabe hier administrativer Natur war, die Sorgfalt und die Herausforderungen der Arbeit zu genießen, das Gefühl – selbst wenn es eine Täuschung war –, unter der Haut von Indien zu leben.

Nach den gestaltlosen Tagen in Mangalath genoss ich die Routine. Um Punkt acht Uhr dreißig traf Maya in Begleitung ihres Sohnes Shiva in einer Rikscha ein. Sie hatte mir kürzlich anvertraut, dass ihr Ehemann und ihr Sohn das Blatt gewendet hatten und nun froh waren, dass sie die Familie unterstützte. Das war ihre Version. Ich hoffte, dass sie stimmte. Keine sichtbaren Blutergüsse mehr, aber riesige pflaumenfarbene Ringe unter den Augen verrieten ihre permanente Erschöpfung.

Ihr Sohn trug die gleiche große Gelehrtenbrille wie auch Maya, aber sein Gesicht hatte nichts Liebliches, und er setzte sie ohne jedes Zeremoniell ab wie ein Mann, der ein Paket abliefert, bevor er wortlos und ohne einen Blick zurück weiterfuhr.

Es tat weh, das mit anzusehen, denn Maya war ein Juwel: Hochintelligent, sie liebte ihre Arbeit und war vor allem offen für die Notwendigkeit, die besten Geburtspraktiken des Ostens und des Westens miteinander zu verbinden, ohne dass die »Sturköpfe«, wie sie sie nannte, dazwischenfunkten. Ihre Freundlichkeit und die kompetente Ruhe, die sie angesichts aller Lebenssituationen ausstrahlte, waren ein Segen. Als Erstes betrachtete sie jeden Morgen den neuen Hibiskus und die Geranien durch ihre große Brille, schüttete dann Wasser in eine alte Petrischale und gab allen Pflanzen davon eine wohlbemessene Dosis.

Um neun Uhr ertönte eine Glocke, die Türen öffneten sich, und die Schlange der im Garten wartenden Frauen setzte sich in Bewegung. Sie kamen mit allen möglichen Frauenproblemen: frühe oder späte Fehlgeburten, Schwangerschaft, unvollständiger Abort, Gonorrhö, Probleme beim Stillen. Meine Aufgabe bestand darin, zwischen den Behandlungsräumen hin und her zu laufen und Notizen zu machen.

Es wurden immer mehr, und Maya erzählte mir, dass das Heim trotz unserer finanziellen Nöte einen guten Ruf aufgrund seiner Sauberkeit und des freundlichen Umgangs hatte und natürlich auch deshalb, weil die Behandlung umsonst war (das Hauptargument). Einige Frauen wurden von freiwilligen Helfern des Moonstone in den örtlichen Slums und Fabriken abgeholt. Was die Frauen aus den Fabriken betraf, mussten wir extrem vorsichtig sein: Meist wurden sie von Männern überwacht, und manche betrachteten die von uns geleistete Arbeit mit großem Argwohn.

Einige Frauen hielten sich an den Händen, wenn sie kamen, oder an den Zipfeln ihrer Saris, wie verschreckte Kinder.

»Die Frauen sind es nicht gewohnt, zum Arzt zu gehen«, erklärte Maya. »Es ist ihnen unangenehm, ihren Intimbereich zu entblößen.« Als sie mir das sagte, musste ich an die erotischen Statuen in den Hindutempeln denken – die nackten Brüste, die erigierten Penisse –, und ich fragte mich, ob ich dieses Land jemals verstehen würde. Ich konnte keine einheitliche Linie erkennen und würde es vielleicht auch niemals tun. Ich wünschte mir, mit Mariamma oder sogar mit Amma über diese Widersprüche reden zu können, aber Amma hatte noch auf jede persönliche Frage, die ich stellte, mit einer säuerlichen Miene reagiert.

Weil wir unterbesetzt waren, mussten Patienten manchmal stundenlang warten. Hier verging die Zeit nach ihren eigenen Gesetzen, aber keiner beklagte sich, und keiner entschuldigte sich.

Der Morgen, an dem meine Funktion sich ohne Vorwarnung änderte, begann ganz normal. »Chandramati Achari«, bellte Dr. A., die mit einer Liste in der Hand in der Tür stand und unsere erste Patientin aufrief.

Eine winzige, überaus reinlich wirkende Frau erhob sich.

Ihre Sandalen wurden von Bindfäden zusammengehalten, aber sie ging hocherhobenen Hauptes und mit aufrechtem Rücken auf uns zu, eine Haltung, an der selbst eine Ballettdirektorin Gefallen gefunden hätte.

Sie stellte ihre staubigen Sandalen auf dem Boden ab, legte sich im Behandlungszimmer auf die Couch und schloss die Augen. Ich saß mit gezücktem Notizbuch neben ihr. Dr. A. wusch sich die Hände am Waschbecken. Über dem Untersuchungstisch hing eine schwache elektrische Lampe. Wenn der Strom ausfiel, waren wir auf einen wackeligen Generator angewiesen.

Dr. A. seufzte, setzte ihre Brille auf und sprach mit mir über den vor ihr liegenden Körper hinweg. »Diese Frau litt beim letzten Mal an einer Eklampsie und wäre fast gestorben. Sie bekam Krämpfe und hatte einen Blutdruck von 180 zu 110. Das war beängstigend, nicht wahr, Chandramati?« Die junge Frau nickte, die Augen fest geschlossen. »Aber als sie ins Krankenhaus ging, wurde sie sehr grob behandelt und dann allein auf dem Flur liegen gelassen, bis das Baby schon fast da war. Ist das korrekt, Chandramati?«

»Das ist korrekt, Ma'am.«

»Nun wollen wir mal nachsehen.« Sie zog die Gummihandschuhe an und bestrich sie mit Gleitmittel. Ich verfolgte, wie Dr. A. zwei Finger in die Vagina der Frau einführte und sie dort mehrere Minuten lang abtastete. Ihr herrisches Gesicht war ruhig.

»Dieses Baby«, verkündete sie schließlich, »fühlt sich sehr wohl, es wird schön werden.«

Die Frau keuchte, unter ihren geschlossenen Lidern rannen Tränen, und es folgten leidenschaftliche Worte.

»Sie sagt mir, dass Gott gut ist«, übersetzte Dr. A. »Dass sie gern hierherkommt. Dass sie tapfer sein wird, um dieses Baby zu bekommen, und möchte, dass Sie es entbinden.«

Bei dieser Nachricht drehte es mir den Magen um. Als die Frau den Raum verlassen hatte, erinnerte ich Dr. A. daran, dass ich noch kein vollgültiges Zertifikat als Hebamme hatte. Sie sah mich ausdruckslos an und sagte mit der ihr eigenen Bescheidenheit: »Ich werde Sie beaufsichtigen, und wenn ich das Gefühl habe, dass Sie bereit sind, dann sind Sie bereit. Und wenn dieser Zeitpunkt gekommen ist, werde ich die Regierung um die volle Akkreditierung bitten.«

Im Nachhinein hätte es mir viel Stress und Demütigung erspart, wenn ich damals widersprochen oder später darauf bestanden hätte, die relevanten Zertifikate einzusehen, aber ich erstarrte nur. Wäre Anto zu Hause gewesen, hätte ich, da war ich mir fast sicher, mit ihm darüber gesprochen, aber er war nicht da. Er war nun schon seit einigen Wochen unterwegs, und wir wussten nicht, wo er sich aufhielt. Das Gefühl, dass mich nur ein Schritt vom Abgrund trennte, ließ mich in dieser Nacht schlecht schlafen. Meine Angst war sogar noch größer geworden, wenn das überhaupt möglich war, denn jeden Tag lehrte mich der Strom der Patientinnen, wie wenig ich über dieses Land wusste, mit seiner verwirrenden Komplexität der Religionen und Kasten und seinen Vorstellungen von Reinheit und Unreinheit.

Anto hatte versucht, mich zu warnen, Daisy ebenfalls. Sie hatte einmal zu mir gesagt, dass die Inder die reizendsten und freundlichsten Menschen auf Erden seien, bis sie zu den wütendsten wurden. Ich hatte keinen Zweifel, dass es sich sehr schnell rächen würde, wenn ich es diesmal vermasselte.

Nach der Morgenvisite am folgenden Tag zog Dr. A. ein weiteres alarmierendes Kaninchen aus dem Hut. Sie stapfte los, und ich folgte ihr zur Visite bei den stationär aufgenommenen Patientinnen, die in einem heruntergekommenen Ziegelbau hinter dem Hauptgebäude untergebracht waren, der früher einmal ein Stall gewesen war. Dort gab es sechs Notfallbetten und unter dem Dach ein Rattennest.

Wenn ich dem ausladenden Hinterteil von Dr. A. auf ihren Rundgängen folgte, kam ich mir vor wie die Brautjungfer der Königin – selbst die sehr kranken Patientinnen versuchten zu lächeln oder sie zu begrüßen. In einem der Betten lag ein untergewichtiges Kind von vierzehn Jahren, bei dem nur noch das Weiße der Augen zu sehen war, als wir zu ihm kamen. Dr. A. berichtete mir, das Mädchen sei wegen einer drohenden Fehlgeburt im zweiten Drittel der Schwangerschaft aufgenommen worden. Ihre Mutter saß neben ihr auf dem Fußboden und hatte einen kleinen Spirituskocher dabei. Im nächsten Bett, abgetrennt von einem schmalen Stoffparavent, lag eine Frau mit heftigen Blutungen nach einer unvollständigen Plazentaablösung und wurde von Maya mit einer Infusion aufgepäppelt.

Nach einem sehr späten Mittagessen – etwas Reis und Linsen und der unvermeidliche Bratfisch, geliefert von einem Straßenverkäufer auf der anderen Straßenseite – zog ich mich gerade um für den Nachhauseweg, als Dr. A. auftauchte, wobei ihre große Nase gewichtig bebte.

»Kommen Sie bitte in mein Büro«, sagte sie. »Nun gucken Sie nicht so besorgt. Es gibt gute Neuigkeiten.«

Ich setzte bereits an, ihr zu sagen, dass mein Fahrer wartete – Amma wurde wütend, wenn der Wagen sich verspätete –, aber als ich den Mund aufmachte, hob Dr. A. beide Hände hoch.

»Sagen Sie nichts!«

Sie öffnete die Tür zu ihrem Büro. Drinnen befanden sich Maya und zwei neue Krankenschwestern, die uns furchtsam anlächelten. Keiner stellte uns vor.

Dr. A. setzte sich an ihren Schreibtisch und öffnete einen Brief. Ihr Gesicht spiegelte Freude, wie das bei ihr nur selten vorkam.

»Ich habe zwei Dinge zu verkünden«, sagte sie. »Das Erste ist, dass Schwester Kit Thekkeden anfangen kann, ihre ersten indischen Babys zu entbinden.« Ich hörte Mayas freudigen Grunzlaut und Händeklatschen, spürte ein heftiges Flattern in der Brust, aber es blieb keine Zeit, dies alles zu verarbeiten oder auch zu fragen, ob es nun einer offiziellen Freigabe gleichkam, denn Dr. A. hatte noch eine Neuigkeit. »Wir haben es geschafft«, sagte sie, und dabei waren ihre Augen auf mich gerichtet. »Wir bekommen zur Unterstützung unserer Arbeit für ein Jahr eine Zuwendung von der neuen Cochin Medical Foundation bewilligt. Ich sagte euch ja, dass unsere eigenen Leute uns unterstützen werden«, ergänzte sie mit einem ironischen Unterton an mich.

Die neuen Schwestern strahlten. Maya schnalzte mit der Zunge. Mir war übel.

»Wie viel geben sie uns denn?«, fragte ich, um auf Zeit zu spielen.

Dr. A. warf mir einen finsteren Blick zu. »Diese Information geht nur den Minister und mich etwas an.«

»Aber ich werde Miss Barker davon in Kenntnis setzen müssen«, sagte ich. Ihre Bitte um genaue Kontobelege war bisher ignoriert worden.

»Dafür habe ich jetzt keine Zeit«, entgegnete Dr. A. frostig.

Unsere Priorität, meinte sie, sei es nun, so viele Dorfhebammen wie möglich einzuschreiben und sie für eine Ausbildungseinheit von zehn Tagen ins Moonstone-Heim zu holen. Alle wichtigen nationalen Zeitungen und auch die Lokalpresse – »The Malayala Manorama«, »The Mathrubhumi« – würden zu ihrer Abschlussfeier kommen, und wir würden ihnen zeigen, wie die Zukunft der Geburtshilfe für indische Frauen aussah.

Ich sah, dass Maya mit dem Kopf nickte und heiter lächelte, eine ausgezeichnete Idee, bis Dr. A. hinzufügte: »Aber es gibt einen Haken dabei. Wenn wir Erfolg haben, wird die Regierung unser Pachtverhältnis um ein Jahr verlängern. Versagen wir jedoch, müssen wir unsere Örtlichkeiten für andere Zwecke zur Verfügung stellen.« Darauf folgte vereintes Stöhnen.

Ich hob meine Hand. »Verzeihung. Ich denke, diese Gebäude hier gehören der Oxforder Wohltätigkeitseinrichtung.« Ich hatte die Grundbuchauszüge auf der Wickam Farm eingesehen.

»Seit der Unabhängigkeit nicht mehr«, erwiderte Dr. A. »Sie gehören jetzt der Regierung.«

Wir sahen einander mit tiefem Misstrauen an. Dies wäre ein guter Zeitpunkt gewesen, mir Klarheit über meine offizielle Position hier zu verschaffen, aber Maya brach das angespannte Schweigen. »Können wir bitte erfahren, Doktor, wann die Kurse beginnen?« Dr. A. öffnete ihren Terminkalender und legte einen Finger auf die Seite. »In anderthalb Monaten. Ich habe das Datum bereits festgelegt.«

»O Gott.« Ich war sprachlos. Wie sollten wir diesen Termin einhalten? Wo, in Gottes Namen, würden diese Frauen schlafen? Und wir würden doch auch eine Köchin brauchen? Richtiges Lehrmaterial? Transport?

»Reicht uns die Zeit denn?«, fragte ich.

Dr. A. runzelte die Stirn und strich sich über ihr borstiges Kinn. »Diese Entscheidung liegt bei mir«, sagte sie. »Unsere Regierung und Gott werden uns unterstützen.« Sie klappte den Terminkalender zu und erhob sich. »Unser erster Kurs wird, wie angegeben, am dritten April beginnen und zehn Tage dauern. Und wir dürfen nicht vergessen, dass uns eine offizielle Inspektion bevorsteht, alles muss demnach in Ordnung sein. Wenn nicht, können sie uns das Heim über Nacht zusperren. Aber jetzt bitte keine Fragen mehr.«

Nach dem Treffen hielt Maya mich im Flur zurück. »Ich bin in großer Sorge«, flüsterte sie. »Warum überstürzt sie alles so?« Und dies von Maya, die nie ein Wort gegen Dr. A. sagte.

»Ich habe keine Ahnung«, flüsterte ich zurück.

Maya kniff sich nachdenklich in die Nase. »Vielleicht ist sie in Sorge wegen des Monsuns. Er wird bald kommen. Dann sind die Straßen hier alle überflutet.«

»Ich weiß es nicht.«

»Wir müssen die Löcher im Dach flicken, damit es nicht hereinregnen kann.«

»Und die Ratten töten – sie haben gerade Junge bekommen.«

»Betten für die Frauen?«

»Essen und eine Köchin.«

»Eine Tafel, einen Ort, wo sie sitzen können.«

Wir sahen uns entsetzt an.

»Aber ich denke, Sie freuen sich, wieder eine richtige Hebamme zu sein«, sagte Maya und tätschelte mir den Arm. »Und keine Sekretärin mehr.«

Es gab keine Worte für die Angst, die ich verspürte, denn

Maya ging schließlich davon aus, dass ich als Engländerin besser ausgebildet und erfahrener war. Aber der bloße Gedanke daran ließ mich wieder den gefangenen Vogel in meiner Brust spüren und brachte die Erinnerung an das Baby in dem Luftschutzhelm zurück, dessen Lippen blau anliefen, als es nach Luft rang. Ich wusste, dass ich es noch mal versuchen wollte. Ich wusste, es würde mich umbringen, wenn ich es wieder vermasselte.

Kapitel 23

Vierzehn Tage später rief Amma mich nach unten.

»Anto hat geschrieben«, sagte sie tonlos. Sie zog einen Brief aus den Falten ihres Rocks und reichte ihn mir.

»Er ist offen«, sagte ich.

»Natürlich«, erwiderte meine Schwiegermutter. »Er ist an uns alle gerichtet.« Der Triumph in ihrem Blick war nicht zu übersehen.

Der in Madras abgestempelte Brief steckte in einem billigen braunen Umschlag, wie man sie auf dem Basar bekam, mit einer roten Verzierung an den Rändern. Ich las ihn vor und versuchte meine Gesichtszüge unter Kontrolle zu halten.

Lieber Appan, Amma, Kit und Mariamma,
ich entschuldige mich dafür, euch nicht eher darüber informiert zu haben, dass ich für ein paar Tage nach Madras fuhr, um in Erfahrung zu bringen, ob ich dort sofort eine Anstellung finden würde. Während ich in der Stadt war, wurde ich gefragt, ob ich Freiwilligenarbeit in einem Flüchtlingszentrum (Chengalput) in der Nähe von Madras leisten wolle, wo es keine funktionierende Telefonleitung gibt. Ich hatte nicht vorgehabt, so lange weg zu sein oder hierzu-

bleiben, und hoffe, dass ihr euch meinetwegen keine allzu großen Sorgen gemacht habt, aber die Not hier ist so groß, dass ich nicht Nein sagen konnte. Ich werde mit dem Zug von Egmor nach Quilon zurückkommen und dann ein Taxi nach Trivandrum nehmen, wo ich hoffentlich am Donnerstag den achten eintreffen werde. Über die genauen Zeiten informiere ich euch mit einem Telegramm. Wenn Appan und Amma nichts dagegen haben, könnte Kit vielleicht mit dem Fahrer kommen und mich am Bahnhof abholen.
Euer liebender Sohn
Anto

»Warum musste er nach Madras gehen?«, fragte Amma mich mit hasserfüllter Miene. »Wovor rennt er weg?«

»Das weiß ich nicht«, sagte ich. Ich wollte vor ihr nicht weinen, aber ich war völlig durcheinander, weil Anto nicht mal ein Postskript für mich angehängt hatte.

»Hattest du denn keine Angst, er würde nicht mehr zurückkommen?«, fügte sie hinzu. Natürlich hatte ich verdammte Angst, hätte ich gern erwidert. Du etwa nicht? Wir sahen einander an.

»Weil du es so tapfer verbirgst.« Amma lächelte, es war ein komisches, hartes Lächeln. Appan, so ergänzte sie, sei die meiste Zeit ihres Ehelebens unterwegs gewesen, aber wenn er weg gewesen war, war sie zu Hause geblieben und hatte gebetet und dafür gesorgt, dass das Haus besonders sauber war. Ich hingegen würde wie eine Verrückte hin und her eilen, gefangen in meiner eigenen Arbeit.

»Die Dinge haben sich sehr verändert.« Sie steckte den Brief in ihre Bluse. »Zu meiner Zeit wurde es als respektlos erachtet, den Namen des Ehemanns in gemischter Gesellschaft auch nur auszusprechen.«

Oben in unserem Zimmer schloss ich die Tür, riss mir meine staubige Bluse vom Leib, legte mich aufs Bett und weinte wie ein Kind. Antos knapper Brief hatte mich tief gekränkt, und ich war wütend auf ihn, weil er an alle geschrieben hatte und nicht nur an mich. Und ich hatte die Schnauze voll von Amma und ihren höchst subtilen Anspielungen, wie eine Ehefrau sich zu verhalten hatte.

Als der Gong zum Abendessen rief, wusch ich mich, zog eine frische Bluse an und ging nach unten. Die Nacht draußen mit ihrem violetten Himmel und den funkelnden Sternen war wunderschön, aber in mir war es dunkel.

Kapitel 24

Im Zug, der ihn in den Süden brachte, wurde Anto von einem Mr. Patel, einem Baumwollfabrikanten aus Lahore, in ein Gespräch verwickelt. Seinem neuen Freund, der einen glänzenden, knapp sitzenden Anzug trug und sich auf zwei Sitzen breitgemacht hatte, waren die englischen Transportanhänger an Antos Koffer aufgefallen. Er hatte eine Reihe fettiger Pakete geöffnet und angeboten, sein Mittagessen mit ihm zu teilen, und ehe Anto Gelegenheit gehabt hatte, dies abzulehnen, hatte Patel bereits zwanzig Minuten lang auf ihn eingeredet, ohne Luft zu holen. Der Baumwollmarkt sei völlig im Keller: Die Unabhängigkeit, die Hungersnot im Norden, das Attentat auf Gandhi hätten sich seiner Meinung nach auf jedermanns Arbeit ausgewirkt, und so ging es unentwegt weiter, während Anto versuchte, sein wachsendes Unbehagen unter Kontrolle zu halten.

Er war in Gedanken noch immer bei Habi, einem zweijährigen Waisenkind in Bett Nummer neun eines Flüchtlingslagers, wo er die vergangenen drei Wochen verbracht hatte. Habi wog keine neun Pfund, man hatte ihn auf einer Müllkippe dicht an den Gleisen gefunden, auf denen der Bombay Express vorbeiraste. Jemand hatte ihn vor oder während des

Massakers, zu dem es nach der Teilung gekommen war, aus dem Zug geworfen, als viele Muslime aus dem Landesteil, der zu Indien werden sollte, nach Pakistan, und Hindus und Sikhs in der anderen Richtung geflohen waren.

Jetzt lag der Kleine in seiner schmalen Koje mit leeren Augen und jener losen, trockenen Truthahnhaut eines von Unterernährung Gezeichneten. Über seinem Kopf war ein Schild angebracht: ICH HEISSE HABI, BITTE NEHMT MICH AUF DEN ARM, weil er, wie die Krankenschwester erklärte, als sie versuchte, ihn im Arm zu halten, »anfangs nicht wusste, wie er seine Arme um uns legen musste. Wenn er schlief, hielt er sich seinen eigenen Kopf.« Habi war Anto zugewiesen worden, und er hatte ihn zwei Mal am Tag besucht und ihm manchmal eine Zuckerkugel aufs Kissen gelegt. Als er das erste Mal die Schulter des Kindes berührt hatte, hatte er gespürt, wie es zusammenzuckte, aber vor zehn Tagen hatte Habi ihm zum ersten Mal die Hand gedrückt. Die Krankenschwestern hatten dies als großen Sieg verbucht. »Das ist ein gewaltiger Fortschritt«, hatte eine von ihnen gemeint. »Jetzt wird er leben.«

Habi hatte ihm auf die eindringlichste Weise vor Augen geführt, wie es sich anfühlte, allein zu sein, und dies ließ sich mehr oder weniger darauf übertragen, wie es ihm selbst ergangen war, bevor er Kit kennenlernte. Vor ihr war es normal für ihn gewesen, sich beim Einschlafen selbst zu umarmen. Trotz seiner oberflächlichen Lockerheit war er sehr verschlossen gewesen, aber Kit hatte ihn aus seinem Versteck gelockt. Nun schien er sich wieder in eine Art emotionales Iglu zurückzuziehen, was ihr gegenüber mehr als ungerecht war. Diese Überlegungen vermischten sich mit seiner Sorge um Habi, der heute Morgen auf ihn und seine Berührung, auf die Zuckerkugel warten würde, aber er saß im Zug nach Süden, flitzte wieder einmal zwischen zwei Welten hin und her.

Schuldgefühle. Er fühlte sich schuldig. Das Lager wurde von einem einzigen Arzt, zwei Nonnen und ein paar Freiwilligen geführt; drei Ärzte waren gestorben. Auf dem Höhepunkt der Krise mussten sie sich um siebenhundert Patienten in dreihundert Betten kümmern, da sie manchmal zu zweit oder dritt in einem Bett lagen.

»Ich sage Ihnen«, meinte die Ärztin Kanchana, »es war wie in Scutari, bevor Ihre Florence Nightingale kam.«

»Nicht meine Florence Nightingale«, widersprach er. »Ich bin Inder.«

»Verzeihung«, neckte sie ihn. »Aber ein sehr vornehmer, wie ich finde.«

Seiner Ansicht nach war es an diesem Ort nicht angebracht zuzugeben, dass er den ganzen Krieg in England verbracht hatte. Überall, wo er hinsah, entdeckte er Elend: eine Frau mit einem böse zugerichteten Kind auf ihrer Brust, zum Trocknen aufgehängte Fetzen, ein schwach erleuchtetes Zelt, in dem vier Leute erstarrt mit offenen Mündern saßen. Sie hatten über Nacht alles verloren.

Anfangs war er in einen Zustand wachsamer Fühllosigkeit verfallen, der ihm von den Stationen, auf denen er in London gearbeitet hatte, vertraut war, aber nachdem er sich eingewöhnt hatte, war seine Zeit im Lager in einer schwindelerregenden Abfolge von Untersuchungen, Dosierungen, Wunden vernähen, Injektionen verabreichen vergangen: ein Patient nach dem anderen mit Stichwunden, Durchfall, Cholera, Unterernährung, Verbrennungen, Lungenentzündung. Der Leiter des Lagers hatte ihn angefleht, noch zu bleiben, und das wäre er auch, aber er musste nach Hause zu einer Frau, die das womöglich nicht verstehen konnte. Woher auch? Er hätte es selbst nicht geglaubt, wenn er die Schrecken nicht mit eigenen Augen gesehen hätte.

Der Zug bewegte sich langsam durch ein Gewirr aus elektrischen Leitungen und hinfälligen Hütten am Rande einer Stadt, deren Namen er nicht lesen konnte. Als sie bald darauf durch die offene Landschaft fuhren, wo der braune Staub den Horizont verschwimmen ließ und wie einen Traum auflöste, wirkte die Welt wieder flüssig und substanzlos. Seine Füße dampften nass in den Schuhen, und auf seinem Rücken hatte sich ein brennender Hitzeausschlag ausgebreitet. Er hatte vergessen, wie unerträglich die Wochen sein konnten, die dem Monsun vorausgingen: In der vergangenen Woche war das Thermometer vier Tage hintereinander über die 43-Grad-Marke gestiegen. Seinen romantischen Bericht über den Monsun, mit dem er Kit unterhalten hatte, empfand er jetzt als weitere Irreführung. Die stickigen Nächte vor dem Regen hatte er genauso ausgespart wie die sterbenden Vögel, den Fußpilz, die schlechte Laune. Ein schöner Fremdenführer war er.

Als der Zug unter Dampf in den Bahnhof einfuhr, entdeckte er sie neben dem Chai-Stand auf Bahnsteig 1. Etwas in ihm hatte gehofft, sie in indischen Kleidern zu sehen, als Zeichen der Veränderung, aber sie trug das blaue Kleid, das er einmal geliebt hatte. Unter der Krempe ihres Huts konnte er das Profil ihrer Patriziernase erkennen. Sie hielt ihre Hände verschränkt. Als sie sich ihm zuwandte, blinzelte sie, aber er hätte nicht sagen können, ob der Grund dafür die Sonne oder ihre Qual war.

Er hatte ein Zimmer im Ambassador Hotel gebucht, einem abblätternden zweigeschossigen Gebäude am Meeresufer. Unter Schmerzen und schwitzend saß er neben ihr im Familienwagen, nah genug, um den weichen Flaum ihrer Wange und die violetten Sprenkel in ihren braunen Augen zu sehen. Er wollte sie küssen, aber sie war es, die sich abwandte und mit einem argwöhnischen Lächeln Richtung Fahrer meinte: »Chandy ist gekommen, um seine Familie zu sehen.«

Als sie sich später in ihrem Zimmer im Obergeschoss befanden, standen sie sich linkisch gegenüber. Sie legte ihre Hand auf seine Haare und sagte: »Du hast abgenommen.« Als sie seine Hüftknochen berührte, wich er unwillkürlich zurück.

»Was ist denn?«

»Ich weiß nicht«, sagte er, verwirrt von diesem plötzlichen Widerspruch. Noch vor fünf Minuten hatte er sich danach gesehnt, mit ihr ins Bett zu gehen, jetzt machte es ihn wütend, dass sie einfach davon ausging, ihn nach Lust und Laune überall berühren zu können. Er trat ans Fenster und zündete sich eine Zigarette an.

»Es ist schön von dir, dass du den weiten Weg auf dich genommen hast.«

»Sei nicht albern, das war doch so vorgesehen.« Sie blickte ihn verwundert an. »Ich habe dich dreieinhalb Wochen nicht mehr gesehen. Ich dachte schon, du würdest nie mehr nach Hause kommen.«

»Nun«, er versuchte ihr Lächeln zu erwidern, »jetzt bin ich hier.«

»Ja«, sagte sie nach langem Schweigen. »Jetzt bist du hier.« Sie warf ihm einen Blick purer Verzweiflung zu. Ihre Stimme wurde lauter. »Und das ist alles? Keine Erklärung darüber, wo du gewesen bist oder ob du einen Job hast oder wo du als Nächstes hingehst?«

So wütend hatte er sie noch nie gesehen.

»Oh Kit.« Er ließ sich schwer aufs Bett fallen. »Könnte ich vielleicht erst ein Bad nehmen und etwas essen? Wäre das zu viel verlangt?«

»Nein, Anto, natürlich nicht, was immer du möchtest.« Sie setzte sich auf die andere Seite des Betts und kniff sich in die Nase.

»Können wir später darüber reden?«

»Gut.«

»Gib mir etwas Zeit, Kit.«

»Was immer du möchtest.« Sie atmete geräuschvoll aus. »Du kämst sicherlich bestens damit zurecht, wenn ich wochenlang fortbliebe, ohne dich zu informieren.«

»Bitte, Kit.« Er versuchte, ihre Hand zu ergreifen. »Es tut mir leid. Ich bin so müde. War es sehr heiß auf der Fahrt hierher?«

»Ach nicht doch, Anto.« Der Anflug eines Lächelns, als sie ihn ansah. »›War es sehr heiß auf der Fahrt hierher.‹ Du klingst wie der König.«

»Du lieber Himmel, das will ich doch nicht hoffen«, erwiderte er mit unvermittelter Heftigkeit. Er drückte seine Zigarette aus und warf sie aus dem Fenster.

»Anto«, ihre Stimme war so gedrückt und luftlos wie der Tag, »was in Gottes Namen ist denn mit dir?«

Durch das Fenster sah er die violetten Wolken, die sich am Rande des Horizonts zusammenballten. Es war nur noch eine Frage von Tagen, wann der Monsun hier sein würde, und plötzlich überkam ihn der verrückte Wunsch, er möge sie alle überschwemmen.

»Möchtest du bleiben?«, fragte er. »Hier, meine ich.«

»Natürlich will ich das.« Ihre Stimme schwankte. »Ist das nicht unser Urlaub?«

Er starrte sie verloren und elend an. War es eine Täuschung des Lichts oder der Zeit, dass das Feuer, das er einst in ihrer Gegenwart gespürt hatte, nicht mehr vorhanden war? Die Erinnerungen an die Wickam Farm, die langen Gespräche im Flüsterton, die kindischen Scherze, wer an der Reihe war, die Zehen auf die Wärmflasche zu legen, die Traumvision von Indien, die er vor ihr ausgebreitet hatte – all das kam ihm jetzt maßlos übertrieben vor.

Auch dieses Zimmer konnte er nicht ausstehen – das durchgelegene Bett mit seinem fleckigen Moskitonetz, die Fliesen, auf denen kein Teppich lag. Etwas Besseres hätte er sich nicht leisten können, doch dies war ein elender Ort für die richtigen Flitterwochen, die er ihr einmal versprochen hatte.

»Es tut mir leid, Kit, aber ich möchte lieber nach Hause«, sagte er. »In wenigen Tagen wird der Monsun einsetzen. Noch haben wir Zeit.«

»Welches Zuhause?« Sie hob ihr Kinn und starrte ihn herausfordernd an. »Mangalath? Oh, das ist jetzt also unser dauerhaftes Zuhause? Danke, dass du mich davon in Kenntnis setzt.«

»Ich werde Geld brauchen für unser eigenes Heim, eine richtige Arbeit.«

»Ich dachte, einen Job zu finden sei der Grund dafür gewesen, warum du weggingst. Wäre es allzu dreist, dich diesbezüglich zu fragen?«

»Es tut mir leid, Kit, ich werde es dir später erklären. Es ist kompliziert.« Plötzlich verspürte er eine irrationale Sehnsucht nach Downside, den ordentlich aufgereihten Betten, der Gemeinschaft von Männern, der Unterdrückung heftiger Gefühle.

»Und mir tut es auch leid.« Sie zeigte einen Moment lang wortlos mit ihrem Finger auf ihn. »Die Sache ist nämlich …« Ihre Augen blitzten, ihr blaues Kleid hatte Schweißflecken. »Die Sache ist die, dass ich meine eigene Arbeit habe und dies womöglich für lange Zeit meine einzige Chance auf einen Urlaub ist. Wenn du also nach Hause möchtest, nur zu, ich werde dann später auf eigene Faust nachkommen, weil ich nicht einfach widerspruchslos …«, ihr gingen kurz die Worte aus, »… hinter dir hertrotten werde … wie eine … wie eine indische Ehefrau.«

»Was soll das heißen: wie eine indische Ehefrau?«

Als die Luft zwischen ihnen sich knisternd auflud, löste sich etwas in ihm. Wenn sie nicht bereit war, sich zurückzuhalten, war er es auch nicht.

»Na ja, da wäre erst mal das Warten, dann, dass man jegliches Gefühl für sich selbst aufgibt, keine Entscheidungen mehr trifft, gesagt bekommt, was man zu tun hat, und dazu noch diese Langeweile.« Ihr Lächeln strahlte vor Sarkasmus.

Er saß lange da und blickte zu Boden. »Habe ich dir jemals gesagt, du sollst deinen Job aufgeben, Kit? Habe ich das? Das ist so verdammt unfair … so …« Er war zu wütend, um die richtigen Worte zu finden. »Dir wurde erlaubt zu arbeiten«, brach es schließlich aus ihm heraus. »Ich hatte dich nur gebeten, während meiner Abwesenheit in Mangalath zu bleiben.«

»Erlaubt zu arbeiten«, wiederholte sie. »Ich Glückliche!«

Er legte den Kopf in die Hände. Am liebsten hätte er sie geschlagen. »Was für ein Mist«, sagte er schließlich. »Wirklich.

Absoluter und völliger Unsinn.« Er schüttelte den Kopf. »Aber da wir jetzt schon mal darüber sprechen, wie lange hast du vor dortzubleiben?«

»So lange wie möglich.« Ihre Stimme war hart und trotzig. »Ich habe es Daisy versprochen, und … das habe ich dir noch nicht erzählt, aber es sind einige Sachen verschwunden, die von den Oxford-Damen auf den Weg gebracht wurden. Ich muss der Sache auf den Grund gehen.«

»Du steuerst trübe Wasser an.« Er wischte sich mit einem Taschentuch den Schweiß vom Gesicht. »Ich rate dir, dich da rauszuhalten.«

»Wirklich? Danke für den Rat.«

»Es sind stürmische Zeiten«, fuhr er mit leiser Stimme fort. »An diesem Heim scheiden sich die Geister. Wenn Dinge verschwinden, dann werden die Männer, die darin verwickelt sind, mit Sicherheit Waffen haben: Gewehre, Messer, Latten, Streichhölzer, was immer sie in die Hände bekommen.«

»Anto«, unterbrach sie ihn, »die Hebammen kommen.«

Er atmete heftig aus, kaute an der Innenseite seiner Lippe. Ein Windstoß rappelte am Fenster. Eine schwarze Kumuluswolke überschlug sich am Himmel. Er drehte sich wieder zu ihr um. »Ist Mangalath denn so schlimm? Gibt es denn abgesehen von deiner Arbeit gar nichts, was dir hier gefällt?«

»Nichts.« Sie legte ihr Gesicht in ihre Hände. »Tatsächlich gar nichts, wenn ich jetzt darüber nachdenke«, sagte sie mit erstickter Stimme. Dann hörte er ihren tiefen Seufzer. Sie trat ans Waschbecken in der Zimmerecke, ließ das von Rost verfärbte Wasser laufen und spritzte es sich ins Gesicht.

»Kit.« Er reichte ihr ein Handtuch. »Das ist keine gute Zeit zum Streiten. Vor dem Monsun – da geht es allen so.«

Sie trocknete ihr Gesicht und sah ihn an. Ein langes Schweigen folgte. »Du hast recht«, sagte sie kleinlaut und ausdruckslos. »Lass uns nicht weiter streiten.« Und nach einigem Nachdenken fügte sie hinzu: »Aber es ist nicht nur der Monsun. Mangalath ist wunderschön, doch ohne Arbeit wäre ich vergangenen Monat vor Langeweile umgekommen. Die Arbeit, die ich offenbar aufgeben soll, wenn es nach dir geht.«

»Du bist ungerecht, Kit.« Er ging auf sie zu und ergriff ihre Hand. »Eindeutig unter der Gürtellinie. Ich bitte dich doch nur, der Familie Gewicht zu geben.«

»Im Vergleich womit?« Sie klang sehr müde.

»Mit der Arbeit.«

»Anto«, ihre Stimme wurde weich, »wir können doch beides haben, aber nicht, wenn du wegläufst und deine verdammten, an alle gerichteten Briefe schreibst.«

»Komm her.« Er zog sie in seine Arme, und sie legte den Kopf an seine Brust.

»War es schlimm im Lager? Ich habe dich noch gar nicht gefragt.«

»Für mich war es nicht schlimm. Ich konnte es verlassen.« Sie glättete sein Haar und strich ihm übers Gesicht. »Lass uns hierbleiben«, sagte sie sanft. »Lass uns reden.«

»Später«, sagte er. »Nicht jetzt.« Die Vorstellung, vor ihr in Tränen auszubrechen, war ihm verhasst.

Hoch über ihrem Kopf befand sich ein rundes Fenster, geformt wie ein Bullauge. Die dunkelvioletten Wolken draußen wurden dunkler, ein Vogel schoss über den Himmel.

»Uns wird gar keine andere Wahl bleiben.« Er schluckte. »Der Monsun kommt, Madam.« Seine indische Stimme.

»Und übrigens«, ergänzte er trocken, »als du vorhin davon sprachst, auf eigene Faust nach Hause zu fahren, woran hattest du da gedacht: einen fliegenden Teppich, den Jetstream? Wem gehört der Wagen?«

»Mach dich nicht lustig, Anto. Ich hasse dich noch immer.«

»Ich weiß.« Er verstärkte den Druck seiner Arme. »Ich Armer.« Die Reinheit ihrer Wut hatte eine merkwürdige belebende Wirkung auf ihn gehabt, als käme er aus einer Narkose zurück. »Küss mich.« Er schob ihr Haar am Hinterkopf zu einem Knoten zusammen.

Sie nahm sein Gesicht in ihre Hände. »Warum sollte ich?«

»Weil du mich liebst, weil du schön bist, weil du köstlich duftest.« Er strich ihr übers Haar. »Ist das Rosenwasser?«

»Versuch ja nicht, mich um den Finger zu wickeln. Es ist so heiß«, murmelte sie. »Fühl nur mein Kleid.« Es klebte ihr am Rücken.

Sie nahm ihn an der Hand und führte ihn in das altmodische Badezimmer. Der Fußboden war rot gestrichen, und in einer Ecke stand ein großer Wasserbottich. Durch die in die Decke eingesetzte Glasscheibe fielen Muster auf den Boden. Ihr Kleid gab ein schmatzendes Geräusch von sich, als er es ihr über den Kopf zog.

»Setz dich.« Sie führte ihn zu einem kleinen Hocker mit einem Sitz aus Kork. Im Unterrock und mit nackten Füßen stand sie vor ihm und wusch ihm seinen Rücken und seine Arme und küsste dann seinen Nacken.

»Es ist wahnsinnig heiß«, sagte er. »Keiner sollte sprechen, bevor der Regen kommt.« Er zog ihren Unterrock hoch und wusch sie mit dem Schwamm zwischen ihren Brüsten. »Dies ist ein sehr alter Monsunbrauch.«

»Verdammter Lügner.« Sie lehnte sich an ihn und schloss die Augen.

Als sie zu Bett gingen, summte der violette Himmel, der ein scheckiges und verzerrtes Licht warf. Der Schweiß lief ihm über die Wangen, als er sie küsste, und als er später auf dem Rücken lag und zur Decke hinaufschaute, drangen gedämpft die anschwellenden Klänge einer auf der Straße vorbeiziehenden Prozession in sein Bewusstsein. Trommeln, Becken, eine kieksende Trompete, das Geplapper menschlicher Stimmen.

»Das Fest für Indra«, erläuterte er ihr schläfrig. »Der Gott, der dafür sorgt, dass der Monsun kommt.«

Etwa eine Stunde später prasselte der Regen gegen die Fensterscheiben.

»Ist er das?«, fragte sie. »Ist er da?«

»Noch nicht.« Er sehnte sich nach der Erlösung, die er brachte. »Die Zeitungen haben berechnet, dass er innerhalb der nächsten beiden Tage kommt.«

»Wie wird sich das bemerkbar machen?«

»Der Himmel wird noch dunkler werden, die Vögel werden ganz still, die Luft ist geladen.«

»Wenn wir nur genauso berechenbar wären«, meinte sie.

Er dachte still darüber nach. In gewisser Weise waren auch die Menschen berechenbar: die wilden Veränderungen der Adoleszenz, die Sehnsucht nach Kindern, die neunmonatige Schwangerschaft, der Verlust von Haaren und Zähnen im Alter.

»Wenn der Regen kommt«, er schlief schon fast, »sind die Strände voll von Menschen, die tanzen … schreien … feiern … Es ist …« Seine Stimme wurde undeutlich und verstummte dann ganz.

Als er etwa eine Stunde später wieder wach wurde, liebten sie sich erneut mit einer Heftigkeit und Ausdauer, die er so noch nie erfahren hatte. Als es vorbei war, stand er auf, setzte sich aufs Bett und rauchte eine Zigarette.

Er trat ans Fenster, vor dem der dünne Musselinvorhang flatterte. Blickte in den schwarzen Himmel, auf die ziellos umherfliegenden Vögel, spürte, wie das Meer den Boden unter seinen Füßen in Schwingungen versetzte. Der Monsun braute sich zusammen.

Kapitel 25

Beim Frühstück am nächsten Morgen brachte uns unser Kellner mit einer Miene kaum unterdrückter Erregung eine Ausgabe von »The Hindu« an unseren Tisch, damit wir bezüglich des Monsuns auf dem Laufenden blieben, der, wie die Titelseite zuversichtlich verkündete, gegen fünfzehn Uhr zehn an diesem Nachmittag »in voller Stärke und Pracht« erwartet wurde. Die Stadt, so war zu lesen, sei »brechend voll« mit Besuchern: Es gebe kein Zimmer mehr in den Gästehäusern der Regierung. Für den heutigen Abend wurden Partys und Freudenfeuer und große Feierlichkeiten angekündigt.

Anto hörte sich all das mit leuchtenden Augen an. An diesem Morgen sah er so gut aus wie ein Filmstar, seine Haare waren noch feucht vom Bad, und er trug ein weißes Hemd – wiederhergestellt, wie ich fand, durch unser Liebesspiel. Ich saß mit wohltuend schweren Gliedern da und genoss seinen Anblick eine Weile, da ich aber so wenig über seine Arbeit während der vergangenen Wochen im Flüchtlingslager wusste, fragte ich, wie es dort gewesen war. Ich bereute es allerdings sofort, als ich sah, wie das Licht in seinen Augen erlosch. Schlechtes Timing. Er stocherte lustlos in seinen Eiern mit Speck herum, die er bestellt hatte, und schob bald seinen Teller zur Seite.

»Es käme mir falsch vor, das zu beschreiben, während ich all das hier esse«, meinte er.

»Ach nicht doch, Anto.« Ich spürte den Zorn wieder aufbranden. »Du sprichst schließlich mit mir. Und ich denke, dass ich schon eine gewisse Vorstellung davon habe.«

Also erzählte er mir wenigstens einen Teil davon, sah mich dabei an, ohne mich zu sehen, als wäre eine Glaswand zwischen uns.

»Ich hatte keine Ahnung, wie schlimm es dort ist: Tausende heimatloser Menschen, in Zelten zusammengepfercht. Mit Schusswunden, Cholera, Tuberkulose, Windpocken, Frauen, die Babys bekamen. Wir hatten dreimal am Tag Sprechstunde. Standen bis zu unseren Knien in der Scheiße.«

»Warum hast du mir nicht gesagt, dass du dort bist?«, fragte ich ihn. »Hältst du mich denn wirklich für derart egoistisch?«

Er ging darüber hinweg und legte die Hände auf den Tisch zwischen uns. »Wir haben in England in trügerischer Sicherheit gelebt mit all dem Stuss über das Ende des Empires. Es war ein Schlachthaus. Diese Leute hier haben nichts mehr.«

»Wir mögen uns zwar selbst etwas vorgemacht haben, aber in Sicherheit waren wir nicht. Schließlich hatten wir in England auch ein bisschen Krieg.«

»Ich habe nicht genug Fragen gestellt.«

»Hier fragt uns auch keiner nach dem Krieg, so machen die Menschen das, um damit klarzukommen«, versuchte ich ihn zu trösten.

»Schon möglich.« Seine Hände zuckten, überzeugt war er nicht.

»Wirst du dorthin zurückkehren?«

»Ich weiß es nicht, aber da ist Folgendes«, sagte er, immer

noch, ohne mich anzusehen. »Dort oben gibt es Arbeit. Ich hatte gehofft, du würdest mit mir kommen.«

Und dann sah er mich an, so hoffnungsvoll, dass ich wusste, welche Antwort er erwartete: dass ich, falls nötig, mit ihm bis ans Ende der Welt gehen würde. Aber wir waren nicht in einem Film.

»Und wann wäre das?«

»Sobald es dir möglich ist.«

Der Kellner kam auf uns zugeschossen, um Chai nachzuschenken, wurde jedoch ungeduldig weggescheucht.

»Ich kann nicht«, sagte ich. »Wir fangen im nächsten Monat unseren ersten Hebammenunterricht im Moonstone an. Ich habe versprochen, dabei zu sein.«

»Ah.« Seinen absichtlich ausdruckslosen Blick konnte ich nicht deuten, aber ich fühlte mich plötzlich wie Maya, eine Frau, die etwas Verabscheuungswürdiges und Missliebiges tut.

Er stieß einen tiefen Seufzer aus, stützte sein Kinn mit der Hand ab und sah mich an.

»Nun, was für ein schöner Urlaub«, meinte er. »Zwei Herzen im Gleichklang.« Seine kindische Reaktion schockierte mich.

»Du musst schon fair sein, Anto«, platzte es aus mir heraus, was den Kellner zu faszinieren schien, der demonstrativ einen Tisch in der Nähe abwischte. »Ich habe Daisy versprochen, das durchzuziehen. Das sagte ich dir bereits gestern Abend.«

»Ich weiß«, erwiderte er und sah mich dabei so verwirrt und elend an, dass ich mir wie ein Schuft vorkam.

Und wieder herrschte zwischen uns eine derart traurige Anspannung, dass es guttat, als wir uns später unter die Leute mischten, die in hysterischer Erwartung den Strand bevölkerten.

Auf unserem Weg zum Strand hinunter, wo der Wind in den Fahnenmasten singende Laute von sich gab und der düstere Himmel unter Hochspannung zu stehen schien, mussten wir uns am Geländer festhalten. Gegen fünfzehn Uhr fünfzehn ging ein Seufzen durch die Menge, und als die Trommeln einsetzten, packte Anto mich am Arm. Es war der unglaublichste Anblick, den ich je erlebt hatte, dieser schwarze Wolkenkegel, der sich immer weiter zusammenballte und die Form veränderte und nun wie ein lebendiges Tier auf die Küste zuraste. Vögel wurden wie Federbälle herumgewirbelt, Kinder festgehalten, damit sie nicht weggeweht wurden. Mein Kleid flappte wie ein Segel, und meine Füße bewegten sich im Rhythmus der Trommeln, der schrägen Trompetentöne, der herandonnernden Wellen und dem immer lauter werdenden Pfeifen des Windes, und ich wurde geradezu aus mir herausgehoben. Als ich Anto ansah, hatte er die Augen geschlossen, und sein Gesicht war verzerrt, als würde er das Geschehen in sich aufsaugen.

Plötzlich schüttete es wie aus Eimern. »Macht es dir was aus, wenn du nass wirst?«, schrie Anto mir zu. Seine Haare tropften, sein Gesicht war verzückt, sein Hemd klebte ihm am Brustkorb. Ich verspürte unendliches Verlangen nach ihm.

»Überhaupt nicht«, schrie ich zurück. »Ich liebe es, ich liebe es, und ich liebe dich.«

Und da standen wir, zwei entgeisterte Wilde, und sahen zu, wie der Regen herunterprasselte und der Wind brüllte und die Vögel rückwärtsflogen und die gewaltigen Wellen ans Ufer krachten. Nass bis auf die Haut rannten wir zurück ins Hotel, rubbelten uns gegenseitig ab und verbrachten den Rest des

Nachmittags im Bett. Ich wusste, dass er sich noch nicht wieder beruhigt hatte, und mir ging es genauso, weshalb unser Liebesspiel sich nicht wie ein Waffenstillstand oder wie eine Flucht anfühlte, sondern wie etwas Tieferes, Süßeres: das Eingeständnis, dass Menschen ihr eigenes Wetter hatten und es nicht immer kontrollieren konnten. So etwas Ähnliches jedenfalls.

Danach lag er auf dem Rücken und hatte die Hände hinter dem Kopf ausgestreckt, sodass ich fast zusehen konnte, wie seine Gedanken von den starren Augen zu seinem Mund wanderten.

»Fang nicht wieder an nachzudenken, Anto«, flehte ich ihn an und brachte ihn damit fast zum Lächeln. »Mir gefällt es so besser.«

»Ich muss aber.« Er drückte meine Hand. »Ich wünschte, es wäre anders.«

»Dann versuch doch, mit mir zu reden.«

Sein Gesicht war mir halb verborgen, als er sagte: »Vermisst du deine Mutter?«

»Ja«, sagte ich überrascht. Ich überlegte. »Mehr, als ich gedacht hätte.«

Er legte einen Arm um mich. »Schreib ihr.«

»Das habe ich ja versucht, sie antwortet nicht.«

»Versuch es wieder. Am Ende ist es nur der Stolz.«

»Glaubst du wirklich?« Ich hatte mich jetzt auf meinen Ellbogen aufgestützt und sah ihn traurig an.

»Ja, das tue ich. Weißt du, Kit, du kannst dem nicht entkommen. Ich habe es bei meiner eigenen Familie versucht und weiß jetzt, wie tief sie in mir eingegraben ist.«

Dann berichtete er mir, dass er im nächsten Monat noch einmal weg sein würde. Er würde im Lager arbeiten. Es war eine Arbeit, für die er bezahlt wurde: Es war nicht viel – zweihundertfünfzig im Monat –, aber das konnte er alles sparen und nach Hause schicken. Danach würde er zurück nach Travancore kommen und jeden Job annehmen, den er finden konnte.

»Es muss doch was für dich geben.« Ich gab mir Mühe, nicht zu weinen: Für mich sah es danach aus, als sei er auf der Flucht, und ich war machtlos dagegen. »Ich weiß ja, wie hart es ist, aber warum hast du aufgehört, mit mir zu sprechen? In England hast du mit mir über alles geredet, und ich mochte das. Geht es in der Liebe nicht darum: dass man sich entblößt, jemandem seine Geheimnisse anvertraut?«

Er sah mich an und lächelte.

»Hast du denn Geheimnisse vor mir?«, fragte er schließlich. »Das denke ich nämlich.«

»Ich versuche, keine zu haben.« Ich wich aus. Aber es stimmte nicht ganz.

Die Luft hatte sich geklärt, um uns herum und in uns, und während der nächsten süßen Nacht liebten wir uns, gaben uns Versprechen und erfanden Namen für die Kinder, die wir haben würden. Doch es hielt nicht an: Am nächsten Tag beim Frühstück erklärte Anto mir, wir müssten am nächsten Morgen zurück nach Hause. Als ich ihn überrascht ansah, sagte er: »Einige Straßen werden bereits überflutet sein. Wir dürfen nicht stecken bleiben.« Ein gebieterischer indischer Ehemann, der seine Befehle abfeuerte.

»Zwei Tage!«, sagte ich nach langem, brütendem Schweigen. »Das soll ein Urlaub sein?«

Anto blickte von seinem Dosa hoch. »Ich habe doch versucht, es dir zu erklären, Kit: Mangalath verliert Geld, und wir müssen jetzt alle dafür sparen.«

Die Luft zwischen uns knisterte von all den unausgesprochenen Worten, und ich hasste ihn für seine geduldige Miene. Mit angespannter Stimme sagte ich, dass ich gern Geld in die Familienkasse einbringen würde, wir aber gelegentlich auch mal eine Pause brauchten. Er atmete heftig aus, sah aus dem Fenster, kaute an der Innenseite seiner Lippe. Schweigend kehrten wir in unser Zimmer zurück.

Es wurde schlimmer. Eine Stunde später, als ich zusammenpackte, kam er mit meinem Diaphragma in der Hand aus dem Badezimmer. Ich hatte es ausgespült und gepudert, aber in der Erregung der vergangenen Nacht in seiner Plastikschachtel auf der hohen Fensterbank liegen lassen.

»Warum hast du mir nichts davon gesagt?« Er legte die Schachtel auf den Nachttisch.

Nach einer langen Pause sagte ich: »Ich wollte warten, bis du eine Arbeit näher an Zuhause gefunden hast. Ich wusste nicht, wie katholisch du bist. Ich war feige. Es tut mir leid.«

Er machte seiner Enttäuschung lautstark Luft und entfernte sich von mir. Er wird mich schlagen, jagte es mir durch den Kopf, denn er sah so wütend aus. Aber er seufzte nur und legte seinen Kopf in seine Hände.

»Und du wirfst mir vor, Geheimnisse vor dir zu haben!«

Ein so großes Geheimnis konnte es nicht gewesen sein, sagte ich mir, als ich auf der Rückfahrt hinten im Wagen saß und mich wie eine Verbrecherin fühlte – eine wütende Verbrecherin. Während unserer ersten in Mangalath verbrachten Tage hatte er sich manchmal abrupt aus mir zurückgezogen, als hätte er Angst vor dem, was daraus werden könnte, und ich hatte es verstanden, weil ich um unsere wirre Gefühlslage wusste. Hatte er sich denn sonst, fragte ich mich wutentbrannt, nicht gewundert, warum ich in den Zeiten, in denen er in mir blieb, nicht schwanger wurde? Er war schließlich Arzt, er musste es gewusst haben. Während ich vor mich hin brütete, fuhr der Wagen schlingernd und schwappend über eine kaputte Straße, gesäumt von Palmen, die sich mit ihren nassen, vom Wind gepeitschten Wedeln gegen den Monsun stemmten, der nun in nordöstlicher Richtung zog. Chandy, der vermutlich ebenfalls wütend war, weil auch sein Urlaub gekürzt worden war, fuhr mit Bleifuß.

Der Wagen stoppte. Chandy stieg aus, um zu pinkeln. Anto, der kaum ein Wort gesagt hatte, drehte sich zu mir um und fragte: »Was werden wir nun tun?« Er rieb sich die Augen und sah so müde und verwirrt aus, dass meine Wut verschwand und seine Traurigkeit auf mich überging.

»Gib mir ein, zwei Monate«, sagte ich. »Das ist alles.«

Hastig schob ich nach, dass ich ihn liebte und mich auf Babys freute, was auch der Wahrheit entsprach. Ich brauchte nur noch ein wenig Zeit. Er nahm meine Hand und drückte sie fest. »Wenn es dir damit ernst ist, und das hoffe ich«, flüsterte er eindringlich, »dann flehe ich dich an, dass du nur so lange im Moonstone bleibst, wie es dort sicher ist. Du kennst dieses Land nicht gut. Wenn ein Baby stirbt, werden sie dich umbringen.«

Er verstummte. Chandy tauchte aus den Büschen auf und kam zum Auto zurückgerannt. Als er nah genug war, um unsere Gesichter zu sehen, blieb er abwartend im Regen stehen.

Kapitel 26

Als Anto nach Hause kam, wartete dort ein Brief auf ihn mit dem Angebot, zwei Monate als Vertretungsarzt in einer Tuberkuloseklinik in der Nähe des Flüchtlingszentrums von Quilon zu arbeiten. Weil damit eine anständige Entlohnung von vierhundert Rupien plus Unterkunft und Verpflegung verbunden war, entschloss er sich sofort, die Stelle anzunehmen. Schon in vier Tagen sollte er anfangen.

Eine neue Arbeit wäre normalerweise ein Grund zum Feiern gewesen, aber wir betrachteten dieses Angebot mit Vorsicht, weil wir beide von unserem Streit in Trivandrum noch zutiefst erschüttert waren.

Zwei Tage nachdem Anto aufgebrochen war, zitierte Appan mich in sein Arbeitszimmer in Mangalath, wo wir ein Katz-und-Maus-Gespräch über seinen Sohn begannen. Appan hoffte auf meine Unterstützung, »weil die Familie der Kern all dessen ist, was wir tun«. Er wusste, dass es für eine junge Frau schwer war, so lange Zeit allein gelassen zu werden; das war es auch für Amma gewesen, weshalb sie so empfindlich reagierte.

Er zündete sich eine Zigarette an, sah mich mit seinen dunklen Augen unter den schweren Lidern an und meinte, ich könne mich glücklich schätzen, eine Arbeit in Südindien zu haben, die fortschrittlich sei, weil sie die Frauen darin unterstützte, sich beruflich zu qualifizieren. Das sei die Zukunft, aber man müsse angesichts der Veränderungen einfühlsam sein.

Schließlich fühlte er mir auf den Zahn, was das Heim, meine Arbeit dort und die Ausbildung betraf.

»Mir wird versichert, dass dies ein Ort ist, auf den die Familie stolz sein kann«, sagte er und fixierte mich mit seinem berüchtigten Blick. »Und dass deine Arbeit hauptsächlich administrativer Natur ist.« Im nächsten Atemzug teilte er mir mit, ich dürfe die folgenden beiden Wochen in einem Haus der Familie in der Nähe des Strands von Fort Cochin wohnen. Das Haus gehörte Appans Cousin Josekutty, ebenfalls Anwalt, der es nur als Feriendomizil benutzte. Er zeigte mir die Lage des Hauses auf einer Karte, und ich konnte mir ein Lächeln kaum verkneifen, als ich sah, dass es auf der Rose Street lag, zwei Häuserblocks vom Moonstone und nicht weit von den chinesischen Fischernetzen entfernt – ein hübscher Teil der Stadt. Zwei vertrauenswürdige Bedienstete der Familie würden sich dort um mich kümmern.

Als er mich lächeln sah, wurde er ernst. Zwei Bedingungen seien nicht verhandelbar: Nummer eins (ein steifer erhobener Finger), dass ich jedes Wochenende zurück nach Mangalath käme. Nummer zwei (ein auf mich gerichteter Finger), dass ich mit niemandem außerhalb der Familie über die neuen Freiheiten sprach.

»Ich möchte keinen Klatsch über dich hören«, sagte er.

Der einschüchternde Adleraugenblick erinnerte mich an Antos Geschichten über den Riemen im Schreibtisch, die aufbrausende Wut. So weltoffen und reizend er sein konnte, anlegen sollte man sich nicht mit diesem Mann.

Als ich das Haus an der Rose Street sah, verliebte ich mich sofort. Dies hier war wie geschaffen für das Zusammenleben von Anto und mir und den Neuanfang, nach dem ich mich sehnte.

Es war kein bisschen herausgeputzt: Es sah aus wie ein kleiner, leicht baufälliger chinesischer Tempel mit seinem schrägen ziegelgedeckten Dach und der tiefen Veranda mit einer Schaukel darauf – ein Holzbrett, das mit einem Kokosseil am Dach befestigt war. Ein kühler Korridor führte durchs Haus hindurch in einen zentralen Innenhof, wo es nach Jasmin und Mimosen duftete.

Die beiden Bediensteten, Mani, der Mann für alles, und seine Frau Kamalam, Köchin und Hausmädchen, zusammen mit ihrem siebenjährigen Sohn Uni, waren ganz reizend und stolz auf das Haus. Sie zeigten mir eine primitive, aber zufriedenstellende Küche und die vier Schlafzimmer, die alle mit geschnitzten Holzbetten und schlichten Möbeln ausgestattet waren und geflieste Böden hatten.

Und in diesem Fall stimmte das Timing. Am Tag nach meinem Einzug und nach umständlicher Konsultation der astrologischen Karten kam Madhavan Thambi, der neue Minister für Gesundheit und Familie, mit der versprochenen einjährigen Zuwendung von der Cochin Medical Foundation (Dr. A. weigerte sich immer noch zu sagen, in welcher Höhe), die er nach einer kurzen Zeremonie in einem Umschlag überreichte. Außerdem hatte er eine glänzende Plakette für unser Wartezimmer dabei und verfolgte mit ironischem Blick, wie diese neben einem Bild der Göttin Bhadrakali mit ihren drei Augen und zwölf Händen, dem Kopf, aus dem Flammen züngelten, und dem Mund mit einem kleinen vorstehenden Stoßzahn aufgehängt wurde, deren Aufgabe es war, mit einer großen weiblichen Armee Dämonen zu töten.

»Ich möchte mich nicht mit ihr anlegen«, sagte er schelmisch, und wir lachten alle höflich.

Dank unserer Fördergelder verfügten wir jetzt über einen Personalstab von zwölf Leuten: Dr. Annakutty und ich, Maya, vier Krankenschwestern, vier Kräfte für Reinigung und Kochen und Schwester Patricia, eine grobknochige irische Nonne von etwa vierzig Jahren, die zwei Mal in der Woche aus einem Konvent vor Ort zu uns kam.

Zur Vorbereitung auf diesen Tag war Maya massiv gegen die Ratten unter dem Dach vorgegangen, die nun fast alle tot waren, und das neue Schild des Heims in Violett, Rot und Gelb war so angebracht, dass es von der Straße aus gut sichtbar war. Das Wichtigste war jedoch, dass Mr. Namboothiri, der uns unermüdlich mit Farbe versorgte, mitten in der Nacht in dem Rauchwolken ausstoßenden und mit Farbe bekleckstsen Bus, den wir wegen des einen fehlenden Scheinwerfers Zyklop nannten, losgefahren war, um unsere ersten zehn Hebammen abzuholen. Fünf Stunden später trafen sie staubig und wie versteinert aussehend bei uns ein. Die meisten von ihnen waren noch nie in einem Bus gefahren und hatten auch den Verbund der kleinen Dörfer, in denen sie arbeiteten, nie verlassen. Eine winzige Frau mit Pockennarben kämpfte mit einer riesigen Bettrolle, einige hatten Henkelmänner dabei, wohl aus Sorge, sie bekämen hier nicht genug zu essen.

Einige lokale Musiker waren gebeten worden, der Zeremonie

ein wenig Schwung zu verleihen, und nach Trommeln und Flötenspiel wurden Weihrauch entzündet und Blütenblätter gestreut. Während Mr. Thambis langer monotoner Rede saßen die Hebammen auf ihren neuen Kokosmatten zu seinen Füßen und starrten ihn in offener Verwunderung an.

Als Nächstes sprang Dr. A. auf, ihre Nase bebte gewichtig, und hielt in ihrem üblichen Rat-tat-tat eine aufwühlende Rede, die Maya für mich übersetzte.

»Ihr Frauen seid die Zukunft Indiens – einige von euch haben mehr Erfahrung in eurem kleinen Finger als die männlichen Ärzte in den Krankenhäusern.« (Das begleitete sie mit einem Kichern, worauf heftiges Stirnrunzeln des Gesundheitsministers folgte.) »Aber es gibt Neues, was wir euch hier beibringen möchten: Hygienemaßnahmen, ein besseres Verständnis der Physiologie, damit es zu weniger Krisensituationen kommt.«

Sie teilte ihnen mit, dass sie am Ende des Kurses dieses Zertifikat bekämen – sie hob ein knisterndes Papier hoch – und dazu ihre eigene sterile Hebammenausrüstung. Maya öffnete eine kleine Blechdose, um ihnen einen verlockenden Blick auf deren Inhalt zu gewähren: Scheren, Tupfer, eine Flasche Jod, Seife und ein sauberes Handtuch.

Schwester Patricia verfolgte dies alles mit zur Seite gelegtem Kopf und einem begeisterten Lächeln auf den Lippen. »Sehen Sie sich ihre kleinen Gesichter an«, flüsterte sie mir zu. »Ganz aus dem Häuschen, die Lieben.«

Kurz darauf fuhr Mr. Thambi, der seit Beginn der Zeremonie immer wieder verstohlen auf seine Uhr geschaut hatte, in seinem laut aufheulenden Regierungswagen davon. Die Hebammen bekamen ein kleines Frühstück aus gedämpften

Bananen mit Upma, einem Grießgericht, und der erste Unterrichtsteil des Tages begann.

Jede Schülerin wurde gebeten, ihren Namen und ihr Alter zu nennen, dazu, wie lange sie schon praktiziere, wie viele Babys sie entbunden habe und ob sie verheiratet sei.

Ein paar von ihnen reagierten darauf mit störrischem Misstrauen und weigerten sich. Da erhob sich eine kleine gebeugte Frau, deren kunstvoll tätowierte Füße mit Staub bedeckt waren, und sagte in gutem Englisch (was für eine Erleichterung), sie heiße Subadra und komme aus Nilamperur, wo sie als leitende Hebamme arbeite. Ihr Englisch habe sie dort auf einer Missionsschule gelernt. Bis jetzt, sagte sie, habe sie sich den Fortbildungsangeboten der Regierung widersetzt, weil sie, wie sie äußerst stolz und auch ein wenig trotzig hinzufügte, »Hunderte und Tausende gesunder Babys« entbunden habe.

»Hunderte und Tausende?« Maya sah sie über den Rand ihrer riesigen Brille hinweg an. »Wie viele denn genau – für unsere Studie?«

»Keine Ahnung«, sagte die Frau. »Vielleicht viertausend.« Sie nahm schwerfällig Platz und murmelte der Frau neben ihr leise etwas zu, woraufhin diese sofort ihr Gesicht zu verbergen versuchte.

»Und Sie?« Dr. A. zeigte auf sie. »Stehen Sie auf. Sie brauchen nicht schüchtern zu sein.«

Die Frau warf einen ängstlichen Blick zur Tür. Als ihr aber klar war, dass sie weder fliehen noch sprechen konnte, flüsterte sie Subadra etwas zu, die für sie übersetzte.

»Sie heißt Bhaskari. Sie kommt aus einer Dalit-Familie. Ihre einzige Aufgabe bestand im Durchtrennen der Nabelschnur und der Entsorgung der Nachgeburt.«

Daraufhin wurde zwischen ein paar der anderen Hebammen gebrummelt. Ich wusste bereits, dass Frauen wie Bhaskari in einigen Bezirken in der sozialen Hierarchie ganz tief unten angesiedelt waren.

»Auch Sie haben eine wichtige Aufgabe, Bhaskari.« Und Dr. A. schenkte ihr ein Lächeln, was selten vorkam. »Wir werden Sie hier lehren, wie man das geschickt und sauber macht. Wir müssen alle lernen zusammenzuarbeiten.« Die eine Frau, die sich noch nicht wieder beruhigt hatte, traf der berühmte Basiliskenblick von Dr. A., und sie schrumpfte sichtlich zusammen.

»Setzen Sie sich, Bhaskari«, fuhr Dr. A. ruhig fort. »Wir freuen uns sehr, Sie bei uns zu haben.«

Eine Geschichte nach der anderen nahmen wir auf, von dicken, dünnen, jungen, alten, schlau und dumm aussehenden Frauen. Ein gemischter Haufen, wie Schwester Patricia mir zuflüsterte. Dann bekam jede Hebamme ein Blatt Papier und einen Bleistift.

»Als eure erste Aufgabe«, verkündete Dr. A., »zeichnet ihr bitte, wie es eurer Meinung nach im Körper einer Frau aussieht. Lasst euch Zeit. Das ist keine Prüfung, wir wollen unser Wissen teilen.«

Ich sah, dass Bhaskari Stift und Papier nahm und sofort mit einer Reihe selbstbewusster Kringel loslegte. Eine Frau steckte sich den Stift in die Falten ihres Saris und warf mir einen trotzigen Was-geht-dich-das-an-Blick zu.

Nach etwa zwanzig Minuten Gekritzel und Stöhnen und besorgten Blicken in unsere Richtung sammelte Maya die Blätter ein und fügte die Namen der sechs Frauen hinzu, die Analphabeten waren. Einige malten kindische Kreise mit

Eiern darin, einige zeichneten Frauen mit zufällig angeordneten Röhren und Schnörkeln als Eierstöcken.

Rosamma, die uns erzählte, sie habe bis zu dreißig Babys im Monat entbunden, meldete sich empört zu Wort: »Keiner weiß, wie es wirklich in einem menschlichen Körper aussieht – das können wir uns nur vorstellen.«

Schwester Patricia flüsterte: »Nun, von der möchte ich mein Baby nicht aus mir rausholen lassen.«

Am Ende des Tages verließ ich das Heim erschöpft und in dem Bewusstsein, dass ein Berg Arbeit vor uns lag.

Die Frauen kehrten am folgenden Morgen weitaus entspannter in das Klassenzimmer zurück. Rosamma, eine dicke Frau mit einem überbordenden Lächeln, brachte alle zum Lachen, als sie sagte, sie würde am liebsten den ganzen Tag tanzen, weil sie eine Weile von ihrem Ehemann losgekommen sei. Ihr gutes Englisch und ihr Selbstbewusstsein hatten sie bereits zur Anführerin der Gruppe und Übersetzerin gemacht.

Wir hatten die Frauen gebeten, die Arbeit zu beschreiben, die sie in ihren Dörfern leisteten. Gut möglich, dass sie dazu bisher noch nie von jemandem aufgefordert worden waren, denn sie lauschten einander fasziniert und mit offenen Mündern. Rosamma, die es sich im Schneidersitz bequem gemacht und ihren gewaltigen Busen zurechtgerückt hatte, begann.

In ihrem Dorf gebe es zwei Arten von Hebammen, erzählte sie: die sichtbaren, die *vayattattis,* und die unsichtbaren, die die Mutter nach der Geburt wuschen und die Nachgeburt vergruben. Dabei senkte sie ihre Stimme vertraulich, und als ein paar der anderen Frauen die Stirn runzelten, sagte sie in trotzigem Ton: »Wir sind hier, um über diese Dinge zu sprechen.«

Es seien die *vayattattis,* fuhr sie fort, die für alles verantwortlich gemacht würden.

»Viele Dinge verhindern, dass eine Frau ein Baby bekommt«, sagte sie mit mitfühlender Stimme. »Der Mangel an gutem Essen für die Mutter zum Beispiel – in diesem Jahr ist unsere Reisernte ausgefallen.« Sie wandte sich nun direkt an Schwester Patricia. »Oder kein richtiger Ort, um das Baby zu bekommen. In meinem Dorf werden einige in den Kuhstall geschickt.« Die goldenen Armreifen klirrten an ihrem rechten Arm, als sie diesen hob, um ihre Augen zu bedecken.

»Können Sie uns ein Beispiel nennen, als man Ihnen die Schuld dafür gab, dass etwas schiefgegangen ist?«, hakte Maya sanft nach.

Ich sah, wie sich der Ausdruck in den Gesichtern der Frauen veränderte, als sie auf ihre Antwort warteten, und fragte mich, ob Maya nicht einen Fehler gemacht hatte, zu einem so frühen Zeitpunkt eine derart intime Frage zu stellen.

»Vergangenen Monat«, sagte Rosamma nach langem Schweigen, »starb eine Frau in meinen Armen. Sie hatte fast achtzehn Stunden lang in den Wehen gelegen, und das Baby saß fest. Es gab keinen Ochsenkarren, um sie ins Krankenhaus zu bringen, denn der gehörte dem Dorfvorsteher, und er brauchte ihn an diesem Tag. Jetzt gibt die Familie mir die Schuld. Sie weigerten sich, mich zu bezahlen, und gehen mir auf der Straße aus dem Weg. Das ist nicht gerecht, und deshalb bin ich hier: um mehr Schutz durch die Regierung zu bekommen.«

Die anderen Frauen murmelten mitfühlend, und Rosamma ergänzte: »In meinem Dorf werde ich allein schon deshalb mit Argwohn betrachtet, weil ich die Freiheit habe umherzureisen.«

Eine andere sagte: »Manche werden mir nie verzeihen, wenn das Baby, das sie bekommen, ein Mädchen oder verkrüppelt ist oder stirbt. Sie denken, ich bringe Unglück und sie hätten zu einer anderen *vayattatti* gehen sollen. Ich bin eine arme Frau«, fuhr sie heftig schnaufend fort. »Ich mache das nicht für Geld. Ich mache es, weil Gott es von mir verlangt.«

Kapitel 27

Anto schrieb mir, dass sein alter Tutor vom Exeter College ihn für einen einjährigen Forschungsauftrag am Holy Family Hospital in Kacheripady empfohlen habe. *Es klingt,* so schrieb er, *fast zu schön, um wahr zu sein, weshalb ich es auch nicht wage, allzu optimistisch zu sein. Aber wenn es wahr würde, wäre das natürlich wunderbar.*

Ich brach in Tränen aus, als ich den Brief bekam. Endlich ein Job, der für ihn der richtige zu sein schien. Ich vermisste ihn sehr: Tagsüber war ich vollkommen ausgelastet, aber die Nächte in der Rose Street waren lang und einsam. Ich schrieb ihm sofort zurück, war so glücklich wie schon seit Wochen nicht mehr, und gab ihm einen bereinigten Bericht von unserem Hebammenkurs.

Wir hatten einen lustigen Morgen, als Maya verkündete: »Heute werden wir unser erstes Mother-Moonstone-Baby bekommen. Wer möchte die Mutter sein?«

Rosamma breitete sich mit ihrer ganzen Leibesfülle auf dem Boden aus und stöhnte in Rückenlage wie ein verwundetes Kalb. Zur Hebamme erwählte Maya Kartyani, ein missmutiges dunkelhäutiges Mädchen. Bisher hatte die junge Frau sich geweigert, an irgendwelchen Aktivitäten teilzunehmen, und mir, als ich sie zu überreden versuchte, wütend geantwortet: »Mir platzt der Kopf vor lauter neuen Informationen. Das hilft mir nicht.« Maya ging davon aus, dass sie Heimweh hatte. Schwester Patricia meinte, sie sei beschränkt.

Maya ignorierte Kartyanis finstere Miene. »Unsere Patientin bekommt ihr erstes Baby. Sie liegt nun seit vierzehn Stunden in den Wehen, und es passiert nichts.«

Rosamma verdrehte überzeugend die Augen und hielt sich den Bauch. »Ooooh. Oh Gott. Das Baby kommt nicht.« Alle kicherten.

»Was wirst du tun, um die Geburt zu beschleunigen?«

»Das weiß ich nicht«, sagte Kartyani verdrießlich und schüttelte den Kopf.

»Beeil dich«, befahl Rosamma. »Ich habe schlimme Schmerzen.«

In aufmüpfigem Ton begann Kartyani: »Als Erstes würde ich zu ihrem Haus gehen.«

»Natürlich.« Rosamma war irritiert, weil sie das Offensichtliche ansprach.

»Ich würde ihre Haare und ihre Armreifen lösen«, zählte Kartyani monoton auf. »Ich würde alle ihre Schränke und Türen öffnen.«

Maya warf mir einen Blick durch ihre Brillengläser zu. »Psychologisch ist das hilfreich für eine Frau – es öffnet alles.«

»Dann das.« Kartyani sank auf die Knie und strich mit ihren Händen fachkundig über den Rand von Rosammas Leib.

»Was sagt sie?«, fragte ich.

Rosamma rollte laszabout die Augen und wackelte mit den Schultern.

»Das kann ich nicht übersetzen.« Maya errötete. »Zu vulgär.«

Selbst Kartyani konnte sich ein kleines Lächeln nicht verkneifen.

Bevor die Lektion endete, förderte Rosamma – Plopp! – ein Plastikbaby aus den Falten ihres Saris zutage, und alle jubelten, bis auf Kartyani, die aus dem Zimmer rannte.

»Sie ist nicht glücklich hier«, flüsterte Maya mir später auf dem Flur zu. »Sie sagt, der Unterricht sei zu westlich, und sie wolle ihre Geheimnisse nicht mit uns oder Dörflerinnen einer niedrigeren Kaste teilen. Ich halte sie für eine Spionin der Regierung.« Ihr Lachen sollte mir zeigen, dass sie scherzte, aber mich würde nichts mehr überraschen.

Das, was danach passierte, schilderte ich Daisy in meinem Brief; in dem an Anto ließ ich es unerwähnt.

Kartyani weigerte sich, ihr Zimmer zu verlassen. Sie wiederholte, dass ihr der Kopf von all diesen neuen Informationen platze und sie zurück nach Hause wolle.

»Dann bleib auch dort, *mundi* – du Einfaltspinsel!«, brüllte Dr. A. sie an. »*Nee orikkalum nannavilla.* So lernst du nie was dazu.«

»Schreiben Sie sich diesen Satz auf«, empfahl Maya mir. »Das ist eine gute Beleidigung.«

Kartyani verpasste die lebhafte Debatte, in der es am Nachmittag um Menstruation und Empfängnisverhütung ging. Shanta, eine aufgeweckte junge Frau, die schon unzählige Babys entbunden hatte, stand auf und sagte mit ihrer pfeifenden Stimme: »Ich möchte mein Wissen mit euch teilen. Die monatliche Blutung hatte ursprünglich der Mann, aber Gott fand, dass diese für den Mann zu schlimm war, und gab sie deshalb der Frau.«

»Denkt ihr anderen das auch?«, fragte Maya in die Runde. Sie wackelten mit den Köpfen – die indische Ja-Nein-Antwort.

»Wie man mit der Regelblutung umgeht, hängt davon ab, welcher Kaste man angehört«, erläuterte Subadra, als sie meine Verwirrung bemerkte. »Eine Brahmanin muss sich von ihrer Familie fernhalten, sich häufig waschen und darf keinen Umgang mit ihrem Ehemann haben. Sie darf an keiner Feier teilnehmen. Für eine Dalit, eine Unberührbare, ändert sich gar nichts.«

»In unserer Familie achteten wir sehr darauf, die Periode nicht zu stoppen«, fiel Shanta ihrer Vorrednerin ins Wort. »Wenn man das macht, kann man vergiftet werden und sein Augenlicht verlieren.«

Maya hörte geduldig zu. »Jetzt werde ich euch zeigen, was tatsächlich passiert«, kündigte sie an. Sie öffnete den Schrank und holte das Schaubild der nackten Frau heraus, die Daisy und ich Vera getauft hatten. Ihre Eileiter, die Gebärmutter und die Hauptarterien waren in Rot hervorgehoben; Magen, Herz, Leber und Nieren in Blau. Ihr Gesicht war konzentriert und nachdenklich, als wäre es nicht leicht, diese komplizierte Maschinerie in Gang zu halten.

»Ist das eine Engländerin?«, wollte Shanta wissen, als würde das Veras raffiniert ausgestatteten Unterleib erklären.

»Nein«, sagte Maya. »So sehen wir alle von innen aus.«

»Nein, das tun wir nicht«, widersprach Subadra sofort. »Ich habe andere Zeichnungen von ayurvedischen Ärzten gesehen, und dort gab es viel, viel mehr Blutgefäße.«

Ein paar Hebammen sahen mich herausfordernd an, als wäre ich hier der Quacksalber. Als Maya ihre Brille abnahm und die Gläser putzte, sah ich, dass sie noch immer dunkelviolette Tränensäcke unter ihren Augen hatte. Sie arbeitete viel zu hart. Sie setzte die Brille wieder auf und holte tief Luft.

Maya hatte gerade mal fünf Minuten lang ihren Vortrag über Menstruation gehalten, da blickte ich auf und sah, dass Dr. A. in der Tür stand. Sie winkte mich zu sich.

Es war das Ende eines langen, heißen Tages. Ich wollte nur noch nach Hause, um zu baden, zeitig zu Abend zu essen und meinen Brief an Anto zu beenden. Aber Dr. A.s Geste war beharrlich und aufgeregt.

Im Flur teilte sie mir mit nach Zimt riechendem Atem im Flüsterton mit: »Wir haben eine Patientin, Laksmi, sie hat Wehen. Maya ist beschäftigt, Schwester Patricia ist bereits nach Hause gegangen.«

Ich ging davon aus, dass ich ihr assistieren würde. Laksmi mit ihrem schlanken Körper eines Kindes und ihrer Geschichte einer Fehlgeburt war alles andere als ein einfacher Fall. Als sie vor einer Woche sehr verängstigt im Heim aufgenommen worden war, hatte sie Blutungen gehabt. Ihr Ehemann war ein einheimischer Polizist.

»Sie hat heute Morgen nach Ihnen gefragt«, ergänzte Dr. A., als wir über den Flur eilten. »Sie sagte, sie wolle von der englischen Ärztin entbunden werden.«

Ich blieb fassungslos stehen. »Aber ich bin keine Ärztin.«

»Ich habe das auch nicht gesagt.« Dr. A. reichte mir mit ausdrucksloser Miene einen gestärkten weißen Kittel. »Und Sie auch nicht. Aber sie braucht diesmal eine gute Entbindung. Damit können wir ihre Zuversicht stärken.« Sie hängte mir ein Stethoskop um und klopfte mir auf den Rücken. »Nun machen Sie nicht so ein ängstliches Gesicht.«

Ich hätte Nein sagen müssen. Aber stattdessen knöpfte ich mit zitternder Hand den Mantel zu und ging auf wackeligen Beinen in den Kreißsaal. Laksmis schwache Schreie drangen bereits durch die geschlossene Tür.

Anto sagte einmal zu mir, er glaube daran, dass alles, was wir seien, ein Ergebnis dessen sei, was wir dachten, und so wusste ich, dass ich mich gewissermaßen selbst über diesen Flur geführt und auf diese Prüfung zubewegt hatte. Ein Teil von mir hatte es sich die ganze Zeit gewünscht. Ich wusste außerdem, dass ich, sofern dies eine normale Vaginalgeburt wäre, über die Fähigkeit verfügte, sie durchzuführen. Schließlich hatten das auch Feuerwehrmänner und panische Ehemänner schon hinbekommen. Kaiserschnitte kamen hier sehr selten vor.

»Maya wird gleich mit dem Unterricht fertig sein«, beruhigte Dr. A. mich an der Tür. »Sie kommt dann und übernimmt.«

»Dann werde ich rufen, wenn Komplikationen auftreten sollten«, erwiderte ich mit, wie ich hoffte, ruhiger Stimme. Sie entfernte sich bereits.

Das Erste, was ich sah, waren Laksmis kleine Füße, die unter dem Laken herauskamen und immer wieder vor Schmerz zuckten. Als sie den Kopf reckte, erkannte ich sie: eine kleine, unterernährte Frau mit einer fünf Zentimeter langen Brandnarbe auf der rechten Wange. Ich erinnerte mich, dass sie an Anämie litt, nichts Ungewöhnliches bei den einheimischen Frauen. Lieber Gott, lass sie bitte nicht wieder anfangen zu bluten.

Ihre Mutter – eine weißhaarige Frau im weißen Witwensari – saß neben ihr und fächelte ihr mit Blättern des

Niembaums Luft zu, der die bösen Geister in Schach halten sollte. Dann kam Subadra herein.

»Dr. A. schickt mich«, sagte sie. »Ich kenne dieses Mädchen und spreche ihren Dialekt.«

Sie nahm den feuchten Lappen vom Tisch und wischte damit Laksmi die von Schweiß feuchte Stirn ab. Die Augen des Mädchens sahen mich verzweifelt an, und sie begann zu reden.

»Sie hat große Angst«, sagte Subadra. »Sie dankt Gott, dass Sie gekommen sind.«

»Sagen Sie ihr bitte, dass ich froh bin, hier zu sein«, erwiderte ich, um Zuversicht bemüht. »Ich werde sie jetzt untersuchen, um zu sehen, wie es ihrem Baby geht.«

Als ich das Laken zurückschlug, war ihr fester Leib von grauer Asche bedeckt.

»Nicht anfassen«, warnte Subadra mich. »Die Asche soll dafür sorgen, dass es ein Junge wird.« Ein weiterer Wortschwall des Mädchens sorgte für heftiges Kopfnicken ihrer Mutter. »Sie sagt, sie werde sich umbringen, wenn es diesmal kein Junge sei. Sie sei in den vergangenen acht Jahren« – sie warf Laksmi einen fragenden Blick zu und bekam unter Tränen die Bestätigung – »sechsmal schwanger geworden, aber nur zwei Kinder haben überlebt. Sie sagt, wenn sie wieder ein Mädchen bekommt, werde ihre Schwiegermutter es ihr wegnehmen und ihm etwas antun.«

Die Augen des Mädchens wanderten von Subadra zu mir, als würde sie ein Tennismatch verfolgen. Tränen liefen ihr übers Gesicht, gefolgt von einem wortreichen Gefühlsausbruch.

Subadra murmelte eine Reihe von Sätzen, die Maya mir beigebracht hatte. *»Saramilla pottey ellam sheriyakum, njaan il-*

lay« – alles ist gut, beruhige dich, keine Sorge, alles wird gut –, aber Laksmi wollte sich nicht beruhigen lassen.

Subadra wrang den Lappen aus und strich damit über Gesicht und Arme der jungen Frau.

»Sie sagt, sie hätte einen scharfen Chilisud trinken sollen, um den Fötus und sich selbst zu töten, bevor sie hierherkam. Sie wisse, dass es wieder ein Mädchen werden würde.«

Ein Ächzen wie von einem Baum, bevor er sich aus der Erde löste und zu Boden stürzte, entrang sich Laksmi. Die feste braune Kuppel ihres Bauchs dehnte sich, und ich konnte die sich klar abzeichnende Form eines strampelnden Babyfußes sehen.

»Können Sie sie dazu bringen, dass sie zu weinen aufhört?« Ich hatte Angst, ihr wehzutun. »Und dass sie gleichmäßig atmet?«

Nach der inneren Untersuchung schätzte ich, dass der Muttermund zwei Fingerbreit geöffnet war. Wenn alles gut ging, war es nur noch eine Frage von Stunden bis zur Geburt des Babys.

Kurz nach sechs Uhr, als die Lampe anging, weil der Himmel vor dem vergitterten Fenster sich verdunkelte, setzte das Summen der Insekten ein. Ich hörte die rollenden Räder der Rikschas, die Rufe eines Teeverkäufers, aber die Außenwelt war fern und ohne Bedeutung. Hingegen spürte ich, wie sich die Energie und die Konzentration in diesem kleinen Raum zusammenballten, und hörte das laute Schlagen meines Herzens.

Als ich zwanzig Minuten später Laksmi erneut untersuchte, fühlte meine Hand sich ruhiger an, und mein Kopf war klarer. Der Muttermund hatte sich jetzt drei Fingerbreit weit geöffnet, und ihre Wehen, die im Abstand von etwa acht Minuten kamen, hielten vierzig bis sechzig Sekunden lang an. Im Geiste korrigierte ich die Geburtszeit auf neunzehn Uhr dreißig.

Um Viertel nach acht drang ausgelassene Musik von draußen herein. Irgendwo bellte ein Hund. Subadra verließ den Raum und kehrte mit Essen von einem Stand im Dorf zurück: ein paar Pappadams mit eingelegten Limetten, gewürzte Buttermilch und zusammengerollte Bananenblätter, die als Teller dienten. Sie wusch sich ostentativ die Hände und zog sich, nachdem sie mir einen verstohlenen Blick zugeworfen hatte, zum Essen in eine Ecke neben dem Waschbecken zurück. Maya, die erst am gestrigen Morgen die Hebammen über Hygiene vor einer Entbindung aufgeklärt hatte, hätte Zustände bekommen, aber Maya war nach Hause gegangen, und da ich über Subadras Anwesenheit froh und dankbar war, sagte ich nichts.

Während draußen rasch die Nacht hereinbrach, wurde Laksmis Atem zwischen den Wehen immer entspannter, und sie schien zu schlafen. Subadra legte ihre Finger um den schmalen Knöchel der jungen Frau und gab mir stirnrunzelnd zu verstehen, dass ihre Schwiegermutter eine sehr hartherzige Frau war – die sie hungern ließ.

»Warum?« Ich war entsetzt.

»Sie hat zu viele Babys verloren«, erwiderte Subadra. Sie bewegte den Zeigefinger von links nach rechts. »Sie glaubte, hier seien böse Geister.«

Meine alte Oberin am St.-Thomas-Krankenhaus kam mir in den Sinn, die mich davor gewarnt hatte, in Anwesenheit der Patienten Klatsch zu verbreiten. Hier schien das üblich zu sein.

»Es geht nicht voran.« Subadra betrachtete das Mädchen, dessen Stirn gefurcht und schweißnass war. »Ich möchte, dass ihr Baby kommt. Das wird es beschleunigen.« Sie holte eine kleine, mit einer blauen Flüssigkeit gefüllte Flasche aus ihrem Sari.

»Nein!« Ich sprang auf sie zu. »Das dürfen Sie nicht.« Ich malte mir bereits die Schlagzeilen aus – *Einheimische von englischer Hebamme vergiftet* – und rang ihr in dem Moment die Flasche ab, als Dr. A. den Raum betrat, so überraschend, dass ich mich fragte, ob sie nicht die ganze Zeit da gewesen war. Sie sah mitgenommen aus, und ihr normalerweise straff sitzender grauer Haarknoten hatte sich gelockert.

Sie nahm mir die Flasche aus der Hand. »Das ist gut.« Sie schnupperte mit ihrem gewaltigen Riechorgan daran. »Rizinusöl, Gurkenkraut, Kumin und andere Gewürze. Wir verwenden das.« Das überraschte mich – sie hatte mir nämlich erzählt, dass die Briten jeglichen Gebrauch ayurvedischer Medizin verboten hätten und sie damit einverstanden gewesen sei.

Sie schlurfte wieder hinaus und sagte mit schläfriger Stimme, sie sei in ihrem Büro, sofern wir sie brauchten. Als sie gegangen war, kniete die Mutter des Mädchens nieder und fing zu beten an.

»Sie bittet die Muttergottes darum, ihnen einen Jungen zu schenken«, sagte Subadra. »Es dauert nicht mehr lang.«

Ich kniete mich neben Laksmi, die nun alle zehn Minuten drei oder vier Wehen hatte. Schließlich stieß sie einen rauen Schrei aus, die Muskeln ihrer Stirn verkrampften sich, und man sah die Schädeldecke des Babys.

»Es kommt, Laksmi«, sagte ich. »Hurra!«

Subadra verstrich Öl zwischen ihren Handflächen und rieb den Leib des Mädchens mit raschen, sanften Bewegungen, erst im Uhrzeigersinn, dann in der Gegenrichtung ein, um zuletzt mit mehr Druck die Seiten ihrer Taille zu massieren.

Als ich sie erneut untersuchte, war der Muttermund vollständig geöffnet, und sie hatte den Ausdruck angestrengter Konzentration, der mir von anderen Müttern in diesem Stadium der Geburt vertraut war.

»Press jetzt«, forderte Subadra sie auf. »Kräftig pressen. *Tulleh pennay, nannayi tullekkay.* Das Baby wird gleich kommen.«

Laksmi stieß einen gutturalen Schrei aus. Ihre Beine begannen heftig zu zittern. Der Haarschopf des Babykopfes tauchte im Geburtskanal auf, dann die Stirn, die Nase, und dann stürzten Mund und Kinn eines perfekten kleinen Jungen in einem Schwall von Blut heraus, so schnell, dass wir ihn fast hätten fallen lassen. Er fing sofort zu brüllen an.

Bei der Mutter war das Perineum während der Geburt eingerissen, aber ich war gut im Nähen – Oberin Smythe hatte einmal gemeint, ich könne immer noch in einer Polsterwerkstatt arbeiten, wenn ich von der Krankenpflege genug hätte. Ich fädelte eine Nadel ein und machte rasch zwei, drei Stiche, ohne dass Laksmi es richtig mitbekam. Sie überzog ihren Sohn mit Küssen, schluchzte vor Erleichterung. Sein Leben würde ihres retten. Auch ich weinte, als ihre Mutter etwas Ruß auf die Wange des Babys strich, um es vor dem bösen Blick zu schützen. Dann fing das Kind zu saugen an.

Anschließend saß ich vor Glück völlig leer auf der Veranda. Ich hatte es geschafft! Was ich nie mehr für möglich gehalten hatte, war geschehen. Die Luft war noch immer wie warme

Milch, und es funkelten zahllose Sterne. Subadra saß neben mir, ihr mit Henna bemalter Fuß ruhte auf der Stufe. Als eine Bedienstete uns einen Becher Chai und ein paar Kokosnussleckereien brachte, verschlangen wir diese gierig.

Erleichterung erfüllte mich, und ich war zu müde, um mich zu zensieren. Und so erzählte ich während der folgenden zwanzig Minuten Subadra mehr, als ich jemals jemandem über die letzte Entbindung erzählt hatte, an der ich beteiligt gewesen war: wie es sich anfühlte, etwas verpfuscht zu haben, und wie lange es gedauert hatte, bis ich darüber hinwegkam.

Sie hörte mir so still zu, dass ich mir nicht ganz sicher war, ob sie mich auch verstand, aber als sie einen Schluck Tee trank und sanft meinen Arm berührte, wurde mir klar, dass sie genau das tat, was sie auch im Kreißsaal so gut beherrschte: zuhören, alles in sich aufnehmen und nicht versuchen, die Dinge voranzutreiben.

»Ihre Stiche waren wunderschön«, sagte sie. »Sie sind eine sehr gute Ärztin. Sie hat es gar nicht mitbekommen.«

Und nach einer langen Pause fuhr sie fort: »Ich konnte das im Unterricht nicht sagen, aber ich hatte erst vor einem Monat eine Mutter, die bei der Geburt starb, weil sie zu schwach war. Keiner gab mir die Schuld daran, aber ich war unzufrieden mit mir selbst.« Ihre abgearbeiteten Hände fältelten den Stoff ihres Saris, während sie sprach. »Erzählen Sie das nicht den anderen«, bat sie mich, und ich versprach es ihr.

Ich war nicht so naiv zu glauben, dass die Entbindung dieses Babys ein Zauberstab war, der auf wundersame Weise alle meine Ängste bannte. Aber ich maß diesem Abend große Bedeutung bei. Als ich mich später auszog, um schlafen zu gehen, sehnte ich mich danach, dieses Erlebnis mit jemandem teilen zu können, und schrieb deshalb fünf Seiten an Daisy, erzählte ihr von der Geburt und von Subadra, wohl wissend, dass sie sich freuen würde. Dies war genau die Art von Zusammenwirken, von der sie so lange geträumt hatte. Während ich schrieb, rutschte ein Blatt Papier von meinem Schoß zu Boden. Ich hob es auf und strich es glatt. Es war das Bild, das Subadra vom Inneren einer Frau gezeichnet hatte – ein paar planlose Schnörkel im Körper eines Kindes mit Beinen wie Pfeifenreiniger.

Ich hatte vorgehabt, es einem Brief an Josie beizulegen und mich darüber lustig zu machen. Jetzt wusste ich es besser.

Kapitel 28

Er packte gerade wieder seine Sachen, als Amma mit zwei gebügelten Hemden auftauchte. Ihr Blick fiel auf das Bett, auf dem seine Sachen verstreut lagen: Kakihosen, Spirituslampe, Stahltablett, Scheren, Antiseptika, Schmerzmittel. »Wann hörst du endlich auf wegzulaufen?«, fragte sie.

Er seufzte. »Amma«, sagte er, »mir bleiben noch drei Stunden, um zu packen, nach Cochin zu fahren, Kit zu sehen und den Zug zu erwischen.« Seine Nerven lagen blank, und es fiel ihm schwer, mit ruhiger Stimme zu sprechen. Er war sich so sicher gewesen, die Bestätigung seines Forschungsauftrags in Kacheripady zu bekommen, den Auftrag, der wie für ihn geschaffen schien, aber es war kein Brief eingetroffen.

Amma schüttelte den Kopf. »Warum kommst du dann überhaupt hierher?«

»Um meine Kleider abzuholen.«

»Na, das ist ja nett.« Sie schlug einen anderen Kurs ein. »Sie gibt dir also zehn Minuten in der Mittagspause. Da hast du aber Glück.«

»Nun lass doch die Vorwürfe, Ma.« Er ertrug ihre verbitterte Miene nicht. »Für sie ist es auch nicht einfach.«

»Ich habe die Zeitungen durchgesehen. Es werden immer

noch Leute in Palluruthy gesucht; sie könnte also mit dir mitkommen, oder du könntest noch mal mit Dr. Kunju sprechen. Ich kann nicht glauben, dass sich hier nichts finden lässt.« Sie schnaubte enttäuscht.

»Ma, bitte.«

»Wenn du sie verlassen möchtest«, sagte sie leise, »könnten wir das verstehen.«

»Sie verlassen! Wovon in Gottes Namen sprichst du?«

Das war Religionsbeleidigung, zumal von Amma. Bei den Thekkedens gab es keine Scheidung. Sie wussten, dass eine Ehe manchmal harte Arbeit bedeutete: dass Josekutty zu viel trank, dass Mathu, der Familienheilige, Amma wegen seiner Arbeit vernachlässigte. Aber das war das Leben, das war Karma. Leid zu akzeptieren gehörte zum Erwachsenwerden dazu.

»Du weißt schon, dass ich richtig mit ihr verheiratet bin?«, warf er ein, weil er es für möglich hielt, dass sie sich irgendein gefälschtes englisches Arrangement ausmalte, das leicht wieder aufgelöst werden konnte.

»Das nennst du eine richtige Heirat? Ein Standesamt, keine Verwandten, keine Feierlichkeiten?« Er las die Verachtung in ihrem Gesicht und auch eine Art bittere Freude, es endlich loswerden zu können. »Sieh dich doch an.« Sie zerrte einen Spiegel aus seinem Rasierzeug. »Dürr, traurig – es ist schrecklich, dich so zu sehen.«

Ihre Spiegelbilder schimmerten und vermischten sich – ihre großen, den Tränen nahen Augen, sein angespanntes knochiges Gesicht.

»Sie kennt doch nur ihre Arbeit«, schleuderte Amma ihm entgegen. »Und dieser Ort, wo sie arbeitet – ich glaube nicht, dass sie eine Ahnung davon hatte.«

»Wovon redest du? Ich habe für sie Übersetzungen angefertigt, für die Wohltätigkeitseinrichtung in Oxford.«

»Oh, Oxford.« Sie wehrte diesen Ort mit ihrer Hand ab. »Ich spreche von hier. Diese Einrichtung hat einen sehr schlechten Ruf. Die Leute reden darüber.«

»Welche Leute? Welches Geredc?«

»Die Namen kann ich dir nicht nennen. Aber darauf kommt es doch wohl nicht an, oder?«

Diese schrille, petzende Stimme war ihm neu, vielleicht hatte es sie immer gegeben, nur dass er sie nie gehört hatte, bevor er eine Ehefrau hatte. Er fand es traurig, weil sie dadurch herabgemindert wurde.

»Und weißt du«, sie sah ihn dabei finster an, »es gibt in Travancore bereits gute staatlich ausgebildete Hebammen. Diese Wohltätigkeitsorganisation ist nur an schmutzigen, ungebildeten Frauen voller Krankheiten interessiert.«

»Das ist eine ziemlich üble Unterstellung, Amma. Ich dachte immer, du seist liberal.« Er hatte große Mühe, nicht seine Stimme zu erheben. »Immer für den Fortschritt, für neue Wege. Habe ich das etwa falsch verstanden?«

»Ja, das hast du.« Sie bebte vor angestauter Wut. »Weil der neue Fortschritt, über den du sprichst, sich für mich wie der alte Fortschritt anhört: Ausländische Frauen kommen hierher und lehren uns etwas derart Intimes. Wie können sie es wagen, uns derart zu beleidigen? Was wissen sie denn schon über uns? Vielleicht sollte ich ja nach England fahren und deiner Daisy Barker erzählen, wie sie ihr Baby zur Welt bringen soll.«

Er wusste, dass er die Ziele von Moonstone verteidigen sollte, oder wenigstens Kit. Aber der Moment verstrich: wieder etwas, was ihm aus den Händen glitt, wie seine Arbeit, sein

Leben, seine Ehefrau, der Zug, der in Kürze ohne ihn abfahren würde.

»Da ist noch etwas, Anto«, sagte sie. Ihr Gesicht hatte was Verkniffenes, Giftiges. »Etwas, was ich dir eigentlich nicht über sie erzählen wollte.«

»Dann sag es, Ma«, forderte er sie müde auf. Sie hatte sich bereits darüber beklagt, dass Kit unordentlich war, sich immer verspätete und unziemliche Gespräche mit Mariamma führte. »Welches Verbrechen ist es diesmal?« Er ließ sich schwer aufs Bett sinken und starrte auf seine Schuhe.

»Wir hatten dieses Damenkränzchen, während du weg warst. Mariamma und ich hielten es für eine gute Gelegenheit, Kit mit unseren Freundinnen bekannt zu machen.« Er wusste, dass das nicht stimmte: Mariamma hatte Amma überredet, Kit dazu einzuladen.

»Also bat ich Appan, ihr den Wagen zu schicken«, fuhr Amma fort.

Er warf einen Blick auf seine Uhr. Er wollte Kit unbedingt noch sehen, bevor er wegfuhr.

»Wir beteten, wie wir das immer tun.« Sie erwärmte sich für ihr Thema. »Wir servierten besonderes Essen, nichts allzu stark Gewürztes für sie.«

»Das musst du nicht, Ma. Sie mag unser Essen.«

»Egal, wir warteten und warteten. Als sie dann mit anderthalb Stunden Verspätung kommt, ist sie weiß wie ein Laken. Sie hat Blut an ihrem Ärmel.« Ammas Mund war merkwürdig verzogen. »Mariamma sagt: ›Sie entbindet Babys in diesem Heim. Sie schreibt keine Berichte, sie ist keine Sozialreformerin. Sie holt die Babys heraus.‹« Entsetzen stand ihr im Gesicht. »Das ist die Frau, die du in unser Haus gebracht hast.«

Er wartete ein wenig, bevor er den Kopf hob.

»Hör mir zu, Amma: Sie gehört zu dieser Wohltätigkeitsorganisation, und sie ist außerdem Hebamme. Versuch doch wenigstens zu verstehen, dass das keine Arbeit ist, für die man sich in England schämen muss. Wir sollten stolz auf sie sein.«

»Stolz auf sie.« Wütende Fassungslosigkeit stand im Gesicht seiner Mutter. »Das ist zu viel. Es wird ja immer schlimmer und schlimmer.«

Auf der Rückfahrt nach Fort Cochin sammelte sich in ihm düstere Wut. Auf Amma war er wütend, weil sie so engstirnig war, auf Kit, weil sie seine Mutter aufbrachte, auf Mariamma, weil er sie im Verdacht hatte, dass sie Dinge zum Teil deshalb befeuerte, weil sie selbst nicht ausgelastet war. Und er war wütend und enttäuscht, dass er nichts von dem in Aussicht gestellten Job hörte.

Um sich gegen die grelle Helligkeit des Tages abzuschirmen, zog er den Vorhang vor das Wagenfenster. Er hätte wissen müssen, dass die Thekkedens niemals eine Hebamme als Schwiegertochter akzeptieren würden. Zwar gaben sie Lippenbekenntnisse zum neuen Indien und den damit verbundenen leuchtenden neuen Ideen ab – der Verbannung des Kastenwesens, einer Verbesserung der Lebensumstände für Frauen und Witwen –, aber insgeheim wollten sie, dass die Dinge so blieben, wie sie für sie immer gewesen waren: friedlich, privilegiert, zufrieden. Kit war eine Bombe in ihrer Mitte, die jederzeit hochgehen konnte, jedenfalls in Ammas Vorstellung. Anto hatte sie hergebracht und musste jetzt Wege finden, den Schaden zu begrenzen.

Der Streit mit Amma ließ ihm nunmehr keine Zeit, noch

mal in die Rose Street zu fahren. Stattdessen saßen Kit und er sich im Bahnhofsrestaurant gegenüber.

»Anto«, Kit sah blass aus und sah ihn skeptisch an, »wie lange hältst du das noch durch?«

»Bis ich hier einen Job finde«, sagte er.

»Ich bin mir sicher, dass du bald Nachricht bekommst. Diese Aufgabe ist wie für dich gemacht. Wie lange wirst du diesmal weg sein?«

»Zwei Wochen, dann komme ich zurück.« Er war den Tränen nahe. »Es tut mir alles so leid. Es ist einfach viel härter, als ich dachte.« Er hatte nicht den Mut, ihr zu sagen, an wie vielen Stellen er sich beworben hatte.

»Alles hier ist im Wandel«, sagte sie. »Es ist nicht dein Fehler.«

Er war ihr dankbar, dass sie das sagte, denn das klamme Gefühl der Schuld hatte sich in ihm eingenistet.

»Ich liebe dich, und ich habe einen verrückten Plan. Lass uns deinen Onkel fragen, ob wir das Haus in der Rose Street mieten können, sobald du zurückkommst. Es ist wie geschaffen für uns. Du wirst irgendwann Arbeit in Cochin finden, da bin ich mir ganz sicher, und wir können als richtiges altes Ehepaar zusammenleben.«

»Die Vorstellung gefällt mir«, erwiderte er, wohl wissend, dass Amma sie hassen würde. »Und zwar sehr. Ich liebe dich auch. Weißt du, das alles zusammen – das Zurückkommen und sich, ich weiß nicht, wie ein Fremder zu fühlen, aber gleichzeitig auch wieder richtig zu Hause – hat eine Art Fluchtreflex bei mir ausgelöst. Es tut mir leid.«

»Mir tut es nicht leid.« Sie rückte näher an ihn heran. »Ich würde dich gern küssen«, flüsterte sie, »aber keine Sorge, ich tue es nicht.«

Die anderen Reisenden starrten sie unverhohlen an.

»Und wie läuft es jetzt im Moonstone?«, erkundigte er sich mit neutraler Stimme. Sie sah ihn kurz an und blickte dann in ihre Tasse.

»Gut«, sagte sie. »Sogar mehr als gut. Im nächsten Monat kommen zehn weitere Hebammen und … Trommelwirbel für das, was ich dir jetzt sage.« Sie streifte ihn mit einem Blick. »Ich habe geholfen, hier mein erstes Baby zur Welt zu bringen. Es war ein gewaltiger Schritt für mich.«

»Das habe ich gehört.« Er hatte gehofft, ihr zu vermitteln, dass er sich für sie freute, aber seine Stimme klang müde und matt.

»Wer hat es dir erzählt?« Ihr Gesicht fiel in sich zusammen.

»Amma.«

»Amma! Oh Gott! Was weiß sie denn darüber?« Sie rückte von ihm ab.

»Hast du wirklich geglaubt, sie würden es nicht herausfinden?«

»Nein.« Ihre Stimme war angespannt. »Ich ging davon aus, dass sie es herausfinden, weshalb ich ihnen auch von Anfang an reinen Wein einschenken wollte, erinnerst du dich?«

Er seufzte, und sein Blick wanderte zum nächsten Tisch, an dem ein stämmiger Mann mit seiner sehr viel jüngeren Frau und einem Haufen schöner Kinder mit langen Wimpern saß. Sie steckten ihre Köpfe über einem Reiseführer zusammen.

»Armer Anto«, sagte Kit. »Ich weiß nicht, warum ich erwartet hatte, dass du dich darüber freust. Aber im Moment scheint nichts einfach zu sein.« Sie lächelten einander unglücklich an, und in einem verräterischen Winkel seines Herzens gab er ihr recht.

Er blickte der Familie hinterher, als diese aufbrach, und sah auf seine Uhr. »Mir bleiben noch zehn Minuten, Kit, deshalb muss ich das rasch loswerden.« Er holte tief Luft. »Ich freue mich, freue mich wirklich, dass die Arbeit gut läuft, aber ich bin in ständiger Sorge um dich. Wenn irgendwas schiefgeht, könnten die Konsequenzen sehr schlimm für dich sein.«

»Welche Konsequenzen?« Ein Blick der Anklage.

»Zornige Menschen, Nationalisten, solche, die denken, wir sollten jetzt keine britische Hilfe mehr annehmen.«

»Dagegen kann ich nichts tun, Anto, denn solchen Leuten begegne ich nicht. Die Frauen, mit denen ich zu tun habe, ersticken mich meist mit ihrer Freundlichkeit.«

»Das tun sie nur so lange, bis etwas schiefgeht.«

Ein Zug fuhr quietschend in den Bahnhof ein und ließ ihre Unterteller klappern.

»Wie lange willst du denn noch arbeiten?«, fragte er, als sie einander wieder hören konnten. »Als wir das letzte Mal darüber sprachen, meintest du, ein bis zwei Monate.«

»Ich kann es dir nicht genau sagen – so lange, wie es dauert, um hier alles auf die Beine zu stellen und zum Laufen zu bringen. Ich liebe das«, ergänzte sie hilflos.

Ein weiterer Zug fuhr ein und verschwand. Als er zu husten anfing, klopfte sie ihm auf den Rücken. Er wehrte ihre Hand ab und hustete, bis ihm die Augen tränten.

»Wie lange?«, bohrte er nach, als er wieder sprechen konnte.

»Ich weiß es nicht!« Sie musste ihre Stimme erheben, um das Gebrabbel der Passagiere zu übertönen, die aus dem Zug drängten. »Muss ich dir ein Datum nennen?«

»Dann willst du also keine eigenen Kinder bekommen?«

Plötzlich kehrte seine Wut zurück. »Bestimmst du auch darüber?«

»Ob ich bestimme?« Sie sah ihn entsetzt an. »Nun sei doch nicht so garstig. Du weißt genau, was ich meinte. Ich kann beides.«

»Du weißt es am besten«, sagte er. »Du stellst jetzt die Regeln auf.«

Das waren seine letzten Worte, bevor sein Zug in einer Rauchwolke aus dem Bahnhof ratterte.

Kapitel 29

Der Streit mit Anto wühlte mich fürchterlich auf. Ich saß an diesem Abend brütend auf der Veranda, und auch am folgenden Tag während des Unterrichts musste ich noch daran denken.

Nach den üblichen Gebeten nahmen die Hebammen auf ihren Kokosmatten Platz, und Maya stellte die Frage: »Wem gehört euer Körper?«

»Du fängst an«, ermutigte Rosamma Kartyani, die seit Tagen kaum mehr etwas gesagt hatte.

Kartyani betrachtete mit finsterer Miene ihre wunderschön verzierten Füße. »Ich möchte nicht in aller Öffentlichkeit über solche Dinge sprechen.«

»Dann werde ich anfangen.« Rosamma konnte man nicht so leicht vor den Kopf stoßen, sie saugte Wissen auf wie ein Schwamm. »Ich habe viel zu sagen. In meinem Dorf gehören unsere Körper den Männern. Als Mädchen werden wir jung weggegeben, oftmals an ältere Männer zu deren sexuellem Vergnügen, oder wir werden als Köchinnen oder Sündenböcke gebraucht.«

»Warum beklagst du dich?« Kartyani zupfte mürrisch an den Falten ihres Rocks. »Das Leben eines Mannes ist auch kein Zuckerschlecken.«

»Nein.« Rosamma wartete ein wenig, bevor sie antwortete.

»Aber lass mich dich eines fragen: Wer isst zuerst in eurem Haus, dein Ehemann oder du?«

»Er natürlich, aber das ist meine Entscheidung.«

»Wirklich? Und wer bekommt das beste Essen?«

Das zu beantworten machte sich keine die Mühe.

»Wer ist am besten ausgebildet? Söhne oder Töchter?« Rosamma hatte ihr sprungbereites Juristengesicht aufgesetzt.

»Die Söhne natürlich«, sagte Kartyani. »Sie müssen auch für den Haushalt sorgen. Worauf willst du hinaus?«

»Auf Folgendes.« Rosamma hob den Zeigefinger. »Ich möchte, dass auch meine Tochter zu einem Leben außerhalb des Käfigs erzogen wird, wie diese Person.« Dabei zeigte sie auf mich. »Gut ausgebildet und ohne Schüchternheit vortäuschen zu müssen.«

Oh Gott. Ich kam mir vor wie eine lupenreine Schwindlerin. Ich täuschte auf Mangalath so viel Schüchternheit vor, und im Moment hatte ich das Gefühl, in erster Linie Anto zufriedenzustellen.

»Eine Frau sollte zurückhaltend sein.« Kartyani hatte ihre kleinen Fäuste geballt. »Zurückhaltend und gehorsam, so läuft das auf der Welt.«

»Du bist aber nicht zurückhaltend und gehorsam. Du widersprichst ständig.«

Kartyani stimmte zögernd in das Gelächter ein.

»Also Miz Kit«, fragte Rosamma mich, »wem gehört Ihr Körper?« Eine Frage, die mich umwarf.

»Als ich ein Kind war«, sagte ich schließlich, »würde ich sagen, dass er meiner Mutter gehörte.« Die ihn in Beschlag nahm wie ein kleines Lehensgut, um ihn zu füttern, zu schlagen, zu säubern, zu bekleiden.

»Aber jetzt sind Sie eine verheiratete Frau?«

»Ja.« Ich zeigte ihnen den billigen goldenen Ehering, den Anto in Oxford gekauft hatte. »Auf diese Weise zeigen wir, dass wir verheiratet sind. Das ist so etwas wie unser Bindi«, erklärte ich und bezog mich damit auf den roten Punkt, den die verheirateten Frauen hier zwischen ihren Augen trugen.

»Gibt es Kinder?«

»Nein, aber wenn ich welche bekomme, wird mein Körper ihnen gehören.«

Meine holpernde Antwort hatte einige der Frauen verwirrt. Ich musste einen neuen Anlauf nehmen.

»Ich denke, eine Frau sollte … dass es … es gibt Zeiten im Leben einer Frau, da sollte sie tapfer sein. Es ist wichtig, tapfer zu sein.«

»Ansonsten werden andere Leute sie benutzen.« Rosamma, die meinen Ehering untersucht hatte, ließ meinen Finger fallen. »Meine eigene Mutter starb mit sechsunddreißig Jahren, verbraucht, weil sie immer nur gefallen wollte. Ihre letzten Worte lauteten: ›Ich danke Gott, dass er mir Ruhe gönnt.‹«

Darüber mussten wir alle lachen, bis auf Kartyani, die noch immer mürrisch und verdutzt dreinblickte, aber auch ich fand es schmerzlich. Es kam mir vor, als hätte ich die unbeschwerte Zuversicht verloren, die Antos Liebe und Unterstützung mir gab, und das fand ich schlimm. Ich vermisste seine Scherze, so kindisch sie auch waren, das Gefühl glücklich, glücklich, glücklich zu sein, weil wir einander gefunden hatten, und ich wünschte ihn mir zurück.

Wickam Farm, 11. April

Meine Liebe,
Dein Brief hat mir große Freude bereitet. Das erste von Dir entbundene indische Baby! Donnerwetter, ich bin beeindruckt, und es freut mich so sehr für Dich: Es gibt doch nichts Besseres, als herauszufinden, dass man einer Sache, vor der man Angst hat, gewachsen ist. Subadra scheint eine wunderbare Frau zu sein. Wir können so viel lernen.
Du erzählst nicht viel über Dein sonstiges Leben in Indien. Als ich dort lebte, wusste ich, dass es auf begrenzte Zeit war, aber Du hast dein westliches Leben aufgegeben – was viel schwerer, aber hoffentlich auch lohnender ist. Sag jetzt nicht, dass es mich nichts angeht, aber ich glaube nicht, dass es anderen gelungen ist, dafür eine Lösung zu finden: das Gefühl, sich nie ganz sicher zu sein, wo man hingehört, weil Herz und Verstand sich auf so widersprüchliche Weise zu vermischen scheinen.
Von meiner Seite gibt es nichts Bedeutsames zu berichten. Tudor hat einen Bauern hier aus der Gegend gefunden, der das Land bewirtschaftet. Er ist nach London gezogen und legt sein ganzes Können in eine wissenschaftliche Abhandlung zur Archäologie der römischen Relikte in unserer Gegend, die er zu veröffentlichen gedenkt. Ci Ci, ganz Grande Dame, ist ins Vogelzimmer gezogen. Flora ist nach London gegangen, wohnt dort zur Untermiete und macht einen Stenotypistinnenkurs. Wir haben zwei neue Mitbewohner, und ich bin froh, sagen zu können, dass Deine Mutter, ein wahrer Schatz, wieder hier ist, nachdem sie für eine Familie in Warminster gearbeitet hat. Es stimmt mich traurig, dass ihr keinen Kontakt mehr habt.

In großer Eile, denn ich habe Brombeer-Apfel-Marmelade auf dem Herd stehen, die gleich kochen wird. Schreibe später mehr …
Mit all meiner Liebe
Daisy xxxxx

Kapitel 30

Als Onkel Josekutty mir zusagte, ich könne, sofern Appan zustimmte, noch ein paar Wochen länger in der Rose Street bleiben, war ich vor Freude ganz aus dem Häuschen, aber ich hielt mich an unsere Vereinbarung und fuhr jedes Wochenende nach Mangalath. Als ich eines Nachmittags dort war, nahm Mariamma mich, während die Bediensteten schliefen, mit in Ammas makellose Küche und zeigte mir, wie man Karimeen Mappas, Antos Lieblingsfischcurry, zubereitete. Wir hackten Knoblauch, Ingwer und grüne Chilischoten, als sie sich an mich wandte und mit ihrer spöttischen Singsangstimme meinte:

»Nun stell dich doch nicht so an, Kit, und erzähl mir ein paar pikante Geschichten aus dem Heim. Wie sind sie denn dort? Schlüpfrige Details, bitte.«

Sie neckte mich jetzt wie eine Schwester. Ich war nicht länger die Fremde, die man auf höfliche Distanz halten musste, und wenn Amma schwierig wurde, was durchaus schon wegen etwas derart Unschuldigem wie unserem gemeinsamen Kochen passieren konnte, verdrehte Mariamma die Augen, wackelte mit dem Kopf und äffte die Stimme ihrer Mutter haargenau nach: *Auch wenn du keine Ahnung hast, kannst du so tun als ob.*

»Nun komm schon.« Sie zeigte mit dem Messer auf mich. »Raus damit. Mehr Informationen bitte.«

»Wie sie sind?«, frotzelte ich zurück. »Ich nehme an, du sprichst von den Hebammen … Also, das ist eine Überraschung. Sie sind alle unterschiedlich. Manche sind hochintelligent, sehr erfahren, sogar brillant, und andere wiederum sind – wie soll ich das ausdrücken?«

»Dumm wie Brot?«, schlug Mariamma vor.

»Das habe ich nicht gesagt.« Ich versuchte, mein Lachen zu unterdrücken. Es gefiel mir so viel besser, wenn sie nicht länger so formal war. »Ich würde sagen, einige verwirrt das, was wir ihnen sagen, und natürlich haben wir auch ein, zwei merkwürdige Kandidatinnen, die sich überhaupt nicht verändern wollen.«

Ich erzählte ihr von Shantas Theorie, dass ursprünglich die Männer menstruiert hätten, Gott sie aber davon befreite, weil sie so viel stöhnten. Mariamma lachte und meinte, sie sei froh, keine Brahmanin zu sein, die jeden Monat in einem dunklen Raum im hinteren Teil des Hauses eingesperrt werde, weil sie für unrein erachtet wurde. Das habe eine ihrer Freundinnen davon abgehalten, weiter auf die Universität zu gehen.

»Denkst du denn, ihr habt die Frauen, die ihr unterrichtet, glücklicher gemacht?« Der unschuldige Spott in ihren Augen hatte eine herausfordernde Färbung angenommen. »Oder habt ihr Probleme in ihren Familien verursacht?«

»Keine Ahnung. Das hängt davon ab, was du mit glücklicher meinst.« Da sich das Gespräch jetzt in ernsteren Bahnen bewegte, fragte ich mich, ob dies womöglich ein nicht allzu subtiler Versuch war, mich über meinen seltsam abwesenden Ehemann auszufragen. »Einigen gefiel der Unterricht und die

Gesellschaft so sehr, dass sie sich davor fürchten, wieder in die Isolation ihrer Dörfer zurückzukehren, andere jedoch können es kaum erwarten, uns den Rücken zu kehren.« Ich erzählte ihr von Kartyani, ihren Seufzern, ihrem Schmollen, ihrer Verweigerung, sich einzubringen.

»Wie unhöflich«, erwiderte Mariamma mit schottischem Akzent. »Eine sehr üble Art.«

Sie schob den gehackten Knoblauch zu einem ordentlichen Häuflein zusammen und begann, den Ingwer in Scheiben so dünn wie Pergament zu schneiden.

»Hast du denn auch etwas von ihnen gelernt?«

»Jede Menge.« Ich sah mir die lange Liste in Ammas handgeschriebenem Rezeptbuch an und hoffte, das Gespräch von mir weglenken zu können. »Wir braten also den Knoblauch und den Ingwer in Öl an, und was dann?«

»Was hast du denn gelernt?«, hakte sie nach.

Ich hielt inne und dachte nach, und da stieg aus dem Nichts ein ganz neues Gefühl in mir auf: Es war so etwas wie freudige Erregung oder Stolz, vielleicht auch nur das Gefühl dazuzugehören, das mir die Zunge löste. »Ach ich weiß nicht … es ist so viel: mit den Fingern denken, wie man beobachtet, wie man wartet. Ich habe noch immer Angst, aber nicht mehr so wie früher. Wie man den Mund hält.« Ich unterbrach mich abrupt. Denn genau das sollte ich tun. Ich mochte Mariamma, fürchtete aber, sie würde es den anderen erzählen.

»Zeig mir doch was von dem, was du gelernt hast«, forderte Mariamma mich mit einem Funkeln in ihren Augen auf. In Momenten wie diesen verstand ich, warum Anto von ihr sagte, sie habe in der Familie die Hosen an. In Gedanken ging ich eilends verschiedene Möglichkeiten durch. Etwas, das meine

Rolle als Beobachterin betonte. Auf keinen Fall etwas, womit ich die Pferde scheu machte.

»Also, letzte Woche kam ein Mädchen zu uns, dessen Wehen nicht richtig in Gang kamen, und da hat Rosamma, eine der Frauen, mir die Kreismassage gezeigt.«

Mariamma ließ den Fisch in die duftende Flüssigkeit gleiten. Sie wusch sich die Hände und legte sich auf den Fußboden. »Keiner kann uns sehen. Die Bediensteten schlafen, Amma ist unterwegs.« Ich zögerte, schloss dann aber die Tür.

»So übt man Druck aus.« Ich drückte sanft auf ihr Abdomen. »Erst im Uhrzeigersinn.« Ich strich mit meinen Händen nach rechts, dann in der anderen Richtung. »Das entspannt die Mutter und hilft der Hebamme, das Baby zu ertasten. Rosamma sagte zu mir: ›Gott ist der Schöpfer, die Hände gehören mir.‹« Plötzlich schien es mir eine gute Idee zu sein, ein religiöses Element ins Gespräch einzubringen.

»Gott ist der Schöpfer, die Hände gehören mir«, murmelte Mariamma. Ihr volles, strahlendes Gesicht wurde nachdenklich, als wäre wieder ein Puzzleteil an seinen Platz gefallen.

»Deine eigene Hebamme wird sicherlich auch so etwas gemacht haben«, sagte ich und kam mir dumm dabei vor.

»Ja«, gab sie zu. »Aber für uns gibt es nur eine Hebamme – Rema. Sie ist richtig ausgebildet, und wir vertrauen ihr alle … aber es ist gut, über diese anderen Dinge Bescheid zu wissen«, ergänzte sie vage.

Sie stand auf, wusch sich wieder die Hände und rührte das Curry um, das inzwischen kochte.

»Und du musst sie anfassen«, sagte sie, den Rücken mir zugewandt. »Ich meine … du weißt schon … an ihrer Scham. Das ist so intim«, sie gab eine Prise Salz dazu, »so …«, sie hob die Schultern, als sie nach einem Wort suchte, um die Unreinheit zu beschreiben, »so befremdend.«

Ich wurde ungeduldig. Wir sprachen hier schließlich über das Leben. Warum also aus dessen Ursprung ein Tabu machen?

»Es ist aufregend zuzusehen, wie ein Kind geboren wird«, sagte ich.

»Und noch viel aufregender, selbst eins zu haben«, meinte sie spitz.

Pathrose und sein Enkelsohn Kuttan retteten mich. Wenn ihnen die merkwürdige Stimmung auffiel, so zeigten sie es nicht, denn sie lächelten und rochen anerkennend am Fischcurry. Nachdem Mariamma rasche Anweisungen gab, wann es vom Herd genommen und womit es serviert werden sollte, legte sie schützend den Arm um mich und führte mich in den Garten auf eine Bank unter einem Bananenbaum.

Als wir saßen, sagte sie: »Ich fand es schön, dir zuzuhören, als du von deiner Arbeit erzählt hast.« Und dabei tätschelte sie mir aufmunternd den Arm. »Ich finde, du bist mutig.«

»Nein«, sagte ich, »ich bin überhaupt nicht mutig.«

»Hm.« Ihr Gesicht spiegelte noch immer Wachsamkeit und Zurückhaltung. »Ich freue mich für dich, aber ich muss dir einen ernsten Rat erteilen.« Ihr Blick huschte zum Haus. »Du bist jetzt seit sechs Monaten verheiratet. Du solltest bald über eigene Babys nachdenken.«

Als ich am folgenden Freitag nach Mangalath kam, rauschte Amma wie eine kleine Dampflok über den Hof auf mich zu. Ich vermutete, dass sie wütend war, aber als sie vor mir stand, sah ich, wie sie strahlte.

»Kittykutty, Kittykutty«, sagte sie – es war das erste Mal, dass sie diese Koseform verwendete –, »wir haben von Anto ein Telegramm bekommen. Er kommt bald nach Hause, so Gott will.« In ihren Augen standen Tränen.

Sie beobachtete mich, als ich das Telegramm mit den Eselsohren las – Jobangebot vom Krankenhaus. Komme baldmöglichst, alles Liebe Anto – und umarmte mich dann zum ersten Mal richtig und murmelte: »Gott sei Dank, Gott sei Dank.« Auch mir liefen vor Erleichterung die Tränen übers Gesicht, als wäre eine lebenswichtige Stabilität wiederhergestellt, nicht nur für mich, sondern für das ganze Haus. Nun würde Amma aufhören, mir Vorwürfe wegen seiner Abwesenheit zu machen, er würde eine richtige Arbeit haben, wir könnten unser erstes gemeinsames Zuhause beziehen und wieder glücklich sein. So einfach ist das Leben natürlich nie, aber an jenem Abend fühlte es sich so an.

Wir feierten, und Appan, der zu Hause war, trank vor dem Abendessen mehr Whisky als üblich, und das ganze Haus segelte auf einer Wolke freudiger Erleichterung.

»Wir werden das mit einer Party feiern«, beschloss Amma, als wir unseren Tee auf der Veranda tranken. Sie tätschelte meinen Arm. Die Sorgenfalte zwischen ihren Augen war verschwunden, und sie sah um zehn Jahre jünger aus. »Wir laden Thresiamma, Ammamma, Sadji, Aby …« Sie schrieb eine Liste der Namen. Appan gab vor zu stöhnen. Er war in Delhi gewesen – wieder eine Konferenz über die Formgebung der neuen Gesetze Indiens – und mit einem Berg Arbeit nach Hause gekommen.

Als Father Christopher kam, um eigens eine Dankesmesse zu halten, kniete ich in der Kapelle und war zum ersten Mal seit Langem zutiefst glücklich – ein erhebendes Gefühl. Nicht Gott hatte dafür gesorgt – oder wenn, dann war ich mir dessen nicht bewusst. Es lag daran, dass Anto zurückkam, ich einer Arbeit nachging, die mich erfüllte, und seltsamerweise lag es auch an der Anwesenheit von Amma an meiner einen und Mariamma an meiner anderen Seite, mit Theresa neben sich. Mein Blick nahm die Muster der Tücher in sich auf, die ich Amma hatte sticken sehen, ich atmete den Weihrauchduft ein, hörte das Plätschern der Lagune draußen, den melodiösen Ruf des Koyal-Vogels im Jackfruchtbaum und Appans männlich-kräftiges »Durch meine große Schuld«, als er sich auf die Brust schlug. Heute Abend fühlte ich mich auf eine mir bisher unbekannte Weise verankert, und ich sagte mir, dass ein Zuhause am Ende weder ein Ort noch ein Land war, sondern etwas viel Tieferes und Dauerhafteres.

Kapitel 31

Eine Weile schien es mir, als wäre der alte Anto nach Hause gekommen – der mich zum Lachen brachte, sich mir anvertraute, der seine wunderschönen schildpattgrünen Augen zusammenpresste, wenn er lachte und sie boshaft schimmernd öffnete – nicht der Anto, der ständig auf der Flucht, zerstreut und mürrisch war und mir das Gefühl gab, ein gefährliches Haustier zu sein. In seiner neuen Stelle bekam er ein anständiges Gehalt von vierhundertfünfzig Rupien im Monat. Sein Titel lautete: Nachwuchsmediziner am Holy Family Hospital in Kacheripady in Ernakulam. Er arbeitete dort zusammen mit dem Assistenzamtsarzt des Distrikts Dr. Sastry an einem neu gegründeten Forschungsprojekt, dessen Einzelheiten er später erfahren sollte.

Im späteren Verlauf der Woche fragte uns Onkel Josekutty, der äußerst distinguierte Thekkeden, dem das Haus in der Rose Street gehörte, ob wir uns mit ihm treffen könnten. Unsere Vereinbarung mit ihm war nie vertraglich festgehalten worden, weshalb wir beide sehr nervös waren und dachten, das Glück habe uns verlassen, aber als Anto ihn am Ende eines entspannten Gesprächs fragte, ob wir für das Haus eine feste Jahresmiete vereinbaren könnten, erwiderte Onkel Josekutty, der keine

Kinder hatte und seit Kurzem verwitwet war: »Ich bin gekommen, um euch einen Vorschlag zu machen. Ich denke, ihr solltet mein Haus für einen symbolischen Preis kaufen.«

Als Anto höflich protestierte, tätschelte Onkel Josekutty ihm den Arm: »Lass es gut sein! Ich schenke lieber mit warmer Hand, als wenn ich kalt unter der Erde liege.«

Als er gegangen war, tanzten wir durch die Küche. Kurz darauf wurden uns die Verträge übergeben, das Haus wurde gesegnet, und ich bat Dr. A. um eine Woche Urlaub, damit ich mit meinen Sachen einziehen konnte. Nach einem schweren Seufzer willigte sie ein, doch nicht ohne klarzustellen, dass dies für sie mit großen Kosten und Unannehmlichkeiten verbunden war.

Die ganze Familie war eingespannt und ließ es weder an Rat noch an Hilfe mangeln. Amma verbrachte einen ganzen Tag im Lager hinter der Kornkammer von Mangalath, einem Raum vollgestopft mit Palisander- und Teakholzmöbeln, Wäschetruhen, Moskitonetzen, alten Mangeln und Kricketschlägern. Sie fand einen wunderschönen alten Palisandertisch für unser Wohnzimmer und ein geschnitztes Himmelbett für das Gästezimmer, das man nur ein wenig herrichten musste, um es benutzen zu können.

Sie war wunderbar bestimmend in ihren Anweisungen, wo alles stehen sollte, bellte Befehle, wie viel Luft um die einzelnen Möbelstücke zu sein hatte, sagte uns, dass unser Bett unter gesundheitlichen Aspekten entweder nach Süden oder Westen ausgerichtet sein sollte, und gab auch ihre strengen Maßstäbe im Hinblick auf das Reinigen von Teppichen und die richtigen Kleiderbügel und Mottenkugeln und wann die Matratzen umgedreht werden mussten, an mich weiter.

Ein Arbeiter Onkel Josekuttys kam vorbei, um ein paar lose Holzplanken auf der Veranda zu reparieren. Thresiamma schenkte uns ein mit Wasser gefülltes Messinggefäß mit einem Ausgießer, dafür gedacht, die Füße der Besucher des Hauses zu reinigen. Pathrose brachte frische Erde und Kuhdung und bepflanzte unseren kleinen Innenhof mit Hibiskus, Jasmin und Wachsblume.

Als dieser Wirbelwind aus Ratschlägen und Menschen uns schließlich allein ließ, setzten wir uns erschöpft auf die Schaukel der Veranda. Anto legte einen Arm um mich. »Endlich wieder zu zweit. Gott sei Dank.«

Nach einer Weile standen wir auf und schlenderten gemächlich durchs Haus, bewunderten unser Bett, das frisch mit duftenden Laken bezogen war, unsere weiß gestrichene Küche voll funkelnder Töpfe und Pfannen aus Ammas Haus, unseren Innenhof mit den frisch gewässerten Pflanzen, unser Gästezimmer. Anto wandte sich mir mit schimmernden Augen zu. »Kannst du das fassen? Das gehört jetzt alles uns.«

Als Anto von seiner Besprechung im Krankenhaus zurückkam, war er in Hochstimmung. Dr. Sastry, erzählte er, sei jung, fortschrittlich und habe keine Scheuklappen. Er interessiere sich gleichermaßen für ayurvedische wie für westliche Medizin und wolle ein subventioniertes dreijähriges Forschungsprojekt über die Effizienz beider Systeme aufbauen. Genau Antos Fall. Er sollte sofort anfangen.

Auf seinem Rückweg vom Krankenhaus wollte er eigentlich eine Flasche Champagner kaufen, um darauf anzustoßen, bekam aber nur eine staubige Flasche deutschen Wein im Malabar Hotel. Wir gaben den Bediensteten den Abend frei, aßen zusammen zu Abend und tranken den ganzen Wein, den Anto als »spielerisch, ohne impertinent zu sein« beschrieb. Danach zogen wir das Grammofon auf und spielten die Louis-Armstrong- und Chick-Chocolate-Platten, die Mariamma mir gegeben hatte. Sie hatte den besten Musikgeschmack in der Familie.

Während wir tanzten, strich er über das Salwar-Kameez-Kleid, das ich trug. »Du gefällst mir darin.«

Ich scherzte, dass es ganze Tage gebe, an denen ich vergaß, dass ich Engländerin war.

»Vorwiegend Engländerin«, erinnerte er mich.

»Na gut, okay, dann eben Dreiviertelengländerin, Mr. Pedant«, erwiderte ich. »Aber seltsam ist es. Ich war gestern auf dem Markt und wollte mir einen Schal in Ringelblumengelb kaufen, aber als ich ihn mir ans Gesicht hielt, dachte ich mir: ›Meine Güte, ich bin ja weiß, das steht mir nicht.‹ Es war ein komisches Gefühl.«

»So habe ich mich gefühlt, als ich mir bei Harrods Knickerbocker kaufte«, sagte Anto. »Ich sehe das impertinente braune Gesicht im Spiegel und sage mir: ›Vielleicht doch lieber nicht.‹«

»Lügner!«, schalt ich ihn. Wir waren beide ein wenig beschwipst, weil wir schon lange keinen Wein mehr getrunken hatten. »Nie im Leben hast du dir Knickerbocker gekauft.«

Als es zum Tanzen zu stickig wurde, schlug er vor: »Lass uns runter an den Strand gehen. Ich möchte sehen, wie unser beleuchtetes Haus von der Straße aus aussieht, und mir dann sagen: ›Welchen Glückspilzen mag dieser Palast wohl gehören?‹«

Dort unten war es schön: ein Halbmond, bunte Lichter, die auf dem Meer tanzten, einige Stände, die noch geöffnet hatten und Obst und Gemüse und Fisch verkauften. Zwei Fischer winkten uns, als wir vorbeigingen, in ihren Gesichtern spiegelte sich der Schein ihrer Paraffinlampen.

Als wir uns in ein kleines Café setzten, spürte ich seine Nähe so intensiv, dass es fast wehtat: der Glanz seiner Haare, sein auf dem Tisch ruhender Arm, seine Hände am Glas.

Als wir nach Hause kamen, nahm er ein Bad. Mani war gekommen, um die Wanne zu füllen, während wir unterwegs gewesen waren. Wie Kinder ihre neuen Spielsachen bewunderten wir die große Wanne mit den Klauenfüßen und den hübschen Messinghähnen. Ich wusch ihm den Rücken und später, als wir in unserem nach Westen ausgerichteten Bett lagen, konnten wir gar nicht genug voneinander bekommen.

»Das ist uns nie abhandengekommen, nicht wahr, KK?«, meinte Anto anschließend in schläfriger Zufriedenheit. KK: Kittykutty, Kittyschatz.

»Kann nicht reden«, erwiderte ich. »Zu glücklich, kein Hirn.« Ich lag in seiner Armbeuge und blickte durch die Vorhänge auf einen Himmel mit einem Feuerwerk aus Sternen.

»Ich will nicht bohren, aber macht es dir was aus, dass wir beide hier allein sind?«, fragte ich ihn schläfrig. »Wirst du Mangalath vermissen?«

Er ließ sich für seine Antwort so lange Zeit, dass ich dachte, er sei wieder eingeschlafen.

»Ich hätte so nicht mehr für lange Zeit leben können«, sagte er schließlich und klang ein wenig traurig dabei. »Außerdem«, dabei streichelte er meine Brust, »werden wir mit ein wenig Glück bald Gesellschaft haben, nicht wahr?«

Kapitel 32

Brust: *sthanam* (Singular), *sthanamgal* (Plural). Uterus: *udaram / garba paatram.* Magen: *vayar.*

Mein Notizbuch füllte sich mit Begriffen in Malayalam, und mein Selbstvertrauen wuchs, aber als ich am folgenden Montag zur Arbeit zurückkehrte, war Dr. A. derart schlecht gelaunt, dass ich das Gefühl hatte, wieder ganz am Anfang zu stehen. Zehn Geburten in der vergangenen Woche, berichtete sie, hätten alles Bisherige in den Schatten gestellt. Die Hebamme, die sie vom Victoria Gosha Hospital habe kommen lassen müssen, um einzuspringen, sei teuer gewesen, und es stünden drei weitere Ausbildungskurse an. Ich müsse sofort an Daisy schreiben und nachfragen, ob die Damen aus Oxford uns über die Runden helfen könnten. Ohne Unterstützung stehe der Betrieb dieses Hauses wieder einmal auf Messers Schneide.

Diesmal nahm ich allen Mut zusammen und sagte Dr. A. ganz offen, dass es mir leidtäte, ich aber wenig Chancen dafür sähe, sofern die Bücher des Moonstone nicht offengelegt würden. Daisy hatte bereits dreimal um Einsicht in die Konten des Heims gebeten, doch ich hatte sie nicht bekommen, weshalb ich inzwischen bezweifelte, dass sie weiteres Geld lockermachen würde.

Als ich dies sagte, verzog sich Dr. A.s Gesicht zu einem höhnischen Grinsen, das seinen Anfang an ihrem rechten Nasenloch nahm. Sie scheuchte mich in ihr Arbeitszimmer und schloss die Tür. Es hätte mich nicht überrascht, wenn sie mich geohrfeigt hätte, wie sie dies schon einmal bei einer der Schwestern getan hatte.

»Sie zwingen mich, Ihnen etwas höchst Unerfreuliches mitzuteilen«, sagte sie und stach mit dem Finger nach mir. »Aus Rücksicht auf die Moral der Mitarbeiter und aus Rücksicht auf die Unterstützung durch die Regierung habe ich mich bisher damit zurückgehalten.«

»Worum geht es denn?«

»Jemand entwendet Geld aus dem Heim, aber ich weiß nicht, wer.«

»Das ist ja entsetzlich«, sagte ich und dachte dabei sofort an das andere Material, das verschwunden war. »Wir müssen sofort die Polizei informieren. Warum haben Sie mir das nicht schon eher gesagt?«

»Weil ich nicht wollte, dass in diesem Heim oder in Ihrer Familie darüber getratscht wird. Es könnte unser Ruin sein, und wir haben noch so viel gute Arbeit zu leisten.«

»Weiß Maya Bescheid?«

»Maya weiß es natürlich.« Sie schloss ihre dunklen Augen.

»Ich muss Daisy davon in Kenntnis setzen«, sagte ich.

Sie zuckte mit den Schultern. »Es wird ein Schock sein, erzählen Sie ihr also auch, welch großartige Arbeit wir hier leisten.«

»Es wird mehr als ein Schock sein.« Ich bebte vor Wut unter dem beinahe blasierten Blick, mit dem sie mich bedachte. »Sie hat unzählige Stunden ihrer Zeit investiert, um Spendengelder aufzutreiben. Womöglich halten Sie sie für eine reiche weiße Frau. Das ist sie nicht.«

»Hören Sie!« Jetzt sah sie mich finster an. »Um dieses Heim hier zu führen, schlafe ich nachts gerade mal zwei Stunden, und jetzt setze ich alles daran, um den Missetäter zu finden. Sagen Sie ihr das.«

Ich bot ihr meine Hilfe bei der Suche nach den Geschäftsbüchern an, aber ihre Miene verdüsterte sich nur noch mehr, und sie meinte, ich solle aufhören, ihr damit auf die Nerven zu gehen – sie habe schließlich weit Wichtigeres zu tun. Sie werde selbst an Daisy schreiben.

Ich glaubte ihr nicht. Also schrieb ich noch am selben Abend an Daisy, berichtete ihr von meinem merkwürdigen Gespräch mit Dr. A. und bat um ihren Rat. Einige Wochen später fand ich zu meiner Erleichterung auf einem Messingtablett im Flur einen pastellblauen Umschlag mit Daisys vertrauter kraftvoller Handschrift darauf. Doch unsere Briefe schienen sich irgendwo auf dem Ozean gekreuzt zu haben, denn ihrer beantwortete keine meiner Fragen. Stattdessen war er voll schlechter Nachrichten, was ganz untypisch war. Die Wickam Farm pfiff aus dem letzten Loch: Schlimme Unwetter hatten den Großteil des Stalldachs abgedeckt und das Büro überflutet; eine Zimmerdecke im Hauptgebäude war eingestürzt, wobei Ci Cis Schlafzimmer nur knapp davongekommen war. *Obwohl ich,* so schrieb sie, *schon seit einer Ewigkeit ein mampfendes Geräusch gehört habe, hatte ich keine Ahnung, dass es sich dabei um den Nagekäfer, einen Holzschädling, handelte. Wusstest Du, dass sie böse kleine Kiefer haben und man sie tatsächlich hören kann?*

Ich spürte unter dem scherzhaften Ton durchaus ihre Panik, aber nichts bereitete mich auf das vor, was als Nächstes kam.

Und deshalb, Kit, haben wir, so leid es mir tut, alle unsere Hausgäste auf unbestimmte Zeit umsiedeln müssen, und ich bin Deiner Mutter wegen in einem Dilemma, die einen sehr heftigen Grippeanfall hatte und, wie ich fürchte, nicht mehr länger in diesem Klima arbeiten kann.

Als ich weiterlas, hörte ich fast auf zu atmen.

Sie plant nun eine Reise nach Indien mit dem Geld, das sie gespart hat. Ich weiß nicht recht, wie Du dazu stehst, aber die Sonne, so hat sie unverblümt gemeint, könne ihr das Leben retten. Sag ihr in Gottes Namen nicht, dass ich Dich gewarnt habe, Kit, schloss Daisy ihren Brief. *Du kennst ja ihren Stolz.*

Ein weiterer Brief, in einem versiegelten Umschlag, lag in Daisys Kuvert, darauf mein Name in der schönen Kursivschrift, die ich sofort erkannte. Aber jetzt war die Schrift, die meiner Mutter von den Nonnen in Pondicherry beigebracht worden war, ein wenig verwackelt, als hätte sie während eines kleineren Erdbebens geschrieben.

Wickam Farm, 5. Mai

Liebe Kit,

in diesem Brief möchte ich Dir mitteilen, dass mir ein kleiner Geldregen beschert wurde – die Einzelheiten später. Ich habe vor, einen Teil davon dafür zu verwenden, auf Besuch zu Dir zu kommen und vielleicht auch ein paar alte Freunde zu sehen und etwas SONNE zu tanken. Es war ein abscheulicher Winter. Ich war immer nur zwischenzeitlich auf der Wickam Farm, wo es die übli-

chen Dramen mit geplatzten Leitungen und natürlich dem Stalldach gab.
Daisy, die mit jedem Jahr schrulliger wird, versucht alles wegzulachen, aber das ist nicht lustig, zumal wenn man drei Gäste hat – Ci plus Flora, nach einer gelösten Verlobung.
Von Daisy höre ich, dass es Dir gut geht und Du hervorragende Arbeit leistest, und ich schicke Dir meine Hochachtung. Ich hatte eine Grippe, aber es war zu kalt, um im Bett zu bleiben, wie Daisy das empfahl. Sollte sie ein großes Theater daraus machen, ignorier es einfach. Weitere Nachrichten, wenn ich von Dir höre.
Deine Mutter Glory

Ich wusste nicht, ob ich schreien oder lachen oder weinen sollte, als ich das las. Kein Sterbenswörtchen von ihr, seit ich von zu Hause abgereist war: keine Antwort auf nur einen meiner Briefe, keine Nachrichten via Daisy, keine Telegramme. Einfach nichts, und jetzt diese merkwürdige Botschaft, so blasiert und sonderbar, dass ich mich fragte, ob Ci Ci ihr nicht beim Formulieren geholfen hatte, denn ihr Ton klang eher nach einer Person, die zu einer Cocktailparty eingeladen werden wollte, als nach der einer Mutter, die ihrer Tochter gesagt hatte, sie sei für sie gestorben.

Aber ich wusste auch, dass sie, wenn sie krank war, immer sehr speziell und unrealistisch war, aus dem einzigen Grund, dass sie es hasste, wenn ich sie so sah.

Ich stand unter Schock. Sie wollte herkommen, aber schlechter hätte der Zeitpunkt nicht gewählt sein können. Endlich renkte sich zwischen mir und Anto alles ein: Ihm gefiel seine Arbeit, und er war sehr mit seiner Forschung beschäftigt, und trotz meiner Besorgnis, was das Moonstone betraf, lernte ich ständig dazu. Auch wenn es gemein von mir war, dies einzugestehen: Die Tatsache, dass ich für sie gestorben war, war auch eine Art Befreiung für mich gewesen.

Den Rest des Tages kamen meine Gedanken nicht mehr zur Ruhe. Wie hatte sie die Reise finanziert?, fragte ich mich in plötzlicher Panik, weil ich ihre Vorliebe kannte, sich in den Häusern anderer Leute zu bedienen. Schuhe und Schals, auch mal ein geklauter Gürtel, das war eine Sache, aber ein Geldregen, der ausreichte, um sie nach Indien zu bringen, klang für mich unwahrscheinlich. Du liebe Güte, hoffentlich hatte sie die Summe nicht von Daisy bekommen, die es sich am wenigsten leisten konnte. Und wenn nun diese Grippe womöglich etwas Ernsteres war?

»Ich habe Angst«, sagte ich zu Anto, als wir uns in der Abenddämmerung unter die Menge mischten, die an fast allen Abenden langsam und friedlich an der Strandpromenade entlangschlenderte. Die Sonne schmolz dahin wie ein großer Pfirsich und würde bald am Horizont untergehen, die Luft jedoch war weich und seidig. Ich konnte mir Anto und mich nur zu gut in Begleitung meiner Mutter vorstellen, der unterwegs alles auffallen würde, was störte: der kaputte Abfluss am Park mit den übel stinkenden Fischköpfen, die im Gitter feststecken, die mageren Hunde, die Bettler. Und sie würde sich daran erinnern, warum sie Indien hasste – sein Durcheinander, sein Gewusel –, und unruhig werden und sich fragen, wo all die amüsanten Menschen waren. Und sosehr ich mich dem auch verweigern würde, ihre Verwirrung würde auf mich überspringen, und ich würde mich für sie verantwortlich fühlen, weil ich, verdammt, für sie noch immer alles richtig machen wollte.

Als wir uns zum Reden auf eine Bank setzten, legte Anto seine Hand neben meine.

»Jetzt haben wir zum ersten Mal Gelegenheit, richtig zusammen zu sein«, stöhnte ich. »Und ich bin mir ziemlich sicher, dass es ihr hier nicht gefallen und sie uns das Leben schwer machen wird.«

Er schwieg dazu eine Weile.

»Uns das Leben schwer machen wird«, wiederholte ich, weil ich dachte, er hätte es nicht gehört.

»Nicht doch, Kit.« Er sah mich fast überrascht an. »Sie ist doch deine Mutter. Und es liegt in deiner Hand, sie glücklich zu machen.«

»Tatsächlich.«

»Tatsächlich.«

Ich sah ihn argwöhnisch an, für den Fall, dass er mich aufzog, aber das tat er nicht. Sein von der untergehenden Sonne gefärbtes Gesicht sah nach einem langen Tag im Krankenhaus müde aus, müde, aber unendlich kostbar für mich.

»Jetzt komme ich mir vor wie ein Schuft«, sagte ich, erleichtert, dass er es so locker nahm. »Es ist einfach nur ein schlechter Zeitpunkt, und ich habe sie nie ein gutes Wort über Indien sagen hören. ›Ein schauderhaftes Land‹«, ahmte ich sie nach.

»Bei dir klingt das nach Margaret Rutherford, die über nichts und niemand jemals etwas Scheußliches gesagt hat«, entgegnete er in der gezierten Rutherford-Stimme.

Der kleine Junge, der jeden Abend mit seinem Arm voller

Armreifen am Strand auf und ab lief, freute sich an unserem Lachen und stimmte gackernd ein.

»Anto«, warnte ich ihn, als wir aufgehört hatten. »Innerlich lache ich nicht. Ich habe Angst und wünschte, es wäre nicht so. Es gibt so vieles, was ich von ihr nicht weiß.«

Kapitel 33

Das Deckblatt unseres Kalenders zu Hause zeigte eine strahlende Lady in einem orangefarbenen Sari, die den Ganges hinunterschwebte und für Horlicks Malzmilch warb. Wann immer ich sie ansah (Horlicks ist gut für Sie!!), fröstelte ich innerlich. Jetzt dauerte es nur noch zwei Monate, bis meine Mutter an Bord der *Strathdene* aus Bombay kommend beidrehen würde. Dann wäre es vorbei mit unserer kurzen Idylle, und so egoistisch es von mir auch war, es machte mir etwas aus.

Zu den neuen Freiheiten, die ich besonders genoss, gehörte mein täglicher Fußweg von der Rose Street zum Moonstone. Es war schön, die Sonne auf den Armen zu spüren und dem Messerschleifer einen guten Morgen zu wünschen, der vor dem Eisenwarenladen an der Ecke saß, und dann Murali an der nächsten Ecke, dem Obstverkäufer, der mir gern Tipps gab, was ich essen und wie ich es zubereiten sollte, und der mir manchmal mit einer reifen Mango oder einer Passionsfrucht hinterherlief und rief: »Madam, Eure Ladyschaft, warten Sie! Etwas ganz Besonderes für Sie.« Die Mangos schmeckten nach Rosen, nach Honig und Sommer.

Ich liebte den Blick vom Ufer aus – die Schiffe, die aus

China und Europa und Afrika kamen, beladen mit Zedernholz, Gewürzen und Öl, oder die chinesischen Netze, die sich vor dem Himmel wie prähistorische Geschöpfe auf und ab bewegten; ich begrüßte gern die alte Dame, die für die Fischer kochte und mir jetzt beim Vorübergehen zahnlos zuwinkte und strahlte.

Natürlich war ich nach wie vor ein Objekt der Neugierde und wurde gelegentlich auch von übereifrigen Händlern verfolgt, die aber eher lästig waren, als dass sie mir Angst machten, und so bekümmerte es mich auch nicht, als ich an diesem Morgen drei junge Männer bemerkte, die mit bemühter Gleichgültigkeit hinter mir herliefen. Als ich vom Randstein auf die Straße trat, konnte ich das Flip-Flop ihrer Sandalen hören.

Vor einem kleinen Kiosk Ecke Fort Street blieb ich stehen, um ein paar Süßigkeiten zu kaufen, die Anto gerne aß, und bemerkte, wie einer der Männer ebenfalls innehielt. Er trug ein billiges Hemd, hatte einen schmalen Schnurrbart und starrte seltsam ausdruckslos vor sich hin, als sehe er durch mich hindurch.

»Passen Sie auf sich auf, Mrs. Queen«, sagte er nur, aber mir lief ein Angstschauder über den Rücken.

Es gehörte jedoch zu den Vorteilen der Arbeit im Moonstone, dass es eine Menge zu tun gab, und so hatte ich, sobald ich über den Haufen staubiger Sandalen hinter der Türschwelle stieg, diese Begegnung bereits vergessen.

Es gab fünf werdende Mütter kurz vor der Entbindung auf der Station und acht neue Hebammen in unserem Kurs. Als ich an diesem Morgen meinen Overall anzog, hörte ich sie mit einer Inbrunst und Freude singen, dass man demütig werden könnte.

Dr. A. hatte auch zum Tanzen ermutigt, und als ich den Raum betrat, sah ich unsere neue Gruppe von Auszubildenden ausgiebig die Arme über ihren Köpfen schwenken und ihre mit Henna bemalten Füße aus reiner Freude bewegen. Ich wusste inzwischen, dass Achamma – die verzückt ihre Augen geschlossen hatte und sich stampfend im Kreis drehte – für gewöhnlich auf dem Boden einer Hütte schlief, die sie sich mit zehn anderen Personen in einem nahe gelegenen Fischerdorf teilte. Ihre dünne Freundin Suleka, die während des Unterrichts bisher noch keinen Ton gesagt hatte, hatte früher Knochenarbeit in den Reisfeldern geleistet. Rama aus Quilon, die jetzt äußerst geschmeidig ihre Handgelenke und Finger bewegte, hatte in rascher Folge fünf Kinder geboren. Als ich sie nun tanzen sah, war es, als käme ihr geheimes Selbst zum Vorschein, und das rührte mich.

An diesem Morgen ging es nach einem Frühstück aus weißen Reis-Idlis mit Kokosnuss-Chutney um die Frage: »Wie sah eure schnellste Entbindung aus?«

»Zwei Minuten nach dem Platzen der Fruchtblase«, antwortete Rama, die schon Hunderte Babys zur Welt gebracht hatte. »Die längste dauerte dreieinhalb Tage.«

Mitfühlendes Stöhnen.

»Habt ihr sie ins Krankenhaus gebracht?«

»Nein.«

»Warum nicht?«

»Weil die Ärzte dort auf dich draufspringen.«

Raues Gelächter von einigen, ängstliches Beschwichtigen von Rama, die zu befürchten schien, mich zu verärgern – die englische Memsahib machte sich Notizen. Immer wieder wurden diese Ängste vor den Krankenhäusern erwähnt, was vermutlich damit zu tun hatte, dass nach Aussage von Dr. A. neunundneunzig Prozent aller Geburten in Indien Hausgeburten waren.

»Jetzt aber wieder ernst.« Maya sah sie durch ihre Gelehrtenbrille streng an. »Eine Mutter liegt seit über vierundzwanzig Stunden in den Wehen, was macht ihr?«

Rama sagte: »Ich würde ihr Ingwer in den Tee tun. Dafür sorgen, dass sie aufsteht und herumläuft. Ich würde ihre Vitalparameter kontrollieren, indem ich immer wieder den Puls messe.« Einige der Hebammen folgten dem ayurvedischen Prinzip, dass der Mensch über siebenundsiebzig Pulspunkte verfügte, die alle lebenswichtig für die Gesundheit waren.

Es folgte eine kurze, aber heftige Debatte über die Empfängnisverhütung.

Madhavi, eine stämmige Frau, die mit ihrem Nasenring an einen sturen alten Ochsen erinnerte, listete verschiedene Methoden mithilfe ihrer Finger auf: ein in die Vagina gelegter Stein, Schwämme und für viele Frauen Analsex. Achamma meldete sich zu Wort, dass Empfängnisverhütung ihrer Meinung nach etwas für die Leute in der Stadt war, die Leute auf dem Land hätten so etwas nicht nötig. Dies wurde lebhaft diskutiert, man zeigte wütend mit dem Finger aufeinander, und die Augen funkelten.

Während der Mittagspause setzte Maya mich ins Bild. Achamma redete, wie sie meinte, natürlich Blödsinn, aber Empfängnisverhütung sei tatsächlich für viele dieser Frauen »absolutes Neuland«.

»Aber was macht sie so wütend?«, fragte ich.

»Abtreibungen«, antwortete sie. »In den ländlichen Gegenden sind viele dazu gezwungen, und manche werden sehr primitiv durchgeführt: Stöcke in den Unterleib, Steine, giftige Tränke. Wir müssen sie davon abbringen«, sagte sie schlicht. »Das ist schlecht für ihr Gewissen und noch schlimmer für die Frauen.«

Am Ende des Tages ließen Maya und ich uns im Vorratsraum nieder und tranken gemeinsam unseren Chai. Als sie ihre Brille abnahm und die Gläser putzte, sah ich die großen blauen Ringe unter ihren Augen.

»Sie sehen müde aus, Maya«, sagte ich. »Ist zu Hause alles in Ordnung?«

»Ja, danke, Ma'am«, antwortete sie höflich. In letzter Zeit nannte sie mich kaum noch Ma'am. »Meinem Sohn ging es nicht gut, aber es wird besser.«

»Setzt er Sie am Morgen noch immer hier ab?«

»Nein, Ma'am.« Sie blickte zu Boden.

»Und wie kommen Sie zur Arbeit?«

»Mit dem Boot und dem Bus und dann zu Fuß.«

»Aber wohnen Sie nicht kilometerweit entfernt?« Ich hatte nur eine sehr verschwommene Vorstellung davon, wo Maya lebte. »Wir könnten doch um etwas zusätzliches Geld aus der Kaffeekasse bitten, damit Sie leichter herkommen?«

»Nein.« Sie wollte keinen Staub aufwirbeln, das machte sie immer nervös. Für sie kam es ohnehin schon einem von Dr. A. in Gang gesetzten Wunder gleich, dass sie für den Unterricht und somit die Ausbildung ausgewählt worden war. »Tun Sie das nicht. Wenn ich diesen Job verliere, habe ich nichts.«

Sie schloss die Augen zum Zeichen, nicht mehr darüber sprechen zu wollen. Ich brachte unsere Tassen zur Spüle. Als ich Wasser aus dem alten Ascotboiler nahm und aufblickte, sah ich aus dem Augenwinkel die Rücken zweier junger Männer, die über die Mauer kletterten, welche unser Grundstück von dem Durchgang abtrennte, der zur Straße führte.

Dr. A. hörte meinen Schrei. Sie kam mit dem Nachtwächter herein, der überzeugend die Zähne bleckte.

»Was ist passiert?« Dr. A. hatte eine Art Hockeyschläger in der Hand.

»Zwei junge Männer sind über die Mauer gesprungen. Doch ich konnte nur ihre Rücken sehen.«

»Ist jemand verletzt?«

»Nein, Doktor.« Maya war aufgesprungen, sie zitterte.

»Kein Grund zur Aufregung«, befand Dr. A. »Nur einheimische Jungs.«

»Sollten wir nicht die Polizei informieren?«, wollte ich wissen.

»Nein!«, blaffte sie und setzte dazu ihre Thema-beendet-Miene auf. »Wir werden später noch mehr Stacheldraht anbringen.«

Ich verstand ihr Zögern inzwischen besser als noch vor ein paar Monaten. Wenn wir die Polizei riefen, wurde Schmiergeld fällig, das wir uns eigentlich nicht leisten konnten, oder lange Verhandlungen mit den neuen Beamten vom Gesundheitsamt, die uns bereits argwöhnisch ins Visier genommen hatten. Und in mir keimte eine neue Befürchtung auf – die mir den kalten Schweiß auf die Stirn trieb, wenn ich darüber nachdachte. Offiziell war ich hier, um Berichte zu schreiben, und nicht, um Babys zu entbinden. Zu meinem vollständigen Hebammenzertifikat fehlten mir zwei Entbindungen. Dr. A. hatte mir versichert, sie werde an die entscheidenden

Prüfungsämter in England schreiben, um in Erfahrung zu bringen, ob auch eine indische Entbindung akzeptiert würde, aber ich hatte sie nie gefragt, ob ich die entsprechenden Papiere einsehen könne. Jetzt fragte ich mich, ob der Brief jemals abgeschickt worden war oder ob sie sich wegen Personalknappheit und ihres neu erworbenen Respekts für meine feinen Stiche dafür entschieden hatte, es zu ignorieren. Wenn die Abnicker vom Amt dahinterkämen, könnte mich das meinen Job und meinen Ruf kosten, und das Heim würde geschlossen werden.

Geheimnisse schienen mir inzwischen zur Gewohnheit zu werden, denn ich erwähnte Anto gegenüber die Eindringlinge nicht, als ich nach Hause kam, obwohl sich in meinem Kopf der Anblick ihrer knochigen Rücken, die Geschwindigkeit und Mühelosigkeit, mit der sie die Mauer erklommen hatten, immer wieder abspulte.

Als ich im milden pfirsichfarbenen Abendlicht den Pfad entlangkam, sah ich Anto auf der Veranda beim Schachspiel mit Onkel Josekutty, und dieser Anblick – Whiskygläser, nackte Füße, dunkle, einander zugeneigte Köpfe – war tröstlich. Später, nachdem Josekutty nach Hause gegangen war, saßen Anto und ich im Hof hinter dem Haus und genossen die nach Jasmin duftende Brise. Diese Tageszeit mit ihm liebte ich: Da war das noch immer erregend schöne Gefühl, dass dies unser Haus war, Gespräche, Anto, der eine Zigarette in seinen langen Fingern hielt, die mich später berühren würden.

»Macht es dir was aus, der Neuling bei deiner Arbeit zu sein?«, fragte ich ihn.

»Nein«, sagte er. »Obwohl ich mich vor einigen Ärzten erst

noch bewähren muss. Sie denken, es sei meine Entscheidung gewesen, in England zu leben, und deshalb stehe ich bei ihnen ganz schlecht da. Aber ich gebe mir Mühe.«

Anto war diesbezüglich stark: Er hatte gelernt zu überleben, ohne dabei niederträchtig zu werden, und das bewunderte ich wirklich sehr an ihm. Er erzählte dann begeistert von seiner Arbeit mit dem neuen Chef Dr. Sastry, den er verehrte. »Mit ihm kann ich wirklich etwas erreichen«, erklärte er mir. Sie hatten an diesem Tag ein langes Gespräch über die Schlafkrankheit in Afrika geführt, und Anto hatte versprochen, seine Doktorarbeit auszugraben und ihm zu zeigen.

Als er sich erkundigte, wie mein Tag gewesen war, versorgte ich ihn mit ausgewählten Höhepunkten der Gruppendiskussionen, und er meinte darauf, es überrasche ihn, wie offen die Frauen im Umgang mit uns seien. Ich nahm einen Zug von seiner Zigarette, legte sie aber sofort ab, weil mir übel wurde.

»Es gibt natürlich Bereiche, die man besser nicht anschneidet«, sagte ich, als ich mir ein Glas Wasser geholt hatte. »Wie etwa heute, als wir über das Ungleichgewicht von Jungs und Mädchen in ihren Dörfern sprachen. Da machten sie völlig dicht.«

»Das überrascht mich nicht«, sagte Anto. »Die Gesetze ändern sich ständig, und diese Frauen wären nützliche Sündenböcke; manche könnte man sogar wegen Mordes drankriegen.«

Er legte seine Hand auf mein Haar. Nachdenkliches Schweigen folgte. »Mir würde es überhaupt nichts ausmachen, ein kleines Mädchen zu bekommen.« Seine weiche Stimme im Dunkeln. »Oder auch einen Jungen, wenn es denn einer würde. Es wäre ganz wunderbar.«

Und ich fühlte mich dabei wie die hinterhältigste Frau der Welt. Ich benutzte noch immer mein Diaphragma, wenn auch nicht ständig. Auch ich sehnte mich nach Kindern. Aber noch nicht jetzt, wo im Heim alles so überaus interessant war.

Vier Tage nach diesem Gespräch war mir am Morgen richtig übel. Kamalam hatte frische Bananen, eine Mango, ein paar Dosas gebracht. Als ich sie zu essen versuchte, brach mir der Schweiß auf der Stirn aus. Fünf Minuten später lag ich keuchend neben der Kommode. Ich stellte ein paar Berechnungen an, und wenn ich mich nicht so elend gefühlt hätte, hätte ich gelacht oder geweint. Ich erwartete ein Baby!

Auf meinem Weg zur Arbeit beschloss ich, es Anto in ein oder zwei Tagen zu erzählen. Ich wollte mich erst sammeln, damit ich die Begeisterung, die er sicherlich empfinden würde, mit ihm teilen konnte, denn nun würde sich alles ändern.

Amma hatte mich bereits vorgewarnt, dass die Thekkeden-Frauen die letzten sechs Wochen vor ihrer Niederkunft immer in Mangalath verbrachten. Das würde mich womöglich wahnsinnig machen. *Wem gehört dein Körper?* Mir nicht. Nicht jetzt. Ich war aufgeregt, sprudelte aber auch vor nervöser Anspannung.

Später, als ich ruhiger und wieder zu Hause war, setzte ich mich auf die Schaukel auf der Veranda, und dort erfasste mich das Glücksgefühl mit aller Macht, dass dieser überwältigende Punkt der Bewusstwerdung in mir bald mein erstes Kind sein würde.

Ich befand mich noch immer in diesem merkwürdigen Strudel der Gefühle, als ich am nächsten Morgen im Moonstone eintraf. Bevor ich Zeit hatte, das Tor zu öffnen, kam Maya schon zu meiner Begrüßung herausgerannt. Das Sonnenlicht spiegelte sich in ihren Brillengläsern.

»Schnell!«, drängte sie. »Kommen Sie. Mrs. Saraswati Nair ist hier. Ihre Fruchtblase ist geplatzt, sie ist ganz aufgewühlt. Sie ruft nach Ihnen.«

»Nach mir?«

»Sie sagt, sie möchte die Engländerin.«

»Sind Sie sich da sicher?«

»Absolut.«

Mich verließ der Mut. Wir hatten alle ein wenig Bammel vor Mrs. Saraswati Nair, die vor der Geburt bereits zwei Klinikaufenthalte hatte. Sie war klein, eine politisch engagierte Anwältin, die zum Jähzorn neigte und somit aus ganz anderem Holz geschnitzt war als die meisten unserer Patientinnen. Sie stammte ursprünglich aus einer Brahmanenfamilie, die im Kastenwesen ganz oben stand, hatte sich jedoch zur Feministin erklärt, vor der Unabhängigkeit als Aktivistin gekämpft und aus Liebe einen bekannten einheimischen Anwalt geheiratet.

Während einer früheren Untersuchung hatte sie Dr. A. ziemlich gereizt gefragt, was ich als Engländerin hier zu suchen hätte. Aber da hatte Dr. A. meine Wichtigkeit ausnahmsweise einmal übertrieben dargestellt.

»Sie ist Teil einer weltweiten Regierungsinitiative zur Verbesserung der Standards der Dorfhebammen und eine erfahrene Hebamme.«

»Sind Sie sich wirklich sicher, dass sie mich haben

möchte?«, fragte ich jetzt Dr. A., bevor diese zum nächsten Termin eilte.

»Auf jeden Fall«, erwiderte sie.

Während ich meinen weißen Kittel anzog, versuchte ich, meiner Panik Herr zu werden. Mrs. Saraswati Nair mit ihrem klugen, pfiffigen Blick und ihrer juristischen Erfahrung hatte die Macht, meinen Puls in die Höhe zu treiben. Ich wusste, dass sie mich juristisch belangen würde, falls irgendwas schiefging.

Ich traf sie auf einem Stuhl sitzend neben dem Bett an, ein kleiner Koffer stand neben ihr. Abgesehen von einem leichten Schweißfilm auf ihrer Stirn wirkte sie gefasst. Anusha, eine neue Krankenschwester, kam herein, und gemeinsam halfen wir Mrs. Nair in das Krankenhaushemd. Als ich es ihr auf dem Rücken zuband, bewegte sich ihr Bauch wie wild, und wir lachten beide.

»Diesmal wird es ganz bestimmt ein Junge«, scherzte Mrs. Nair. Sie hatte bereits eine wesentlich ältere Tochter, die auswärts an der Universität studierte. Ihr Ehemann wünschte sich einen Jungen.

Ihr Muttermund war erst anderthalb Finger weit geöffnet, und ihre Wehen kamen unregelmäßig, weshalb ich sie unterhakte und ermunterte, im Zimmer umherzulaufen.

»Anfangs wollte ich keine Anwältin werden«, erzählte sie mir beim Herumlaufen. »Mein Vater bestand aber darauf, dass ich eine gute Ausbildung bekam, und jetzt bin ich froh.«

Sie blieb stehen, stieß Luft aus, lächelte, sprach wieder. »Ich schätze das sehr, was Ihr Frauen hier macht« – schnauf, stöhn, schnauf –, »aber Sie müssen sehr vorsichtig sein.« Sie setzte sich schwerfällig hin, ihr Gesicht glänzte vor Schweiß. »Sie können nicht einfach die überlieferten Traditionen nehmen und mit dem Hammer draufschlagen. Das ist sehr gefährlich, vor allem jetzt.«

»Kommen denn irgendwelche Familienmitglieder zu Ihnen?«, fragte ich sie, als der Muttermund zwei Fingerbreit geöffnet war.

»Nein.« Ihre Mundwinkel gingen nach unten. »Meine Familie spricht nicht mehr mit mir.«

»Warum nicht?«

Sie hatte angefangen, leise zu keuchen, wie ein Marathonläufer, der wusste, dass noch viele Kilometer vor ihm lagen. Sie entspannte sich ein wenig – eine gute Patientin.

»Meine Familie ist sehr traditionell, so viele Regeln …« Sie wischte sich das Gesicht mit einem Handtuch ab. »Bevor meine Tochter geboren wurde, musste ich drei Monate bei meiner Schwiegermutter verbringen. Das war sehr langweilig, und nach Einbruch der Dunkelheit durfte ich das Haus nicht mehr verlassen. Nach der Geburt des Babys musste ich dann wieder vierzig Tage das Haus hüten. Meine Schwiegereltern wünschten sich viele Kinder, sodass die ganze Geschichte Monate und Jahre meines Lebens gedauert und es mir unmöglich gemacht hätte zu arbeiten.

Mein Ehemann und ich haben beide mit der Vergangenheit gebrochen«, ergänzte sie nach einer Pause. »Wir haben unsere Hochzeit nach unseren Vorstellungen gefeiert, und er hat mein Jurastudium voll unterstützt. Das Gesetz ist jetzt meine Sprache«, ergänzte sie zornig und zuckte dann zusammen, bevor sie sagte: »Und das ist mein letztes Baby.«

Um elf Uhr fünfundzwanzig befand sich Mrs. Nair, die mit ihren neununddreißig Jahren nach indischen Maßstäben eine sehr alte Mutter war, noch immer in der Eröffnungsphase. Sie lag mit weit geöffneten Augen auf dem Bett, sah blass aus und schwitzte. Nachdem ich das Frühstück verpasst hatte, war ich selbst auch ein wenig benommen im Kopf, und einen kurzen Moment lang steigerte ich mich in eine Panik hinein, und mein Kopf wurde leer, als hätte ich alles vergessen, aber dann riss ich mich zusammen. Ich zwang mich, zu atmen und abzuwarten.

»Wie läuft es?« Maya steckte den Kopf durch die Tür.

»Zäh«, flüsterte ich. »Wehen alle zehn bis zwölf Minuten, Dauer etwa fünfzig Sekunden. Wann kommt Dr. A. zurück?«

»Das weiß ich nicht. Wollen Sie etwas zu essen? Sie sind sehr blass.«

»Nein, danke, ich bin nicht hungrig. Aber ein Glas Wasser vielleicht …«

Maya schickte dennoch eine Schwester los, um ein Frühstück zu holen. »Ich bleibe die nächsten zehn Minuten bei ihr«, sagte sie, »wenn Sie sich ausruhen möchten.«

Ich fand es zu früh, allen im Heim mitzuteilen, dass ich womöglich selbst ein Baby bekam, aber Maya sah mich besorgt an.

»Es ist sehr heiß hier drin. Schwester – ein Ventilator«, kommandierte sie Anusha. Wie Dr. A. verschwendete auch Maya kein freundliches Wort an Untergebene. »Wir brauchen auch mehr Handtücher.«

Ich gönnte mir eine kleine Pause. Als ich zurückkam, hockte Mrs. Nair neben dem Bett, hatte den Kopf auf ihre Arme gelegt und heulte wie ein Hund.

»Auf ein Wort bitte«, sprach Maya mich kurz angebunden an. Wir traten ans Bettende, wo wir nicht gehört werden konnten. »Das Baby hat sich gedreht. Ich habe eine Mutter und ihre Tochter im Unterricht«, flüsterte sie. »Sie heißen Charu und Ammini. Sie sind sehr erfahren in der Massage. Ich werde sie holen.«

Die Tür schloss sich, und ich wandte mich an Mrs. Nair. Ich hielt ihre feuchte Hand.

»Wie fühlen Sie sich?«

»Schrecklich«, keuchte sie. »Schlimmer als beim letzten Mal.«

»Hören Sie.« Mein Herz flatterte in meiner Brust. »Es wird alles gut werden, aber wenn wir Ihr Baby nicht drehen, kommt sein Po zuerst heraus.«

Als Charu und Ammini leise ins Zimmer kamen, legten sie ihre Handflächen gegeneinander und verbeugten sich tief. Nachdem sie sich am Waschbecken die Hände geschrubbt hatten, gingen sie ohne Panik auf Mrs. Nair zu, die jetzt vor Qual die Augen verdrehte. Sie forderten Mrs. Nair auf, sich wieder aufs Bett zu legen, und tränkten ihre Hände mit Kokosnussöl. Ehrfürchtig sah ich zu, wie sie mit der Selbstsicherheit zweier Pianistinnen, die schon seit Jahren gemeinsam musizierten, ihre Massage durchführten. Es war wunderschön anzusehen, aber nach einer Weile schob Mrs. Nair ihre Hände weg.

»Ich möchte wieder nach unten.« Ihr Mund war schmerzverzerrt.

Nachdem wir ihr aus dem Bett geholfen hatten, ging sie auf die Knie, verschränkte ihre Arme vor der Brust und schrie.

»Das sollten Sie besser nicht tun«, riet ich ihr und löste ihre Arme. »Ihr Bauch sollte frei sein«, eine Anweisung, die ich von den Moonstone-Hebammen gelernt hatte. Sie warf mir einen hasserfüllten Blick zu und erbrach dann auf den Boden.

»Überprüfen Sie, ob wir genügend sterile Hilfsmittel im Dampfkochtopf haben«, wies ich Maya an.

Als Mrs. Nair wieder halb auf dem Bett lag und in kurzen, qualvollen Atemzügen nach Luft schnappte, verpasste Charu dem Baby noch einen letzten herzhaften Schubs, und Freude über Freude, ich konnte durch den Bauch hindurch die Knubbel des Rückgrats spüren. Das Baby hatte sich selbst herumgedreht wie ein Aal in einem Korb.

Keine zwanzig Minuten später stieß Mrs. Nair einen gutturalen Schrei aus, und ihre Beine begannen zu zittern.

»Sie machen das ganz wunderbar, Saraswati.« Ich massierte ihr die Beine. *»Ippo varum* – gutes Mädchen, Sie haben es fast geschafft.«

Sie schloss die Augen. Ich dachte schon, sie würde aufgeben, doch sie sprach eine Reihe von Worten, die sich anhörten, als flehe sie verzweifelt die Götter an, von denen sie sich nach eigener Aussage abgewandt hatte. Es waren die längsten Momente meines Lebens, bevor sie anfing, gewaltsam zu pressen.

»Langsamer«, sagte Maya zu ihr. »Halten Sie einen Moment inne und pressen Sie dann.« Gleich darauf: *»Tulleh umm! Tulleh onnum! Loodi ippo varum!* Pressen Sie noch mal, es kommt gleich!«

Nach drei weiteren Kontraktionen tauchte der Kopf des Babys auf. Nase, Schultern, eine winzige Hand: ein vollkommener kleiner Junge mit einem Schopf schwarzer Haare.

Ich sorgte dafür, dass sein Mund frei war, tastete an seinem Hals nach der Nabelschnur und durchtrennte diese, und weil er noch nicht schrie, nahm Maya ihn an beiden Fersen hoch und gab ihm einen energischen Klaps auf den Po, und er fing zu schreien an. Es war ein schönes Geräusch, das alle zum Lachen brachte. Danach wurde er mit Honig gesalbt. Maya erzählte, dass man, wäre er in seinem brahmanischen Zuhause zur Welt gekommen, eine Zitrone aus dem Fenster geworfen hätte.

Mrs. Nair lag in ekstatischer Erschöpfung auf dem Bett, die nackte Brust des Babys auf ihrer. »Mein Junge, mein Baby«, summte sie.

Es war schon spät, als ich das Moonstone-Heim verließ. Ich war energiegeladen: Ich hatte ein vollkommen gesundes Baby unter schwierigen Umständen entbunden. Und ich bekam selbst ein Baby!

Meine Beine waren bleischwer und schmerzten, als ich zu laufen anfing, deshalb nahm ich die Abkürzung durch das eiserne Tor, das zum englischen Klub und dann hinaus auf die St Francis Street führte. Die Wachen, die neben dem Tor saßen, ließen mich für gewöhnlich mit einem leisen »Gute Nacht, Madam« durch, aber heute saß dort keiner, und auch der Garten wirkte verlassen mit seinen langen Schatten.

In den Grasbüscheln am Rande eines einst gepflegten Rasens sah ich einen Haufen verrosteter Krocketreifen, eine alte Tennisschlägerpresse und eine ausgebleichte Kappe liegen. Das Geländer der Veranda fehlte teilweise, vermutlich hatte man es als Feuerholz verwendet. Ein trauriger Anblick, wie ein Stillleben für das Ende des Sommers, nur dass ich nicht traurig war. Ich war in einer fast rauschhaften Stimmung, dachte an das Baby, fühlte mich eins mit den üppigen Bäumen – den Palmen, dem Banyanbaum, den indischen Bohnenbäumen mit ihren dicken, wachsartigen Blüten –, die um mich herum in die Höhe schossen und die Schönheit dieses Landes widerspiegelten, und auch die großen Veränderungen in meinem Leben.

Als ich das Klubhaus erreichte, setzte ich mich auf die Bank, die davor stand, weil ich diesen Moment auskosten wollte. Und da spürte ich die leichte Veränderung hinter mir, ein Geräusch wie eine sich öffnende Tür.

»Madam.« Der junge Mann mit dem schmalen Schnurrbart, der mich kürzlich am Morgen Mrs. Queen genannt hatte, ragte vor mir auf. Mein Blick wanderte an seinen dünnen Schenkeln in der zerknitterten Hose hinauf zu einem lächelnden Gesicht mit kalten, berechnenden Augen.

»Keine Angst.« Er sah, dass ich zusammenzuckte. »Ich habe auf Ihre Rückkehr gewartet.« Er reichte mir den dünnen Musselinschal, den ich oft trug, um meinen Kopf vor der Hitze zu schützen. »Den haben Sie heute Morgen verloren.« Er lächelte, als ich ihn entgegennahm.

Ich war nicht besonders alarmiert. Inzwischen hatte ich mich daran gewöhnt, dass man mich in Indien verfolgte. Erst vor einer Woche wollte ich auf der Bank einen Scheck einlösen, als hinter mir eine Stimme rief: »Falsches Datum, Madam.« Eine lustige Geschichte, die ich mir für Daisy aufsparte.

»Sehr freundlich«, sagte ich mit der Stimme, die Anto als meine Aristokratenstimme bezeichnete. »Herzlichen Dank.« Ich steckte den Schal in meine Handtasche und stand auf, um weiterzugehen.

»Kommen Sie oft hierher, Madam?« Seine Sandalen klapperten hinter mir die Stufen hinunter.

»Nein«, sagte ich und beschleunigte meine Schritte ein wenig. »Mein Ehemann ist Inder. Er ist sehr streng.«

»Das ist gut.« Er fasste neben mir Tritt und sah mich an.

»Sie sind zu hübsch, um allein unterwegs zu sein. Bitte rennen Sie nicht, ich möchte nur mit Ihnen reden.«

»Mein Mann wartet auf mich.«

»Lady, hören Sie auf, so zu rennen!« Seine Stimme wurde lauter. »Bei mir sind Sie sicher. Es gibt schlechte Menschen auf der Straße, die Ihnen wehtun könnten.«

»Der Wachmann am Tor kennt mich.« Ich versuchte, ruhig zu wirken.

»Da ist aber keiner«, summte er in einer Singsangstimme. Als er mit dem Kopf auf den Klub zeigte und ich die vielen roten Pickel auf seinem Hals sah, wirkte er noch jünger, als ich anfangs gedacht hatte: siebzehn, höchstens achtzehn.

»Hören Sie.« Ich fummelte in meiner Tasche nach der Geldbörse. »Es war wirklich sehr freundlich von Ihnen, dass Sie meinen Schal gefunden haben. Ich würde Ihnen gerne …«

»Stecken Sie das weg, Madam«, sagte er beleidigt. Er lächelte und schielte hinunter auf die Ausbuchtung in seiner Hose, die immer größer wurde. Dann packte er mich am Arm und zog mich unter einen riesigen Banyanbaum. Seine dicken Blätter und das undurchdringliche Geflecht seiner Wurzeln bildeten einen kleinen dunklen Raum mit einer Bank darin, auf die ich mich manchmal setzte, um ein Buch zu lesen oder Schutz vor der Sonne zu suchen.

»Das ist es, was mir an den englischen Mädchen gefällt.« Er drückte mich auf die Bank und setzte sich neben mich. Mit dem gerissenen Lächeln eines Hundes, der vorhat, sich den Sonntagsbraten zu schnappen, legte er seinen Arm um mich. Ich dachte, dass ich wohl mit Höflichkeit am weitesten käme, indem ich es ihm ausredete, aber dann schob sich seine freie Hand bereits unter meinen Rock und zog an meinem

Schlüpfer. In dem Handgemenge, das darauf folgte, fiel der Inhalt meiner Handtasche in den Staub: Geldbörse, Spiegel, Notizen für Daisy.

Maya hatte mich vor sexuellen Belästigungen gewarnt. »Wenn es dazu kommt«, hatte sie mir geraten, »schlagen Sie den Übeltäter heftig, und damit meine ich, verpassen Sie ihm einen richtigen Schlag.« Sie hatte es mir mit laut klatschender Hand demonstriert.

»Wird es dadurch nicht noch schlimmer?«, hatte ich sie gefragt.

»Nein.« Und sie hatte erneut mit der Hand zugeschlagen. »Wenn Sie nachgeben, wird man Sie übel zurichten.«

Als ich ihm einen harten Schlag auf seine Wange verpasste, musste ich an das »Puff, puff, puff« von Desperate Dan im Comic »The Dandy« denken. Ich schrie die schlimmsten Schimpfwörter, die mir einfielen, und nach meinen im Krankenhaus gesammelten Erfahrungen standen mir davon jede Menge zur Verfügung. Als der Abdruck meiner Hand auf seiner Wange zu erblühen begann, war ich schockiert. Ich warf einen Blick zur Straße und zögerte, sein Kopf wackelte auf seinem Hals, doch dann schlug er zurück, klatsch, klatsch, klatsch, auf meine Arme und meinen Kopf.

»Nicht!«, schrie ich. »Aufhören! Ich erwarte ein Baby.« Er hob seine Faust, und als diese auf meinen Bauch zuschoss, packte ich sie und schrie: »Elender Mistkerl! Wag es ja nicht!« Er schüttelte mich ab und landete einen Treffer direkt unter meinen Rippen.

»Ich weiß, wer Sie sind«, höhnte er. »Sie sind die ausländische Lady, die den indischen Mädchen schlimme Sachen beibringt. Wir wollen Sie nicht. Gehen Sie nach Hause!«

Er sah meine Geldbörse im Staub liegen, ließ sich auf die Knie fallen und bewegte sich im Krebsgang darauf zu.

»Nimm sie.« Ich kickte ihm die Geldbörse zu. Er zog ein paar Rupien heraus, rannte durch das Eisentor in Richtung Stadt davon und ließ mich zitternd zurück.

Kapitel 34

Es wäre so viel besser gewesen, wenn ich mich Anto an jenem Abend anvertraut hätte, aber ich tat es nicht: Die Angewohnheit, schlimme und beschämende Dinge für mich zu behalten, saß tief. Es war zwar keine Entschuldigung, aber die wenigen Male, in denen ich mich meiner Mutter anvertraut hatte, waren kein großer Erfolg gewesen.

Einmal war ich wochenlang auf einer neuen Schule in Edinburgh, wo meine Mutter als Begleiterin einer an Polio Leidenden arbeitete, gemobbt worden. Ein Mädchen namens Celia McIntyre – wildes rotes Haar, Unterbiss – zog mich an meinem zweiten Tag an den Haaren und nannte mich eine englische Ziege. Sie fing an, mir nach der Schule aufzulauern und mich von meinem Fahrrad zu schubsen oder meine Hausaufgaben ins Gebüsch zu werfen. Als ich endlich den Mut aufbrachte, es meiner Mutter zu erzählen, die sich wegen meiner aufgeschlagenen Knie und der ausgerissenen Haarbüschel Sorgen machte, hörte sie mir anfangs ernst zu, rannte dann aber ins Badezimmer und drehte die Wasserhähne voll auf. Durch das Geräusch des laufenden Wassers hindurch hörte ich sie schreien: »O Gott! Warum nur läuft alles schief für mich?«, oder so ähnlich.

Sie kam mit rot geränderten Augen aus dem Badezimmer zurück und sagte mit traurig hallender Stimme: »Mach dir nichts draus, Kit, ignorier einfach dieses Schwein von einem Mädchen.«

Und ich erwiderte darauf: »Ist gut, Mummy, ich mach mir nichts draus«, weil ich immer mehr das Gefühl hatte, dass wir beide durch einen Abfluss weiblicher Machtlosigkeit und Wut gespült wurden. Und diese Stimme von ihr fürchtete ich am meisten. Zum Ersten, zum Zweiten, zum Dritten!

Die so gelernte Lektion lautete also, dass ein geteiltes Problem häufig ein Problem war, das sich bis zum Schlafengehen und oftmals noch darüber hinaus hinzog. Zudem bekam der ganze Vorfall durch meine Mutter in späteren Jahren ein ganz anderes Gesicht.

»Erinnerst du dich noch an das gemeine Mädchen, das dich gehasst hat? Das aussah wie ein Rugbyspieler? Der haben wir's aber gezeigt, nicht wahr?« Keine Erwähnung mehr von »Ignorier dieses Schwein« oder ihrem Gebrüll.

Ich lag in jener Nacht mit offenen Augen im Dunkeln und dachte an den Jungen: an die Spucke auf seinen Zähnen, seinen schmalen Douglas-Fairbanks-Schnurrbart. Ich klammerte mich fest an Anto. Als er meinen Bluterguss auf der Wange bemerkt hatte, hatte ich mich auf einen Schemel zwischen seine Beine gesetzt und mir das Gesicht mit warmem Wasser gebadet.

Ich wusste, dass ich es ihm sagen sollte, aber ich spielte das dumme Frauchen.

»Ich Dummerchen habe die Abkürzung durch den Klubgarten genommen. Dort bin ich die Stufen hinuntergefallen und habe mich dabei an einem Geranientopf gestoßen. Nichts Ernstes.«

Und das war es auch nicht, nur dass jetzt als neue Angst dazukam, unser Baby könnte Schaden genommen haben, wofür Anto mir später die Schuld geben könnte.

»Arme Kittykutty.« Er streichelte meinen Kopf, wie ich es gern hatte, am liebsten hätte ich meinen Kopf wie eine Katze in seiner Hand vergraben. »Du solltest eine Rikscha nehmen. Ich möchte keine gefallene Ehefrau.«

»Es sind doch nur zehn Minuten Fußweg«, protestierte ich, aber ich war noch immer zittrig und stand neben mir. »Und er gefällt mir.«

»Tu's für mich.« Er steckte eine Haarsträhne hinter mein Ohr. »Deinen Hasenfuß von einem Ehemann, der ohne dich elendiglich zugrunde ginge.«

Wir lachten und schmusten, und dann zog er mich aus, und fast hätte ich es ihm gesagt, als er mit seinen Fingern sanft über meine Brüste und den Bauch strich, aber ich hielt die Augen dabei weit geöffnet, kontrollierte die Ausgänge, die Fenster, die Türen und dachte an den Jungen mit seinem höhnischen Lächeln, den Pickeln an seinem Hals.

Bei Garnelen und Reis zum Abendessen erzählte Anto mir noch ein bisschen mehr von seiner neuen Stelle im Krankenhaus und seinem Chef, der so inspirierend war und seine Arbeit am Forschungsprojekt lobte. Bald schon würde er Fördermittel bekommen, die es ihm erlaubten, in jene Gegenden Indiens zu reisen, wo die Ärzte sich in ihrer Arbeit auf die ayurvedischen Prinzipien zurückbesannen. Dr. Sastry hatte außerdem seine Doktorarbeit gelesen und ermunterte ihn, sie in Buchform zu publizieren.

»Jetzt habe ich das Gefühl, auf einer Reise zu sein«, sagte Anto. »Strebend und glücklich. Ich kann sagen …« Er schloss die Augen und überlegte. »Ich kann sagen, dass ich mich zum ersten Mal ganz fühle.«

Er sah jungenhaft aus, glücklich. Die zusätzliche Haut aus Ironie und Distanziertheit, die er sich in England hatte zulegen müssen, schien sich abgelöst zu haben. Als er mich nach meinem Tag fragte, erzählte ich ihm von Mrs. Nair und ihrem neuen Baby und auch, was sie mir während unserer gemeinsamen Zeit erzählt hatte: dass sie es aufgegeben hatte, die Regeln ihrer Kaste zu befolgen, und ihren Sari verbrannte, als sie Gandhi traf und sich politisierte.

»Ist sie etwa ein schlimmer alter Drachen?«

»Anto!«, wies ich ihn zurecht. »Wie kannst du nur so was annehmen?«

»Weil Appan mir erst kürzlich von ihr erzählt hat. Er sagte, er sei mit ihr am Gericht gewesen, und ihr scharfer Verstand habe ihn beeindruckt. Mit ihr wäre bestimmt nicht zu spaßen, wenn etwas schiefginge«, ergänzte er besorgt. »Warum, um Himmels willen, ist sie ins Moonstone gegangen? Sie hat genug Geld.«

»Es hat nichts mit Geld zu tun. Sie hat ihr Familienzuhause verlassen, und der Gedanke an ein Krankenhaus ist ihr verhasst: So einfach ist das.«

»Tut mir leid, Kittykutty, aber Appan meint, sie sei eine zornige Frau. Ich denke doch nur an dich, falls irgendwas passiert.«

»Nun, es ist nichts passiert.« Ich gähnte laut. »Alles lief gut. Ich muss ins Bett.«

Aber vorher ließ ich ihn noch jeden Fensterladen und jede

Tür und jedes Fenster überprüfen, und ich musste wieder an diese widerlich riechende Hand über meinem Mund denken, meinen nach oben geschobenen Rock. Und jetzt noch die zusätzliche Angst, der Schlag des Jungen könnte unser Kind verletzt haben, und dass dies alles meine Schuld war, weil ich die dumme Abkürzung benutzt hatte.

Kapitel 35

Als ich an Daisy und meine Mutter schrieb, um ihnen mitzuteilen, dass ich schwanger war, sagte meine Mutter, die noch immer auf der Wickam Farm lebte, zu meiner großen Erleichterung ihre geplante Reise ab mit der vagen Erklärung, sie »habe es nicht so« mit Babys und werde uns fernbleiben, bis unseres älter sei.

Ja, ich war erleichtert, aber offen gestanden auch verletzt und enttäuscht – in irgendeinem verborgenen Winkel meines Herzens schien ich mich doch gefreut zu haben, sie zu sehen.

Ich arbeitete im Moonstone bis zu meinem achten Schwangerschaftsmonat, und man versprach mir, dass ich jederzeit zurückkommen könne, wenn mein Baby geboren war – Dr. A. versicherte mir, es gebe jede Menge bereitwilliger und erfahrener Hände im Heim, die für mich da wären.

Die Arbeit half mir sehr: Wie viele Hebammen, die zum ersten Mal schwanger wurden, fand ich immer wieder Anlass zur Sorge und musste mich zurückhalten, um nicht in alten Lehrbüchern abwegige Symptome nachzuschlagen. Trost fand ich bei Anto, der vor Glück strahlte und meinte, ich sei stark wie ein Ochse und solle mir keine Sorgen machen.

Und er hatte recht – beinahe. Nach der Hälfte meiner

Schwangerschaft fühlte ich mich stärker denn je, aber die Erinnerung an den Schlag dieses Jungen hatte sich in mir eingenistet wie ein schlimmer Bluterguss, der nicht verblassen wollte.

Als ich in Mangalath auf der Veranda die ersten Wehen verspürte, war mir wie jeder anderen Erstgebärenden beklommen zumute, und ich war äußerst erleichtert, als Rema, die in Madras ausgebildete und wunderbar effiziente Hebamme der Familie, mit dem Fahrrad zu uns kam und mein Schlafzimmer betrat. Sie hatte keine Ahnung, dass ich selbst auch Hebamme war, aber das störte mich nicht. Ich wollte nur ihren Trost und ihre Anleitung, denn als meine Wehen richtig einsetzten, erfassten mich Kräfte, die ich weder kontrollieren noch begreifen konnte. Der Unterschied war in etwa derselbe wie der zwischen dem Wissen um die chemische Zusammensetzung von Schnee und einer Schlittenfahrt in halsbrecherischer Geschwindigkeit einen steilen Berg hinunter. Die schiere Gewalt war wie ein Schock: mein eigener Leib, der sich wie ein riesiger Kiefer zusammenzog und wieder aufging, und dann die Freude, das erhebende Gefühl des Triumphs – größer, schöner, tiefer als alles, was ich je erlebt hatte –, einen neuen Menschen auf die Welt zu bringen. Es war ein ganz gewöhnliches Ereignis, für mich aber mein erstes Wunder.

Als um drei Minuten nach zwei Uhr morgens mein Sohn Raffael nach zwölf Stunden Geburtswehen geboren wurde, überprüfte die Hebamme in mir ihn mit neurotischer Akribie – zwei funktionierende Beine, ein kleiner runder Bauch, perfekte Zehen wie winzige neue Kartoffeln, ein Gesicht, das anfangs wie eine wütende Tomate aussah – während die

Mutter in mir vor Glückseligkeit strahlte. Davon hatte ich keine Ahnung gehabt: diese hilflose Liebe, die Verletzlichkeit, die Freude und auf verrückte Weise auch die daraus entstehende Kraft. Wenn ich das zuwege brachte, könnte ich alles schaffen.

Nachdem wir nach seiner Geburt wieder in die Rose Street zurückgekehrt waren, kam Anto jeden Abend im Eilschritt nach Hause, um ihn zu sehen. Raffael war wie ein kleines Feuer, das in unserem Haus brannte, und wir hatten eine glückliche Zeit. Ich machte ein Foto von ihm und schickte es an Josie, bat sie, seine Patin zu werden, und sie schrieb zurück, er sei ein kleiner Prachtkerl, und sie sei stolz, ihn vor der Verdammung bewahren zu können.

Getrübt wurde unser Glück, als sechs Monate später in der Rose Street ein Telegramm mit der Nachricht eintraf, dass meine Mutter Tickets für die Überfahrt auf der *Strathdene* gekauft habe und in zwei Monaten in Bombay eintreffen würde.

»Und wie geht es dir dabei, dass deine Mummy nun endlich doch kommt?«, erkundigte Mariamma sich mit zuckersüßer Stimme. Wir verbrachten das Wochenende in Mangalath und saßen im gedämpften Sonnenlicht auf der Veranda des Sommerhauses. Ich hatte das Telegramm in meiner Handtasche dabei, und es beschäftigte mich noch immer.

»Wenn du es wirklich wissen willst, erschreckt mich die Vorstellung«, antwortete ich. »Ich weiß nicht, was ich davon halten soll.« Mein Milchfluss ließ nach, und Raffael saß auf meinem Schoß und nuckelte mannhaft an seiner neuen Flasche. Als er mitbekam, dass wir ihn ansahen, warf er die Flasche weg und riss beleidigt die Augen auf.

»Gib mir mal den jungen Mann.« Mariamma nahm ihn mir ab und sorgte dafür, dass er ein Bäuerchen machte. »Ich kann das gut verstehen«, sagte sie und setzte ihn mir wieder auf den Schoß, wo er im Liegen den Himmel durch seine Finger betrachtete. »Mütter sind erschreckend – zu viel Macht ist das Problem.«

Ich strich mit der Hand durch Raffies weiches, dichtes Haar. »Es ist schlimm, das zuzugeben, aber ich war beinahe froh, dass sie nicht kommen konnte. Nicht dass ich sie nicht lieben würde, es ist nur – verdammt!« Ich spürte, wie Raffaels Pipi langsam auf meinen Rock tröpfelte. Er trug keine Windel, weil Amma fand, dass Babys so lange keine Hosen tragen sollten, bis sie selbst gelernt hatten, aufs Töpfchen zu gehen. In Raffies Fall und zu meiner Überraschung funktionierte das auch in acht von zehn Fällen, und ich lernte, das Paddeln seiner Beine und seine ausgestreckten Arme zu deuten, wenn er auf das Töpfchen wollte.

Mariamma rief Theresa, damit sie ihn ins Haus trug. In Mangalath gab es keinen Mangel an willigen Sklaven. Amma brachte Stunden damit zu, ihn durch den Garten zu tragen und ihm die neuen Leghorn-Hühner zu zeigen und Eier einzusammeln, dem Esel Alfalfa zuzuwerfen und Appans neuem tibetischem Mastiff frisches Wasser zu geben.

Als wir Theresa nachblickten, die gewichtig mit Raffael im Arm das Haus ansteuerte, erzählte ich Mariamma, dass ich erst mit achtzehn Jahren ein echtes Baby im Arm gehalten hatte.

»Das kann doch gar nicht sein!« Sie wollte es mir nicht glauben. »Du musst doch Verwandte mit Babys gehabt haben – Schwestern, Brüder.«

»Ganz ehrlich«, erwiderte ich, »ich war ein Einzelkind, und meine Mutter musste ihren Lebensunterhalt mit Arbeit verdienen. Wir sind viel gereist.«

Ich hatte Mariamma so gut wie nichts über meine merkwürdige Kindheit erzählt, denn um ehrlich zu sein, wurde mir jedes Mal übel, wenn ich an den durch meine Heirat mit Anto ausgelösten Streit mit meiner Mutter dachte. Wüsste die Familie, dass sie sich deshalb von mir losgesagt hatte, wäre sie tödlich beleidigt, und das wollte ich nicht. Außerdem wollte ich fair sein, und sie sollte den anderen als unbeschriebenes Blatt hier begegnen.

Außerdem konnte ich jetzt, da ich selbst ein Baby hatte, viele der Dinge, die mich früher an meiner Mutter wahnsinnig gemacht hatten – ihr ängstlicher Beschützerinstinkt, ihre übertriebene Fürsorglichkeit, ihr Frisieren der Wahrheit –, besser verstehen, und es tat mir leid, nicht freundlicher zu ihr gewesen zu sein.

Theresa brachte Raffie zurück, der nun einen Stoffstreifen wie ein Lendentuch trug, dessen beide Enden in einer um seine Taille geschlungenen Silberkette steckten. Sie breitete eine Decke unter dem Mangobaum aus, und er lag im Schatten und testete seine dicken Beinchen auf Gelenkigkeit und Dehnbarkeit. Er steckte sich nachdenklich einen Zeh in den Mund und nahm ihn wieder heraus, um das Geräusch eines der Vögel nachahmen zu können. Brrr brrr, tschilp tschilp.

Er war ein äußerst zufriedenes Kind mit einem frechen Lachen. Nichts gefiel ihm besser, als hier in Mangalath zu sein und von einem Schoß zum anderen weitergereicht zu werden. Am Tag seiner Geburt sah Amma erst ihn und dann mich mit Tränen in den Augen an und sagte: *»Entey kochu rajakumaran* – mein kleiner Prinz!« Anto bat Appan, seine Zunge mit Honig zu betupfen, womit der Hoffnung Ausdruck verliehen wurde, das Baby möge den wachen Geist seines Vaters, seine Zähigkeit und seine Großzügigkeit erben. Am achtundzwanzigsten Tag wurde ihm die Silberkette um die Taille gelegt, um das Lendentuch daran festzustecken.

Es waren glückliche Tage, aber besonders dankbar war ich für Mariamma. Sie war es, die darauf bestand, in den ersten Nächten mit mir aufzustehen, als ich noch voller Angst war, weil ich nun selbst ein Baby hatte, das ich am Leben erhalten musste. Sie brachte mir Tee und kleine Imbisse. Wenn ich badete, wachte Theresa bei meinem Sohn. Wenn Anto müde vom Krankenhaus nach Hause kam, brachten wir Stunden damit zu, neben ihm zu liegen und uns seiner süßen Gegenwart zu erfreuen. Nahrhafte Mahlzeiten wurden uns gebracht, überall waren hilfreiche Hände. Und ich schämte mich, wenn ich an meine eigene Mutter in ihrer Isolation dachte.

»Dann erzähl mir doch mehr von deiner Mummy.« Wieder warf Mariamma mir den Ball zu, zart, aber hartnäckig. »Aus welchem Teil Indiens stammt sie?«

Das hatte ich ihr bereits in den Anfangstagen mitgeteilt, ansonsten aber fast nichts preisgegeben. Als Mischling, das war mir inzwischen klar geworden, hatte man in Indien keine guten Karten.

»Nun …«, ich tunkte einen Finger in mein Kokosnusswasser und steckte ihn Raffie in den Mund. »Sie hat jahrelang in England gelebt, aber soweit ich weiß, ging sie in Pondicherry zur Schule und hat meinen Vater hier geheiratet. Es ist alles ein wenig wirr.«

»Ein wenig wirr«, gurrte Mariamma, strich mit ihren Fingern durch Raffies Haarschopf und tat so, als würden wir über seine Haare sprechen. »Wir können Großmama fragen, wenn sie kommt«, sagte sie zu ihm. Sie glättete sein Haar und gab ihm einen Kuss auf den Nacken.

Und genau das war meine Befürchtung. Ich konnte mir nur allzu gut die Blicke meiner in die Enge getriebenen Mutter vorstellen, ihre merkwürdigen Antworten, die so überheblich klingen konnten.

»Wirst du ihr das Moonstone zeigen?« Ein kurzer Seitenblick.

»Vielleicht«, sagte ich. Meine Mutter hatte eingewilligt, für das Heim ein paar neue Instrumente für die Geburtshilfe mitzubringen. Nichts Großes: Scheren, Zangen, Petrischalen, um unseren Vorrat aufzustocken. »Aber vielleicht auch nicht. Sie war nie damit einverstanden, dass ich Krankenschwester wurde.«

»Auch nicht während des Krieges?«

»Nein.«

»Hat sie Vorbehalte gegen deine Arbeit hier?«

»Vermutlich.«

»Wollte sie dich lieber als Dame sehen?«

»Genau diese Worte hätte sie gewählt.« Im darauffolgenden Schweigen erkannte ich, dass ich einen Beruf gewählt hatte, der eine Ähnlichkeit mit meiner Mutter weitgehend ausschloss.

»Vermisst du die Arbeit denn?« Ich spürte, dass Mariamma mich beobachtete.

»Nein«, antwortete ich, »denn ich werde ohnehin bald wieder arbeiten.« Ich hatte vergangene Woche, als ich einen Termin für ein Treffen mit Dr. A. vereinbart hatte, beschlossen, dass es an der Zeit war. »Ich werde zwei, vielleicht auch drei Schichten in der Woche übernehmen. Sie sind knapp mit dem Personal, und es steht eine Inspektion durch die Regierung ins Haus. Ich kann Raffie mitnehmen, wenn ich möchte, und Kamalam ist den ganzen Tag zu Hause und wie eine zweite Mutter für ihn.«

»Ach du liebe Zeit.« Sie konnte ihre Bestürzung nicht verbergen. »Wissen Amma und Anto darüber Bescheid?«

»Amma noch nicht«, sagte ich. »Anto natürlich schon. Er freut sich darüber.« Was nicht ganz stimmte, aber wenigstens verstand er es. »Er hat mir gesagt, ich soll weitermachen.«

Kapitel 36

Ich begann mit nur zwei Schichten in der Woche. Raffie, den ich oft mitnahm, genoss es, vor den ihn bewundernden Frauen Hof zu halten. Maya freute sich, mich zu sehen. Es suchten immer mehr Frauen die Klinik auf, und ihr Ehemann war wütend, weil sie oft spät nach Hause kam und seine eigene Mutter ihm seinen Reis kochen musste. Manchmal sah sie so müde und niedergedrückt aus, dass ich mich fragte, ob er sie wieder schlug. Im Vergleich dazu war Anto ein Prachtstück von einem Ehemann, auch wenn wir nach den ersten drei Tagen unserer neuen Ordnung einen Streit hatten, der so unvermittelt wie ein Sommergewitter losbrach.

Anto lag auf dem Bett, Raffie auf seiner Brust, und sie spielten das Spiel, das er so liebte: »*Atishoo, atishoo,* wir fallen alle runter.« Anto, der mir nach wie vor gerne Dinge beibrachte, erklärte mir, das Lied stamme aus der Zeit, als die Menschen wegen der Pest wie Fliegen umfielen. Raffie, der immer die ganze Aufmerksamkeit für sich haben wollte, schlang die Arme um Antos Hals und bedeckte sein Gesicht mit Küssen, lenkte ihn von mir ab.

»Ich liebe meinen Jungen«, meinte Anto, »aber er wird zu

sehr verwöhnt – er braucht sechs Brüder und eine oder zwei Schwestern.«

»Warum nicht gleich zwölf?«, erwiderte ich. »Genug für ein Kricketteam.«

Er hielt Raffie hoch über seinen Kopf. »Es ist mein Ernst, Kit. Wir befinden uns jetzt in einer anderen Lebensphase.«

Das hatte er mir schon früher erklärt: Im Glauben der Hindus war das Leben eines Mannes in vier unterschiedliche Phasen unterteilt. Die erste war Kaumaram, das südindische Wort für Jugend; die nächste Brahmacharyam oder die Phase des keuschen Studenten – nun, diesen Zug hatte Anto verpasst. Darauf folgte Grihasthashramam, das Stadium des Haushaltsvorstands, in dem ein Mann sich dem Verdienen seines Lebensunterhalts widmete und Kinder bekam, und schließlich Vanaprastham, das Einsiedlerstadium, in dem er sich von weltlichen Banden und Freuden lossagte und als asketischer Weiser in der Wildnis lebte. Als Lebensentwurf klang es verführerisch ordentlich und zweckmäßig, aber vom westlichen Standpunkt aus betrachtet – wie sollte ich es nennen? Klaustrophobisch.

»Nächste Haltestelle also Sack und Asche«, sagte ich.

»Du musst dich nicht immer über alles lustig machen.« Raffie war eingeschlafen, weshalb er mit leiser Stimme sprach.

»Tue ich gar nicht«, sagte ich. Es überraschte mich nicht zu hören, dass er sich viele Kinder wünschte. Die Thekkedens sahen darin das größte Geschenk des Lebens. Das gefiel mir an ihnen, und ich stimmte ihnen zu. Bis zu einem gewissen Punkt.

Als er hinzufügte: »Ich möchte so viele wie möglich«, war es da falsch von mir, dass ich mich plötzlich wie eine große

Zuchtkuh fühlte? Der darauffolgende Streit war laut, und als Raffie zu schreien anfing, setzten wir ihn in wütendem Geflüster im Bett fort.

Ich: »Natürlich liebe ich ihn, natürlich liebe ich dich – aber kann ich trotzdem nicht auch noch ein anderes Leben haben?«

Er: »Du bist theatralisch, du hast jetzt ein anderes Leben. Kannst du dich nicht ändern?«

Ich: »Warum muss ich mich ändern? Für dich ist das Leben mit Raffie hier noch immer das gleiche, nur besser.«

Er: »Rmmmnnpph.« Die indische Version für missbilligendes Knurren. »Spiel keine Spielchen mit mir, Kit. Du bist eine Frau, ich kann unsere Babys nicht bekommen.«

Ich: »Ich bin gar nicht so verschieden von dir oder jedenfalls nicht so sehr, wie du das gerne hättest: Ich liebe Herausforderungen, ich liebe Aufregung, ich werde gern besser in dem, was ich tue, ich sehe gern etwas wachsen. Ich bin stolz auf das, was wir im Moonstone tun.«

Das stimmte. Dieser schmuddelige, frustrierende Leben gebende Ort mit seinen unzulänglichen Einrichtungen und den verwirrenden Tagen hatte mich auf eine Weise mit Indien verbunden, die ich selbst nicht verstand. Ich wollte Teil davon bleiben, zusehen, wie er wuchs.

Er, jetzt schreiend: »Zusehen, wie deine Kinder groß werden, was könnte es denn Besseres geben?«

Es kam noch mehr, und es verletzte uns beide. Ich hätte jedoch laut und deutlich sagen sollen, dass ich bei meiner Mutter die Wut und das Schicksal einer Frau erlebt hatte, die keine Ausbildung hatte, von einer niedrigen Tätigkeit zur nächsten wechselte und eine wie die andere hasste.

Worauf er gesagt hätte: »Aber du bist nicht deine Mutter,

und ich liebe dich und werde dich nicht verlassen.« Was ich ihm aber nicht geglaubt hätte, weil in mir das Gefühl, dass Männer einen immer sitzen ließen, so tief verwurzelt war. Der Vater, der mich verlassen hatte und von dem zu sprechen oder an den zu denken mir verboten war, hatte mich mein ganzes Leben lang wie ein übler Geruch verfolgt. Ich hatte mir alle Mühe gegeben, ihn zu ignorieren – denn es machte keinen Sinn, jemanden zu vermissen, den man nie kennengelernt hatte –, aber er war da.

Ich untersuchte gerade Valli, eine Frau vom Land, die vorzeitig ihr Fruchtwasser verlor, als ich von draußen einen lauten Knall hörte, als hätte jemand fünfzig Tabletts fallen lassen. Die Fenster bebten, und Valli verschwand kreischend unter ihrer Decke.

Als ich in den Flur hinausrannte, schrie Ajala, eine der Hebammen: »Sie fällen ein Baum, Ma'am.«

Draußen sah ich Maya, die mit ihrer Faust drei Männern drohte, die nackt bis zur Taille in den Ästen des Baums saßen. Sie war weiß wie Milch und hatte große Angst. »Es ist der Niembaum, ein Geschenk der Regierung. Keiner hat uns informiert, dass sie kommen. Sie sagten was von Krankheit und dass der Baum nicht sicher sei.«

»Müssen sie uns nicht darüber informieren?« Der Baum befand sich streng genommen auf der Grenze zwischen unserem Grundstück und dem unbebauten Grundstück nebenan.

»Natürlich sollten wir darüber Bescheid wissen.«

Es machte mir nichts aus, wenn der Baum ein oder zwei Äste verlor, aber ich trat gern auf seine Schoten, denn sie verströmten ein erfrischendes Aroma, und es war ein schöner

Baum, um in seinem Schatten die Mittagspause zu verbringen – aber für Maya war es der Beginn einer Katastrophe. Der Niembaum, so hatte sie mir einmal erklärt, war der Gott unter den Bäumen, ein Schattenspender, ein Baum, aus dem sich Cremes gewinnen ließen; Stofffetzen, die mit seinen Ölen getränkt waren, wurden als Verhütungsmittel verwendet. Den Tränen nahe, sagte sie nun, die Arbeiter hätten entscheidende Rituale missachtet. Wenn der ganze Baum weg sollte, müsse derjenige, der ihn fällte, Ghee auf die Stümpfe streichen und sagen: »Mögest du mit tausend Schösslingen wachsen«, ansonsten würden sie die mächtigen Geister beleidigen, die in ihm wohnten.

»Aber wenn es nur ein Ast ist«, hakte ich dummerweise nach, weil ich nicht wusste, wie ich sie trösten konnte.

»Dann muss man sich für die ihm zugefügten Verletzungen entschuldigen«, sagte sie. »Das habe ich nun getan.«

Als wir im grellen Licht standen und unsere Augen auf den Baum richteten, wanderte mein Blick nach rechts, und in meinem Kopf klingelte es.

Eine kleine Schar Neugieriger hatte sich versammelt und sah zu. Ein wenig abseits von ihnen stand der Junge mit dem dünnen Oberlippenbärtchen. Seine Augen waren nicht auf den Baum, sondern auf mich gerichtet.

Ich sagte Maya, dass ich hineingehen werde, aber sie hörte mich nicht. Sie betete zerstreut, als sei bereits etwas Schlimmes geschehen.

Kapitel 37

Und dann traf meine Mutter ein. Wie üblich kam sie mit vorhersehbarer Unberechenbarkeit schon einen Tag früher an, wobei sie die Schuld einem nicht zugestellten Telegramm gab, und war voller Klagen über den erbärmlichen Service an Bord der *Strathdene.* Das Essen sei schrecklich gewesen, das Personal ungehobelt, ihre Kabine habe neben der eines Paares gelegen, das ständig gestritten habe. Sie habe während der ganzen Reise kein Auge zugetan.

Als sie mir die Tränensäcke unter ihren Augen zeigte, fast als würden sie ihr zur Ehre gereichen, sagte ich mir, ja natürlich, wieder mal geht für dich alles schief, doch gleich darauf erschütterte mich meine Gemeinheit.

Ihre erste intensiv nach Parfüm riechende Umarmung erinnerte mich an eine nervöse Mutter, die ihr Neugeborenes abklopft, damit es sein Bäuerchen macht, und ich kann aufrichtig sagen, dass ich dabei überhaupt nichts empfand.

»Das ist ja wirklich süß, Liebling«, sagte sie, als sie unser Haus betrat.

»Wir lieben es sehr. Du siehst gut aus, Mummy«, sagte ich, es war die sicherste und auch die unaufrichtigste Reaktion. Sie war so sorgfältig gekleidet wie immer – blaues Seidenkostüm,

Hut mit Feder, Strümpfe trotz der vierzig Grad, auf Hochglanz polierte Krokodillederschuhe –, aber ich erschrak, sie so gealtert zu sehen und irgendwie geschrumpft. Auch war ihre Stimme höher, als ich sie in Erinnerung hatte, und leiser, als hätte sie Mühe zu sprechen.

Ich freute mich darauf, ihr Raffie zu zeigen, und als er wach war, trug Anto ihn zerzaust und blinzelnd auf dem Arm herein.

»Dein *perakutty*«, kündigte er ihn an. »Mr. Raffael Thekkeden.«

Meine Mutter hielt mitten in ihrer Klage über die Schrecken des Schiffs inne. »Mein Enkelsohn«, wiederholte sie. Sie schloss die Augen und hielt Raffie von sich weg, als wäre er eine nasse Katze. Raffie, der gerade zahnte, stieß einen dünnen Schrei aus und streckte mir seine Arme entgegen.

»Oh! Oh! Oh!« Meine Mutter warf ihn mir regelrecht zu. »Ich bin nicht gut im Umgang mit Babys«, sagte sie.

Wir tauschten einen Blick. Anto rettete uns.

»Wenn er geschlafen hat, ist er immer ein quengelnder kleiner Teufel.« Er nahm Raffie auf den Arm und gab ihm einen der schmatzenden Küsse auf den Bauch, die ihn zum Lachen brachten. »Lass ihm Zeit.«

Weil meiner Mutter jede Art von Unordnung zuwider war, hatten wir vor ihrer Ankunft einen großen Frühjahrsputz gemacht. Außerdem hatten wir einen fürsorglichen Vorrat an Mummy-Nahrung angelegt, wie Anto es nannte: Pflaumen und Hafermehl für die Verdauung, was Babu, der den Kramladen betrieb, ins Grübeln brachte; Zitronen für das frühmorgendliche Ritual, heißes Wasser mit Zitronensaft zu sich zu nehmen, das sie strikt verfolgte; Brot aus dem lodernden Ofen des altmodischen Bäckers am Ende der Straße, der früher einen Raj beliefert hatte; englischen Frühstückstee von einem Lieferanten, den Amma in Fort Cochin kannte.

Wir waren von unserem Schlafzimmer in das Gästezimmer umgezogen, damit sie das größere Schlafzimmer im vorderen Teil des Hauses beziehen konnte. Es war jetzt ein hübscher Raum, frisch gestrichen und sparsam eingerichtet mit einem bequemen Doppelbett und einem Sessel mit Armlehnen und verspielten Perlmuttintarsien im Kopfteil, der in Mangalath im Schuppen gestanden hatte, bevor Amma ihn sauber gemacht und mit neuem Rohrgeflecht versehen hatte.

Nach ihrer Ankunft schlief sie zwölf Stunden. Ich schlich durchs Haus, erleichtert, eine Pause von ihr zu haben, und während der nächsten zwei, drei Tage umtanzten wir einander – höfliche, unsichere Fremde. Unter vorsichtiger Vermeidung der Streitigkeiten, die wir Antos wegen gehabt hatten, und auch ohne das von ihr gesprochene Machtwort zu erwähnen, dass ich für sie gestorben sei, oder von Daisy oder meiner Arbeit im Moonstone zu sprechen.

Frühmorgens fütterte ich Raffie und spielte mit ihm, ging mit ihm in den Park, wo er laut sein konnte und meiner Mutter nicht auf die Nerven ging. Sie stand gegen elf Uhr auf und saß dann benommen im Sessel mit Blick zum Fenster, äußerte sich in sanften, bewundernden Worten zum Haus, der Straße, den Bäumen. Während ich die Komplimente entgegennahm und höflich das Gespräch in Gang hielt, dachte ich an jene Nonnen, die zu den Mahlzeiten über nichts anderes als über Vögel oder Bäume oder Blumen sprechen durften, um ja keinen Streit anzuzetteln.

Tagsüber trank sie sehr geziert ihren Zitronensaft oder Soda und aß sehr wenig. Abends, wenn ich Raffie gebadet und ihm eine Geschichte erzählt hatte, tranken sie und ich stark mit Soda verdünnten Whisky oder sie auch Gin mit Wermut und warteten, dass Anto nach Hause kam. Normalerweise war dies die Zeit, die ich besonders mit ihm genoss: Wenn wir einander erzählten, was wir am Tag erlebt hatten, ich mir den Klatsch aus dem Krankenhaus anhörte oder ihm vom Moonstone erzählte. Aber in jenen ersten Nächten mit meiner Mutter betrachtete ich ihn wie einen Fremden. Wenn er nach Hause kam, wusch er sich immer und zog sich um, und in seiner weißen Leinenhose mit weißem Hemd sah er noch immer so gut aus, dass mir die Luft wegblieb, aber jetzt bewunderte ich vor allem seine Freundlichkeit. Er drehte ihr seinen Stuhl zu und lauschte ihr mit Mitgefühl und Respekt, als empfände er es als Privileg, sich mit ihr unterhalten zu dürfen, während sie fröhlich drauflosplapperte, als hätte sie niemals diese schrecklichen Dinge über ihn gesagt.

An einigen Abenden kam Kamalam lächelnd und stolz herein, um Raffie für einen Gutenachtkuss zu präsentieren. Häufig streifte meine Mutter ihn mit ihrem Blick, ohne im Sprechen innezuhalten, was in mir Hassgefühle auslöste.

Als ich nach einem solchen Abend im Gästezimmer im Bett lag, wiederholte Anto seinen Rat an mich. »Lass ihr Zeit. Wieder in Indien zu sein ist für sie ein Schock, und vergiss nicht, du sprichst aus dem Grab zu ihr.« Das war als Scherz gemeint, aber genauso waren meine Gefühle für sie – erstarrt und kalt.

Der nächste Schrecken kam in Gestalt einer Einladung von Amma. Sie wollte, dass die Familie zu einem besonderen Willkommensessen zusammenkam.

Als Anto meiner Mutter dies unterbreitete, sagte sie mit einer Stimme wie ein gefangener Vogel »Wie reizend« und beklagte sich dann an mich gewandt, als wäre er gar nicht vorhanden: »Aber ich hatte gehofft, mich ein paar Tage lang ausruhen zu können. Wochenlang habe ich mit Fremden gesprochen.« Und wieder spürte ich, wie die Abneigung gegen sie wie ein Dorn in mir nach oben drängte.

Anto meinte, es habe keine Eile, wann immer sie sich dazu in der Lage fühle. Dieser Mann benahm sich wie ein Heiliger, aber das würde nicht anhalten – auch er hatte seine Grenzen.

An dem Morgen, als wir zum Fest in Mangalath aufbrachen, sah Glory trotz ihrer zwölf Stunden Schlaf noch immer müde aus und schien auf die Hälfte ihrer normalen Größe zusammengeschrumpft zu sein. Zum ersten Mal empfand ich wirklich Mitleid mit ihr und war ein wenig alarmiert. Sie trug ein neues und sehr schickes schwarz-weiß gepunktetes Kleid und dazu einen kleinen Hut und zuckte zusammen, als wir ins blendende Sonnenlicht hinaustraten. Ihr Arm fühlte sich an wie ein dünner, zerbrechlicher Zweig, als ich ihr ins Auto half, und sie verweilte dort einige Momente und rang nach Luft.

Die Rolle der indischen Ehefrau war mir inzwischen so vertraut, dass ich eine Fahrt in einem Wagen – den Appan uns für diesen Ausflug geliehen hatte – als etwas Besonderes ansah, und inzwischen liebte ich den Weg von Fort Cochin nach Mangalath: die lauten Märkte, die grünen Reisfelder, den gewaltigen Himmel, die Seen, in denen sich das Sonnenlicht spiegelte und auf denen die Häuser und Brücken zu treiben schienen. Aber der Tag, der heute vor mir lag, bereitete mir Übelkeit, und ich war angespannt.

Meine Mutter saß mit geschlossenen Augen auf dem Rücksitz. Ich hatte neben ihr Platz genommen und hatte Raffie auf meinen Knien. Anto brach das Schweigen.

»Ich denke, in diesem Teil von Indien bist du noch nie zuvor gewesen, oder, Mutter?« Sie hatte ihn gebeten, sie Glory zu nennen, aber das brachte er nicht über sich. In seiner Familie war es höchst unhöflich, eine ältere Person mit ihrem Vornamen anzusprechen.

»Nein«, sagte sie mit jener hallenden Stimme, die ich als ein Betreten-verboten-Schild zu deuten verstand. »Weiter im Norden.« Als Antos Augen im Rückspiegel auftauchten, schüttelte ich leicht den Kopf.

»Aber es ist unglaublich hübsch.« Sie öffnete kurz die Augen und war wieder der perfekte Gast. »So viel Wasser und Vögel.« Ein Schwarm Reiher zog seine Bahn über den See und ließ aufgewühltes Wasser zurück. Raffie, der alles genau verfolgte, stieß einen Schrei aus, wandte sich dann aber rasch wieder dem Muster des Kleides meiner Mutter zu. Mit seinem pummeligen Finger wanderte er von Punkt zu Punkt und untersuchte jeden so eingehend, als müsse er einen komplizierten Logarithmus lösen.

»Stört dich das?«, fragte ich sie.

»Nein.« Sie legte ihre Hand auf seinen Kopf und ließ sie dort eine Weile ruhen.

»Das muss sehr seltsam sein für dich, Mummy«, sagte ich.

Ich sah, wie ihre Lippen sich bewegten, ihre Hand den ledernen Sicherheitsgurt des Wagens umklammerte.

»Ganz so seltsam ist es nicht«, meinte sie. »Es geht mir gut.« Und sie ergänzte in das darauffolgende Schweigen hinein: »Ich möchte nicht, dass du dir meinetwegen Sorgen machst.«

Als Mangalath aus dem roten Staub der Straße auftauchte, kam sofort Leben in meine Mutter, und sie wurde umgänglich und gut gelaunt. Und ich muss sagen, der Anblick war reizend. Auf unserer Fahrt hatte es kurz geregnet, und die Tropfen blinkten wie große Diamanten von den Blättern. Vom See dahinter glänzte es silbrig.

Vor dem Haus stand Amma zwischen den goldenen Löwen, um uns in Empfang zu nehmen.

»Es ist so schön, Sie endlich kennenzulernen.« Mit ihrem süßesten Lächeln reichte sie Glory die Hand. »Jetzt sehe ich, woher Ihre Tochter ihr gutes Aussehen hat.« Ich verfolgte, wie sie gewitzt und anerkennend die Kleidung und den Schmuck meiner Mutter mit ihrem Blick erfasste – auf diese Weise funktionierte nämlich ihr Geist, es war die Obsession mit der Mitgift, die den meisten Müttern hier eigen war.

Als Raffie Amma sah, stieß er einen sehnsüchtigen Schrei aus und streckte seine Ärmchen nach ihr aus. Er vergrub sein Gesicht in ihrer Schulter.

»Und was halten Sie von dem Bengel hier?«, fragte Amma, als wir zum Haus gingen. »Es ist Ihr allererstes Enkelkind, wie Kit mir erzählt.«

»Ja«, stimmte meine Mutter ihr unter dem Geklapper ihrer Absätze auf dem Weg zu, war aber vor Anstrengung, Schritt zu halten, völlig außer Atem. »Mein erstes … er ist furchtbar süß.«

Zum Mittagessen waren wir nur zu neunt, und Glory würde nicht von Verwandten überschwemmt werden. Appan saß am Kopf des Tisches neben Anto, Ponnamma und Mariamma auf ihren üblichen Plätzen und dazu ein paar ältere Tanten, deren Namen ich vergessen hatte. Ich saß neben meiner Mutter, die ganz besonders reizend war, alles guthieß und zu allem lächelte. Ich spürte ihre spitzen Knochen neben mir und hoffte, dass sie mit dem Essen zurechtkam, denn bisher hatte sie kaum Appetit gehabt.

Ihr zu Ehren wurde ein opulentes Mahl auf den feinen Porzellantellern serviert: perlenartig gepunkteter Karimeenfisch, eine für diese Gegend typische Köstlichkeit, ein zartes Hammelragout, weicher, fluffig gekochter Reis mit Hähnchencurry und das übliche Thoran, sautierte Okraschoten, knackig herausgebratene Pappadams und Zitronenpickles. Ich hatte vergessen zu frühstücken, und so lief mir angesichts all dieser Köstlichkeiten das Wasser im Mund zusammen.

Man hatte Glory Messer und Gabel hingelegt, wie mir an meinem ersten Tag. Ich spürte, wie sie sich versteifte, als sie mich mit den Fingern essen sah. Ohne im allgemeinen Geplauder gehört zu werden, sagte sie zu mir: »Findest du das nicht fürchterlich schmuddelig?«

»Mir gefällt es jetzt so.« Ich gab zu meinem Reis etwas Buttermilch, bröselte das indische Fladenbrot hinein und schob es mir in den Mund, um zu demonstrieren, wie elegant ich das schaffte, musste dann aber innerlich grinsen. Hören wir denn niemals auf, uns vor unseren Müttern zu produzieren?

Appan zog einen Stuhl neben uns und sah Glory durch seine Brille an. »Wir freuen uns so, Sie hier zu haben«, sagte er mit offensichtlicher Aufrichtigkeit zu ihr. »Es ist wie ein wahr gewordener Traum.«

Sie lachte verlegen. »Wie freundlich«, sagte sie und erwies sich ganz als die Lady eines Colonels, indem sie im Übermaß Komplimente verteilte.

»Ach du lieber Himmel, Kit hatte recht, Sie sind so gescheit«, murmelte sie erschrocken, als er ihr erzählte, dass er in Delhi gewesen sei, um dort die neue Gesetzgebung für die Regierung zu entwerfen. Appan, der ein äußerst bescheidener Mann war, wies das Kompliment zurück.

»Mein größter Stolz ist mein Sohn, der sich im Krankenhaus abrackert. Und ich bin sehr froh, ihn wieder zu Hause zu wissen.«

Dieser höfliche Tanz ging noch eine Weile so weiter: Gerichte wurden weitergereicht, zaghafte Fragen gestellt, und für den Moment jedenfalls dürfte sich meiner Mutter ihre neue Familie wie ein Tuch präsentiert haben, dessen Löcher man eben geflickt hatte. Während sie bei Appan ihren Charme spielen ließ, tauschte Ponnamma ihren Platz mit Mariamma, damit sie dem Gespräch besser folgen konnte.

Sie tätschelte den Arm meiner Mutter. »Na los doch«, sagte sie. »Essen Sie auf.« Sie schöpfte ihr etwas Hammelragout und daneben etwas Dhal auf. »Sie müssen aufgepäppelt werden.«

Während ich meine Mutter eine Gabel voll essen sah, überkam mich tiefe Traurigkeit. Soweit ich mich erinnern konnte, stand sie nun zum ersten Mal im Zentrum der Aufmerksamkeit. Und vielleicht empfand das auch sie so, denn als Ponnamma plötzlich mit der Frage herausplatzte: »Warum haben Sie Ihre Reise hierher so lange hinausgezögert?«, tischte sie uns eine überraschende Geschichte auf.

»Also«, sie schob ihren Stuhl zurück und trank geziert einen Schluck Wasser, »es ist tatsächlich recht wundersam. Ich habe eine großartige und liebe Freundin in Oxford. Sie heißt Daisy. Sie lebt in einem sehr großen, aber ziemlich heruntergekommenen Haus – der Krieg, wissen Sie –, das sie kaum allein unterhalten kann, weshalb ich ihr manchmal helfe.«

Genau das, Mutter, sagte ich mir. Noch immer eine Meisterin darin, die Hand zu beißen, die dich füttert.

»Egal …« Sie tupfte sich den Mund mit ihrer Serviette ab, um sicherzustellen, dass sie ja kein verirrtes Stückchen Spinat verunstaltete. »Ich muss euch erzählen, was dort passiert ist …« Die Erregung in ihrer Stimme und die absichtlich eingelegte Pause erinnerten mich daran, was für eine gute Geschichtenerzählerin sie war. Nun waren aller Augen am Tisch auf sie gerichtet. Ponnammas Mund stand offen.

»Es war kurz vor Weihnachten, es war dunkle Nacht und regnete stark – es schüttete regelrecht wie aus Eimern. Ich saß im Nähzimmer und schneiderte ein paar neue Vorhänge« – dabei warf sie dem gebannt lauschenden Appan ein Lächeln zu –, »als mir plötzlich eine Nadel zu Boden fiel. Als ich mich niederkniete, um sie aufzuheben, sah ich durch die Bodendielen Licht zu mir heraufdringen. Einen Lichtschein.« Sie malte diesen grazil in die Luft.

»Aus dem Zimmer darunter?« Appan setzte sein Juristengehirn ein. »Welchem Zimmer?«

»Ah, Sie sind auf Zack, nicht wahr? Das ist es ja gerade«, erwiderte Glory. »Darunter gab es kein Zimmer. Nur das, was wir immer für eine solide Treppe gehalten hatten.« Sie wischte weitere Fragen mit der Hand beiseite. »Ich rief Daisy«, fuhr sie in derselben erregten Stimme fort. »Wir nahmen eine Taschenlampe und gingen gemeinsam nach unten.«

»Oh mein Gott.« Ponnamma fasste sich an den Hals. »Wie mutig von Ihnen.«

Glory ignorierte das. »Unten, seitlich neben dieser Treppe, entdeckten wir eine kleine Tür. Als wir sie öffneten, war da …«, ihre Augen erfassten den ganzen Tisch, »ein Raum, von dessen Existenz wir nichts gewusst hatten. Ein ganzes neues Zimmer.«

»Und was war darin?«, fragte Amma.

»Nun, das ist das Wundersame«, fuhr Glory fort, die Finger in der Luft. »Und das Schreckliche. Vor dem Krieg war Daisys Vater Künstler. Er studierte in Paris an der Kunsthochschule, kam dort in alle Ateliers und traf jeden, der Rang und Namen hatte. Also …« Wieder eine lange Pause. »Was wir in diesem sehr verstaubten Raum fanden, war ein Stapel Bilder, die an der Wand lehnten. Sagt Ihnen denn der Name Picasso etwas?« Sie hob den Blick und sah Appan an.

»Natürlich.« Er war leicht genervt. »Eckige Frauen mit runden Köpfen und so. Einer der berühmtesten Künstler der Welt«, erklärte er den Tanten.

»Nun, hinter zwei ganz gewöhnlichen Bildern von der See fanden wir eins seiner Gemälde.«

Der Tisch stieß einen kollektiven Seufzer aus.

»Als wir es hochhoben, zerbröselte uns das ganze Ding unter unseren Händen. Herzzerreißend – Asseln, Holzwurm, wer weiß? Wie ich schon sagte, Daisy ist nicht gerade die beste aller Haushälterinnen. Ich wickelte also sämtliche Einzelteile ein und brachte sie zu einem Restaurator nach Cirencester. Er sah sie sich an und meinte: ›Tut mir schrecklich leid, aber da kann man nichts mehr machen.‹ Ich flehte ihn an, es zu versuchen und das Bild zu retten, aber das Einzige, was wir retten konnten, waren Teile von den Händen und Füßen, ein schiefes Lächeln und verlockenderweise den bestens erhaltenen Namen Picasso.« Sie seufzte ein wenig und sammelte sich dann wieder.

»Und wie löste sich das Ganze auf?«, wollte der immer

praktisch denkende Appan wissen. Meine Mutter war einen Moment lang verdutzt.

»Oh, ich nahm den Kerl mit nach Hause, und wir entdeckten noch ein, zwei andere Stücke. Weniger bedeutsame Künstler, nichts Besonderes. Die brachten wir zu einer Auktion, bekamen Geld dafür – von dem einiges half, meine Reise zu finanzieren, alles sehr aufregend.« Ihr Lächeln wanderte um den Tisch wie ein Sonnenstrahl. »Aber es verzögerte meine Reise.«

»Es war freundlich von Ihrer Freundin, Ihnen Geld zu geben«, sagte Ponnamma. »Es war ihr Haus. Sie muss eine wirklich sehr gute Freundin sein.«

»Das ist wahr«, erwiderte meine Mutter. »Aber vergessen Sie nicht, den zusätzlichen Raum habe ich entdeckt.«

Alle applaudierten, und ich empfand Ehrfurcht vor ihr: ihrer Verve, ihrem Mut. Es tat auch gut, sie lächeln zu sehen, und wenigstens für diesen Moment wurden die harten, tief eingegrabenen Linien ihres Gesichts weich.

Ob die Geschichte wahr war? Keine Ahnung. Ehrlich nicht. Die genauen Umstände des Geldregens, der sie nach Indien gebracht hatte, erläuterte sie mir nie, aber ich wagte es auch nicht, sie danach zu fragen. Wenn sie die Wahrheit nur ausgeschmückt hatte, fand ich, dass Picasso ein Missgriff war – zu offensichtlich, zu unwahrscheinlich –, aber wenn nicht, warum hatte dann Daisy kein Wort darüber verlauten lassen?

Kapitel 38

Im späteren Verlauf des Tages, als Anto Amma in den Garten gehen sah, folgte er ihr über den schmalen Pfad zum Pflanzschuppen. Er wusste, dass der Lunch mit Glory eine Tortur für sie gewesen war – da schneite dieser exotische Zwitter aus dem Nirgendwo herein, benötigte Messer und Gabel und eine ganz besondere Gesprächsführung, wobei sich daran noch der Gedanke knüpfte, wie viel einfacher und lustiger es doch gewesen wäre, wenn Anu an ihrem Platz und Vidya neben ihm gesessen hätte.

»Hallo, Fremder«, sprach sie ihn an, als sie ihn sah. Sie lag auf den Knien und pflanzte eine Orchidee ein.

»Hallo, Amma.« Er nahm auf der Bank Platz. »Danke für das Mittagessen. Ich weiß, das ist für dich alles nicht ganz einfach.«

»Hat man mir das angemerkt?«

»Nein, du warst freundlich.«

»Freundlich.« Sie prüfte das Wort, während sie die neue Pflanze in ihr Bett aus Rinde und Erde setzte und mit etwas Flüssigkeit aus ihrem Krug die graue Erde rot färbte.

»Die hier heißt Frauenschuh«, sagte sie schließlich mit angespannter Stimme. »Sie kam von meinem Spezialzüchter aus

Madras. Er meinte: ›Wenn jemand Knospen mit Charme zum Blühen bringt, dann können Sie das, Madam.‹«

»Nun, das stimmt.« Als er ihre Hand berührte, sah er, wie ihre Augen sich mit Tränen füllten. »Auch die Menschen erblühen hier, ohne dich wäre das nicht so.«

Sie wischte mit einer raschen, entschlossenen Handbewegung die Tränen fort.

»Was kann ich denn anderes tun, als höflich sein?« Sie stöhnte leise. »Man muss das Leben nehmen, wie es ist, kontrollieren kann man es nicht.«

Sie legte ihre Pflanzschaufel beiseite, und gemeinsam wanderten sie zur Bank mit Blick auf den See. Sie verfolgten, wie die Sonne mit ihren Strahlen das Wasser vergoldete und hinter den Bäumen langsam zu einem glühenden Ball verschmolz. Jenseits des Sees wurden vor den verstreut liegenden Hütten bereits die ersten Abendfeuer entzündet. Vom Hindutempel hörte man das dumpfe Schlagen der Trommeln, dazu den Gesang der Abendgebete.

»Wie in alten Zeiten«, sagte er.

»Ja«, erwiderte sie, das Gesicht golden vom reflektierten Licht. »Aber nicht wirklich.« Er wollte etwas Tröstliches hinzufügen, aber ihr Gesichtsausdruck war sowohl traurig als auch stolz.

Er wusste, dass er sie jetzt verwirrte: die Scherze, die Reserviertheit, der unsichere Blick, bevor er auf einfache Fragen Antwort gab, als versuchte er erst herauszufiltern, was sie beleidigen könnte.

Während des Mittagessens hatte er Glory durch Ammas Augen betrachtet und gewusst, wie sie denken würde. Ein komisches Exemplar war das: so selbstbewusst, auf Anhieb so lebhaft und sogar zum Flirten aufgelegt. Auch mager – sie musste krank sein – und sehr … wie war noch mal das Wort? … aalglatt, wenn es um die eigene Vergangenheit ging. Woher kam sie? Warum war sie weggeblieben? Wo war ihre Familie? Unter Ammas ruhigem Blick dürften diese Fragen gebrodelt haben.

»Dein Vater schien sie zu mögen«, sagte sie jetzt.

»Ja.«

»Aber Männer sind wie Babys: Füttere sie mit dem Zucker der Schmeichelei, und sie erblühen.« Sie lächelte, um zu demonstrieren, dass es ihr nichts ausmachte.

»Findest du es schlimm, dass er so viel weg ist?«

»Natürlich. Ich finde, dass er sich zu Tode rackert, aber was kann ich tun?«

Darauf hatte Anto keine Antwort.

»Doch ich werde dir etwas sagen«, beendete Amma das darauffolgende lange Schweigen. »Er und ich sind uns in einer wichtigen Angelegenheit einig und übrigens auch mit ihrer Mutter. Wir hätten gern, dass Kit mehr Babys bekommt und weniger Zeit in der Arbeit verbringt.«

Diese Worte wühlten einen Schwarm wirrer Gefühle auf. Wie sollte er, ohne Kit gegenüber illoyal zu sein, seiner Mutter erklären, dass dies auch sein Wunsch war? Und wie sollte er sich selbst den Unmut erklären, der ihn überkam, weil diese alten Schachteln ihre Nasen in ihre Fortpflanzungswilligkeit steckten?

»Wann fand dieses Gespräch mit ihrer Mutter denn statt?«, wollte er wissen.

»Wir waren allein nach dem Lunch, du und Kit, ihr wart mit Raffie oben.«

»Was hast du gesagt?«

»Nun …«, setzte Amma in gelangweilter Unschuld an. »Ich begann das Gespräch, indem ich sagte: ›Ihre Tochter ist eine wunderbare Mutter. Ich hoffe, dass mehr geplant sind.‹ Sie sagte: ›Das kann ich nur unterstützen. Ich möchte, dass sie tonnenweise Babys bekommt und diese Arbeit aufgibt, die sie macht. Ich finde, das ist ein entsetzlicher Job.‹« Sie fegte unsichtbare Krümel von ihrem Schoß. »Sie erzählte mir, der Krieg sei ihrer Meinung nach schuld daran, dass sie damit angefangen habe. Der Krieg habe die Mädchen verändert, meinte sie, und nicht zum Besseren: Sie seien fast süchtig nach Gefahr und Verantwortung. Als er zu Ende war, habe sie ihre Tochter angefleht, doch damit aufzuhören. Sieh mich nicht so an! Du wolltest wissen, was sie gesagt hat. Und ich erzähle es dir.«

Als der Ausbruch seiner Mutter mit einem entschlossenen Zusammenpressen ihrer Lippen zu Ende war, überkam ihn stumpfe Wut: Kit und süchtig nach Gefahr! Was für ein beleidigendes Gewäsch, ihren Geist und ihren Mut und ihre Hingabe derart herabzuwürdigen – ebenso die anderen Krankenschwestern. Er sagte nichts. Die beiden Großmütter redeten miteinander – um des lieben Friedens willen musste diese Waffenruhe für den Moment gewahrt werden.

»Dann bist du ja ziemlich weit mit ihr gekommen.« Er rückte von ihr ab.

»Nicht wirklich. Das ist wahrscheinlich unsere einzige Gemeinsamkeit.« Mit einem bitteren Lächeln erhob sie sich. »Ich bin müde, weißt du. Ich werde zeitig zu Bett gehen.«

Kapitel 39

»Gibt es irgendetwas, das dir besonders am Herzen liegt und das du gerne tun würdest, solange du hier bist, Mummy?«, hatte ich sie sofort nach ihrer Ankunft gefragt, weil ich dachte, es müsse doch eine alte Schule, ein Dorf, eine Gegend geben, die sie gern wiedersehen würde; etwas, das ein wenig Leben in jene große Leere ihrer Vergangenheit bringen könnte, nicht nur für sie, sondern auch für mich.

»Eigentlich nicht, meine Liebe«, lautete die enttäuschende Antwort. »Entscheide du für mich«, ergänzte sie, »es sei denn, es gibt ein paar amüsante Leute, die ich deiner Meinung nach kennenlernen sollte.«

Als sie dies sagte, hatte ich das Gefühl, in den Sumpf ihrer Unbeweglichkeit, ihrer Enttäuschung und der Ermangelung konkreter Pläne einzutauchen, den ich schon als Kind gefürchtet hatte. Aber zugleich schämte ich mich für meine Gemeinheit: Die Schatten unter ihren Augen wurden immer größer, und wenn ich morgens die Tür zu ihrem Schlafzimmer öffnete, wirkte sie oft so reglos und tot wie eine Wachspuppe. Bis ich ihren schweren Atem hörte oder die langen, beängstigenden Hustenanfälle.

Anto nahm sich den Tag frei und lieh sich von Appan den

Familienwagen, sodass wir die Gegend um Fort Cochin erkunden konnte. Ihre Bemerkungen zu den Kirchen, den Denkmälern, dem überdachten Markt, den chinesischen Netzen fielen allesamt höflich aus, aber als wir anhielten, um mit Blick auf den Hafen eine Limonade zu trinken, und Anto außer Hörweite war, sagte sie zu mir: »Das ist schon eine ziemlich kleine, enge Stadt, nicht wahr? Und der Gestank! Warum tut denn die neue Regierung nichts dagegen?«

Nach zehn Tagen ertrug ich dieses Dahintreiben nicht länger und erklärte ihr eines Nachmittags, dass ich ins Moonstone zurückkehren und dort wieder meine zwei Schichten pro Woche übernehmen müsse. Im Haushalt lief alles glatt, und Kamalam würde ihr bereitwillig ihren Tee mit Toast bringen – das Einzige, was Glory am Morgen aß. Zum Mittagessen würde ich wieder zu Hause sein und die Nachmittage mit ihr verbringen.

Zu meiner Überraschung erhob sie keine Einwände. Sie strich mir stattdessen über die Finger und meinte: »Ist doch schön, wieder zusammen zu sein, nicht wahr?« Und ich wünschte von ganzem Herzen, ich könnte aufrichtig Ja dazu sagen.

An meinem ersten Tag warteten dreißig Frauen vor der Tür, viele von ihnen neue Patientinnen. Nach der Visite nahm Dr. A. mich beiseite, um mir zu sagen, dass wir gefährlich unterbesetzt waren und ich der Gruppe in Oxford schreiben und um weitere Finanzmittel für eine neue Hebammenschülerin und zwei Krankenschwestern bitten müsse. Ich war enttäuscht: Ich wünschte mir eine Funktion als Hebamme und nicht als Melkkuh.

Ich schrieb den Brief, rannte dann entlang der Uferpromenade nach Hause, wo ich außer Atem ankam und meine Mutter beim friedlichen Stricken – Stricken! – im Sonnenlicht antraf. Raffie spielte neben ihr mit seinen farbigen Holzklötzen unter der Aufsicht von Kamalam.

Sie wollte nicht wissen, wie mein Morgen verlaufen war, und ich erzählte auch nichts. Stattdessen zeigte sie mir eine uralte Ausgabe des Army&Navy-Katalogs, über den sie begeistert herzog.

»Igitt, sieh dir das an.« Ihr polierter Fingernagel bohrte sich in den Jagdrock aus Tweed. »Man müsste mir was zahlen, damit ich so was anziehe.«

»Viel wird man dir nicht geben«, neckte ich sie. »Seit der Unabhängigkeit ist Tweed nicht mehr sehr gefragt.«

»Diese dummen Esel«, murmelte sie leise, »uns einfach rauszuschmeißen.«

Ich betrachtete sie in stiller Verwunderung. Hatte sie denn völlig vergessen, was sie war?

»Oh meine Liebe, fast hätte ich es vergessen.« Sie blickte stirnrunzelnd auf. »Heute Morgen kam eine komische kleine Dame hier vorbei, während du weg warst. Sie wollte dich sprechen. Sie machte einen ziemlich aufgewühlten Eindruck.« Sie griff wieder nach dem Katalog.

»Hast du eine Ahnung, wie sie hieß?«

»Lass mich mal überlegen … Tut mir leid, meine Liebe, es ist weg … Oh, warte.« Ich beobachtete, wie sich in ihrem Kopf ein Gedanke formte. »Ich hab's aufgeschrieben.« Sie holte einen Zettel und reichte ihn mir.

»Neeta Chacko! Wie seltsam. Bist du dir auch sicher?«

»Ja, ich denke schon.«

»Was hast du ihr gesagt?«

»Ich sagte, du seist beschäftigt. Sie sagte, sie werde wiederkommen.«

»Irgendeine Ahnung, wohin sie gegangen ist?«

»Nein, tut mir leid«, aber als sie meine Miene sah, fügte sie hinzu: »Liebling, in Indien kannst du nicht jeden x-Beliebigen von der Straße hereinbitten, das solltest du doch inzwischen wissen.«

Neeta Chacko saß in der sengenden Sonne auf einer Mauer vor einem verlassenen Haus, als ich sie fand. Zu ihren Füßen im Staub lagen zwei Kleiderbündel. Ich hatte auf der Wickam Farm ein Foto von ihr gesehen, aber wäre sie nicht aufgesprungen, als sie mich sah, hätte ich sie nicht erkannt.

»Bitte, Ma'am, ich muss Sie sprechen«, sagte sie mit wildem Blick. »An einem ruhigen Ort, nicht hier.«

»Neeta!«, sagte ich. »Was für eine Überraschung!« Ich hatte über diese Frau nur Gutes gehört: ihre Energie, ihr Taktgefühl, ihre Kompetenz. Dies ließ sich mit der jämmerlichen Gestalt vor mir nur schwer in Einklang bringen.

Sie sah aus, als könnte sie etwas zu essen vertragen. Ich entschied mich für ein schlichtes Fischrestaurant am Hafen, fern meiner Mutter und anderer gespitzter Ohren. Vor dem dunklen Eingang hing ein bunter Perlenvorhang, und draußen an der Wand warb eine Anzeige für Bovril-Fleischextrakt.

Als wir drinnen an einem wackeligen Tisch Platz nahmen, schielte Neeta, die ihr Gesicht mit dem Ende ihres Saris bedeckte, ängstlich auf eine Gruppe Männer am Nebentisch, die Bier tranken und Sambals aßen. Als ich versuchte, ein Stück Papier unter das Tischbein zu schieben, das für das Wackeln verantwortlich war, sah ich, dass ihre Zehen aufgeschürft waren und bluteten.

»Hatten Sie einen weiten Weg hierher?«, erkundigte ich mich.

»Ja, Ma'am, ich musste Sie sehen.«

Ich bestellte für uns beide Chai, und als ich sie fragte, ob sie Hunger hatte, warf sie mir einen verzweifelten Blick zu, in dem sich Scham und Verlangen mischten.

»Ja, Ma'am«, flüsterte sie.

»Bitte nennen Sie mich nicht Ma'am«, bat ich sie. »Ich heiße Kit, wir sind Kolleginnen.« Aber sie konnte mir nicht in die Augen sehen.

Sie bestellte ganz bescheiden Reis und etwas mit Linsen, und als ich zwei zusätzliche Gerichte bestellte, entschuldigte sie sich sofort voller Dankbarkeit.

»Bitte entschuldigen Sie sich nicht«, sagte ich. »Ich bin froh, Sie kennenzulernen, Daisy hat voller Hochachtung von Ihnen gesprochen. Ich war enttäuscht, dass ich Sie, als ich herkam, nicht antraf.« Ich hörte, wie sie tief Luft holte.

Als die Männer gegangen waren und das Lokal sich geleert hatte, sah sie mich mit tränennassen Augen über ihre Tasse hinweg an und erzählte, wie sehr es ihr im Moonstone gefallen habe.

»Ich hatte das Gefühl, jeden Tag zu wachsen.« Sie trocknete sich die Augen mit ihrem Schal. »Ich habe in meinem Beruf dazugelernt und mich als Teil eines neuen Landes gefühlt.«

Ich sagte ihr, dass es mir genauso ging. »Es ist ein ganz besonderer Ort.« Aber dann musste ich sie fragen: »Sind Sie krank, Neeta?«, weil ich dachte, dies könne die Ursache ihrer Qual sein.

»Nein, Ma'am.« Sie schüttelte den Kopf. »Ich bin jetzt wieder zu Hause, weil meine Familie wollte, dass ich hier aufhöre. Mein Sohn wurde schwer verletzt.«

»Wo sind Sie zu Hause?«

»Hier in der Nähe. Nicht weit weg«, antwortete sie mit einer vagen Handbewegung. »Ich möchte nicht sagen, wo genau.«

»Geht es Ihrem Sohn jetzt besser?«

Neeta sah sich im Lokal um und flüsterte mir dann über den Tisch hinweg zu: »Ja, Ma'am.«

»Möchten Sie denn wieder in Ihren Job zurückkehren?«

Sie wich kopfschüttelnd vor mir zurück. »Nein, Ma'am. Ich kann den Männern das Geld nicht zahlen.«

»Welchen Männern?«

»Das erzähle ich Ihnen gleich.«

Ihr verzweifelter Blick erhellte sich kurz beim Anblick der zwei Teller Reis mit Ziegencurry, das man lieblos darauf verteilt hatte. Nachdem sie eine Weile gierig gegessen hatte, wischte sie sich geziert den Mund und sah mich an.

»Mein Sohn ist von einigen bösen Jungs verprügelt worden. Letzte Woche kamen sie, um nach ihm zu sehen. Sie denken, er wüsste mehr, als das der Fall ist, weil ich im Moonstone gearbeitet habe. Sie sagten ihm, es werde hier bald richtig großen Ärger geben.«

»Welche Jungs? Welchen Ärger?« Der Reis, den ich aß, sank wie ein Stein in meinen Magen. »Ich weiß nicht, wovon Sie reden.«

»Man will Sie hier nicht haben. Sie verlangen Geld. Als mein Sohn sagte, er könne sie nicht bezahlen, schlugen sie ihn wieder. Es ist nicht sicher.«

Es dauerte eine Weile, bis ihre Worte bei mir angekommen

waren. »Was meinen Sie mit ›nicht sicher‹? Sprechen Sie über das Heim im Allgemeinen oder mich im Besonderen?«

»Alles«, flüsterte sie.

»Wer zahlt nun dieses Geld?«, hakte ich nach. »Und wie viel? Und warum quälen sie Ihren Sohn?«

Sie schüttelte heftig den Kopf. »Ich weiß es nicht. Sie glauben ihm nicht. Mehr kann ich nicht sagen. Es sind schlechte, böse Männer.« Sie schob ihren Teller von sich.

»Dann müssen wir das der Polizei melden«, sagte ich schließlich.

»Die wird das nicht kümmern. Die stecken da mit drin.«

Ich überlegte. Es war heiß, sehr heiß hier drin unter dem Blechdach. Mein Gehirn fühlte sich wie frittiert an.

»Mein Schwiegervater ist Anwalt, ein sehr ehrenwerter Mann«, sagte ich schließlich. »Er könnte uns vielleicht helfen.« Neeta sah mich skeptisch an.

»Wenn Sie das erzählen, Ma'am, wird man das Heim schließen.«

»Sie müssen mir sagen, wer den Männern das Geld gibt«, flehte ich sie an. »Ich kann Daisy nicht ständig um Geld bitten, wenn ich nicht weiß, wohin es geht.«

»Ich kann es nicht sagen, denn sonst wird man mir was Schlimmes antun, und wenn Sie es Miss Baker erzählen, wird sie aufhören, welches zu schicken.« Und mit einem Seufzer ergänzte Neeta: »Sie schrieb mir, aber ich wusste, dass ich nicht antworten darf.«

Sie schob ihren Stuhl zurück und hob den Blick, um mich anzusehen. Von ihrem rechten Fuß tropfte Blut auf den Boden.

»Was würden Sie tun, Neeta? Helfen Sie mir. Seien Sie aufrichtig.«

»Ich weiß es nicht, Ma'am, Sie müssen es sagen.«

Ein Windstoß, warm und nach Fisch riechend, schlug die Tür des Lokals zu. Neeta schrak zusammen, als hätte jemand auf sie geschossen.

»Ich kann nicht bleiben«, sagte sie. Sie wühlte in einem ihrer fleckigen Bündel und zog ein viermal zusammengefaltetes Blatt Papier heraus. »Meine Adresse. Zeigen Sie die niemandem, und bitte bringen Sie die Information, die ich Ihnen gegeben habe, nicht mit meinem Namen in Verbindung.« Ihr Fuß drückte sich blutig auf dem Boden ab, als sie aufstand.

»Sie sind verletzt«, sagte ich. »Kommen Sie mit zu mir, dann verbinde ich Sie.«

»Ich kann nicht«, sagte sie. »Ich muss nach Hause.«

Ich gab ihr das, was ich in meiner Geldbörse dabeihatte – nur ein paar Rupien, die übrig blieben, nachdem ich die Rechnung bezahlt hatte, aber genug, damit sie sich, wie ich hoffte, etwas zu essen kaufen oder mit der Rikscha oder dem Bus nach Hause fahren konnte.

»Ich bete«, sagte sie, bevor wir uns trennten, »dass Gott mich eines Tages die Arbeit tun lässt, für die ich ausgebildet bin.«

Ich hätte sie am liebsten angeschrien: »Es ist nicht Gott, der das verbietet«, sagte aber: »Wenn Sie sich entscheiden, zur Polizei zu gehen, werde ich Sie unterstützen. Sie wissen ja, wo ich wohne.«

Sie schüttelte den Kopf. »Das kann ich nicht. Ich gebe Miss Daisy Barker und Ihnen meinen Segen.« Sie neigte ihr Haupt, legte die Handflächen gegeneinander und entfernte sich nach einem raschen Namaskar.

Später, sehr viel später, als ich versuchte, die Teile dieses Gesprächs zusammenzusetzen, erstaunte mich meine eigene Dummheit, die dazu geführt hatte, dass ich so viele Alarmglocken nicht hatte hören wollen. Neeta hatte die Gefahren in aller Deutlichkeit ausgesprochen, aber in den zehn Minuten, die ich für meinen Heimweg brauchte, hatte ich beschlossen, ihrem Plan zu folgen und nichts zu tun. Warum tat ich das? Es soll keine Entschuldigung sein, aber Neetas Warnung gab mir wieder das Gefühl, eine Ausländerin zu sein, die keine Ahnung von diesem Land in seiner gewaltigen Umbruchphase hatte, in einer Stadt, deren tiefer gehende Mechanismen ich vermutlich nie verstehen würde.

Zudem war ich – und das hatte bei meinen Überlegungen womöglich äußerste Priorität – Teil einer Familie, deren Ehre geschützt werden musste. Alles, was über das Moonstone-Heim in Verbindung mit meinem Namen publik wurde, wäre ein gesellschaftlicher Albtraum für sie. Außerdem standen wir zwei Wochen vor der Inspektion durch die Regierung, vor der Dr. A. uns gewarnt hatte, da der Fortbestand des Heims auf dem Spiel stand. Nein, das entschuldigte nichts, nicht wirklich. Ich hätte hinhören sollen. Hätte reagieren müssen.

Ich war so in Gedanken versunken, dass ich aufschreckte, als ein Junge auf mich zugesprungen kam. Sein dünner Arm war mit Armbändern geschmückt: groben Holzdingern, die wie Schlangen geformt waren, mit billig wirkenden Spiegeln als Augen.

»Madam, Madam, stopp!«, sagte er. »Ich liebe Sie, danke, bitte nicht weglaufen.«

Aber ich rannte, rannte den Weg entlang unter dem

Banyanbaum, hinaus ins Sonnenlicht, wo der Asphalt durch das dünne Leder meiner Schuhe brannte.

Die ganze Nacht lang ging mir Neetas Überraschungsbesuch nicht aus dem Kopf, und vielleicht hätte ich Maya am nächsten Morgen davon erzählt, wenn sich nicht im Heim eine Krise angebahnt hätte, die mich betraf. Uns blieben nur noch zwei Wochen bis zur Inspektion durch die Regierung, aber zwei unserer Hebammen verkündeten, wieder nach Hause zurückkehren zu wollen.

Janamma und Madhavi kamen beide aus winzigen Dörfern nördlich von Trivandrum. Madhavi war eine kleine, energische drahtige Frau mit weit auseinanderliegenden Augen und Windpockennarben auf den Wangen. Maya meinte, sie habe von Anfang an unglücklich gewirkt, sich geweigert, mitzutanzen oder Geschichten von Geburten zu erzählen, die sich die anderen Frauen gerne anhörten. An diesem Morgen während der Gebete ertappte ich sie dabei, wie sie mich starr und ausdruckslos ansah. Während einer Lektion über Empfängnisverhütung im Lauf des Vormittags stand sie wütend auf, stieß eine Wortsalve in Malayalam aus und zeigte dabei mit dem Finger auf mich.

»Was sagt sie?«

Maya hielt ihre Hand hoch, um dem Redefluss Einhalt zu gebieten. »Sie ist sauer.«

»Das sehe ich auch. Was hat sie gesagt – und keine Weichspülerei, bitte.«

»Es ist nichts, Kit.« Maya blinzelte mich durch ihre Brillengläser an.

»Na los, bitte.« Mein Gespräch mit Neeta hatte mich nervös gemacht.

»Sie findet«, begann Maya zögernd, »Sie sollten in Ihr eigenes Land zurückkehren und dort die Frauen sterilisieren. Sie meint, dieser Unterricht sei eine Verschwörung Ihrer Regierung, und Sie seien eine Spionin.« Mayas Gesichtsausdruck war eine Mischung aus Belustigung und Verlegenheit, aber einen kurzen paranoiden Moment lang fragte ich mich, ob sie damit nicht einen Gedanken aussprach, den sie selbst auch hegte.

»Was soll ich sagen?« Die anderen Frauen starrten mich gebannt an, ein paar brummelten auf eine Weise, die mir klarmachte, wie rasch die Stimmung hier umschlagen konnte.

Maya, die ihre heitere Miene beibehielt, murmelte: »Sagen Sie ihr, dass das Quatsch ist.« Sie liebte dieses Wort und benutzte es so oft wie möglich.

Ich holte tief Luft und richtete mich an die Frauen.

»Keine von uns ist eine Spionin, das ist ein ganz schrecklicher Gedanke, aber wir erreichen nichts, wenn wir nicht lernen, einander zu vertrauen. Überlasst den Männern das Kämpfen.« Maya lächelte aufmunternd. »Außerdem bin ich mit einem indischen Mann verheiratet, er ist Arzt.«

Sie waren noch immer nicht überzeugt. Janamma, eine stämmige, selbstgerechte Frau, die aus Vaikkom stammte, stand auf, richtete den Finger auf mich und setzte zu einer schrillen Tirade an, die gar nicht enden wollte. Maya gab ihr knurrend Kontra, wann immer sie es schaffte, ein Wort einzuwerfen.

Es war heiß. Der Ventilator im Empfangsraum war kaputt, und mich überkam plötzlich der primitive Drang, auf die Frau einzuschlagen und mich gehen zu lassen. Undankbares Pack, was habe ich euch nur getan? Das hätte für Wirbel gesorgt.

Mayas Augen waren nur noch schmale, hasserfüllte Schlitze. Sie ging auf Janamma zu, brachte ihr Gesicht nah an das der Frau und hielt ihr eine wütende Standpauke.

»Kümmern Sie sich nicht um diese *mundi.* Sie ist Abschaum«, teilte sie mir schließlich mit. »Nicht wert, dass man mit ihr spricht.«

»Übersetzen Sie mir, was sie gesagt hat, Maya«, forderte ich sie auf. »Sonst weiß ich nicht Bescheid, und meine Berichte ergeben keinen Sinn.«

»Da gibt es nichts zu sagen. Sie meint, sie wolle Geld für die Tage haben, die sie hier vergeudet hat, und Geld, um nach Hause zu fahren. Sie werde auch ihre Freundin mitnehmen, denn diese habe ebenfalls eine schlimme Zeit bei uns gehabt.«

An Unterricht war nicht mehr zu denken. Auf unserem Weg zurück auf die Stationen mussten wir kichern, als Maya mir gestand: »Auch ich hätte sie am liebsten geschlagen. So gemein, so undankbar, es gibt viele, die ihren Platz gern eingenommen hätten.«

»Aber irgendwie kann ich sie auch verstehen«, sagte ich. »Wenn eine Gruppe indischer Ärzte nach England käme und über Sterilisation spräche, würde das auch für ziemliche Aufregung sorgen.«

Wie ich war es auch Maya leid, fair zu sein. »Sie ist eine unverschämte Frau, und wir sollten sie sterilisieren lassen, bevor sie unverschämte Kinder bekommt.«

Kapitel 40

Anto war schlecht gelaunt, als er nach Hause kam. Es war ein langer, arbeitsreicher, aber ergebnisloser Tag gewesen, und er hatte sich durch viele Schichten der Bürokratie gegraben, um eine einzige Antwort darauf zu bekommen, wer seine Forschungsarbeit finanzierte. Fürs Mittagessen war keine Zeit geblieben. Kit würde erst spät vom Moonstone nach Hause kommen. Als er ins Wohnzimmer trat, sprang seine Schwiegermutter auf, begrüßte ihn seemännisch und sagte in albern schleppendem Tonfall: »Ah, der Seemann kommt nach Hause.« Sie belegte seinen Lieblingsstuhl auf der Veranda.

Als Raffie angewackelt kam, ihm sein sorgloses zahnloses Lächeln schenkte und in seine Arme lief, wollte Anto sich nur noch mit ihm auf den Boden legen, um spielerisch mit ihm zu raufen und seine süße Haut zu riechen.

Für Glory jedoch, die sich herausgeputzt und geschminkt hatte, war dies, wie sie fröhlich verkündete, »der *chota-peg*-Moment«. Für sie bestand dieser »kleine Schluck« aus einem Gin mit Wermut und für ihn ebenso. Er hatte Gin mal in Oxford gekostet und hasste den Geschmack nach abgestandenem Parfüm, doch sie bestand darauf: »Ich möchte nicht das Gefühl haben, eine schlimme alte Säuferin zu sein.«

Während sie tranken, betrachtete er sie eingehend. Sie musste früher einmal eine echte Schönheit gewesen sein, aber die markanten Wangenknochen zeichneten sich nun schärfer ab, und ihre Augen sahen blutunterlaufen aus.

»Wie fühlst du dich denn, Glory?« Sie wollte von ihm unbedingt beim Vornamen angesprochen werden, was ihm nach wie vor nicht leicht über die Lippen ging. »Hast du heute gut geschlafen?«

»Mir geht es ganz hervorragend.« Sie verschob mit ihrem Finger die Eiswürfel im Glas. »Ich sollte hier nicht länger herumhängen.« Sie senkte den Kopf und trank rasch einen Schluck.

»Was meinst du damit?« Er war ernsthaft verdutzt.

»Ich werde dir nicht länger zur Last fallen und in ein Hotel gehen, nach Hause fahren … irgendwas.«

»Glory«, sprach er sie sanft an, »du fällst mir nicht zur Last. Du bist jetzt auch meine Mutter und jederzeit willkommen. Obwohl ich finde«, ergänzte er rasch, weil ihr Kinn heftig bebte und sie an ihrem Rock zupfte, »dass du dich wegen deines Hustens untersuchen lassen solltest – wie wär's mit Röntgen?«

»Du bist sehr freundlich.« Sie trank noch einen Schluck, fing sich rasch wieder und sah ihn dann bedeutsam an. »Aber weißt du, wenn man alt ist, rechnet man damit, dass was nachlässt. Erzähl mir lieber was Lustiges von deinem Tag.«

Oh Gott, sagte er sich, die Engländer und ihre Selbstbeherrschung. Sein Tutor hatte sie »die westlichen Orientalen« genannt. Es war manchmal so ermüdend, dieses Unterdrücken der Gefühle, der Tränen. Er verstand es nur zu gut – er hatte es sich selbst auch zu eigen gemacht –, und während er sich den Kopf zerbrach, wie er die Stimmung heben konnte, plauderte sie schon fröhlich weiter über alte Leute und ihre Gebrechen und wie unglaublich nervend sie sein konnten: Oscar Wilde, erzählte sie, habe Selbstmitleid nur zwischen drei Uhr dreißig und vier Uhr erlaubt. Er lachte höflich und musterte sie weiter. Sie war hergekommen, um zu sterben, so viel stand für ihn fest: Sie wurde von Tag zu Tag blasser und hustete nachts schwer. Vor ein paar Nächten hatte Kit hellwach neben ihm im Bett gelegen und ihrem Keuchen und Husten gelauscht. »Ich kann da nicht reingehen, oder?«, hatte sie ihn gefragt, das Gesicht weiß im Mondlicht. »Sie möchte, dass ich so tue, als hätte ich es nicht gehört.«

Und die Sterbenden hatten ein Recht auf ihre Geheimnisse, also schenkte er ihr noch einen Gin ein, verteilte Angosturabitter darüber, so wie sie es mochte, und erzählte ihr von Arjunan Asan, einem unerträglichen Beamten, der heute gekommen war, um ihre Abteilung zu kontrollieren und aufgeblasen vor lauter Stolz auf seinen Beruf Anto mitteilte, er werde in den nächsten Wochen so beschäftigt sein, dass er gerade mal Zeit fände, ihm einen Guten Morgen zu wünschen, aber kein anderes Gespräch tolerieren würde.

Das kam gut an. »Oh, was für ein pompöser Trottel«, lachte sie. »Dieser *ullu ka patta* – Sohn einer Eule.«

Dies war der erste indische Ausdruck, den sie ihm gegenüber gebrauchte, und sie wirkte genauso erstaunt wie er. Mehr als erstaunt. Das war Raffies Blick, wenn er glaubte, etwas sehr Frevelhaftes getan zu haben, wie etwa, wenn er mit der Hand in der Dose mit den Süßigkeiten ertappt wurde.

Kapitel 41

Am Abend des nächsten großen Dramas kam ich spät nach Hause. In besorgter Eile, weil meine Mutter und Raffie mit dem Abendessen auf mich warteten (Anto war auswärts in Bombay), überquerte ich gerade den kleinen Platz am Ende der Straße, als mir ein Mann hinterhergelaufen kam und schrie.

»Madam! Stopp!« Es war Murali, der Obstverkäufer.

Normalerweise war er ein leutseliger, immer lächelnder Mann, der mir zuwinkte oder mein Obst einwickelte, aber heute Abend waren seine Augen vor Angst geweitet, sein Hemd war schweißnass, und mich überkam der schreckliche Gedanke, Raffie könnte etwas Schlimmes zugestoßen sein, und man habe ihn losgeschickt, mich zu suchen.

Stattdessen berichtete er mir, immer wieder nach Luft ringend, dass seine junge Ehefrau Kamalakshi sehr große Schmerzen habe. Sie sei im siebten Monat ihrer Schwangerschaft und habe bereits zwei Babys verloren.

»Noch eins zu verlieren bräche uns das Herz.«

Ich kannte Kamalakshi nur als ein Paar dunkle Augen, die mich aus dem Dunkel des Raums hinter dem Laden über einen Schleier hinweg musterten. Wann immer sie mich sah, wich sie zurück wie ein Käfer, der in den Ritzen verschwindet.

»Können Sie sie nicht ins Matha Moonstone bringen?«, fragte ich ihn. »Ich arbeite dort mit Ärzten von hier zusammen.«

Er presste die Augen zusammen, um die Tränen aufzuhalten. »Bitte, Madam, helfen Sie mir, sie dorthin zu bringen.« Er faltete seine Hände zum Gebet. »Mein Sohn hat eine Rikscha.«

Ich dachte an das erkaltende Abendessen und an Raffie, der seinen Gutenachtkuss einforderte. Ich sehnte mich nach meinem Bett und meilenweit fort von der Heiligen, die er offenbar in mir sah.

»Ein Arzt hat dort heute Abend Dienst, und es gibt gute Krankenschwestern. Die werden sich um sie kümmern. Machen Sie sich keine allzu großen Sorgen.«

Er zog an meinem Ärmel. »Bitte.«

Kamalakshi lag auf einem großen Haufen leerer Rupfensäcke im Vorratsraum, als ich zu ihr kam. Sie zitterte, schrie, hielt sich den Leib. Hinten im Raum stand die scheußliche goldene Statue einer Göttin, gestützt von Dosen mit Bratöl. Als ich sie fragte, ob ich sie untersuchen dürfe, jammerte sie, aber als Murali sie verärgert ansprach, starrte sie ihn an und gab stöhnend ihre Zustimmung. Kurz darauf stieg ich mit ihr in die Rikscha, und gefolgt von Murali sausten wir davon.

Als wir das Moonstone erreichten und an der Tür klopften, öffnete Parvati, eine der Hebammen, und ließ uns ein.

Im Behandlungsraum nahm Dr. A., die bereits Handschuhe und Kittel trug, rasch und auf tröstliche Weise sehr bestimmt die anfänglichen Untersuchungen vor und entfernte das Lendentuch, das die Frauen hier während ihrer Periode benutzen. Mit der Hand auf Kamalakshis Leib verkündete sie die guten Nachrichten.

»Alles ist gut, das Baby ist noch da. Kümmern Sie sich darum, dass sie ein Bett für die Nacht bekommt. Dieses Baby kann es kaum erwarten, geboren zu werden.«

Murali sagte, er wolle nicht, dass seine Frau über Nacht blieb, aber Dr. A., die sich wie eine Puffotter aufblies, sagte, das stünde überhaupt nicht zur Diskussion, es sei ein Befehl. Sie werde selbst bei ihr wachen, außerdem Parvati. Eine bessere Behandlung gäbe es nicht.

Murali gab nach mit der Erleichterung eines müden Kindes, dem man befiehlt, zu Bett zu gehen. Er drückte seine Dankbarkeit aus: *»Nunni valarey, valarey nunni«* – vielen Dank, danke vielmals. Er bestand darauf, dass ich die Rikscha nahm, aber auch so war es bereits weit nach Mitternacht, als ich nach Hause kam. Abgesehen von einem schwachen Lichtschein aus dem Zimmer meiner Mutter, lag das Haus in blauer Dunkelheit. In der Ferne konnte ich das Tuten eines Dampfschiffs hören.

Als ich über die Treppe hinauf in Raffies Zimmer schlich und ihm übers Haar strich, traf sein warmer Atem meine Hand, und die schlichte Tatsache, dass er am Leben war, empfand ich in diesem Moment als das wertvollste Geschenk. Ich küsste ihn, zupfte sein Nachthemd zurecht, und er, gefangen in einem schmatzenden Traum und ansonsten reglos, kickte eines seiner dicken honigfarbenen Beine in die Luft.

»Ich liebe dich, Raffie«, flüsterte ich. »Ich liebe meinen Jungen.«

Danach erlosch ich wie ein Licht, bis mich durch verschiedene Ebenen des Schlafs nach und nach die Worte »Miisskiit! Miskiit!« erreichten, wobei ich anfangs dachte, ich hätte die Vögel zwitschern hören, bis ich merkte, dass mein Name gerufen wurde. Als ich die Augen aufschlug, graute gerade der Morgen. Von der Straße hörte ich Stimmen und den wimmernden Ton, den Raffie machte, wenn er plötzlich geweckt wurde.

»Miss Kit!« Die Stimme draußen war voller Panik und dünn. Als ich zum Fenster rannte, blickte Mayas graues Gesicht zu mir hoch.

»Beeilen Sie sich, Miss Kit, beeilen Sie sich«, sagte sie. »Das Heim brennt, und ich kann Dr. Annakutty nicht finden.«

Starr vor Schreck knöpfte ich mir mein Kleid zu und schlüpfte in meine Schuhe, als würde alles um mich herum zusammenbrechen, wenn ich nicht absolute Ruhe bewahrte. Dann erteilte ich Kamalam ganz ruhig Anweisungen für das Frühstück von Raffie und das meiner Mutter. Während meiner Ausbildung am St. Andrew's hatten wir jede Menge Brandschutzübungen durchgeführt und auch oftmals falschen Alarm gehabt, aber im Moonstone gab es dafür weder Übungen noch Verhaltensmaßregeln. Daran hätte ich denken sollen.

Draußen auf der Straße war inzwischen Babu vom Kramladen eingetroffen, unrasiert, schlaftrunken und im Nachtgewand. Maya hockte weinend und flehend neben den Büschen und sprach in abgehackten Sätzen, die keinen Sinn ergaben. Sie weigerte sich entschieden, in Babus Rikscha zu steigen, und so rasten wir Hand in Hand aufs Heim zu.

Die Straße lag noch im Dunkeln, und am Himmel waren noch vereinzelt Sterne zu sehen. Als sich mein Absatz im kaputten Pflaster des Gehwegs verfing und ich der Länge nach hinfiel, riss Maya mich grob hoch. »Beeilen Sie sich, Madam, kommen Sie.«

An der Ecke Main und Tower Street blieben wir schlitternd stehen. Voll Entsetzen blickten wir auf das in prasselnden Flammen stehende Moonstone-Heim unter einem in rosiger Glut flackernden Himmel, über den schwarze Teile flogen und wirbelten.

»Oh mein Gott. Oh mein Gott«, jammerte Maya und klammerte sich an meinen Arm. Sie hatte mich unterwegs zu beruhigen versucht und gemeint, die Feuerwehr werde sicherlich vor uns eintreffen.

Mir wurde innerlich ganz kalt. Wir hatten in Anbetracht der Regierungsinspektion versucht, unsere Patientenzahl zu reduzieren, damit wir die Zimmer sauber machen und frisch streichen konnten, aber das hier war unser schlimmster Albtraum. Wir hatten vier Patientinnen im Heim: Muralis Frau, womöglich schon mit ihrem Neugeborenen, eine andere Frau, die kurz vor der Entbindung stand, und zwei Frauen zur Beobachtung, wovon eine unter Eklampsie litt.

Am Tor wurde ich von zwei jungen Polizisten mit Lathis aufgehalten. »Gehen Sie da nicht rein«, sagte einer. »Sie werden in den Flammen umkommen.« Sie übertrieben nicht. Selbst in fünfzehn Metern Entfernung spürte ich die gewaltige Hitze. Die Flammen loderten und erstarben, wurden erneut entfacht, und die kleine Schar, die sich am Tor eingefunden hatte, wich unter Ohs und Ahs zurück, wobei einige sogar lachten, als wäre es ein Kinderspiel.

»Was machen die? Was machen die?«, schrie ich, denn ich sah drei oder vier Jungs, die aus dem Gebäude gerannt kamen und Tische, Stühle, einen Aktenschrank auf einen wartenden Ochsenkarren luden. Maya rannte kreischend auf sie zu und kam mit rußgeschwärztem Gesicht zurück.

»Wo sind die Patientinnen?«, fragte ich.

»Zwei sind draußen, zwei noch drin«, antwortete sie. »Sie holen sie jetzt – die hintere Station ist vom Feuer noch verschont geblieben.« Sie sank auf ihre Knie und legte ihren Kopf in ihre Hände.

»Wo bleibt die Feuerwehr?«, schrie ich. »Warum ist die nicht da?«

Maya spuckte einen schwarzen Brocken in ihre Hand und fing zu schluchzen an. »Sie waren da und sind wieder gefahren. Ihnen ist das Wasser ausgegangen. Sie sagten, sie würden zurückkommen.«

Die Menge vor dem Tor wuchs. Sie verfolgte den aus dem Dach und der Veranda aufsteigenden Rauch. Als Mr. Namboothiris hübsches Schild in Gelb, Rot und Violett anfing, Blasen zu werfen und zu verlaufen, begrüßte dies jemand aus der Menge mit einem Jubelruf, und ich hätte am liebsten zugeschlagen.

Es wurde immer heller, und die Blumen, die von uns gepflanzten Geranien, standen in roten Flammen, fast surreal hell im Zwielicht der Dämmerung. Murali kam und schluchzte vor Erleichterung. Seine Frau hatte einen drei Stunden alten Jungen, und sie waren beide gerettet worden. Er brachte sie nach Hause. Dann schlug Maya sich plötzlich die Hände vors Gesicht.

»Oh mein Gott«, sagte sie. »In der Apotheke liegt noch eine Patientin. Ich weiß nicht, ob die Feuerwehrleute sie rausgeholt haben.«

»Wo ist der Schlüssel?«, schrie ich.

»Ich hab ihn hier«, sagte Maya. »Wir müssen rein.«

Die Polizisten am Tor ließen uns durch, zeigten aber keinerlei Bereitschaft, mit uns zu kommen. Durch den Rauch sah ich, wie der Hauptteil des Dachs in einem Wust aus Holzbalken zusammenfiel, die sich wie Rippen vor dem Dämmerlicht abzeichneten. Ich hörte die Menge hinter uns murmeln, als Maya und ich uns die Köpfe mit unseren Schals bedeckten und den Weg entlangliefen, der zur Apotheke führte.

Während wir rannten, schlug der Wind um, und wir mussten husten, weil uns der Rauch entgegenschlug. Meine Beine waren wie Gummi, und in meinem Kopf schrie es: Lass mich das nicht tun! Ich möchte nicht sterben!, aber ich bewegte mich vorwärts. Als ich Maya ansah, betete sie.

»Schnell rein«, schrie sie und wedelte mit dem Schlüsselbund. »Schnell raus. Wir schaffen das.«

Als uns keine zwanzig Schritte mehr von der Tür zur Apotheke trennten, tauchten zwei einheimische Polizisten auf, der eine groß, der andere klein, die Gesichter schwarz verschmiert von Ruß und Schweiß. Anfangs versuchten sie, uns zurückzudrängen. Sie entrissen Maya die Schlüssel. Dann blieben wir alle wie angewurzelt stehen. Drinnen weinte ein Baby. Ein schriller Klagelaut. Maya fing zu schreien an und schlug gegen die Tür.

Man hatte die Apotheke zu einer Notunterkunft umgestaltet – Blechdach, billige Tür –, um ein paar Patientinnen aufzunehmen, solange im Haupthaus notwendige Reparaturen durchgeführt wurden. Während des letzten Monsuns war die Tür aufgequollen, und jetzt hatte der große Polizist Mühe, sie aufzustemmen. Er schrie und trat und drehte den Schlüssel vergeblich von einer Seite zur anderen.

Maya holte sich die Schlüssel zurück. Jetzt hörten wir das Angstkreischen einer Frau und das Schreien des Babys. Maya fluchte und mühte sich grunzend ab, versuchte es mit dem Schlüssel in allen Richtungen. Kein Glück.

»Versuchen Sie es.« Sie reichte mir den Schlüsselbund. Mir tränten die Augen, meine Finger fühlten sich geschwollen und nutzlos an. Ich probierte einen Schlüssel nach dem anderen, schluchzte und fluchte: »Nun komm schon, du Mistkerl, tu es! Tu es.«

Nach ein paar Sekunden, die mir wie ein ganzes Leben vorkamen, spürte ich, wie das Schloss sich drehte, klickte und nachgab. Ein heftiger Fußtritt von Maya sprengte die Tür auf, und wir liefen hinein.

Der Rauch im Zimmer war so dicht, dass wir anfangs überhaupt nichts erkennen konnten. Wir tasteten uns in Richtung der kreischenden Stimme und eines ausgedehnten Hustenanfalls vor. Das Baby hatte aufgehört zu schreien. Ich hielt einen Moment inne und hörte den dumpfen Aufprall einer Decke, die in einem anderen Teil des Gebäudes einstürzte, aber nach einigem Umherstolpern spürte ich eine Hand, die meinen Arm umfasste. Eine Frau mit irren Augen tauchte vor mir auf, das lose Haar schweißnass. Sie klammerte sich mit einer Hand ans Bett und hielt mit der anderen ihr Baby und schrie immer wieder in monotonem Wehklagen: *»Ayyoo daivamey … Rekshikkaney«* – Hilfeschreie an Gott, mit denen ich inzwischen vertraut war.

Das Baby schrie wieder. Maya wickelte ihren Schal um das violette Gesicht und den winzigen Körper, der jetzt zuckend strampelte.

»Raus!«, schrie sie.

Das Feuer wütete vor der Apotheke. Die Polizisten, die sich zurückgehalten hatten, schoben uns durch die Hintertür über einen schmalen Betonstreifen auf eine über zwei Meter hohe Mauer zu, die das Grundstück begrenzte. Nach dem letzten Einbruch war diese Mauer mit Glasscherben und Stacheldraht gesichert worden.

Einen Moment lang standen wir alle im flackernden Lichtschein. Drei Frauen, eine davon postpartal und vornübergebeugt, zwei Männer und das Baby, dessen Mund ein dunkles rotes Loch des Protests war.

»Das schaffen wir nicht.« Ich blickte an der Mauer hoch in den roten Himmel darüber, in den die Asche in Spiralen aufstieg. »Wir müssen über den Weg zurücklaufen.« Ich wollte das Baby nehmen, aber die Mutter hielt es fest wie ein Schraubstock. Maya schrie wie wild und stemmte die Arme der Frau auseinander, um mir das Baby in die Arme zu drücken.

»Gehen Sie zuerst!«, schrie sie. »Machen Sie das Tor auf, nehmen Sie das Baby. Gott segne Sie.«

Und dann hielt ich das Baby im Arm. So leicht, so einfach, sich seiner zu entledigen. Ich erinnere mich, die Augen geschlossen zu haben und losgerannt zu sein. Dabei jagten Bilder durch meinen Kopf: Anto, Raffie, meine Mutter. Amma. Schließlich saß ich auf dem Boden, das Gefühl von Schmutz und Erde unter mir, ein stechender Schmerz in meinem Arm und Glockenläuten, bevor alles dunkel wurde.

Kapitel 42

Verbrennungen, das wusste ich von meiner Ausbildung, schmerzen anders, als man denkt. Verbrennungen ersten Grades können höllische Schmerzen hervorrufen – denn sie erwischen die oberste Schicht der Nervenenden. Die weitaus ernsteren Verbrennungen zweiten Grades sind häufig weniger schmerzhaft, weil der Schaden größer ist und die Hitze den Nerv und die Schweißdrüsen versengt. Verbrennungen dritten Grades, die besonders schwerwiegend sind, können den Körper eines Patienten in einen Schockzustand versetzen, der einem Koma gleichkommt.

Die Verbrennungen zweiten Grades an meinen Armen und Unterschenkeln fühlten sich an, als hätten mich tausend Bienen gestochen, waren aber nicht so schlimm, dass man mich länger als ein paar Tage im Allgemeinen Krankenhaus Ernakulum behalten hätte. Einen viel schlimmeren Schmerz bereitete mir, als ich in meinem Zimmer im dritten Stock lag und meine Haut kalkartig weiß werden sah, die Erkenntnis, dass ich so dumm gewesen war. Ich malte mir das Gespräch aus, das ich mit Daisy hätte führen können.

»Dann hat Neeta dir also vor dem Feuer gesagt, dass die Fördergelder definitiv veruntreut wurden?«

Ja.

»Dass das Heim eindeutig Feinde hatte?«

Ja.

»Man mit einem Angriff gedroht hatte?«

Ja.

»Und du hast beschlossen, nichts zu unternehmen?«

Ja. Oder war es nein oder vielleicht?

Die Fakten hatten so viele Löcher und Ungewissheiten, dass mein Verstand ständig nach Ausreden suchte, wie ein in einem fensterlosen Raum gefangener Vogel. Gewiss, ich hatte Andeutungen gemacht, versucht, das Gespräch darauf zu bringen, Dr. A. behutsam Vorschläge unterbreitet und mich sehr oft nach den Konten erkundigt. Aber ich hätte eindeutiger, mutiger und weniger um meinen Ruf als die allwissende Memsahib besorgt sein sollen, und obwohl niemand zu Tode gekommen war, war das Heim jetzt ein schwelendes Wrack, und daran trug ich eine Mitschuld. Ich hatte mich wie ein Feigling benommen.

An meinem dritten Tag im Krankenhaus tauchte zu meinem Erschrecken und zu meiner Überraschung Glory auf, um mich nach Hause zu fahren. Sie war blass und schmal, trug bei grellem Sonnenschein ein grünes Seidenkostüm und weiße gehäkelte Autofahrerhandschuhe, und als ich sie hinter dem Lenkrad von Appans Wagen sitzen sah, dachte ich zuerst, ich hätte eine Halluzination.

»Ich wusste gar nicht, dass du das kannst«, sagte ich nervös, als sie sich ihren Weg durch einen Straßenmarkt bahnte und mit der Hand auf der Hupe einem rücksichtslosen Rikschafahrer »*Kazhutha!*« – Esel – zurief.

»Nun, es gibt eine Menge, die du nicht von mir weißt«, sagte sie mit keckem Blick. »Als ich in Ooty für den Generalmajor Willoughby und seine Frau arbeitete, musste ich immer fahren.« Ein weiterer Arbeitgeber, der aus dem Nebel ihrer Vergangenheit auftauchte. »Er hasste es, bergauf zu fahren, und er konnte mich gut leiden.«

Ich sah sie überrascht an: War sie noch vor ein paar Wochen ein bleicher Schatten ihrer selbst gewesen, gab sie jetzt Zwischengas und schnippte an den Kreuzungen den Blinker heraus. Die Mutter, die, wie ich dachte, nur in meiner Vorstellung existierte, erblühte wieder zum Leben.

»Kannst du mir versprechen, dass es Anto und Raffie gut geht?«, fragte ich, als wir anhielten, um einen Ochsenkarren vorbeizulassen. Ich hatte mir im Krankenhaus große Sorgen um sie gemacht, fand aber, dass Raffie zu jung sei, um mich zu besuchen. Die Station für Brandopfer war ein beklemmender Ort.

»Alles bestens.« Sie überprüfte ihren Lippenstift im Rückspiegel. »Raffie und ich haben gestern Eisenbahn gespielt. Ich denke, er mag seine alte Großmutter jetzt.«

»Und Anto?« Ich hielt mich an der Schlaufe fest, die seitlich im Wagen angebracht war.

»Er rief gestern von irgendeinem gottverlassenen Ort aus an. Typisch Mann, nie sind sie da, wenn man sie braucht«, ergänzte sie, und dabei blitzte ihre alte Verbitterung auf.

Sie sorgte dafür, dass ich mich den ganzen Nachmittag auf dem Sofa ausruhte, und meinte scherzhaft, ich sei wieder ihr »kleines Püppchen«. Sie spielte mit Raffie und kommandierte Kamalam herum, erklärte ihr, ich sei müde, und sie solle ihn nach oben bringen. Dann ging sie los, um ein anständiges

Nachthemd für mich zu holen. Was sie mir dann runterbrachte, eingewickelt in Seidenpapier wie eine Reliquie, war von Christian Dior. Etwas, das sie sich ausgeliehen und vergessen hatte zurückzugeben? Schwer zu sagen. Sie meinte, sie habe es nie getragen, und es sei für ihre Beerdigung gedacht.

Als ich das Seidenpapier anhob, wehte mir der schwache Moschusduft von getrocknetem Lavendel entgegen.

»Wickam«, sagte ich und hörte das Klappern von Daisys Rosenschere, wenn wir die Blüten von den Rispen abstreiften und sie in kleine Musselinsäckchen füllten. Mir kamen die Tränen.

»Was ist denn jetzt los?«, erkundigte sich meine Mutter.

»Das Moonstone«, sagte ich. »Ich muss Daisy Bescheid geben.«

»Nun, sie wird dir keine Vorwürfe machen.«

»Sollte sie aber.« Ich schluckte.

»Das ist ja völliger Blödsinn.« Es war merkwürdig, ihre Arme um mich zu spüren. »Wieso sollte das dein Fehler sein? Du hast das Feuer nicht gelegt.« Meine Mutter, die Tigerin, deren Augen vor Empörung funkelten.

»Ich hätte mehr tun können. Seit ich herkam, hörte ich Gerüchte.«

»Ach hör auf damit.« Sie band das Nachthemd zu und sah mich finster an. »Hör sofort auf damit. Es gibt immer Gerüchte. Man darf keine Panik verbreiten. Außerdem haben Inder ein Faible fürs Drama.«

Ich ließ das so stehen. Die Tage, an denen sie mit einem Kuss alles zum Guten wenden konnte, waren lange vorbei. »Versprichst du mir, dass keiner zu Tode gekommen ist?«, fragte ich sie nun schon zum x-ten Mal an diesem Tag.

»Es ist niemand gestorben«, sagte sie mit fester Stimme, legte sich dann aber eine Hand übers Auge, was nie ein gutes Zeichen war. »Und ich wollte dir auch noch Folgendes sagen: Ich habe heute Morgen ein Telegramm von Daisy bekommen. Sie weiß Bescheid und meint, das Wichtigste sei, dir geht es gut, und du sollst dir keine Gedanken machen.«

»Ehrlich?«

»Ehrlich.«

»Darf ich das Telegramm sehen?«

Sie stellte ihre Tasse ab und sah mich beleidigt an. Ein Blick, vor dem ich schon immer Angst gehabt hatte. »Du glaubst mir kein Wort von dem, was ich sage, nicht wahr?«, meinte sie. »Und das ist ziemlich ärgerlich, weißt du.«

Ich wählte meine Worte mit Bedacht, wohl wissend, dass die falschen uns an einen dunklen, furchterregenden Ort katapultieren würden.

»Ich glaube … ich denke, du versuchst die Welt manchmal schöner zu machen, als sie ist.«

»Oh, tatsächlich?« Ihre Augen wurden schmal. »Kannst du mir dafür ein Beispiel geben?«

Ich überlegte kurz. »Nun, mir fällt da ein Vorfall ein, als ich mal ein totes Kaninchen auf der Straße liegen sah, und als ich fragte, was mit ihm passiert sei, sagtest du, es halte ein kleines Nickerchen auf seinem Weg zu einer Party. Das könnte ein Beispiel sein.«

Mir war es ernst damit, aber Glory warf den Kopf in den Nacken und lachte. Es war das erste Mal seit langer Zeit.

»Ich erinnere mich daran. Platt wie ein Pfannkuchen, und du hast dir die Augen ausgeweint. Wir waren unterwegs nach Northumberland: zu diesem Witwer, dem ehemaligen

Marinesoldaten, der sich in den ganzen sechs Monaten meinen Namen nicht merken konnte. Ein ungehobelter Kerl. Der Wagen blieb zweimal liegen. Die letzten beiden Kilometer mussten wir mit unseren Koffern zu Fuß zurücklegen.«

»Daran erinnere ich mich nicht mehr«, sagte ich.

»Nein«, sagte sie leise. »Natürlich nicht.«

»Es war nicht leicht für dich, Mum.« Damit brach ich das Schweigen, das sich auf uns gelegt hatte. »Das begreife ich jetzt.«

»Mein Fehler«, erwiderte sie fast brüsk. »Und bitte nenn mich nicht Mum, das ist so gewöhnlich.«

»Dein Fehler inwiefern?«, hakte ich nach. Sie spielte mit ihrer Perlenkette.

»Ich war wirklich schwach.«

»Schwach! So hätte ich dich nie bezeichnet!«

»War ich aber.« Sie kratzte sich am Kopf. »Ich habe mein ganzes Leben in einer Art Traum verbracht. Aber du warst wenigstens mutig.«

Mir brach der Schweiß entlang meines Haaransatzes aus. Ich fand es absolut unerträglich, dass meine Mutter so etwas wie eine Märtyrerin aus mir machte.

»Nein.«

»Mutig genug, um Fehler zu machen. Ich meine, mir die Stirn zu bieten.«

»Ach das.« Wir lächelten uns zaghaft an. »Vielleicht. Aber nicht oft.«

Wieder folgte ein langes Schweigen. »Anto war keiner meiner Fehler, Mummy«, sagte ich schließlich. »Und das weißt du, nicht wahr? Ich liebe ihn.«

Sie nahm ihre Perlenkette ab und untersuchte den goldenen Verschluss. »Ach meine Liebe … wir werden sehen«, sagte sie und legte sie ab. »Ich verstehe ja seine Anziehungskraft. Er sieht sehr gut aus.« Ihr Lächeln war hart, herausfordernd: ihr Glaub-bloß-nicht-du-hättest-den-Sex-erfunden-Blick.

Ich ließ es dabei bewenden. Wir waren heute schon sehr weit gediehen, ohne einander Schmerz zuzufügen. Jetzt hoffte ich, sie würde gehen und sich ausruhen, damit ich ein wenig Zeit mit Raffie verbringen konnte, den ich oben mit Kamalam spielen hörte, aber stattdessen streifte sie ihre Schuhe ab und legte sich neben mich.

»Noch eine Sache.« Sie klang wieder, als hätte sie Atemnot. »Du kennst doch die Geschichte, die ich beim Mittagessen von dem zusätzlichen Raum erzählt habe, den ich in Wickam fand? Der, von dem keiner wusste? Ich vermute, davon hast du mir auch kein Wort geglaubt.«

»Es war eine gute Geschichte«, sagte ich, meinte damit aber: Ich bin zu müde, ich will jetzt nicht daran denken. Der verzweifelte Ausdruck in ihren Augen signalisierte mir mehr Gefühle, als ich verkraften konnte.

»Davon träumen die Menschen doch«, sagte sie. »Dass sie einen wunderbaren geheimen Raum entdecken – einen Ort, von dem sie bisher nichts wussten und der alles sehr viel größer erscheinen lässt.« Ich hatte davon ehrlich gesagt noch nie etwas gehört, aber ich widersprach ihr nicht.

»Wie war es denn wirklich?«, fragte ich mehr aus Höflichkeit. »Daisy hat mir nichts davon erzählt.«

»Es war gruselig«, sagte sie. »In der Decke hatten die Eichhörnchen sich ein Nest gebaut, und ihr Pipi war durch die Dielenbretter getropft, sodass es fürchterlich stank. Anfangs fanden wir nur Kleiderhaufen und eine tote Ratte. Aber jetzt kommt es.« Sie packte mich am Arm. »Als meine Augen sich an das Licht gewöhnt hatten, konnte ich erkennen, dass drei Bilder an der Wand lehnten. Ich scherzte noch und sagte zu Daisy, wenn eins davon ein Picasso sei, wären alle unsere Probleme gelöst. Und da war dann plötzlich diese winzige Leinwand mit seiner Signatur in der Ecke. Wir brachten sie ans Licht, um uns davon zu überzeugen, dass wir nicht verrückt waren, und sie zerbröselte tatsächlich wie Sägemehl in Daisys Hand, und ich hätte schreien können.« Glory rückte ein Stück näher auf dem Sofa, und ihr spitzer Hüftknochen bohrte sich in meinen. »Ich war wütend auf sie, weil sie so achtlos war. Ihr Geist schwebte vermutlich in höheren Regionen, aber wie dumm kann man sein.«

»Sie muss sich um so vieles kümmern«, erwiderte ich hölzern. Ich fand es unerträglich, wenn sie so von Daisy sprach.

»Kluge Frauen sind häufig sehr dumm.« Eins der Lieblingsthemen meiner Mutter. »Damit hätte sie alles bezahlen können: das Dach, den Stall, die neuen Zäune … Und natürlich sehnt sie sich danach, nach Indien zurückzugehen.«

»Wickam war für mich das einzige echte Zuhause, das wir je hatten«, sagte ich. »Das musst du doch genauso empfunden haben.«

»Ich weiß, dass du sie lieber magst als mich«, sagte Glory unvermittelt. »Das mache ich dir auch nicht zum Vorwurf, sie ist ein besserer Mensch als ich.«

»Nicht doch, Mummy!« Wir sahen einander elend an.

»Aber darum geht es jetzt nicht. Lass mich zu Ende erzählen.« Sie richtete sich auf und umklammerte wieder meine Hand. »Daisy gab mir an jenem Tag etwas anderes, wofür du dich interessieren könntest.« Sie stand vom Sofa auf, setzte sich in einen Sessel und sah mich an.

Dramatische Pause.

»Eine Schachtel mit Briefen.«

»Liebesbriefe, Rechnungen, was denn?« An mir klebte alles, mir war heiß, und ich war ihrer überdrüssig.

»Keine Liebesbriefe, keine Rechnungen.« Wieder eine bedeutungsschwangere Pause.

»Briefe von deinem Vater.« Sie befeuchtete sich die Lippen und starrte mich an. »Denen er Geld für dich beilegte.«

»Geld für mich?«

»Ja.« Jetzt sprach sie so leise, dass ich sie kaum noch verstand. »Seit du geboren warst, schickte er alle drei Monate Geld: genug, um dich durchzubringen. Daisy musste mir schwören, dir niemals davon zu erzählen, und gab es mir als meinen Lohn.«

Jetzt verstand ich überhaupt nichts mehr.

»Warum durfte Daisy mich das nicht wissen lassen? Und warum als Lohn? Ich verstehe das nicht.«

»Weil dein Vater ein Mistkerl war.« Sie spuckte das Wort aus. »Ach, nun sieh mich nicht so an. Er hat mich tief enttäuscht, also schickte ich ihn weg. Ich sagte ihm …«

»Nein, erzähl es mir nicht! Lass mich raten …« Ich fühlte mich überraschend ruhig. »Er war für dich gestorben.«

Als ich versuchte aufzustehen, schoss der Schmerz in meine Hand, und mir wurde schwindelig.

»Warum erzählst du mir das jetzt?«, fragte ich ungläubig. »Wozu, zum Teufel, soll das gut sein? Mein Gott, ich wünschte, Daisy hätte es mir erzählt oder mir die Briefe gezeigt.«

»Ich sagte ihr, wir würden weggehen, wenn sie das täte, aber darum geht es nicht. Sondern darum.« Sie hob den Kopf und sah mich an. »Er lebt in Ooty. Nicht weit von hier. Hast du von dem Ort gehört?«

Natürlich hatte ich das. Jeder kannte Ootacamund – das versnobte Ooty –, Ziel vieler Scherze über Gin Fizz, Polo, Brigadegeneräle und Hausierer im Ruhestand.

»Was soll das?« Ich starrte sie an, und ich fühlte nichts: war weder erregt noch dankbar noch erleichtert. Ein großes leeres Nichts. »Ich begreife es nicht.«

»Er blieb hier – es ist eine lange Geschichte –, und er hörte schon vor langer Zeit auf, Geld zu schicken.« Ich spürte fast, wie die Luft bei ihr raus war, sie ihre Worte bereits bereute. »Erwarte kein Märchen«, fuhr sie mit gepresster Stimme fort. »Er wird alt und müde sein wie ich. Daisy bekommt von ihm hin und wieder Post, sie sagt, er sei mittellos.«

»Nun, das sind ja wunderbare Neuigkeiten.« So wütend war ich schon lange nicht mehr gewesen. Sie hätte auch über den vermissten Hund einer Freundin reden können. »Sonst noch etwas, das ich wissen sollte? Habe ich vielleicht einen Zwilling, den ich noch nicht kennengelernt habe oder so?«

»Nichts dergleichen«, sagte sie mit trotzigem Blick. »Und es ist nicht nötig, mir gegenüber diesen Ton anzuschlagen. Ich gehe jetzt und halte Siesta. Ich habe genug für heute. Ich dachte nur, du möchtest es vielleicht wissen«, ergänzte sie eingeschnappt, als wäre ich die Unvernünftige.

Nachdem sie gegangen war, war ich so außer mir, dass ich hätte schreien können. Doch ich starrte vor mich hin, legte mir dann ein Kissen auf den Kopf und sank in einen merkwürdigen Schlaf, als fiele ich in ein tiefes Loch. Es gab keine lebhaften Träume, nur Furcht und Schrecken und Argwohn und ein Gefühl ohnmächtiger Scham, bevor sich mein Geist abschaltete.

Das Schlagen einer Tür weckte mich. Als Anto ins Zimmer kam, legte ich ihm meine gesunde Hand auf den Mund.

»Hast du mit meiner Mutter gesprochen?« Ich brachte es nicht über mich, ihm von meinem möglichen Vater zu erzählen, für den Fall, dass sich dies nur wieder als eine neue Geschichte vom toten Kaninchen entpuppte. Diesen Schmerz wollte ich nicht riskieren.

»Ich hab sie nicht gesehen.« Die Worte sprudelten aus ihm heraus. »Ich wollte zuerst zu dir. Wie geht es deiner Hand? Es tut mir leid, dass ich nicht da war. Das wird nicht wieder vorkommen.«

»Mir geht es gut.« Ich hob meinen bandagierten linken Arm, um es ihm zu demonstrieren. »Keine Infektion, es heilt gut. Oh Gott.« Ich presste die Augenlider zusammen, weil ich wusste, dass ich, wenn ich zu weinen anfing, nicht mehr würde aufhören können. »Bitte sei nicht so nett zu mir. Ich war schließlich vorgewarnt.«

Er streifte seine Schuhe ab und setzte sich neben mich aufs Sofa. »Es ist meine Schuld.«

»Weswegen?«

»Weil ich dich allein gelassen habe.« Er grub seine Finger in mein Haar. »Ich weiß nicht, was ich mir dabei gedacht habe, schließlich habe ich eine Frau und ein Kind zu Hause.«

»Nein«, sagte ich. »Das stimmt so nicht. Du musst deine Arbeit tun, aber ich bin so dumm gewesen. Ich hätte schon vor einer Ewigkeit mit dir reden sollen. Hast du dir den Schaden angesehen?«

Er legte mir den Finger auf die Lippen, um mich zu beruhigen.

»Ich kam auf meinem Weg hierher daran vorbei.«

»Und?«

»Es ist ein einziges Chaos. Einheimische standen herum, ein paar von ihnen plünderten das Heim. Nach der Unabhängigkeit stand man dem Moonstone-Heim immer kontrovers gegenüber. So oder so, irgendwann wäre es passiert. Aber die Sache ist die, Kit.« Er legte mir seine Hand auf den Kopf, und ich hörte ihn seufzen. »Ich habe mit Appan gesprochen. Es wird eine Ermittlung geben, und ich denke, du wirst eine Aussage machen müssen.«

»Ich?«

»Ja, und der Rest der Angestellten ebenso, aber du hast natürlich die Aufmerksamkeit auf dich gezogen.«

Meine Gedanken überschlugen sich. »Und wenn sie herausfinden, dass ich Babys entbunden habe, obwohl mir dazu die vollständige Qualifikation fehlt?«

Anto sah mich an, überlegte fieberhaft.

»Ich habe Dr. A. nicht angelogen«, sagte ich. »Wir hatten so viel zu tun. Sie sagte mir, sie werde einen Brief schreiben und mich akkreditieren lassen. Aber ich habe nie nachgefragt oder mir die Papiere zeigen lassen, und ich vermute, dass sie gar nichts unternommen hat, denn sonst hätte sie mir diese gezeigt.«

»Du bist hier nicht beim Verhör, Kittykutty, und die Ermittlungen werden sich vielmehr damit beschäftigen, wer das Feuer gelegt hat.«

»Ich weiß, aber ich habe ohne diese Zusicherungen weitergemacht, und das war dumm von mir. Ich hätte Nein sagen sollen.«

»Du hast es aber nicht.« Er strich mir übers Haar. »Und würde man alle unqualifizierten Frauen in Indien, die Babys entbunden haben, vor Gericht stellen, dann wären die Gefängnisse randvoll.«

»Aber in ihren Augen bin ich eine Ausländerin. Womöglich wollen sie ein Exempel an mir statuieren.«

»Schon möglich«, erwiderte Anto gelassen. »Und wenn sie das tun, werden wir Appan um Rat fragen. Er wird genau wissen, was zu tun ist.«

»Wenn er erfährt, dass ich keine Lizenz habe, geht er an die Decke.«

»Appan ist Realist, er wird tun, was nötig ist. Jetzt hör auf zu reden und zeig mir deinen Arm.«

Er löste den Verband und untersuchte die Blasen, die bereits verkrusteten und heilten. Er wollte wissen, womit ich sie behandelte, trug noch etwas Germolene-Creme auf und verband mich wieder ordentlich, und als ich seinen glänzenden Kopf über meinen Arm gebeugt sah, fragte ich mich: Womit habe ich dich verdient?

Ein paar Tage später schlenderten Anto und ich nach dem Abendessen am Ufer entlang. Am Nachmittag hatte es ein paar Stunden heftig geregnet, und der Himmel war verhangen und grau.

Auf dem Wasser lag ein verrostetes altes Frachtschiff mit arabischer Aufschrift vor Anker. Wir versuchten uns vorzustellen, was es transportiert hatte, aber dann platzte es aus mir heraus: »Weißt du, Anto, als du weg warst, hat meine Mutter mir was Verrücktes erzählt.« Der lockere Ton spiegelte nicht meine Gemütslage, denn allein das Aussprechen empfand ich als bedrohlich. Ich weiß nicht, was mir dabei die größte Angst machte, meine Sehnsucht oder meine

Wut, aber mein familiärer Hintergrund, ob er nun falsch oder wahr war, kam mir so seicht vor, so fadenscheinig im Vergleich zu den klugen, würdevollen und fest verwurzelten Thekkedens.

Als ich zu Ende erzählt hatte, setzte er sich auf eine Bank. Es war ihm anzusehen, dass er nachdachte, und ich dachte mir: Jetzt habe ich ihn vergrault. Ich bin nicht gut genug und werde es nie sein. Es war ein schrecklicher Moment der Dunkelheit und Ungewissheit.

Schließlich sagte er: »Bist du sauer auf Daisy, dass sie es dir nicht erzählt hat?«

»Nein. Ich denke, sie wusste, dass Glory abhauen und nie mehr wiederkommen würde, und das hätte sie nicht verkraftet. Daisy wusste, wie sehr ich sie bewunderte, und das beruhte auf Gegenseitigkeit: Sie erzählte mir einmal, ich sei für sie die Tochter, die sie nie hatte.«

»Nun, ich finde, es war mutig von deiner Mutter, dir das nach so langer Zeit zu sagen«, meinte Anto.

»Wirklich?«

»Wirklich. Sie hatte viel zu verlieren und nichts zu gewinnen.«

»Na ja, möglicherweise.« Überzeugt war ich nicht. »Aber du ergreifst ja immer Partei für sie.« Es war ein schwacher Scherz, denn ich war nach wie vor erschüttert und spürte Gefahr.

»Ich glaube an Mütter«, sagte er. »Selbst an die nicht perfekten. Vergiss nicht, dass ich viele Jahre ohne auskommen musste.«

»Aber deine ist keine Spinnerin. Findest du den Zeitpunkt nicht merkwürdig?« Es war mir wichtig, dass er sich meinetwegen ein wenig empörte. »Schließlich habe ich sie jahrelang gedrängt, es mir zu erzählen, und sie wartet, bis das Heim abgebrannt ist.«

»So seltsam ist das nicht. Ihr war klar, dass du im Feuer hättest umkommen können. Deshalb auch die Spritztour in Appans Wagen.« Ich hatte ihn vorhin zum Lachen gebracht, als ich die Autofahrt mit den Handschuhen und dem Zwischengas beschrieb. »Ich würde sagen, es war ein Moment der Wahrheit.«

»Und davon gibt es bei ihr nicht viele.« Ich war noch immer wütend. »Aber da ist noch etwas: Woher in aller Welt weiß ich, ob es stimmt?«

Er sah mich lange und nachdenklich an, und ich fand in seinem Blick meine Verletzung und meine Verwirrung gespiegelt und sagte mir, genau so sieht die Liebe aus.

»Was hast du empfunden«, sagte er schließlich, »als du zum ersten Mal hörtest, dass es ihn womöglich gibt?«

»Nichts«, sagte ich. »Überhaupt nichts.«

Er dachte kurz nach. »Das verstehe ich. An dem Tag, als wir nach Mangalath kamen, empfand ich genauso. Zu viel Lärm, zu viel Aufmerksamkeit, die auf mir lag. Ich dachte mir, es würde mir nichts ausmachen, wenn ich sie nie mehr wiedersähe. So sehr war ich es gewohnt, ohne sie zu leben.«

»Aber du kanntest sie wenigstens.«

»Kit.« Er legte seinen Arm um mich. »Wovor hast du am meisten Angst?«

»Eigentlich vor allem.«

»Dass er ein Axtmörder ist, ein Trunkenbold, ein Teepflanzer, der die Kanaken hasst?«

»Alles zusammen.« Mein Lachen war eher ein Krächzen.

»Ooty ist nicht weit weg. Wir könnten in einem Tag dort

sein. Ich werde mitkommen, oder du kannst deine Mutter mitnehmen, wenn es das ist, was sie möchte.«

Ich sagte ihm, es gäbe Wichtigeres zu tun. Ein Rikschajunge hatte am Morgen eine von Dr. A. unterzeichnete Notiz unter unserer Tür durchgeschoben. *Dringendes Personaltreffen. Moonstone. Donnerstag zwei Uhr,* lautete die kurze Nachricht, und weil ich mich gut genug fühlte – ich konnte meinen Arm jetzt frei bewegen, und auf der Brandwunde hatte sich neue, durchsichtige rosa Haut gebildet –, wollte ich unbedingt hingehen. Ich fühlte die Notwendigkeit einer Überlebenden, über das Geschehen zu sprechen, und ich wollte mich bei Dr. A. vergewissern, dass ich offiziell akkreditiert war. Wenn es zu einer Anhörung durch die Regierung käme, musste ich mich darauf vorbereiten.

»Und was dann?« Er war hartnäckig. »Das Treffen wird nicht lang dauern, und wenn du nicht handelst, wird es dich nicht loslassen.«

Ich sagte ihm, er solle mich nicht drängen, denn ich müsse darüber nachdenken. Und ich bat ihn, nicht mit meiner Mutter darüber zu sprechen. Die Vorstellung, nach so langen Jahren meinen Vater kennenzulernen, erfüllte mich mit gärender Panik. Ich brauchte Zeit.

Als ich das Moonstone wiedersah, war ich entsetzt. Alles daran sprach für sein Ende. Das Schild in den leuchtenden Farben Violett, Rot und Gelb war verkohlt, das alte Aquarium, das wir umfunktioniert hatten, um darin Frühchen zu betten, hatte man zerschlagen, sodass es nicht mehr zu gebrauchen war, daneben lagen umgeworfene Betten und zerbrochene Petrischalen. Dr. A. hielt das Treffen im einzigen Raum ab, der noch intakt war: einer Blechhütte, in der wir unsere Gartengeräte gelagert hatten. Sie hatte Maya, mich und noch zwei Krankenschwestern dazu eingeladen.

Dr. A. saß auf einem wackeligen Gartenstuhl und hielt auf ihre unerschütterliche Art Hof. Als wir alle versammelt waren, öffnete sie ein großes, in Leder gebundenes Buch mit ramponiertem und verblichenem Einband und sagte mit matter Stimme: »Glücklicherweise hat unser Kontobuch den Brand überlebt.«

Das überraschte mich in Anbetracht dessen, dass es zuvor offenbar unauffindbar gewesen war.

»Wir wollen keine Zeit verlieren«, begann sie und lächelte freudlos, »was geschehen ist, ist geschehen. Dank des schnellen Eingreifens unserer Mitarbeiter ist niemand gestorben, aber wir stehen vor einer großen Krise.« Ich hätte nicht sagen können, ob sie betete oder zählte, als ihre Lippen sich bewegten und ihr Finger über die Zahlenreihen wanderte.

»Meiner Schätzung nach«, sagte sie schließlich, »wird uns allein die Wiederbeschaffung für die Einrichtung des Heims – Stühle, Betten, Boiler, Bodenbeläge – etwa ...«, ihr Blick wurde leer, als sie rasche Berechnungen anstellte, »sechstausend Rupien kosten.« Ein tiefer Seufzer. »Das Unterrichtsmaterial wird mit etwa tausend Rupien zu Buche schlagen. Der Wiederaufbau der Stationen, das weiß nur Gott. Ich warte auf Angebote von unserem Bauunternehmer. Billig wird es nicht werden.«

Maya ließ ein leises Stöhnen hören.

»Die Neubepflanzung des Gartens, fünfhundert Rupien. Neues Schild«, ihre Stimme war nur mehr ein kaum hörbares Flüstern, »Ventilatoren, Bänke ... Wir müssen also«, sie schloss das Buch, »den Tatsachen ins Auge sehen: Alle unsere Pläne, alle unsere Hoffnungen sind zerschlagen. Unsere Arbeit der letzten fünf Jahre ist beendet.« Sie sah mich direkt an und teilte ihren letzten Fußtritt aus. »Und es gab Leute, die Sie nicht hierhaben wollten.«

Es folgte ein Moment unheimlicher Stille im Raum. Maya setzte ihre Brille ab und rieb sich die Augen. Dr. A. vertiefte sich wieder im Buch, als könnte das Geld dort irgendwo zwischen den Seiten versteckt sein. Die Krankenschwestern ließen seufzend die Köpfe hängen. Mir brach der Schweiß auf der Stirn und am Rücken aus, es war heiß in diesem Schuppen, und jemandes Achselhöhlen verströmten einen beißenden Geruch.

»Die Regierung wird dieses Geld nicht zur Verfügung stellen«, sagte Dr. A., »weshalb es nur eine Lösung gibt: Wir müssen uns noch einmal an Miss Daisy Barker und ihr Komitee wenden.« Ich hörte das zustimmende Murmeln von Maya.

Im Kopf überschlug ich rasch, was gebraucht werden würde. Basierend auf Daisys ursprünglichen Berechnungen brauchten wir etwa einundzwanzigtausend Rupien, um das Moonstone wieder aufzubauen und zu betreiben. Das waren grob geschätzt dreitausend Pfund: zahllose Gläser Marmelade und eingelegte Zwiebeln und viele Flohmarktverkäufe.

»So viel Geld hat sie nicht«, sagte ich schließlich. »Sie ist eigentlich ziemlich arm.«

Jetzt meldete sich Maya zu Wort, mit einer dünnen, sarkastischen Stimme, die ich bisher noch nicht gehört hatte. »Als sie hier war, sah ich ein Fotoalbum mit Bildern von ihrem Haus und ihrem Wagen. So wäre ich auch gerne arm.«

»Da wäre ich mir nicht so sicher.« Ihr Ton verletzte mich.

»Dieses Haus ist ein Mühlstein um ihren Hals: Es ist an allen Ecken und Enden undicht und eiskalt, im vergangenen Winter reichten die Schneeverwehungen bis hinauf zu den Fenstern. Wenn man sich am Morgen wäscht, muss man im Haus erst das Eis auf dem Wasser aufbrechen. Und der Wagen wird übrigens von Heftpflaster zusammengehalten.«

Dr. A. sah mich ausdruckslos an.

»Wird Ihre neue Regierung denn gar nicht helfen?«, fragte ich. »Man hat uns doch Fördermittel bewilligt.«

»Nein.« Sie schien sich dessen ganz sicher zu sein. »Man wird uns für den Brand verantwortlich machen.«

»Warum sollte man uns dafür verantwortlich machen?«, fragte ich.

Dr. A. schloss die Augen. Als sie sie wieder öffnete, schickte sie mir einen warnenden Blick. »Das hat die Polizei zu entscheiden, nicht wir. Das Treffen ist beendet, Sie können hierbleiben«, sagte sie zu mir.

Die Krankenschwestern hatten mit Leichenbittermienen zugehört, und deshalb wunderte es mich, sie unvermittelt in Gelächter ausbrechen zu hören, sobald sie in den hellen Sonnenschein hinaustraten. Das verstärkte nur noch den Abgrund, der sich zwischen uns aufgetan hatte. In ihrer Welt wurde Leid, das der Natur des Lebens innewohnende Chaos, als normal akzeptiert, und obwohl ich ihre Widerstandsfähigkeit bewunderte und erkannte, dass Passivität unter diesen Umständen eine Stärke sein konnte, machte es mich wütend. Auch verletzte mich Mayas aufblitzende Feindseligkeit, sie hatte während der Besprechung kaum Blickkontakt zu mir gesucht.

Im Schuppen sah Dr. A. mich stirnrunzelnd an.

»Ich wollte Sie etwas fragen«, sagte sie. »Aber nicht vor den anderen. Die Polizei fand im Garten mit Paraffin getränkte Stofffetzen. Einer der Fetzen war aus einem Kleid herausgerissen worden. Auf dem Etikett im Kragen des Kleides stand Tuttles. Ist das eine englische Firma?«

»Ja, das ist eine.«

»Haben Sie irgendwelche Kleidung davon?«

»Ja.« Ich spürte, wie mein Mund trocken wurde. »Ein blaues Kleid. Aber ich war das nicht, das wissen Sie doch.«

»Was ich denke, zählt nicht«, blaffte sie. »Und da ist noch mehr. Nachdem das Feuer heruntergebrannt war, hat man eine Notiz gefunden. Darauf stand: ›Die Engländerin ist eine Spionin.‹ Haben Sie Feinde hier?«

In meinem Kopf drehte sich alles. »Ich weiß nicht. Ich denke nicht«, sagte ich. »Aber Sie werden doch wohl nicht denken, dass ich es getan habe. Warum sollte ich es tun? Das ergibt keinen Sinn.«

»Die Polizei wird Sie bald dazu befragen, Sie müssen sich Ihre Geschichte also gut überlegen.« Sie stützte ihr Kinn in ihre Hand und sah mich an, und ich erkannte, dass Linien gezogen und Teams ausgewählt wurden, ich aber nicht zu ihrem gehörte.

»Können wir bitte die Türe öffnen?«, bat ich. Die Hitze war unerträglich, und mir schwindelte. Es roch nach Kokosnussöl und Frauenschweiß, Benzin vom Rasenmäher.

»Nein. Dann kommen die anderen, aber das hier ist privat.« Mir perlte der Schweiß über die Wangen. »Haben Sie denn sonst nichts zu sagen?«

»Das mag von Bedeutung sein oder auch nicht«, sagte ich

schließlich. »Aber vor etwa achtzehn Monaten verfolgte mich ein Junge auf dem Heimweg vom Moonstone. Ich nahm eine Abkürzung durch den ehemaligen Garten des englischen Klubs. Er versuchte, mich zu berühren. Als ich ihn abwehrte, äußerte er sich zornig über unsere Arbeit.«

Dr. A. blieb reglos, bis auf ihre hervortretenden Augen, die immer größer wurden, als sie mich ansah.

»Wie sah er aus?«

Ich zog einen Strich oberhalb meiner Lippen. »Dünner Schnurrbart, etwa achtzehn Jahre alt, würde ich sagen. Sehr dünn.«

»Und was genau hat er gesagt?« Sie griff nach einem Stift und fing an, sich Notizen zu machen.

»Ach das Übliche. Dass ich als Ausländerin Inderinnen unterrichtete und nicht das Recht hätte, hier zu sein, und so weiter.«

»Warum haben Sie uns das nicht schon früher gesagt?«

»Ich hätte es tun sollen, aber ich wollte nicht, dass mein Ehemann davon erfährt und mir untersagt, hier zu arbeiten. Ich dachte, dass es Sie nicht interessieren wird, womöglich selbst …« Fast hätte ich gesagt: dasselbe denken, verkniff es mir aber.

»Es interessiert mich«, sagte sie trocken und machte sich weitere Notizen. Ich überlegte fieberhaft und wusste, dass ich ihr jetzt von meiner Begegnung mit Neeta Chacko erzählen sollte, aber ich steckte in einem Dilemma: Neeta hatte mich unter Tränen angefleht, sie nicht als Informantin preiszugeben, außerdem hatte Dr. A. mir verboten, jemals wieder über Neeta zu sprechen. Dies könnte sich als Mausefalle ohne Käse erweisen.

»Es gibt noch eine weitere wichtige Frage anzusprechen. Als Sie herkamen, wurde mir gesagt, Sie seien eine qualifizierte englische Hebamme. Wenn Sie befragt werden, wird die Polizei die entsprechenden Papiere sehen wollen. Haben Sie diese?«

Eine Hitzewelle schoss durch meinen Körper. »Sie wissen, dass ich diese nicht besitze, Dr. Annakutty. Ich bin examinierte Krankenschwester, aber mir fehlen zwei Geburten für die vollständige Qualifikation als Hebamme. Das habe ich Ihnen bereits an meinem ersten Tag hier mitgeteilt. Sie sagten mir, wenn es so weit sei, werden Sie sich an die Regierung wenden, damit ich die volle Akkreditierung bekomme. Ich hätte Sie danach fragen sollen. Das habe ich nicht getan. Aber warum haben Sie mich, obwohl ich nicht über diese Qualifikation verfüge, Babys entbinden lassen?«

Sie sah mich mit ihrem Basiliskenblick an. Meine Worte waren sinnlos gewesen.

»Ich habe keine Unterlagen darüber.« Sie öffnete das ledergebundene Kontobuch und schüttelte bedauernd den Kopf. »Ich habe Sie in gutem Glauben aufgenommen. Das soll nicht heißen, dass man Sie überprüfen wird, aber möglich wäre es: Die Regierung ist nun sehr pingelig im Hinblick auf die richtigen Papiere.«

»Das ist nicht fair«, sagte ich, »und das wissen Sie.«

»Aus diesem Grund habe ich früher ja auch gemeint, dass es besser wäre, Geld von Daisy Barker zu bekommen als von einer Regierung, die bereits ausgequetscht ist. Verstehen Sie das?«

Ich verstand es. Erpressung: ein hässliches Wort, ein hässliches Gefühl.

Eine halbe Stunde später war ich am Hafen und saß allein an der Ufermauer, um den Schock zu verarbeiten. Da setzte sich Maya neben mich. Sie legte ihre kleine Segeltuchtasche, in der sie normalerweise ihr Pausenbrot verwahrte, zu ihren Füßen ab und sah mich von der Seite aus versöhnlich an, als wollte sie etwas gutmachen.

»Was hat sie gesagt?«, erkundigte sie sich. Sie blickte nervös über meine Schultern.

»Ich denke, ich stecke in Schwierigkeiten, Maya«, sagte ich. »Aber ich möchte eigentlich nicht darüber sprechen.« Ich hätte ihr gern von dem blauen Stofffetzen und dem Paraffin berichtet. Wollte ihr von dem Jungen im Park erzählen, aber ich wusste nicht mehr, wem ich trauen konnte oder was ich sagen sollte.

»Dr. Annakutty findet nicht immer die richtigen Worte«, sagte sie schließlich. »Aber sie hat keine Familie, die sie unterstützt, und keine Kinder. Sie hat für das hier alles aufgegeben, und sie ist eine gute Ärztin.«

»Ich weiß.« Ich war so niedergeschlagen, dass es mir schwerfiel zu sprechen.

»Sie sollten das Heim sehen, in dem sie wohnt.« Maya blickte mich dabei an.

»Ich bezweifle, dass ich das tun werde.«

»Ich habe gern mit Ihnen gearbeitet«, ergänzte sie leise. »Sie waren eine gute Krankenschwester. Wir lernten viel.« Die Vergangenheitsform machte mich trauriger, als ich sagen konnte.

»Dann denken Sie also auch, dass es geschlossen wird?«

»Ja.« Sie wühlte in ihrem Beutel. »Verzeihung.« Sie tupfte sich die Augen mit einem Taschentuch.

Als ich überlegte, was es Maya gekostet hatte, im Moonstone zu arbeiten – sie hatte mir einmal von den Nächten erzählt, in denen sie in Madras unter Straßenlaternen gelernt hatte, von den überfüllten Schlafsälen, den Schlägen ihres Ehemanns –, machte sich mein rechter Fuß vor Frust selbstständig und trat gegen ihren Beutel. Ein Verband rollte sich auf, und ein Glas mit Germolene-Creme zersplitterte im Schmutz.

»Lassen Sie das«, sagte ich, als sie niederkniete und versuchte, etwas Salbe mit einer Glasscherbe aufzufangen. »Ich habe welche zu Hause. Ich gebe Ihnen ein neues Glas.«

»Keine Umstände, Ma'am.« Sie wickelte die Glasscherbe sorgfältig in ihr Taschentuch. »Ich werde das verwenden. Es ist für meine Tante. Sie hat sich den Fuß verletzt.«

»Ich bringe es Ihnen morgen«, sagte ich. »Schneiden Sie sich nicht daran.«

»Ich werde nicht da sein«, sagte sie. »Ich komme nächste Woche zum Aufräumen.« Darauf hatten wir uns alle verständigt, bevor unser Treffen beendet war.

»Was werden Sie danach tun?«, fragte ich.

»Das weiß ich nicht. Zu Hause bei meinem Ehemann bleiben«, lautete die traurige Antwort. »Er möchte nicht, dass ich wieder arbeite. Er wird froh sein.«

Als ich ihrer kleinen, aufrechten Figur auf ihrem Weg zur Fähre hinterherblickte, die sie nach Hause bringen würde, musste ich an mich halten, um nicht loszuschreien. Zwar konnte ich die Gedanken, die sie bewegten, nicht lesen, aber ich wusste, dass in ihrer Vorstellung alles, was geschah, Teil des Plans war, den Gott für sie entworfen hatte, sogar ihre Bestrafung dafür, dass sie größenwahnsinnig geworden war, und auch für die Sünden, die in einem vergangenen Leben begangen wurden.

Ich bewunderte ihren Stoizismus. Aber ich hasste ihn auch: diese demütige Preisgabe aller Ausbildung und Hoffnung und Energie. Sie war eine gute Hebamme, Indien brauchte sie. Warum musste es so schwer sein?

Kapitel 43

Am Tag unserer Aufräumaktion gab ich Raffie einen Abschiedskuss und trug Kamalam auf, was sie ihm zum Mittagessen geben solle. Ich wollte gerade zum Moonstone aufbrechen, als meine Mutter nach einem langen Hustenanfall, den ein »O verdammt!« begleitete, meinte: »Hast du über das nachgedacht, was ich dir gesagt habe?«

»Worüber?«

»Über Ooty.« Sie klammerte sich an das Verandageländer und holte mehrmals bebend Luft. Sie hatte jetzt auch Schwindelanfälle.

»Ach Mummy«, sagte ich, »ist das nicht alles zu viel für dich?« Der bloße Gedanke daran erfüllte mich mit Angst und Schrecken.

»Ich dachte nur, es wäre eine nette Unterbrechung für dich, meine Liebe«, meinte sie fröhlich. »Du hattest eine schlimme Zeit hier, und dort oben ist es hübsch und kühl.«

Als ich später Raffie in seinem Kinderwagen durch den Park schob, führte ich in Gedanken ein verbittertes Gespräch mit ihr. Ja, genau, eine nette Unterbrechung, den Vater zu treffen, den ich nie kennengelernt und den sie bis jetzt erfolgreich verborgen hatte. Ein hübscher kleiner Urlaub, um ihn aufzuspüren und das schwarze Loch seiner Abwesenheit mit … ja, womit eigentlich … zu füllen? Schock? Verlegenheit? Reue? Oder mit noch etwas Schlimmerem, das mehr Schaden anrichtete: verbitterte, gallige Wut darüber, dass er uns jahrelang erfolgreich ignoriert hatte?

Aber ein anderer Teil von mir war auf den Gedanken, ihn zu treffen, angesprungen, und während meines Spaziergangs lief ein Film von ihm in meinem Kopf ab. Er war groß, distinguiert, trug eine Tweedjacke und lächelte freundlich. Er war mein Ebenbild, nur älter und ein Mann. Er umarmte mich, sagte väterliche Dinge: Mein Gott, mein kleines Mädchen. Mein Liebling, nach so langer Zeit. Wir weinten um das Versäumte, er umarmte auch Raffie. Den Enkelsohn, von dessen Existenz er nichts wusste.

Als Raffies Schreie diesen Gedankengang unterbrachen, holte ich ihn aus seinem Kinderwagen und knuddelte ihn. Er zahnte wieder und war ungewöhnlich schlecht gelaunt und fordernd. Jeder normale Großvater hätte ihn mir sofort wieder zurückgegeben. Das sagte ich mir jedenfalls und versuchte in die Normalität zurückzukehren. Ich setzte ihn mir auf die Knie, dankbar für die Realität seines plumpen kleinen Körpers, der mich erst betatschte und mich in die Lippe kniff, aber gleich darauf zappelte, weil er losgelassen werden wollte. Ich sagte mir: Das ist jetzt mein Leben – aber wenn ich meinen Vater traf und alles schiefgehen sollte, würde das einem der schlimmsten Monate meines Lebens noch die Krone aufsetzen. Und dennoch …

Diese Gedanken wanden sich in mir und schlugen Purzelbäume in meinem Kopf, und so erschrak ich, als jemand hinter mir hergerannt kam.

»Miss Kit. Miss Kit.« Es war Neeta Chacko, atemlos und in heller Aufregung.

»Bitte, ich flehe Sie an, helfen Sie mir. Sie haben meinen Jungen, Pavitran. Sie haben ihn zur Polizeistation gebracht und dort zusammengeschlagen, und jetzt ist er im Gefängnis in der Tower Street. Heute Morgen sind sie zu unserem Haus gekommen.«

»Neeta!« Bei unserer letzten Begegnung war sie so versteinert gewesen, dass ich dachte, sie wolle wieder untertauchen. Jetzt zitterte sie, grau vor Angst.

»Was hat er gemacht?«

»Sie behaupten, er habe das Heim abgefackelt. Ich weiß, dass er es nicht war. Sie geben ihm die Schuld für Dinge, die er nicht getan hat.«

Sie sah aus, als würde sie gleich zusammenbrechen. Ich führte sie zu einer Bank, und wir setzten uns zusammen hin. Raffie, den sein Zahnen erschöpfte, schlief in seinem Kinderwagen ein.

Neeta kehrte zu ihrer Geschichte zurück. »Mein Ehemann sagt, ich soll meinen Sohn hierlassen, aber wenn wir das tun, stirbt er. Er ist ein harmloser Junge, der Tiere liebt und seine Familie.«

»Wer behauptet denn, dass er es war?«

Neeta schüttelte heftig den Kopf, entweder konnte oder wollte sie es nicht sagen.

»Ich weiß, dass er es nicht getan hat, Miss Kit.«

Jetzt weinte sie tatsächlich, und zwischen Keuchen und Seufzen platzte die ganze Geschichte aus ihr heraus. Sie beteuerte zu wissen, dass er es nicht getan hatte, weil der Junge in dieser Woche einen seiner Anfälle gehabt habe, die ihn jedes Mal sehr schwächten.

»Was meinen Sie mit Anfällen?«, hakte ich nach.

Sie sah sich verstohlen um und sprach dann das gefürchtete Wort »Epilepsie« aus, ein Zustand, der, wie ich von Maya wusste, hier manchmal mit einer Besessenheit von bösen Geistern verwechselt wurde.

»Mein Ehemann hat ihn anschließend im Bett festgebunden. Ich wollte nicht, dass er es tut, aber er meinte, es müsse sein, und ich gehorchte ihm.«

Sie sah mich an und faltete ihre Hände zum Gebet.

»Bitte helfen Sie mir, Madam. Ich habe niemanden, an den ich mich wenden kann, und ich brauche Geld, um ihn aus dem Gefängnis zu holen. Ich werde es Ihnen zurückzahlen. Dann gehe ich auch wieder.«

Ich sah sie an, dann Raffie, der wieder unruhig wurde. Ich öffnete meine Tasche und holte die paar Rupien heraus, die ich dabeihatte.

»Das ist alles, was ich habe«, sagte ich und reichte sie ihr. »Ich werde später meinen Mann fragen, wenn er nach Hause kommt. Wir werden tun, was wir können, aber wir sind keine reichen Leute.«

Sie schnappte sich die paar Scheine. »Ich gehe jetzt dorthin«, kündigte sie an. »Wenn Sie mitkommen, würde das helfen. Sie werden eine Engländerin sehen und sich ihrer Boshaftigkeit schämen.«

Daran hatte ich große Zweifel, und da ich selbst unter Verdacht stand, wollte ich nicht mitkommen. Aber trotz meiner Vorbehalte setzte ich Raffie zu Hause ab und ging dann mit ihr mit.

Bis zum Gefängnis an der Tower Street, einem abbröckelnden, zweigeschossigen grauen Bau, liefen wir von unserem

Haus aus zwanzig Minuten zu Fuß. Der Garten war von Unrat übersät, und als ich nach oben blickte, sah ich Augen hinter vergitterten Fenstern, die uns beobachteten. Der Empfangsbereich, ein Verlies von einem Raum, wurde von einer nackten Glühbirne erhellt. Es war heiß und stank nach Urin.

Ein großer, mürrisch dreinblickender Mann saß in einer Art Käfig links vom Eingang. Ich sah Neeta in diesem Käfig verschwinden, hörte ihr Schluchzen und Flehen. Fünf Minuten später kam sie wieder heraus, das Gesicht aschfahl, aber mit einem unsicheren Lächeln.

»Es ist erledigt«, sagte sie. Sie klopfte auf ihren leeren Geldbeutel. »Es war eine Personenverwechslung.«

Ich hörte Schritte, die in einem dunklen Flur verschwanden, das Scheppern einer Tür, einen Mann, der schrie. Als Pavitran unrasiert und blinzelnd herauskam, warf er sich seiner Mutter murmelnd und weinend in die Arme. Sobald er sich von ihr löste, sah ich, dass er über seinem geschwollenen rechten Auge eine kleine Schnittwunde hatte, sonst aber heil zu sein schien. Neeta meinte, er habe im Gefängnis noch einen Anfall gehabt – seine Hose war vorn nass, und er machte einen verwirrten Eindruck.

Während der endlose Papierkram erledigt wurde, wirkte der Junge wie ein gut abgerichtetes Haustier und hielt die Hand seiner Mutter. Zwei Stunden später standen wir wieder auf der Straße im gnadenlosen Mittagslicht. Neeta strahlte und meinte: »Gott ist gut.« Ich war mir da nicht so sicher. Sie sagte, ich solle niemandem erzählen, was ich heute im Gefängnis gesehen hatte.

Aber abends erzählte ich Anto von Neetas Sohn und dass ich wegen Dr. A. und ihrer vagen Drohungen mir gegenüber in Sorge sei. Es lief nicht gut.

»Ich möchte, dass du dich von diesem Ort fernhältst, jedenfalls für den Moment«, sagte er. »Es ist zu gefährlich, da könnte alles Mögliche passieren. Wenn du es nicht mir zuliebe tun willst, tu es für Raffie.«

»Ich möchte nicht fernbleiben«, sagte ich. »Du würdest doch auch nicht deiner Arbeit fernbleiben, sobald ein paar Probleme auftauchen.«

»Ich rede nicht von mir. Du bist meine Ehefrau.«

Er gab sich nicht mal Mühe, leise zu sprechen, als der Streit eskalierte und wir wieder da landeten, wo wir bereits während des Monsuns in Trivandrum gewesen waren, wie zwei Fremde, die in einem tragischen Unfall aufeinandergeprallt waren.

»Dann tu bitte eines für mich, wenn nicht für dich«, sagte er, als wir uns etwas beruhigt hatten, und hielt meine Hand. »Mach Urlaub mit deiner Mutter. Geh und besuche deinen Vater. Du weißt, dass du das eigentlich möchtest und es ewig bereuen wirst, wenn du es versäumst.«

»Urlaub!«, sagte ich. »Wohl kaum.« Seine Worte machten mich sofort weinerlich, und ich wollte nicht heulen. »Du hast recht, ich denke viel an ihn.« Ich war kindischerweise dankbar für seine Hand in meiner. »Aber wenn es nun nicht stimmt? Was ist, wenn er nicht dort ist?« Anto strich mir übers Haar.

»Ich denke, es ist wahr: Kamalam erzählte mir, deine Mutter habe hysterische Anfälle gehabt, als du ins Krankenhaus gebracht wurdest. Sie dachte, du seist gestorben.«

»Das hat sie mir nicht gesagt.«

»Nun, das würde sie wohl auch nicht tun, oder?«, erwiderte er. »Aber wenn sie sich nun geändert hat? Wenn sie das wirklich für dich tun möchte?«

Ich sah ihn ungläubig an – war es nicht meine Aufgabe, sie zu beschützen?

Kapitel 44

Ich trug das Datum unseres Aufbruchs nach Ooty in mein Tagebuch ein – 27. September 1950 –, weil ich überlegte, dass ich mich, sollten wir ihn antreffen, daran würde erinnern wollen, darunter schrieb ich *wenig Hoffnung* und unterstrich es zweimal, um das klarzumachen.

»So, meine Liebe, los geht's«, sagte meine Mutter strahlend, als wir auf dem Bahnsteig von Mettupalayam standen und auf den Zug um sieben Uhr zehn warteten. Dieselben Worte hatte sie, im selben Tonfall zu Beginn vieler Reisen gesagt, die in meiner Kindheit zu ihren unterschiedlichen Arbeitsplätzen führten; es sollte wohl nach Abenteuer klingen.

Dazu kam die übliche Schummelei hinsichtlich möglicher Schwierigkeiten, denn wie sich herausstellte, war Ootacamund viel weiter von Cochin entfernt, als Glory behauptet hatte. Die Reise hatte mit einer brütend heißen Fahrt nach Mettupalayam begonnen, bei der uns sämtliche Knochen durchgeschüttelt wurden, um dort den Nilgiri-Blue-Mountain-Zug zu erwischen. Als wir am Bahnhof ankamen, setzte sich Glory bleich und röchelnd in den Wartesaal für Damen und vergrub den Kopf in ihren Händen. Sie sah so krank aus, dass ich Herzklopfen bekam.

»Bist du dir auch sicher, dass du das auf dich nehmen möchtest?«, fragte ich sie. »Wir könnten auch wieder umkehren.«

»Sei nicht albern.« Dabei bedachte sie mich mit einem ihrer berüchtigten eisigen Blicke. »Wir haben unsere Fahrkarten gekauft, wir müssen fahren.«

Unser leuchtend blauer Zug war schmal und eng wie eine Spielzeugeisenbahn, und er hatte unbequeme Sitze mit geraden Rückenlehnen, aber je mehr wir an Höhe gewannen, manchmal in quälendem Schneckentempo, umso lebhafter schien meine Mutter zu werden. Als sie dazu überging, mir keuchend Fakten und Zahlen über die sechzehn Tunnel zu unterbreiten, durch die wir fuhren, und die neunzehn Brücken, die wir passierten, erinnerte ich mich an die vielen Ich-sehe-was-was-du-nicht-siehst-Spiele, mit denen sie mich von den Freunden ablenkte, die ich zurücklassen musste, oder von einer geliebten Katze, einem Haus, einem Ort, von dem wir uns entfernten.

Es war stickig in unserem Abteil, und wenn man die Wange an die Scheibe lehnte, klebte sie und brannte. Als Glory abrupt zu erzählen aufhörte und einschlief, wurde die Fahrt für mich zum Albtraum: die Dunkelheit in den Tunneln, die Hitze, der gurgelnde Husten meiner Mutter, das Quietschen des Zugs, die schwindelerregenden Ausblicke in tiefe Schluchten. Alles war instabil, chaotisch und höllisch heiß.

Irgendwann hielten wir an einer kleinen Bergstation, weil es dort Erfrischungen gab, und ich musste sie wecken. Es schnürte mir die Brust zu, als ich auf sie hinabblickte, denn sie wirkte gefährlich zerbrechlich, nichts als scharfe Kanten und zarte Oberflächen. Ihre Hände klammerten sich verzweifelt an ihre Handtasche.

Auf einem Bahnsteig, den nebelumflorte Bäume fast überwucherten, bekamen wir Obstkuchen und Tee von einem reizenden Mann mit Turban gereicht, der ihr zurief: »Hallo, Mrs. Shakespeare«, und uns damit zum Lachen brachte. Ich war so hungrig, dass ich auch noch ein Curry essen wollte, das ein anderer Händler anbot, aber Glory bat mich, es nicht zu tun. »Die sind von Bakterien durchsetzt.«

»Das glaube ich nicht, Mamji«, zog ich sie auf. »Ich finde, dass die meisten Inder peinlich genau auf Sauberkeit achten, viel mehr als die Briten.«

Als wir wieder im Abteil saßen, wurde sie immer schweigsamer und nervöser, je höher der Zug sich in die Berge wand. Sie holte ihre Geldbörse aus ihrer Tasche und zählte langsam sämtliche Münzen. Als Nächstes zündete sie sich eine Zigarette an, drückte sie aber sofort wieder aus. Dann blickte sie angestrengt durchs Fenster hinaus auf die Hügel, wo ein leichter Regen auf eine Kaffeeplantage niederging, die so grün aussah, als befände sie sich unter Wasser. Sie musterte ihre Schuhe, untersuchte sie aus verschiedenen Blickwinkeln. Nachdem das Schweigen sich über eine Stunde ausgedehnt hatte, nahm ich ihre Hand.

»Ist alles gut, Mummy?«

»Bestens«, betonte sie, als wäre es das Echo ihrer tapferen jugendlichen Stimme. »Das macht doch Spaß, oder?« Ich dachte eine Weile darüber nach, wagte aber nicht zu sprechen. Hatte sie tatsächlich »Spaß« gesagt?

Der Zug fuhr quietschend durch einen weiteren der sechzehn Tunnel, und als er wieder herauskam, sagte ich so sanft wie möglich: »Willst du mir vielleicht mehr über ihn erzählen, bevor ich ihn treffe?« Sollte es dabei zu einem Gefühlsausbruch kommen, hoffte ich um unseretwillen, dass er im Privaten stattfand.

Wieder ein dunkler Tunnel, das Gesicht meiner Mutter flackerte und war dann verschwunden. »Du wirst ihn selbst fragen müssen«, sagte sie. »Es ist schon so lange her.«

In mir gingen die Alarmglocken an. Niemals hätte ich herkommen dürfen.

Es wurde wieder Tee serviert, diesmal im Zug, und er war köstlich.

»Orange Pekoe«, informierte uns der Teeverkäufer stolz. »Eine Spezialität von hier.«

»Deine Narbe ist schön verheilt, Liebes«, meinte meine Mutter mit Blick auf meinen Arm. »Das war eine hässliche Geschichte, nicht wahr?«

Sie trank ihren Tee.

»Weißt du, ich habe nachgedacht.« Sie stellte ihre Tasse elegant auf ihrer Untertasse ab. »Verzeih mir, aber sollte im Gespräch zwischen dir und deinem Vater die Sprache auf deinen Job kommen, wäre es klüger, du sagst, dass du nicht arbeitest.«

»Klüger?«

»Weiser. Besser.« Sie sprach mit mir, als wäre ich ein Trottel.

»Warum?«

»Muss ich das wirklich aussprechen? Wenn er Geld haben sollte, wird er …«

»Um Himmels willen, nein!« Ich wurde wieder wütend. »Ist das der Grund, weshalb wir hier sind?«

»Still.« Sie sah sich im Abteil um. In ihrer Welt wimmelte es nur so von Spionen. Der alte Mann, der uns gegenüber schlief, regte sich nicht, und unsere anderen Mitreisenden, eine friedlich wirkende indische Familie, verteilten weiterhin ölige Snacks unter sich.

»Mach dich nicht lächerlich«, sagte sie. »Natürlich ist das nicht der Grund, weshalb wir hier sind, aber es gibt da noch etwas, das ich dir sagen muss. Werde jetzt bitte nicht wütend, aber womöglich schreckt ihn dein Beruf ab. Geburtshilfe bei Einheimischen, das ist alles sehr neu. Mir blieb nichts anderes übrig, als …«, sie wischte sich einen Krümel von der Brust, »es zu akzeptieren oder nicht, aber andere Leute könnten das anders sehen. Für ihn ist es womöglich ein Schock«, ergänzte sie mit Nachdruck.

Fangen wir mit einer Lüge an, sagte ich mir bitter, ohne es auszusprechen. Ein weiterer Verdacht regte sich in mir. Hatte sie ihn überhaupt über mein Kommen informiert?

»Aber ja doch«, sagte sie, als ich sie fragte. »Es ist alles abgesprochen, also hör jetzt auf damit, meine Liebe.« Ihre Unterlippe hatte zu beben begonnen. »Das ist auch für mich nicht leicht, weißt du.«

Wir waren fast da. Jetzt wagte ich kaum mehr zu sprechen, so heftig war das Gefühl in mir, das ich weder benennen noch begreifen konnte. Angst und Sehnsucht, Wut, eine Art atemloser Erwartung, ein Heimweh nach etwas, das ich nie gehabt hatte. Durch das Abteilfenster sah ich Nebelwolken in den Bäumen hängen, friedliche grüne Felder, die schimmernd auftauchten und wieder verschwanden.

»Sieh nur.« Mit matter Hand zeigte meine Mutter auf den Kirchturm, der plötzlich auftauchte, einen künstlichen See, eine Reihe Bungalows, alles verschwommen im Nieselregen. »Das versnobte Ooty«, hatte Anto gescherzt, »furchterregender als manche Ecken von Surrey.«

Ein uniformierter Schaffner rannte durch den Zug. »Ootacamund, Ootacamund. Endstation.«

»Nur nicht hetzen.« Glory schloss die Augen und keuchte ein wenig. »Ich bin etwas außer Atem. Ich hoffe, diese alte Lunge verkraftet die Höhe.«

Kapitel 45

Das Hotel Victoria war ein bescheidenes Gebäude am Ende einer steilen Auffahrt, das den Tudorstil imitierte. Als wir eintrafen, bat ich um getrennte Zimmer und sagte, ich würde sie von meinem selbst verdienten Geld bezahlen. Das war vermutlich ein unschöner Seitenhieb auf Glorys frühere Idee, mich als eine Art Schachfigur zu benutzen, aber in Wahrheit traute ich mich einfach nicht, mir ein Zimmer mit ihr zu teilen – wir waren zu verletzlich, zu leicht entflammbar.

Mein Zimmer war klein, weiß getüncht und mit einem hübschen Perlmuttsessel und einem schlichten weißen Bett ausgestattet. Nichts Übertriebenes – das hätten wir uns nicht leisten können – und auch nicht in einem Teil der Stadt, den meine Mutter als vornehm bezeichnet hätte.

Als der Regen aufhörte, fiel mein Blick auf terrassenförmig angeordnete schäbige kleine Häuser, Kühe, kleine Gärten. Die steilen Hänge, der Nebelflor, der die Bäume umgab, lösten in mir einen merkwürdigen Schwindel aus, als würde ich zwischen einem Leben und einem anderen baumeln.

Auf meinem Nachttisch standen neben einer Bibel eine

Karaffe Wasser und die Aufnahmeregeln für eine Mitgliedschaft im Golfklub von Ooty, wohl von einem Gast zurückgelassen. Ich legte ein Foto von Anto und Raffie auf die Bibel und starrte die beiden eine Weile an. Sie jedenfalls fühlten sich fest und real an: Sie konnten nicht aufgrund einer Laune, eines Ziels, einer Hoffnung verändert werden, sondern waren eine Realität, so wie meine Lunge oder mein Atem.

Ich konnte meine Mutter nebenan hören: das Klirren ihres Glases, das Wasser, das aus einem Hahn tropfte, die quietschend nachgebende Matratze, als sie sich hinsetzte. Ihren Husten. Ich kannte ihre Gewohnheiten so gut: der kleine Wirbelsturm, den sie entfachte, wenn sie nachts ihre Kleider ablegte: »Häng sie rasch auf, bevor sie knittern, egal wie müde du bist.« Das Wasser, das sie sich ins Gesicht spritzte, mindestens fünfzehn Minuten lang, um allen Schmutz zu entfernen. Die Augenmaske, die in ihrem Kampf gegen die Schlaflosigkeit nie funktionierte. Das Müsli zum Frühstück, »nur ein Tröpfchen« Milch. Rufe nach »Gin und Wermut« pünktlich um sechs Uhr abends.

Als Kind hatte ich diese Rituale mit großer Faszination verfolgt. Wie sie ihre Ohrringe anbrachte, ihren Frühstücksspeck schnitt, ihre Handtasche mit ihren wunderschön manikürten Nägeln schloss. Und noch immer ging von ihr ein elektrisierender Sog aus, tiefer als Worte, ein Stromkreis, der sich während Hunderter und Tausender geteilter Momente und beobachteter Gewohnheiten geschlossen hatte, den Freundlichkeiten, Grausamkeiten, Enttäuschungen, die sich aufaddierten, ob ich es wollte oder nicht.

Und morgen – mein Magen verkrampfte sich beim bloßen

Gedanken daran – würde ich meinem Vater begegnen. Das hatte sie jedenfalls gesagt.

»Er meinte, er sei um vier Uhr hier«, informierte mich meine Mutter, bevor wir zu Bett gingen, und zwar auf dieselbe flapsige Art, wie sie, sagen wir, einen Friseurtermin bestätigte. Sie saß im Besucherraum des Victoria Hotels und hielt ihren Zimmerschlüssel fest. »Passt dir das? Ich habe mir die Örtlichkeiten schon mal angesehen«, ergänzte sie, ohne eine Antwort abzuwarten. »Ich denke, dies wird der beste Raum sein, um ihn zu treffen.«

Dieser feuchte Salon im Erdgeschoss hatte mit seinem kalten Kamin und den Stühlen, die nicht zueinanderpassten, die Atmosphäre eines Wartezimmers beim Zahnarzt. Ich hatte mir vorgestellt, dass wir ihn bei sich zu Hause besuchten, und das auch angesprochen. Ich hatte Angst davor, mich an einem öffentlichen Ort zum Narren zu machen, aber das behielt ich für mich.

»Oh, das geht nicht, er ist verheiratet. Habe ich dir das nicht erzählt? Ich bin mir eigentlich sicher«, sagte meine Mutter, als verkünde sie eine unbedeutende Planänderung.

»Nein, hast du nicht. Es wäre ein hilfreicher kleiner Hinweis gewesen.« Ich war so wütend, dass ich sie hätte schlagen können, wütend auf diese arglose Art, Informationen zu verteilen, Schnipsel, nach denen ich dann schnappen musste wie ein Flüchtling nach einem Essenspaket.

»Hör zu, Mummy, ich denke, ich werde mich heute zeitig hinlegen«, sagte ich. Ich wagte es nicht zu bleiben. »Morgen ist ein großer Tag.«

»Kit!« Fast ein Wimmern. Ein Flehen um Mitgefühl

und Verständnis, als wir einander in die Augen sahen. »Tu's nicht.«

Was meinte sie damit? Kümmere dich nicht um unbedeutende Details? Hass mich nicht? Verdirb nicht diesen absolut gewöhnlichen Tag? Eine nettere Tochter hätte zugegeben, sie dennoch zu lieben, bevor sie ihre Lichter löschte, aber in jener Nacht hasste ich sie: ihre Ungereimtheiten, ihre Lügen, ihr Bemühen, die Grande Dame zu spielen, ihre Weigerung, mir gegenüber jemals aufrichtig zu sein.

Hust, hust, klirr, klirr. Am nächsten Tag gegen drei Uhr nachmittags hörte ich, wie meine Mutter ihr Gesicht aufsetzte. Der wilde Blick in den Spiegel, dann Creme, Puder, Lippenstift, Parfüm, mehrmaliger Wechsel der Garderobe, sofern ihr Atem jetzt noch dafür ausreichte.

Meine eigenen Beine waren kraftlos, als ich mir Strümpfe anzog, das Gesicht wusch, mein Haar kämmte, mein zweitbestes grünes Kleid anzog. Immer mal wieder spähte ich durch den Spalt in den Vorhängen hinaus auf die Straßen am Hang, die er jetzt wohl entlangfuhr. In meinem Magen wuchs der Angstklumpen, und dann – es lässt sich nur schwer beschreiben, da ich diese Erfahrung noch nie gemacht hatte – begann der Angstklumpen sich wie ein lebendiges Wesen zu zersetzen, und ich schaffte es gerade noch zum Waschbecken, wo ich mich übergab. Kein Zweifel, ich hatte Angst, und noch immer gab es eine Stunde zu überbrücken.

Als ich hinunter in den Besucherraum kam, war es dort kalt – so kalt, dass ich meinen Atem sah –, und feucht, denn es hatte den ganzen Morgen über geregnet. Im Messingeimer waren nicht genug Holzscheite, um das Feuer in Gang zu halten, wenn es erst mal erlosch.

Mein Vater, eine hagere, gebückte Gestalt, saß bereits neben dem Feuer. Als er mich sah, erhob er sich äußerst mühsam von seinem Platz. Ich hatte ihn mir als einen wesentlich jüngeren Mann vorgestellt, jemand, der groß war und gut aussah, sagen wir, wie der Schauspieler Ronald Colman, mit einem Schnurrbart und einer wohltönenden Stimme. Dieser Mann sah alt aus für seine fünfundsechzig Jahre – sein Alter war eine Information, die zu geben meine Mutter sich herabgelassen hatte. Er trug eine abgewetzte Tweedjacke, ein Hemd, das ihm zu weit war und das seinen Hals schrumpelig und faltig aussehen ließ. Er hatte dichtes weißes Haar und grünbraune Augen – von derselben Farbe wie meine. Schon befremdlich: mein Vater im selben Raum mit mir, beide starren Blicks und zitternd, ein wenig wie kleine Hunde, die gleich zu kämpfen anfangen.

»Wo ist Glory?«, fragte er.

»Ich weiß es nicht«, sagte ich, war mir aber ziemlich sicher, dass sie sich in ihrem Zimmer hingelegt hatte. »Ich bin Kit.« Als ich ihm meine Hand hinhielt, schüttelte er sie geistesabwesend und blinzelte mich mehrmals an.

»Ist das für irgendwas eine Abkürzung?«, fragte er schließlich.

»Kathryn«, sagte ich. »Aber so nennt mich keiner.« Wobei ich mir sagte: Du wirst doch wohl meinen Namen wissen! Oder sprach er von mir nur als dem Baby oder dem Kind?

»Wird sie lange brauchen?« Er schielte zur Tür.

»Ich weiß es nicht.« Und als er den Blick wieder mir zuwandte, lagen darin eine solche Sehnsucht und Angst, dass mir blitzartig klar wurde: Ich war nicht diejenige, die zu sehen er vor allem gekommen war.

Wir nahmen beide vor dem schwach glimmenden Feuer Platz. Regen prasselte gegen die Fensterscheibe. Ich hielt den Blick auf meine Hände gerichtet, die ich im Schoß gefaltet hatte, weil das in mir vorherrschende Gefühl Scham war, als hätte ich kein Recht, hier zu sein.

Er klopfte auf seine Brusttasche, holte eine Pfeife heraus und legte diese auf die Armlehne. »Ist das hier erlaubt?«

»Das weiß ich nicht.« Ich sprang auf, dankbar für eine Ausrede, den Raum verlassen zu können. »Ich werde die Wirtin fragen. Sie brauchen einen Aschenbecher.«

»Ist schon gut«, sagt er. »Geh nicht. Ich brauche es nicht.«

»Wie heißen Sie?«, fragte ich, als die Pfeife wieder in seiner Tasche verschwand. »Der ganze Name.«

Er sah mich misstrauisch an. »William«, sagte er mit bebender Stimme. »William Villiers. Hauptmann Villiers, als ich im Regiment war.«

Kit Villiers. Alles in allem ein ganz hübscher Name, aber ich befand mich noch immer in einem sonderbaren Schockzustand, als ich ihn vor mir aufsagte. Keine Freude, keine Erleichterung, nur dieses Gefühl tiefster Verlegenheit und auch ein wenig Enttäuschung, weil er sich so offenkundig nicht freute, mich zu sehen.

»Ist Glory krank?«, erkundigte er sich besorgt. »Wird sie kommen?«

»Ich weiß es nicht.« Meine Stimme war hölzern und mir selbst fremd. »Möchten Sie, dass ich …?« Ich stand auf.

»Nein, nicht doch«, sagte er, die wässrigen Augen noch immer auf die Tür gerichtet. »Ich war … nur, wenn sie es möchte.«

Was ganz offensichtlich nicht der Fall war. Meine Mutter hatte viele Fehler, aber Unpünktlichkeit gehörte nicht dazu. Von oben kam kein Lebenszeichen.

Und so saßen wir in der von ihr aufgestellten Falle fest, die Minuten verstrichen, das Feuer war inzwischen erloschen, bis er mit dünner, kleinlauter Stimme fragte: »Also, was möchtest du wissen?«

Kapitel 46

Die Aufgabe fühlte sich plötzlich gewaltig an. Ich sah aus dem Fenster in den grauen Nebel, auf die Bäume und wünschte mich weit fort von hier.

»Ich muss jetzt rauchen«, sagte er. »Macht es dir was aus?«

Benommen verfolgte ich, wie er seine Pfeife herauskramte, seinen Tabakbeutel, seine Streichholzschachtel und es fertigbrachte, beim Hervorholen alles fallen zu lassen.

»Ich weiß überhaupt nichts über Sie«, sagte ich.

Mit einem fleckigen Finger stopfte er seine Pfeife. »Sie muss doch irgendwas erzählt haben?« Er schien tatsächlich verletzt zu sein.

»Nein … nicht wirklich. Vor ein paar Wochen sagte sie mir, dass Sie Geld für mich geschickt haben, das war alles.«

»Und nichts von den Briefen?« Seine Finger hielten inne. »Ich schrieb jede Menge.«

»An mich?«

»Nicht an dich, an sie.« Seine Finger umklammerten die Pfeife.

»Sie sagte nur, in den Briefen habe Geld gesteckt, mehr nicht.«

»Ach du meine Güte!« Er presste die Augen zusammen und

schüttelte den Kopf. Eine Bedienstete brachte Tee. Er wollte seinen schwarz und griff mit zitternder Hand danach. Nach langem Schweigen sagte er: »Ich dachte, sie hätte es dir erzählt.«

Ich trank einen Schluck Tee. Ich wollte ihn nicht bedrängen, aber ich hatte das Gefühl, dass seine Kräfte rasch nachließen und ich meine Fragen sorgfältig auswählen musste, bevor er sich zu sehr aufregte oder zu erschöpft war, um sie zu beantworten.

»Wie haben Sie sie kennengelernt?«, fragte ich.

Wieder langes Schweigen. Die Teetasse klapperte in seiner Hand. Er sah mich an, in seinen Augen glänzten Tränen.

»Was meinst du, wird sie runterkommen? Heute, meine ich. Ich war eine Ewigkeit unterwegs, um hierherzukommen.«

»Ich habe keine Ahnung«, sagte ich mit Herzklopfen. Ich versuchte es noch einmal. »Wo habt ihr euch kennengelernt?«

Er riss sich mit einem schaudernden Seufzer zusammen und schloss die Augenlider, als würde er sich dahinter die ganze Szene ausmalen. »Ich war Kavallerieoffizier. Drittes Regiment«, begann er. »Meine Familie stammte aus Somerset. Ich war zuvor noch nie in England gewesen.« Er brach abrupt ab und rutschte ein wenig tiefer in seinen Stuhl, die Augen noch immer fest geschlossen.

»Fahren Sie fort«, sagte ich. »Bitte schlafen Sie nicht ein.«

»Ich schlafe nicht.« Zum Beweis paffte er heftig an seiner Pfeife. »Ich habe Angst.«

»Wovor?«

»Dass ich zu viel sage. Das letzte Mal hat mich das in schreckliche Schwierigkeiten gebracht.«

»Bitte.«

»Ich hatte einen Trainingsunfall.« Wieder quälendes Schweigen. »Fiel vom Pferd, brach mir das Bein.«

»Hören Sie, macht es Ihnen etwas aus, wenn ich mir Notizen mache?«, sagte ich. Ihn als eine Fallgeschichte zu betrachten fiel mir leichter, als mich dem wachsenden Schmerz in meinem Innern zu stellen – oder war es Wut?

»Wir lernten uns in Bombay kennen. Würdest du bitte damit aufhören?« Dabei schielte er auf meinen Stift. »Ich möchte dich ansehen, wenn ich das erzähle.«

»Ist gut. Ich höre auf. Ich verstehe.« Ich legte den Bleistift weg.

»Müssen wir das alles auf einmal tun?«, flehte er mich plötzlich an. »Ich kenne dich doch kaum.«

»Ja, das müssen wir.« In mir war eine Eiseskälte. »Wir reisen morgen wieder ab, und …« Ich hätte genauso gut hinzufügen können: »…und du wirst sterben, aber ich muss weiterleben.« Genau das empfand ich.

»Du musst verstehen, wie das damals war«, murmelte er und zog sein Jackett enger um seinen Körper. »Zahllose Mädchen kamen aus England, es gab jede Menge Partys, aber sie war …« Seine Augen füllten sich wieder mit Tränen. »Schön. Wie heißt das Wort?« Er tippte sich mit seiner Pfeife seitlich an den Kopf. »Strahlend: sehr schwarzes Haar, diese Katzenaugen, und sie war sehr warmherzig.« Er umschloss sein Kinn mit seiner Hand. »Oh Gott, ich sollte nicht so viel erzählen, aber ich denke jeden Tag an sie.«

»Dann lerntet ihr euch also in Bombay kennen?«

»Das Regiment hatte sein Hauptquartier in Poona. Dort fand ein Ball statt. Ich stand auf halber Treppe, und als ich nach unten sah und sie erblickte …« Er kramte nach seinem Taschentuch, ich gab ihm meins.

»Erzählen Sie weiter.«

»Oh Gott«, sagte er. »Deshalb also hat sie dich hergebracht.«

»Ich weiß nicht, was Sie meinen.«

»Ich liebte sie.« Der Satz endete mit einem Stöhnen, und er blickte wieder zur Tür. »Wir hatten, warte mal«, er zählte es an seinen knotigen Fingern ab, »vier, fünf, sechs Monate absoluter Glückseligkeit zusammen. Du bist übrigens sehr hübsch, du erinnerst mich an sie. Sie arbeitete für den britischen Residenten am indischen Fürstenhof als eine Art Sekretärin. Als mein Bein geheilt war, ritten wir morgens zusammen aus. Unternahmen Spritztouren auf meinem Motorrad. Alle waren verrückt nach ihr, also konnte ich stolz darauf sein. Ich verehrte sie. Den Rest hat sie dir nicht erzählt?« Er sah mich ängstlich an.

»Nein!«

Er riss die Augen auf. Ich hatte nicht vorgehabt, ihn anzuschreien, war aber in Panik, er könnte aufhören zu reden.

»Ich sollte dir das nicht erzählen, aber ich machte ihr am Strand nördlich von Bombay einen Heiratsantrag. Wusste, dass ich nie wieder so glücklich sein würde. Erzähl das nicht meiner Frau.« Dabei sah er mich fast schelmisch an. »Einen angemessenen Ring hatte ich nicht, also wickelte ich ihr ein Stück Seetang um den Finger, und sie küsste es.« Als er die Augen schloss, sah es fast nach einer Grimasse aus.

Weine nicht, sagte ich mir, erstaunt zu erfahren, dass meine Mutter derart romantisch gewesen war.

»Den Rest musst du aber gehört haben«, flehte er. »Es ist schrecklich. Ganz fürchterlich.«

»Nein. Erzählen Sie weiter.« Ich spürte, dass ich ihm hart zusetzen musste, sonst würde er aufhören.

Flatterig hob er die Hände ans Gesicht. »Wenn ich dir das erzähle, musst du bei Gott schwören, es niemals meiner Frau zu erzählen.«

»Ich werde kein Wort verraten.« Ich konnte ihn nur ungläubig ansehen, schließlich kannte ich diese verdammte Frau ja gar nicht.

»Ich denke äußerst ungern daran.« Seine Augen starrten zu Boden. »Mir wird dabei übel. Glory war so aufgeregt – das Kleid, der Empfang, alles – monatelang sprach sie von nichts anderem. Sie erzählte es all ihren Freunden, die sie am indischen Fürstenhof hatte. Sie war dort sehr beliebt, man hatte immer Spaß mit ihr; die Frauen liebten sie genauso wie die Männer. Wir setzten ein Datum fest, den siebzehnten Oktober, in der St. George's Cathedral, ich teilte es dem Oberst mit, bestellte das Aufgebot, sie war aus dem Häuschen ...« Er wurde immer leiser.

»Könnten Sie bitte lauter sprechen?«

»Tut mir leid«, krächzte er. Weiteres Tupfen mit dem Taschentuch. »Ich kann nicht ... ich bin nicht ...«

»Was ist geschehen?« Jeder mit nur einem Funken Menschlichkeit hätte hier aufgehört, ihn zu drängen, aber ich konnte das nicht, ich wusste, dass ich ihn womöglich nie wiedersehen würde.

»Sie kam zur Kathedrale. Unsere Freunde saßen bereits drin, meine Kumpel standen mit den Zeremonienschwertern bereit. Das glückliche Paar läuft anschließend unter ihnen hindurch, weißt du. Wir hatten das gemeinsam geprobt.« Er hielt wieder inne und schien Schwierigkeiten beim Schlucken zu haben.

»Was dann?«

»Ich kam nicht.« Seine Stimme war kaum noch zu verstehen.

»Was meinen Sie damit?«

»Mein Oberst kam. Sie stand in der Sakristei, und er teilte ihr mit, dass die Hochzeit abgesagt sei. Ein Bursche aus dem Regiment, der ein Auge auf sie geworfen hatte, hatte erraten, was ich nicht wusste: dass sie ein Chi-Chi-Mädchen war.«

»Ein was?«

»Mischling. Ihr Vater war ein englischer Eisenbahnarbeiter, die Mutter ein einheimisches Mädchen. Das hätte ich nie vermutet. Die blasse Haut, gepudert, täuschte. Der Oberst sagte, eine Heirat mit einer Einheimischen stehe außer Frage. Wenn ich das tun würde, würden andere Burschen folgen, und wohin würde das führen? Es sei dumm von mir gewesen, mich darauf einzulassen. Er habe bereits meinen Eltern geschrieben und ihnen mitgeteilt, was passieren würde. Ihm war klar, dass sie einwilligen würden, und das taten sie auch.«

Er sah mich an wie ein geprügelter Hund.

»Es war das Schlimmste, was ich je getan hatte«, murmelte er. Er blickte hoch. »Das musst du doch gewusst haben.«

»Nur Bruchstücke«, sagte ich. »Nichts hiervon.«

»Darf ich Hallo sagen?«, fragte er. »Bitte. Ich möchte mich bei ihr entschuldigen.«

»Ich weiß nicht. Ich bezweifle es. Sie ist stur.«

»Ich weiß.« Ein zuckendes Lächeln.

»Wann haben Sie denn von mir erfahren?«, fragte ich ihn.

»Als du zwei Jahre alt warst. Daisy schrieb mir. Glory hatte eine Lungenentzündung und war in sehr schlechter Verfassung.«

»War es ein Schreck für Sie?«

William Villiers sah mich an. Alt, verwirrt. Er fing zu weinen an. »Was für eine Vergeudung. Was für eine Vergeudung«, sagte er, als er wieder sprechen konnte. »Ich hätte dich gern kennengelernt.«

»Haben Sie denn andere Kinder?«, fragte ich.

»Meine Frau konnte keine bekommen. Hör zu.« Er warf benommen einen Blick auf seine Uhr. »Ich wäre dir sehr dankbar, wenn du hochgehen und nachsehen könntest, ob Glory herunterkommen möchte. Ich kann nicht viel länger bleiben.«

Ich stand auf und trat zur Tür. »Sie hat uns eingeschlossen«, sagte ich, als diese nicht nachgeben wollte.

Jetzt stand auch er auf und versuchte, die Klinke herunterzudrücken. »Das ist doch typisch«, sagte er, und wir mussten beide lachen, ein identisches freudloses Schnauben.

»Sie wird runterkommen«, sagte ich und wusste, dass dies bei ihrem Sinn für Theatralik erst geschähe, wenn ihr der Sinn danach stand. Wir nahmen jeder wieder auf den verblichenen Chintzsesseln vor dem Kamin Platz.

»Gibt es etwas, das Sie über mich wissen möchten?«, meinte ich schließlich. »Sie haben nämlich gar nichts gefragt.«

»Tut mir leid.« Er sah mich blinzelnd an. »Ich habe nachgerechnet. Du bist jetzt dreißig Jahre alt, habe ich recht?«

»Ja.« Ich legte die Hände über meine Augen.

»Verheiratet?«

»Ja. Mit einem indischen Arzt. Ich lernte ihn kurz nach dem Krieg in England kennen. Er machte in Oxford sein Postdoktorat.« Ich war von warmem Stolz erfüllt. »Er hat eine gute Stelle hier.«

»Liebst du ihn denn?«

»Ja.« Für den Moment war es so einfach.

»Kinder?«

»Eins. Raffael, siebzehn Monate alt.«

Er dachte darüber nach, seufzte und schüttelte den Kopf. »War Glory entsetzt?«, fragte er schließlich und starrte auf seine abgewetzten Halbschuhe. »Dass du einen Inder heiratest?«

»Das war sie. Die Erfahrung, die sie mit Ihnen gemacht hat, kann dabei nicht hilfreich gewesen sein.«

»Hast du ein Foto von deinem Knirps?«, erkundigte er sich sanft. Ich zeigte ihm eins, auf dem Raffie neben mir in einer Hängematte lag und sich vor Lachen nicht mehr einkriegte. Er hatte mir gerade meine Perlenkette gemopst und sie sich um den Hals gelegt. Er betrachtete das Foto eingehend.

»Was für ein Kuddelmuddel«, sagte er schließlich.

Als die Tür rappelte, schreckten wir beide auf. Die Angestellte, die sie aufschloss, sagte: »Madam wird in einer Stunde herunterkommen«, und watschelte dann davon.

»Es wird langsam dunkel.« William erhob sich ächzend aus dem Stuhl und ließ dabei die Pfeife und die Streichhölzer fallen. »So lange kann ich nicht bleiben. Tut mir leid, ich hätte dich gern mehr gefragt.«

Ich hätte ihn beruhigen können, aber was er mir über meine Mutter erzählt hatte, war ein Schock für mich, in den sich gleich darauf Wut mischte. »Weiß Ihre Frau denn, dass Sie hier sind?«, fragte ich ihn.

»Sie denkt, ich spiele Golf.«

Der Hundeblick, mit dem er mich daraufhin ansah, hielt mich auf Distanz. In einem geheimen Winkel wünschte ich mir noch immer den Ronald-Colman-Vater – stark, unbesiegbar, vielleicht in Uniform – anstatt eines Waschlappens, der aus Angst vor seiner Ehefrau vorgab, auf dem Golfplatz zu sein.

»Weiß sie denn etwas von uns?«

»Nein. Es wäre mein Tod, wenn sie es herausbekäme.«

»Meinen Sie damit, sie würde Sie umbringen?« Es fiel mir schwer, mir meine Verachtung nicht anhören zu lassen.

»Sie ist überempfindlich, älter als ich. Ich könnte das jetzt nicht mehr«, meinte er, den Blick auf den Fußboden geheftet.

»Dann gibt es wohl nichts mehr zu sagen.« Ich wollte die Sache jetzt nur noch zu Ende bringen.

»Nein.«

Im Geiste machte ich ein paar Schnappschüsse von ihm, versuchte ihn von seinem abgetragenen Tweed, seinem Verliererblick zu befreien, um ihn so zu sehen, wie meine Mutter ihn gesehen hatte, doch davon war nicht mehr viel übrig. Mir fiel auf, dass seine nach der Türklinke tastenden Finger lang waren, wie meine. Bevor er den Raum verließ, drehte er sich um. »Versuch es bitte, vielleicht möchte sie mich ja doch sehen. Ich könnte morgen um zwei Uhr wiederkommen.«

Ich gab ihm die Telefonnummer des Hotels. »Versprechen kann ich nichts«, sagte ich. »Aber wenn Sie heute Abend anrufen, lasse ich es Sie wissen.«

Wir gaben uns keinen Kuss. Wir schüttelten uns nicht einmal die Hände. Im letzten Moment schienen wir zu Stein zu erstarren.

»Ich war Krankenschwester im Krieg«, erzählte ich ihm noch rasch, erfüllt von einer Wut, für die es keinen Namen gab. »Für den Fall, dass es Sie interessiert.«

»Krankenschwester im Krieg«, wiederholte er. »Das muss grausam gewesen sein. Ein tapferes Mädchen also.«

»Nicht wirklich«, sagte ich. »Überhaupt nicht. Ich mache jetzt eine Ausbildung zur Hebamme.«

Sein Gesichtsausdruck änderte sich nicht. »Gut gemacht«, sagte er, und damit endete unser Gespräch. Er hielt bereits nach dem Taxi Ausschau, das ihn wegbringen würde.

Kapitel 47

Er rief am Abend an, aber Glory weigerte sich dranzugehen. Sie frühstückte allein, und als unser Zug später durch die Berge nach unten zockelte, gab sie vor zu schlafen.

Als er kurz vor unserer Abreise noch mal angerufen hatte, war ich hingeschickt geworden, um ihm zu sagen, dass sie nicht zur Verfügung stehe. Nach einigen wortlosen Seufzern hatte William (wie hätte ich ihn Vater nennen können?) gesagt: »Ich habe eine Nachricht für sie, und sie lautet folgendermaßen. Sie hat nichts falsch gemacht. Sie war …«, ich hatte ein Keuchen gehört, »ein feiner Mensch und wurde von einem schwachen, niederträchtigen Mann sitzen gelassen.«

Aber sie stellte keine Fragen, und in meiner Verletztheit und meiner Verwirrung hatte ich Angst, irgendetwas anzuschneiden. Als der Zug nach Süden fuhr und ich meine schlafende Mutter betrachtete, empfand ich dabei eine komplizierte Mischung aus Kummer und Schmerz.

Ich stellte sie mir vor, wie sie unschuldig und voller Hoffnung mit einem Strauß Canna im Arm in der Sakristei stand … Als der Oberst eintrifft, dreht sie den schlanken Hals und wendet sich ihm zu. Sie hört sich die Neuigkeiten an.

Dass sie so viel Leid ertragen musste, ist eine unerträgliche Vorstellung, erklärte aber einiges: ihre Entwurzelung, ihre Widerborstigkeit, die Wichtigkeit der äußeren Rüstung in Form guter Schuhe und Maniküre. *Man erkennt eine Dame immer an ihren Händen.* Ihre absolute Unfähigkeit, einen Weg im Leben zu finden, hinter dem sie voll und ganz stehen konnte. Sie hatte sich nie wirklich sicher gefühlt und nirgendwo zu Hause, und jetzt war es vermutlich zu spät.

»Was hältst du von ihm?«, fragte sie, als der Zug Coonor erreichte. »Er ist ein richtiger Scheißkerl, oder?« Es war erst das zweite Mal, an das ich mich erinnern konnte, dass sie vor mir fluchte.

»Ich bin froh, dass ich es jetzt weiß«, war alles, was ich im Moment dazu sagen konnte. Und ergänzte dann: »Er war voller Reue. Er sagte, du seist schön gewesen, er sei älter als du, er hätte es wissen müssen.«

Sie keuchte und zog den Mund zusammen, als hätte sie keine Zähne mehr. Vor mir zu weinen war ihr immer verhasst gewesen.

»Er wollte dich sehen.« Eine Träne bahnte sich ihren Weg durch den Puder.

»Nun, das konnte er nicht«, sagte sie mit kindischem Trotz im Blick. »Oder? Das hätte er sich vor langer Zeit überlegen sollen.«

Als sie gegen das Fenster gedrückt wieder einschlief, stellte ich mir die wartende Menge in der Kirche vor, das Stühlerücken, das besorgte Gemurmel, die nach hinten gereckten Gesichter, die nach ihr Ausschau hielten, während die Minuten verstrichen. War sie im Taxi davongerast, fragte ich mich, oder zum Haus des Obersts gebracht worden, damit sie sich dort ihres Hochzeitskleids entledigte und im Unterkleid auf einem fremden Bett über den Rest ihres Lebens nachdachte?

Sie wurde vom Husten wach, und ich gab ihr ein paar ihrer Lieblingsminzbonbons aus ihrer Handtasche. Im Allgemeinen lehnte sie es ab, in der Öffentlichkeit zu essen, aber nun lutschte sie eins recht zufrieden. Vor meinem geistigen Auge sah ich sie mit Rattenschwänzen im Waisenhaus für Mischlingsmädchen in Orissa.

»Wir sind doch allein ganz gut zurechtgekommen, nicht wahr?«, meinte sie, nachdem sie ihr Bonbon diskret hinuntergeschluckt hatte.

»Ja, das sind wir«, sagte ich und ergänzte dann, weil es mir ernst damit war: »Was passiert ist, tut mir so leid. Es war mutig von dir, es mich wissen zu lassen.« Ich hätte gern ihre Hand gehalten, aber das hätte sich falsch angefühlt. »Er sagte …«, ich beobachtete ängstlich ihr Gesicht und kam mir vor wie bei einem langsamen Abstieg in einen Abgrund. »Er möchte wirklich gern …«

»Sag nichts mehr. Bitte.« Der nächste Hustenanfall unterbrach sie. »Ich will es nicht wissen«, erklärte sie, als er vorüber war.

Als unser Zug in Mettupalayam eintraf, erwartete Anto uns auf dem Bahnsteig. Er hatte Raffie auf dem Arm, der mir mit seinen drei Zähnen entgegengrinste, seine pummeligen Ärmchen nach mir ausstreckte und seiner Großmutter einen Kuss gab. Der Kuss schien sie aufzubauen. Auf unserem Weg nach Mangalath, wo ein Familienfest stattfand, saß Raffie hinten im Wagen auf dem Schoß meiner Mutter. Sie gab ihm eins ihrer Minzbonbons und erlaubte ihm, alle Sachen, die sie in ihrer Handtasche – normalerweise tabu – dabeihatte, durcheinanderzubringen. Sie schien es sogar zu genießen, obwohl sie beängstigend müde aussah.

Amma kam uns entgegen. Sie nahm meine Mutter an der Hand und führte sie ins Haus. »Du musst zum Umfallen müde sein, Glory«, sagte sie. »Schlaf dich doch ein wenig aus vor dem Essen.«

Meine Mutter drehte sich herum und sah mich anklagend an. »Weiß sie es?«, flüsterte sie.

Ich schüttelte den Kopf. Anto war geimpft worden, ihr zu sagen, dass wir nur einen kleinen Urlaub machten, aber mein Gott, ich war dieser ganzen Geheimnisse so überdrüssig.

Zu meiner Überraschung freute ich mich diesmal sogar, wieder in Mangalath zu sein. Mit seinen vertrauten Gerüchen – Möbelpolitur, Kardamom, Zitronengras – fühlte es sich sehr tröstlich an. Es war nicht gemietet, es konnte einem nicht weggeschnappt werden, sondern würde von einer Generation auf die nächste übergehen, und man kümmerte sich darum wie um einen fordernden, aber auch sehr geliebten Verwandten, der zwar ein wenig verblüht, aber noch immer schön war.

Im oberen Zimmer, das jetzt »das Glory-Zimmer« hieß, half ich meiner Mutter ins Bett und stellte das Hustenelixier, das Amma mir gegeben hatte, auf den Tisch neben ihr. Während ich ihr Laken glatt strich, hörte ich Stimmen aus den Räumen darunter und fand es äußerst tröstlich zu wissen, dass noch andere Menschen um mich waren und mir mit Mitgefühl und Respekt zur Seite stehen würden. Denn für diese Familie war Gastfreundschaft eine Gelegenheit, ihre Verbundenheit zu zeigen, ungeachtet persönlicher Gefühle oder vorübergehender Irritationen. Das ging über höfliches Betragen oder strikte Benimmregeln hinaus, und zum ersten Mal wusste ich es richtig zu schätzen.

»Sie schläft«, flüsterte ich, als Anto hereinkam.

Er trocknete mir die Augen, und als er die Arme um mich legte, fühlte es sich an wie eine Bluttransfusion. Wir blickten gemeinsam auf sie hinab. Ihr Gesicht war wächsern, ihr Atem ging unregelmäßig. Wir entfernten uns vom Bett.

»Sie wird sterben, nicht wahr?« Zum ersten Mal sprach ich es laut aus.

»Wir werden uns um sie kümmern«, erwiderte er. »Es kann noch Monate dauern, sie ist ein zähes altes Mädchen.« Auch er weinte jetzt.

»Du hast mich doch hoffentlich vermisst«, sagte ich, nachdem wir uns wieder beruhigt hatten.

»Wahnsinnig. Mit Raffie ist es nicht so lustig wie mit dir. Wir waren wie zwei verknöcherte alte Junggesellen.«

»Ich war in letzter Zeit keine besonders fröhliche Gesellschaft«, entgegnete ich.

»Dafür gab es Gründe.« Er war vorsichtig.

»Apropos, gab es irgendwelche Neuigkeiten vom Heim, während ich weg war? Hat Dr. A. versucht, mich zu kontaktieren?«

»Kittykutty«, sagte er. »Eins nach dem anderen. Deiner Mutter geht es nicht gut. Du bist gerade erst wieder daheim. Komm lieber mit.«

Er führte mich in ein düsteres Gästezimmer mit verschlossenen Fensterläden am anderen Ende des Flurs. Rasch verschloss er die Tür, knöpfte meine Bluse auf, und wir legten uns aufs Bett. Es ging so schnell, dass wir beide ganz außer Atem waren. Ein Augenblick reinen animalischen Trostes, tiefer als alle Worte, die er hätte sagen können.

»Das ist das Beste, was mir seit Tagen passiert ist«, verriet ich ihm, als ich meine Bluse wieder zuknöpfte. Ich roch ihn – wie köstlich! –, Zimt und Schweiß, alles zusammen.

»Und wie war es in Ooty?«, fragte er, auf einen Arm gestützt und wieder ernst.

»Es war nötig«, antwortete ich schließlich.

»Das hört sich schlimm an.«

»So schlimm war es gar nicht«, sagte ich. »Ich erzähl dir davon, wenn wir nach Hause kommen. Es sei denn, Mutter ist zu krank, um zu reisen. In diesem Fall werde ich ein paar Tage hierbleiben.«

»Ein guter Plan«, meinte er. »Mein Leben. Mein lieber Schatz«, ergänzte er dann in einem Tonfall wie aus einem Dickens-Roman, der mich zum Lachen brachte.

»Tut mir leid, dass ich zurück an die Arbeit muss«, sagte er ernst. »Ich muss vor Mittwoch ein Papier vorbereiten. Dr. Sastry bemüht sich um Fördergelder für ein größeres Programm zur Erforschung von Epidemien.«

»Ist schon gut«, flüsterte ich. »Solange ich weiß, dass du da bist.«

Kapitel 48

Das Mittagsessen verlief angenehm normal. Ponnamma ließ sich mit lauter Stimme darüber aus, dass es unmöglich sei, einen anständigen Pilau hinzubekommen, ohne den Safran auf dem Reis mit Milch zu tränken, bevor man diesen dann langsam kochte. Amma blaffte sie daraufhin an, das sei völliger Blödsinn, da sie Hühnchenpilaus seit Jahren ohne Safranmilch serviere und keiner sich je beklagt habe. Raffie saß auf Mariammas Schoß und ließ sich die Zehen kitzeln. Appan, der nach Hause gekommen war, nachdem er in Bombay einen Mordfall verhandelt hatte, der ihn drei Nächte lang wach gehalten hatte, wirkte erschöpft.

Amma schob mir Schüsseln mit Salat, Dattel-Chutney und Pappadams hin. »Iss auf.« Als wir zu Ende gegessen hatten, erkundigte Appan sich vorsichtig bei mir: »Wie geht es deiner Mummy?«

»Sie ist erschöpft«, antwortete ich, »es war eine lange Reise.«

Er bohrte weiter. »Aber doch ein schöner Urlaub, oder?«

Fröhliches Geschrei von Raffie unterbrach unser Gespräch. Mariamma zählte seine Zehen: *»Onneh, randeh, mooneh, naaleh, unche.«*

Als Raffie der Kopf schwer wurde, hob ich ihn aus

Mariammas Armen und wollte ihn nach oben bringen, aber Amma hielt mich zurück. »Geh mit mir in den Garten«, sagte sie. »Deine Mummy schläft. Mariamma wird sich um Raffie kümmern.«

Auf unserem Weg zum Sommerhaus raschelten trockene Blätter unter unseren Füßen, und eine kleine Eidechse brachte sich huschend in Sicherheit.

»Mein Ehemann kennt keine Ruhe«, sagte Amma, als wir Appans gebeugten Kopf durch das Fenster seines Arbeitszimmers sahen. »Alle meine Jungen arbeiten zu hart. Ach übrigens, er muss dich später in seinem Arbeitszimmer sprechen. Hast du eine Ahnung, warum?«

»Nein.«

»Es wird wohl etwas mit deiner Arbeit zu tun haben. Er wollte es mir nicht sagen.« Sie pickte ein totes Insekt von meiner Bluse. »Manchmal tut er sehr geheimnisvoll.« Ihr Gesicht war so reglos wie ein glatter Teich.

Rechts von uns schnitten zwei Farmarbeiter ein großes Büschel grüner Bananen ab. Sie unterbrachen ihre Arbeit, als wir vorbeigingen, und verneigten sich respektvoll. Als wir an einem Hochbeet hinter dem Sommerhaus stehen blieben, zeigte Amma auf drei verschrumpelte Orchideen, die sie gerade erst in Kokosnussschalen eingepflanzt hatte.

»Appan hat mir zwei neue Invaliden aus Delhi mitgebracht: die Brassia und die Cymbidium. Sie waren zwei Tage lang in seinem Koffer, er hatte sie völlig vergessen. Er ist so abwesend, aber ich finde es nett, dass er sich bemüht«, ergänzte sie rasch. Kritisiere niemals den Ehemann vor deiner Schwiegertochter. »Orchideen sind mit anderen Blumen nicht zu vergleichen.« Sie drückte mit ihrem Zeigefinger sanft auf die Erde.

»Sie tragen beide Geschlechter in sich und machen ihre eigenen Babys, und sie sind alle verschieden. Diese hier«, sie deutetet auf ein rosa-grünes Exemplar, das wie ein Schmetterling zitterte, als sie sich ihm näherte, »besprühe ich zweimal am Tag, sonst wird sie ohnmächtig wie eine Lady in einer Krinoline. Die hier«, sie hob eine prächtige gelbe, pink gesprenkelte Pflanze hoch, »war anfangs verwelkt und traurig. Jetzt sieh sie dir an. Sie sind auch von ihrer Natur her äußerst verschieden. Ich habe lange gebraucht, um das zu verstehen. Die eine braucht Luft, die andere viele Nährstoffe und den Schatten.«

»Meine Mutter wird bald sterben«, warf ich ein. »Und ich habe keine Ahnung, was ich tun soll.«

»Ich weiß.« Amma stellte die Orchidee ab und sah mich an. »Das tut mir leid.«

»Ich habe Angst. Der Tod sollte mir vertraut sein nach dem Krieg und allem, aber das ist nicht der Fall.«

»Nichts bereitet einen darauf vor«, sagte sie. »Hab keine Angst. Wir werden alles tun, was uns möglich ist, damit Mummy in aller Ruhe gehen kann.«

Ich presste die Augen zusammen, und als ich sie wieder öffnete, sah ich eine große Hummel in den Schlund der gelben Orchidee fliegen und dort eifrig herumwühlen.

»Ich bin froh, dass du nach Ooty gefahren bist«, sagte Amma.

Ich wich zurück. Es fühlte sich noch zu frisch an, um darüber zu sprechen, vor allem mit Amma, die im Allgemeinen nicht viel von Familienurlauben hielt, sofern damit nicht der Besuch anderer Thekkedens verbunden war.

»Warum bist du froh?«, fragte ich.

Sie hob den Blick. »Es war meine Idee. Ich habe deine

Mummy vor einigen Wochen von genau dieser Stelle aus beobachtet. Sie glaubte sich allein. Sie ging so.« Amma ahmte jemanden nach, der die Arme um den Leib presste. »Ich fragte: ›Willst du nicht mit mir darüber reden?‹ Sie war sehr traurig. Wir unterhielten uns. Am Ende meinte sie: ›Wie kann ich jemals wieder mit meiner Tochter Freundschaft schließen?‹«

»Das hat sie gesagt?« Ich gab mir Mühe, mir mein Erstaunen nicht allzu sehr anmerken zu lassen.

Ammas Kopf bewegte sich nickend von einer Seite zur anderen. »Sie erzählte mir, sie sei eine hoffnungslose Mutter gewesen. Ich meinte darauf, das ginge uns allen manchmal so und dass ich gelegentlich hier an diese Stelle des Gartens käme und mir wünschte, ich wäre sie.«

»Tatsächlich!«

»Ja. Sie wirkt so frei. Ich klebe hier fest und bin manchmal sehr unsichtbar.«

»Du unsichtbar?«, erwiderte ich. »Niemals. Du bist für viele Menschen ein Zuhause.«

Amma wehrte dies mit den für sie typischen Schnalzlauten ab, wenn sie versuchte, bescheiden zu sein. »Ich bat sie also um mehr Informationen über dich.« Jetzt drückte sie die Erde um die Cymbidium-Orchidee fest. »Sagte, du würdest nie von deiner Familie, von deinem Vater oder dergleichen erzählen, und als sie mir darauf gestand, du wüsstest auch nichts über ihn, war ich entsetzt. Und als sie mir dann erzählte, er lebe in Ooty, wurde es noch schlimmer. Familiengeheimnisse sind schrecklich.« Sie ließ von der Pflanze ab und sah mich durchdringend an.

»Also erzähl es mir. Wie war es dort?«

»Schrecklich«, sagte ich. »Ich war in meinem ganzen Leben noch nie so konfus.«

»Aber wenigstens hast du ihn jetzt mal kennengelernt. Das ist doch etwas Gutes, oder?« Sie sah mich fragend an.

»Ich weiß es nicht. Ist es das? Sie wollte ihn überhaupt nicht sehen, das war traurig.«

»Warum das denn nicht?« Amma war entsetzt.

»Ich sollte sie ihre Geschichte erzählen lassen … die erklärt eine Menge.« Als ich dies sagte, empfand ich wieder die alte Scham, ein wenig minderwertig zu sein. Eine Schwindlerin.

Amma seufzte tief. Hinter ihr tauchte ein Reiher den Schnabel ins Wasser.

»Ich war dir gegenüber sehr hartherzig, als du herkamst.« Das sagte sie nicht auf versöhnliche Weise – tatsächlich schwang in ihrer Stimme nach den freundlichen Worten über meine Mutter nun sogar wieder die alte Verärgerung mit. »Es gab viele Dinge, die ich nicht verstand, und die Tatsache, dass Anto nach Hause kam, machte mich nervös.«

»Mit einer englischen Promenadenmischung – ich mache dir das nicht zum Vorwurf.« Wir lächelten beide unsicher. »Zudem war unser Timing schlecht.«

»Er war Raffie so ähnlich, als er klein war«, sagte sie wehmütig und bekümmert zugleich.

»Inwiefern?«

»Er war fröhlich. Er redete die ganze Zeit mit mir.« Sie verzog das Gesicht und packte dann unvermittelt mein Handgelenk.

»Oh Gott. Du bist spät dran für Appan. Lauf zu ihm und reg ihn nicht auf, und sag ihm nichts von unserem Gespräch.«

Als ich eintrat, saß Appan unter seiner grünen Lampe. Aktenstapel lagen vor ihm auf dem Schreibtisch. Seine hohen

Wangenknochen traten hervor, als er mich lächelnd ansah, und er setzte seine Brille mit Goldrand auf. »Nimm Platz«, sagte er. »Es wird nicht lange dauern.«

Er begann das Gespräch in seinem üblichen weichen und tröstlichen Ton, der fast ein Schnurren war. Er werde am nächsten Tag außer Haus sein, erzählte er, um in Bangalore einen Halunken zu vertreten, der Gelder seines Arbeitgebers veruntreut habe. Es sei ein komplizierter Fall, aber als oberstes Prinzip komme es immer darauf an, die zur Verfügung stehenden Fakten zu ordnen und sie dann auf die simpelste Art und Weise zu komprimieren.

»Aber hier habe ich etwas«, er zog eine Akte heraus, »das mir in letzter Zeit ein paar schlaflose Nächte beschert hat. Es betrifft dich.«

Ich spürte, wie meine Handflächen feucht wurden und mein Herzschlag sich beschleunigte. Hinten im Zimmer schlug langsam eine Uhr.

»So ein lautes Ding.« Appan wartete geduldig, bis die Glockenschläge aufhörten. »Ich habe sie vor vielen Jahren in Hatton Garden gekauft …«

Er schob die Brille hoch, holte ein Blatt Papier aus der Akte und seufzte.

»Während du weg warst, kam ein Brief von meinem alten Freund, dem obersten Amtsarzt Kunju. Er war derjenige, bei dem Anto gleich nach seiner Rückkehr vorgesprochen hatte. Er ist jetzt ein hohes Tier in der neuen Regierung, ein aufgeblasener Kerl, der sich einen Namen machen will. Zudem ist er recht pingelig. Er möchte wissen«, Appans Lippen bewegten sich lautlos, als sein Stift über das Papier wanderte, »erstens: unter wessen Aufsicht du im Matha-Maria-Moonstone-Heim für werdende Mütter gearbeitet hast. Zweitens: Wer finanziert das Heim? Bist du Mitglied der britischen Regierung? Und er hätte gern in dreifacher Ausfertigung Kopien deiner Zeugnisse als Krankenschwester und deiner späteren Hebammenausbildung. Diese Dinge dürften sicherlich kein Problem darstellen.« Sein Stift ruhte über dem Papier, während er mich ansah. »Was nun kommt, ist ernsterer Natur. Er sagt, du hättest bei der Geburt von Mrs. Nairs Baby mitgeholfen. Das Baby sei anschließend gestorben, und die Frau, selbst eine voll ausgebildete Anwältin und klug dazu, habe formale Beschwerde bei der Regierung eingelegt wegen …«, Appan kniff die Augen zusammen, um die genauen Worte vorzulesen, »… ungenügender Behandlung, die sie im Heim bekommen habe. Dr. Kunju möchte nun wissen, ob es richtig sei, dass du als Hebamme anwesend und somit direkt verantwortlich warst.«

»Mrs. Nair? Aber das liegt über zwei Jahre zurück. Sie und ihr Baby waren gesund, als sie uns verließ. Bist du dir sicher, dass es um sie geht?«

»Warum sollte ich das erfinden?« Sein stechender Blick lag auf mir, und in meinen Ohren schrillte es seltsam.

»Als Familienangehöriger kann ich dich natürlich nicht vertreten«, sprach Appan weiter, »und womöglich ist es auch nichts weiter als ein Warnschuss vor den Bug, aber ich habe jetzt doch meine Bedenken. Denn ich wurde über deine tatsächliche Arbeit im Heim im Unklaren gelassen.« Stählerne Autorität schwang in seiner Stimme mit, und zum ersten Mal sah er mich finster an. »Mir hat keiner gesagt, dass du Hebamme bist. Weder du noch Anto noch Amma. Sie erzählte mir etwas von einer Wohltätigkeitseinrichtung, einer Nonne, einer

Forschungsarbeit über heimische Hebammen. Warum haben alle mir Dinge erzählt, die gar nicht stimmen?«

Ich holte tief Luft und sah ihn an. Wenn man mit einem Inder verheiratet ist, so wurde mir oft genug erklärt, heiratet man eine ganze Familie, und wie es aussah, würde ich dieser nun Schande bereiten.

»Womit soll ich beginnen?«

»Womit es dir beliebt.« Zorn blitzte in seiner Stimme auf.

»Ich bin voll ausgebildete Krankenschwester. Ich habe eine dreijährige Ausbildung am St.-Thomas-Krankenhaus in London absolviert. Dort arbeitete ich auch während des Krieges und fing dann am St. Andrew's, ebenfalls in London, mit meiner Hebammenausbildung an.«

»Man hat mir gesagt, du würdest ehrenamtlich arbeiten.«

»Mir hat man gesagt, ich könnte nicht mit deinem Einverständnis rechnen. Da es in deinem Verständnis eine Arbeit für eine Frau aus einer niedrigen Kaste sei.«

»Du schämst dich dessen also?«

»Auf keinen Fall. Ich bin stolz darauf. Ich hätte es dir von Anfang an erzählen sollen.«

Er schloss die Augen und überlegte eine Weile. »Von deiner Tätigkeit als Krankenschwester wusste ich, aber nicht vom Rest. Weiß Anto, dass du Hebamme bist?«

»Natürlich.«

»Das ist für unsere Familie eine höchst ungewöhnliche Arbeit.« Er sah mich mürrisch an. »So etwas habe ich noch nie gehört. Aber wenn du mir die entsprechenden Zeugnisse vorlegen kannst, wird dieser Teil der Ermittlungen wenigstens abgesegnet und beendet werden können.« Er fuhr sich ärgerlich durch die Haare.

»Das kann ich nicht«, sagte ich und senkte den Blick. »Nicht vollständig. Ich kann dir mein Zertifikat als Krankenschwester geben, aber ich bin noch keine vollständig qualifizierte Hebamme und habe mich auch nie als solche ausgegeben. Ich musste kurz vor Ende meiner Ausbildung weggehen.«

»Warum?« Seine Stimme war wie ein Peitschenschlag. Ich schloss die Augen, und mir drehte sich der Magen um.

»Während meiner Ausbildung ging eine Geburt schief … Ich war mir nicht sicher, ob ich das weiterhin tun könnte. Es geschah in London während eines Bombenangriffs auf das Krankenhaus. Nach dem Krieg wollte ich meine Ausbildung beenden, aber es ergab sich nicht, also … ging ich nach Hause.«

»Du hattest also keine Gelegenheit, wieder auf dieses Pferd aufzusteigen, metaphorisch gesprochen.« Ein schwaches Lächeln. »Bis du Gelegenheit bekamst, an indischen Babys zu praktizieren.«

»Das ist absolut unfair. Wir hatten Personalnot im Moonstone. Ich wurde gebeten auszuhelfen, und nach und nach wurde mir mehr Verantwortung übertragen. Ich habe vor Dr. Annakutty, der Leiterin des Heims, immer mit offenen Karten gespielt, aber sie wird das womöglich jetzt abstreiten.«

Appan schrieb eifrig mit. »Und so kam es, dass du Mrs. Nair entbunden hast, obwohl du nicht ausreichend dafür qualifiziert warst.«

»Sie hat speziell nach mir gefragt. Dr. Annakutty war zu der Zeit im Gebäude.«

»Hast du dir keine Gedanken darüber gemacht, dass Dr. Annakutty darüber Bescheid wissen musste, was es bedeutete, einer solchen Frau zu helfen, wenn etwas schiefgehen sollte? Einer Anwältin mit engen Kontakten zur neuen Regierung.«

»Sie ist eine gute und erfahrene Geburtshelferin.«

»Aber sie hat es dich machen lassen.« Sein Ausdruck verriet, dass meine Naivität ihn verwunderte. »Denn wenn man diese Fakten verdreht, klingt es ganz nach einem klassischen Fall von kolonialer Selbstüberschätzung.«

»Appan«, flehte ich ihn an. »Was wird deiner Meinung nach passieren?«

»Das kann ich nicht vorhersagen.« Er schloss die Akte und sah mich an. »Im Moment verändert sich so vieles, und ich mache mir Sorgen. Diese Frau ist mir ein- oder zweimal bei Gericht begegnet, sie ist sehr gerissen. Auf die Schnelle habe ich vor, einen alten Freund von mir anzurufen, Suresh Patel, um zu hören, ob er dich vertreten kann. Er ist ein sehr anständiger Anwalt. Ich muss dir auch verbieten, über all das mit anderen in diesem Haus zu sprechen: nicht mit Amma, nicht mit deiner Mutter, nicht mit Mariamma. Sie müssen davon nichts erfahren. – Und was dich betrifft«, sein Ausdruck wurde ein wenig nachgiebiger, »können wir nur hoffen und beten.«

Kapitel 49

In den beiden darauffolgenden Nächten schlief ich kaum und dachte immer nur an das Gefängnis von Cochin – die kaputten Lampen, die rissigen Betonwände, die nach Urin und Desinfektionsmittel stanken.

Wenn Appan recht hatte und man an mir ein Exempel statuieren wollte, würde ich alles verlieren: meine Arbeit, meinen Ruf, Anto, Raffie, die Familienehre.

Außerdem verwunderte und erschreckte mich die Vorstellung, dass Mrs. Nairs Baby gestorben war, obwohl es uns so munter und blühend verlassen hatte und sie so glücklich gewesen war. Und während dieser klammen, schlaflosen Nächte sah ich mich mit all meinen Fehlern konfrontiert: meiner Arroganz, meiner Dummheit, meiner Feigheit, den Hebammenkurs nicht zu Ende geführt zu haben.

Ein Richter und eine Jury würden eindeutige Fakten über das Heim hören wollen – Zahlen, Rechnungsbücher, offizielle Beurteilungen –, aber meine waren unvollständig und widersprüchlich. Das Heim war in der Zeit vor der Unabhängigkeit aufgebaut worden, einer Zeit, in der es mehr oder weniger ausreichte, Engländer zu sein, um als wohltätiger Mensch in diesem Land zu arbeiten und dafür gelobt zu werden. Jetzt würde ich vor dem Gesetz als nur unzureichend qualifizierte Wichtigtuerin dastehen, und das Feuer würde alles noch zusätzlich verkomplizieren.

Ich schüttete Anto mein Herz aus. Wir waren zurück in Fort Cochin und saßen spät abends auf der Veranda, nachdem Raffie zu Bett gegangen war. Ich erinnerte ihn an seine Warnung während unseres heftigen Streits in Trivandrum: »Wenn ein Baby stirbt, werden sie dich umbringen.«

»Lass uns hoffen, dass du nicht recht hattest«, sagte ich. »Aber weißt du, ich habe nicht gelogen, was meine Qualifikationen betrifft. Ich dachte, ich hätte nie mehr den Mut, noch eine weitere Entbindung zu machen.« Er verstärkte den Druck auf meine Hand und wartete ab für den Fall, dass ich noch mehr auf dem Herzen hatte.

»Weißt du was?« Er rutschte auf der Schaukel näher an mich heran. »Du hast mir nie wirklich erzählt, was in dieser Nacht geschah.«

»Ich weiß nicht, ob ich das kann.«

»Du musst nicht.« Nach langem Schweigen löste er meine Hände von meinem Gesicht und sah mich zweifelnd an, selbst unsicher, ob er es hören wollte.

Ich begann langsam und voller Scham, aber dann sprudelte alles aus mir heraus, weil mir vermutlich klar wurde, dass diese Beichte bitter nötig war.

»Es war ein Septemberabend. Mein erster Versuch in der Praxis, und ich war überglücklich: Der letzte Teil unserer Examen war vorbei, und ich hatte sie mit Leichtigkeit bestanden. In einem Monat würde ich voll qualifiziert sein. Abgesehen von Daisy gab es niemanden, dem ich die guten Neuigkeiten anvertrauen konnte, weil, na ja, du weißt ja, dass meine Mutter kaum vor Freude gejubelt hätte. Also fuhr ich mit dem Fahrrad mit einer Flasche Gin und einem Kuchen in meinem Korb über die Westminster Bridge, um mit Josie zu feiern, die im St.-Thomas-Krankenhaus arbeitete.

Josie schleuste mich heimlich auf ihr Zimmer. Sie hatte stundenlang Dienst gehabt. Auch ich war fix und fertig, und so legten wir uns auf ihr Bett und tranken etwas Gin – nicht viel, ein Glas oder so – und waren gerade dabei einzuschlafen, als es Fliegeralarm gab. Ins Krankenhaus kamen lauter Notfälle, und dann …«

»Kitty, du zitterst ja.« Anto legte seinen Arm um mich.

»Gegen Mitternacht wurde gegen die Tür geklopft. Man hatte ein junges Mädchen in einem Bushäuschen auf der Lambeth Road gleich hinter dem Krankenhaus gefunden. Bei ihr hatten die Wehen eingesetzt, wegen der Bomben und des Feuers war sie wie gelähmt, man brachte sie ins Krankenhaus. Es gab kein Zimmer für sie, also stellte man im Flur ein Bett für sie auf. Eine Freundin von Josie, die wusste, dass ich eine Hebammenausbildung machte, bat mich zu helfen. Alle anderen Krankenschwestern waren beschäftigt, keiner stellte es infrage. Sie sagten mir nur, ich solle mich um sie kümmern. Es war Krieg: Polizisten und Feuerwehrleute leisteten Geburtshilfe. Und ich tat das auch. Es war sehr beängstigend, denn das Dach wurde erschüttert, und die Beleuchtung ging aus, aber es war eine recht unkomplizierte Geburt, und ich war sehr zufrieden mit mir.

Wir legten das Baby, es war ein Junge, in einen Luftschutzhelm für den Fall, dass das Dach herunterkam, aber dann … ich weiß nicht, was passiert ist, ich weiß es ehrlich nicht.« Beim bloßen Gedanken daran brach mir der Schweiß aus. »Das Baby gab einen fürchterlichen Laut von sich, wie eine Krähe oder so, und bekam dann einen Anfall. Ich wusste nicht, was ich tun sollte. Als gute Hebamme muss man in der Lage sein, auf Veränderungen schnell zu reagieren, aber zugleich Ruhe zu bewahren, aber das war ich nicht.

Ich werde nie genau erfahren, was schieflief: Vielleicht hatte ich seine Lunge nicht gut genug gesäubert, oder vielleicht wäre ich ohne den Gin wachsamer gewesen, aber es trat Schaum aus seinem Mund, und dann erstickte er an seiner eigenen Zunge, und die Mutter schrie: ›Tun Sie was! So tun Sie doch was!‹ Sie war vor Panik völlig aus dem Häuschen. Aber ich tat nichts, ich versuchte es zwar, aber es war nicht das Richtige. Ich rannte los, um jemanden zu finden, und verirrte mich bei meiner Suche nach Hilfe in den Fluren. Als ich zurückkam, war das Baby tot.« Als ich das aussprach, hatte ich wie so oft eine klare Erinnerung vor Augen: die heulende Mutter, das im Luftschutzhelm in ihrem Arm liegende Baby, dessen Lippen sich blau färbten.

»Oh Kittykutty«, sagte Anto, als ich geendet hatte. »Warum hast du mir das nicht schon früher erzählt?« Er streichelte mir über das Haar. »Warum bist du dir so sicher, dass es dein Fehler war? Es hätte ein angeborenes Herzproblem sein können, alles Mögliche.«

»Es war mir unerträglich, ich fühlte mich so abscheulich dumm. Ich habe mir nie ganz verziehen, dass ich zum Feiern ging und am Ende ein Baby tötete. Sag mir nicht, dass es nicht meine Schuld war. Ich war da, und ich war in Panik, und vielleicht, wenn ich den Gin nicht getrunken hätte … und der

Gedanke kommt mir gerade erst, denn obwohl ich bis dahin schon einige Babys entbunden hatte, geschah das immer unter Beobachtung. Ich war nicht gut in einem Notfall – Wissen ohne Erfahrung, das genaue Gegenteil der Hebammen, die wir hier unterrichten. Von ihnen hätte wahrscheinlich jede gewusst, was zu tun war.«

Jetzt kam alles wieder hoch: die wässrige grüne Beleuchtung, der Verdunkelungsvorhang, der unterdrückte Schrei, den das Mädchen von sich gab, als es versuchte, das Baby ins Leben zurückzuholen.

»Und jetzt habe ich es wieder getan«, sagte ich zu ihm. »Appan sagte, das Baby der Anwältin sei gestorben. Das kann ich kaum glauben, weil es für uns beide eine so gute Entbindung war, aber vielleicht habe ich was falsch gemacht.«

»Kitty.« Er nahm meine beiden Hände in seine. »Als Erstes gehst du zu Dr. Annakutty und sprichst mit ihr. Aufgrund deiner Arbeit wird sie jetzt die richtigen Papiere haben.«

»Nein, die haben wir nicht. Das ist es ja. Die Papiere sind im Feuer verbrannt.«

Er biss sich auf die Lippe. »Also, Dr. A. ist eine Frau, die großen Respekt genießt. Sie wird für dich bürgen.«

»Das ist die andere Sache.« Ich starrte ihn an. »Als ich sie das letzte Mal sprach, schwor sie, sie habe keine Ahnung gehabt, dass ich nicht qualifiziert war.«

»Was!« Antos Griff um meine Hände verstärkte sich. »Das kann sie nicht machen.«

»Du kennst sie nicht, Anto. Sie kann ein richtiges Biest sein. Wenn es vor Gericht geht, wird sie mich sehr wahrscheinlich als Sündenbock benutzen: Ein Baby ist gestorben, die Mutter ist Anwältin. Ich verfüge nicht über die richtigen

Qualifikationen. Ich bin ihre perfekte Sie-kommen-aus-dem-Gefängnis-frei-Karte.«

»Und die anderen Schwestern?«

»Auf sie möchte ich nicht bauen. Die sind alle zu neu und haben Angst vor ihr.«

»Maya?«

»Nein, sie ist wie ein Blatt im Wind, wann immer Dr. A. in der Nähe ist, was ich ihr jedoch nicht zum Vorwurf mache.«

»Wir werden uns was einfallen lassen.« Er klang selbst ein wenig verzweifelt.

Es folgte eine lange und nachdenkliche Pause.

»Um auf das zurückzukommen, was du früher gesagt hast. Kannst du dir vorstellen, dass es eine einzige Krankenschwester oder einen Arzt gibt, der nicht das Gefühl hat, Blut an den Händen kleben zu haben? Wir sind Menschen, wir machen Fehler. Du hast dein Bestes gegeben. Welche Alternative hätte es in dieser Nacht gegeben? Dem Mädchen in Wehen zu sagen: ›Tut mir leid, meine Liebe, ich kann nicht helfen, ich bin nicht genügend ausgebildet, bring dein Baby allein zur Welt‹? Gewissen beruhigt, Mädchen schreiend zurückgelassen. Das wäre meiner Meinung nach die größere Sünde gewesen.«

»Ach Sünde«, sagte ich. Sie hatten das Baby in ein Tuch gewickelt und weggebracht. »Manchmal wünsche ich mir, katholisch zu sein, dann könnte ich das alles einfach abladen.« Wie den Müll am Montag.

»So funktioniert es nicht«, sagte er. »Ich wünschte, es wäre so.«

Dann fing Raffie zu schreien an. Er war immer durcheinander, wenn er von Mangalath zurückkam, seinem liebsten Ort auf der Welt. Anto rannte nach oben und brachte ihn herunter. Raffie saß auf seinem Schoß, rieb sich mit seinen Fäusten die Augen und sah sich verschlafen um.

»Oh, Anto.« Ich empfand plötzlich eine unaussprechliche Liebe für die beiden. »Und wenn ich nun ins Gefängnis muss?«

»Dazu wird es nicht kommen«, sagte er, aber ich sah ihm seine Anspannung an. »Nimm deinen kleinen Trostspender und drück ihn fest.« Er reichte mir Raffie. Ich versuchte ihn nicht allzu fest zu drücken, während ich zu einem Gott betete, von dem ich mir nicht sicher war, ob ich an ihn glaubte.

Kapitel 50

Als in der folgenden Woche der Monsun einsetzte, empfand ich es fast als Erleichterung, im Haus eingesperrt zu sein. Aber sobald die Regenfälle aufhörten, hielt ich es nicht mehr aus. Ich ließ Raffie bei Kamalam, nahm ein Taxi nach Allappuzha und bestieg dort die Altwasserfähre nach Champakulam, Mayas Dorf – den Ort, zu dem ich vor Jahren mit so viel Begeisterung übergesetzt hatte.

Wäre da nicht der große Knoten in meinem Bauch gewesen, hätte ich die Reise genießen können. Ein Regenschauer hatte ein feines Netz aus Diamanten über die Hibiskusbäume und Palmen gelegt, und die Reisfelder, zwischen denen unser Boot hindurchfuhr, waren von kräftigem Grün.

Als wir das Dorf erreichten, ging ich zu St. Mary's, der christlichen Kirche, in der wir unseren ersten Hebammenkurs abgehalten hatten. Die Straßen dorthin waren voller Pfützen und Schlaglöcher, und der ganze Ort sah noch schäbiger aus, als ich ihn in Erinnerung hatte, voller Müll, den der Monsun an seine Ufer gespült hatte.

Die Kirche war leer. Ich setzte mich neben die Statue der Jungfrau Maria. Die um sie gewundene hölzerne Schlange blickte so bösartig drein, als wolle sie sagen: Ich könnte dich jederzeit treffen, ohne dass du es mitbekommst. Ich betete nicht zu Gott. Ich betete zu Dr. A. und zu Maya. Bitte helft mir. Ihr seid meine einzige Chance.

Ein alter Mann fegte vor der Kirche die Blätter zusammen. Ich zeigte ihm einen Zettel mit Mayas Namen und der Adresse darauf. Er stellte seinen Besen ab und deutete sehr präzise erst nach links und dann nach rechts in Richtung einer Reihe kleiner Häuser. Ich wollte seinen Anweisungen genau folgen, aber die staubigen Gassen wurden immer schmaler und schmaler, und mit der über meinem Kopf aufgehängten Wäsche sah eine wie die andere aus. Ich schwitzte und war nervös, als ich einen Fahrradladen erreichte, wo ich dem Besitzer wieder meinen Zettel zeigte. Ein mit Schmieröl bedeckter Mann führte mich zu einer windigen Tür, die sich öffnete, als ich klopfte.

Wäre da nicht ihr vertrautes Zahnlückenlächeln gewesen, hätte ich sie nicht erkannt, so schmal und niedergedrückt sah sie aus.

»Maya«, sagte ich. »Es tut mir leid, dass ich Sie zu Hause störe, aber ich stecke in Schwierigkeiten. Ich brauche Ihre Hilfe.«

»Sie können nicht bleiben, Ma'am«, sagte sie mit einem panischen Blick über meine Schulter. »Mein Ehemann wird bald zurück sei, er kauft sich seinen Palmwein.«

Aber sie ließ mich dennoch ins Haus. Ich war entsetzt, wie klein und verwahrlost es war, denn in der Arbeit nahm Maya alles übergenau. Im Wohnzimmer mit seinem kaputten Stuhl und zwei fleckigen Betten in der Ecke hing die Decke so tief, dass ich kaum aufrecht stehen konnte. Es stank nach Curry.

»Mein Sohn ist hier«, sagte Maya und sah mich verängstigt an.

Der Junge mit der finsteren Miene, der sie immer am Heim abgesetzt hatte, erhob sich von einem Charpai im hinteren Teil des Zimmers. Um seinen linken Arm trug er einen dicken Verband. Er knurrte Maya etwas zu und verschwand dann durch eine Hintertür.

»Er ist Besuchern gegenüber schüchtern«, meinte Maya bedrückt und beschämt zugleich.

»Ich werde nicht lange bleiben«, versicherte ich ihr. »Aber hören Sie mich bitte an, Maya.« Ich erzählte in aller Eile von der Anwältin, dem möglichen Tribunal. Während ich sprach, hörte ich sie heftig atmen. Zweimal ging sie zur Tür und spähte auf die Straße hinaus.

»Was kann ich tun?«, fragte sie, als ich am Ende angelangt war. Es war kein Hilfsangebot, eher eine passive Bestätigung, dass das Universum nicht dazu geschaffen war, uns zu geben, was wir uns wünschten. »Ich habe jetzt keine Arbeit mehr. Für mich ist auch alles zu Ende.«

»Vermissen Sie es denn?«, fragte ich.

»Nein.« Die mir zugewandten Augen waren blutunterlaufen und müde. »Es ist zu hart. Mein Ehemann und mein Sohn sind nicht damit einverstanden.« Von draußen hörte ich einen Schrei, das Surren eines vorbeifahrenden Fahrrads. Sie sprang auf und stellte sich an die Tür, wollte mich verzweifelt loswerden. »Tut mir leid, Miss Kit.«

Ich stand auf, um sie zu beruhigen.

»Maya«, sagte ich, »wenn es zu einem Tribunal kommt, werden Sie zu meinen Gunsten sprechen?«

»Was ist ein Tribunal, Ma'am?«

»Drei Männer der Regierung werden Fragen über das Heim und die Arbeit stellen, die wir dort gemacht haben. Sie werden nichts sagen müssen, was nicht der Wahrheit entspricht.« Maya sah mich misstrauisch an. »Unser Ziel war es, eine Verbesserung herbeizuführen, das sagten Sie selbst.« Der Unterton weinerlicher Rechtfertigung in meiner Stimme gefiel mir nicht, aber was sollte ich tun?

Sie schüttelte den Kopf, verdrehte die Hände. Der Junge rief etwas von hinter dem Haus, es war ein mit Angst durchsetztes monotones Gebrüll wie das eines in der Falle sitzenden Kalbs. Auf dem Herd war der Reis übergekocht und quoll nun über den Topf.

»Tut mir leid, Madam.« Maya konnte ihre Panik nicht länger verbergen. »Ich kann nicht helfen.«

Bevor sie hinter mir die Tür schloss, verabschiedete sie sich mit einem zaghaften, traurigen Winken. Es fühlte sich an wie der endgültige Abschied von der fröhlichen, praktischen, lustigen Kollegin, die sie im Moonstone geworden war. Ich hatte Angst um sie und Angst um mich selbst. Ich hatte meine wichtigste Verbündete verloren.

Als Nächstes suchte ich die Bibliothek an der Lily Street auf, um dort in juristischen Werken nachzuschlagen, welche Minimalanforderungen eine Hebamme in Indien erfüllen musste. Außerdem wollte ich überprüfen, ob es irgendetwas Schriftliches zu den Ursprüngen des Moonstone-Heims gab, weil ich hoffte, darin eine Erwähnung der Zusammenarbeit mit Daisy Barker, der Oxforder Wohltätigkeitsorganisation und den indischen Hebammen zu finden.

Mit wachsender Verzweiflung las ich alte Ausgaben von

»The Hindu« in der Hoffnung, irgendeine Anzeige zu finden, aber ich entdeckte nur zwei Gesellschaftskolumnen mit Memsahibs, die Bänder durchtrennten oder Blumenläden eröffneten, Polo- und Kricketmatches aus längst vergangener Zeit. Wie so viele andere indische Institutionen befand sich auch die Bibliothek in einem Zustand hektischer Erneuerung.

Schließlich nahm ich all meinen Mut zusammen und suchte Dr. Annakutty auf. Seit unserem letzten Treffen waren drei Wochen vergangen, und sie hatte bereits neue Arbeit als Vertretungsärztin in einer von der Regierung geförderten Klinik am Stadtrand gefunden. Überheblich und unpersönlich wie immer scheuchte sie mich in ein sparsam möbliertes Kabuff im ersten Stock eines modern aussehenden Gebäudes mit Flachdach. Sie erzählte mir, diese neue Stelle sei die logische Weiterentwicklung des Heims. In der Vergangenheit hatte sie betont, dass indische Frauen weibliche Hebammen an ihrer Seite haben wollten, weil ihre Ehemänner dagegen waren, dass andere Männer sie ansahen, jetzt jedoch sang sie ein ganz anderes Lied: »Wir haben hier fünfundzwanzig Betten nur für Frauen, und uns stehen Regierungsgelder zur Verfügung, um sie ein wenig dafür zu belohnen, wenn sie unsere Einrichtung aufsuchen. Die Ärzte hier sind sehr freundlich zu den Frauen, sie möchten nicht, dass man vor ihnen Angst haben muss. Es ist für uns wichtig, dass wir uns von amerikanischen und englischen Ärzten lossagen.«

Als ich ihr mein Problem schilderte, erwiderte sie sofort: »Tut mir leid, dabei kann ich Ihnen nicht helfen. Da Sie von Miss Barker kamen, ging ich davon aus, dass Sie qualifiziert sind, aber jetzt muss ich wieder an die Arbeit.« Sie konnte es gar nicht erwarten, mich loszuwerden, mit ihrer ganzen

Mimik und Haltung sagte sie mir, dass für sie der Fall abgeschlossen sei, und ich blieb hilflos zurück.

Als ich in der Hitze meinen Heimweg antrat und dabei versuchte, die Puzzleteile zusammenzusetzen, erkannte ich, dass ich in meinem tiefsten Inneren keiner von beiden einen Vorwurf machte. Maya war arm und verzweifelt: Warum sollte sie für eine Engländerin ihr Leben riskieren, die ihrer Einschätzung nach von der Welt bereits großzügig belohnt worden war?

Was Dr. A. betraf, so war sie ehrgeizig und hatte bereits einen hohen Preis für ihr Recht bezahlt, arbeiten zu dürfen. Warum sollte sie das für eine unzureichend qualifizierte Ausländerin aufs Spiel setzen?

Um mich aufzubauen, kaufte ich ein paar Leckereien vom *barfi*-Mann am Strand beim Fischmarkt. Für Raffie eine bunte Bonbonspirale, für mich einen Sesamball.

Die letzten paar Häuserblocks legte ich in langsamem Tempo zurück. Ich nahm die Süßigkeiten in die linke Hand und öffnete die Tür.

»Anto«, sagte ich, als ich ihn sah. »Du bist heute früh zu Hause.«

»Ja.« Er setzte ein Lächeln auf.

In seiner Hand hielt er einen Umschlag mit dem Stempel der Regierung darauf. »Das ist für dich gekommen«, sagte er. Seine Stimme war ungewöhnlich zittrig. »Ich habe den Umschlag aufgemacht. Sie haben ein Datum festgesetzt.«

Dass Glory sich noch immer in Mangalath erholte, war die einzige Erleichterung, als der Morgen des Tribunals kam. Mit ein wenig Glück müsste sie nie davon erfahren, und Amma und der Rest der Familie ebenso wenig.

Als ich aufwachte, war meine Furcht so groß, dass ich nichts essen konnte, und ich machte einen Spaziergang zum Heim. Die meisten der alten Gebäude hatte man abgerissen, und die Bäume waren noch immer rußgeschwärzt. Ich versuchte die guten Zeiten heraufzubeschwören – die Gebete und die Tänze an den Vormittagen; das brüllende Gelächter, als Rosamma das Plastikbaby aus ihrem Sari zog; die Schreie der Neugeborenen von der Station – aber als ich in diesem zerstörten Garten stand, verdüsterte sich meine Stimmung.

Ich wollte gerade aufbrechen, da hörte ich von dort, wo die Blechhütte stand, ein Geräusch: ein leises Kratzen, Stimmengemurmel. Dann sah ich hinter dem Hibiskusstrauch zwei einheimische Frauen, die auf ihren Hacken saßen und sich einer Reihe staubiger Geranien annahmen, die irgendwie vom Feuer verschont geblieben waren.

Eine der Frauen kannte ich aus der Klinik: Opfer eines brutalen Geschlechtsverkehrs mit anschließender Blutung. Ich hatte sie während einer langen und tränenreichen Behandlung so ordentlich und sanft zugenäht, wie ich konnte. Krankenschwestern hatten ihr Chai und eine Mahlzeit gebracht. Als sie mich jetzt sah, blickte sie mich scheu an und bedeckte ihr Gesicht mit dem Ende ihres Saris. Zu ihren Füßen stand ein Marmeladenglas mit Wasser. Ihre Freundin hatte eine rostige Schaufel mitgebracht. Rechts vom Hibiskus hatten sie aus Ziegelsteinen, die sie aus der Ruine des Gebäudes geholt hatten, einen kleinen Schrein mit einer Plastikgöttin darin errichtet. Die Frau, die wir behandelt hatten, sprang auf und wollte wegrennen, aber ihre Freundin hielt sie auf.

»Wir sind hier, um den Garten zu erhalten«, verkündete sie mutig. »Es ist ein schöner Platz.«

Das war alles, aber es bedeutete eine Menge für mich an diesem von Furcht überschatteten Morgen.

Anto war bleich, und wir sprachen kaum, als er mich zum Regierungskrankenhaus an der Fort Street fuhr. Als wir uns trennten, sagte er mir, ich solle mir keine Sorgen machen – was auch immer heute geschähe, das Tribunal sei höchstwahrscheinlich nur ein Säbelrasseln, und ich sei nicht allein. Seine Worte erreichten mich kaum, so nervös war ich. Im Krankenhaus wurde ich nach einer Fahrt in einem klappernden Aufzug in einen sterilen Raum im vierten Stock gebracht.

Drei finstere Männer blickten auf, als ich eintrat. Sie saßen in einer Reihe an einem langen Tisch, der mitten im Raum stand. Der leere Stuhl ihnen gegenüber war für mich gedacht. Ein junger Mann mit Turban und in einem dunklen westlichen Anzug erhob sich. Seine Augen waren wachsam und hart.

»Madam«, sagte er, »wir wurden heute vom Medical Council of India einberufen, um Sie zum Matha-Maria-Moonstone-Heim für werdende Mütter zu befragen und Ihre Rolle dort zu klären. Mein Name ist Dr. Diwan, diese Männer hier sind die anderen Gesprächspartner. Zu meiner Rechten« – ein eifrig schreibender Mann blickte auf – »Dr. Vijay Masudi. Zu meiner Linken Dr. Mohanty. Wir sind alle gewählte Vertreter der neuen indischen Regierung. Wir verfügen über ein hohes Maß an Expertise und Erfahrung.«

Das Neonlicht über meinem Kopf war so grell, dass sein Gesicht verschwamm.

Dr. Diwan öffnete eine pralle grüne Akte, auf der ein unbeschriebenes Blatt Papier lag.

»Ihr erster Geburtsname bitte.«

»Kathryn.« Kathryn, mein Strafname, der nur von meiner Mutter oder einer Rektorin benutzt wurde, wenn Ärger anstand.

»Zuname?« Die Feder kratzte übers Papier.

»Smallwood.« Es war sicherer, meinen Mädchennamen anzugeben.

»Aus welchem Land kommen Sie?«

»England.«

»Adresse.«

Die Wickam Farm schien mir die logische Wahl dafür, eine andere wäre mir gar nicht eingefallen.

»Können wir Ihre Zulassung zur Krankenschwester sehen?«

»Hier.« Ich bemühte mich um ein zuversichtliches Lächeln, als ich ihm das Zeugnis aushändigte, aber meine Lippen bebten, und mein Mund war trocken. Dr. Diwan nahm die Zulassung, las sie mit forensischer Konzentration, hielt sie ans Licht, als handele es sich um eine gefälschte Pfundnote, reichte sie an seine Kollegen weiter und dann an mich zurück.

»Die Zulassung als Hebamme?« Sein Ausdruck blieb unveränderlich.

»Ich habe keine.«

Seine Augen wurden schmal, und er schob seine Zunge in seine Wange.

»Sie haben keine? Wie ist das möglich?« Besorgter Blickwechsel mit seinen Kollegen. Er ging seine Papiere noch einmal durch. »Wissen Sie«, er kratzte sich an der Stirn, »hier steht, dass Sie im Matha-Maria-Moonstone-Heim für werdende Mütter Babys entbunden haben.«

»Das habe ich auch.«

»Unter Aufsicht?«

»Fast immer.« Ich hörte das Poltern der über mir rollenden Krankenbetten, jemand weinte. Ich holte tief Luft. »Es gab ein oder zwei Situationen, wenn wir sehr viel zu tun hatten, da hatte ich allein die Verantwortung inne.«

»Dr. Annakutty war die Leiterin Ihres Heims.« Dr. Diwan zückte einen Brief mit ihrer Handschrift. »Wusste sie darüber Bescheid, dass Ihre Qualifikationen nicht ausreichten?« Er wartete meine Antwort gar nicht ab, sondern las aus dem Brief mit einer Stimme vor, die sich in meine Trommelfelle bohrte.

»›Mir wurde von Miss Daisy Barker, einer der Kuratorinnen der von Oxford aus operierenden Wohltätigkeitsorganisation, nur mitgeteilt, dass sie uns eine bestens ausgebildete Krankenschwester schickt. Ich arbeitete gutgläubig mit ihr. Ich sah keine Notwendigkeit, ihre Qualifikationen zu überprüfen, weil man mir versicherte, das habe bereits die britische Regierung getan.‹« Das konnte man wohl kaum als überschwängliche Bestätigung bezeichnen.

»Damit kommen wir also zum springenden Punkt.« Dr. Diwan verschränkte seine Finger und sah mich direkt an. »Wer führt diese Wohltätigkeitseinrichtung, und welcher Behörde untersteht sie? Wir haben darüber keinen genauen Bericht in unseren Unterlagen. Wir haben korrekte Zulassungen für einige Wohltätigkeitseinrichtungen aus dem Ausland, aber Ihre ist nicht darunter.«

Ich bemühte mich, mit fester Stimme zu sprechen. »Sind Sie sich sicher, dass es keine Akte darüber gibt? Unsere Gründerin Daisy Barker arbeitete vor der Unabhängigkeit jahrelang in Indien: erst in einem Waisenhaus in Bombay, dann baute sie dieses Heim auf.«

Er öffnete seine Hände. »Miss Smallwood, ich kann keine Fakten aus dem Nichts zaubern. War diese Miss Barker eine ausgebildete Ärztin?«

Ich starrte ihn an. »Nein.«

»Und welcher Behörde unterstand sie hier?«

»Das weiß ich nicht.«

Die drei tauschten überraschte Blicke aus. Dr. Masudi schüttelte den Kopf und verzog den Mund.

»Madam«, sagte Dr. Diwan schließlich, »finden Sie es nicht auch einen Akt extremer Vermessenheit, wenn zwei Engländerinnen ohne eine klare Vorstellung von unserer Religion oder eine angemessene medizinische Ausbildung in unser Land kommen, um unsere Frauen über Geburtshilfe zu belehren? Wie würden Sie sich in der umgekehrten Situation fühlen?«

»So war es nicht.« Verzweiflung hatte sich in meine Stimme eingeschlichen. »Unser Ziel war es, zusammen mit indischen Hebammen zu arbeiten, um auch von ihnen zu lernen.«

»Und waren die Hebammen erfreut darüber?«, brummte Dr. Mohanty.

»Einige waren es«, erwiderte ich. »Andere wollten sich dem Neuen nicht öffnen.«

»Wer legte das Feuer?«, fragte der bis dato schweigsame Dr. Masudi mit bohrendem Blick.

»Ich weiß es nicht«, erwiderte ich, erschrocken über diesen unvermittelten Themenwechsel.

»Aber Sie waren als Erste vor Ort.« Er räusperte sich geräuschvoll.

»Tatsächlich? Das weiß ich ehrlich gesagt nicht mehr.«

»Eine der Krankenschwestern sagte, Sie hätten den Schlüssel gehabt. Stimmt das?«

»Nein.«

Als er darüber hinwegging, sah ich in seinen Augen den starren Blick einer sprungbereiten Katze. »Welchen Zweck hatte das Feuer?«, fragte er mit sanfter Stimme.

»Ich verstehe die Frage nicht.«

»Ging es um Geld? Darum, die falschen Akten zu vernichten und ein heißes Eisen loszuwerden: den Tod von Mrs. Nairs Baby?«

»Das ist Wahnsinn. Das ergibt keinen Sinn.«

»Wie so vieles von dem, was Sie uns heute erzählt haben.« Dr. Diwan schnäuzte sich laut.

»Versuchen Sie nicht, mich ins Bockshorn zu jagen.« Plötzlich überkam mich Wut auf diese finster dreinblickenden Männer. »Viele Frauen hier kommen qualvoll zu Tode, weil sich keiner um sie schert.«

»Hüten Sie Ihre Zunge, Madam.« Dr. Diwan schrie fast. »Und zeigen Sie nicht mit dem Finger auf mich.«

»Es waren Ihre Hebammen, die uns von Frauen mit Stöcken in ihrer Zervix erzählten, um ihre Babys abzutreiben, von dreizehnjährigen Mädchen, die es bei der Geburt auseinanderriss. Das erfinde ich nicht.«

Ich war entschlossen, nicht zu weinen. »Deshalb versuchten wir von jeder Seite das Beste zu entdecken, aber damit ist es jetzt vorbei.«

Schweigen im Raum. Ich habe es geschafft, überlegte ich. Sie werden mich einsperren – die Verrückte, die das Gericht verachtet. Stattdessen blickte Dr. Diwan plötzlich äußerst gelangweilt drein. Er befeuchtete seinen Finger, blätterte raschelnd in seinen Papieren und stieß dann einen tiefen Seufzer aus.

»Das Hebammenzertifikat ist nicht vorhanden«, wiederholte er wie ein Automat. »Treffen Sie keine Vorkehrungen, das Land zu verlassen. Wir wissen, wo Sie wohnen, und wir kennen die Familie Ihres Ehemanns. Wenn Sie dachten, Sie könnten das verbergen, haben Sie sich getäuscht.«

»Ich werde das Land nicht verlassen. Ich liebe es.«

Daraufhin schnaubte er, er war nicht beeindruckt.

»Ich kann nur wiederholen, dass Sie nicht weggehen werden, bevor wir dies entschieden haben. In der Zwischenzeit bin ich der festen Ansicht, dass das Heim dauerhaft geschlossen bleiben muss.«

Kapitel 51

»Du hast was gesagt?« Ich saß vor Anto auf dem Fußboden, und er massierte mir meinen Nacken, wo die Muskeln vorstanden wie Orgelregister.

»Es war dumm von mir. Ich bin wütend geworden – das Dümmste überhaupt.« Ich bewegte seine Hand auf die schlimmste Stelle. »Nur Gott allein weiß, was jetzt passieren wird.«

»Meiner Einschätzung nach versuchen sie, dich zu schikanieren und einzuschüchtern. Bald wird ein anderes Drama sie beschäftigen. Mit etwas Schmiergeld beruhigt sich das bald wieder.«

»Ich kann nicht glauben, Anto, dass ausgerechnet du so etwas sagst.«

»Die größte Gefahr droht dir von dieser Anwältin.« Er überlegte. »Sollte sie beschließen, dich vor Gericht zu bringen, werden die Zeitungen darüber berichten, und dann werden sie etwas unternehmen müssen.«

Er hatte natürlich recht. Sie war sehr erfahren, sie war wütend und verletzt – sie könnte mich ins Gefängnis bringen. Und während der folgenden beiden Nächte hielt mich der Gedanke wach, dass ich, sollte ich meine Hand direkt in dieses

Wespennest stecken, womöglich alles noch schlimmer machte und mein Schicksal besiegelte. Aber wenn ich etwas falsch gemacht hatte und schuld am Tod des Babys war, dann sollte meine Arbeit als Hebamme wohl ohnehin enden: Es wäre der letzte Beweis, dass ich ihm nicht gewachsen war.

Es war nicht schwer, sie ausfindig zu machen, es gab nicht viele Anwältinnen in Fort Cochin. Sie wohnte in der Quiros Street, nur wenige Häuserblocks von uns entfernt. Ihre Erdgeschosswohnung, eine von dreien im Haus, war winzig, und sie hatte auf der Veranda Kochtöpfe und Koffer, ein Kinderbett und eine Babybadewanne stehen.

Sollte es sie überrascht haben, mich vor ihrer Tür zu sehen, zeigte sie es nicht. Sie stand da, sehr klein, sehr aufrecht, sehr ordentlich mit ihren geölten schwarzen Haaren und dem blauen Salwar Kameez.

»Entschuldigen Sie bitte, Mrs. Nair«, sagte ich. »Ich wäre schon früher gekommen, aber ich habe es jetzt erst erfahren.«

»Dann haben Sie mich also nicht vergessen?«, fragte sie.

»Natürlich nicht.«

Sie bat mich in ein winziges, nur schwach beleuchtetes Wohnzimmer, das wie ein Büro aussah, mit einer großen Schreibmaschine auf dem Schreibtisch und Bücherregalen voll juristischer Literatur.

»Nehmen Sie bitte Platz.« Sie nahm einen großen Umschlag vom zerschlissenen Sofa. »Es überrascht mich, Sie zu sehen.«

»Ich bin gekommen, weil ich das von Ihrem Baby gehört habe. Macht es Ihnen etwas aus, darüber zu sprechen?«, tastete ich mich vor.

»Nein«, sagte Mrs. Nair. »Und bitte nennen Sie mich Saraswati.« Sie beugte sich mit vor Konzentration gerunzelter Stirn vor. »Ich habe mir gewünscht, Sie zu sehen«, sagte sie schließlich leise. »Um über Sanje zu sprechen.«

»Er war ein schönes Baby«, sagte ich und erinnerte mich an seine schwarzen Haare und die kleinen Fäuste, mit denen er in die Luft boxte. Ich betrachtete sie besorgt. Wie viel konnte sie aushalten?

»Keiner kannte ihn wirklich, außer Ihnen und meinem Ehemann«, sagte sie. »Und jetzt ist mein Ehemann auch weg.« Aus der Nähe konnte ich sehen, dass sie geweint hatte, bevor ich kam.

»Ihr Ehemann ist weg?« Ich war noch immer vorsichtig, weil ich mit ihrer Wut rechnete.

»Ins Haus meiner Schwiegermutter.«

»Wird er zurückkommen?«

»Nein. Darf ich Ihnen eine Geschichte erzählen?« Sie sagte das eifrig und hoffnungsvoll, als hätte sie auf meinen Besuch gewartet.

»Natürlich.«

»Also …« Sie schluckte. »Wir haben uns sehr lange bemüht, dieses Baby zu bekommen. Ich hatte meine Tochter, aber das war zwanzig Jahre her, und danach kam nichts mehr. Alle waren so glücklich, als wir Sanje bekamen, doch jetzt wirft seine Familie mir vor, dass ich zu alt sei und vor der Geburt zu viel gearbeitet hätte.« Sie warf mir einen Blick voll verzweifelter Qual zu und knüllte ihr Taschentuch zusammen. »Es gab nach der Unabhängigkeit so viel zu tun, und ich habe Überstunden gemacht, aber sagen Sie mir ganz ehrlich, war es meine Schuld?«

»Das ist äußerst unwahrscheinlich«, erwiderte ich sanft. »Zu uns kommen Frauen, die unglaublich hart und lange auf den Reisfeldern arbeiten oder Ziegel schleppen. Erzählen Sie mir, was Ihrer Meinung nach passiert ist.«

Sie holte tief Luft.

»Ich hatte Angst, als ich zu Ihnen kam, aber das Moonstone hatte einen guten Ruf, und ich wusste, dass dort englische Ärzte waren.« Ich zuckte dabei innerlich zusammen. »Sie waren alle sehr freundlich zu mir, und ich fand, dass ich eine gute Geburt hatte.«

»Das war sie«, sagte ich. »Sie waren ruhig, Sie waren gut vorbereitet, Ihr Körper war stark. Sie machten nicht im Geringsten einen müden Eindruck. Die meisten Frauen, die zu uns kommen, sind erschöpft, manche sind außerdem schlecht und unzureichend ernährt.«

Sie griff nach meiner Hand. Ich sprach weiter.

»Ich kann Sanjes Kopf sehen, sein prachtvolles schwarzes Haar, und Sie halten ihn in Ihren Armen. Sie waren so glücklich.« Ich könnte so weitermachen. Aber es gab keine Worte des Trostes, die den Verlust wettmachen würden.

»Er starb zwei Wochen nachdem ich ihn nach Hause gebracht hatte«, flüsterte sie und schielte dabei auf die Veranda, als könnte er wunderbarerweise plötzlich auftauchen. »Er trank gut, alles war bestens, wenn ich ihn nachts zu Bett brachte, doch dann war er tot.« Sie öffnete weit ihre Arme. »Er war so bleich«, sie deutete auf das Tischtuch unter der Schreibmaschine. »Kalt.« Das Wort hallte nach wie ein Glockenschlag. »Meine Schwiegermutter sagt, es sei Gottes Strafe für mich.«

»Warum um Himmels willen sollte Gott Sie dafür strafen?«

»Sie ist eine strenge Brahmanin. Als wir uns kennenlernten, versuchte ich alle Regeln für die Frauen zu befolgen, aber das engte mich zu sehr ein.« Sie zeigte müde auf die Bücher, die Schreibmaschine. Kurz senkte sie den Kopf, sah mich aber gleich darauf direkt an. »Mein Ehemann und ich entfernten uns immer mehr von der Religion, versuchten aber beide es zu verbergen. Ich liebte meine Arbeit. Ich liebte meine Freiheiten. Aber irgendwas muss ich falsch gemacht haben.«

»Nichts«, sagte ich und neigte mich ihr zu. »Sie haben nichts falsch gemacht.« Ich hatte nur Worte, und die falschen könnten sie für den Rest ihres Lebens zerstören. »Babys und kleine Kinder sind immer verletzlich. Besonders in den ersten paar Wochen nach der Geburt. Wir wollen uns das nicht eingestehen, aber sie sind es. Unabhängig zu leben ist schwer.«

»Ja.« Sie wischte sich verstohlen die Augen ab, und ihr Mund arbeitete heftig. »Aber in Ihrem Land sterben sie nicht einfach so«, sagte sie wütend.

»Doch, das tun sie. Es geschieht in unserem Land häufig, auch Frauen, die stark und kräftig sind, genauso wie den schwachen. Keiner kennt den genauen Grund: Es ist eins dieser schrecklichen Geheimnisse.«

Trotz ihres Seufzers hörte ich das Angelusläuten von der Kirche. Ich würde zu spät nach Hause kommen. Ein Zuhause, in dem mein Junge lebte und auf mich wartete.

»Saraswati«, sagte ich mit Nachdruck, »es tut mir schrecklich leid, aber ich muss jetzt gehen. Wenn Sie möchten, komme ich wieder, doch ich muss Ihnen noch eine wichtige Frage stellen, bevor ich gehe: Geben Sie mir die Schuld an Sanjes Tod?«

Sie hob den Kopf. »Nein.« Erstaunt sah sie mich an. »Warum?«

»Vergangene Woche musste ich vor ein medizinisches Tribunal. Davor erfuhr ich, dass Sie etwas damit zu tun haben.«

»Ich?«

»Dass Sie mit Ihrer Behandlung im Heim unzufrieden waren und dachten, ich sei für Sanjes Tod verantwortlich.«

»Wer hat das denn behauptet?« Nun sah sie mich entgeistert an.

»Das weiß ich nicht.« Ich glaubte ihr auf Anhieb, auch die beste Schauspielerin hätte mir das nicht vorspielen können.

»Saraswati«, sagte ich, »was geschah, nachdem Sie Sanje in seinem Bettchen gefunden hatten?«

»Mein Mann rief einen Arzt aus dem hiesigen Krankenhaus, einen alten Freund der Familie. Es war halb sieben Uhr morgens. Er untersuchte Sanje und bestätigte, was wir wussten. Später war er derjenige, der meiner Schwiegermutter erzählte, ich hätte zu viel gearbeitet und meine Milch wäre zu dünn. Aber dieser Mann ist der Tradition verhaftet, und er mag mich nicht, er heißt es nicht gut, dass Frauen arbeiten.« Dabei legte sich ein Schatten auf ihr Gesicht.

»Wusste er denn, wo Sie das Baby entbunden hatten?«

»Ja«, sagte sie, und wir hatten den gleichen Gedanken. »Er war der Ansicht, ich solle dort nicht hingehen.«

Ihre Augen waren jetzt weit geöffnet, und sie dachte nach. Es dauerte eine Weile.

»Dann ist das Heim also abgebrannt«, sagte sie versonnen. »Ich habe es in der Zeitung gelesen. Das war eine schreckliche Geschichte.«

»Ganz grauenhaft.« In mir zog sich alles zusammen. »Eine

ganz schlimme Erfahrung. Ich denke, jemand hat ein Streichholz drangehalten.«

Sie sah mich mit leeren Augen an und überlegte. Dabei klopfte sie sich mit dem Fingernagel auf den Schneidezahn. »Vergessen Sie nicht, dass ich Anwältin bin«, sagte sie schließlich. »Ich habe ein sehr gutes Examen. Wenn ich helfen kann, werde ich das tun.«

Drei Wochen später, an einem feuchten Novembernachmittag, stand sie vor meiner Tür – sie war dünner und sah dadurch größer aus, ihr Haar war kurz geschnitten und glänzte, und sie trug einen Regenmantel über einem schicken Salwar Kameez. Hätte sie sich nicht vorgestellt, hätte ich sie nicht erkannt. Es war ein Freitag, und ich packte Sachen für mich und Raffie, weil wir nach Mangalath fahren und Glory besuchen wollten, die noch immer zu schwach war, um zu reisen.

Saraswati erkundigte sich, ob es Neuigkeiten vom Tribunal gebe. »Nichts«, sagte ich ihr, aber auch, dass ich in ständiger Sorge sei.

»Wir müssen abwarten und beten«, meinte sie. »Vergessen Sie nicht, dass Sie in mir eine Freundin haben.«

Wir setzten uns auf die Veranda, tranken Tee und unterhielten uns ausgiebig.

»Es gab Dinge, über die konnte ich beim letzten Mal nicht mit Ihnen sprechen«, sagte sie, »doch jetzt bin ich bereit dazu.« Wie sich herausstellte, hatte ihr Ehemann eine andere Frau in Delhi. »Sie ist zehn Jahre jünger als ich«, erzählte sie. »Sie passt besser zu ihm, ist traditioneller. Er hat sich in sie verliebt, noch bevor Sanje geboren wurde. Als ich davon erfuhr, weinte ich tagelang, aber jetzt sind meine Tränen getrocknet, und ich bin bereit, wieder zu arbeiten. Ich stehe Ihnen zur Verfügung.« Ihr Lächeln schwankte. »Es ist eine gute Entscheidung. Wir waren nie wirklich Freunde.«

Ich konnte Raffie im nächsten Raum lachen hören. Hörte ihn herumspringen. Anto hatte ihm eine neue Holzeisenbahn geschenkt, und er war besessen davon, redete mit ihr, nahm sie jeden Abend mit ins Bett. Als Saraswati meinen besorgten Blick sah, schüttelte sie den Kopf, als wolle sie sagen: Seien Sie unbesorgt.

»Ich habe jetzt meine eigene Wohnung«, fuhr sie fort. »Ich verdiene mir mein Geld wieder selbst.« (Ein wunder Punkt für mich: Mein letzter Kontoauszug der Bank of India wies 21,50 Pfund auf meinem Konto aus; bald würde ich von Anto völlig abhängig sein.) Sie setzte eine Hornbrille auf, die sie zehn Jahre älter aussehen ließ, und vertiefte sich in die dicke, beeindruckende Aktenmappe, die sie mitgebracht hatte. Sie legte Stifte und einen großen Notizblock auf den Tisch und redete dabei unentwegt. Sie erzählte, sie sei, nachdem der Schock über den Treuebruch ihres Ehemanns sich gelegt hatte, über dieses erhebende Gefühl der Befreiung überrascht gewesen. Ohne einem Ehemann oder einer Schwiegermutter zu Gefallen sein zu müssen und ohne den Druck, die Familie mit Sittsamkeit oder Kochkünsten zu beeindrucken, ohne »das Rumgemache« im Schlafzimmer, wie sie es originell nannte, war sie frei, um tatsächlich eine Rolle in Indiens Unabhängigkeit einzunehmen. Dabei fragte sie sich, warum sie nicht schon früher daran gedacht hatte. Das Matha-Maria-Moonstone-Heim wäre ein ausgezeichnetes erstes Projekt.

»Mir ist klar, dass sie mir mit dem Tribunal im Nacken

keine große Hilfe sein können«, sagte sie. »Aber ich kann in diesem Punkt Erkundigungen einziehen.«

»Ich kann hinter den Kulissen mithelfen.« So glücklich hatte ich mich schon seit einer Ewigkeit nicht mehr gefühlt.

»Dann lassen Sie uns anfangen.« Sie reichte mir ein leeres Notizbuch und einen Bleistift. »Ich werde eine vollständige Liste all derer benötigen, die jemals im Heim gearbeitet haben: ihre Adressen und wenn möglich ihre Kastenzugehörigkeit. Nehmen Sie die Hebammen, die am Lehrgang teilgenommen haben, mit dazu. Wenn wir das Heim wieder aus seiner Asche heben wollen, müssen wir zuallererst seinen Ruf retten.«

Von einigen Dorfhebammen dürfte es nicht leicht sein, die Adressen zu bekommen, erklärte ich ihr: Einige lebten in Hütten, andere verrieten nicht, wo sie wohnten, für den Fall, dass es zu Klagen ihrer Klienten käme.

»Dann so viele, wie Sie in Erfahrung bringen können«, erwiderte sie. »Wir dürfen nichts und niemanden ausschließen.«

Nun kam Raffie herein und zog seine Eisenbahn an einem Bindfaden hinter sich her. Er war müde von seinem Spiel und kroch auf meinen Schoß, wo er, den Kopf an meine Brust gelehnt, schläfrig etwas murmelte.

»Du bist ein schöner Junge.« Saraswati zog sanft an einer seiner Zehen und sah zu, wie er einschlief.

»Macht es Ihnen was aus, wenn er hier ist?«

»Nein«, sagte sie entrüstet. »Ich freue mich.« Sie ließ ihre Hand auf seinem Fuß liegen. »Wissen Sie, ich habe viel darüber nachgedacht, und es mag sich komisch anhören, aber als ich mit Sanje in den Wehen lag, erinnerte es mich daran, wie es sich anfühlt, auch noch den letzten Funken an physischer und seelischer Energie zu nutzen, der in mir steckte. Und da ich nun weiß, dass diese Energie da ist«, sie sah mich dabei durch ihre Brillengläser an, »werde ich sie der anstehenden Aufgabe widmen.« Die kleine Rede hörte sich einstudiert an, war aber deshalb nicht weniger tapfer.

Saraswati kam fast jeden Morgen und vollbrachte regelrechte Wunder. Ich hatte damit gerechnet, dass es Monate dauern würde, bis wir die nötigen Informationen bekämen, dabei aber nicht bedacht, was für ein Wirbelwind sie war.

Unsere erste Aufgabe, meinte sie, sei es, uns eine Rikscha zu leihen und die einheimischen Frauen zu besuchen, damit diese ihre Aussagen über ihre Erfahrung im Moonstone entweder selbst aufschreiben oder diktieren konnten. Die Regenschauer hatten nachgelassen, es war wärmer und trockener. Ich stellte einen Schreibtisch ans Ende der Veranda, den kühlsten Platz im Haus, wo immer eine leichte Brise vom Meer wehte, und als die ersten Aussagen eintrafen, tippte ich sie in dreifacher Ausfertigung ab: eine für die Behörden, eine für unsere Akten und eine für Daisy. Meinem angeschlagenen Herzen tat es gut, sie zu lesen.

Mein Ehemann ließ mich davor nie ins Krankenhaus, hatte also große Angst, schrieb Bachi, *die in einem Slum wohnte. Aber die Damen im Heim waren freundlich zu mir und sanft, ich würde wieder hingehen, wenn ich könnte.*

Mir gefiel dieses Heim: gutes Essen und sehr sauber, war eine weitere typische Reaktion von Parvati.

Aber nicht alle waren so begeistert. *Sie sind alle Spione der Regierung, es ist gut, dass es abgebrannt ist,* hieß es in einem Schreiben.

Als Nächstes gelang es Saraswati, unseren Zyklopen, den verbeulten alten Lastwagen, den Mr. Namboothiri uns geliehen hatte, auf Vordermann zu bringen. Als er nach dem Brand zum ersten Mal wieder zum Einsatz kam, spuckte er blauen Rauch, stotterte, und der Motor würgte ab, also überredete Saraswati einen Cousin, der »Mechaniker« war, ihn sich anzusehen. Der Cousin brachte ihn zurück mit frischem Öl, aufgepumpten Reifen, polierter Karosserie, einem Kranz aus Ringelblumen und Hanuman, dem Affengott, der nun am Rückspiegel baumelte. Ein paar Tage später fuhr er uns ins Dorf Nilamperur, wo wir Subadra besuchten, eine unserer ersten Lehrgangsteilnehmerinnen.

Subadra, die gebeugter ging denn je, stieß einen Freudenschrei aus, als sie uns sah. Sie nahm uns mit in ihre Hütte, wo sie uns Tee und klebriges Gebäck und *barfi* in grellem Pink aufdrängte.

Der Stolz, mit dem sie das Zertifikat vom Moonstone präsentierte, war rührend. Als Saraswati ihr Notizbuch hervorholte und anfing, ihr Fragen zu stellen, sagte Subadra: »Ich habe seit dem Lehrgang im Moonstone zwanzig Babys entbunden und meine Praxis entschieden verändert. Ich befolge die Hygieneregeln, wenn ich von einem Baby zum anderen gehe, und ich benutze steriles Besteck, um die Nabelschnur zu durchtrennen.«

Die Scheren, Tupfer und Nadeln, die wir ihr gegeben hatten, standen in einem Marmeladenglas auf dem Regal und waren offensichtlich unbenutzt.

»Wir möchten, dass ihr sie immer benutzt«, erklärte ich ihr. »Wenn sie abgenutzt sind, werden wir versuchen, neue zu bekommen.«

Sie sah mich zweifelnd an, als könnte ich sie ihr wegnehmen. »Ich hab sie gern neu«, sagte sie.

»Und was nehmen Sie stattdessen?«

Sie holte ein abgenutztes Messer, eine Schere, einen Topf mit Kräutern. »Aber ich koche nun alles in Wasser ab, damit die Sachen schön sauber bleiben.«

Am Ende unseres Besuchs meinte Subadra: »Die Zeit bei euch war gut. Wir sprechen immer noch darüber. Wir haben euch gezeigt, wie wir das machen, aber wir haben auch dazugelernt.« Ihre Worte erinnerten mich an die Güte, die so viele Frauen auszeichnete, welche wir kennengelernt hatten – sie speiste sie wie ein unterirdischer Strom, der tiefer war als die Rasse oder Nationalität.

Diesen Gedanken teilte ich auch der Realistin Saraswati mit: Sie hätte sich darüber lustig machen können, und als wir uns in unserem Zyklopen im Schneckentempo auf den Rückweg machten, klagte sie denn auch: »Einige dieser Frauen werden genauso weitermachen, wie sie das immer getan haben, mit dem rostigen Messer und der ganzen Ignoranz der Armut. Sie verschließen sich allem Neuen.« Aber sie musste zugeben, dass Subadra jetzt wenigstens Wasser abkochte und sich sehr kritisch über eine andere Hebamme ausließ, die Mädchen tagelang in ihrem eigenen Schmutz liegen ließ.

Unser Laster kam durch ein kleines Dorf, wo vier halb nackte Jungen sich am Dorfbrunnen wuschen. Sie rannten neben uns her, schrien und lachten, sprangen dann aufs Trittbrett und winkten aufgeregt durchs Fenster.

Ich sah, wie Saraswati beim Anblick der Jungs zusammenzuckte, dann aber zurückwinkte.

»Dumme Jungs«, sagte sie leise und schloss die Augen.

Kapitel 52

»Du darfst diesen albernen Krebs nicht so ernst nehmen«, meinte meine Mutter fröhlich, als sie mir die Nachricht unterbreitete. Der Arzt hatte Lungenkrebs bei ihr diagnostiziert, aber es lag ihr viel daran, mir dies als eine vorübergehende Irritation zu verkaufen: ein weiteres Kaninchen auf der Straße. Aber der kindliche Schrecken kam auf mich zu wie ein dunkler Tunnel, und ich kam mit diesem Spiel nicht mehr gut zurecht. Verlass mich nicht, wollte ich ihr sagen. Nicht jetzt. Bleib bei mir.

Wie machtlos wir am Ende doch alle sind.

Da Glory so krank war, hatte Amma vorgeschlagen, ich solle für ein paar Wochen nach Mangalath kommen, um bei ihr zu sein. An meinem ersten Nachmittag dort lagen meine Mutter und ich nebeneinander auf ihrem Bett in dem kühlen, ruhigen Raum mit der hohen Decke, in dem sie sich so wohlfühlte. Wir verfolgten eine kleine Eidechse, die über die Decke huschte. »Ein süßer kleiner Kerl«, murmelte sie.

Ihr Gesicht bestand nur noch aus Knochen und Augen und war leichenblass. Ich wollte es mir für immer einprägen. Ihre Zähne wirkten nun größer. Aber es strahlte auch eine Schönheit aus, eine Erhabenheit und eine Art von trotziger Anmut, die ich bewunderte, und wenn meine Angst nachließ, gab es auch Momente, in denen ich erkannte, was am Ende offensichtlich war: Ich liebte sie und würde sie immer lieben.

»Seit wann wusstest du, dass sie krank ist?«, fragte ich Amma eines Nachmittags, als meine Mutter schlief. Amma stellte einen Teller mit einer akkurat aufgeschnittenen Mango auf ihren Nachttisch.

»Wir liefen durch den Garten«, erzählte sie mir in atemlosem Flüsterton. »Glory weigerte sich, den Gehstock zu nehmen, weil sie nicht wie eine alte Oma aussehen wollte. Ich suchte eins meiner Hühner. Als ich zurückkam, war sie unter einem flammend roten Baum zusammengesackt. Sobald sie wieder zu sich kam, meinte sie: ›Ich bin so unbeholfen und ein einziges Ärgernis.‹ Dann bat sie: ›Sag Kit nichts davon‹, worauf ich entgegnete: ›Warum nicht, sie ist doch deine Tochter? Es ist ihre Pflicht, dir zu helfen, und sie wird es gern tun.‹« Dabei berührte sie meine Hand, aber ich hörte trotzdem noch den herausfordernden Ton, wenn auch leiser.

Es war Amma anzusehen, dass auch sie aufgewühlt war. Mir schien, sie hatte Glory auf eine Weise ins Herz geschlossen, wie das bei zwei Pferden geschieht, die man zusammen auf eine Weide schickt, wo sie sich entweder gegenseitig kaputt treten oder einander beschnüffeln und akzeptieren und am Ende froh sind, Gesellschaft zu haben. Ich hatte ihre kleinen Plänkeleien belauscht, ob es nun um die Frage ging, wie man einen Perserteppich am besten reinigte oder wo man am besten Parfüm auftrug (Glory: am Puls des Handgelenks; Amma: in den Falten der Kleider). Sie wussten beide die hohen Standards der anderen zu schätzen, die vielen kleinen und unbemerkten Handgriffe, die nötig waren, damit wirkliche

Schönheit im Haus Einzug halten und von anderen Menschen sorglos genossen werden konnte.

»Deine Mutter und ich befinden uns beide am einsamen Ende des Lebens«, teilte Amma mir jetzt mit. »Die Kinder sind mehr oder weniger aus dem Haus, die Ehemänner beschäftigt oder tot. Da kommt einem leicht der Gedanke: Wofür bin ich noch da?«

Ich wollte protestieren, aber sie schob rasch nach: »Sag nichts. Ich werde meinen Jungen immer lieben, aber ich kenne ihn nicht mehr. Er ist sehr verwestlicht.«

Fünf Tage lang schwebte meine Mutter zwischen Leben und Tod. Am vierten Tag, als ich ihr ihre besondere Tasse auf den Nachttisch stellte, schlug sie die Augen auf und sagte: »Oh, du bist ein Engel. Es gibt doch nichts Schöneres als den Duft von Kaffee am Morgen.«

Ich verfolgte, wie sie einen Schluck trank, sah ihre fast durchsichtigen, dünnen Hände, wo die blauen und weißen Adern wie auf einem medizinischen Schaubild hervortraten. Nachts rüttelte ihr Husten das ganze Haus auf.

»Es ist schon fast Nacht, Ma«, flüsterte ich. Durch eine Lücke in den Rollos sah man den türkis-rosa gestreiften Himmel, ein Hahn krähte.

»Leg dich neben mich«, sie klopfte auf den freien Platz neben ihr. Während sie schlief, gingen mir all die Dinge durch den Kopf, die Anlass zur Kritik an ihr gaben: die Ermangelung eines Vaters, ihre Art, sich verächtlich über meinen Beruf auszulassen, das ständige Umziehen, ihr Rat – der mir immer trivialer vorkam –, dass man die Männer glücklich machen, hübsch aussehen und vornehm sein sollte.

Jetzt verstand ich besser, dass die Kleider, das richtige Notizpapier, die Scherze ihre Waffen in einer Welt gewesen waren, die sie schlecht behandelt hatte. Ich konnte ihr Leben als eigenständig und getrennt von meinem wahrnehmen. Und so stellte ich mir vor, was für ein ausgelassener Außenseiter sie im Waisenhaus gewesen sein musste, und später dann das glamouröse Miezchen auf einem Regierungsball: aufgetakelt, amüsant, ein wenig bissig, eine Herausforderung. Oder noch später, als das Leben sie wirklich gezeichnet hatte, wie sie allein in einem Café in London saß, ohne Ehemann, ohne Geld und die Spalte mit den freien Stellen überflog. Ich neben ihr. Ohne Familie, ohne Zuhause war es kein Wunder, dass sie jede Maske, die sie finden konnte, brauchte oder zu brauchen glaubte, um zu überleben – etwas, wofür ich sie verachtet hatte.

»Eine Rupie für deine Gedanken, meine Liebe«, kam ihre schwache Stimme aus dem Kissen. Sie hatte mich beobachtet, wie sie das jahrelang getan hatte, um besorgt meine Gefühlslage einzuschätzen.

»Das sind sie nicht wert«, sagte ich. Schade, dass es das Letzte war, was sie wissen wollte. »Es ist ja nur, dass ich … ich …« Aber sie lag bereits wieder, wie sie es ausdrückte, in Morpheus' Armen, und während sie schlief, sehnte ich mich nach ihrer Vergebung.

Am nächsten Tag verschlechterte sich ihr Zustand. Sie bekam kaum noch Luft, und ihr Atem rasselte, die dünnen Rippen traten bei jedem Hustenanfall hervor, die Zehen mit den rot lackierten Nägeln verkrampften und entkrampften sich. Sie war bei Bewusstsein, sie verzog das Gesicht, schwitzte, schrie manchmal vor Schmerz oder vielleicht auch Empörung, aber sie klammerte sich ans Leben.

Bei Sonnenuntergang kam der Familiengeistliche Father Christopher und las ein Gebet: »Lieber Gott, deine Liebe ist zu groß, um mich leiden zu lassen, es sei denn zu meinem Besten. Deshalb, oh Gott, vertraue ich mich dir an, tu, was dir beliebt. Dir gehört meine Liebe, ob in Krankheit oder in Gesundheit.«

Ich beobachtete Glorys Gesicht, während er das verlas, und rechnete fast damit, dass sie skeptisch ein Auge öffnete und sagte: »Wenn das deine Vorstellung von Liebe ist, Gott, dann vergiss es.« Aber sie war zu schwach, um aufmüpfig zu sein.

Sie war nie allein. Der Arzt brachte ihr Medikamente, und wir saßen Stunde um Stunde bei ihr: Anto und Mariamma und Amma, auch Appan, wenn er zu Hause war, selbst Ponnamma sprang ein, brachte irgendeine Näharbeit mit und meinte mit der fröhlichen Herzlosigkeit des Alters: »Wie lange wird das bei ihr noch dauern? Sie lässt sich aber Zeit, nicht wahr?« Glory genoss diese Art von Taktlosigkeit, und lachte darüber, wenn sie genügend Luft bekam.

Raffie kam von Zeit zu Zeit herein, um ihr etwas zu zeigen: seine Eisenbahnen, einen Teddybären. Er erzählte ihr, was er machte. Er hatte keine Angst oder schien keine zu haben. Aber an diesem Tag war ihr Hustenanfall so heftig, dass wir den Raum verließen, und er hielt meine Hand fest, als wir nach unten gingen, und erklärte mir sehr vernünftig: »Großmama Glory ist jetzt sehr alt«, und blickte mich dabei besorgt an, genauso wie sie das tat, um zu sehen, ob ich es verstand und ob es mir was ausmachte.

Und dann – es war ein Sonntagmorgen – sagte sie plötzlich, ohne ihre Augen zu öffnen: »Da ist gar keiner«, und in ihrer Stimme schwang ein Entsetzen mit, als wäre sie bereits auf der anderen Seite gewesen und hätte entdeckt, dass es ihr dort nicht gefiel. Ich fand es schade, dass ich darüber nicht lachen konnte.

Gegen vier Uhr hörte ich das Knirschen eines Wagens, der auf dem Kies der Einfahrt anhielt, das Quietschen von Bremsen. Ich trat ans Fenster, blickte hinaus und erstarrte. Es war mein Vater. Er lief mit Amma an seiner Seite auf das Haus zu.

Es ist zu spät, dachte ich, als ich ihn unsicher aufs Haus zugehen sah. Und du bist zu alt. Genau das empfand ich: Ich war weder froh noch erleichtert. Ich bewachte sie nun so erbittert, wie eine Mutter ihr Kind bewacht, und war in Sorge, der Schock, ihn zu sehen, könnte ihr den Rest geben.

Als er eintrat, ging er direkt zum Bett, legte ihr seine knotige Hand auf die Stirn und stieß einen merkwürdigen Laut irgendwo zwischen Schluchzen und Stöhnen aus. Es war schrecklich.

»Glory«, sagte er. »Ich bin es. William.« Und dann, in derselben gebrochenen Stimme: »Ich liebe dich, Glory, und ich bin gekommen, um dir das zu sagen. Ich liebe dich, und es tut mir schrecklich leid.«

Die Tränen liefen ihm über die Wangen, und ich gab ihm mein Taschentuch. Amma hatte sich von ihm abgewandt und betete.

»Ich überlass das dir«, sagte sie und drückte meine Hand. »Ich erkläre es dir später.«

Als sie gegangen war, fragte ich: »Was machen Sie hier? Bitte lassen Sie das.« Er gab blubbernde Laute von sich.

»Es tut mir leid … es tut mir so leid.« Sein Blick ruhte auf ihr. »Ich konnte nicht … versteh doch …« Sein Mund öffnete und schloss sich, ohne dass ein Laut herauskam, und als er ihre Hand hielt, musste ich meine ganze Willenskraft aufbringen, sie ihm nicht zu entreißen. »Sie schrieb mir. Sie bat mich zu kommen. Ich konnte sie nicht noch einmal enttäuschen.«

Er saß neben ihr am Bett und legte seinen Kopf neben ihren, zwei geschrumpfte, in sich zusammengefallene Puppen – ein fast unerträglicher Anblick.

»Sie kann mich hören«, sagte er. »Sie hat meine Hand gedrückt.« Ich sah ihn an. Ich sah sie an.

»Weise nie einen Fremden an deiner Türe ab, es könnten Engel sein.« Diesen Satz hörte ich oft von Amma. Nun, ein Engel war er weiß Gott keiner, und seit ich ihn kennengelernt hatte, gab es Momente, in denen ich wünschte, er möge in der Hölle schmoren, aber selbst ich musste zugeben, dass trotz der nach wie vor geschlossenen Augen mit einem Mal ein merkwürdiger, nach innen gewandter Ausdruck auf dem Gesicht meiner Mutter lag, der anders war als zuvor. Ich sah, dass ihre Finger die seinen umschlossen und die angespannten Linien ihres Gesichts sich entspannten, sodass ihr Ausdruck nun ein sanfter, fast zufriedener war, als wäre sie in eine Zeit zurückgekehrt, als seine Gegenwart Glück bedeutet hatte.

Als der Abend anbrach, vertiefte sich das Licht, das durchs Fenster fiel, zu einem violetten Schwarz. Pathrose kam herein, »um das Wasser für Mummy zu erneuern« und die Öllampen zu entzünden. Er ließ einen Whisky mit Soda für uns beide da, ein paar Sandwiches, Kekse und Käse für den englischen Besucher. Wir aßen und tranken schweigend, zwischen uns die kleinen Explosionen der Lampe, ihr Atem. Und auch das war merkwürdig, und es schmerzt, es niederzuschreiben:

Während der drei Stunden, die wir so zusammensaßen, waren wir zum ersten und zum letzten Mal eine Familie.

»Anto«, sagte ich, als er um drei Uhr morgens hereinkam, »das ist mein Vater.« William erhob sich mühsam, zerknittert und mit roten Augen, und versuchte seinen Rücken zu einer, wie ich nur vermuten konnte, militärischen Haltung aufzurichten. Anto lächelte ihn an.

»Ich freue mich sehr, Sie kennenzulernen, Sir. Nur schade, dass es unter diesen Umständen geschieht. Glory«, er kniete neben ihr nieder, »ich bin es, Anto. Ich möchte sehen, wie es dir geht.« Er drehte ihr schmales Handgelenk, fühlte den Puls, legte die Hand auf ihre Stirn. »Es macht euch hoffentlich nichts aus, kurz das Zimmer zu verlassen.« Dabei sah er erst William, dann mich an. »Ich muss weitere Untersuchungen vornehmen.«

Ich wollte schon schreiben, dass dieser Auftritt so typisch für den Anto von früher war, aber das würde der Sache nicht gerecht werden. Es war nämlich kein Auftritt, sondern eine Demonstration all dessen, was ich jetzt an meinem Ehemann schätzte: die Freundlichkeit, die undramatische Güte, die Kompetenz. Es wäre wider seine Natur gewesen, die Gefühle dieses unerwarteten Gastes zu verletzen.

Meine Mutter starb auf der Welle eines letzten keuchenden Seufzers. Es gab kein Todesröcheln, und darüber war ich absurderweise froh, denn sie hätte es gehasst. So gar nicht ladylike!

Amma und Mariamma kamen mit Wasser und Tüchern und sauberen weißen Totenkleidern. Sie banden ihr das Kinn hoch. Als wir sie wuschen, erschrak ich, wie dünn sie geworden war.

Wir zogen ihr das Christian-Dior-Nachthemd an und folgten dem Nasrani-Brauch, indem wir ihre Leiche mit dem Kopf nach Osten und den Füßen nach Westen betteten, obwohl Glory sicherlich die andere Richtung bevorzugt hätte.

Wir zündeten eine Reihe von Kerzen neben der Liege an, auf der man, wie ich vermutete, schon Dutzende Thekkedens aufgebahrt hatte. Es mag ein komisches Wort sein, aber ich war in diesem Moment fast euphorisch vor Erleichterung und Dankbarkeit. Es ging alles so rasch, so freundlich, so natürlich und mit aller Würde über die Bühne, die dieses Ritual verdiente. Keine rasche Krankenhausabfertigung, kein Drama, nur dieses stille Entgleiten an einem Ort, an dem sie geliebt worden war.

Was meinen Vater betraf, so war ich, als der Schock nachließ, derart wütend auf ihn, dass ich ihn hätte treten können. Siehst du, sie hat überlebt, wollte ich ihm sagen. Sie ist über dich hinweggekommen. Sie hat ihr Leben gelebt. Wir brauchten dich nicht.

Aber er hatte sich bereits aus dem Staub gemacht.

Kapitel 53

Als alles erledigt war, nahm Amma einen Eimer mit heißem Wasser mit ins Badehaus und schrubbte sich dort vierzig Minuten lang von Kopf bis Fuß. Zuerst die Haare mit der selbst gemachten Kokosölseife, Gesicht, Nägel, Arme und Beine mit einer weichen Bürste. Ihre Zähne reinigte sie mit einem Zweig, dann zog sie sich saubere *chatta* und *mundu* an, und als sie schimmernd und geölt zurückkam, ratterte sie eine ganze Liste von Anweisungen für Pathrose herunter, wie das Entfernen von Bett und Matratze und die Reinigung des Hauses, die mehrere Tage in Anspruch nehmen würde. Father Christopher würde am Abend kommen, um das Haus zu segnen.

Auf ihrem Weg zum Sommerhaus spürte sie ihre Beine kaum mehr vor lauter Müdigkeit. Die Familie hatte die ganze Nacht lang bei Glory gewacht, den Rosenkranz gebetet und Kirchenlieder gesungen. Dazu hatte es Unmengen von schwarzem Kaffee und Tee gegeben. Nun murmelte der christliche Teil ihres Gehirns Gebete für Glorys sicheren Abschied, während der pagane Teil es genoss, vom drückenden Mief des Krankenzimmers mit seinen Waschungen am Bett und den Bettpfannen befreit zu sein bis zum nächsten Mal, wenn sehr wahrscheinlich Ponnamma an der Reihe wäre.

Zehn Tage sind eine lange Zeit, um zu verweilen, brummelte sie der Verschiedenen zu. Die Ankunft des traurigen alten Mannes hatte ihnen allen zusätzlichen Stress auferlegt.

Es war schön draußen. Ein Regenschauer hatte die duftenden goldenen Blüten des Champabaums auf den Weg gestreut, und der Tod verlieh dem Abend eine bedeutungsvolle Schwere. Amma steckte sich eine Blüte ins Haar und fragte sich, wie viele Jahre ihr selbst wohl noch blieben. Ein Tränenschleier legte sich über ihre Augen, als sie an schluchzende Enkelkinder, eine untröstliche Mariamma und Appan dachte – dann wurde die Fantasie durch ihre Sorge abgelöst, was es zu Glorys Beerdigung zu essen geben sollte. Die traditionelle Mahlzeit – Gemüse, Reisgrütze, ein Buttermilchcurry, Pappadams – war leicht zuzubereiten, aber wie viele sollte man dazu einladen? Wer würde über Nacht bleiben?

Sie hielt inne und befreite sich von allen Gedanken. »Atme erst mal durch«, pflegte ihr Vater ihr zu sagen, wenn sie zu viel nachdachte. »Geh Luft schnappen.«

Sie sah sich bedächtig um. Vor Sonnenuntergang entfaltete der Garten jedes Mal seine ganze Pracht: Ein intensives, luminöses Unterwasserlicht lag auf dem Zackenrand der Palmen, der Blumen, der silbern aufblitzenden Bucht, vertiefte sich und verblasste, bevor sich über alles die Dunkelheit legte. Sie bückte sich zu der Orchidee mit dem Namen Tanzendes Mädchen hinab und berührte ihre Blätter. Die violetten Tupfen an ihren Spitzen waren so süß und zart wie Sommersprossen auf einer Kindernase. Sie drückte die Erde fest und fand zum ersten Mal an diesem Tag ihren Frieden. Doch dann vernahm sie einen tiefen kratzenden Laut aus dem Sommerhaus, gefolgt von einem lang gezogenen Heulton. Sie griff nach einem Spaten, bereit, ihn den streunenden halb wilden Hunden entgegenzuwerfen, die regelmäßig herkamen, um nach Essbarem zu suchen, aber als sie durch das Fenster spähte, sah sie William Villiers auf der Bank sitzen, die Arme schützend um sich geschlungen. Er wiegte sich schluchzend wie ein Kind.

Einen Moment lang blieb sie erstarrt mit dem Spaten in der Hand stehen. Für einen Mann wie ihn wäre es schlimmer, beim Weinen als auf der Toilette überrascht zu werden. Appan, der sich jahrelang voller besorgter Liebe, wie sie ein Collie für seinen Herrn empfindet, mit der Beobachtung der Engländer beschäftigt hatte, hatte ihr einmal etwas von steifen Oberlippen erzählt, und sie hatte gelacht und es für eine von ihm erfundene Bezeichnung gehalten. Sie machte noch einen Schritt darauf zu, berührte die Fensterscheibe mit ihrer Hand und lauschte angestrengt. Als das Schluchzen leiser wurde und in ein »Ooohhh« der Verzweiflung überging, seufzte sie, straffte die Schultern und stieß die Tür auf.

»Mr. Villiers. Ich bin auch hier.« Sie stellte den Spaten ab, als hätte sie vorgehabt, den Schuppen ein wenig aufzuräumen.

»Oh Gott!« Er blickte auf und sah in seiner Überraschung ziemlich schrullig aus, sein Mund begann heftig zu arbeiten. »Oh mein Gott!« Er zog ein fleckiges Taschentuch aus seiner Tasche und vergrub sein Gesicht darin. »Es tut mir leid«, sagte er mit gedämpfter Stimme. »Ich konnte so nicht nach Hause fahren.«

Sie berührte seinen Arm. »Sie müssen nicht davonstürzen«, sagte sie leise. »Lassen Sie sich Zeit. Wir beten heute Abend für ihre Seele.«

»Ich hätte nicht kommen dürfen«, erwiderte er. »Das hat alles schlimmer gemacht.«

»Aber Glory wollte es so«, sagte Amma.

»Ihretwegen? Wegen des Mädchens?«

»Ich weiß es nicht.«

Das stimmte. Während der langen Nacht, in der Glory zusammenhanglos ihrer Wut auf diesen Mann Luft gemacht hatte, hatte sie Amma gesagt, er solle kommen, sie müsse ihm noch etwas sagen, und Amma hatte sich ihrem Willen gebeugt. Und Kit? Was ihren Vater betraf, hatte sie sich weiß Gott immer sehr bedeckt gehalten.

»Das war der Platz, wo Glory immer ihren Gin Tonic zu sich nahm.« Sie zeigte auf eine Bank mit Blick aufs Wasser. »Sie betrachtete gern das Wasser und die Bäume.«

Er stand auf, und dabei wehte ihr der abgestandene Geruch von Kummer und Pfeifentabak entgegen.

»Es war so ein Schock, wissen Sie.« Er stopfte das Taschentuch zurück in seine Tasche. »Da sehe ich sie Jahre, Jahrzehnte nicht, und dann all das.«

»Ich verstehe«, sagte sie, obwohl das ganze Kuddelmuddel sie abstieß. Damit er sich beruhigen konnte, bot sie ihm an, ihm den Orchideengarten zu zeigen.

»Das hier sind meine Invaliden.« Sie führte ihn zu den aufgereihten Kokosnussschalen. »Mein Mann bringt sie mir aus ganz Indien mit. Sie brauchen eine Weile, um Fuß zu fassen. Diese hier«, sie deutete auf den Orchideenbaum, der sich schimmernd vom dunkler werdenden Himmel abhob, »ist ein einziges Wunder. Die Stämme werden für Lepra und für Geschwüre genutzt. Aus den Blättern macht man eine Paste gegen Kopfschmerzen. Man kann sie auch als Gemüse essen.

Und das ist mein Tanzendes Mädchen«, kündigte sie die nächste Pflanze an. »Glory liebte sie. Als sie aus Bangalore hier ankam, war sie ein Wrack. Und jetzt sehen Sie nur – acht neue Knospen am Stamm.«

William kniete gehorsam nieder, wobei seine Knie knackten, und berührte die Pflanze. Dabei blitzte sein Siegelring des Regiments auf und fiel in die Erde. »Dieses verdammte Ding passt mir nicht mehr«, sagte er, als sie ihm den Ring anreichte. »Irgendwann werde ich ihn verlieren.« Er steckte ihn sich in die Tasche, hockte sich auf seine Hacken und betrachtete mit amüsierter Miene den Garten. »Ich hätte nie gedacht, dass sie zurückkommt«, sagte er.

»Hatten Sie keine Gelegenheit, Kontakt zu ihr aufzunehmen?«, fragte Amma mit einem Gesicht, als hätte sie auf eine Zitrone gebissen – das ging dann doch zu weit.

»Ich versuchte es. Schrieb ihr jahrelang. Bekam nie eine Antwort. Nur von ihrer Freundin Miss Barker.«

Sie hörte, dass es ihm die Kehle zuschnürte.

»Verzeihung«, röchelte er schließlich. Es hatte ihn wieder gepackt, eine Woge der Trauer überrollte ihn, und er war machtlos dagegen. »Verzeihung.«

Sie wartete, bis er wieder sprechen konnte.

»Was möchten Sie jetzt tun?«, erkundigte sie sich sanft.

»Ich möchte nach Hause«, sagte er. »Mein Fahrer wartet im Dorf auf mich.«

»Möchten Sie zurückkommen?«

»Ich denke nicht.« Sein Blick fiel auf seine Schuhe, sie waren von Staub bedeckt. »Es gibt da ein paar … Komplikationen.«

»Ich weiß.« Glory hatte ihr von seiner Ehefrau in Ooty erzählt. »Auch nicht, um Kit zu sehen?« Sie blickte ihn direkt an. »Ihr Enkelkind?«

»Ich weiß nicht.« In seinen Augen stand eine Frage, eine Entschuldigung. »Finden Sie, ich sollte das?«

»Das müssen Sie entscheiden.« Und dabei lächelte sie ihr einstudiertes Lächeln und sagte sich im Stillen: Was für ein verdammter Narr – wieder eine Formulierung, die Appan ihr beigebracht hatte –, sei ein Mann und finde das selbst heraus.

Kapitel 54

Den gestrigen Tag auf Mangalath verbrachte ich mit Amma, die ihren Wäscheschrank aussortierte und mir ein paar neue Laken und Tafeltücher und – ein Wink mit dem Zaunpfahl – Babykleidung gab, die mir in der Zukunft nützlich sein könnte. Es war genau die Art von Aufgabe, die Glory genossen hätte – das Zusammenfalten, mit Duft besprühen, eine gemeinsame praktische Arbeit, die einen wenig forderte –, und der Gedanke, dass ich ihr in den letzten paar Jahren genau diese kleinen Freuden vorenthalten hatte, bohrte sich wie ein Messer in mein Herz.

Als Saraswati später an diesem Tag vorbeikam, baute mich das auf, Amma hingegen reagierte ziemlich verschnupft. Der Nasrani-Brauch, erinnerte sie mich mit angespannter Stimme, sehe eine neuntägige Trauerzeit für die Toten vor, und während dieser Zeit dürfe keiner ins Haus kommen. »Das ist nicht normal.«

Nun, Saraswati war nicht normal. Mit ihrem charmanten, strahlenden Lächeln entschuldigte sie sich bei meiner Schwiegermutter, stellte ihre pralle Aktenmappe auf dem Boden ab und platzte, sobald Amma den Raum verlassen hatte, mit ihren Plänen heraus.

»Ich versuche, mehr einheimische Geschäftsleute mit ins Boot zu holen. Meine Verkaufsstrategie ist ganz direkt: ›Wacht auf. Seht die Situation so, wie sie ist‹«, erklärte sie mit blitzenden Augen. »›In ganz Indien sterben zu viele Babys; nutzt das Wissen, das wir in unseren Ausbildungszentren erworben haben.‹ Nur ein oder zwei haben mich abblitzen lassen. ›Warum das Herkömmliche verändern?‹, sagen sie, oder: ›Sind Sie eine Männer hassende Feministin?‹ – ›Männerhasserin?‹, erwidere ich. ›Wir sind übrigens auch da, um eure männlichen Babys zu schützen. Aber eure Gleichgültigkeit wird sie töten.‹«

Das nächste Kaninchen, das sie aus dem Hut zog, war ein Plan, den ein ihr bekannter Architekt unentgeltlich für sie angefertigt hatte. Die Zeichnungen zeigten eine Einheit mit fünfzehn Zimmern, die aus Porenbetonstein und mit einem richtigen Dach versehen gebaut werden sollte und zudem genügend Platz für drei Behandlungszimmer, eine Apotheke, einen Empfangsbereich und eine große Veranda bot.

Um sicherzustellen, dass es nicht zu einem Gemauschel hinsichtlich der Besitzverhältnisse der gut achttausend Quadratmeter Land kam, auf dem das Moonstone-Heim gestanden hatte, war sie im lokalen Katasteramt gewesen, um Nachforschungen anzustellen. Sie war sich ziemlich sicher, dass die eigentlichen Urkunden beim Brand verloren gegangen waren, aber sie bat mich, Daisy zu schreiben und zu fragen, ob sie sich auf der Wickam Farm befänden. Mich schauderte beim Gedanken an das Chaos auf ihrem Dachboden.

Die dunklen Augenringe waren größer geworden. Als ich sie fragte, ob sie genügend Schlaf bekäme, erinnerte sie mich daran, dass ohne einen Ehemann und eine Schwiegermutter, die sie zufriedenstellen musste, »der Tag viel mehr Stunden hat, und die nutze ich«.

Aber das längste Haar in der Suppe, auf das wir auch erst im allerletzten Moment zu sprechen kamen, war die Tatsache, dass wir mehr oder weniger pleite waren. Saraswati schätzte, dass das neue Heim mit allen Einbauten und Ausstattungen und der Bestückung der Apotheke an die hundertdreißigtausend Rupien kosten würde, was in etwa zehntausend englischen Pfund entsprach. Eine unfassbare Summe, ein Hirngespinst.

Als sie eifrig die Summen aufschrieb und dabei meinen Gesichtsausdruck sah, legte sie ihren Stift beiseite und hob ihren Finger in die Luft.

»Anfangs war es unmöglich. Dann war es schwierig. Dann war es möglich«, sagte sie und fügte ohne den Anflug eines Lächelns und mit einer Überzeugung, die mir Angst machte, hinzu: »Es muss funktionieren, sonst werfe ich mich auf den Scheiterhaufen.«

Vier Monate nach dem Begräbnis meiner Mutter bekam ich es mit der Angst zu tun, als ein offiziell aussehender, mit mir unbekannter Handschrift adressierter kakifarbener Umschlag eintraf. Saraswati hatte mich beruhigt, ich solle mir wegen des medizinischen Tribunals keine allzu großen Sorgen machen, denn man sei monatelang im Rückstand und werde mich womöglich vergessen. Aber in jenem panischen Moment malte ich mir Gefängnis oder Deportation oder zumindest eine Geldstrafe aus, die wir uns unmöglich leisten konnten.

Wie sich herausstellte, war es eine kurze Notiz meines Vaters. In krakeliger Schrift informierte er mich, er sei zurück in Ooty und wolle mir »ein oder zwei Dinge von Glory geben, die dir gefallen könnten. Nichts Kostbares, nur Erinnerungen«. Ich sollte meine Antwort an das Postfach Nummer 36 des Ootacamund Clubs schicken.

Beim Lesen kochte Wut in mir hoch, und ich sagte mir: Bleib doch, wo du bist, du schlüpfriger alter Schwindler mit deinen Decknamen und Postfächern. Ich wollte nicht, dass mein Vater noch mal hereinschneite und alles aufwühlte.

Als Anto ihn las, verfolgte ich, wie sich sein Ausdruck von angestrengter Konzentration in Mitgefühl wandelte.

»Armer alter Mann«, sagte er. »Lass ihn die Sachen doch schicken, egal, was es ist. Es könnte der Hope-Diamant sein.«

»Armer alter Mann!«, ereiferte ich mich. »Dieser Umschlag hat mich zu Tode erschreckt, und außerdem, warum nicht arme Glory oder ich? Er hat sich widerlich verhalten.«

»Du hast mich um meine Meinung gebeten.« Anto sah mich aus seinen grünen Augen an. »Ich sage nur, was ich denke.«

»Ich habe es satt, dass du immer so viel netter bist als ich«, sagte ich nach einer Weile.

»Ich auch«, erwiderte er. »Das ist wirklich eine Last für mich.«

Ich zog ihn an den Haaren. »Bitte nur die grauen!«, sagte er und drückte mich an sich. »Wann werden wir noch ein Baby bekommen?«, flüsterte er.

»Bald«, sagte ich und zauste ihn. »Und es macht dir wirklich nichts aus, wenn es ein Mädchen ist?«

»Nein.« Er verzog beleidigt das Gesicht, weil ich ihn manchmal noch immer falsch einschätzte und ihm Dinge unterstellte, die auf den groben Vorstellungen beruhten, die ich mir vom indischen Mann gemacht hatte. Das waren die Momente, in denen wir uns gegenseitig zu Fremden machten, und ich bereute sie zutiefst.

»Ich hätte auch gern eins«, flüsterte ich, als er meinen Leib streichelte. »Ich liebe meinen albernen alten Mann«, und da sah er sich um wie ein ertappter Schuljunge, weil wir uns im Haus seiner Mutter aufhielten.

»Anto«, zog ich ihn auf und strich ihm übers Haar, »wie alt bist du?«

Er wusste genau, was ich meinte. »Wenn ich hier bin, bin ich sechs Jahre alt«, antwortete er.

Die nächste Aufgabe bestand darin, den Schiffskoffer zu durchsuchen, den Glory im Gästezimmer von Mangalath zurückgelassen hatte. Als wir den Deckel öffneten, wehte uns ein Duft an, der sowohl würzig als auch süß war und von einer halb aufgebrauchten Flasche Shalimar stammte, eine ihrer kleinen Extravaganzen, die sie sich während ihrer schlimmen Jahre gegönnt hatte. Die Baccarat-Kristallglasflasche mit dem kleinen Samtband, dazu ihre versnobte Miene, wenn sie das Parfüm hierhin und dorthin tupfte – auf mich hatte sie damals einen unglaublich glamourösen Eindruck gemacht.

Am Ende beliefen sich ihre Habseligkeiten auf ein erbärmlich kleines Häufchen. Zwei Tweedröcke (Donegal-Tweed, wie sie stolz betont hatte, geschenkt oder vielleicht auch nicht, von der Frau des Vikars von Durham), die drögen Strickjacken und Leibchen, die sie bei Daisy getragen hatte, um nicht zu erfrieren. Ein paar leichte Baumwollkleider und darunter, eingewickelt in Lagen duftenden Seidenpapiers, die

Überbleibsel eines nur für eine glänzende Stunde gelebten Lebens und dann nie wieder.

Amma und ich breiteten alles auf dem Bett aus: ein grünes Kleid aus glatter Seide, ein Seidenkostüm mit einem Etikett von Swan und Edgar, ein mit Chagrinleder bezogenes Kamm-und-Bürstenset mit einer Macke im Griff, Lippenstiftpröbchen, Reithosen, eine Aertex-Bluse, eine Dose Talkumpuder von Coty, auf der eine sorglos lächelnde Frau zu sehen war, ein Paar wunderschöne goldene Ledersandalen (Charles of Lewes) noch in der Originalschachtel, eine Einladung zu einer kostenlosen Gesichtsbehandlung im Belle-Rose-Schönheitssalon von Chelmsford.

Das Taillenband des grünen Satinkleids war mit winzigen herzförmigen Perlmuttknöpfen verziert. Ich stellte mir vor, wie sie es auf einem Fest der Garnison trug, und malte mir die hektischen Vorbereitungen dazu aus. Ihre Waffen: Pinzette, Kamm, die Wachsstreifen. Es kam wirklich darauf an, es richtig zu machen.

In einer verblassten Schachtel mit Blütenmuster fand ich ihren Hochzeitsschleier, eingewickelt in rosa Seidenpapier. Sein spröder Stoff, gesäumt von krümeligen Trockenblumen in der Form von Veilchen, war das endgültige Symbol ihrer Demütigung.

Ich fragte mich, wohin sie wohl gegangen war, nachdem der Colonel sie von der Kirche weggebracht hatte. An welchem Punkt dieses ganzen schrecklichen Durcheinanders war sie sich darüber klar geworden, dass ich unterwegs war? Ich hätte so gern mehr erfahren, aber das war für immer vorbei.

»Soll ich die hier wegwerfen?«

Amma hielt ein paar verblasste Einladungskarten hoch: zu

einem Weihnachtsspiel in Braintree; einer Gartenparty im Haus von Oberst Sowieso – der Name war unleserlich – The Palms, Malabar Hills am 7. Juni aufgrund seiner Rückkehr nach England; ein morgendliches Damenkränzchen im Bombay Yacht Club.

Glory dürfte den Damen im Klub einen saftigen Knochen für ihren Klatsch hingeworfen haben: »Ein Chi-Chi-Mädchen, was sagen Sie dazu, meine Liebe?« – »Der arme Mann hatte doch überhaupt keine Ahnung, sie hat ja auch einen sehr blassen Teint.« Ich hasste sie alle.

Ganz unten im Koffer lag ein Buch: »The Good Soldier« von Ford Madox Brown. Auf dem Vorsatzblatt stand folgende Widmung: *Für meine liebste Verlobte Glory in Dankbarkeit für ihre ewigliche Unbeschwertheit. In Liebe, William.*

Dann auch ein wenig von mir: ein gesmokter rosa Strampelanzug, eine wie ein Pferd geformte Rassel, ein Brief mit einer schiefen Zeichnung: *Wenn du stirbst, Mummy, sterb ich mit dir* – theatralisches Kind! –, und schließlich ganz unten ein Foto von mir in Schwesterntracht mit neunzehn, aufgenommen an dem Tag, als ich mein Zeugnis bekam. Das Foto steckte halb im Futter. Es war nicht ihr Traum von mir gewesen und würde es auch nie sein.

Im späteren Verlauf der Woche kam mein Vater unangekündigt und ungeladen nach Mangalath, und dies unter dem fadenscheinigsten Vorwand. Er sagte, er habe eine Kiste Tee von einem Pflanzer dabei, der zufällig vorbeikam, und den wolle er Amma schenken, weil sie so freundlich gewesen war. Für diesen Ausflug hatte er sich herausgeputzt: auf Hochglanz polierte Halbschuhe, einen abgetragenen, aber sauberen Anzug, eine Paisleykrawatte. Als er Amma die Kiste hinhielt, warf er mir kurz seinen Hundeblick zu, und ich konnte ihn kaum ansehen. Amma übernahm es dann, ihm Erfrischungen, einen Stuhl, ein Bett für die Nacht anzubieten. Ich hätte ihm die Tür gewiesen.

Nachdem er seinen Tee getrunken hatte, fragte ich ihn, ob er die Sachen meiner Mutter sehen wolle. Ich denke nicht, dass ich absichtlich grausam war, aber als ich ihn nach oben begleitete, rauschte es in meinen Ohren vor Wut. Er sollte sehen, wie wenig ihr am Ende geblieben war, dass es Folgen gehabt hatte.

Im Gästezimmer betrachtete er eine Weile schweigend ihre Kleider, Schuhe und ihren Krimskrams. Er nahm die Reithose in die Hand.

»Ich brachte ihr das Reiten bei«, sagte er. »Sie wurde eine ziemlich gute Reiterin.« Als er das grüne Kleid betatschte, hätte ich am liebsten geschrien und es ihm aus der Hand gerissen.

»Ich habe heute noch viel zu tun«, sagte ich.

Er schniefte wieder und blinzelte mich wie ein Waldtier an, das aus seinem Bau kommt. »Es tut mir so leid«, sagte er. »Ich darf dich nicht aufhalten. Aber ich wollte dich fragen, ob du noch andere Kinder hast?«

»Nein, aber wir werden welche bekommen.« Diese Frage hatte er mir schon mal gestellt, und jetzt wollte auch ich ihm wehtun. »Und wenn wir Mädchen bekommen«, sagte ich, »werden wir sie auf die beste Schule schicken, die wir uns leisten können.« Die Worte sprudelten aus mir heraus wie heißes Wasser aus einem Geysir.

»Gute Idee«, meinte er. Er faltete ihre Aertex-Bluse zusammen und drückte sie sich ans Gesicht.

»Ich möchte, dass sie eine gute Arbeit bekommen. Etwas Solides, Sauberes. Hilflos zu sein taugt nichts.«

Er sah mich misstrauisch an. »Ich dachte, Glory hatte ziemlich gute Jobs. Freunde, die immer freundlich und gut zu ihr waren.«

»Oh Gott.« Das war der Punkt, an dem ich wirklich gern zugeschlagen hätte. Und als hätte ich es tatsächlich getan, spürte ich ein Zucken wie von einem Stromschlag in meinen Händen. Aber er hörte gar nicht zu. Mit träumerischer Miene strichen seine Fingerspitzen über ihr grünes Kleid.

Warum hast du sie fallen lassen, wenn du solche Gefühle für sie hattest?, hätte ich fast gesagt, aber meine Wut machte mir Angst, und so holte ich stattdessen tief Luft und sagte, ich sei müde und wolle essen. Wenn er möchte, solle er sich etwas zur Erinnerung mitnehmen. Den Rest würde ich an eine Wohltätigkeitseinrichtung geben oder wegwerfen. Er zuckte zusammen, und das sollte er auch.

Er nahm das Buch.

»Die Geschichte gefiel mir«, sagte er. Sein Atem ging merkwürdig, und ich dachte: Lass ihn um Gottes willen keinen Herzanfall bekommen, denn wenn das geschähe, müsste ich es seiner Frau sagen und ihn wegbringen, und dazu kamen noch weitere harsche Gedanken, weil ich ihn nicht in meinem Leben haben wollte. Nicht jetzt. »Es war das erste Geschenk, das ich ihr gemacht habe.«

»Ich habe gelesen, was Sie reingeschrieben haben«, sagte ich. »Reizend.« Auch mein Atem ging nun schwer.

Er berührte wieder das Kleid.

»Das trug sie zum Ball im Kasino. Da haben sich viele Köpfe nach ihr umgedreht, das sage ich dir.«

Und was hatte es ihr gebracht?

»›Dies ist die traurigste Geschichte, die je gehört habe‹«, sagte er wie von fern. »So lautet die erste Zeile in diesem Buch. Ich habe es erst im letzten Jahr gelesen. Ich gab es ihr, um Eindruck bei ihr zu schinden. Doch wie sich herausstellte, ging es darin gar nicht um einen Soldaten.«

»Ich weiß«, sagte ich. »Es geht um einen Verrat.«

In dem Schweigen, das sich zwischen uns ausdehnte, hörte ich das Klappern von Töpfen aus der Küche. Er wird bald weg sein, sagte ich mir, und du wirst nie wieder an ihn denken müssen, denn er will dich gar nicht kennenlernen, nicht wirklich.

Bevor er ging, holte er eine kleine Schatulle aus seiner Tasche. »Ich habe dir ein paar Sachen von ihr mitgebracht.«

Seine zittrigen Finger hatten Mühe, den Verschluss zu öffnen, aber dann hielt er mir einen unscheinbaren Goldring mit winzigen Perlen und ein paar Splittern hin, die wie Granat aussahen. Er war seitlich eingedellt.

»Das war alles, was ich mir von meinem Hauptmannsgehalt leisten konnte. Einer der Steine ist lose, und einer ist verloren gegangen«, sagte er. »Sie wird damit wohl irgendwo dagegengeschlagen haben, bevor sie ihn zurückschickte.« Wieder der Hundeblick. »Und das hier.« Er holte eine Silberkette mit einem milchigen Stein, so groß wie mein kleiner Daumennagel heraus. »Es ist ein Mondstein. Er ist hier etwas ganz Gewöhnliches, aber sehr hübsch.«

»Sie sollen Glück bringen«, sagte ich.

»Reich wirst du davon nicht.« Er ließ ihn in meine Hand fallen. »Aber du könntest ihn deiner Tochter geben.«

»Ich weiß nicht, ob ich die Sachen behalten kann, nachdem sie alles zurückgeschickt hat.«

»Bitte nimm sie«, sagte er leise.

Ich fühlte mich wie eine Verräterin, als ich sie mir in die Tasche steckte. Ich brachte es nicht über mich, mich dafür bei ihm zu bedanken. Denn es waren so armselige Geschenke, wo wir doch zusammen ein ganzes Leben hätten haben können.

Kapitel 55

Und dann wurde ich verhaftet. Zu diesem Zeitpunkt traf es mich wie ein unerwarteter Schlag. Ich saß in der Rose Street auf der Veranda und erledigte Papierkram, als ich aus dem Augenwinkel ein staubiges schwarzes Auto vor dem Haus anhalten sah. Zwei Männer stiegen aus, großspurig und selbstbewusst. Es dauerte ein wenig, bis ich erkannte, dass sie Polizeiuniformen trugen und Schlagstöcke in ihren Gürteln steckten. Sie kamen auf das Haus zu.

Und selbst da machte ich mir noch keine Gedanken. In unserer Straße hatte es eine Reihe von Raubüberfällen gegeben, und sie lächelten mich freundlich an, weshalb ich annahm, dass es sich um eine Befragung der Anwohner handelte.

Der größere Polizist holte einen Zettel aus seiner Tasche.

»Sie sind Miss Kit Smallwood?«

»Ja.« Ich spürte, wie mein Mund trocken wurde.

»Wir sind hier mit einem Haftbefehl gegen Sie. Wir nehmen Sie zu einer Befragung auf die Polizeistation von Cochin mit. Wir warnen Sie, dass alles, was Sie sagen, festgehalten und als Beweismittel verwendet wird. Es ist ratsam, dass Sie einen Koffer mitnehmen.«

»Einen Koffer!« Ich war entsetzt. »Warum?«

»Sie werden womöglich dortbleiben müssen.«

»Ich kann nicht! Ich habe ein Kind hier.« Nur dass er unglücklicherweise gar nicht da war. Raffie war am vergangenen Nachmittag mit seinem Teddy im Arm und einem kleinen Säckchen, ganz aufgeregt vor Freude, aber zugleich auch mit ein wenig Bammel, mit mir zum Hause seines Cousins gelaufen, der ein paar Straßen weit weg wohnte, um dort zu übernachten. Seine erste Nacht, die er fern von mir verbrachte. Die Cousins hatten gesagt, sie würden ihn heute Morgen zurückbringen, und jetzt malte ich mir aus, wie er die Eingangsstufen hinaufrannte und es kaum erwarten konnte, mir sein wichtiges Abenteuer zu erzählen, ich aber nicht zu Hause wäre.

Anto war ebenfalls nicht da: Er hielt einen Vortrag auf einer Konferenz in Quilon. Das war beruflich ein wichtiger Schritt für ihn, und der Gedanke, dass er heimkam und mich nicht antraf, war ebenfalls schrecklich.

»Kann ich nicht warten, bis mein Ehemann nach Hause kommt?«, fragte ich. Der kleine Polizist trat so nah an mich heran, dass ich die fiesen dunklen Furchen sehen konnte, die sich von seiner Lippe zum Kinn zogen.

»Haben Sie Bedienstete hier?«

»Ja, zwei.« Ich hatte gerade Kamalam gesehen, die mit angsterfülltem Blick durch die Tür gespäht hatte.

»Dann sollen die sich um Ihr Kind kümmern, und sie können Ihrem Ehemann auch sagen, wo Sie sind«, erklärte er mir. »Dort wartet ein Raum auf Sie.« Mich schauderte, als ich an das düstere, nach Urin stinkende Gefängnis dachte, in dem ich mit Neeta gewesen war.

Ich erteilte Kamalam rasch Anweisungen. Sie musste Raffie zu essen geben und ihm versichern, dass ich bald zurück sein würde. Ich hatte sein Lieblings-*barfi* mit Cashewkernen gekauft, um seine Rückkehr zu feiern; sie musste dafür sorgen, dass er es bekam, und ihm sagen, dass Mummy ihn liebte. Auch sie dürfe sich keine Sorgen machen, ich sei bald wieder zurück.

Als ich im Fond des Wagens saß, holte der kleinere Polizist ein Paar Handschellen aus seiner Tasche. Eine befestigte er um mein linkes Handgelenk und die andere um sein rechtes.

Ich wurde zu einer Polizeistation in der Nähe des Hafens gebracht und dort in eine Untersuchungszelle gesperrt – einen Raum mit hohen Wänden und einem winzigen Fenster so dicht unter dem Dach, dass man ein kleines Himmelsquadrat sah. Ein Stuhl, eine Toilette: Das war alles. Ich lauschte den sich hallend entfernenden Schritten, jemand in einer Nebenzelle schrie und weinte.

Nach stundenlangem Warten fiel ich in einen fröstelnden Schlaf und wurde wach, weil von draußen die Geräusche des Abends hereindrangen: die Männer vom Markt, die ihre Stände aufbauten, die Schreie der Rikschafahrer. Plötzlich tauchte ein Polizist in meiner Zelle auf – jung, mit einem Zahnlückenlächeln. Er trug einen billigen goldenen Ehering und hatte eine Akte in der Hand. Er stellte ein paar Schritt von mir entfernt einen Stuhl auf und nahm mit wohligem Grunzen Platz.

»Entschuldigen Sie den Lärm von vorhin.« Er fixierte mich mit großen, traurigen Augen. »Wir hatten hier einen Mann, der zu viel Palmwein getrunken hatte. Er rief nach seiner Mutter.«

Ich bemühte mich zu lächeln – ich wollte ihn unbedingt auf meiner Seite haben.

»Also.« Der Ehering blitzte, als er die Akte aufschlug. »Ich bin Inspektor Pillay. Sie sind Miss Kit Smallwood aus dem Moonstone-Heim, Fort Cochin?«

»Korrekt.« Du verdammter Idiot, sagte ich mir. Die Dicke der Akte machte deutlich, dass sie mich monatelang im Visier gehabt hatten, womöglich sogar vom Augenblick meiner Ankunft an.

»Und Sie sind mit Dr. Anto Thekkeden verheiratet.« So viel also zum Schutz meines Familiennamens.

»Darf ich meinen Anwalt sprechen?« Das hörte sich so abgedroschen an, als befände ich mich in einem schlechten Theaterstück in einer Rolle, die mir eine bebende Stimme und weiche Knie vorschrieb.

»Der Name des Anwalts?« Ich hatte vorhin darüber nachgedacht, war aber nicht weitergekommen. Saraswati würde es nicht machen. Als ich sie ganz am Anfang gefragt hatte, ob sie mich, sollte der Fall je vor Gericht kommen, vertreten würde, hatte sie gemeint, das sei unmöglich. »Weil sie mich als Zeugin aufrufen werden und das Gesetz bestimmt, dass man nicht zugleich Zeuge und Anwalt sein kann.« Wir hatten jedoch gehofft, dass die medizinischen Beamten sie nicht als Zeugin aufrufen würden, weil sie ja gelogen hatten, als sie behaupteten, sie habe mich beschuldigt, und sie dieses Fass nicht würden aufmachen wollen. Appan als mein Schwiegervater kam ebenfalls nicht infrage.

Ich konnte mich dunkel daran erinnern, dass Appan einen anderen Anwalt erwähnt hatte, der helfen könnte, aber ich hatte seinen Namen vergessen, und Pillay meinte ungeduldig: »Wie es scheint, haben Sie keinen Anwalt, außerdem würde dies das Verfahren heute Abend in die Länge ziehen, und Sie haben ein Kind zu Hause, das Sie braucht.« Das nette Lächeln war bitter und ein wenig unglaubhaft geworden. »Sollten Sie nicht zuerst daran denken?«

Draußen wurde es dunkel, auch wenn ich es nicht sehen konnte. Zellentüren wurden geschlagen, Schreie, ersticktes Wimmern und dann Totenstille. Eine alte Frau im Sari kam herein, sie brachte mir eine Schüssel Wasser und einen Lappen, damit ich mich waschen konnte.

Keine Panik sagte ich mir. Du brauchst das nie, niemals jemandem zu erzählen. Bald wird Anto kommen, Appans präzises Juristengehirn wird sich was einfallen lassen, und dann wirst du wieder zu Hause sein. Du wirst Raffie baden, ihn in sein neues großes Bett stecken, auf das er so stolz ist, den Duft seines Haars einatmen, ihn küssen, *Gute Nacht, schlaf gut und träum süß,* dann einen Whisky mit Soda auf der Veranda mit Anto trinken, und wir würden darüber lachen, weil ich noch mal glimpflich davongekommen war.

Als die Nacht anbrach, gingen die Lichter aus. Von nebenan hörte ich das Tröpfeln eines Wasserhahns. Die Geräusche schwollen an und verstärkten sich und wurden zum albtraumhaften Begleiter einer Nacht, in der ich mir selbst zutiefst verhasst war. Die schrecklichen Schlagzeilen sah ich bereits vor mir: *Unqualifizierte englische Hebamme tötet indische Babys.* Selbst Anto könnte es in letzter Konsequenz seinen Job kosten. Meine Fehler: meine Faulheit, mein Stolz, meine Herablassung, tropf, tropf, tropf, und das Schlimmste daran war, dass ich Elend über ein Kind brachte, das zu jung war, um es zu verstehen.

Als der Morgen anbrach, tauchte erneut die alte Frau auf. Sie legte ein flaches Brot auf den Hocker und stellte eine kleine Schale Reis dazu.

Zwei Stunden später traf Anto ein, bleich und die Augen vor Schreck geweitet. Ich begegnete ihm im Besucherzimmer, einem kahlen Raum mit sandgefüllten Spucknäpfen in der Ecke. Als ich ihn fragte, wie es Raffie ging, sagte er: »Ich hoffte, sie würden dich heute vielleicht entlassen, dann müsste ich es ihm nicht sagen.«

Langes, angespanntes Schweigen folgte.

»Ich werde es ihm heute Abend sagen.« Sein Ausdruck brachte mich auf den Gedanken, dass ich ihn über die Linie gestoßen hatte, die Liebe und Unterstützung von völliger Verbitterung, ja sogar Verachtung trennte.

»Bist du wütend?«, fragte ich ihn.

»Nein«, sagte er schließlich und begleitete das mit einer Ja-Nein-Geste. »Nur auf mich selbst.«

»Es war nicht dein Fehler.«

Er ging nicht darauf ein.

»Haben sie denn gar nichts gesagt?«

»Nichts. Nur, dass es vor Gericht gehen wird. Ich bin in Sorge, dass man an dir ein Exempel statuieren will.« Er legte den Kopf in seine Hände.

»Anto«, sagte ich, »wenn es vor Gericht geht, musst du es Amma sagen.« Schon beim bloßen Gedanken daran zuckte ich vor Scham zusammen. »Sie wird sich um Raffie kümmern.«

»Das kann ich nicht. Ich habe bereits mit Appan gesprochen. Er möchte nicht, dass sie davon erfährt.«

»Das macht keinen Sinn – sie wird es ohnehin herausfinden.«

Antos Wangenmuskel zuckte, das war nie ein gutes Zeichen.

»Er besteht darauf, aber sobald du von hier wegkommst, werde ich noch mal mit ihm sprechen. Und wenn er nicht bereit ist zu helfen, leihe ich mir die juristischen Bücher von Saraswati aus und arbeite mich durch jeden Präzedenzfall für vorsätzlichen und unbeabsichtigten Totschlag – dessen wird man dich nämlich laut Saraswati bezichtigen, wenn es zu einer Anklage kommt. Sie ist jedoch zuversichtlich, dass sie nur mit den Säbeln rasseln. Der Fall ist derart löcherig, dass er eine einzige Farce ist.« Sein Lächeln erreichte seine Augen nicht, die rot gerändert waren, als hätte er die ganze Nacht nicht geschlafen.

»Wie war deine Konferenz?«, fragte ich ihn, kurz bevor er ging. »Kam dein Vortrag gut an?«

»Ich habe ihn gar nicht gehalten. Ich bin sofort nach Hause gefahren, als ich es erfuhr.«

»Das tut mir unendlich leid.« Monate hatte er damit zugebracht, diesen Vortrag über die Behandlung von Epidemien unter besonderer Berücksichtigung der afrikanischen Schlafkrankheit auszuarbeiten. Wir hatten ihn gemeinsam einstudiert.

Er wandte sich ab. »Vergiss es. Aber wenn du bleiben musst, kann ich nicht einfach aufhören zu arbeiten.«

Wir starrten einander an.

»Warten wir's ab«, sagte ich. »Die ganze Situation könnte sich ziemlich rasch aufklären.« Obwohl ich von Saraswati wusste, dass sich bei Gericht die Fälle stauten. »Was ist mit Raffie? Sollte er nicht doch besser nach Mangalath?«

»Appan wird mit Amma sobald wie möglich wegfahren, sollte der Fall in den Zeitungen breitgetreten werden.«

»Ich dachte, sie seien im Moment knapp bei Kasse?«

»Das sind sie – er ist nicht glücklich darüber.«

»Werden sie das ausschlachten? Die Zeitungen, meine ich.«

»Ach Worte sind doch bloß Schall und Rauch«, sagte er müde. »Wen kümmert das schon?«

»Es tut mir so leid, Anto. Ich hätte auf dich hören sollen.«

»Sag das nicht«, erwiderte er mit einem schiefen Lächeln. »Und versuche, dir keine allzu großen Sorgen zu machen. Ich setze alles dran, um dich hier rauszuholen.«

Kapitel 56

Die Zeitungen hatten sich auf die Geschichte mit der Schnelligkeit von Hunden gestürzt, die ein Filetsteak erspähen.

Englische Hebamme womöglich verantwortlich für Tode von Neugeborenen, stand auf der Titelseite der Tageszeitung »The Malayala Manorama«. »The Hindu« titelte mit einem Foto der verkohlten Reste des Moonstone. *Erst Brandstiftung, jetzt Babymord. Was kommt als Nächstes?,* lautete die Überschrift.

Als Anto am folgenden Tag zur Arbeit kam, begrüßte sein Chef ihn mit grimmiger Miene. Die Organisatoren der Konferenz waren wütend, dass er seinen Vortrag nicht gehalten hatte. Nun würde ihr Forschungsteam nie mehr eingeladen werden. »Und das ist auch nicht förderlich.« Dr. Sastry tippte auf die Ausgabe von »The Hindu«. »Bald wird man Ihren Namen in Verbindung mit ihrem bringen. Wie viele englische Hebammen gibt es hier in Fort Cochin?« Der nämliche Dr. Sastry, der ihn mit so aufrichtiger Freundlichkeit willkommen geheißen hatte, war eindeutig in Sorge, es könnte ansteckend wirken, und Anto verstand auch, warum: Forschungsgelder konnten im neuen Indien über Nacht gestrichen werden.

Als Anto bat, drei Tage freinehmen zu können, willigte Dr. Sastry widerstrebend ein und schlug hinter sich die Türe zu.

Anto nahm ein Taxi und fuhr in halsbrecherischer Geschwindigkeit nach Mangalath. Als der Wagen in die Einfahrt einbog, sah er schwarzen Rauch über dem Haus aufsteigen und den klaren blauen Himmel mit Asche und Ruß verdunkeln.

»Ich bin zeitig aufgestanden und habe alle Zeitungen verbrannt, die ich finden konnte«, erklärte Appan ihm in wütendem Flüsterton in seinem Arbeitszimmer bei geschlossenen Fenstern. »Wenn deine Mutter die zu Gesicht bekommt, wird sie vor Scham sterben.«

»Das sind doch alles nur Lügen, Appan! Muss ich dich davon wirklich überzeugen?«, erwiderte Anto. »Das Wichtigste ist jetzt, dass wir sie aus dem Gefängnis freibekommen.«

»Ich weiß nur«, entgegnete sein Vater bleich vor Wut, »dass ich bis vor Kurzem systematisch über die wahren Umstände der Beschäftigung deiner Ehefrau belogen wurde, und es fällt mir schwer, dir keine Schuld daran zu geben, sie nicht besser kontrolliert zu haben.«

Anto sagte nichts dazu, er starrte seinen Vater nur kopfschüttelnd an. Der endgültige Verrat.

»Willst du damit sagen, dass du nicht helfen wirst?«, fragte er schließlich.

Appan seufzte tief. »Es gibt hier zwei Möglichkeiten: Man könnte sie wegen unbeabsichtigten Totschlags verurteilen, was ein schweres Verbrechen ist.«

»Ich habe es nachgeschlagen«, sagte Anto. »Aber das trifft hier nicht zu: Unbeabsichtigter Totschlag bedeutet, dass man gefühllose Missachtung gegenüber dem menschlichen Leben gezeigt hat, wie das etwa der Fall ist, wenn man im betrunkenen Zustand Auto fährt oder einen alten Menschen mit einem wütenden Hund zusammenlässt.«

»Dann bist du jetzt also unter die Anwälte gegangen?« Appans Tonfall war wie ein Schlag ins Gesicht. »Es gibt durchaus Hebammen, denen man das vorgeworfen hat, wenn etwas schiefging, aber die andere Möglichkeit ist eine Anklage wegen Totschlags und schwerwiegender Fahrlässigkeit. Das könnte zu zehn Jahren Gefängnis führen, wenn deine Frau keine Approbation hatte. Was hat sie sich dabei gedacht?« Seine Augen traten ungläubig hervor.

Anto senkte seinen Kopf.

»Ein rücksichtsloses Verhalten ist es außerdem.« Appan tippte mit einer Hand ungeduldig auf den Schreibtisch. »Und du erwartest von mir, dass ich dafür meine ganze Karriere aufs Spiel setze? Nun, das werde ich nicht tun. Ich kann Gott nur dafür danken, dass ihr Name in den Zeitungen als Smallwood und nicht als Thekkeden auftaucht.«

»Nun, das erleichtert die Sache wirklich ungemein!« Anto sprang auf. »Hauptsache, wir sind nicht davon betroffen.«

»Mit wem, glaubst du, sprichst du hier?« Anto sah zwei blaue Adern auf Appans Stirn anschwellen, ein sicheres Zeichen dafür, dass sein Vater ausrastete, aber das war ihm inzwischen egal. Sollte der alte Tyrann mit seiner Einschüchterungstaktik doch in der Hölle schmoren.

»Ich spreche mit dir, Appan«, sagte Anto. »Und was ich zu sagen habe, ist Folgendes: Meine Frau ist unschuldig, aber das schert dich einen Dreck. Wir sind natürlich lieber um den eigenen Ruf besorgt, damit der edle Name Thekkeden ja keinen Schaden nimmt.« Ein Schweißtropfen fiel auf das Löschpapier seines Vaters.

»Verlass mein Haus«, sagte Appan mit ruhiger Stimme. »Und wenn du so weitermachst, brauchst du gar nicht mehr zurückzukommen. Ich habe mein ganzes Leben in den Dienst der Justiz gestellt und werde das jetzt nicht wegwerfen.« Er holte ein Taschentuch aus der Schublade und wischte sich das Gesicht ab.

»Sie ist unschuldig. Sie wurde gebeten zu helfen.«

»Ihre Unschuld war gefährlich und naiv. Wie viele Warnungen brauchst du denn noch?«

Anto nahm seinen Mantel. »Ich denke, wir sollten das Gespräch hier beenden. Ich komme erst wieder zurück, wenn sie frei ist.«

»Tu, was dir beliebt«, erwiderte Appan achselzuckend. »Meine Hauptsorge gilt deiner Mutter. Sie kommt mit mir mit, um einem Skandal zu entgehen. Sollte deine Frau verurteilt werden, werde ich der Familie sagen, sie sei abgereist, um sich weiterzubilden. Auf diese Weise brauchen wir nicht darüber zu sprechen.«

»Wenn du das so möchtest.«

»Ich möchte das«, sagte sein Vater, den Blick starr geradeaus gerichtet.

Anto schloss hinter sich die Tür und ging.

Kapitel 57

Ich wurde am Freitag, den 5. Mai 1951 um elf Uhr morgens am High Court of Travancore-Cochin in Ernakulum verurteilt. Das Datum und die Zeit haben sich in mein Gedächtnis eingebrannt. Mein Verbrechen: Totschlag und grobes berufliches Fehlverhalten. Saraswati, die bis zum letzten Moment damit gerechnet hatte, als Zeugin aussagen zu müssen, wurde nicht vorgeladen. Das Urteil: drei Monate in der Besserungsanstalt für Frauen in Viyyur, einhundertzwanzig Kilometer nördlich von Fort Cochin. Der Richter meinte, ich hätte Glück, so gut weggekommen zu sein, denn dies seien sehr schwere Verbrechen.

An dem Tag, als mein Fall verhandelt wurde, fielen fünfzehn Zentimeter Regen. Vom Hafen hörte man das Zischen der durch die Pfützen fahrenden Räder, Fenster rappelten, von den Dutzenden nasser Regenschirme bildeten sich Lachen neben der Tür, die Körper dampften. Ich erinnere mich an diese Details, aber überraschend wenig an das, was gesprochen wurde. Nur an die blaue Decke des Gerichtssaals, die Reihe von Korbstühlen, wo Anto saß und mich ansah, bemüht, mich aufzumuntern, selbst aber verzweifelt, Saraswati Nair neben ihm, die konzentriert zuhörte und aufgrund der

Unzulänglichkeiten des einzigen Anwalts immer wieder zusammenzuckte, den wir in so kurzer Zeit finden konnten, der meinen Namen falsch aussprach und so schnell redete, dass ich fast kein Wort verstand.

Lange bevor der Richter – ein alter Widersacher Appans – sein Urteil fällte, überkam mich das Gefühl, dass ich mich auf dem abwärtsführenden Pfad meiner eigenen Zerstörung befand. Als der Urteilsspruch verlesen wurde, war mir schwindelig: Das geschah jemand anderem.

Während Anto mich später in meiner Zelle besuchte, kamen wir überein, dass er es an diesem Abend Raffie erzählen sollte.

»Aber ich werde ihm nicht sagen, für wie lange.« Er versuchte zu lächeln. »Saraswati meint, du könntest viel schneller wieder rauskommen. Sie findet, es sei nur eine leichte Strafe.« Sein Lächeln war diesmal noch weniger von Erfolg gekrönt.

Bevor er ging, bat ich: »Kannst du Raffie zu mir mitbringen?«

Darauf erwiderte er kurz angebunden, er werde sehen, was er tun könne. »Es könnte ihn zu sehr aufwühlen.« Und das war es dann. Ich sehnte mich nach einer Berührung von ihm, nach einem Wort, aber dieses unglaubliche Ereignis hatte uns benommen gemacht und entzweit.

»Ich gehe dann mal besser nach Hause«, sagte er, obwohl der Wachmann ihn noch nicht dazu aufgefordert hatte.

»Ja, geh nur«, sagte ich. »Gib Raffie einen Kuss von mir. Sag ihm, dass ich ihn liebe.«

Dann versuchte er noch, mich aufzubauen: indem er mir berichtete, dass er sich mit den Gesetzen für Totschlag beschäftige, um sie genauso gut zu verstehen wie ein professioneller

Anwalt. Dass ein Wiederaufnahmeverfahren unvermeidbar sei und es nur eine Frage von Tagen oder Wochen sei, bis ich wieder freikäme. Ich hörte diese Worte wie durch eine dicke Glasscheibe. Mit Sicherheit sprach er von jemand anderem.

Und dann küsste er mich: Unsere Arme und Köpfe waren ein verzweifelter Wirrwarr aus Liebe und Leid.

»Ich komme morgen wieder«, sagte er.

Ich wurde im Gefängniswagen in einer etwa dreistündigen Fahrt von Fort Cochin nach Viyyur gebracht und war dabei noch immer zu geschockt, um klar denken zu können. Bis zu diesem Moment war ich davon ausgegangen, dass Appan mit all seinen einflussreichen Freunden eine Strafe zahlen und ein paar Strippen ziehen würde oder dass Saraswati mit ihrem Händchen für behördliche Belange etwas bewegen könnte. In meinen kühnsten Träumen stellte ich mir sogar vor, Dr. Annakutty würde auftauchen und zugeben, dass sie mich gebeten hatte, die Entbindungen durchzuführen, und dass diese komplikationslos verlaufen waren. Jetzt kam ich mir wie der gutgläubigste Idiot auf Erden vor.

Ich dachte an all die unbedeutenden Dinge, die normalerweise zu meinem Alltag gehörten. Aufstehen, mich waschen, mit Raffie spielen, Hausarbeit, die Mahlzeiten, das Briefeschreiben, die Spaziergänge mit Anto, all die scheinbar unwichtigen Kleinigkeiten, die ein Leben ausmachten. Alles stillgelegt. Jetzt gehörte ich der Strafvollzugsbehörde – mein Körper und meine Zeit. Ein fürchterlicher Gedanke.

Als wir südlich von Viyyur anhielten, um zu tanken, legte der Wachmann im Wagen seine Hand auf das Tagebuch, das ich von Zeit zu Zeit führte. »Was schreiben Sie da?«

»Nichts«, sagte ich. »Ein Tagebuch.« Und ergänzte dann mit meinem gewinnendsten Lächeln: »Sie können es gern lesen, wenn Sie möchten.«

Während der wenigen Sekunden, in denen seine Hand über den Seiten schwebte, hörte ich fast zu atmen auf; dann schnaubte er verächtlich und wandte sich ab. Warum sollte ein wichtiger Mann wie er ein albernes Tagebuch lesen wollen?

»Im Gefängnis wird man Ihnen das womöglich wegnehmen«, warnte er mich, als der Kleinbus wieder ins Leben zurückstotterte und wir weiterfuhren. Und da beschloss ich, dass ich es verstecken musste, und zwar sorgfältig. Ich brauchte für diese Zeit ein Ventil, und dafür musste es herhalten.

Der erste Anblick des Zentralgefängnisses von Viyyur: verbrauchte Erde, müde Gebäude, Stacheldraht, Vögel, blauer Himmel, Baumwipfel.

Während wir uns ihm auf der zentralen Zufahrtsstraße näherten, warf mir der Wachmann ein paar Informationsbrocken hin. Dies sei in erster Linie ein Gefängnis für männliche Langzeitgefangene, die dort wegen Mord, Raub und Diebstahl einsaßen. Das Frauengefängnis befinde sich in den beiden Blöcken F und E im Zentrum des Komplexes. Es gebe zwei Fabrikgebäude, wo die Frauen für einen kleinen Wochenlohn Körbe und Kleider herstellten, auch ein Gefängnisgarten sei vorhanden.

Als der Kleinbus anhielt, wurde ich über einen Korridor in einen kleinen fensterlosen Raum geführt, in dem eine nackte Glühbirne brannte. In der Zelle stand ein Charpai, auf dem ein dünnes Kissen wie ein Polster und eine graue

Gefängnisdecke mit der Aufschrift EIGENTUM DES GEFÄNGNISSES VON TRAVANCORE lagen. In der Ecke stand ein Eimer.

Ein älterer Mann in einem fleckigen Overall kam mit einer Schüssel Wasser und einem Lappen. Er sagte mir, ich solle meine Kleider ausziehen. Er schaltete das Licht aus und verschloss die Tür. Als ich ihm sagte, dies solle eine Frau tun, schüttelte er den Kopf, als würde er mich nicht verstehen. Er sah mich nicht an, als er mit seinen Händen über meine Schenkel, meinen Bauch, meine Brüste und zwischen meine Beine fuhr. Gott sei Dank ging er sehr mechanisch dabei vor, behandelte mich sogar mit ein wenig Abscheu: eine kontaminierte weiße Frau. Als er mein im Kleid steckendes Tagebuch entdeckte, blätterte er es geschäftig durch, schniefte und gab es mir zu meiner Überraschung zurück.

Er nahm mir meine Kleider und meine Schuhe weg und gab mir stattdessen einen rauen weißen Sari und eine weite weiße Bluse zum Anziehen.

Während ich mich anzog, drehte er sich zur Wand und meinte dann mit Fistelstimme, dass ich ein oder zwei Nächte in dieser Zelle bleiben und dann verlegt werden würde. Er erklärte mir, diese Zelle verfüge über die vorgeschriebene Größe »mit genügend Luft zum Atmen«. Die bloße Vorstellung, dass es eine offiziell empfohlene Menge an Luft zum Atmen gab, brachte mein Blut in Wallung.

Am nächsten Tag legte mir ein neuer Wachmann, jung und mit Windpockennarben im Gesicht, Handschellen an und führte mich den Korridor hinunter und über einen Platz zum Frauengefängnis in Block F. Ich stand blinzelnd und sehr verängstigt vor der Tür, als ein anderer Mann eine Reihe von

Riegeln öffnete und mich in eine Gemeinschaftszelle führte, die etwa fünfzig Quadratmeter groß war, mit Kokosmatten auf dem Boden und hohen, fleckigen Wänden. Bräunliches Licht fiel durch vier oder fünf verschmierte Dachfenster.

Als meine Augen sich angepasst hatten, sah ich etwa fünfzig Frauen, einige saßen auf dem Boden, ein paar starrten ins Leere, andere schliefen auf den dünnen Matratzen. Die meisten waren hier, um Langzeitstrafen abzusitzen: wegen illegaler Schnapsbrennerei, Landstreicherei, Prostitution, Mord. Im Raum befanden sich außerdem drei kleine Babys und fünf Mädchen unter zehn Jahren.

Der Wachmann sagte etwas über mich, das ich nicht verstand, worauf die Frauen jedoch sofort zu murmeln anfingen und mir argwöhnische Blicke zuwarfen, was meine Besorgnis vor der kommenden Nacht verstärkte.

Als er ging, setzte sich eine Frau mit hinkendem Gang, deren Haare militärisch kurz geschnitten waren, auf eine Matratze mir gegenüber und sah mich höhnisch an. Ich sollte später erfahren, dass diese ehemalige Lehrerin zu einer Gruppe von Frauen gehörte, die während der Aufstände zusammengetrieben und mehrfach vergewaltigt worden waren. Der Scham angesichts der Vergewaltigung und die darauffolgende Ablehnung durch die Familie hatten sie in den Wahnsinn getrieben. Sie hätte niemals hier sein dürfen.

Sobald der Wachmann ging, erfüllte nervtötender Lärm wie Papageiengekreisch den Raum. Keine der Frauen sprach Englisch, oder wenn sie es taten, dann nicht mit mir.

Im Raum stand die Luft vor Hitze und Ausdünstungen. Die Verrückte starrte mich so lange an, bis eine ältere Frau mit souveränem Auftreten mich am Arm berührte und zu einem

Bett auf der anderen Seite des Raums führte. Sie hielt einen Finger hoch – warte! – und kam gleich darauf mit einem Glas Wasser zurück. Als ich versuchte, ihr zu danken, lächelte sie nicht, aber ich war dennoch froh darüber.

Ich hatte Hunger, da ich tags zuvor fast nichts gegessen hatte, doch als das Gefängnisfrühstück kam – ein großer runder Kloß aus grob gemahlenem Mehl, das muffig schmeckte –, brachte ich nichts davon runter. Ich hatte mir vorgestellt, hatte gehofft, dass wir nach dem Frühstück etwas zu tun bekämen – Fabrikarbeit, Korbflechten –, aber wir verbrachten die nächsten beiden Stunden in klebriger Hitze. Schlafen, um die Zeit totzuschlagen, war unmöglich; ich legte mich dennoch auf mein Bett, weil ich befürchtete, mir in diesem Dunst aus schwitzenden, ausdünstenden, hustenden Körpern etwas einfangen und sterben zu können, ohne Anto oder Raffie jemals wiederzusehen.

An meinem dritten Tag, den ich dort verbrachte, mussten wir uns nach unserem Frühstück aus einer Art Grütze, zubereitet mit *chaakkari,* dem billigsten Reis, den es gab, in Reih und Glied aufstellen und marschierten dann über einen zubetonierten Hof in einen Raum voller Körbe. Eine dünne Frau mit einem harten, abgespannten Gesicht, die kaum mehr Zähne im Mund hatte, gab mir ein Bündel stacheliger Gräser und ratterte Anweisungen auf Malayalam herunter. Ich kam mir so dumm vor, wie sich wohl einige der Moonstone-Hebammen gefühlt haben dürften, als sie mir zuhörten. Ich tat mein Bestes, aber nachdem ich drei Stunden im Schneidersitz auf dem Boden gesessen hatte, tat mir der Rücken weh, und meine hoffnungslos ungeschickten Finger zitterten vor Erschöpfung.

Als die Zahnlose meinen verunstalteten Korb sah, hielt sie ihn hoch und machte sich lustig darüber, was die anderen Frauen zum Lachen brachte.

Sechs Tage lang flocht ich Körbe, und als am siebten plötzlich ein Wachmann kam und sagte: »Ehemann ist da«, wusste ich nicht, ob ich mich freuen oder weinen sollte. Ich hatte nicht geschlafen, und mein Rücken schmerzte ständig. Ich fühlte mich außerdem schmutzig. Als ich den Wachmann fragte, ob ich mich erst waschen dürfe, blaffte er mich an: »Ganzkörperwaschungen für Frauen am Freitag.« Aber dann gab er nach und brachte mir eine Schüssel voll Wasser und einen kleinen Topf mit klebriger schwarzer Seife.

Anto saß blass und still im Besucherzimmer, als ich eintrat. Er hatte Raffie mitgebracht – ein großer Fehler. Er sprang zu mir und bedeckte mein Gesicht mit Küssen, warf sich dann auf den Boden und schluchzte so hysterisch, dass der Wachmann warnend meinte, er müsse gehen, wenn er damit nicht aufhörte. Anto kniete sich neben ihn.

»Der Mann sagt, dass wir gehen müssen, wenn du weinst«, warnte er ihn. Er nahm ihn auf den Arm, aber der Anblick von Raffie, dessen tapferem kleinem Gesicht man ansah, wie er mit den Tränen kämpfte, brach mir das Herz.

»Mummy riecht komisch«, sagte Raffie, sobald er wieder sprechen konnte. Als er seinen Finger aus dem Mund nahm und meine Haarspitzen berührte, spürte ich, wie sein Herz in seiner Brust klopfte.

Anto, der uns beobachtete, sagte: »Wie, um Himmels willen, konnte es so weit mit uns kommen?«

»Ich weiß es nicht«, erwiderte ich. Eigentlich wollte ich sagen: Ich liebe dich, ich vermisse dich, ich werde bald wieder zu Hause sein, aber ich fühlte mich so herabgewürdigt und beschämt, dass ich diese Worte nicht über die Lippen brachte. Stattdessen sagte ich ihm, er hätte Raffie nicht mitbringen dürfen.

»Du bist nicht mit ihm zusammen«, zischte er mir leise zu.

Raffie befreite sich von meinem Schoß und setzte sich auf den Boden.

»Du bist ein sehr guter Junge, mein Schatz«, sagte ich. »Ich komme so bald ich kann nach Hause.« Er fing wieder zu weinen an.

Anto meinte, ich sähe blass aus und hätte abgenommen. Er mache sich Sorgen um mich. Ich erzählte ihm vom Korbflechten, versuchte, ihn zum Lächeln zu bringen, und bat ihn, mir beim nächsten Mal das Malayalamwörterbuch mitzubringen.

»Es wird nicht mehr lange dauern, das weißt du doch?« Er nahm mein Gesicht in seine Hände.

Und da sah ich ihn zum ersten Mal richtig an. »Was ich wegen Raffie gesagt habe, tut mir leid«, flüsterte ich. »Schläft er denn?«

»Nicht viel … nicht wirklich. Keine Sorge«, sagte er und dann, nach einer Pause: »Er vermisst dich.«

»Kann Amma ihn nicht für ein oder zwei Tage nehmen?«

»Nein, sie ist … Appan macht Urlaub mit ihr.«

»Dann ist sie tatsächlich mitgekommen?« Ich war mir fast sicher gewesen, sie würde sich weigern, denn Amma gehörte einfach zu Mangalath, doch es war keine Zeit, um es mir zu erklären, und es gab nicht viel zu sagen, was nicht trivial oder langweilig oder zu sehr mit Ungesagtem belastet gewesen wäre. Der Rhythmus unseres gemeinsamen Lebens war ein anderer geworden: kein Lachen mehr, keine langen

Gespräche, keine gemeinsamen Aufgaben, keine Neckereien – nur diese geteilte Demütigung.

»Saraswati und ich sind uns sicher, dich bald hier rausholen zu können«, sagte er, bevor er ging. »Nächstes Mal erzähl ich dir mehr.« Er sah mich eindringlich an. »Du bist nicht allein«, sagte er. »Du bist nicht allein. Glaubst du mir das?«

Ich nickte benommen. Als er mich umarmte, hätte ich mir gern alles von ihm einverleibt: Seine Brust, seine Arme, seinen Duft nach Zitrone und Holz, aber als ich dann später auf meiner Matratze lag und vor lauter Hitze keinen Schlaf fand, spürte ich, wie die Wüste in mir immer größer wurde. Nach der Bezahlung des unfähigen Anwalts hatten wir kaum mehr Geld übrig, und im Gefängnis konnte ich wohl nicht auf Unterstützung rechnen. Was sollte ich also tun? Mir waren die Hände gebunden.

Kapitel 58

Am Ende meiner zweiten Woche wachte ich auf, weil die ehemalige Lehrerin mit dem grauen Stoppelhaarschnitt rhythmisch auf mein Gesicht einschlug und dabei die gelben Zähne bleckte. Es war früh am Morgen, ich war noch im Halbschlaf. Zwei Wachen kamen herbeigeeilt, als sie meine Schreie hörten, und schleppten sie weg, aber davor konnte sie meinem Kopf noch einen Fußtritt verpassen.

Als ich wieder zu mir kam, lag ich im Gefängniskrankenhaus, einer großen Wellblechbaracke am Rande des Platzes für den Hofgang. Der Schmerz in meiner Schläfe war heftig, und mein Mund und meine rechte Wange fühlten sich nach einem Bluterguss an. Während ich mein Bewusstsein wiedererlangte, glaubte ich aus der Tiefe eines schmutzigen Sees an dessen Oberfläche zu schwimmen, auf dem Kopf nichts als dreckigen Unrat. Als ich nach oben blickte, ruhten Saraswati Nairs Augen auf mir. Einen kurzen Moment lang wurde sie Teil meines Traums, wie ein umgekehrtes Déjà-vu. Ihr Gesicht war unbewegt, und sie lächelte nicht.

»Ist mit Raffie alles in Ordnung?«, fragte ich. Meine Spucke schmeckte nach Kupfer.

»Keine Sorge.« Sie kniete sich neben mich. »Kamalam und

Anto kümmern sich sehr gut um ihn. Jetzt hören Sie mir genau zu.« Ihre Brillengläser spiegelten so stark, dass es wehtat. »Ich darf nur zehn Minuten mit Ihnen sprechen, aber das ist wichtig.«

Sie brachte ihr Gesicht nah an meins und sprach langsam und deutlich. »Es wird ein Wiederaufnahmeverfahren geben. Ich habe mehr als hundertdreiundachtzig Unterschriften von Moonstone-Patientinnen in einer Petition gesammelt. Ich besuche Regierungsstellen und übe Druck aus. Ich bestehe darauf, dass man mich beim nächsten Mal als Zeugin vernimmt, das war ein schwerwiegender Justizirrtum. Hören Sie mir zu?«

»Danke, Saraswati«, sagte ich kraftlos. Sicher erfand sie das alles.

»Was soll denn hier ein Danke?«, erwiderte sie wütend.

»Ich hätte es nicht tun dürfen …« Ich wollte, dass sie aufhörte, mit ihren Worten auf meinen Kopf einzuhämmern, und ihre spiegelnde Brille abnahm.

»Hören Sie«, zischte sie und brachte ihr Gesicht näher an meines heran. »Sie haben einen Ehemann auf dem Kriegspfad und dazu die vielen mutigen Frauen in unserer Gemeinde, die sich wie Löwinnen für Sie einsetzen, und ich brülle mit ihnen. Und vergessen Sie nie: Sie haben Dr. Annakutty niemals belogen, was Ihre Qualifikationen angeht. Sie hat Sie als kompetent erachtet, aber das bedarf keiner Erwähnung. Was wir jetzt brauchen, ist Geld.«

»Wir haben keins«, erklärte ich ihr. »Anto hat unser Erspartes für den Anwalt ausgegeben, auch wenn es nicht viel geholfen hat. Ich wünsche, ich hätte Sie haben können, Saraswati.«

»Ich hätte den Fall in der Luft zerpflückt«, meinte sie

bescheiden. »Aber zurück zum Geld: Ihre Familie ist reich, lassen Sie sie zahlen.«

»Sie wird nicht zahlen.«

»Sie zahlt nicht?« Sie konnte ihre Enttäuschung kaum zurückhalten.

»Sie wird kein Schmiergeld zahlen – nicht alle Inder sind käuflich, wissen Sie.«

Ohne darauf einzugehen, schob sie ihre Manschette zurück und warf einen Blick auf die Männerarmbanduhr, die sie trug.

»Mir bleiben noch fünf Minuten, und Sie müssen unbedingt begreifen, dass dies kein guter Zeitpunkt für eine Engländerin im Gefängnis ist: Diese Verrückte könnte wieder zuschlagen.« Sie brach plötzlich ab. »Was ist das?« Sie packte meine rechte Hand und starrte entsetzt darauf. Sie war überzogen von kleinen Schnitten.

»Das sind die Gräser.« Ich schämte mich. »Wir flechten Körbe für die großartige Summe von einer Rupie pro Woche.«

»Diese Idioten. Was für eine Vergeudung!« Saraswati schlug sich mit der Hand auf den Kopf und sah sich um. »Ich werde mit dem zuständigen Arzt sprechen.«

Sie stolzierte aus dem Raum und kam wenige Minuten später mit einem Mann mittleren Alters mit Tränensäcken unter den müden Augen und einem aufgesetzten Lächeln zurück. Er hatte ein Stethoskop um den Hals hängen.

»Dr. Zaheer«, sagte sie, »ist hier der Oberarzt.« Sie unterhielten sich eine Weile über meinen Kopf hinweg, Saraswati übersetzte. »Er sagt, das Gefängnis und das Krankenhaus seien völlig überfüllt. Noch nie hätten sie so viele Insassen gehabt. Sie haben im Garten ein Zelt aufgestellt, um weitere

Patienten aufnehmen zu können, doch Arzneimittelvorräte werden knapp.« Sie setzte zu einer weiteren Wortsalve an.

»Zeigen Sie ihm Ihre Hände. Ich frage ihn, ob das eine Art ist, eine staatlich geprüfte Krankenschwester zu behandeln … Wo haben Sie gelernt? St. Thomas, da hat doch Florence Nightingale gearbeitet, oder irre ich mich? Nein. Eins der besten Krankenhäuser in England. Korrekt?«

»Es ist sicherlich …«

»Jetzt werde ich ihm erzählen, dass Sie viele Kinder gesund entbunden haben.« Ich schüttelte den Kopf, bevor sie zu Ende gesprochen hatte.

»Saraswati, stopp! Stopp! Stopp! Bitte! Nennen Sie ihm den Grund, weshalb ich hier bin.« Meine Lippen fühlten sich noch immer riesig an, als würde ich durch einen inneren Schlauch sprechen. »Keine Vorspiegelung falscher Tatsachen.«

Als sie daraufhin weiterplapperte, sah ich, dass in den müden Augen des Arztes eine Erkenntnis zu dämmern begann. Er strich sich mit der Hand über sein Stoppelkinn und sprach dann minutenlang, ohne Luft zu holen.

»Also Folgendes«, sagte Saraswati. »Sie sollen wissen, dass diese Einrichtung einmal einen sehr guten Ruf hatte, und er möchte, dass sie diesem wieder gerecht wird. Ich sagte ihm, dass wir das beim Moonstone-Heim genauso sahen, dass wir sehr stolz darauf waren und alles in unserer Macht Stehende taten, damit es funktionierte. Wenn wir manchmal pfuschten, dann nicht, weil wir dumm oder grausam waren, sondern weil uns nichts anderes übrig blieb, und dieses Mal bezahlten wir den Preis dafür. Sie insbesondere.«

»Das ist nett«, sagte ich müde und fühlte nur Schmerz in

meinem Kopf, in meinem Mund. Als ich wieder aufwachte, war sie gegangen.

Wie sich herausstellte, sprach Dr. Zaheer ausgezeichnetes Englisch.

»Miss Smallwood«, fragte er mich vier Tage später mit dem gleichen aufgesetzten Lächeln, das mich nervte. »Haben Sie ein Examen als Krankenschwester? Ja oder nein?«

»Ja, vom St.-Thomas-Krankenhaus, nur die Hebammenausbildung hatte ich nicht ganz …«

»Das ist alles, was ich wissen muss.« Er holte einen Block heraus und schrieb eifrig. »Ich schreibe Sie noch für weitere drei Tage krank, danach möchte ich, dass Sie sich jeden Morgen um sechs Uhr dreißig melden. Wir haben hier in der Frauenklinik dringend Hilfe nötig – allgemeine gynäkologische Probleme, außerdem mehrere Geburten im Monat. Ich werde das mit dem Gouverneur klären. Ihre Tage des Korbflechtens sind vorbei.« Diesmal schaffte sein Lächeln es in die Augen, und auch ich versuchte zu lächeln, aber es schmerzte zu sehr, und ich erkannte außerdem, dass ich, wenn ich mich als zu nützlich erweisen würde, womöglich in eine neue Falle tappte.

Kapitel 59

Sprechstunden im Gefängniskrankenhaus fanden vormittags von acht bis zwölf Uhr statt. Keiner hielt sich daran. Die Patienten strömten mit allen nur denkbaren Beschwerden zu uns, von Furunkeln über Magenprobleme bis zu sekundärer Syphilis oder Knochenbrüchen. Während meiner ersten Woche behandelte ich eine Frau mit eingerissener Vagina infolge einer brutalen Vergewaltigung. Dr. Zaheer betonte, sie sei zweimal vergewaltigt worden: diesmal von einem Gefängniswärter, der streng bestraft worden sei, das Mal davor von einem britischen Soldaten in der Woche vor der Unabhängigkeit. Ob das stimmte? Keine Ahnung.

Dr. Zaheer, dessen freudloses Lächeln von Tag zu Tag mehr einem Totenkopfgrinsen ähnelte, meinte, die Einrichtung stünde kurz vor dem Kollaps. Unsere Hauptstation konnte zwanzig Patientinnen bequem aufnehmen, aber oft hatten wir die doppelte Anzahl und konnten uns nur noch mit Mühe zwischen den Betten hin und her bewegen.

Aber ich respektierte diesen verantwortungsbewussten Mann, der unter schwierigen Bedingungen sein Bestes gab. Er war zu mir recht freundlich und lobte sogar meine Stiche, als ich den Vaginalriss nähte, eine Arbeit, die eine Stunde dauerte. Er ließ keinen Zweifel daran, dass mir keine andere Wahl blieb, als hier zu sein, zumal zwei der angestellten Krankenschwestern krankgemeldet waren. Er bestand zudem darauf, dass ich mit den Patientinnen Malayalam sprach. »Das ist schließlich unsere Staatssprache, nicht wahr?«, meinte er sarkastisch.

Nach einem Monat konnte ich ganze Sätze sprechen, ohne lange nachdenken zu müssen. Es waren jedoch nicht notwendigerweise Sätze für den höflichen Gebrauch in der Gesellschaft – »Haben Sie schon mal versucht, sich zu strangulieren?« oder: »Mit wie vielen Männern hatten Sie Geschlechtsverkehr?« –, aber es freute mich, fließender sprechen zu können.

Die Stationsschwester, eine gut aussehende Frau mit harten Gesichtszügen namens Alka, schlief, dessen war ich mir sicher, mit Dr. Zaheer, eine Art *Droit-de-seigneur*-Vereinbarung, wie sie in indischen Krankenhäusern nicht unüblich war und ein weiterer Grund dafür, dass die Thekkedens meinen Beruf völlig unpassend fanden.

Als ich sie in der Apotheke überraschte, sprangen sie auseinander, und wenn ich in der Folgezeit Alkas Anweisungen mal nicht verstand, riss sie wütend die Augen auf wie die böse Hexe in einem Weihnachtsstück für Kinder.

Während meiner dritten Woche im Krankenhaus, als eine der neuen Gefangenen mit fast vollständig geöffnetem Muttermund zu uns kam, wurde ich abgestellt, um Champa, einer einheimischen Hebamme, zu helfen, die gerufen wurde, wann immer wir sie benötigten. Für ein förmliches Vorstellen blieb keine Zeit. Wir schoben die schreiende Frau auf eine Nebenstation und führten gemeinsam eine Entbindung wie aus dem Lehrbuch durch. Dank meiner Praxis im Moonstone kannte ich alle relevanten Begriffe, und wir waren ein gutes Team. Als das Baby herausflutschte, wandte sich Champa mit einem Blick an mich, der »gut gemacht« besagte. Dieses arme Baby würde die meiste Zeit seines Lebens in Gefangenschaft verbringen, weil seine Mutter wegen Mordes an ihrer tyrannischen Schwiegermutter einsaß. Wie Dr. Zaheer mir mitteilte, hatte sie noch Glück gehabt, dass sie in ihrem Dorf nicht gelyncht worden war.

Als ich abends zurück in den F-Block kam, war ich fast zehn Stunden im Einsatz gewesen und ganz benommen vor Erschöpfung. Der Wachmann kam und meinte zu mir, am Empfang warte Besuch auf mich, doch ich konnte mich nicht darüber freuen.

Anto vermochte nicht zu verbergen, wie sehr ihn mein Anblick erschreckte.

»Isst du auch genug?« Er nahm meine Hand. »Du hast so abgenommen. Was geben sie dir denn zu essen?«

Ich sagte ihm, dass das Schwesternessen unendlich viel besser sei als das, was die gewöhnlichen Gefangenen bekämen. Dass es Dosas und frisches Obst gebe, ich am Morgen aber kaum Hunger hätte.

»Kit.« Als Anto sanft mit seinem Finger über meine Hand strich, kam sofort ein Wachmann angesprungen – sie waren während der Besuchszeiten immer in Alarmbereitschaft, dass es zu keinen »unmoralischen Handlungen« kam. »Du musst frühstücken, bitte.«

Ich antwortete nicht. Ich überlegte, ob ich ihm hier und jetzt von meinem Verdacht hinsichtlich anderer Gründe für meine Blässe erzählen sollte. In den Tagen vor meiner

Verurteilung war unser Liebesspiel mehrmals von so verzweifelter Intensität gewesen, dass es mich an unsere Nächte in der Wickam Farm erinnert hatte, und jetzt hatte ich mich an zwei aufeinanderfolgenden Tagen morgens übergeben, und meine Brüste waren sehr empfindlich. Dass meine Periode ausgeblieben war, hatte ich mir mit meiner Aufregung erklärt. Ich konnte mir keinen schlimmeren Zeitpunkt oder Ort vorstellen, mögliches neues Leben zu feiern. Auch wollte ich ihm keine Hoffnungen machen und erkundigte mich deshalb nach Neuigkeiten über Raffie.

»Er ist traurig«, sagte Anto schließlich. Es war ihm anzumerken, dass er intensiv nachdachte und nach einer aufrichtigen Antwort suchte, weil er mich nicht anlügen wollte, und genau das hatte ich an ihm immer geliebt: dass er stets versuchte, mir die Wahrheit zu sagen, so unangenehm sie auch war. »Er vermisst dich.«

»Schläft er noch immer nicht?«

»Nicht gut.« Anto stieß einen schaudernden Seufzer aus.

»Irgendwelche Hilfe von Amma?«

»Noch nicht.« Als ich ihn ansah, entdeckte ich die dunkelvioletten Ränder unter seinen Augen. »Sie ist noch immer unterwegs mit Appan, aber keine Sorge, Saraswati und ich geben Vollgas. Es wird nicht mehr lange dauern, das verspreche ich dir.«

»Was mir jetzt Sorge bereitet«, sagte ich, »ist, dass ich mich hier möglicherweise zu nützlich gemacht habe – sie sind kolossal unterbesetzt.«

Das platzte völlig unüberlegt aus mir heraus, denn ich war in Gedanken bereits bei der Untersuchung auf eine mögliche Schwangerschaft, auf der ich morgen bestehen wollte. Als ich die Besorgnis in seinen Augen las, hätte ich die untaugliche Frau, zu der ich geworden war, am liebsten an den Schultern gerüttelt und angeschrien: Sag nicht solche Dinge zu ihm! Mach den einen Menschen, der wirklich deine Unterstützung benötigt, nicht noch elender.

Danach herrschte Schweigen zwischen uns, Anto hatte den Kopf in seine Hände gelegt.

»Wie geht es deiner Arbeit?«, erkundigte ich mich. Eine dumme Frage.

»Nicht schlecht«, sagte er. »Ich habe meine Arbeit eingereicht.«

»Irgendwas Neues hinsichtlich der Beförderung?«

Er blickte auf. »Die habe ich nicht bekommen.«

Daran trug definitiv ich die Schuld, vor meiner Verurteilung hatte Dr. Sastry sie ihm als sicher in Aussicht gestellt.

»Nützt es etwas, wenn ich sage, dass es mir leidtut?«

»Nein, es gibt immer eine zweite Chance.«

»Du brauchst keine zweite Chance, du brauchst eine andere Frau.«

Er verzog das Gesicht zu einem Lächeln. Sein dunkles Haar hing ihm in die Stirn. Ich strich es beiseite.

Um das Schweigen zu füllen, erzählte ich ihm von der Geburt, bei der ich am Morgen mitgeholfen hatte.

»Das ist gut für dein Selbstvertrauen, aber vertraust du ihnen?«, fragte er.

»Ja … nein … ich weiß nicht. Dr. Zaheer ist ein guter Mensch, ich denke nicht, dass er mir einen Strick daraus dreht. Ich habe ihn gefragt, ob diese Geburten dafür genutzt werden können, dass ich mein Abschlusszertifikat bekomme.«

»Aber du bist noch immer nicht abgesichert.«

»Doch, das bin ich, ich habe darauf bestanden. Sie haben schriftlich festgehalten, dass ich nicht die hauptverantwortliche Hebamme war. Er hat mir versprochen, ans Royal College of Midwives zu schreiben und es von dort absegnen zu lassen.«

Anto wirkte nicht gerade überzeugt, und das konnte ich von mir auch nicht behaupten, aber mir blieb nichts anderes übrig, als Dr. Zaheer zu vertrauen, wenn ich nicht vor Angst wahnsinnig werden wollte. Anto wollte gerade noch etwas sagen, da läutete die Glocke, so laut, dass man fast einen Herzanfall bekam. Schlüssel rasselten, Wachen schrien. Die Besuchszeit war vorbei.

»Das Beste daran, verheiratet zu sein«, hatte er mir einmal gesagt, »ist, dass man seine Gespräche nicht an Straßenecken beenden muss.« Jetzt taten wir es, und als ich später versuchte, unsere Worte zusammenzusetzen, wirkten sie zerbrechlich und schlecht gewählt, kaum zu fassen. Ich wünschte, ich hätte ihm erzählt, dass wir womöglich ein Baby bekamen, das Versprechen von etwas Neuem, denn als er aufstand, sah ich, wie sehr er durch meine Schuld gealtert war. Er wirkte steif, er hatte ein paar graue Haare, die mir zuvor nie aufgefallen waren. Er strich mir äußerst sanft über die Wangen.

»Ich liebe dich«, sagte er. »Vergiss das nie.«

Ich musste mich zwingen zu lächeln, denn ich fühlte mich so leer wie der Himmel.

Kapitel 60

Jetzt reicht es, sagte sich Anto, als er durch das Gefängnistor ins Freie trat. Zwei Tage später, nach einer Stippvisite in Mangalath und ein wenig Detektivarbeit bei den Bediensteten, traf er kurz vor dem Mittagessen im Crown Hotel in Madras ein. Sein Vater nahm dort an einer Konferenz zur neuen Verfassung teil. Am Tor, das von zwei uniformierten Lakaien bewacht wurde, blieb er verdutzt stehen: Das Hotel – dunkelrosa Mauern, geflieste Innenhöfe, nach Blüten duftende Gärten – war eine ungewöhnlich großzügige Wahl für seinen normalerweise sparsamen Vater.

Er bekam ein Zimmer mit Blick auf den Garten zugewiesen, nahm ein Bad und kleidete sich dann sorgfältig und bedächtig an für den Showdown, der ihm bevorstand. Am Empfang erklärte ihm der Portier, ein lächelnder, unterwürfiger Mann in einer kirschroten Uniform mit Tressen auf den Schultern, dass Mr. Thekkeden, »ein sehr wichtiger Mann«, jeden Tag außer Haus sei, er aber Mrs. Thekkeden sehr wahrscheinlich im Garten finden könne, wo sie sich für gewöhnlich am Nachmittag aufhalte.

Als er seine Mutter aus der Ferne entdeckte, verkrampfte sich sein Herz. Sie saß unter einer Mimose auf einer

Gartenbank, ein kleiner, einsamer Fleck, so tief in Gedanken, dass sie nicht aufblickte, bevor er sich neben ihr niederließ.

»Was machst du denn hier?« Sie sprang auf, als sie ihn sah. »Was ist los?«

»Amma.« Er kniete sich neben sie und nahm ihre beiden Hände in seine. »Ich muss mit dir sprechen.«

»Bist du krank?«

Er hatte auf eine Gnadenfrist gehofft, um es ihr leichter zu machen – ein Austausch von Freundlichkeiten, ein geistiges Pulsfühlen bei ihr –, aber sie hatte ihn unvermittelt an den Punkt gebracht, an dem es kein Zurück mehr gab, und so erzählte er ihr alles rasch.

»Amma, wir haben dich Monat für Monat angelogen, und ich kann das nicht mehr. Kit macht keine Fortbildung, sie ist seit nunmehr fast sechs Wochen im Gefängnis von Viyyur.«

Ihre braunen Augen weiteten sich. »Soll das ein Scherz sein?«

»Nein.« Es ihr zu sagen brachte keine Erleichterung, sondern nur den Schock zurück.

»Weswegen?«

»Totschlag. Eine Scheinbelastung für die Entbindung eines Babys, das gestorben ist.« Es brachte nichts, jetzt etwas zu beschönigen. »Die Einzelheiten kann ich dir später erzählen.«

»Oh mein Gott! Erspar mir die Einzelheiten!« Ihr Gesicht zog sich angewidert zusammen. »Ich wusste, dass das passieren würde.«

Er sah sie an und schüttelte den Kopf. »Wenn du jetzt dein Gesicht sehen könntest, wüsstest du, warum wir dich belogen haben.«

Sie zuckte zusammen, als hätte er sie geschlagen. »Wer hat mich angelogen?«, schrie sie fast. »Wer weiß sonst davon?«

»Es stand in den Zeitungen.«

»Welchen Zeitungen?«

»Du hast sie nicht zu Gesicht bekommen – Appans Befehl –, aber ich erzähle es dir jetzt, weil du die einzige Person bist, die mir wirklich mit Raffie helfen kann. Er macht eine schlimme Zeit durch.«

»Ich wusste, dass etwas nicht stimmt«, sagte sie wütend. »Ich habe mehrmals versucht, mit Appan darüber zu sprechen. Ich sagte: ›Diese Ehe steht auf der Kippe.‹ Er erwiderte darauf: ›Wie oft muss ich es noch wiederholen: Sie ist weg, um sich fortzubilden. Sie sind ein modernes Paar, das modern lebt.‹ Nett zu erfahren, dass alle sich über mich lustig gemacht haben.«

»Meine Ehe steht nicht auf der Kippe«, erklärte er und starrte mit leerem Blick auf die bestens gepflegten Terrassen um ihn herum: die Orangenbäume, die Mimosen, die üppigen Bougainvillea, unter denen die Gärtner mit der Präzision von Künstlern Pferdemist verteilt hatten. »Aber ich brauche deine Hilfe.« Er stieß mit seinem Fuß gegen eine Mimosenblüte.

Sie schirmte ihr Gesicht gegen die Sonne ab und starrte ihn an. »Hilft Appan denn nicht?«

»Er kann oder will nicht, aber ich bin jetzt an einem Punkt angelangt, an dem ich es leid bin, den Familiennamen um jeden Preis zu schützen.«

»Antokutty«, sie sah ihn flehend an, »sag nicht solche Dinge zu mir. Es bricht mir das Herz. Ich wäre an dem Tag, als sie dich wegschickten, beinahe gestorben.«

»Ich spreche nicht von uns, Amma. Ich spreche von meiner Frau, meiner Familie.«

»Als du klein warst, haben wir, wenn möglich, jeden Augenblick zusammen verbracht. Niemals habe ich einen anderen Menschen so geliebt.«

»Ich bin jetzt erwachsen, Amma. Ich habe viel Zeit allein verbracht.«

»Nun, was kann ich tun?«

»Ich brauche Hilfe mit Raffie. Er ist völlig durcheinander. Ich brauche Geld für einen anständigen Anwalt … Oh Gott, wie ich das hasse …«

»Dann gib mir Zeit!« Sie legte ihre Hand auf seinen Arm. »Ich lasse mir etwas einfallen. Ich möchte dich nicht noch einmal verlieren.«

Kapitel 61

Als Anto gegangen war, ging Amma nach oben, sperrte sich im Badezimmer ein und trat, so fest sie konnte, in einem Anfall reinster Wut gegen Appans braune Ledertasche – ein Geschenk von Hugo Bateman. Dann schloss sie die Klappläden, verschränkte die Arme vor der Brust und lief weinend und schreiend im Raum auf und ab.

Das war die schlimmste öffentliche Schande, der die Familie je ausgesetzt gewesen war, aber am meisten schmerzte sie, dass außer ihr alle Bescheid gewusst hatten, als wäre sie zu schwachsinnig, zu konventionell und völlig zurückgeblieben, um ihr die Wahrheit zu erzählen.

Eine weitere Quelle der Demütigung sah sie darin, dass sie während dieses unerwarteten Urlaubs mit Mathu, der sie von allen familiären Verantwortungen entband, beide nach jahrelanger Dürre überraschend wieder angefangen hatten, sich zu lieben.

»Ich bin zu alt«, hatte sie ihm in jener ersten Nacht im Crown sagen wollen, »und es ist zu spät.« Anfangs nichts als Peinlichkeiten, aber dann, als ihre Beine nachgegeben hatten, ihr Atem rascher gegangen war, war es so gewesen, als würde eine große Eisscholle in ihrem Innern schmelzen. »Nun wein doch nicht, dumme Frau«, hatte Mathu zärtlich gesagt, als sie in seinen Armen lag.

»Es tut mir leid«, hatte sie erwidert. »Ich bin glücklich.«

Jetzt fühlte sie sich düpiert und dumm und schmutzig, und während der zwei schlaflosen Nächte, die darauf folgten, war sie hin- und hergerissen zwischen Entrüstung über das Mädchen, Liebe zu ihrem Sohn, Loyalität Appan gegenüber und eiskalter Wut auf ihn, dass er sie für dumm verkaufte und zu einem Nichts degradierte.

Am dritten Tag setzte sie sich auf das Bett und zwang sich zur Ruhe. Die Zeit des Weinens und Jammerns war vorbei, sie hatte nachgedacht: Sie hatte einen Plan.

Sie zog Appans Koffer aufs Bett und fummelte, nachdem sie das Schloss mit ihrer Nagelschere geknackt hatte, in der Tasche im Seidenfutter nach dem Umschlag, in dem er, wie sie wusste, sein Geld verwahrte. Ihr Wunsch nach Rache war derart angestachelt, dass sie, während sie methodisch jeden Zettel, den sie fand, überflog, regelrecht hoffte, weitere Beweise seiner Boshaftigkeit zu finden – ein fehlgeschlagenes Geschäft, eine Geliebte, von der sie nichts wusste.

Sie zog ein Bündel Rupien aus dem Umschlag und steckte es in ihre Tasche. Unten erkundigte sie sich bei dem eleganten Portier nach den Abfahrtszeiten der Züge nach Cochin. Sie schrieb sich diese sorgfältig auf und hinterließ für Appan eine Nachricht auf dem Bett: *Ich habe Geld aus dem Koffer genommen. Ich fahre, um mich um die Kinder zu kümmern. Ich weiß von Kit.*

Ihre Wut machte ihr Angst, und als sie den Notizzettel faltete, fragte sie sich, ob sie ihm jemals würde verzeihen können. Dieses ganze Gegurre von wegen zweite Flitterwochen war eine Lüge gewesen, und sie, die gutgläubige Närrin, hatte wie eine ausgehungerte Hündin dagelegen und dankbar gekeucht.

Sie packte ihren brandneuen Koffer, auf den sie so stolz gewesen war, und strich dann aus Macht der Gewohnheit den Bettüberwurf glatt, bevor sie die Tür schloss. Sie ging. Sie war weg.

Beruhige dich Frau, warnte Kunjamma Thekkeden sich, als sie an diesem Morgen um neun Uhr fünfzig am Bahnsteig entlanglief. Ihre erste Reise allein in einem Zug erforderte all ihren Mut und alle Kraft.

Sie schlief im Frauenabteil ein, das Gesicht ans Fenster gedrückt, und wurde voller Zorn auf Kit wach, während die Landschaft draußen vorbeiraste. Jeder wusste, dass die Moral von Krankenschwestern nicht die beste war. Anto, Tausende von Kilometern von seinem Zuhause entfernt, dürfte leichte Beute für sie gewesen sein. So weit, so gut, schlaf ruhig mit ihr, sei unmoralisch, aber komm nicht mit ihr nach Hause und bringe Ärger und Kummer mit.

Sie presste die Augenlider zusammen. Was für eine Tortur, wenn sie sich vorstellte, dass alle ihre Freunde die Zeitungen lasen und sich das Maul darüber zerrissen, wie die mächtigen Thekkedens auf die schmutzigste Weise in aller Öffentlichkeit zu Fall gebracht worden waren.

»Ist alles in Ordnung mit Ihnen, Madam?«, erkundigte sich die junge Frau neben ihr, als sie laut aufstöhnte.

»Alles bestens, danke.« Amma spähte durchs Fenster auf einen von Müll übersäten Abzugskanal. »Danke«, wiederholte sie zur Verdeutlichung.

Ihre Worte hinterließen einen scharfen Geschmack im Mund. Sah das Leben tatsächlich so aus, eine Anhäufung von Lügen? Sie rief sich in Erinnerung, wie sie an jenem ersten Tag mit ausgestreckter Hand, lächelnd und rufend, auf Kit zugegangen war und wie sie später auch die labile Glory im Schoß der Familie willkommen geheißen hatte, wie sie im Sommerhaus saß, während der betagte Geliebte in sein Taschentuch weinte. All diese Nettigkeiten, diese Höflichkeit, und jetzt sieh nur, wohin dich das geführt hat, nachdem die große Katze zugeschlagen hat.

Als der Zug quietschend zum Stehen kam, beschlich sie eine ungeheure Müdigkeit. Worum Anto sie bat, war nicht einfach nur ein Gesinnungswandel, sondern dass sie alle Überzeugungen, nach denen sie bisher gelebt hatte, über den Haufen warf.

»Warum muss ich das tun?«, murmelte sie, als sie ihren Koffer herunterholte. Ihr Plan sah vor, dass sie sich ein Taxi nahm und auf direktem Weg zu Saraswati Nairs Büro in Fort Cochin fuhr. »Wenn Ihre Freunde juristischen Rat benötigen«, hatte Mrs. Nair vor einigen Monaten gesagt und ihr eine Visitenkarte gereicht, »wissen Sie, wo Sie mich finden können.« Wie aufdringlich, hatte Amma damals gedacht, und wie respektlos, wo doch ein erstklassiges Juristenhirn unter ihrem Dach lebte.

Ein Anto mit versteinerter Miene erwartete sie auf dem Bahnsteig.

»Warum bist du hier?«, fragte sie.

»Appan schickt mich. Der Hotelmanager erzählte ihm, welchen Zug du genommen hast. Er rief mich im Krankenhaus an. Er ist entsetzt.«

Ein Spritzer Wut belebte sie. »Er hat kein Recht, entsetzt zu sein. Er reist unentwegt.«

»Er dachte, du hättest ihn verlassen – er ist in einer grauenhaften Verfassung.«

»Das ist mir egal«, sagte sie. »Ich habe keine Zeit zu verlieren. Ich möchte jetzt an den Ort gehen, wo Kit gearbeitet hat. Ich möchte alles sehen.«

Beim Moonstone-Heim erklärte sie ihm, er solle sie in einer Stunde dort wieder abholen. Sie müsse Saraswati Nair allein sprechen. Gleich darauf stand sie vor der Anwältin in deren Büro – einer umfunktionierten Wellblechhütte unter einem verkohlten Baumstumpf.

»Ich weiß Bescheid über Kit«, sagte sie. »Ich weiß vom Gefängnis. Ich sage das, damit Sie sich Ihre Worte sparen können, denn ich habe selbst Fragen zu stellen.«

»Setzen Sie sich bitte, Mrs. Thekkeden«, forderte Saraswati sie auf, als Ammas Wut verpufft war. »Ich erwarte gleich einen Klienten, aber ich kann mit Ihnen …«, sie warf einen Blick auf die Uhr, »zwanzig Minuten sprechen. Warum sind Sie hier?«

»Ich bin hier, weil meine Familie mir viele Lügen erzählt hat.« Es schmerzte sie zutiefst, das sagen zu müssen, aber es war die Wahrheit. »Ich vertraue ihr nicht mehr.«

»Aber sie liegt Ihnen am Herzen?« Saraswati sah sie gleichmütig an.

»Ich weiß nicht.« Amma holte tief Luft. »Sie hat mich an den Rand des Wahnsinns getrieben.«

»Ich verstehe«, erwiderte Saraswati seufzend. »Aber als Anwältin und als Freundin befinde ich mich in der Zwickmühle – man hat mir befohlen, Ihnen nichts zu sagen.«

»Hier soll keine Linie überschritten werden«, sagte Amma. »Ich bin gekommen, um die Wahrheit zu erfahren.«

Saraswati schnalzte mit dem Gummiband einer Akte und sah sie eindringlich an.

»Also gut. Aber wir tun dies auf meine Weise, denn Sie scheinen auf dem Kriegspfad zu sein, und das wird nicht funktionieren.«

»Überrascht Sie das? Dieses Mädchen hat nichts als Schande über unsere Familie gebracht.«

Saraswati klappte die Akte zu.

»Also, hier muss ich Ihnen Einhalt gebieten. Meine Zeit ist kostbar, ich möchte sie nicht vergeuden. Es gibt so viel zu tun.«

Amma presste die Lippen zusammen. »Fangen wir noch mal an.« Sie faltete die Hände im Schoß und richtete den Blick auf Saraswati. »Entschuldigen Sie … bitte …«

»Wenn wir weitermachen sollen«, fuhr Saraswati mit nuancenloser Anwaltsstimme fort, »müssen Sie erst ein paar Dinge verstehen. Ziehen Sie die hier an.« Sie reichte Kunjamma ein Paar Galoschen. »Kommen Sie mit raus.«

Sie traten aus der Hütte. »Hier entlang.«

Draußen brannte die grelle Sonne gnadenlos auf die verkohlten Balken, die kaputten Ziegel herab.

»Das Moonstone ist im Moment in keinem guten Zustand«, konstatierte Saraswati, als sie den Stumpf des Niembaums umkreisten. »Sie müssen es sich vorstellen, wie es aussah, bevor es herunterbrannte: Es war ein schöner Ort voller Hoffnung. Hier drin«, sie zeigte auf ein zerbrochenes Aquarium, »waren die Frühchen untergebracht. – Die Geburtsstation war hier.« Sie zeigte auf verbrannten Draht, ein durchweichtes

Sofa. »Dort der Empfang. Da war der Mangobaum. Aber vor allem« – sie blieb stehen und sah Amma an – »wurde es von den Menschen geprägt, die das geschaffen haben. Es waren gute Menschen. Nicht nur Kit, sondern auch die andere Hebamme, Maya, und die Krankenschwestern. Sie waren sanft und freundlich. Freundlich«, wiederholte Saraswati wütend. »Das wird so unterschätzt, vor allem von Menschen, die sehr traditionell denken.«

Sie ging weiter, über die zerbrochenen Bodenfliesen. »Als ich herkam«, fuhr sie fort, »war ich voller Angst. Ich hatte mich mit meiner Familie entzweit, der es nicht gefiel, dass ich als Anwältin arbeitete. Meine Geburt war schwer: vierzehn Stunden, aber Kit war die Freundlichkeit in Person. Hier war alles nett und sauber. Ich bekam einen Jungen, und als sie mich danach nähte, tat sie das so sanft, dass ich gar nichts spürte.«

»Sie hat Sie genäht!« Amma hielt sich die Hand vor den Mund.

»Wenn Sie noch mal dieses Gesicht machen, höre ich auf. Sie ist eine Hebamme, und das tun Hebammen, wenn Menschen bluten: Entweder übernimmt man Verantwortung oder nicht, so einfach ist das.« Saraswatis Augen funkelten.

»Entschuldigen Sie. Machen Sie weiter … Sie haben recht, das tun sie.« Amma bemühte sich sichtlich, sich unter Kontrolle zu bekommen. In Gedanken kehrte sie zurück zu jenen abscheulichen medizinischen Schaubildern, die sie in Kits Schrank entdeckt hatte: nackte Frauen, die den Hintern in die Luft reckten; variköse Venen der Vulva.

»Gut.« Saraswati holte schaudernd Luft. »Mein Baby wurde da drüben geboren.« Sie zeigte auf einen Glasscherbenhaufen und verbrannte Holzstreben. »Und ein paar Wochen später«, ihre Stimme wurde ruhiger und lauter, »starb er. Es war plötzlicher Kindstod und hatte nichts mit dem Moonstone zu tun. Es gab keine Infektion, keinerlei Verletzungen. Aber das allein reichte, um die Hexenjagd in Gang zu setzen. Man sagte mir, ich würde als Zeugin vernommen werden, doch man hat mich nie vernommen, und deshalb will ich bleiben und für diesen Ort und für Ihre Schwiegertochter bis zu meinem letzten Atemzug kämpfen, und deshalb arbeiten Ihr Sohn und ich auch rund um die Uhr daran, sie freizubekommen.«

»Ich bin keine Anwältin«, sagte Amma leise. »Das ist mein Ehemann.«

»Ihr Sohn ist sehr klug, vermutlich könnte er inzwischen sein Juraexamen ablegen, aber er geht vor Erschöpfung auf dem Zahnfleisch. Wir haben einheimische Frauen um ihre Unterstützung gebeten. Zweihundertundfünfundsechzig Unterschriften haben wir bereits auf unserer Petition.«

Amma setzte sich auf eine Bank und legte ihren Kopf in die Hände.

»Das mit Ihrem Sohn tut mir leid«, sagte sie schließlich besonnen. »Ich hatte einmal eine Fehlgeburt, es wäre noch ein weiterer Junge geworden.« Sie blickte zu Boden. Diese Erinnerung hatte sie so erfolgreich begraben – den Schmerz, das Gefühl innerer Leere in den darauffolgenden Tagen –, dass sie seitdem nie wieder mit jemandem darüber gesprochen hatte.

»Nun, Sie haben Glück«, erwiderte Saraswati schließlich. »Sie haben einen Sohn, der lebt, aber Sie werden ihn verlieren, wenn Sie seine Frau nicht akzeptieren können. Er verehrt sie und durchlebt im Moment die Hölle.«

Amma schlug die Hand vor ihren Mund.

»Ich werde mit ihm sprechen«, murmelte sie.

»Aber nicht so. Das wird nichts bringen.«

»Nein?« Amma blickte auf, die Augen erfüllt von Schmerz und Qual.

Saraswati nahm seufzend ihre Brille ab. »Wenn Sie Ihre Vorurteile vom Stapel lassen, machen Sie alles nur noch schlimmer.«

»Was dann?«, hauchte Amma kaum verständlich.

»Kommen Sie.«

Saraswati nahm sie am Arm und half ihr über ein Häufchen verkohlten Schutt hinweg. Rechts davon sah man, dass ein Freudenfeuer aufgeschichtet worden war, mit ein paar Türen und einer Holzpuppe an der Spitze.

»Sehen Sie.« Saraswati lenkte Ammas Blick. Hinter dem Freudenfeuer hatte man in der sorgfältig geharkten Erde mit Bindfaden ein großes Rechteck abgesteckt. »Eines Tages wird das unsere neue Klinik werden. Wir haben bereits das Schild dafür gemalt, um uns aufzumuntern. Einige einheimische Frauen kommen jeden Tag hierher, um zu beten. Sie haben das hier gepflanzt«, sie zeigte nickend auf eine Reihe Ringelblumen neben einer zornigen Gipsgöttin, die ihr Schwert zückte.

»Mrs. Thekkeden?« Saraswati sah, wie sie stolperte, und hielt sie am Arm fest. »Sind Sie müde?«

»Ich brauche Fakten.« Benommen, weil sie nichts zu sich genommen hatte, vernahm Amma, wie undeutlich sie sprach.

»Die Fakten sind folgende. Wir behandeln unsere Dorfhebammen wie übelsten Abschaum. Würden Männer diese Aufgabe übernehmen, sähe man darin einen Akt höchster Tapferkeit.«

»Zeigen Sie nicht auf mich«, sagte Amma. »Ich habe meine Hebamme nie so behandelt. Sie ist richtig ausgebildet, sie ist sauber.«

»Sie sind reich, Sie haben Einfluss. Für arme Frauen ist das eine andere Geschichte.« Saraswatis Stimme wurde lauter. »Ihr Leben wird oft durch eine Geburt zerstört.«

Ammas Augen schwammen in ihrem Kopf. »Ich bin müde«, sagte sie. »Ich muss nachdenken, aber ich möchte doch noch festhalten, dass Sie mich nicht fälschlicherweise für eine dumme oder grausame Frau halten dürfen.«

»Das tue ich auch nicht«, beschwichtigte Saraswati sanft. »Kit hat mir erzählt, wie freundlich Sie zu ihrer Familie waren. Aber mal ganz im Ernst, hätten Sie den Mut, Hebamme zu sein? Nein! Ich auch nicht. Aber Gott sei Dank hat ihn jemand.«

Bevor sie aufbrach, teilte Amma Saraswati ihren Wunsch mit, die Zeitungsberichte zu lesen.

Als Erstes schlug sie die »Vantage« auf, eine seriöse Lokalzeitung. Sie strich sie glatt und las, wobei ihr Gesicht die Farbe von Weiß zu Rot und wieder zu Weiß wechselte.

»Sie haben unseren Namen nicht mit ihrem zusammen genannt«, sagte sie nach langem Schweigen. »Das ist schon mal etwas, obwohl der Klatsch die Gerüchte inzwischen verbreitet haben dürfte.« Sie las weiter.

»Das ist ja widerlich«, sagte sie schließlich. »Armer Anto.«

»Armer Anto!«, höhnte Saraswati ungläubig. »Und was ist mit Kit? Lesen Sie das hier.« Sie schob ihr eine rote Akte zu. »Das haben die einheimischen Frauen über sie gesagt. Bilden Sie sich Ihre eigene Meinung.«

Kapitel 62

Zwei Tage nach Antos Besuch untersuchte Champa mich und sagte mir, was ich bereits wusste: Ich war schwanger. Ich war mir fast sicher, genau zu wissen, in welcher Nacht es passiert war, eine heiße Vollmondnacht, in der wir uns verzweifelt aneinanderklammerten und von der mich jetzt ein ganzes Leben zu trennen schien. Nachdem sie die Behandlungskabine verlassen hatte, blieb ich noch eine Weile liegen und fragte mich, was das zu bedeuten hatte. Eine Schwangerschaft an diesem Ort war keine Gelegenheit, vorzeitig aus dem Gefängnis entlassen zu werden. Babys wurden hier routinemäßig geboren und großgezogen. Meine schlimmste Sorge war, dass ich für den wahnsinnig überarbeiteten Dr. Zaheer unersetzlich geworden war, umso mehr, seit sich mein Malayalam verbessert hatte. Als ich ihn an diesem Nachmittag vorwarnte, dass ich meine Strafe in sechs Wochen abgedient haben würde, blaffte er: »Das stimmt nicht. Sie müssen mit dem Gouverneur sprechen.«

In Panik schrieb ich einen Brief an den Gouverneur mit der Bitte um Bestätigung meines Entlassungsdatums, aber da ich die schwerfällige Bürokratie des Gefängnisses kannte, rechnete ich nicht mit einer raschen Antwort.

Wenige Tage später, ich litt noch immer an Morgenübelkeit, fühlte ich mich zu krank zum Arbeiten und bat um eine Freistunde. Dr. Zaheer schrie mich an: »Bitte abgelehnt«, aber in jener Nacht wurde ich vom Frauenschlafsaal in eine kleine Einzelzelle verlegt. Eine große Erleichterung. Ich brauchte Schlaf wie eine Drogenabhängige ihren Stoff, und wenn er nicht kam oder ich in den frühen Morgenstunden aufwachte, kam ich mir vor wie in der Hölle und weinte dann lautlos, das Weinen eines Clowns. Es war ein Unterschied, ob ich hier den Weg der Selbstzerstörung ging oder hier schwanger war. Noch hatte keiner ein Wort über meine Entlassung verlauten lassen.

Je müder ich wurde, umso größer wurde meine Angst; ich war wie ein zerfasertes Tuch, das mit jedem Tag dünner wurde. Gerüchte machten die Runde, dass es Banden von Männern und Frauen gab, die Waffen gehortet hatten und zum Aufstand bereit waren, von Wachpersonal, das geknebelt und vergewaltigt worden war.

Eines Nachts Mitte Juli wurde ich nach der Arbeit in meine Zelle zurückbegleitet, meine Füße schmerzten von zehn Stunden Arbeit auf der Station, mir war schummerig vor Müdigkeit. Als ich eintrat, sah ich die Silhouette einer verschleierten Frau, die ganz still in der Ecke saß. Anfangs dachte ich, es sei Govinda, die Krankenschwester mit dem netten Gesicht, die mir manchmal auf der Station half. Das Licht in der Zelle kam von einer schwachen Glühbirne hoch oben an der Decke, weshalb man kaum etwas erkennen konnte, aber als mir beim Näherkommen klar wurde, dass sie es nicht war, fiel mir meine Angreiferin ein, und ich erstarrte.

»*Nee endha cheyyanae?* Was machen Sie hier?«, fragte ich.

»Wer sind Sie?« Die dunkle Gestalt erhob sich, legte ihren Schal ab und sah mich an. Es war Amma.

Sie sah so blass aus, dass ich sie anfangs nicht wiedererkannte. Ihre Augen waren dunkle Löcher zwischen den Falten ihres Schleiers. Als ich mich im Raum umblickte, sah ich diesen durch ihre peniblen Augen – das hohe, schmutzige Fenster, die Toilette, das Eisenbett, die graue Decke –, und ich wäre vor Scham am liebsten gestorben.

»Warum bist du hier?«, fragte ich, als der Wachmann hinter uns die Tür schloss. Ein fürchterlicher Gedanke beschlich mich. »Ist zu Hause etwas passiert?«

»Nein, nein, nein.« Ihr Ausdruck wurde ein wenig milder. »Nichts ist passiert«, sagte sie. »Ich bin hier, weil ich dich sehen wollte. Du hast arg abgenommen.«

»Wir hatten einen Darmvirus.« Ich wich vor ihr zurück. »Ich möchte nicht, dass du dich ansteckst.«

»Ich bin froh, hier zu sein.«

Das nahm ich ihr natürlich nicht ab. Ich hatte ihr makellos geführtes Haus gesehen: die polierten Böden, das ordentliche Medizinschränkchen, in dem alles etikettiert in Reih und Glied stand, selbst das verdammte Orchideenkrankenhaus.

Erst als sie im Licht der Lampe stand, sah ich, wie sehr sie selbst auch abgenommen hatte. Ihre Haut, die einst prall, wie eine reife Rosskastanie geglänzt hatte, sah jetzt papieren aus wie Herbstblätter.

»Amma«, sagte ich, unsicher, ob ich sie überhaupt noch so nennen durfte, »es tut mir so leid … ich habe so viel Unordnung in euer Leben gebracht.«

Sie wandte sich ab, ihre Lippen bewegten sich heftig.

»… ein gewaltiger Schock«, würgte sie schließlich hervor.

»Alle wussten es, nur ich nicht.« Ich hörte sie schluchzen. »Und wenn man die Tatsachen nicht kennt, wird man ganz wirr im Kopf.«

»Ich weiß.«

»Du hättest mich nicht im Unklaren lassen dürfen.« Sie trocknete sich die Augen mit einem Zipfel ihres Schals. »Vor allem hättest du es mir sagen müssen. Du hast selbst erlebt, was Lügen in deiner eigenen Familie angerichtet haben. Nichts als Leid. Aber auch du hast mir nicht vertraut.«

Ich musste an Glory denken. Wie ich mich in der Nacht vor ihrem Tod an sie geklammert hatte und das Rettungsboot in kleine Stücke zerbarst.

»Ich war mir nicht sicher, ob ich das konnte«, sagte ich. »Ich war schließlich nicht die Schwiegertochter, die du dir erträumt hattest.«

Wir sahen uns mit einem Ausdruck gequälter Belustigung an. Jetzt war es ausgesprochen, das Furunkel war geplatzt.

Sie schloss die Augen. »Nun …«

»Und das hier macht es noch viel schlimmer.«

»Das können wir nicht ändern, aber hör mich bitte an, wir haben nicht viel Zeit.« Ihr Gesicht war entschlossen und ernst. »Anto und Saraswati möchten, dass ich über Nacht eine andere werde. Das kann ich nicht, das wäre wieder eine Lüge – aber Saraswati hat mir das Moonstone-Heim gezeigt. Sie sagt, wenn sie das Geld dafür aufbringen können, wird es wieder aufgebaut. Auf lange Sicht.« Sie klang resigniert und alles andere als glücklich, und mir ging es genauso: Für mich trug der ganze Ort die Last des Versagens.

»Hat Appan dich gebeten herzukommen?«, fragte ich in das Schweigen hinein.

»Nein.« Sie senkte den Blick. »Er spricht nicht mehr mit mir. Ich habe Geld von ihm gestohlen, um das Schmiergeld zu bezahlen.«

»Das Schmiergeld?«

»Wie sonst säße ich hier?«

Ich war überrascht. »Wen hast du bezahlt?«

»Das werde ich dir nicht sagen.« Sie presste ihre Lippen zusammen.

»Oh Gott.« Der Schaden nahm immer größere Formen an, und ich war dafür verantwortlich.

»Auch das tut mir sehr leid, Amma«, sagte ich. Sie wirkte so niedergedrückt, so alt. »Ich habe nie gewollt, dass du dich mit Appan überwirfst.«

»Er musste einmal aufgerüttelt werden«, sagte sie. »Er wird zurückkommen.«

»Hast du mit Anto gesprochen?«

»Vor ein paar Abenden«, sagte Amma tonlos. »Wir blieben lange auf und lösten einige … Knoten zwischen uns. Er stellte mir eine Frage: ›Erinnerst du dich an die Parabel vom Guten Samariter?‹ Ich sagte: ›Natürlich, die kennt doch jeder.‹

›Stimmt sie oder ist sie gelogen?‹ hakte er nach.

›Komm mir jetzt nicht mit deinem klugen Downside-Jargon‹, sagte ich ihm. ›Ich bin Christin, ich weiß, was es bedeutet.‹

›In Ordnung‹, sagte er. ›Dann lass es mich anders formulieren. Wenn du heute Abend von hier weggehst, siehst du ein Kind, das neben der Straße verblutet. Gehst du auf die andere Seite, um nicht in das Schlamassel zu geraten? Sagst du dir etwa: Ich bin nicht qualifiziert, ich werde nicht hinsehen, oder ist dir bewusst, wie viel ein Menschenleben wert ist, und tust du daher alles, um es zu retten?‹

›Ich bin nicht dumm‹, sagte ich. Ich wusste, wo das hinführte. ›Es gibt Gesetze, und deine Frau hat eins gebrochen. Der nächste Schritt war das Gefängnis.‹

Er ging mit mir ins Gericht. ›Hör zu‹, sagte er, ›ich habe mich nun monatelang mit den Gesetzen für Totschlag und strafbare Fahrlässigkeit beschäftigt, und diese sind wirr und unklar, das wissen alle Anwälte. Wenn ich beispielsweise Kapitän auf einem Schiff wäre und einer aus meiner Crew würde krank werden, könnte ich dafür verurteilt werden, nichts zu tun. Das Gesetz nennt das fehlende Hilfeleistung. Neues Gesundheitssystem, neues Land, neue Gesetze: Wir sind alle am Schwimmen‹, sagte er.«

Amma blickte auf und sah mich an. Was jetzt kam, gefiel ihr nicht. »Er sagte, du hättest dich dafür entschieden, in einer schwierigen Situation zu helfen, und dabei in deiner Unschuld und deinem Optimismus womöglich töricht gehandelt. Aber wenigstens wärst du tapfer und zahltest einen hohen Preis dafür.«

»Das hat er gesagt?« Ich konnte kaum sprechen.

»Das alles hat er gesagt«, antwortete sie leise.

»Aber du stimmst ihm nicht zu, oder?«

»Ich weiß nicht.« Sie sah mich wieder an. »Es wird mir niemals gefallen, dass du das tust.«

Wir blickten einander gequält an. Sie war wenigstens ehrlich.

»Anto sagt, sobald du rauskommst, wirst du die noch erforderlichen Auflagen erfüllen.«

»Ich bin schon fast so weit«, sagte ich. »Das ist die Ironie des Ganzen. Ich brauchte nur noch zwei weitere überwachte Entbindungen. Das hätte ich im Moonstone organisieren sollen, aber wir waren immer viel zu beschäftigt.«

»Was kommt als Nächstes?« Sie beäugte mich wie ein Habicht.

»Ich weiß nicht … Ich bekomme mein Zertifikat, kehre zurück ins Moonstone – sofern sie mich dort haben wollen und genügend Geld zusammenkommt, um es wieder aufzubauen. Ich freue mich nicht darauf, aber ich kann auch nicht davon lassen. Das ist nicht das, was du hören möchtest.«

»Nein, das ist es nicht.« Sie sah elend aus. »Aber es ist dein Leben.«

Wir hatten zu Ende gebracht, was im Moment möglich war, und als ich die Schritte des Wachmanns, das Rasseln der Schlüssel hörte, überfiel mich eine unglaubliche Müdigkeit: Die Hitze war drückend wie ein feuchtes Tuch, eine lange Nacht lag vor mir.

»Hör zu, Amma«, sagte ich, »das entzieht sich alles meiner Kontrolle … Ich versuche, nicht mehr zu planen.«

Sie brachte ihr Gesicht nah an meins, und einen Moment lang dachte ich, sie würde mich küssen. Stattdessen flüsterte sie mir zu: »Du irrst dich. Es wird passieren, und zwar schon bald. Warte nur, du wirst es sehen.«

Kapitel 63

Amma, meine Heldin in glänzender Rüstung, dachte ich herzlos, nachdem sie gegangen und es dunkel geworden war. Sie sah viel zu alt und zerbrechlich aus, um an einem Ort wie Viyyur etwas ausrichten zu können.

Aber eine Woche später, kurz nach dem Frühstück, tauchte in meiner Zelle ein Päckchen auf. Drinnen lagen das blaue Kleid, in dem ich vor acht Wochen hier angekommen war, sauber gewaschen und gebügelt von der Gefängniswäscherei, dazu ein Paar Strümpfe und meine Schuhe wie Botschaften aus einem anderen Leben: wunderbar vertraut und schrecklich fremd zugleich.

Der Wachmann führte mich in einen betonierten Raum gegenüber dem F-Block mit einem Schild an der Tür, auf dem WASCHUNGEN FÜR FRAUEN stand. Er gab mir einen Topf mit klebriger schwarzer Seife und einen Baumwolllappen, mit dem ich mich abtrocknen konnte. Ich füllte den Kupfereimer und wusch mich von Kopf bis Fuß.

Mein Herz zog sich in meiner Brust zusammen, als ich mich ankleidete, meine Haare kämmte und mich auf den Weg in Dr. Zaheers vollgestopftes Büro neben der Hauptkrankenstation machte. Das ist ein Trick, sagte ich mir, als ich den

Vögeln lauschte, die draußen in den Bäumen zwitscherten. Es wird nicht geschehen.

Aber dann sprach Dr. Zaheer – im schmutzigen Laborkittel, die Augen blutunterlaufen – mich mit seiner Grabesstimme an.

»Sie werden heute entlassen. Nicht meine Entscheidung.« Kein Lächeln. Der Blick eines Mannes, der verraten wurde.

Es seien, so ergänzte er, damit jedoch ein paar Auflagen verbunden: Ich müsse wiederkommen und in den folgenden sechs Monaten an zwei Tagen pro Woche hier arbeiten. Teil dieser Vereinbarung sei meine Unterstützung der einheimischen Hebamme.

»Werde ich dann endlich meine offizielle Akkreditierung bekommen?«

Während ich darauf wartete, dass der Groschen fiel, beobachtete ich sein nachdenkliches Gesicht, dann bellte er mich an: »Die Rehabilitierung von Gefangenen steht im Zentrum unseres Tuns. Wir haben eine Gefängnisbibliothek, ich werde die entsprechenden Bücher bestellen. Sie können unsere erste Hebammenabsolventin sein.«

Als ich Anto vor den Gefängnismauern auf mich warten sah, brachte ich kein Wort hervor. Kaum war ich im Wagen, klammerten wir uns aneinander.

»Hör auf!«, sagte Anto und wischte sich die Tränen mit seinem Ärmel ab. »Was sind wir nur für Idioten! Du bist frei.«

Und dann erzählte ich ihm von unserem neuen Baby, und wir fingen wieder an zu schluchzen und zu lachen und klammerten uns erneut aneinander, als gäbe es kein Morgen mehr.

»Ich bin eigentlich noch nicht ganz frei«, sagte ich. Während wir losfuhren, erzählte ich ihm von der mit Dr. Zaheer getroffenen Vereinbarung.

»Macht es dir was aus?« Er warf mir einen Blick zu und ergriff meine Hand.

»Nein«, sagte ich und dann, um mit meinem Malayalam anzugeben: *»Athu nalla kachavadam tannae«* – es kommt mir wie ein faires Tauschgeschäft vor. Was es auf verrückte Weise auch war.

Es dauerte eine Weile, bis sich alles wieder eingerenkt hatte. An meinem ersten Morgen zu Hause lag eine wunderschön aufgeschnittene reife Alphonso-Mango auf meinem Frühstücksteller, dazu gab es eine Tasse frisch gebrühten Kaffee – beides wie von einem anderen Planeten. Dazu eine Notiz von Anto: *Guten Morgen, Frau. Ich hoffe, du hast gut geschlafen.*

Das Haus hatte sich in meiner Abwesenheit neu geordnet. Raffie fragte immer wieder, ob er in Kamalams Bett schlafen dürfe. Eine Weile erlaubten wir es ihm, um den Tränenausbruch zu vermeiden, zu dem es am ersten Abend gekommen war, als er wieder in sein altes Zimmer sollte.

Am Ende der ersten Woche nach meiner Rückkehr saß ich mit ihm auf der Veranda, wo er lustlos spielte und immer wieder in einen Karton hinein- und heraussprang. Als ich mitspielen wollte, stellte er sich vor den Karton und verschränkte die Arme wie ein Wachposten. »Das spiele ich nur mit Kamalam«, sagte er.

»Gib ihm Zeit«, sagte Anto, als ich es ihm später erzählte. Anto, der zum ersten Mal eine Brille trug, hatte abgenommen und sah Appan nun immer ähnlicher. Während meiner

Abwesenheit war unser Schlafzimmer in ein unordentliches Arbeitszimmer umfunktioniert worden, übersät mit Papieren und Gesetzestexten. Ich wünschte mir, er hätte diese schlimmen Erinnerungen entfernt, wagte es aber nicht, ihn darum zu bitten, solange ich mich selbst hier fremd fühlte.

Ich wusste, dass alles sich zum Besseren wenden würde, wenn ich wieder Schlaf fand, aber ich hatte so lange Zeit unter Adrenalin gestanden, dass mein Motor keine Ruhe fand, und eines Nachts, als ich wach wurde und Antos Hand auf meinem Kopf spürte, schrie ich so laut, dass ich Raffie aufweckte. »Es tut mir leid«, sagte ich. »Es tut mir so leid …«

Eines Abends, als Anto von der Arbeit nach Hause kam, brachte er mich zu Bett. Als er seine neue Nickelbrille absetzte, wurde mir die Schönheit seiner Augen wieder bewusst, die sich in einem Kreis aus Schildpatt und Grün öffneten. Seine Haare mussten geschnitten werden, sie waren weich und seidig, als ich sie berührte. Er brachte mir frischen Zitronensaft in einem hohen Glas und fragte mich, ob ich nicht mit ihm zusammen ein paar Tage in Mangalath verbringen wolle. Nein, sagte ich, ich sei noch nicht bereit dazu, die Verwandten zu sehen. Ihren Unmut, ihr höfliches Lächeln. Noch nicht.

Ich wollte eine Weile gar niemanden sehen, aber Saraswati kam dennoch vorbei. Sie sagte, sie habe eine besondere Rikscha gemietet, um mich zum Moonstone zu bringen. Es war ein gewaltiger Schock, das Gelände wiederzusehen: Die Erde war aufgeworfen, die Grundmauern gelegt, aber sonst gab es dort nur zerbrochenes Glas und verkohlte Balken. Sie half mir über einen Haufen kaputter Ziegelsteine hinweg, um mir die neue Durga-Statue auf dem Flecken Vegetation zu zeigen, der überlebt hatte. Diese Durga, riesig und rosafarben, war von den Spenden des wie immer großzügigen Mr. Namboothiri bezahlt worden. Sie saß auf einem Löwen, und ich fand, dass es eine völlig abstruse Verschwendung der wenigen Geldmittel war, die uns geblieben waren.

»Wissen Sie, wofür sie steht?«, fragte Saraswati.

»Nein.« Ich schloss die Augen und dachte, jetzt kommt es.

»Sie hat drei Augen«, sagte Saraswati mit einer Begeisterung, als beschreibe sie mir eine wunderbare Freundin. »Ihr linkes Auge symbolisiert den Mond oder das Verlangen; das rechte Auge, die Sonne, steht für Handeln; das zentrale Auge ist Wissen. Und der Löwe«, endete sie schwungvoll, »ist Entschlossenheit. Willenskraft.«

»Davon hatte ich einiges«, scherzte ich.

»Die haben Sie immer noch«, sagte Saraswati. »Der Schock wird abfallen, und Sie werden zurückkommen. Die drei Waffen in Durgas Hand sind ein Blitz, ein Schwert und – die Lieblingswaffe Ihrer Schwiegermutter – ein Lotus, eine noch nicht voll erblühte Knospe. Dies symbolisiert die Gewissheit des Erfolgs, aber keine Endgültigkeit.« Während wir uns unterhielten, sah ich zwei fette Ratten umherlaufen.

»Ich brauche etwas von Ihrer Kraft«, sagte ich zu ihr.

»Geben Sie der Sache Zeit«, antwortete sie.

Als Nächste kam Mariamma unangekündigt und unerwartet mit einer Tüte frischem Gebäck in der Hand. Von Sonnenlicht gerahmt, stand sie in der Tür, verharrte dort einen Moment reglos, als wolle sie die Temperatur des Raums erfassen, kam dann auf mich zu, sank auf die Knie und legte ihre Arme um mich.

»Willkommen zu Hause, Schwester«, sagte sie. »Ich freue mich so sehr, dich zu sehen. Ich weiß, wo du gewesen bist, Appan hat es mir erzählt. Wir müssen jetzt nicht darüber reden.«

Sie blieb zum Mittagessen, und am Nachmittag wusch und flocht sie mir das Haar. Der köstliche Duft von Kokosnussöl. Als ich ihr erzählte, dass ich ein Baby erwartete, füllten ihre Augen sich mit Tränen, und sie umarmte mich. »Du bist die Erste, die es erfährt«, meinte ich. »Aber sag es noch nicht weiter, es ist noch zu früh.« Als Hebamme war ich diesbezüglich besonders abergläubisch.

»Ich freue mich auch so sehr für Raffie.« Sie tupfte sich die Augen trocken. »Es ging ihm so elend, als du weg warst.«

Sie hielt mich über den Familienklatsch auf dem Laufenden, den Mariamma *vayadi* nannte, wörtlich »Mundflattern«. Theresa, erzählte sie, habe als Klassenbeste die Schule beendet und werde eine richtige kleine Madam. Ponnamma werde immer spleeniger. Neulich habe sie Amma über den Tisch hinweg zugeschrien: »Vermisst du den Sex, Tochter? Ich tue das!«, was dazu führte, dass Appan sich fast an seinem Thoran verschluckte. »Du weißt ja, wie sie ist«, fuhr Mariamma fort und erfreute sich an meinem Lachen. »Sie sagt: ›Jetzt, da ich alt bin, entschuldige ich mich nicht mehr dafür, lästig zu sein, ich bin lästig!‹«

Ich hätte sie gern nach Appan gefragt, und ob er noch immer wütend war, fand dann aber doch nicht die richtigen Worte und war dankbar dafür, dass sie sich um Leichtigkeit bemühte.

Der Sonnenuntergang an diesem Abend war ein grandioses Spektakel mit pfirsichfarbenen und zinnoberroten Flammen am Himmel, den ich vom Innenhof aus sprachlos verfolgte –

auf die Veranda setzte ich mich nicht mehr – und dabei an all die Dinge dachte, die ich als gegeben hingenommen hatte. Als Anto nach Hause kam, machte ich ihm einen Gin Tonic, wie er ihn gern trank, mit einer Zitronenscheibe.

Nachdem Kamalam Raffie gebadet hatte, kam er zu mir und setzte sich aus eigenem Antrieb auf meine Knie. Seine Haut war warm, sein Haar feucht. Er sagte: »Du warst ein schlimmes Mädchen, Mummy, dass du so lange weggeblieben bist.«

Er schlief in meinen Armen ein.

Ein paar Tage später kam Mariamma wieder. Sie streifte ihre Slipper ab und setzte sich neben mich, und wir plauderten über ganz normale Dinge.

Sie steckte bis zum Hals in den Vorbereitungen für das Onam-Fest, das größte Fest des Jahres in Südindien. Ich hatte es im letzten Jahr in Mangalath genossen, aber in diesem Jahr waren vierundvierzig nahe Verwandte eingeladen, und ich würde am liebsten Reißaus nehmen.

»Oh mein Gott, sieh doch nur, was ich alles zu erledigen habe.« Ungehalten, aber glücklich zog Mariamma den Masterplan aus ihrer Handtasche. »Bananenblätter, Hühnchen, fünfzig Kokosnüsse, Reis, Perlfisch, Joghurt, Linsen. Neue Kricket- und Tischtennisschläger für die Kinder, neue Kissenhüllen, neue Gläser. So ein Tamtam.«

Raffie, der an meinem Knie lehnte und an seinem Daumen lutschte, war bereits in heller Aufregung wegen des Onam-Fests. Als Anto von der Arbeit nach Hause kam, plauderten sie darüber, dass er Kricket mit seinen Cousins spielen, sich als Tiger verkleiden und am üblichen Bootsrennen der Familie teilnehmen würde.

»Was denkst du, wirst du es schaffen?«, erkundigte Anto sich einfühlsam.

»Ich bin mir nicht sicher«, erwiderte ich. »Ich werde es mir überlegen, aber du gehst auf jeden Fall.« Und ich brachte ein Lächeln zustande, obwohl ich nach wie vor Angst vor jedem Klopfen an der Tür hatte.

»Weißt du denn, warum wir jedes Jahr Onam feiern?«, fragte Anto Raffie, der jetzt auf seinen Knien saß. »Es erinnert an die Rückkehr des alten Königs Mahabali aus Patala, der Unterwelt. Der Legende nach liebte er Cochin so sehr, dass er zurückkommen musste.«

Raffie nahm den Daumen aus dem Mund. »Ich werde ein Tiger sein!« Dabei zeigte er seine Perlenzähne.

»Neiiin!« Anto schrak in vorgetäuschtem Entsetzen vor ihm zurück und zog ihn dann wieder auf seine Knie. »Aber weißt du auch, warum wir eigentlich nach Mangalath fahren?«

»Süßigkeiten!«, schrie Raffie. »Kricket?«

»Ernte, Zuhause, Familienbande.« Anto schnippte mir die Worte zu.

»Und hier endet die Lektion«, sagte ich, und selbst in meinen Ohren hörte sich meine Stimme biestig an. Ich verließ den Raum, setzte mich auf eine Bank im Innenhof und kämpfte gegen meine Tränen an.

»Appan und Amma hatten letzte Woche eine kleine Auseinandersetzung wegen des Essens zum Onam-Fest.« Mariamma war mit neuem Tratsch aus Mangalath zurückgekehrt. »Wie du weißt, gibt es traditionellerweise vegetarische Gerichte, aber Appan möchte auch, dass Hühnchen und Garnelen serviert werden. ›Nun stell dich nicht so an, Frau!‹« Mariamma sprach mit tiefer Stimme. »›Die Zeiten ändern sich, die Gäste wollen nicht das vorgesetzt bekommen, was die Kühe essen.‹ – Amma wurde sehr aufbrausend.« Mariammas erregter Flüsterton verriet, wie sehr sie den Klatsch genoss. »›*Mundi!*‹, sagte sie, deutlich zu vernehmen. Appan rannte aus seinem Arbeitszimmer. ›Verzeihung, Frau, hast du was gesagt?‹ Und Amma lächelte darauf so …« Mariamma imitierte ihr steifes Grinsen. »›Nein, Mann, überhaupt nichts.‹ Sie sagte dann noch, sie wolle in den Garten gehen und werde einige Zeit weg sein.«

Mariamma biss von dem Gebäck ab, das sie mitgebracht hatte, und kicherte in sich hinein. »Es ist sehr nett von dir gewesen, jeden Tag hier vorbeizukommen«, sagte ich.

»Du bist meine Schwester.« Sie strich sich die Krümel vom Rock. »Ich habe dich sehr vermisst, als du weg warst. Ich habe jeden Tag an dich gedacht, es brach mir fast das Herz.«

Sie kniete nieder und umfing meine Knie mit ihren Händen.

»Komm zum Fest zurück. Bitte. Appan und Amma wünschen sich das wirklich.«

»Tun sie das?« Ich konnte mein Erstaunen kaum verbergen. »Ich dachte, ich erspare ihnen Peinlichkeiten, wenn ich hierbleibe.«

Ich ging davon aus, dass ich für Amma mit einem schuldbelasteten Geheimnis verbunden war. Denn bevor sie an jenem Abend das Gefängnis verließ, hatte sie auf mich gezeigt und mit ihrem wildesten Blick gesagt: »Darüber darfst du niemals mit jemandem sprechen!«, und damit die Bestechung und ihre Intervention gemeint. Ich ging nicht davon aus, dass sie mir jemals verzeihen würde.

»Aber ja!«, sagte Mariamma heftig und richtete dabei den Blick aus ihren großen braunen Augen auf mich. »Sie wollen, dass du nach Hause kommst.«

Sie legte mir ein Päckchen in den Schoß.

»Wenn du dich entschließt zu kommen, kannst du das anziehen«, schmeichelte sie, den Kopf zur Seite gelegt.

Später öffnete ich das Päckchen. Es enthielt einen brandneuen, wunderschönen weiß-goldenen Sari. Das perfekte Symbol einer makellosen indischen Ehefrau. Ich starrte darauf und wusste nicht, ob ich lachen oder weinen sollte.

Kapitel 64

Am Ende kam ich zögernd und in erster Linie, um Anto zu Gefallen zu sein, mit nach Mangalath, erfüllt von Angst vor diesen zehn Tagen erzwungener Fröhlichkeit. Nach einigen Versuchen und mithilfe von Kamalam gelang es mir, den neuen Sari anzuziehen, den Mariamma so fürsorglich für mich ausgewählt hatte, obwohl ich fand, dass Sack und Asche mir besser zu Gesicht gestanden hätten.

Mangalath war in seinem Festgewand, als wir eintrafen: Der Himmel strahlte in einem fast künstlichen Blau, den Hof überzog das *pookalum:* ein Teppich wie ein Farbenrausch aus frischen Rosen und Ringelblumen, Orchideen und Lotusblüten – die Alltagswunder, die schätzen zu können ich immer noch zu sehr angeschlagen war.

Als Raffie die Farben sah, schrie er: »Zippitydoodah!«, sein neues Lieblingswort. Er konnte es kaum erwarten, aus dem Wagen auszusteigen, und rannte aufs Haus zu.

»Geht es dir gut?« Anto berührte meine Hand.

»Gut«, sagte ich und holte tief Luft. »Die Knastschwester kehrt zurück.«

»Hör auf damit.« Er steckte mir eine Haarsträhne hinters Ohr. »Die Hälfte von ihnen wird es gar nicht wissen, die andere Hälfte, die es weiß, wird in guter alter anglophiler Tradition nie mehr ein Wort darüber verlieren, also halte dich an mich, Kind. Du siehst übrigens wunderschön aus. Wirklich wunderschön. Wie fühlst du dich?«

»Körperlich gut«, sagte ich. In den vergangenen Wochen hatte der für eine fortgeschrittene Schwangerschaft übliche Energieschub auch bei mir Knochen, Haare, Haut erreicht, sodass ich nun nicht mehr so blass war. »Geistig ein wenig wie die etwas unpassende verlorene Tochter.«

»Es wird auch für dich schön werden«, flüsterte er. »Es ist das erste Fest unseres Babys.«

Amma stand fast genau an der Stelle, an der sie mich am Tag meiner Ankunft begrüßt hatte, zwischen den goldenen Löwen, und sie trug einen fast identischen weiß-goldenen Sari. Mein Herz klopfte. Angesichts all dessen, was wir nun voneinander wussten, empfand ich es als vermessen, die gleiche Uniform zu tragen. Sie nahm meine beiden Hände in ihre, sah mich mehrere Sekunden lang bedeutungsschwer an und sprach dann über meinen Kopf hinweg mit Anto, wie sie das vermutlich immer tun würde.

»Ich bin sehr froh, dass du gekommen bist«, sagte sie. »Wir waren in Sorge, du würdest wegbleiben.« Als wir über den mit Blütenblättern bestreuten Weg aufs Haus zugingen, legte sie mir ihre Hand ins Kreuz.

»Soll ich mit Appan sprechen, bevor ich mich zu den anderen geselle?«, fragte ich. Ein Gang zu seinem Arbeitszimmer schien mir das Mindeste, was ich tun konnte.

»Nur, wenn er dich sprechen möchte«, flüsterte sie rasch. Eine Armee kleiner Kinder kam die Treppen heruntergerannt, um ihren jüngsten Cousin in Beschlag zu nehmen. »Und mach dir keine allzu großen Sorgen. Er hat mir verziehen, das Geld genommen zu haben. Und heute kam ein wunderschöner Orchideenstrauß.« Sie drückte meinen Arm. »Wir haben getan, was nötig war, jetzt ist es vorbei.«

Anto hatte recht: Keiner verlor an diesem ersten Tag ein Wort über das Gefängnis, obwohl ich mich selbst in Bereitschaft hielt und am Abend steif vor nervöser Anspannung war. Appans Präsenz war mir sehr bewusst: Elegant, anmutig, befehlend drehte er seine Runden, prüfte, ob alle genug zu trinken hatten, tätschelte die Köpfe der Kinder, lachte aus vollem Hals über Scherze. Als er mich sah, neigte er den Kopf in meine Richtung und sagte: »Willkommen.«

An unserem vierten Tag stand ich mitten in der Nacht völlig überreizt und unglücklich auf, weil ich nicht schlafen konnte. Ich wollte Anto nicht wecken und ging barfuß nach unten. Dort suchte ich den Gebetsraum der Familie auf. Eine in einem rosafarbenen Glas brennende Kerze warf ein zartes, warmes Licht auf die Jungfrau Maria. Als meine Augen sich angepasst hatten, sah ich in der Ecke des Raums einen zusammengekauerten Mann. Er trug einen weiten Pyjama und betete.

»Appan«, ich wich zurück, »es tut mir so leid … ich …«

»Kit.« Er sah mich an. »Ist alles in Ordnung mit dir?«

»Ich wollte dich nicht stören, ich gehe zurück ins Bett.«

»Geh nicht.« Er hievte sich mühsam hoch auf die Kirchenbank. »Ich habe den ganzen Tag an dich gedacht.«

»Hast du?« Ich nahm nervös am anderen Ende der Bank Platz und wartete auf die Rezitation meiner Sünden. Er starrte mich an.

»Es war mutig von dir herzukommen. Ich meine, nach Mangalath, wo doch die ganze Sippschaft hier ist.«

Ich sagte ihm, das sei Antos Idee gewesen.

»Und machst du immer alles, was dein Ehemann möchte?«

»In diesem Fall ja. Er war wunderbar.«

Ich hörte ein trauriges Schnauben.

»In welcher Hinsicht?« Er rutschte auf der Bank hin und her und sorgte dafür, dass sie ächzte wie Schiffsplanken.

»Er hat zu mir gehalten«, sagte ich schließlich. »War freundlich. Bei ihm habe ich das Gefühl, meinem wahren Selbst am nächsten zu sein.«

Ich sah, wie er den Kopf senkte.

»Ich habe ihn enttäuscht«, murmelte er und warf mir dann rasch einen Blick zu. »Was meinst du, wird er mir jemals verzeihen?«

Es war so still in der Kapelle, dass das schwache Zischen der brennenden Kerze zu hören war.

»Er liebt seine Familie«, wich ich aus, weil ich nicht für Anto sprechen wollte. Dann fuhr ich nach langer Pause fort: »Und ich denke, wir haben jeder auf unsere Weise Fehler gemacht. Sieh mich an.«

Er sah mich angespannt und nachdenklich an. Ein Blick, der bestimmt vielen Gefangenen auf der Anklagebank Angst und Schrecken bereitet hatte.

»Du hast gefehlt, weil du helfen wolltest«, sagte er schließlich. »Amma hat mir erklärt, wie deine Arbeit aussieht. Die guten Worte, die deine Patientinnen über dich sagten. Sie meint, du arbeitest daran, deine Qualifikation zu bekommen. Wenn du das tust, werde ich etwas Geld für das Heim schicken. Vielleicht als Buße.«

»Als Buße!« Ich sah ihn erstaunt an und schüttelte den Kopf. »Ich war mir nicht mal sicher, ob ich hier erwünscht bin.«

»Du wurdest schwer bestraft«, sagte er. »Das wusste ich die ganze Zeit über. Was ich gebe, sind nur ein paar Rupien – vermutlich zu spät. Wäre ich ein anderer Anwalt gewesen, hätte ich dich da rausgeholt, aber ich konnte nicht. Ich habe mich mein ganzes Leben lang an bestimmte Regeln gehalten und fand, dass ich diese nicht brechen kann. Deshalb habe ich beschlossen, Geld in Höhe der Bestechungssumme zu spenden, und damit ist das Thema ein für alle Mal erledigt.«

Er zitterte, als hätte er das Ende einer langen Prüfung erreicht, und sah dann aus dem Fenster.

»Diese Nachtstunde hat was Unheimliches, findest du nicht?« Er wickelte sich in seinen breiten Schal. »Die Schleier sind besonders dünn. Ich sehe fast, wie König Mahabali aus der Unterwelt zurückkriecht.«

Es dauerte etwas, bis ich die Worte erfasste, denn ich war noch damit beschäftigt, meine Erleichterung zu verarbeiten.

»Was für eine Entdeckung die Welt gewesen sein muss.« Ich folgte seinem Blick aufs Fenster. Die Kerze war niedergebrannt, aber ein zarter Lichtstreif erhellte das bunte Glas, und ich hörte die Lockrufe der Vögel.

»Danke, dass du mit mir gesprochen hast«, sagte ich. »Ich hatte große Angst, hierher zurückzukommen.«

»Familien machen einem Angst. Sie bedeuten zu viel. Du siehst müde aus, Tochter. Du musst dich ausruhen.«

»Ich gehe schon und lege mich wieder schlafen«, sagte ich.

Ich schlief zwölf Stunden durch. Es war, als würde mir ein zu eng sitzender Hut vom Kopf genommen. Und später, als die

Nacht anbrach und die Garnelen und die Hühnchen ihre verlockenden Botschaften aus der Küche schickten, spielten dreiundvierzig Mitglieder der Thekkeden-Familie auf dem Rasen hinter dem Haus Kricket. Trotz der blubbernden Geräuschkulisse drang Raffies aufgeregte Stimme zu mir durch. Als man vor lauter Dunkelheit nichts mehr erkennen konnte, spielten die Schlagmänner mit Davy-Lampen auf ihren Köpfen weiter. Leuchtkäfer flitzten im Dunkel, Schreie und Gelächter. Appan (schon etwas angetrunken) war ein unberechenbarer Feldspieler, sein tibetischer Mastiff bellte und sprang nach den verirrten Bällen. Mariamma rannte beherzt zwischen den Bäumen herum. Antos Schläge waren athletisch ausgeführt, er imitierte dabei Sunil Gavaskar. Ich hielt mich am Rand des Felds auf, wo der Rasen von der dunklen Masse der Bäume abgelöst wurde, hinter denen die Vögel über das silbrige Altwasser flitzten.

Amma stand mit stolzer, spöttischer Miene, vom Licht gerahmt auf der Veranda und verfolgte das Geschehen. Als es zum Spielen zu dunkel wurde, schlug sie die Glocke.

»Abendessen, alle reinkommen. Lasst es nicht kalt werden!«

Nach dem Abendessen schlüpften die jüngsten Cousins in ihre Schlafanzüge und legten sich grüppchenweise auf die Charpais, die auf der Veranda standen. Kisten mit alten Filmen wurden ausgepackt. Mariamma übernahm als ältere Schwester das Kommando und sagte Anto, er solle helfen, die Leinwand aufzustellen. »Nicht dort! Da, höher! Nein, etwas tiefer.« Es sei, wie sie in einer schlechten Imitation des Zirkusdirektors von Barnum & Bailey verkündete, Zeit für »The Thekkeden Motion Picture Showee«.

Der Film begann mit ein paar Mangalath-Babys, die durchs Bild torkelten, gehütet von einer äußerst fröhlich wirkenden Mutter, die in die Kamera winkte.

»Das bin ich!«, schrie Ponnamma, die mehr als ihr übliches Maß an Ingwerwein getrunken hatte. »Was war ich nur für ein Luder!«

Dann sah man Appan, mit Schnauzer und chic in seinen Knickerbockern, und Amma, die strahlende Braut, während ihrer Flitterwochen in Madras.

»Wag es ja nicht einzuschlafen.« Mariamma schüttelte Raffie wach. »Warte auf deinen Daddy.«

Raffies Haare waren noch feucht vom Bad. Er legte sich meinen Arm um seinen Körper.

Anto, der in die Küche verschwunden war, kam zurück und setzte sich neben mich. Er war barfuß und brachte eine Schüssel mit goldenen Bananenchips mit. Er reichte mir einen stark mit Soda verdünnten Whisky.

Gleich darauf kam wackelnd Leben in eine Schwarz-Weiß-Aufnahme, die ihn zeigte. Er dürfte zwölf gewesen sein und vollführte vor der Kamera vorgetäuschte Kricketschläge. In der nächsten Einstellung trug er ein Tweedjackett mit Lederflicken auf den Ellbogen, das ihm mehrere Nummern zu groß war, und er sah so jung und süß und schmal aus, dass sich mein Herz vor Sorge zusammenzog. Hinter ihm war der Ozeandampfer zu sehen, der ihn gleich darauf von alledem wegbringen würde, vor sich das weite, wilde Meer.

Es wurde gejohlt und gepfiffen. Ponnamma zwickte ihn. »Gut aussehender Teufel!«

»Todschicker Anzug, was, Onkel Anto?«, warf Thaddeus, einer der jüngeren Cousins, ein. »Der Playboy des Westens.«

Als ich ins Gelächter einstimmte, überlegte ich, wie viel er aus seinem Leben gemacht hatte: wie robust er gewesen war, wie tapfer. Ich spürte die Glut des neuen Babys in mir. Inzwischen hatte ich begonnen, mit ihm zu sprechen, um sicherzustellen, dass sein kleines Herz schlug. Ich hatte mir überlegt, es Amma morgen zu erzählen, und das bedeutete natürlich, dass alle es erfuhren – vorausgesetzt, Mariamma hatte es nicht bereits getan, »streng vertraulich« natürlich!

Appan starrte auf seinen Sohn, der nun an Deck stand und zum Abschied winkte, und er sank seufzend in seinem Stuhl zusammen. Amma tätschelte ihm die Hand. Und dann tauchte zu meiner Überraschung ich selbst im Bild auf. Ich war mir damals nicht bewusst gewesen, dass jemand mich filmte. Ich trug das blaue Kleid, lächelte und schüttelte Amma die Hand, wobei ich zu Tode erschrocken dreinblickte, was auch berechtigt war angesichts der auf mich zurollenden Masse aus Widersprüchen, Schrecken und Wundern.

Nach der Filmvorführung scheuchten Mariamma und ich die schläfrigen Kinder nach oben. Eins der Kleinkinder war eingeschlafen und hing wie ein Schal über Mariammas Schulter. Raffie verkündete, er wolle im Zimmer der Cousins schlafen, sonst würde er nur von schwarzen Spinnen träumen.

Es war schon spät, als wir sie alle in einem murmelnden Knäuel im Gästezimmer zurückließen. Anto schlug vor: »Lass uns einen Spaziergang durch den Garten machen.«

Wir gingen die Stufen hinunter in Richtung Sommerhaus und setzten uns auf die Bank mit Blick aufs Wasser. Die Luft lag warm auf meinem Gesicht, würzig und süß von den Blumen. Ich erzählte ihm von meinem Gespräch mit Appan, und während ich verfolgte, wie sein Ausdruck sich veränderte und vor Hoffnung zu leuchten begann, als er die Nachricht verdaute, spürte ich in mir erneut die reine Flamme der Liebe für ihn.

Auf dem schwarzen, gekräuselten Wasser lag die goldene Spur des fast vollen Mondes. Vom Tempel jenseits des Wassers ertönte pulsierender Trommelschlag. Auch dort wurde Onam gefeiert, und in Dutzenden Dörfern im kilometerweiten Umkreis. Die Priester hatten ein Freudenfeuer entzündet, dessen Flammen aufstiegen und in einem Funkenregen am Himmel zerstoben, eine die ganze Nacht dauernde Puja für eine gute Ernte und die Rückkehr des Königs.

Danksagung

Zuallererst muss ich mich bei Rema Tharakan für ihren konstanten E-Mail-Fluss und ihren Rat bedanken, und dass sie mir Mut zu diesem Buch gemacht hat. Rema und ihr Ehemann Anthony waren wunderbare Gastgeber und Führer während meiner Rechercheреise nach Kerala.

Die Hebamme Rachel Walker und ihr Ehemann, der Geburtshelfer Dr. David Walker, berieten mich großzügig in allen Fragen der Hebammenkunst, genauso wie Jane Ash, Dr. Suhas Choudhari und Gabrielle Allen von der Guys and St Thomas' Charity. Für mögliche Fehler bin nur ich allein verantwortlich.

Mein Hintergrundwissen verdanke ich zahlreichen Büchern über indische Geschichte, Nasrani-Bräuche, klimatische Gegebenheiten, wobei mich Diane Smiths »Birthing with Dignity« und Alexander Fraters »Chasing the Monsun« besonders faszinierten. Auch Emma Jolly von Genealogic grub einige erstaunliche Fakten aus.

Ein besonderer Dank an Delia und Caroline für ihre Inspiration und Unterstützung, meiner Lektorin Kate Mills und Clare Alexander, die einfach großartig ist.

Und schließlich kann ich Richard gar nicht genug danken

für seinen Rat, seine Großzügigkeit und seine gute Laune, die ihn auch beim mehrfachen Lesen des Buches nicht verlassen hat.

Ein Roman wie ein romantisches Musical – für die Fans von *La La Land* und *Der Winterpalast*.

512 Seiten. ISBN 978-3-7341-0508-1

England 1923. Dorothy Lane ist eine Träumerin, deren größtes Ziel es ist, eines Tages auf den Bühnen Londons zu tanzen. Ihr altes Leben ist während des ersten Weltkriegs zerbrochen; ihr neues beginnt als Zimmermädchen im glamourösesten Hotel der Stadt, dem Savoy. Perry, ein Komponist auf der Suche nach einer Muse, und seine Schwester Loretta May, eine gefeierte Schauspielerin, scheinen alles zu haben, wovon Dorothy träumt. Als sich ihre Wege kreuzen, hat dies für alle drei ungeahnte Konsequenzen.

Lesen Sie mehr unter: **www.blanvalet.de**

Ein Geheimnis, so tief und dunkel wie das Meer. Eine Liebe, die nicht sein durfte. Eine Tochter, die nach ihren Wurzeln sucht.

448 Seiten. ISBN 978-3-7341-0422-0

Willows Kindheit war unbeschwert – bis zu dem Tag, an dem ihre geliebten Eltern bei einem Schiffsunglück starben. Als sie Jahre später eine Einladung zu einer Ausstellung erhält, auf der Fotografien von wunderschönen Unterwasserwäldern gezeigt werden, bekommt sie Zweifel an ihrer Version der Vergangenheit. Denn der Fotograf hat Willows Mutter Charity geliebt. War die Ehe ihrer Eltern nicht so perfekt wie gedacht? Und warum erfuhr sie nie von dem tragischen Verlust, der Charitys Leben vor Jahrzehnten zerriss? Um Antworten zu finden, muss Willow den Spuren ihrer Mutter folgen – und die führen sie um die ganze Welt und tief unter die Oberfläche des Wassers …

Lesen Sie mehr unter: **www.blanvalet.de**